文治
© wénzhì books

更好的阅读

无限的梦境

ムゲンのi

〔日〕知念实希人 著 林佩玟 译

四川文艺出版社

目 录

序幕

张开异常沉重的眼睑，看见的是天花板。

白色，仿佛整个人要被吸进去的纯白天花板。

“这里是……？”

唇缝间发出的声音，沙哑得简直不像是自己发出来的。口中以及喉咙都无比干燥，有如吞下了荒漠细沙一般。

甩了甩意识蒙眬、无法集中思考的头，想要坐起身时却发现全身的关节像是生锈了一样发出轧轧声，痛楚在体内四窜。

我咬紧牙根，用双手想办法撑起上半身，盖在身上的薄被滑了下来。

当我再次甩动沉重的头时，全身爬过一阵寒战，感觉就像冰水灌进了脊髓。我连忙摸摸自己的胸口，透过披在身上的衣服单薄的质地，感受到了那让我自卑的贫瘠乳房的触感。

“还在……”

这句话随着松了一口气的吐息一同流泻而出。

我觉得胸口好像开了一个大洞，即使已经亲手摸过，确认过那只是错觉，但那种感觉仍未消失。

食道、肺，还有心脏，仿佛这些脏器都被摘走，感觉胸腔内空荡荡的，无法稳定重心，只要稍微一个不留神，马上就会轻飘飘浮在空中似的。

双手继续压在胸前，我闭上了眼，像是抵挡强风一般蜷缩身体。总觉得如果不这么做，身体、心灵、“自我”这个存在就要被吹走了。

突然一阵既视感袭来。以前我也曾有过相同的经历。

但是，是什么时候……

我让意识落入大脑的深处，往沉积了厚厚一层灰尘的记忆底端而去。不久后，褪为褐色的记忆跳了出来，狭窄的房间里，有个鼠妇般蜷缩着身体的孩子，那是二十三年前的我抽抽噎噎哭泣的景象。感受到两颊冰冷触感的我，急忙睁开眼擦拭眼角，手背因为透明的液体而濡湿。我将手往嘴边送，试着舔了一口，淡淡的咸味轻轻地包覆住舌尖。

和那一天相同的味道。

啊——这样啊……我又失去了吗？

非常贵重的东西。

我仰头望着天花板。

日光灯的光线散开，变成七色光芒闪耀着。

第一章

梦幻的天空

1

蕴含光泽的、白皙细致的、陶瓷般的肌肤带着无机物的氛围，感觉就像在看做工精美的模特儿人偶。

忽然感到不安的我静静地伸长手指，碰了碰她的脸颊，指尖微微地暖了起来，那是流经皮肤下密布的微血管内血液的温度。

轻轻吐出一口安心的气息，我仔细凝视她的脸。紧闭的眼睑细微地颤动，可以得知下方的眼球正急速运动着。

眼球快速运动，那是在称为“快速动眼期”的睡眠状态下产生的现象。

人在快速动眼期时，全身的肌肉会放松，身体处于休息状态，但另一层面，大脑却在持续活动，在这种状态下，经常会做着鲜明的梦。

她现在是否也正在梦境之中？

我将手覆在她的眼睛上，手掌传来一阵微微的振动。

人若处在属于浅眠状态的快速动眼期，即使只是受到些微刺激也很容易醒来，但我一点也不担心她会醒来。不，应该说我很希望她醒来。

因为，她已经持续昏睡四十天了。

我转动眼球，视线看往挂在床头那一侧的名牌，牌子上她的名字“片桐飞鸟”下方，写着主治医师“识名爱衣”——我的名字。

干涩的笑声从我的唇间发出。主治医师——负责主要治疗的医师，但我却完全无法治疗侵袭她的病魔。特发性嗜睡症候群(Idiopathic lethargy syndrome)，俗称ILS，这就是她罹患的疾病名称。

这只是在夜晚像平常一样入睡的人，到了第二天却不再睁开眼睛，而是陷入无止境昏睡的怪病，至今全世界仅有四百例报告，因此尚未确立治疗方式。

“为什么会多达四人……”无意识的喃喃自语震荡了房间内的空气。

目前我所任职的这家神经精神研究所附属医院里，有多达四名 ILS 病患在住院中。

四名患者罹患日本已经好几年未曾有过发病案例的疾病，光是这样就可说是异常状况了，更奇妙的是，四人在同一天产生 ILS 症状。

极为稀少的怪病同时发生，而且这些患者的居住地点都在东京的偏西部。这究竟是什么意思？这四十天来我不分昼夜地寻找答案，至今却连一点线索都没有。

我所隶属的神经内科的部长表示：“这么珍贵的病例，就应该由拥有大好未来的年轻人负责。”于是将病患推给我，让我担任四名 ILS 患者当中三个人的主治医师。

如果我的治疗不成功，他们将继续沉睡下去，直到生命的尽头吧。

“……我绝对不让这种事情发生。”小声吐出这句话后，轻微的头痛袭来。

我压着侧边头部，再次看向躺在床上的女性，瞬间，她的脸和其他女性的脸重叠了，曲线柔和的唇边，带着微微的笑容，温柔的女性脸庞。

心重重地跳了一下，全身毛发似乎都竖了起来，我使劲甩甩头，将慢慢浮现的古老记忆再次压入脑海深处。

我已经和那时无能为力的自己不一样了。我不再需要因为太过痛苦的回忆，而想将心脏挖出来的那时候的经验。

我强硬地这么说给自己听，同时转身朝出口走去。

“我绝对会救你，这次我绝对……”

我一边喃喃自语着，一边用力地拉开了门。

2

高湿度的空气紧贴着肌肤，我一边用手帕擦拭露在白袍衣领外的后颈，一边叹着气，视线同时望向窗外。

离开病房回到护理站之后，我就一直盯着电子病历的屏幕，因此眼睛深处仿佛灌了铅块般沉重。

我捏捏鼻梁看向远方。这座以全日本最大规模为傲、专为收治神经疾病及精神疾病患者的神经精神研究所设立的医院，名叫神研医院。在这个十三层楼高的水泥要塞——神经内科大楼的最上层，可以眺望练马的住宅区。

我微微仰起头，视线往上移动，大滴大滴的雨水无穷无尽地从覆盖整片天空的浓黑厚重云层中洒落。这阵子一直持续着这样的天气，连最后一次见到阳光是什么时候都无法马上回想起来，让人忍不住变得阴郁。

我将积在胸中的沉闷化为叹息吐出体外，伸手拿取在键盘旁边堆成小山的资料，指尖轻抚着质量低劣的影印纸特有的粗糙表面。

“哟，爱衣。”

随着开朗声音传来，肩膀被人从身后拍了一下。我一回头，只见一位娇小却充满魅力的女性两只手叉在腰上——是长我一岁的神经内科医师杉野华学姐，妆容稍显浓厚的脸上带着恶作剧般的微笑，招牌大圆眼镜后方的眼睛眯了起来。

“噢，早啊，华学姐。”

“早什么早，我看你叹了一口深情的气，难道是为情所困？”

华学姐像是要趴在我身上一样从后方抱住我，温暖的柔软身躯包覆住我的背。

我们毕业于同一所大学，从学生时代起便相识。外表虽然看起来不像，其实骨子里带有大姐头性格的华学姐，平常就和我有着不错的交情，但她这种过度的肢体接触让我有些困扰。

“不要贴在我身上啦，本来已经够热了。”

“说的也是。最近真的好闷啊，虽说是梅雨季，但雨也下太久了吧。”

被我推开的华学姐，视线瞥向窗外。

“回到刚刚的话题，你有望交到新男友了吗？”

“不是这种情爱方面的问题啦，学姐你才是，没想过要和前任复合吗？”

华学姐曾经和经营这家神研医院的医疗法人理事长之孙交往，那人也是一名精神科医师，不过……

“和他聊天的时候，总觉得像是在精神科接受问诊。”华学姐这么说，前几天甩了对方，身边的人虽然纷纷表示“这是个飞上枝头变凤凰的机会啊，太不懂得珍惜了”，但学姐则认为“错过我这么好的女人，那家伙才是不懂得珍惜”，丝毫不在意他人怎么想。

“不可能、不可能，”华学姐在脸前摆摆手，“那么麻烦的男人，分手了我还落得清闲呢！别说这个了，如果不是恋爱方面的烦恼，为什么你的叹气声那么深情？”

“我不知道有没有很深情，不过是因为他们的关系。”

我一指电子病历的屏幕，原本笑嘻嘻的华学姐脸色也沉了下来。

“ILS……吗？”

“是啊，而且竟然还三个人。不过学姐那里也负责了一名ILS的病患，对吧？”

“算是吧。不过这病还真是让人摸不着头绪呢，虽然经常出现在课本里，但我还是第一次实际负责这种病患。”

“这是当然的，毕竟这种病过去在全世界也只有四百例的报告。”

华学姐回了句“也是”，便将脸靠近屏幕，调整眼镜的位置。

“爱衣，你负责的这三人，确定都是ILS没错吗？”

“关于这件事，我已经向多位医师确认过了，所有医师的诊断都认为是ILS没错，因为符合全部的诊断标准。”

“诊断标准啊，就是从普通的睡眠状态陷入昏睡，且该状态持续一星期以上，经脑波检查后确认病患处于快速动眼期，并排除同样会陷入昏睡的其他神经疾病、内分泌疾病以及外伤，对吧？”

华学姐掰着手指，一样一样念出诊断标准的项目，之后挠了挠脖子。

“也就是说，病患毫无征兆地陷入昏睡，并且不停地在做梦，真是让人搞不懂的病啊。不过我最不明白的是，这种罕见疾病的患者，竟然有四个人都住进了我们医院。”

“毕竟我们医院在治疗神经有关的疑难杂症方面，是日本数一数二的医疗机构嘛。”

“我不是这个意思，而是为什么历史上仅仅四百个确定病例的疾病，现在会同时出现多达四名患者？这种情形发生的概率一般而言是天文学中才会出现吧？而且这四个人是在同一天发病的，对吧？更夸张的是，这四个人都是附近的居民，这种事，一般来说根本不可能发生。”

“可是，华学姐，你看看这个，”我从影印纸堆的小山中抽出数张，“之前就有过几次案例，是在同一时期、同一地区发生ILS的报告。你看，这份论文。”

“咦？真的吗？”华学姐眨了眨眼，伸手拿取英文撰写的论文。

“从二十世纪九十年代起，英国、巴西、美国、南非都曾经出现过集体发病，尤其是巴西，经过详细检查确诊的人数虽是三人，但在同一时期周边也还有超过十人具有类似的症状。”

快速读过论文的华学姐将头发往上抓。

“首次发现这个疾病的时间是一九八七年吧，或许之前也有许多罹患ILS的人，只是他们被认为是某种原因不明的昏睡……话说回来，爱衣，那边堆成一座小山的资料，该不会全都是有关ILS的论文吧？”

“对，没错，我熬夜在大学图书馆里从头到尾印了一份。”

我将手放在影印纸上，华学姐伸手过来，指尖轻抚我的眼周。

“努力是好事，但太过逼迫自己可就不好了。你看，眼睛下方都出现像是眼影的黑眼圈了。”

“但是既然我有机会担任三名这种罕见疾病患者的主治医师，就一定要尽全力将他们治好，因此治疗方法……”

“你知道治疗方法了吗？”华学姐打断我道。

“不知道。”

“我想也是，我也查过很多资料，但没看到关于有效治疗方式的记载。不过愈后也不是糟到令人绝望，有三分之一的病患从昏睡状态苏醒，且没有留下任何后遗症，只是……”

“只是剩下的病患直到死都不再醒过来，而从昏睡中恢复的患者，也不知道自己为什么会醒来，原因和治疗方式都是完全的未知。”

我接过华学姐没说完的话以后，她回了句“就是这样”，便转身坐上了旁边的椅子。

“四人同时罹患这么罕见的疾病，我想应该有特别的原因。他们之间有没有什么共通点？像是在同一间餐厅吃饭之类的，如果有的话，大概可以推断原因可能是食物中毒。”

“我已经问过我负责的三名病患的家属和关系人，目前没有发现关联，不过……”

我一迟疑，华学姐马上凑过脸来问：“不过什么？”

“听说三名病患最近情绪都非常低落，因为发生了让他们觉得几乎不想活下去的痛苦事件，所以情绪低落、难过……内心挣扎。”

就像过去的我一样……我感到肩背越来越沉重，仿佛双肩上扛了沙袋，于是将两只手肘撑在桌上，身体向前倾。

“喂，爱衣，你没事吧？”华学姐连忙轻抚我的背。

“……我没事，只是有点累了。”

“我说你也二十八岁了吧，也许你觉得自己还年轻，不过我们已经不再像学生时代那样可以勉强自己了。”

“但是！”我猛地抬起头，“但是，继续这样下去根本没办法挽救那些病患，人生只能在绝望之中沉睡，再也不可能醒过来，这样的人生……这样的人生也太悲惨了！”

瞪着华学姐，同时喘气带动肩膀上下起伏的我，忽然回神看向四周，数名护理师从稍远的位置向我们投以惊讶又充满好奇的眼光。

“爱衣。”温柔的声音呼唤着因为感到丢脸而低下头的我。我抬起头，华学姐满脸带着慈爱的笑容，那是和平常像个女高中生的态度截然不同、属于成熟女性的微笑，我不禁挺直脊背答道：“是。”

“你这种站在病患立场为他们治疗的精神真的很了不起，可是一旦过了头，这就会成为缺点，我不是经常这么提醒你的吗？”

我沉默地点了点头。

“现在你将病患当成自己看待，但这么做就无法冷静地进行诊疗，不论对患者还是对你自己来说都是件不幸的事，你明白吗？”

“……是，我明白。”

“当然，身为一名神经内科医师，我也不是不能理解你负责三名罕见疾病 ILS 的病患，所以想要全力以赴的心情，只不过这次是不是有点用力过头了？发生什么事了吗？”

华学姐仰起头，从下往上窥探般地看向我。我脑海中又跳出了过去的记忆，是刚才在病房里拼了命想甩掉的古老记忆。

躺在床上的美丽年轻女性，我向她伸出枫叶馒头般小巧的手，用指尖梳过她滑顺的黑发。

每天早上这么做，她就会好像很痒似的扭动身体，脸上带着微笑，似乎即将睁开眼睛。

然而，她的眼睑却是闭着的，明明看起来就像在睡觉一样……

仿佛春日阳光般温暖的怀旧之情，硬生生变成了冷硬的铁锁，用力地锁上心扉，与此同时，“那个时候”的景象随之在我脑海中闪现。

回荡在耳边的哀号与怒吼，四处逃窜的人们，从人群间隙中瞥见的旋转木马和云霄飞车，背对摩天轮俯视着我的大型剪影，轻轻向我伸出手的女性，以及女性的手触碰到脸颊时，黏稠温热的感受。

我仿佛要咬碎牙齿般地用力咬紧牙根，咽下几乎要迸发出的哀鸣。

这几年几乎不曾发作，我以为自己已经跨越了，然而自从负责治疗 ILS 患者之后，“那起事件”的记忆又开始侵蚀我。

我不是真的克服了心理创伤，只是学会了如何闭上眼不去看它。活生生在我眼前的这个事实，这几个星期一直折磨着我。

“算了，你也该学学怎么让自己放松。这又不是高、紧、急性的疾病，放宽心一步一步制订治疗方向就可以啦。我们互相分享信息，慢慢找出治疗方法吧。”华学姐看着我的样子似乎察觉到了什么，掩饰般地快速说道。

“嗯，说的也是。”

我想笑，脸颊的肌肉却很僵硬，我也知道自己露出了一个奇怪的表情。

“说到分享信息，华学姐负责的 ILS 病患是什么样的人？”

“我的病患？嗯——这个嘛……年纪和我们差不多的女性……吧。”不知为何，华学姐稍微移开了视线这么回答道。

“该不会那个人最近也发生了什么痛苦的事吧？”

“痛苦的事……吗？这个，谁知道呢？”

在华学姐含混不清地回答时，她的腰间响起一阵振动的声音。华学姐从白袍口袋中拿出手机。

“学姐，病房里要关掉手机电源啦。”

听到我这么念她，华学姐嘴上一边说着“对不起，对不起”，一边看着手机屏幕。

“啊，是新闻快报，西东京市又发生杀人事件了。”

“杀人事件？”

“对啊，最近报道力度不是很大吗？东京西部附近的近郊频繁发生连续杀人事件，就是在半夜三更杳无人烟的路上，杀人犯以凶残的方式随机杀害行人啊。”

“随机……杀人犯……”

这几个字，让原本从脑海中消失的“那起事件”的影像——二十三年前的影像再次闪现，比刚才还要更鲜明。

不带一丝感情的，像爬虫类一样的双眼，和从那眼中射向我的、冰块般的视线夹带的寒意都即将复生。

我的脚开始细微颤动，不久这股颤动向上爬升至腰部、胸口，以及脸颊。

那是被深不见底的沼泽逐渐吞噬的感觉，有如全裸被丢弃在零度以下世界里的寒气向我袭来，我紧闭着双眼，抱着两肩蜷缩身体。

脸颊轻柔地被温暖的东西包覆着，我回过神睁开眼睛，不知何时华学姐环抱着我的头。透过白袍薄薄的布料，令人深陷的柔软，深处怦怦的心跳声向我传来。

“没事的，爱衣，不会有事发生……对不起，都是我说了奇怪的话。”

知道我过去一切的华学姐，像是哄着因跌倒而哭泣的孩子一样，温柔地摸着我的头发。啊，这下子护理师们又要传出奇怪的谣言了吧，我这么想着，同时将脸埋在华学姐丰满的胸部中，直到内心来势汹汹的暴风平息为止。

“我已经没事了，谢谢学姐。”

两三分钟后稍微平静下来的我，不好意思地离开学姐。

“噢？已经够了吗？我的胸部帮得上忙的话，随时都可以借给你哦！你可以飞扑到我身上。”

华学姐戏精上身似的张开双手。

“那个……真的谢谢你。”

有着直肠子的开朗个性的华学姐，是优柔寡断、容易烦恼的我的支柱。

我一边深呼吸，一边让意识沉到自己的内心深处。幸亏华学姐，我总算多少冷静了下来，然而再次燃烧的心灵创伤像余烬般久久不散，我几乎可以笃定，只要逮到机会，它会再次喷出火柱，将我的心烧个精光。

“我说爱衣，你要不要去和院长谈谈？”

学姐突然这么说，让我眨了眨眼。

“你说院长？袴田医师吗？”

“没错，院长不是 PTSD[1] 的专家吗？如果病患在罹病前精神不太稳定的话，也许这和 ILS 的发病有关，不如去和院长商量看看吧。”

“可是袴田医师很忙吧……而且我还有病房的工作要做……”

“没关系、没关系。”华学姐猛挥着手，“自从发生交通事故受了重伤之后，那位大叔就不停地在做一些副院长推过来的文书工作，我看他在院长室闲得发慌，你就去听听他的建议，病房的工作我来弄就好。”

华学姐送来一个妩媚的眨眼，察觉到她意图的我深深地低下头。

“谢谢！”

“别在意、别在意，有困难时就该互相帮助，不过啊……”华学姐的脸上漾出打趣的笑容，“想将他当成恋爱对象可就要小心了，那么雅痞的人四十多岁了却还是单身，一定有他不为人知的一面，例如有特殊性癖好之类的。”

“我才没那个意思！”

听到我涨红了脸大叫，华学姐“哇哈哈”快活地笑了起来。

---

1 PTSD：创伤后应激障碍（post-traumatic stress disorder）是指个体经历、目睹或遭遇到一个或多个涉及自身或他人的实际死亡，或受到死亡的威胁，或严重的受伤，或躯体完整性受到威胁后，所导致的个体延迟出现和持续存在的精神障碍。

3

手贴在胸前吐了一口气，我敲了敲挂着“院长室”牌子的门。隔着做工精细的厚重门扉，里面传来一声“请进”。

“打扰了。”

打开门进入室内，眼前是一间约五坪[1]大小的房间，散发出高级感的沙发套组后方，摆放了一张仿古木桌，桌子内侧有一名正值壮年的男性正在阅读报纸。

纤细的身形美观地穿着典雅的西装，剪得稍短的头发因为比同龄者带有更多的白发，整体看起来像是灰色的。挺直的鼻梁和拥有坚定眼神的细长双眼，许久不见的他，带点熟男气息的魅力，让我的心重重地跳了一拍。

“噢，是爱衣医师啊，有什么事吗？”

折起报纸，身为精神科医师也是这家医院院长的袴田聪史医师扬起了嘴角。

“那个……我有点事情想和您商量……”

不知道该怎么启齿的我，话说得吞吞吐吐。袴田医师滑动着离开位置，桌子的阴影处出现一台轮椅。我抿紧了嘴唇。

“现在推得很顺手了吧！我的手臂还因此变得比发生意外之前更壮了呢！”

灵巧地操作轮子向我推近的袴田医师，开玩笑地隆起肌肉。

“您的身体还好吗？”

1　1 坪等于 3.3057 平方米。

“非常好，要是单论腰部以上的话。”袴田医师轻轻地敲了敲自己的腿。

几个星期前，他发生了车祸，被休旅车撞击，全身受了重伤，意识陷入昏迷，虽然幸运地保住一命，但车祸的痕迹也深深烙印在他的身上。

“大概需要多久……才能走路？”

我小心翼翼地询问，但袴田医师只是露出一抹哀愁的笑容。

像是要挥去凝重的沉默般，袴田医师轻拍了下手掌，“啪”的清脆声响回荡在房间中。

“好了，那我就来听你说有关 ILS 病患的事吧。”

“……什么？”

“不是吗？我以为你是因为烦恼该怎么治疗 ILS，所以才来找我商量。”

“是、是的，没错。但是您怎么知道？”

“我听到你负责治疗 ILS 病患之后，就想到了这个情况。因为那个疾病的症状可能会让你想起过去的心灵创伤，所以我甚至想过要不要阻止你。”

“……那您为什么没有阻止我呢？”我的声音带着责怪的意思。

身为临床医师，能够负责治疗全球罕见的疾病患者，这的确是值得高兴的一件事，但是如果没有成为他们的主治医师，覆盖在我心中伤口上的结痂就不会脱落，伤口也不会流血了。

“因为我认为现在的你一定可以克服。”袴田先生薄唇的两端向上扬起。

我反问道：“我克服得了吗？”

“在我多年来为你做咨询后发现，你的心灵创伤并非完全消失，你只是学会了如何将它锁进心底深处的抽屉里，只要出现某个契机，抽屉就会打开，让你再次深受 PTSD 发作之苦。

“……替 ILS 患者治疗就是那个契机。

“没错，那个疾病的症状和让你感到痛苦的根源极为相似。我觉得自己该为此负责，因为是我协助你将创伤藏在抽屉之中的，可惜以我的能力，目前只能做到那样，真的很抱歉。”

袴田医师低下头，我连忙在胸前挥动双手。

“怎么会！……我很感谢您，因为您的帮助我才能重新振作起来。”

如果没有袴田医师，我整个人大概会崩溃吧，我一直这么深信不疑。

大约十年前，我考上了东京的医科大学，离开原生家庭成为我崩溃的开始：与家人分隔两地，在住不惯的东京开始新生活，还有医学系繁重的课业……这些压力都是 PTSD 一下子恶化的原因。

“那个时候”开始频繁地在脑海闪现，我被诊断患有 PTSD 引发的恐慌症，好几次因为过度呼吸而被送进急诊室。我开始害怕再次发作而避免外出，也开始经常请假不上课，即使到精神科门诊就诊，医生开了安定的药物及轻微抗抑郁药物，也几乎没有什么效果。负责我的精神科主治医师认为我对大学生活的适应障碍是根本原因，所以劝我暂时休学回老家。

一想到我为了实现成为医生的梦想，拼命读书考上医学系，现在却不得不放弃，这股不安让症状更加恶化，我的精神、我的世界开始一点一滴地腐化。这时候我遇见的，就是在我当时就读的医大附属医院里担任精神科副教授的袴田医师。

据说身为 PTSD 专家的袴田医师，在听到我的事之后自己主动要求担任主治医师。

于是我成了副教授的门诊病患。在我第一次紧张地踏入问诊间时，袴田医师微笑着说道："初次见面，你是识名爱衣同学吧。"那时的身影仍如昨日之事般历历在目。

袴田医师以咨询的方式为主，慢慢地花时间为我治疗，他教会我如何谨慎地面对潜藏在内心深处的怪物，还有驯服它的方法。

在接受袴田医师的咨询后，我的症状逐渐改善，到了大一快结束时，就算不吃药，也能够顺利地过着学生生活。

之后我仍定期接受袴田医师的咨询，即便在他离开大学附属医院，到神研医院担任院长后依然如此。而四年前通过国家医师资格考试的我，来到这家神研医院当实习医生，我想在日本关于治疗神经疾病最好的医院里学习。在这么冠冕堂皇的申请动机之下，无疑有着我作为一名医师想和袴田医师一起工作的私心。从那之后的第四年，我如愿在这家医院担任神经内科医师。

忽然，我和袴田医师眼神相对，我反射性地将视线往下移。

"……想将他当成恋爱对象可就要小心了。"

不久前，华学姐丢来的一句话又在我耳边响起。

才不是那样。同为医师，我只是很尊敬袴田医师而已……我在心中反复这么说着，却不知为何体温缓缓上升。

"你的确是重新振作起来了，而且还成为一名独当一面的医师，正因如此，我认为这是一个好机会，让你可以真正克服心里的创伤。"

听到袴田医师的声音而回过神的我，抬起了脸。

"克服……吗？"

"没错，这十年来你已经变得非常坚强，有足够的能力从正面对抗并了解这份创伤，而负责治疗 ILS 患者，我想就是一个契机。"

我挺直脊背仔细听着袴田医师的说明。

“这个过程将伴随着痛苦，但是只要忍受并克服了之后，你就能够真正地获得解脱，从过去那个一直束缚着你的枷锁中解脱。所以你要竭尽全力为患者们治疗。”

真正地从那个可怕的经验中获得解脱。这份期待让我的心使劲地跳动，往全身送出滚烫的血液。

“对了，”袴田医师语气一转，轻快地问道，“所以你想问我什么？我虽然不是神经疾病的专家，但会以精神科医师的立场回答我所知的一切。”

“是，其实……”

喉咙发出轻微的咕嘟声，我吞了一口唾液，慢慢开口。

“事情就是这样。”

“原来如此。”在我解释完之后，袴田医师带着凝重的表情点了点头，“ILS 的原因可能和精神方面的因素有关……吗？真是崭新的想法。”

“我在仔细读过论文之后，发现许多 ILS 病患过去曾有抑郁症病史。”

听完我的补充后，袴田医师摸着下巴。

“ILS 的病患身上可以看到明显的身体异常，他们处在快速动眼期，陷入持续的昏睡，如果这是受到精神方面的影响引起的，就常理而言也不难想象。”

“但是过去以一般常规的治疗方式，都没有办法找出 ILS 的特定原因，所以……”

“所以，必须转换最根本的想法是吗？”

交叉双臂低着头的袴田医师沉默了数十秒之后，小声地喃喃道：“……共有型精神病疾患。”

“嗯？您说什么？”

“共有型精神病疾患，意思是罹患精神疾病的病人对身边的人产生影响，导致那些人也出现精神疾病，常见的案例比如因精神疾病而产生幻觉的病人，他的亲人也陷入那样的幻觉中，而从该亲人的行为举止来看，只能判断他们也罹患了精神疾病。”

“您的意思是这和 ILS 很像吗？”我微微地歪着头。

“没错，极为罕见的疾病患者，同时有四个人住进了我们医院对吧？也许是其中一名患者对其他人产生了影响。”

“但是这些患者彼此完全不认识啊。”

“但这仅限于病患的关系人提供的说法，对吧？就算在家人不知道的地方，四人之间有某些接触也没什么好奇怪的。不，如此罕见的疾病，这四名病患又在同一天发病，这样才是比较自然的想法。”

“但是这四个人发病的地点完全不一样……”我小心翼翼地指出这点。

袴田医师竖起食指抵住额头：“我记得所有人都是在自己家里，由注意到病患早上没有起床的家人，或是因其没去上班而觉得奇怪的公司同事发现的吧？”

我点点头：“对，是这样没错。”

“爱衣医师，这么想如何？这几位病患在被发现昏睡的前一天，所有人都在某个地方遇到了引发 ILS 的某件事，但是他们没有当场陷入昏睡，不仅如此，他们甚至没有察觉发生在自己身上的事就回家了，然后晚上入睡，进入快速动眼期时，ILS 终于发病，于是他们就这样直接陷入昏睡中。”

“也就是说……”我在脑海中琢磨袴田医师的说明，“即使遇到引发 ILS 的某个契机，也不会马上发病，而是进入睡眠之后才会开始出现症状吗？”

“这充其量只是一种假设，不过我认为这么想是合理的。”袴田医师重重地点头。

“而您认为发病的原因，有可能是像共有型精神病疾患那样属于精神层面的问题？”

“这我不知道，只是不论帮病患做多少检查，都没有检测出药物成分，从这点来看，不能否定有这样的可能性。”

“假设真的是这样好了，但该怎么证明？……”我将手抵在唇边，不停思考着。

“最简单的方法大概就是调查患者在被发现昏睡的前一天以及更早之前的行踪了吧，不过这已经超过医师的职责，是警察或侦探的工作了。”袴田医师轻轻地耸耸肩。

离开医院仔细调查病患的行踪，这的确不是医师的工作，但如果是为了治疗 ILS……

“爱衣医师，你可别太冲动行事了。”袴田医师仿佛看穿了我的想法般，对我提出了警告，“正面对抗心灵创伤，让现在的你失去了冷静。为了不让自己的思考范围被限制，你应该放轻松，这是你的主治医师给你的建议。”

“就算您叫我要放轻松……”

我渴望尽早获得线索，以便知道治疗 ILS 的方式，以及克服自己的心灵创伤。这股渴望正驱动着我。

“这样啊……你要不要回老家一趟看看？”

“咦？回老家吗？”袴田医师意料之外的建议让我提高了音量。

“想办法安排一下就可以回去了吧？对你来说，家人比任何药物都来得有效。你最近都没有和家人见面吧？”

“是，确实是这样……”

我最后一次回到老家是什么时候呢？时间已经久到我无法马上想起来。

乡愁之情极其突然地从内心深处涌上来，不知为何还伴随着胸口被紧紧勒住的痛楚。我忽然非常想见家人一面。

“……那我和父亲联络看看。”

听见我这么回答，袴田医师露出满意的微笑。

“这样很好，休息一下也许可以拓宽视野，让你发现原本没有注意到的线索。”

“您在百忙之中还给我这么多建议，真的很谢谢您。”

我深深地鞠躬道谢，袴田医师若有似无地勾起两端唇角。

“不会不会，我也很开心。身体变成这样之后，副院长老是丢一堆文书作业给我，我都没能做一些医师的工作，大学那边也叫我暂时好好休息。”

担任神研医院的院长之后，袴田医师仍然持续每周一天到位于狛江市的母校医大附属医院看诊，但是意外发生后，那边似乎也中止了。

“我很感谢大家这么顾虑我的身体，但老是做文书工作也太无聊了，所以我正好看看报纸转换一下心情。”

我不经意地将视线移到袴田医师腿上的报纸，上面用斗大的字写着煽情的标题《发现男性遗体难道是连续杀人事件？》。我不禁喃喃自语道：“这是……”

“啊，这个啊，你应该也知道吧？就是最近这附近频繁发生的杀人事件。从犯案手法来看，应该是同一凶手所为的连续杀人案。”袴田医师拿起报纸。

“深夜在杳无人烟的地方遭到袭击，然后被残忍杀害。被害者中男女老少都有，遗体被蹂躏到看不出原形。”

“看不出原形……”

我哑然无声。最近心力都用在 ILS 病患的治疗上，我并不知道事件的详细情形。

“这是可怕的暴力，绝非人类所为，简直就像野生的猛兽。而且已经发生了好几起这样的事件，却都没有目击者。凶手像一阵烟一样突然从现场消失，这么怪异的犯罪，怪不得还有传言说那些人是被从动物园里逃出来的猛兽攻击的。”

“您也认为这不是人类犯下的行为吗？”

“不，这绝对是人类的行为。”袴田医师缓缓地扬起嘴角，“我对这个事件很有兴趣，所以仔细调查过，媒体虽然只报道了‘遗体遭到破坏，完全看不出原形’，但有一件事让我很在意，你觉得是什么？”

这个语气就像在对学生提问的老师，让我想起了医学生时代，上过袴田医师在精神科那门课，我记得那堂课的主题是“精神疾病与犯罪”。

曾经以精神科医师的身份为许多罪犯进行精神鉴定，袴田医师的授课风格生动又诡异，但又充满了妖异的魅力，让每个人都伸长了脖子仔细聆听。

那仿佛是在窥探蠕动于晦暗深渊中的异形深海鱼一般，有着让人毛骨悚然的危险魅力。

“这个嘛，是有没有犹豫的痕迹……之类吗？”

“不，不是这个……”袴田医师微低下头，“是遗体有没有被啃食过。”

“被啃食……”我的喉头一紧，声音开始发颤。

“没错，动物杀死对方的原因，不外乎为了保护自己，或是当成食物。如果是前者，在杀死对方的那一刻即已达到目的，因此不会再有更进一步的攻击；而如果是后者，它们会急于啃食捕获的猎物，因此遗体上会留下极大的损伤。假如是受到动物袭击，‘遗体看不出原形’的话就是这种情形，所以我通过一些渠道，搜集了有关遗体状况的情报，主要是有关遗体司法解剖的结果。”

“遗体……有被啃食吗？”

“没有，没有被啃食，”袴田医师缓缓地摇了摇头，“遗体只是单纯地被破坏，为了破坏而破坏，蹂躏遗体本身才是对方的目的。会这么做的生物，据我所知，在这个地球上只有一种——就是人类。”

我愣在原地，继续仔细听着袴田医师的解释。

“这个犯案行为显示的是‘愤怒’——熊熊大火般激烈燃烧的愤怒，想要将这个世界燃烧殆尽的愤怒。”

说完这句话的袴田医师，低着头舔了舔嘴唇。

“而且即使内心隐藏着这么激烈的愤怒，这个凶手依旧没有露出破绽，他犯下了多起案件，却没有落下任何东西，也没有被人目击到身影……也许这个凶手确实不是人类。”

“咦？这是什么意思？您刚刚还说凶手是人类。”

“我的意思是，连自己都要燃烧殆尽的愤怒，以及完全没有被看到身影的冷静，吞噬了这两种矛盾情感的存在，已经超出了‘人类’的范畴，就算说他进化成了‘怪物’也不夸张。”

“怪物……”

“身为一名专家，我还真想见见那个‘怪物’，探一探他的本质呢！”

袴田医师仿佛一个看着自己抓到的昆虫的儿童，脸上浮现出既残酷却又天真无邪的笑容。

4

数十种辛香料交织而成的辛辣香味掠过鼻尖，我用汤匙舀起咖喱放入口中，富含深度的鲜味与刺激性的辣味在口腔内散开。

“好吃吗？”隔着餐桌与我对坐的爸爸这么问我。

我嘴里咬着食物，接连点了好几次头。爸爸的眼角挤出了皱纹。我依照袴田医师的劝告回到了老家，走出院长室后，我马上拨了电话，听到电话那头的爸爸打从心底开心地说：“我等你回来。”

值班结束后，我搭乘特快电车来到离老家最近的JR转乘站，再转搭路面电车，看着红色的体育场和观光景点的大公园，摇摇晃晃搭乘了十五分钟的电车，回到爸爸在等待我的家。

从小时候开始，爸爸煮的咖喱就是我最喜欢吃的菜，即使搬离了老家，但每次回来，爸爸还是会为我煮这道咖喱。

已经多久没有像这样和爸爸面对面坐着吃饭了呢？

我拿着汤匙在碗与嘴巴之间匆忙地来来回回，同时观察着爸爸。总觉得他的头发变得稀薄，脸上的斑与皱纹越来越显眼。拼了命地养育幼小的我长大的爸爸，外表透出了那份辛劳。

然而我却很少回家……感谢之情与罪恶感在我心中交错。

当我还在受到自我厌恶与苛责时，忽然出现“喵……”的叫声，一团淡黄色的毛球跳到了我的腿上。它是一只名为“黄豆粉”的宠物猫，是我还在读幼儿园时，从附近公园捡回来的小猫，现在的它仿佛这个家的主人一样，旁若无人地生活着。

“我还在吃饭，不要来干扰我，你看，人家跳跳太就很乖。”

我摸了摸它那名字的由来——颜色像是黄豆粉的柔软毛发，手指指着放在客厅角落的一个大笼子。笼子里，同样从我小时候就陪着我的白色兔子——跳跳太闭着眼睛趴坐在内，乍看好像在睡觉，但是几乎要垂到地板上的耳朵不时微微地颤，由此看来，它似乎在听着我们这边的动静。

“猫不能吃咖喱啦！”

我将它抱到地板上，黄豆粉像抗议一般，“呜”地喊了一声。它的态度虽然高傲，体格却很小，现在还留着小猫时十足可爱的样子。

“晚一点给你猫咪零食当点心，你等一下哦！”我一边和黄豆粉谈条件，一边继续吃着咖喱。

吃完晚餐，我喝着爸爸泡的红茶。啊！幸好我回了老家，我打心里感谢劝我回来的袴田医师，光是这样和爸爸面对面喝茶，这几个星期以来的紧绷情绪都慢慢放松了。

不论工作再怎么忙，都应该更频繁和爸爸见面才对，为什么我一直不回来呢？

“所以，发生什么事了？”爸爸突然向我提问。

“咦？现在在说哪件事？”我将手里的茶杯放回盘子上。

“是因为发生了什么事，所以你才急忙回来的吧？”

爸爸眯着眼，看向我的眼睛。从小开始，只要我情绪低落，爸爸就一定会这样问我。

“只是……工作有点忙。”我含糊地回答。

爸爸微微耸了耸肩："不只是这样吧。爱衣是个做事努力的人，如果只是工作忙才不会显得那么颓丧。发生了什么难过的事吗？我可以听你说说。"

果然还是瞒不了爸爸……我一边苦笑，一边思考着该怎么说。

我不能将看到病患的样子之后，让我想起"那个时候"的事情说出口，因为"那起事件"，爸爸的身心伤得比我还要重、还要痛苦。

"其实我现在负责的病患有些棘手，他们罹患了一种叫作 ILS 的病……"我带着些犹豫开始说了起来。就算对方是我的家人，我也不能透露患者的个人资料，但如果是关于疾病的一般说明应该没有关系吧。

我开始以简单明了的方式说明 ILS，好让没有医疗知识的爸爸也能够理解。

"这样啊，世界上还有这么神奇的疾病啊。"

爸爸几次应和，听完我说的内容之后，皱起了眉头。

"因为是非常罕见的疾病，所以我一边摸索一边进行治疗，但是却完全没有效果。总觉得因此有一种无力感……"

感到无力，会让我想起"那个时候"的自己。我在腿上握紧了拳头。

"不过持续沉睡在梦中，是那个吧，不是有个那样的童话故事吗？"

"你是说《白雪公主》吧，吃了毒苹果之后陷入沉睡，然后因为王子的吻而醒来的故事。所以，也有人称 ILS 为'白雪公主症候群'，不过我不喜欢那种浪漫的名字。"

我一口饮尽了杯子里剩下的红茶。大概是比较厚重的部分都沉到杯底的缘故，因此味道格外苦涩。

“为什么不喜欢？小女生不是都喜欢浪漫的东西吗？”

“别再这么说了啦，我已经不是‘小女生’的年纪了。”

听我这么反驳，爸爸不发一语地不好意思了起来。似乎对父亲而言，女儿不管到了几岁都还是个“小女生”。

“如果是能够因为一个吻而醒来的病，那给它取个浪漫的名字是没有关系，但是 ILS 的病患有相当程度的比例不会再醒来，简直就像受到诅咒一样。管他是王子的吻还是魔法都没有关系，如果有能够让病患苏醒的方法，真希望可以教教我。”

我叹了长长一口气，爸爸的手摸在下巴上。

“魔法……吗？”

“怎么了？怎么一脸严肃？”

“没有，只是在想如果是这方面，也许可以去和妈妈商量看看。”

“咦……妈妈……？！”我脸上的肌肉绷了起来。

“啊，不是不是，我是指我的妈妈，也就是爱衣你的奶奶。”察觉我脸色变化的爸爸慌忙说道。

“啊，是这样啊，但是奶奶……”不知为何感到轻微头痛的我按住了太阳穴。

爸爸指着天花板：“这个时间奶奶应该还醒着在房间里，你要不要去和她聊聊？”

“等一下，为什么我要和奶奶聊？这件事和疾病有关耶。”

“但是那些病人的症状，从我一个外行人听起来，与其说是疾病，感觉更像是诅咒。这样的话，和专家商量是最好的方式，毕竟奶奶年轻的时候可是一位犹他呢。”

“犹他？我记得那是类似冲绳女巫那样的人吧？”

“我也不是很清楚，不过真要说起来比较接近灵媒吧，她们会利用不可思议的力量驱除邪灵，或是治疗疾病。”

“灵媒……”我的鼻根挤出了皱纹。

“这个嘛，听起来的确是很令人怀疑。”爸爸开心地笑了，“事实上也有很多人是抓住对方的弱点，做一些类似诈骗的事情还自称是犹他，不过根据附近邻居所说，奶奶似乎是一名非常优秀的犹他哦。”

“怎么可能有什么不可思议的力量！”

我的语气里掺杂了不耐烦。有很多人会以花言巧语引诱为病所苦的人采用毫无根据的高价治疗方式，自从我成为医师之后，已经看过好几名病患，因为相信这种治疗方式，落得不幸的下场。

“别这么说，你的奶奶真的拥有不可思议的力量，我从小就多次看过她发挥能力，像是治疗一些小病小痛，或是说中遗失物的所在地。”

“我第一次听到这件事……”

“因为奶奶好像不是很想让别人知道她是犹他，只有附近的人来拜托她时，她才会免费帮助对方。”

“噢……这样啊。”听到没有索取费用，我的反感稍微降低了一些。

“总之，虽然我不知道能不能当作参考，但去聊聊也没什么损失吧？自古传承下来的智慧，有时候可是很管用哦。”

被爸爸这么一说，我也开始觉得或许真是如此。我虽然完全不相信什么超乎寻常的能力，但已经很久没有见到奶奶了，去和奶奶悠闲地聊个天也不错。

大约二十五年前，爷爷过世之后，奶奶就顺势从冲绳搬过来和我们一起同住。

我站起身说："那我就去和奶奶聊聊。"爸爸似乎很开心地挥着手回道："慢走。"

我走出饭厅，一踩上通往二楼的陡峭楼梯，黄豆粉就抢在我之前从脚边蹿过。

"你也要去奶奶的房间吗？"

比我早一步到二楼的黄豆粉像是在催促我一般叫了声"喵——"，也许它是因为还没得到点心而感到不满。一上到二楼，黄豆粉就用爪子抓着短廊右侧的纸拉门，那是奶奶的房间。走到纸拉门前的我小声问："奶奶，你还醒着吗？"马上传来一声回应："醒着哟。"

我拉开纸门，眼前是铺着琉球榻榻米的和室。穿着宽松浴衣的奶奶蹲坐在小矮桌的内侧，鼻间飘来房间角落燃烧的蚊香的特殊味道。

"小爱，好久不见了，一阵子没看到你就长大了呢。来，坐吧。"

奶奶原本就布满皱纹的脸上，又挤出了好几条皱纹，招呼着我坐坐垫。进入房间的黄豆粉，奋力一跃，在奶奶的腿上缩成一团。

"真是的，又不是小孩子了，你可别再长胖了啊。"

隔着小矮桌，在奶奶对面跪坐着的我露出苦笑。

"奶奶很高兴看到你，来，吃几个糯米饼吧。"

奶奶从小矮桌上的点心盒中拿出一个折好的大型月桃叶。糯米饼又称为鬼饼，是冲绳常见的点心。

"啊，好怀念这个哦。"

接过糯米饼的我打开月桃叶，里面出现一块加入红芋揉制的深紫色米饼，我用门牙从叶子上轻轻刮下来吃，再用臼齿咬着咬着，红芋温和的甜味及月桃叶清爽的香味，伴随着比一般糯米饼更黏糯柔软的口感在嘴里扩散。

这是小时候奶奶经常给我吃的味道，这股怀念的滋味，让我最近僵硬的心慢慢软化——还是和家人相处舒服。我像是在咀嚼幸福般，一口接一口地吃着糯米饼。

“因为玛布伊掉了。”正当我吃完糯米饼，舔着指尖沾到的残渣时，奶奶突然出声说。

我不懂这是什么意思，所以反问：“哈？什么？”奶奶的冲绳口音很重，我有时候会听不清楚她说什么。

“我是在说小爱你负责的病人，他们不是突然醒不来了吗？”

“……为什么你会知道？”

我脊背一片发凉。刚刚爸爸说过的“不可思议的力量”这个词在我耳边响起。

“小爱的事我什么都知道哦。”

我看着得意地笑眯了眼的奶奶，轻轻地甩了甩头。

只是听到爸爸刚才和我的对话罢了，这个家的隔音效果没有那么好，和同龄者相比没什么听力问题的奶奶，也许在这房间里听到了我们的对话。

半牵强地说服自己之后，我问奶奶：“玛布伊是什么？”听起来像是冲绳方言，只是我没有听过。

“玛布伊啊，以日本本岛的话来说，就是像‘灵魂’一样的东西。”

“灵魂……”这个超自然领域的用语，让我脸颊的肌肉绷了起来。

“玛布伊啊，只要一点点冲击就会掉落，像是非常惊讶，或是发生悲伤的事情等，这种时候不是会脑袋一片空白吗？”

这似乎是在说因为震惊而陷入茫然自失的状态。

“奶奶，我负责的病人已经睡了超过一个月了，这和马上可以治疗好的状况不一样。”

“这是因为，他们的玛布伊被某个人吸走了。”

“被吸走了？”因为听不懂这句话的意思，我反射性地回问。

“没错，小爱负责的病人在一睡不醒之前，是不是大家都很没精神？是不是遇到非常痛苦的事，或是心情很低落？”

“为什么你会知道？”发出尖锐声音的我，慌忙用两只手捂住嘴。

这也是因为奶奶听到了刚刚的对话，一定是这样。

“只要发生痛苦的事，玛布伊就会变得衰弱，而衰弱的玛布伊很容易被吸走。玛布伊被吸走却没有取回的人，虽然可以回到家中，但是只要一入睡，就会一睡不醒。”

“你说被吸走，是被什么东西吸走？”

和 ILS 完全相同的症状，我的身体不知不觉地往前倾。

“被萨达康玛利。”

“萨达康……？”

“就是拥有这种能力的人。”

有能力吸取他人灵魂的人？我的头痛了起来，疼痛随着心的跳动扩散，我按着太阳穴，继续提问：

“那、那个灵魂……玛布伊被吸走的人，该怎么做才会醒来？”

我在问什么蠢话？身为医生的我，竟然对这种和迷信没两样的事认真……理性虽然这么想，却不知为何被奶奶所说的话吸引。

“要进行玛布伊谷米。”奶奶高声说道。

“玛布伊……谷米……？”

“没错，就是将玛布伊放回原位。如果玛布伊只是稍微掉了，即使是普通人也放得回去，但被吸走的人就没办法了，必须由专业的人进行。”

“专业的人，难道……是指犹他吗？”

奶奶只是一个劲地微笑。

“……如果是奶奶，是不是可以治好我的病人，那些玛布伊被吸走的人？”

我明明知道怎么可能有这种事，却无法停止提问。

“不行，我没办法。”奶奶一脸可惜地摇摇头，“如果是三十年前的我也许还可以，不过有一个人做得到哦。”

“有一个人？是谁？”

我从坐垫上跪起身，奶奶的食指指向我的鼻尖。

“小爱，就是你。”

“……我？”半张的嘴里，发出我呆愣的声音。

“没错，你是我的孙女，一定可以办得到。”

身体的温度好像一下子降了下去。这是在说，因为继承了身为犹他的奶奶的血统，所以我也有特殊能力的意思吗？怎么可能会有这么刚好的事。

再继续谈论这个话题也没什么意思，反正已经和奶奶见到面了，差不多该走了。我一边这么想，一边从坐垫上起身时，奶奶突然将手掌贴在我的额头上。

“咦？什么？”

我反射性地想缩回身体，奶奶温柔地微笑道：“别动。”

到底要做什么？不安涌上心头，身体动弹不得，额头的中心却感受到一阵柔和的升温。

我发现那个地方发出光芒，是一阵淡橘色的光芒。

我并不是透过眼睛看到的，但不知为何，就连光的颜色我都可以从感受得知。

“什么？这是什么？”

奶奶向半起身的我轻柔说道："别担心。"

额头上的热气扩散开来，沿着脸、脖子、躯干，然后是四肢末端，全身的细胞都带着热气，但这并不像发烧一样难受，而是像漂浮在南国大海般身心舒畅。

我闭上眼睛，漆黑的世界里，我的身体被包围在橘色的光芒中飘浮。

不，这么说并不正确，是我自己本身散发出橘色的光芒。

我感受到全身的细胞正发着淡淡的光。

"这是……"

我睁开眼睛，看到奶奶得意地眯起眼。

"看吧，小爱果然是我的孙女。"

身体的热意慢慢退去，我感受到光芒渐渐变弱，但是那道余晖在我的肚脐附近深处缭绕不散。

"这是怎么回事？你刚刚做了什么？"

"玛布雅、玛布雅，乌提奇弥索利。"奶奶突然喃喃念出像是咒语一样的字句。

"你在……念什么？"

"你要摸着失去玛布伊的人的头，念出我刚刚说的咒语，这样玛布伊就可以回到那个人身上了。"

"意思是可以治好 ILS 吗？"我战战兢兢地询问。

奶奶如我所愿地用力点了点头。

"这样啊……谢谢。"

我向奶奶道谢后，逃也似的往纸拉门走去，我可受不了再被更多的奇怪迷信给扰乱心神。在奶奶腿上缩成一团的黄豆粉也起身跟着我离开。

“对了，小爱。”

我拉开纸门，背后传来奶奶的声音。我只回过头问：“什么事？”

“你在进行玛布伊谷米时，记得去找库库鲁哦。”

“库库鲁？那是什么？”

听到新的名词，我皱起了眉头。

“你很快就会知道了。”

奶奶脸上浮现出少女般带有恶作剧味道的笑容。

5

“啊，爱衣医生。”

回老家之后的隔天傍晚，午诊的巡房时间我走在病房的走廊时，一道开朗的声音向我打招呼。我回过头，一个穿着病人服大约小学低年级的小女孩脸上挂着无忧无虑的笑容站在那里。我记得……她是在这栋大楼住院中的小朋友，印象中见过她好几次。

“你好，你是……？”

“我是宇琉子啦，久内宇琉子。”

“对不起哦，宇琉子。嗯，你在这里做什么？”

她带着笑容向我走来，从她像个老太婆弓着背一小步一小步前进的样子，看得出她得了神经方面的难治之症，于是我的脸皱了起来。

“我在散步，留在房间里没事做，所以我到处晃来晃去。爱衣医生也在散步吗？”

“我正在工作，要到我负责的病人那里，去看看他们的状况。”

我屈膝，对上宇琉子的视线：“宇琉子也回去自己的病房比较好哦。”

“但是回到房间也没有事情可以做，很无聊。”

宇琉子可怜兮兮地垂着头，因为她的脊椎是向前弯曲的，那个样子看了令人心痛。

“那等工作结束了，姐姐陪你玩一下下吧。在那之前，你可以在自己的房间里等着吗？”

“真的吗？好，我会等你。”

像花朵盛开一样，宇琉子的脸上再次浮现出笑容，她转身离去。她的步伐如我所想的一瘸一拐，速度却相当快，大概她已经适应罹患疾病的身体了吧。

我确认小小的背影已经看不见了之后，拉开拉门进入病房中。

这是片桐飞鸟小姐的病房，她正躺在房间里面的病床上。睡眠中的呼吸声以一定的节奏响着，微微震动着鼓膜。走近病床的我拿起挂在脖子上的听诊器，“医师巡房，我听一下哦。”我先向她打了声招呼才开始听诊。

诊察很快就结束了，没有发现任何异常，就如至今为止的四十天，她只是一直持续昏睡中。

我在这间病房里应该没有其他事可做了，必须快点回到护理站，完成登载病历、申请药物处方及检查等堆积如山的文书工作，但是，我却一动不动地站在病床旁边。

我到底想做什么？我一边问着自己，一边伸手去摸她的右眼睑。

薄薄的皮肤下眼球快速运动的振动从指尖传来。

从我指尖摸着的眼睑沿着眼角，然后来到太阳穴，有一条细细的旧伤，我想起了记载在病历上的资料，那是为了找出治疗ILS的线索，而拼命向亲人等关系人询问汇整而成的资料。

二十一岁的飞鸟小姐，梦想是成为飞行员，因此原本就读于航空学校。然而八个月前被卷入一起意外事故中导致身受重伤，伤势并没有危及性命，四肢虽然骨折了，不过手术之后已经痊愈，没有留下后遗症。

但是，问题在于眼睛。事故发生时，四处飞散的碎片划过她的右眼，角膜受到严重损伤，导致右眼几乎失明，这对于目标是成为飞行员的人来说是一项致命伤。

失去梦想陷入绝望的她，身体的伤痊愈之后也没再回到学校，只是像个游魂一样漫无目的地过着每一天。然后有一天，她突然不再醒来。

简直就像拒绝面对痛苦的现实，而躲到梦境里一样。

现在她正做着什么样的梦呢？是沉浸在幸福的梦中，还是彷徨于噩梦之中？从她那毫无表情的睡脸，我无法做出判断。

“玛布伊掉了……吗？”

我不知道玛布伊，也就是灵魂是否真的存在。我认为人格也不过是从蜘蛛丝般复杂交错的脑神经回路发出的电子讯号中产生的东西。但是，如果灵魂真的存在，而且从身体中消失了的话，也许会陷入和眼前不停做着梦的她一样的状态也说不定。

玛布伊谷米。我想起了从奶奶那里听到的那些话，记得是将手放在对方的额头上然后念咒语吧？

“……你是我的孙女，一定可以办得到。”

奶奶的话在我的耳边响起。我战战兢兢地将原本盖在飞鸟小姐眼睛上的手移到她的额头上，她的体温微微地温暖了我的手。

真的要这么做吗？身为医师的我竟然将那种没有科学依据的迷信当真？

“念个咒语没关系吧，就像许愿那样。”

像是在替自己找借口般喃喃自语，我看着飞鸟小姐的脸，慢慢地开了口。

“……玛布雅、玛布雅，乌提奇弥索利。”

为了不让其他人听到而以蚊蝇般的音量念出来的咒语，轻微地震动了病房的空气。

什么事也没发生。她并没有像被王子吻了以后的白雪公主一样醒过来，仍持续发出微微的呼吸声。

这也是当然的，我想就这么嘟囔着缩回我的手，可是……却做不到。

不论是要自言自语，或是要把手缩回来，我都做不到，简直就像连接大脑和身体的神经被切断了一样。

这是怎么回事？我下意识地想要大喊，喉咙却发不出一点声音。

这时候光芒出现了。和昨天奶奶将手放在我头上时一样，我的全身开始散发出淡橘色的光芒。不，发光的不是身体，而是容纳在其中的“我”，而身体装不下的光，就流泻到了身体外面。

我一直认为身体才是“自己”，以皮肤为界，内侧是“自己”，外侧是“自己”以外，但是我现在感受到了身体深处真正的“自己”的存在。

从全身溢出的光芒渐渐地往右半身聚集，然后向摸着飞鸟小姐的右手集中。我的手掌与她的额头，光芒，不，正在发光的“我”流经皮肤接触的部分，逐渐被她吸进去，身体中的“我”一点一滴地被稀释。

不久后视线变暗，这不是眼睛出现了问题，而是接收从视神经传往大脑的视觉信息的“我”越来越稀薄，薄到几乎要消失了。

我感受到身旁就站立着“死亡”，从二十三年前的那一天以来，围绕着我的浓厚的“死亡”气息。

下个瞬间，脑海中跳出了带着温暖包容的笑靥，温柔地向我伸出手的女性影像。那一刹那，恐惧消失了，我的内心平静地接受了那股气味。

像是开关被关掉的电视画面，我的意识转暗。

6

我回过神，发现自己站在森林里。这是一座微暗的森林，四周巨木杂乱地生长，前所未见的粗壮树干纵横交错得像个迷宫，本来应该穿在我身上的白袍不见了，取而代之的是白色衬衫和深蓝色长裤。

这里是……？我带着混乱仰望天空，远处几乎要碰到天空的地方大量树叶茂密地生长，我从来没有看过这么巨大的树，感觉就像闯进了一片木制的高楼大厦中。

我将两只手贴在额上，拼命调整紊乱的呼吸，努力想要掌握状况。但是，不论我怎么动脑筋，还是无法搞清楚到底发生了什么事。

我应该身在医院的，什么时候来到这样的森林里了？

难道我在做梦吗？不，相对梦境而言，这实在太过真实了。

我深吸了一口气，鼻腔充满了几乎令人窒息的绿叶香气及潮湿的泥土味。我踏出一步，鞋底传来柔软地面的触感，轻抚脸颊的空气的湿度相当高，但也蕴含着森林特有的清凉感，甚至有股清爽的感觉。

清醒梦，在做梦时知道自己正身处于梦境中，我已经有过好几次这种经验，但是现在却没有那时候感受到的，世界以及“自己”这个存在的鲜明度随着时间流逝产生变化的感觉。至少对我来说，现在这个世界是“现实”。

那么，在医院里巡房才是梦吗？进入医学系，结束严格的初期临床实习成为神经内科医师，成为三名 ILS 病患的主治医师，这些也全都是梦吗？

不，这怎么可能？清醒一点！

我两只手拍了拍自己的脸颊，发出了“啪”的清脆声响，两颊传来的尖锐疼痛，冷却了我简直要烧起来的混乱头脑。

冷静下来。一定要冷静。

我反复几次深呼吸之后，突然，身边掉落一个球状的物体。我轻轻惊叫了一声，跳离了那个东西附近。

那是一颗松果。小时候我经常到处搜集松果，和附近的男孩子拿来互丢玩耍。只不过掉在地面的那颗大小有如西瓜。

一颗尺寸超乎常理的松果，但是让我惊讶的却不仅是它的尺寸。

“什么时候……”

直到刚刚都还没有这种东西，如果有这么异常的东西掉在身边我一定会发现。

……不，这也很难说。来到这里之后我一直处于混乱状态，也许是因为这样，所以掉在身边我也没发现。没错，一定是这样。

强硬地自我说服后，我屈膝伸手够向那颗松果，在指尖就快碰到时，那颗松果滚了开去，简直就像在避开我的手，我颤抖着身体缩回了手。

是风吗？但是并没有吹来足以推动那么大一颗东西的风啊……

心跳越来越快，冷汗滑落背后。

“啊哈哈哈哈。”

忽然传来一阵像是天真无邪的孩子发出的高亢笑声，但是听在我耳里，比肉食动物的低吼更恐怖。

因为那阵笑声很明显是眼前的松果发出来的。

“这到底……是什么啊……”我僵着的舌头无法顺利发出声音。

松果仿佛对我的声音产生了反应，当场不停地旋转起来，并且前端朝向了我。

松果明明应该没有眼睛的，我却感受到了它的视线。我缓缓地往后退，那笑声还在震动着我的鼓膜，那是层层叠叠，回荡着回音的笑声。

我转动生锈了般动作不灵活的脖子，将视线投向周遭。不知什么时候开始，我被数不清的巨大松果包围了。

是梦……我一定是在做噩梦……我上下两排牙齿开始发出撞击声。

眼前的松果笑声变得更大了。以此为信号，无数的松果开始笑了起来，同时随意跳动，到处乱滚。

它们不时互撞、跳跃，每一次，笑声都会变得比之前更大。

一定要逃，一定要立刻从这里逃走。

我虽然这么想，颤抖的脚却使不出力气，无法动弹。再说，四面八方都被发出怪异声音、到处滚动的松果围住了，我都不知道该往哪里逃。

吓得呆立在松果们舞蹈大会中心的我，背后蹿过了一阵战栗。我僵着身体，以缓慢的动作转头看向右侧，疯狂跳着舞的松果群深处，伫立着“幽暗”。

那是个除了“幽暗”没有其他词语可以形容的东西，仿佛只有那个部分的空间被裁切掉了，虚无在其中飘荡。像吞噬了一切物体、声音还有光芒的“幽暗”。我虽然不知道那究竟是什么，但脑海里以最大的音量响起了警报声，全身的汗腺渗出了冰水般的冷汗。

一颗到处翻滚舞动的松果碰到了那个“幽暗”，下个瞬间，松果发出带着哀号的笑声被吸了进去，笑声越来越微弱，最后终于听不见了，简直就像掉进了无底深渊一样。

“幽暗”膨胀了一些。不，也许它是靠近了一些？可能是因为四周昏暗，所以我无法掌握距离。原本跳着舞的松果们，一颗一颗地被“幽暗”吞了进去。

我用力咬着嘴唇，虎牙微微刺破了嘴唇上薄薄的皮肤，在锐利的疼痛接起原本已经断线的大脑与双脚之间神经的同时，我拔腿就跑。避开在脚边跳舞的松果，有时候也踢飞它们，双脚只是不停地动着。

我没有停下脚步，只转动颈部回头，背后可以看见和刚才一样大小的“幽暗”。

完全没有变小，它正在追着我。恐惧让我的脚几乎不听使唤。

“幽暗”碰到了树干，那个部分无声无息地被整个挖走了。就在我喉咙深处发出“呜”的惊叫，同时重新转头面向前方时，眼前却耸立着巨木。慌忙伸出双手避免冲撞的我，轻轻甩了甩头。

我明明跑向了没有树木的地方……带着混乱，我再次转头确认“幽暗”的位置，它的尺寸比刚才还要更大，但是，我依然无法掌握正确的距离。

我要快点绕过树逃跑。

就在我再次转回正面时，口中发出“咦”的一声然后愣住。原本应该在眼前的巨木不见了，我的双手刚才应该碰到了树干才对，现在正面却出现了一条大路。

我不知道发生了什么事，有那么一瞬间全身僵硬，不过马上就回过神开始跑了起来。我喘着气又回头看，也许是心理作用，总觉得这次“幽暗”变小了。

逃得掉，不会被“幽暗”吞噬了。稍微放下心，看着正面的我硬生生地停下了脚步，原本空出的一条路又被巨木给堵住了。

“为什么？”我呆立在原地，环顾四周，全身起了鸡皮疙瘩。原先生长在四周的树木很明显地变换了位置，简直像是随意移动了一样。

“怎么……回事？”我发出嘶哑的声音并急忙转身。

视觉范围内的树并没有移动，但是每一次只要稍微移开视线，原本长在那里的树的位置就会产生巨大改变。

我知道这种感觉，是“一二三，木头人”。就像小时候常玩的这个游戏一样，大树在我视线的死角无声无息地改变了位置，距离感从我的视野里消失了，周围大树步步紧逼并要将我压垮的错觉向我袭来。

不，这是错觉吗？确定不是树真的越来越靠近了？

像鸟类振翅的嘈杂声震动着狼狈的我的鼓膜。

我颤抖着怯怯地向后看去，无法聚焦的眼睛捕捉到了“幽暗”，它不知道什么时候膨胀成了需要抬头仰望的大小，像马上就会“吃”了我一样。

不行了……绝望渐渐吞噬我的心，身体动弹不得。

仿佛被肉食动物逼到绝境的小动物，全身僵硬的我的脚边，忽然蹿出了小小的影子，脚踝传来像柔软刷毛抚过的触感，解开了紧箍的束缚。我反射性地转头，视线追着那道影子，那道影子停在稍微有点距离的地方，因为昏暗我无法看清楚，但从剪影来看似乎是四足动物。

“跟我来！”

像变声前男孩的稚嫩声音，很明显是从那道影子传来的。

“你说跟你走？”

“别管了，快点！还是你想被‘那个’吃掉？”

就在我想确认与那个越来越靠近的“幽暗”之间的距离，转头到一半时，瞬间一道尖锐的声音从影子飞来：“不可以看！

“你如果想逃离那个就快跑，现在马上全力奔跑！”

和音色不相称的强硬语气，让我不自觉地回答：“好、好！”

“快跑！”

影子随着那句话一起跑了起来，我也下意识地用力踏向覆盖着落叶的地面。

我一心一意拼命地追赶着那道穿梭在迷宫般排列的巨木之间的影子。

我们是否已经逃离了“幽暗”？

正当我想确认后方时，跑在前方的影子大叫：“不要回头！

“绝对不能回头。你只要看着前方，看着我不停地跑就够了，不然又会撞到树，被‘那个’给追上。”

“但、但是……我已经到极限了……”我上气不接下气地挤出声音。

因为不停地奔跑，我缺乏运动的身体仿佛在呐喊——大腿发热发胀，简直像要爆开，嘴里如沙漠般干燥，拼命吸入氧气的肺也极为疼痛。

“那是因为爱衣你一直认为自己到了极限才会这样，但是根本没有什么会达到极限的身体。”影子没有停下脚步，以受不了的语气说着。

“什么……意思？”

“你很快就会知道了。别说了，我们差不多要到终点了。”

“终点？”我将视线往上移，从微暗的森林深处照进隐隐约约的光芒。

“只要到那里就不用担心了，所以再加点油。还有，千万不能回头看哦！”

只要到那里就得救了，可以休息了。我奋力挤出身体深处仅存的最后一点力气，给铅块般又硬又重的双脚注入活力。

森林的边界越来越近，我跟在用力跳起的影子后方，跃进了炫目的光芒中。已经习惯黑暗的眼睛感到刺目，闭上眼睛的我脸朝下倒进了羽绒布般柔软的东西中。我已经连动动手指的力气都没有了，只是闭着眼睛贪婪地吸取氧气。

渐渐地，呼吸平稳了下来，我睁开眼睛，撑着还在发抖的手抬起上半身。我屏住了呼吸，眼前是一片金黄色的大海。

我抚摩于撑着的地面，金色的光芒伴随着天鹅绒地毯般柔顺的触感闪闪发亮。

“……三叶草？”

我在水面上看见的，是三叶草的叶子。半透明的三叶草叶片像是浮在空中一样密集生长，我倒在那片三叶草上，怯怯地拔下一株拿到了眼前，宝石般蕴藏光辉的叶子分成了四片，这是有着四片叶子的三叶草——是幸运的象征。

不只有一株，仔细一看，附近生长的三叶草全都是四叶的。

我用指尖捏了捏手里的叶子，像毛毡一样柔软变形的叶子，吐出了内含的七色光芒，我被那仿佛彩虹水珠弹出般的美深深吸引。

金色的光芒洒落在透明如玻璃工艺品，柔软如羽毛的三叶草叶子上，闪闪发光地不规则反射，营造出有如一片金黄大海的风景。我抬头仰望天空，那里挂着一轮闪耀金色光辉的巨大太阳，散发出绚丽的光芒。

“看来我们总算逃脱了。”

原本沉浸在太过梦幻、非现实景象中的我，忽地抬起脸。像要吞噬一切的那个“幽暗”，它已经不再追着我们了吗?

我转身一看，发出了细微的惊叫。在三叶草大海与昏暗森林的交界处，距离我躺着的位置不远处，“幽暗”正在飘荡，不知何时，它膨胀成了巍然耸立的巨大黑影，已经看不见森林深处了。不，也许森林里无数的大树、疯狂跳舞的松果，还有铺满落叶的地面都被“幽暗”给吞噬，全部消失了也说不定。

现在森林交界处成排的树木另一侧，看起来像无底深渊张开了口一样。我在三叶草上匍匐前进，拉开与“幽暗”的距离。这时候，脸颊感到一阵如同被高级毛巾拂过的柔软触感。

“别担心，看样子那家伙目前来不了这里。”

耳边，那个小小影子的声音在细语，我条件反射性地往旁边看，眼神对上了一双圆滚滚的眼睛，那是闪耀着琥珀般淡橘色光芒的虹膜上嵌了一条细长瞳孔的美丽眼眸。

那里站了一只从来没见过的生物：基本的身形是猫，小小的身体覆盖着淡黄色，看起来很柔软的毛，但是下垂的耳朵对猫而言却长得超乎常理，几乎就要碰到脚边的三叶草。

拥有兔子耳朵的猫，除此之外，我不知道还能怎么形容这只生物。

从来没有见过这样的生物，而且这只生物还会说人话。

我看着兔耳猫，怯怯地开了口：“你究竟是……？”

“我是库库鲁哟，你的库库鲁。请多指教了，爱衣。”

它像是在对我打招呼似的，一只耳朵“唰”地往上举起。

7

“库库鲁？”

我和拥有兔耳朵的猫对视，这句话同时从我的嘴里冒了出来。

“……你在进行玛布伊谷米时，记得去找库库鲁哦。”我想起昨天奶奶说的话，睁大了眼睛。

“库库鲁，是奶奶说的那个……”

“没错，我就是那个库库鲁，爱衣的库库鲁。”

兔耳猫灵巧地向我眨了眨眼，过于脱离现实的状况让我感到一阵眩晕。

“等、等等，拜托你，等一下……”

我一只手抵向库库鲁面前，另一只手则按着太阳穴。库库鲁轻轻地摇着蒲公英绒球般的尾巴，不仅是耳朵，它的尾巴似乎也是兔尾巴。

我的脑海里盘旋着许多疑问，似乎大脑都快短路了，无法判断该从哪里开始问起才好，总之……

“总之，你到底是谁？”

库库鲁微微歪着头，答道：“不是跟你说我是库库鲁了？”

“我不是指这个，我想问的是你是什么样的存在？我以前从来没见过像你这样的生物。”

“啊，说得好过分，我好难过。”库库鲁动动垂下的耳朵，做了一个像在擦眼泪的动作，“我们之前明明见过好几次，数都数不清了。”

“见过好几次，数都数不清？”

“没错，我们已经见过好几次了哦，只是你不记得罢了，因为你以前不是犹他。”

“犹他！”我大叫一声，靠近库库鲁的脸。

“怎、怎么了？”库库鲁像只受到惊吓的猫睁大了瞳孔，长长的耳朵“咻”地垂直竖起。

“在我来到这里的前一秒，我按照奶奶说的做了……我按照她说的念了咒语……”

“你那时想要进行玛布伊谷米。”

库库鲁接着我的话说完，便勾起长着胡子的脸颊周边——那块称为胡须垫的腮帮子，那是真正的猫绝对做不出来的嘲讽表情。

“没错，所以你才会来到这里啊，为了进行玛布伊谷米。”

每一次得到问题的答案，都会让我涌出新的问题，感觉好像落入无法摆脱的无间地狱，越是挣扎，越是会被拖往混乱的深渊。

只要将手放在额头上念咒语，ILS 的病患就会醒来，我以为这就是指“玛布伊谷米”，也因为如此，我才会以轻率的态度做了这件事，结果……

“怎么可能有这种事，这一定是噩梦。”

我抱着头，库库鲁以轻快的语气回答道：“嗯，没错啊。”

“什么？是……梦吗？这里是我的梦中吗？”我抬起头战战兢兢地问，带着不抱希望的期待。

“嗯，这里的确是梦中，不过……”库库鲁眯起了琥珀色的眼睛，“不是爱衣你的梦。”

不是我的梦？我拼命思考这句话的意思，脑海里浮现出躺在病床上的飞鸟小姐的身影，从喉咙深处发出“啊……”的声音。那时她闭着的眼睑正因为薄薄的皮肤下眼球剧烈转动而微微地抽动。

眼球快速运动，出现这个现象的人多数正在做着鲜明的梦。

“怎么会……”我声音干涩地喃喃自语。

库库鲁合起了长长的双耳：“没错，这就是片桐飞鸟的梦境，爱衣和我一起，潜入了这里面。”

飞鸟小姐的梦中……我半张着嘴，眺望铺着闪闪发光半透明三叶草的平原，原本闪耀着金色的四周忽然变成深酒红色，三叶草像是秋季叶片转红一样渐渐染上色彩。

我的视线往上移，原本在天空闪耀的金色太阳流转到了远方，取而代之的是红宝石般深红色的天体洒落光芒，我被它的美丽吸引了目光，只是仰头看着。

碧蓝、白银、紫色、深蓝、橙色……刚刚因为金色太阳的光芒太过强烈而没有注意到，原来天空中飘浮着散发出鲜明饱和色彩的无数颗球体。

无数的天体洒落到地上的色彩斑斓的点点星光，在丛生的三叶草叶片上不规则地反射，创造出一片光之绒毯。

“不过呢，严格来说，‘梦里’似乎不是个正确的说法。”库库鲁在一动不动的我身边说道，“梦这种东西原本很快就会醒来，它是一种更脆弱虚幻的东西，但是这个世界非常坚固，没有那么轻易就崩塌，它无边无际，将做梦的人无止境地困在这个世界，就像怎么追赶也够不到的海市蜃楼，如梦似幻，我们称这里为梦幻世界。”

“梦幻世界……”我愕然地重复着这几个字。

“没错，被萨达康玛利吸取之后脱离自己身体的玛布伊，大部分的情况下会强制陷入假死状态，做着醒不过来的梦，那就是梦幻世界。即使脱离了身体，肉体和玛布伊之间还是留有联系，所以失去玛布伊成为空壳的身体也会不停地做着相同的梦，也就是梦幻世界。而拥有犹他能力的人借由触碰失去玛布伊的肉体，就可以潜入那个梦幻世界之中。”

如果像平常一样思考，这是一番超脱常理的言论，但是被非现实的奇幻光景深深吸引的我，很自然地就接受了这里是飞鸟小姐正在做的梦境世界的说法。无可撼动地存在于我内心的常理，像海滩上的沙雕城堡被海浪冲刷般，一点一滴地受到侵蚀。我将手放在胸口，反复几次深呼吸之后，直直地看着库库鲁。

“也就是说，我要在这个世界——飞鸟小姐的梦幻世界里进行某件事，才是玛布伊谷米对吧？”

“我不是从刚才开始就一直这么说吗？理解力真差。”

库库鲁有些瞧不起我地用黑色的小巧鼻子哼了几声，于是我鼓起了脸颊。

那是因为你的解释太随便了好嘛！我咽下了这句抱怨，继续提问：“只要那个玛布伊谷米成功了，飞鸟小姐就会醒来吧？就能治好 ILS 吧？”

“嗯，只要玛布伊谷米成功，玛布伊就会回到体内。”

奶奶说 ILS 发作是“因为玛布伊掉了”，如果这句话正确，只要玛布伊，也就是灵魂回到体内，病患应该就会醒来。身为医师的我虽然在承认这种非科学现象的同时感到抗拒，但我现在正闯入了极为反科学的世界里，干脆一不做，二不休，相信蹲坐在眼前的那只非现实动物的话吧。

“那你知道进行玛布伊谷米的方法吗？”

“当然啦！”库库鲁一脸得意地挺起了覆满蓬松细毛的胸膛，“我就是为了告诉你才来到这里的啊。”

“那你告诉我，我该做什么？该怎么做飞鸟小姐才会醒来？”

“首先要……”

库库鲁说到一半，两只耳朵“唰”地伸直，淡黄色的体毛倒竖，身体看起来整个大了一圈，猫一样的细长瞳孔瞪得老大，眼睛覆上了一层深黑色。我曾经养过猫，所以马上就理解那个样子代表什么意思——

强烈警戒，或是恐惧。

库库鲁漆黑的眼睛瞪着我的背后，我战战兢兢地转身，口中发出细微的惊叫。刚刚追着我们不放的“幽暗”，正从三叶草平原与巨木森林的那条界线，一点一点渗透出来。

“快跑！”这么大叫的同时，库库鲁一脚蹬在三叶草地毯上飞奔出去。

“等、等一下……”

我也急忙站起身，追在库库鲁身后再次跑了起来。

“为什么？！那个‘幽暗’不是不会到这边来吗……”我喘着气，向跑在前方一些的库库鲁问道。

由密集的叶片铺成的地面非常柔软，因此难以奔跑，踏在三叶草上的脚每一次下陷，光之飞沫便会向上飞舞至脸颊高度，但是现在没有多余心力享受这样的光景了。

虽然已经休息了一会儿，但身体还是不听使唤，脚像是套上了枷锁般沉重，呼吸马上变得紊乱。

“我是这么认为的，但看来似乎不是这样。”库库鲁一边头也不回地持续奔跑，一边这么回答。

这也太不负责任了！虽然我想抗议，但呼吸困难和恐惧感使得现在不是这么做的时候。我拼命摆动双脚前进，同时回头看，“幽暗”并不像在森林中那样呈立体状膨胀，而是像爬在地面般紧追在后，三叶草一边闪着光之余晖，一边被状似滴落水面的墨汁不规则散开的“幽暗”吞噬。

飘浮在空中的无数天体仍然持续洒落光芒，却完全看不见“幽暗”的内部样貌，就像连光都无法逃逸的黑洞一样。

“你在做什么？！我不是叫你不要回头吗？”

我在库库鲁尖锐的斥责声中急忙转回正面，就在同一时间，原本拼命摆动的双脚却停了下来。

地平线消失了。

不，这么说并不正确，是本来一望无际延伸到地平线那端的三叶草平原消失了，被“幽暗”吞噬了。

连地平线这个概念都消失了的那方，只剩一片“虚无”。

永无止境。

我用手揉了揉双眼，由于无法掌握与“幽暗”之间的距离，即使似乎远在天边，看起来也像下一秒就要逼近身旁。我唯一能够确定的是，它正在接近，带着要吞下我以及这个世界的坚强意志。

急忙看向四周的我，绝望地跪倒在地——三百六十度，举目所及之处都是“幽暗”在逼近。飘浮在虚空中的三叶草，只剩下我和库库鲁遗留其上。

“为什么？它本来明明在后面！我们又没有被追上！”

总觉得不对劲，这个世界有某些地方不正常。在森林里时也是这样，只是稍微瞥开视线，树就突然出现或消失，而这次那个现象发生在“幽暗”身上。

“真是的，我不是说了吗？叫你不要回头了。”

贴在我脚边的库库鲁，以“你看看你”的态度叹了一口气。

“这是什么意思？！到底发生了什么事？”

“我刚才不是说了吗？要一直看着前方跑，就是因为你没有做到，毕竟这里可是‘距离’的概念不正常的世界。”

“距离的……概念……”

我愣愣地重复着这句话，脑海里想起进到这个世界之后的经历。

我不知道森林有多深；松果和树木每一次从视野中消失，就像瞬间移动一样跑到其他位置；与“幽暗”之间的距离也一直无法掌握。

“但是……但是现实生活中，怎么可能有这种事……”

“就说了这不是现实生活，这里是梦幻世界，是片桐飞鸟这个人创造出来，拥有与现实完全不同的规则的世界，所以距离的概念才会变得这么奇怪。”

“所以说这是什么意思？”我一边害怕着像是在玩弄我们一样缓缓靠近的“幽暗”，一边大声说道。

“片桐飞鸟几个月前发生了意外对吧？然后她变成了什么样子？”

“什么样子……”舌头僵住了无法顺利发出声音。

飞鸟小姐发生的意外和这个不合常理的世界，这之间有什么样的关系……当我想到这里时，感觉额头有电流蹿过，我惊讶地伸直了背。

“意外发生时飞鸟小姐被碎片砸到……她单眼失明了。”没有抑扬顿挫的句子无意识地从我嘴里冒出来，“人类是靠两眼视物来捕捉物体的远近，但是飞鸟小姐因为意外而无法做到这件事，所以……”

“没错，所以属于她的梦幻世界里，‘距离’就成了没有意义的事。在这里，遥远的东西也在身旁，近在咫尺的东西也在远方，这个世界广阔无垠，同时无限狭窄，这么矛盾的事在这里却理所当然地存在。”

库库鲁像在歌唱般说着这句话，我则在它旁边指着悄无声息接近的“幽暗”。

“那、那个呢？那个‘幽暗’又是什么？”

“嗯——虽然只是我的猜测，会不会是‘虚无’呢？”

“‘虚无’是什么？！”面对库库鲁卖关子的语气，我不禁叫了起来。

“创造这个梦幻世界的人不是单眼失明了吗？于是她过去看得到的部分消失了。人类主要是靠视觉来掌握周遭的状况，意思就是对她来说，等于一半的世界‘不见了’。”

“所以才会出现那个‘幽暗’的意思吗？！”

“大概吧，还有我想或许也和她感受到的绝望之类的有关系。不管怎样，那个‘幽暗’会在视线外生成，所以我才叫你要不停地看着前方跑。”

“啊啊……”

在被包围之前，我回头了，所以前进的方向，地平线的尽头也生出了“幽暗”吗？而我停下脚步环顾四周，反而害自己被包围了。

“你要是听我的话就不会变成这样了，下次小心一点吧。”

库库鲁灵活地动动耳朵挠了挠脸颊。

“为什么你这么轻松？！我们已经完全被包围了！要是被那个吃下去会怎么样？”

我还是不知道正确的距离，但是很明显“幽暗”正在侵蚀着三叶草平原，一步一步靠近，不消数分钟，它就会到达我们的脚边了吧。

“不知道，我也不是很清楚那么详细的状况，不过呢，至少不会有什么好事发生就是了，要么消失得不留一点痕迹，要么永无止境地朝无底深渊坠落。”

我觉得体温骤降，全身起了鸡皮疙瘩。库库鲁对着表情僵硬的我抬起了嘴角笑着，在现实生活中的猫身上绝对看不到的笑容，让我微微地往后缩了缩。

“别担心，我已经找到逃跑的路线了。”

“逃跑的路线？！”

我环顾四周，但是“幽暗”正全方位蚕食三叶草平原，反而是漆黑的坑洞——“虚无”变得越来越大。

“根本没有什么逃跑路线啊！”

“爱衣，你的视野还真狭隘呢，不是就在那里吗？那个‘幽暗’没有扩及的地方。”

库库鲁一只耳朵垂直地向上伸起，我跟着抬起了头。

“那里是……天空？”

“没错，‘幽暗’是沿着地面扩散的，这样的话逃到天空去就好了。”

库库鲁大幅地上下摆动长长的双耳，就像鸟在拍打翅膀一样，它小小的身躯轻飘飘地浮起，随着耳朵每一次的振动不停地往上飞，我半张着嘴看着这幅景象。

“干吗露出一脸痴呆样啊？爱衣，你也快点过来啊。”库库鲁一边拍动耳朵，一边向下看着我。

“你在说什么？！我怎么可能做得到这种事！”

“为什么？”库库鲁像是真心觉得不可思议地微微歪了歪头。

“什么为什么，人类的身体怎么可能飞在空中……”

“身体？哪里有什么身体？”

我无法理解它在说什么，于是“咦”了一声。

“爱衣，你以为自己是连整个身体都潜入了这个世界里吗？怎么可能，你回想看看吧。”

听库库鲁这么说，我拼命地回溯自己的记忆。那时候，橘色的光，“我”从摸着飞鸟小姐额头的手，流进了她的体内，那么，在这里的是……我醒悟般地屏住了呼吸。

“看来你终于发现了。没错，在这里的你就是‘识名爱衣’这个人本身，这通常被称为‘灵魂’，我们则说它是‘玛布伊’。”

“玛布伊……”我低头看看自己的身体，这个和平常没有什么两样的自己的身体。

“你之所以会呈现这个样貌，是因为你认为这个样子才是‘自己’，刚刚在逃跑时你会觉得难受也是相同的道理，只要用尽全力奔跑肌肉就会疲劳，心肺就会发出哀鸣，这是源自你如此深信不疑。但事实上，不论是肌肉或心肺都不存在于这个世界，因为你把它们留在了现实世界。”

我仔细听着库库鲁滔滔不绝的内容，以事实上并不存在的耳朵。“幽暗”又更靠近了，不久即将到达我站着的地方。

“在这个世界里，你不会受到任何制约，可以成为任何东西。爱衣，你是自由的，只要你自己愿意相信的话。”

“只要相信，就能够获得自由。”我将注意力渐渐地往后背上方集中，带着热气的肩胛骨变得柔软，并逐渐弯曲，那已经不再是由钙和磷构成的坚硬骨骼了。

“幽暗”仿佛感受到了我的变化，加快速度往这里靠近，脚边的三叶草大幅晃动，银白色的光辉向上飞舞包覆着我的身体。“幽暗”横扫我的脚下，三叶草地毯消失了，我受到重力拉扯，身体开始往下掉。

“爱衣，解放你的心！”库库鲁大声叫道。

与此同时，后背蠕动的肩胛骨凝聚成一点，然后……猛地向外膨胀，刺穿了皮肤与衬衫的布料，在身体左、右两侧大大地张开。

我挥动着那个原本是肩胛骨的东西——那个远比我的身高还要长的、纯白的翅膀。

附着在四周的细致光珠消散，本来正在下坠的身体开始往上飘浮。

我想到上面去。

这个念头让那双让人联想到猛禽的巨大翅膀用力摆动，将我的身体往上推。我瞥了一眼下方扩散开来的“幽暗”，那个什么都不存在的空间，接着抬头往上，笔直地朝着不知何时已浮在遥远上空的库库鲁飞去。

“哎呀，看来进行得很顺利嘛。”库库鲁对着飞到它身边的我讨人厌地眨了眨眼。

我的脸颊因兴奋而发热，倾身向前：“真不敢相信！我真的会飞！”

“哎呀，这是因为你相信了，所以才会长出翅膀。不过，这翅膀还真是粗壮啊，你既然是女孩子，就不能想象一些看起来楚楚可怜的东西吗？像是天使的翅膀那种。”

“在这个时代，女人也要够强悍才撑得下去。你不觉得很帅吗？”我更用力地扇了扇翅膀。

虽然才刚长出来，但我可以按照自己的想法挥翅，在天空中移动。从翅膀上掉落的羽毛轻柔地飘着，抚过我的脸颊。

“好了，总之，危险已经过去了，转换一下心情准备开始玛布伊谷米吧。”

库库鲁合起前足的肉垫，发出了“砰”的闷响。

“可是那个‘幽暗’不会追到天空来吗？”因为兴奋而暂时忘记的不安再次袭来。

“嗯……我不能说绝对不会，但似乎不用紧张。你看，它将地面全部吞噬之后，看起来就不再继续膨胀了，也许在这个梦幻世界里，天空是个特别的地方。”

或许真是如此。我抬头仰视飘浮着无数宝石般天体的天空，以成为飞行员为目标的飞鸟小姐，即使对浩瀚晴空抱持着特别的想法也不足为奇。一定是出于这个原因，这个世界里的天空才会如此美丽。

但是她却因为意外而失去了天空。这份绝望，会是她罹患 ILS 的原因吗？是绝望生出了那个“幽暗”吗？

想到这里，我忽然察觉了某件事，看着飘在身旁的库库鲁。

“我问你，如果我刚才被那个‘幽暗’吃掉的话，会怎么样？”

“刚不是说了吗？无止境地不停坠落，或是消失……”

“我不是指这个，如果我在这个世界……死掉的话，现实生活中的我会发生什么事？只是像平常一样醒来吗？”

库库鲁的表情变得僵硬，它的胡须用力地伸直。

“这个世界里的爱衣没有肉体，所以一般所说的‘死亡’不会发生，但是有可能会受到伤害，或是消失。”

“这样的话……现实生活中的我会怎么样？”

“你在这个世界受到的伤害是精神伤害，如果是小伤马上就可以治好，就像擦伤马上就会好一样。但是，如果受到严重的伤害，即使回到现实世界，有可能在伤害痊愈之前的很长一段时间，精神上的痛苦会一直持续，有时候甚至到死为止……”

我“咕嘟”吞了一口唾液。小时候遭受的心灵创伤至今仍在折磨着我，我切身明白那是一件多么痛苦的事。

“那……如果是消失的话呢？”

我硬挤出颤抖的声音，库库鲁微低着头，用瞳孔变得细长的双眼看着我。

“消失的话，玛布伊就不能回到身体里了。肉体会成为空壳，再也醒不过来。”

在这个世界明明不需要呼吸，我的气息却变得紊乱，这是恐慌症发作的前兆。如果不稳定下来，不冷静下来的话，又要再次遭受那种身心撕裂的痛苦。

“嗯……”

我拼命地反复深呼吸，因为感受到强烈的痛楚而压着胸口。手掌下的白色衬衫上，黑色的污渍正一点一点扩散。

“这是什么？！”

库库鲁惊叫一声，急忙看向衬衫领口的我瞪大了眼睛。从我两边乳房之间到右侧腹，横跨了一大条伤痕，那里覆盖着粗糙的痂、凹凸不平的伤痕，有 部分痂剥落了，正渗出红黑色的血液。

啊，原来如此。看到伤痕的位置，我理解了一切。因为这道伤痕和二十三年前的那一天她所受的伤，裂在了相同的地方。

这也是我的伤——小时候划在心上的深刻伤痕，它反映出了现在身在这里的我遭受过的精神伤害，所以这道伤痕才会裂得这么深，而覆盖在伤口上的痂只要遇到某个契机，就很容易剥落流血。

我轻轻地从领口伸手进去，掌心贴在渗出血的伤口上，因为剧烈的痛楚而发出了呻吟声。

库库鲁担心地看着咬紧牙根的我：“……要不要放弃？”

我“咦”了一声，抬起因痛而扭曲的脸。

“我可以从这个世界里解放爱衣，可以让你回到那个摸着片桐飞鸟额头的身体，只是那需要一些准备。”

“……也就是说，如果遇到危险，也没办法马上脱离这个世界对吧？”我忍耐着仿佛一下一下跳动的疼痛，微弱地低语道。

“嗯，就是这样。只是我会保证你的安全，因为我是特别的。”

“特别的？”

“没错，我是身为犹他的爱衣的库库鲁，所以拥有不寻常的力量，因此不论梦幻世界发生了什么事，我都会保护你的。”

一脸骄傲地说完后，库库鲁又接着道：“但是……

“在进行玛布伊谷米的过程中，爱衣一定会遇到难受的经历，你会想起痛苦的过去，所以你现在说要放弃我也不会阻止。”

“……只要不进行玛布伊谷米，飞鸟小姐就会继续沉睡吗？”

“是啊，只要玛布伊不回去，空荡荡的肉体就不会醒来，直到腐朽。”

我按着像是脉搏跳动般疼痛的伤口，咬着嘴唇。

身为一名医师，无论如何我都想救她，但这却伴随着风险。虽然眼前的兔耳猫说会保证我的安全，但那句话可以相信到什么程度，我完全没有头绪，总之，存在着可能连自己的命都保不住的风险。

虽说是为了病患，但有必要做到这个地步吗？

不需要。我马上得出结论。

我受到的教育告诉我，在从事医疗行为时，医疗者必须彻底保护自己避免感染等风险。在医师生涯中有太多非救不可的病患，但如果为了治疗一名病患，而将自己暴露在危险之中，那就无法对其他更多的病患负起责任，所以我应该立即逃出这个奇怪的世界才行。

……如果目的只是拯救病患。

我加重了按在胸口上手的力道，指甲陷进了皮肤以及伤口中，像是碰在烧红铁块上的剧痛直冲脑门，黏稠的血液从指缝间溢出。

“爱衣？！”

我直直地盯着发出惊叫声的库库鲁，从紧咬的牙根之间挤出声音。

“我不放弃！我一定要救飞鸟小姐！”

拯救飞鸟小姐，拯救我负责的那三名病患，就是拯救我自己。

二十三年前，烙印在幼小的我心上的深刻伤痕，至今仍会如此疼痛，流血的伤痕，应该可以通过拯救 ILS 的病患而治愈，那么这就值得去冒险。

我盯着刻在皮肤上的丑陋伤口，眼睛眨也不眨地一直凝视着。

就像袴田医师所说的，我不过是学会了如何将创伤隐藏在内心的抽屉里，这道伤痕只不过是用纱布盖起来罢了。再这样下去，未曾完全治愈的这道伤痕会在某个时刻裂开、感染，并且化脓吧。然后，我的精神最终会腐朽溃烂。

所以前进吧。让三名病患醒来，克服我的心灵创伤吧。

“可以吗？”

我朝着询问我的库库鲁，用力地点头。

“你现在的表情还真不错呢，直到刚才明明都还像个迷路的孩子。伤口看起来似乎也稳定下来了。”

库库鲁这么一说我才发现，不知何时开始，胸口的疼痛消失了。我的视线往下看，伤口已经被厚厚的结痂盖住，身体、手，以及衬衫沾染的红黑色血污也消失了。

“那，我们就找个地方去吧。”

一言不发地看着自己身体的我，因为库库鲁的话而回过神。

“咦？找个地方去是什么意思？”

“你不是要继续玛布伊谷米吗？那么首先就要找出库库鲁。”

“你在说什么啊？你不就是库库鲁吗？”

“不是不是，不是我，我是你的库库鲁。我们要找的应该是在这个世界里的片桐飞鸟的库库鲁啦。”

“什么？等等，意思是库库鲁有很多只？”

我按着额头，接连不断的新信息让我的头快爆炸了。

“没错，库库鲁是映照出玛布伊像镜子一样的存在，是累积了成长过程中的记忆、经验，还有各式各样的东西，与玛布伊一起成长的存在。”

“各式各样的东西是……”随意的说明让我的眉皱了起来。

“总而言之，每个人都会有库库鲁，库库鲁会在那个人的体内，陪在玛布伊身边，然后经常在梦中相会。”

“我真的在梦里和你见过好几次了？只是我忘了那些梦？”

“对，你看，不是常有这种情况吗？起床的时候你还记得自己很开心或是很难过，却完全不记得梦的内容。”

的确是有这种情况，醒来的时候觉得胸口苦闷，还有眼泪滑过脸颊的痕迹，却想不起来做了什么梦。

“那离开这个世界醒来之后，我又会忘记你吗？”

“不会。”库库鲁摇了摇头，“别担心，爱衣，你的犹他能力已经觉醒了，所以应该能够记得遇见我的梦。而且这个世界本来就不是你的梦，我是为了进行玛布伊谷米，而和你一起潜入片桐飞鸟创造出来的梦幻世界里的哦。”

即使是客套话，也很难说库库鲁的解释清楚易懂，不过我可以掌握大致的状况了。

每个人的体内都有“库库鲁”的存在，虽然不会记得，但可以在梦中相会。而属于我的库库鲁，也就是这只兔耳猫，是在我摸着飞鸟小姐的额头念咒语时，和我一起进入这个世界的。大概是这么回事吧。

“也就是说，只要找出在这个梦幻世界里的飞鸟小姐的库库鲁就可以了吧？”

我这么确认，库库鲁便一副厌烦样地晃着前脚：“我不是一开始就这么说了吗？”那个态度虽让我感到烦躁，我仍继续问下去。

“那飞鸟小姐的库库鲁在哪里？”

“不知道。”库库鲁耸了耸前脚根部。

“你说不知道……”

库库鲁挥动耳朵，飞到无言以对的我的脸颊跟前。

“我本来就不是属于这个世界的存在，只是为了协助你才跟着一起过来罢了，所以关于这个世界的知识，我知道的也和你差不多，不要全都依赖我，你也自己思考啊，毕竟要进行玛布伊谷米的人不是我，是爱衣你啊！”

库库鲁的前脚碰了碰我的鼻尖，肉垫具有弹性的触感非常舒服。

“说、说的也是。”我缩了缩脖子，“所以，飞鸟小姐的库库鲁在这个世界的某个地方没有错吧？”

“嗯，这点是确定的。创造出梦幻世界的人，他的库库鲁绝对在那个世界里。”

“那有没有什么线索？像是库库鲁经常会出现的地方。”

“这个嘛……”库库鲁的前脚搭在嘴边，“一般来说库库鲁似乎倾向于待在该人物拥有深刻回忆的地方。”

“深刻回忆……”我持续拍动翅膀维持高度，双手交叉在胸前。

对飞鸟小姐来说拥有深刻回忆的地方……她的目标曾经是成为飞行员，但是意外夺走了这个梦想，因此她被逼到绝望的深渊，这样的话……

我抬头仰望天空，那个有着散发宝石光辉、色彩斑斓的天体飘浮其上的天空。

就是那里，一定是在那里不会有错。

“库库鲁，我们走。”我用力拍打翅膀，身体开始往上飞。

每一次当我用力挥动翅膀，身体就会加速向上，从身体左右流过的风让我感觉很舒服。

“不要突然移动啦，这样我会吓到的。”

“对不起。”我一边向急促扇动耳朵追上来的库库鲁道歉，一边指着看起来很遥远的美丽天空，“那么，你觉得到那里要花多久时间？我觉得已经飞得很快了。”

“真是的，你根本没有搞懂嘛！”

库库鲁的语气仿佛在说我是笨蛋，我斜眼瞪着它：“什么意思？”

“我不是说，在这个世界‘距离’的概念是不正常的，那你说在这样的世界里速度还有什么意义？”

“那怎么样才能快点到达那边？”

“遵循这个世界的法则。在这里，你只要看着某个目标，它就不会有所谓的远近，但是在视野以外的地方，则是既遥远同时又近在眼前。支配着梦幻世界的不是物理法则，而是精神，所以你只要相信它很近，它就会存在于你身边……你看。”

库库鲁突然减速，四周瞬间暗了下来。“什么？”将视线转回行进方向的我睁大了眼睛。一颗闪着紫色光芒的球体就飘在我眼前，我奋力张开翅膀想紧急刹车，却来不及了。

要撞上去了！我反射性地用两只手护住脸部闭上眼睛，然而预想的冲击却没有发生，相反地，一种温暖而稍具黏性的感觉包覆了我的全身。

我小心翼翼睁开眼睛，被眼前的景象深深震撼：我的身体正飘浮在光芒中，蓝紫色的柔和光团笼罩着我，感觉就像漂在温暖的水中。

我试着大幅拍动翅膀，围绕着身体的光芒四处纷飞，散成许多炫目的光之碎片在空中飘着，而后被吸入四周飘浮的光球中。向我靠近的库库鲁用耳朵随意挥开飘在附近的小型蓝色光球，光球没有碎裂，而是往旁边飘离，然后撞上了邻近的鲑鱼粉色光球。

两颗光球继续往其他光球撞过去，渐渐地，数不清的光球连续撞击，呈现不规则移动，看起来简直像宝石制的撞球。

光球飘离之后留下光之轨迹，在空间里画下三次元的几何图形。

“我以为飘在这里的会是更大颗的星星……”正对神秘光景看得入迷的我喃喃自语道。

“因为在这个‘距离’不正常的世界里，远近的感觉也很错乱。而且在这个世界，这些光球就是星星吧，你看，原本应该由星星组成的银河也是那种感觉。”

库库鲁用耳朵指了指我的背后，回头一看的我愕然失声。

在光球海的对侧，漂着一条河，那是一边不断变换颜色，一边滔滔而去的激流。

我靠近那条河，已经不需要挥动翅膀了。这个空间里重力并不存在，我摆动四肢，像是游泳一样在这上、下、左、右皆模糊不清的世界里移动。

我拨开几颗光球，有时候又从中穿过，来到那条河的边缘，小心翼翼地将手伸进湍流中。

手掌四周溅起了彩虹，宛如受到阻挡的水流溅起水花，我看着这幅风景着了迷，库库鲁两只耳朵像游蛙式一样往我靠近。

“哎呀，真是震撼啊！创造出这个梦幻世界的人物应该相当浪漫且拥有丰富的想象力吧？”

“飞鸟小姐的库库鲁一定就在这附近，毕竟是个这么漂亮的世界。”

“这个可能性很高，搞不好就在这条银河里。”

“没错，一定是这样！因为这里是最漂亮的地方啊。”

库库鲁快速地移动到因兴奋而抬高音量的我的背后。

“那就要进去瞧瞧了。”

这么说完，库库鲁往我的身后毫不犹豫地纵身投入，站在银河河畔的我，就这样被光之湍流卷入，在河中载浮载沉。

要溺水了！恐惧席卷而来，我每一次挥动双手，身边就会产生七彩泡泡包覆身体。呼吸越来越困难，我拼了命地挣扎着想从河里爬起。

“冷静一点啦！”耳边听得声音说道，我转头看向一旁。

旁边，库库鲁长长的耳朵顺着水流流向，身子放松地漂在水中。虽说身在河水中，我却可以清楚地听见它的声音。

“我从刚才就讲过好几次了，现在的你是玛布伊，也就是精神体，身体并不在这里，所以也不需要真的呼吸，当然就不可能溺水。你会觉得痛苦，是因为你自己这么相信。看吧，已经不痛苦了吧？”

不知何时，喘不过气的感觉消失了。我张开原本因害怕溺水而紧闭的嘴巴，试着轻轻呼吸，漂浮在身边的质感细腻的彩虹泡泡被我吸进体内，胸口泡泡破裂的触感扩散开来，我的全身散发出淡淡的光辉。

泡泡的颜色依序变化，我一边发着光，一边顺流而下，感觉自己似乎也成了这美得无与伦比的河川的一部分。

我放松全身力气，任凭水流带着我走，仿佛漂浮在层叠交错的几道极光中。在水花拍打中变换着色彩的光之帘幕深处，是一片无边无际，闪耀着鲜艳饱满色泽的光球大海。

我被那景色深深地吸引，继续漂浮在由光编织而成的“梦幻世界”中。

8

我以自由泳式在光球闪烁的空间中移动，同时大大地叹了一口气。

从开始漂浮在这个空间中算起，已经足足过了数个小时。

“我说你，再找得认真一点啦！”旁边正用耳朵游着蛙泳的库库鲁向我说道。

我嘟了嘟嘴：“我也没办法啊，累了嘛。我们可是一直在这里游来游去啊！”

“就跟你说了你没身体，再怎么游也不会累，不是吗？”

“才没这回事，就算身体不累，心也会累啊！”

“什么啊，你刚到这里的时候不是还很兴奋吗？”

我那时候的确是震慑于美丽的光景，但人类是会习以为常的生物。

我随意拨开漂在正前方的蓝色光球，碎裂的那块光团，散发出闪亮的光辉顺流而去，我却连目送它们流走都不愿意。

“话是这么说，但我们可是一直待在这里耶。话说回来，我来到这个世界已经多久了？”

想到这里，我突然察觉到一件事，转而看向库库鲁。

“我问你，现实世界该不会陷入一片混乱了吧？毕竟我可是摸着飞鸟小姐的头，整个人僵立在那里。”

“噢，你不需要担心这个啦。梦幻世界里时间流逝的速度和现实生活完全不同，所以绝对不会发生离开这里之后，外面一阵骚动的状况……没错，绝对不会。”

“原来是这样啊……”

虽然库库鲁意有所指的一番话让我有些在意，但我姑且先接受了，不过再继续下去……

“再继续下去情况只会越来越糟吧？我们找了这么久都找不到，会不会飞鸟小姐的库库鲁不在这里？”

“说应该在这里的人可是你哦。”

它说得没错，这让我无话可说。

“那……那时候是这么想的，但不管怎么找都找不到像你一样的兔耳猫啊。”

“……嗯？”库库鲁微微歪了歪头，“难道爱衣你以为片桐飞鸟的库库鲁也长得和我一样吗？”

“什么？不是吗？”

“当然不是啦，每一个库库鲁的样貌都完全不一样。”

“你要早点说这个啊！那飞鸟小姐的库库鲁长什么样子？”

“不知道。就像刚才说的，库库鲁像映照出玛布伊的镜子一样，会展现出隐藏在那个人内心之中的本质。”

“本质？”我眯起眼睛看着库库鲁。

“哎呀，看你一脸不能接受的表情！身为严谨干练的医师，看到自己的分身却长得我这么可爱感觉无法接受吗？不过你的房间里不是有很多布偶之类的东西吗？晚上睡觉时还要抱着娃娃……”

“吵死了！比起那个，现在要好好想一下飞鸟小姐的库库鲁在哪里才对吧。”我红着脸大喊。

“但是啊……”库库鲁双耳交叉说，“这个梦幻世界里只剩下这个空间了不是吗？你看看那个。”

我看往松开耳朵的库库鲁指着的方向，背后一阵战栗。不存在重力的这个空间，上、下、左、右原本应该是模糊不清的，但是只有那个方向毫无疑问是“下方”。

这个“天空”是充满光辉、浩瀚无垠的世界，只有那个方向是一整片的“虚无”，像是能够吞噬光线的黑洞般，深不见底的“虚无”。

“看来这个梦幻世界只剩下洋溢着光芒的这片‘天空’，以及那里一整片的‘虚无’，还有两者之间的界线领域。库库鲁应该还是在这片‘天空’的某个地方吧。”

“但是这片‘天空’不是无边无际地延伸吗？要找出在这里的，而且不知道长什么样子的东西，会不会太强人所难啦？”

“嗯……但不论再怎么广阔，这里毕竟是距离错乱的世界，这样的广阔应该没有什么意义，所以我本来以为很快就能找到，不过看来普通的方式并不管用，也许需要某个条件才能找出库库鲁。”

“条件？什么意思？”

听到我这么反问，库库鲁的一只耳朵像节拍器一样左右摆荡了起来。

“玛布伊会被吸走，代表玛布伊当时脆弱到了某种程度，这样的话，如同镜子里映象般的库库鲁当然也一样脆弱。脆弱的库库鲁在玛布伊创造出来的梦幻世界里，通常会默默地躲起来。”

“躲在这么辽阔的世界里，我们怎么可能找得到？！”

“别担心，因为犹他具有找出它们的能力，一般很快就可以找到。只是有一些库库鲁会利用梦幻世界的特殊规则，以奇怪的方式将自己藏起来，一些深受伤害的库库鲁尤其有这样的倾向。这时候，想找出库库鲁就必须依照一定的顺序才可以。”

“一定的顺序是？”

“不知道，找出这个顺序也是玛布伊谷米的一环哦。”

听到库库鲁不负责任的发言，我绷起了脸颊。

“没有什么线索吗？只有这点信息根本无从找起啊。”

“对了，库库鲁会受到本人的经历及记忆的强烈影响，不论是好的方面还是坏的方面，它们大多躲在与该人物印象深刻的经历有关的地方。”

“不论是好的方面还是坏的方面……”

能够创造出如此美丽的空间，“天空”的记忆对飞鸟小姐而言一定是个美好的经验，但是她的库库鲁却不在这里。这样的话，糟糕的经验是……

“……我觉得我好像知道了。”

“咦？你知道了，是指你知道片桐飞鸟的库库鲁在哪里了吗？”

我缓缓地点头，指着“下方”，那个吞噬一切的漆黑“虚无”。

“难道是在那里面？”库库鲁的瞳孔圆睁，原本琥珀色的眼睛蒙上了一层深黑。

“没错，飞鸟小姐的库库鲁一定就在那里面。”

现实世界里的飞鸟小姐非常绝望。绝望，且苦苦挣扎，最后被某个人给吸走了玛布伊导致ILS发作。而她会这么绝望的原因，就是……

“因为她再也不能飞了。”我低声说道，“她再也不能飞，失去了这么美丽的‘天空’，所以飞鸟小姐非常绝望。如果库库鲁是映照出飞鸟小姐本身的镜子，那它一定会在‘幽暗’之中。坠落其中，这一定是找出飞鸟小姐的库库鲁的条件，就像现实中的她已经坠落了一样，她的库库鲁现在一定也在那里面不停坠落着。”

“等一下，你是认真地打算进去那里面吗？也许踏进去的瞬间就会消失哦？”

“不会，一定没问题的。回想一下巨大松果被‘幽暗’吞噬的时候，当时那些松果不是还在继续大笑吗？”

“那又怎么了？”

“它们被吞噬之后，笑声越变越小，也就是说松果不是马上消失殆尽，而是掉下去了，在那个‘幽暗’下方一定也有一片广阔的空间。”

我一口气说明完，库库鲁带着难看的表情默不作声。黏稠的时间流逝，我和库库鲁之间飘过一块金色的小型光团，库库鲁用耳朵随意地挥开那颗光球。像是洒落了金箔一般，细小的光之结晶在我们四周飞舞。

“你真的要进去那里面吗？”

“嗯。”我毫不迟疑地点头。

“你说的也许是正确的，但无法断言绝对正确。没有人知道那个‘幽暗’之中有什么样的危险，不过即使如此你还是要去吧？”

我再次点头。不论有多么危险，我都要坚持到底，这是为了让病患醒过来，也是为了拯救我自己。强烈的决心乘着血流，涨满了我的全身。

原本瞪着我的库库鲁，表情突然柔和下来。

“知道了，既然你有了这样的决心，我不会再阻止你了。不过……”库库鲁的一只耳朵点着我的鼻尖，“我先进去。如果我出了什么事，你就马上挥翅逃出去。”

“等一下！我怎么可能让你……”

库库鲁的耳朵堵住慌忙的我的嘴：“没有商量的余地。我可是爱衣你的库库鲁哟，你要是消失了，我也会跟着消失。我是映照在镜子里的你的镜像一般的存在，你本身要是不在了，镜子里也照不出任何东西不是吗？而且，协助你就是我存在的理由。”

我被库库鲁前所未有的强硬语气震慑住了，一句话也说不出来。

“我要是发生了什么事，不要想着救我而是快点逃走，知道了吗？”

“如果，你……死了的话……会怎么样？”

“虽然我长这样，但我并不是生物，所以‘死亡’这个词严格来说并不正确……”

“不要岔开话题！”

我激动了起来，库库鲁露出一抹微笑，带着无尽寂寞的微笑。

“即使镜子破了，看不见映照其中的自己的身影，那个人也不会死。同样地，即使库库鲁消失了，人也不会死，不过就是会有精神创伤罢了。而且不用担心，就算我不在了，爱衣，你一定也可以自己做得很好。”

库库鲁的耳朵摸着我的头，不知为何这种感觉让我很怀念，从我的身体深处涌起温暖的喜悦以及冰冷的哀愁，混合之后溢满我的胸腔，混沌的感情化为泪水流了出来。

“咦……为什么？”

我用手背擦拭眼泪，但是融入了深厚不明情感的那道泪，止不住地涌了出来，视线变得模糊，浮在四周的光球光芒，像是万花筒一般华丽四散。

眼角传来柔软毛巾拂拭的触感。我眨眨眼凝神一看，是库库鲁用长长的耳朵为我擦去眼泪。

“没事的，不用担心哦，爱衣。”

光是这句话，就让我心中吹起的狂风暴雨瞬间平静下来。我用手揉揉眼睛，来回几次深呼吸。

“恢复平静了吗？”

面对库库鲁的询问，我点了好几次头。

“很好，那我们就进入‘幽暗’之中吧！做好心理准备了吧？”

“嗯！”

我充满干劲地回应之后，看着“下方”一整片的“幽暗”。

我和库库鲁朝着“幽暗”游过“天空”，忽然感到全身被什么东西往“幽暗”的方向拉扯。“哇，哇啊？！”我不争气地大叫，慌乱地挥舞着手脚。

“冷静一点，这只是因为离开‘天空’之后，重力恢复了作用而已。”

库库鲁这么一说我才终于发现，这不是被拉扯，而是正在往下坠落。

我展开双翅迎着风，在空中拼命地调整身体，让自己呈现头上脚下的坠落姿势。收起翅膀之后，我将整个人交给了重力，身体加速掉落，仿佛从云霄飞车最高点落下的感觉无止境地持续着，眼前“幽暗”越来越近。在我的前下方，库库鲁同样保持着自由落体状态，长长的耳朵因风压激烈地飘动。

好想展开翅膀往上飞。我拼命地压抑着这股冲动。

就快到了。还差一点，就要冲入“幽暗”，那个无底的深渊中了。我咬紧了牙根。

“要进去了！”

库库鲁的声音响起，下个瞬间，我们冲进了“幽暗”之中。

没有发生冲击，“我”这个存在也没有消失，只是看不见任何东西。

完全的黑暗，再怎么仔细凝视，却连自己的身体也看不见，只是以极快速度落下的感觉控制了全身。

在这个充满“虚无”的空间里，我仍在持续坠落。

“库库鲁！库库鲁，你在吗？”

我拼命地大声叫着，直到听到紧邻身旁的“我在这里哟”的回答，差点陷入恐慌的我才稍微恢复了内心的平静。

“看来你的想法是正确的呢。即使被‘幽暗’吞噬了也不会消失无踪，只是持续坠落，大概是……永无止境吧。”

“永无止境”这个词的震撼力让我感受到一股寒气。

“但是我们可以飞，所以不用担心。那我们差不多也该在这里面四处找找看吧。依照爱衣你的想法，库库鲁不是会在这个空间的某处吗？”

“……不可以。”我压低了音量小声说道。

我听到旁边传来讶异的声音：“不可以是什么意思？”

“一旦飞起来，大概就找不到飞鸟小姐的库库鲁了吧。发生坠机意外之后，飞鸟小姐的心就不停地往下坠，所以飞鸟小姐的库库鲁一定也……”

“持续在这个空间里坠落。”库库鲁接续我的话道。

没错，如果真如我所想，在这个空无一物的空间里持续坠落，正是找出飞鸟小姐的库库鲁的条件。我握紧了拳头。

“所以我们也必须继续这样坠落下去。”

……究竟经过了多久呢？脑海中突然闪现这个问题。

在这连时间的流逝都不正常的空间里，思考这种问题也许没有意义，只是身体的感觉很混乱，至少流逝的时间长度，已经足以让我搞不清楚自己究竟是在坠落，还是飘浮在黑暗中。我仰起脖子，但果然什么也看不见。

就算现在奋力展翅往上飞，也逃不出这个空间了吧。

我转向旁边，朝着应该在那里的库库鲁小声说道：“库库鲁……对不起。”

“嗯？为了什么？”在这伸手不见五指的空间，只有声音传回来。

“因为害你也落入这种境地。我好像错了，我果然无法拯救飞鸟小姐……我什么都做不到。”

我为了克服年幼的、诅咒自己无能为力的那一天的记忆，而拼命读书成为医生，我以为自己拥有了救人的能力，但那不过是我的错觉罢了。

我现在依旧无能为力，就像只能握着那个人的手什么事也做不了的那一天。

“没这回事。”

温柔的声音，伴随着羽毛轻抚的感觉覆住了我的脸颊——是库库鲁耳朵的触感。

“一直以来你有多么努力我都知道，我知道你为了拯救性命，花费了多少心力。所以不要妄自菲薄，不要限制自己的能力，因为你是比你认为的自己更美好的存在。”

我用力咬紧嘴唇，否则呜咽声马上就要溢出来。

我是美好的存在。

不知道为什么，库库鲁的那句话就像水渗进干燥的地面一般浸润了我的心。

“证据是……你看。”

黑暗中模糊地浮现出库库鲁的身影，它的脸上露出与玩偶般可爱的外表不相称的满是慈爱的表情。

“库库鲁？为什么看得见了？”

“这当然是因为有光啊，你看看后面。”

在库库鲁的催促下，我战战兢兢地转头，然后瞪大了眼睛。

那里飘浮着一颗橄榄球大小的茧，一颗浅黄绿色散发出淡淡光辉的半透明茧。

不，“飘浮”这个形容并不正确，它一直在持续坠落的我的身旁，代表这颗茧也在这虚无的空间中持续坠落。

“你是对的呢！”

挥动耳朵移动到我身边的库库鲁眯起眼睛看着茧。

“在这‘幽暗’中持续坠落，这就是找出片桐飞鸟的库库鲁的方法。”

“但、但是我们不是一直在坠落吗？那为什么突然……”

“一定是因为你愿意相信自己，相信自己有拯救他人的能力。你果然可以成为一名厉害的犹他。”

犹他。对这个一开始我只觉得很可疑的词，现在已经不感到厌恶了，不仅如此，听到“可以成为一名厉害的犹他”，我甚至有些骄傲。

“这颗茧就是飞鸟小姐的库库鲁吗？”我轻轻将手伸向那有如光之丝线编织而成的茧。

“不，不是。片桐飞鸟的库库鲁在这颗茧里面。”

“这颗茧里面？”我上半身往前倾，仔细凝视，看到了半透明的茧之中的小小动物。

“……鸟？”

那是一只鸟。大约麻雀大小的小白鸟，在茧之中闭着眼睛。

我皱起了眉头，因为那只鸟的样子是如此令人心疼。

像要保护身体一样收起的翅膀的大部分羽毛脱落了，前脚往诡异的方向凹折，鸟喙缺少了尖端，额头到右脸颊有一道斜斜的伤，从紧闭的右眼睑渗出了血液，看起来就像流出血之泪一样。

“好严重。库库鲁是这种状态的话，玛布伊会被吸走好像也不奇怪。”库库鲁低声说道。

“……接下来该怎么办？为它治疗就是玛布伊谷米吗？”

“库库鲁反映了玛布伊的状态，因此只要库库鲁复原了，被某个人囚禁的玛布伊应该也可以恢复力量，回到原本的身体里。只是像现实世界那样施予物理性治疗，并不能治愈属于精神体的库库鲁的伤势。”

“那该怎么做？”

“你要‘观看’库库鲁，或者是说玛布伊，会受到如此严重伤势的原因，然后解开束缚着玛布伊的荆棘般的枷锁——那撕心裂肺的痛苦。”

“解开痛苦，这种事……”

“你不需要完全解决，只需要陪伴它，让它能够接受那个经验，哪怕只是一点一点地接受也够了，就像你一直以来所做的事。”

接受痛苦的经验。这的确是我穷尽一生努力在做的事，我得到袴田医师的协助，缓慢但一步一步地面对我幼时的噩梦。

我现在还做不到全然接受这份苦涩。

我的手抚在胸前，将意识放在衬衫下的丑陋伤痕上。目前，我的内心仍旧有伤，一个不小心，血液好像就要喷出来似的，但是我现在正勇敢面对这道伤，也因为如此，我才会在这个梦幻世界里，为了拯救飞鸟小姐而拼命挣扎着。

身为一名医生的袴田医师为我做的那些事，让身为飞鸟小姐的主治医师的我，也要为她这么做。

“知道了，我来试试。具体来说该怎么做？”

“首先要双手摸着库库鲁，这么一来就能看见片桐飞鸟的记忆，可以清楚是什么事在折磨着她。”

库库鲁一只耳朵左摇右晃，我点点头，慎重地伸出双手。在我的手掌覆上那颗茧的瞬间，茧的表面上出现了光之波纹，扩散幅度一次比一次激烈，甚至传到了我的身体。波纹沿着我的手臂、身体，在抵达脸颊的瞬间，记忆的洪水涌进了我的脑海中。

9

飞鸟双手环抱着发抖的肩膀，仰起了头。在高耸入云的巨大树木的茂密的叶片之间，洒落了些许月光，但是淡淡的月光相对于这座郁郁苍苍的夜之森林来说，实在是太过微弱，四周暗得连脚都看不清楚。

“爸爸……妈妈……”勉强挤出的鼻音，被枝丫的摩挲声给盖了过去。

如果没有来捡松果就好了，飞鸟哭着后悔地想。

今天在幼儿园里，男孩子们在玩互丢松果，虽然飞鸟的朋友——女孩子们都对这个游戏一点兴趣也没有，但是对于大约半年前刚从东京搬到这个乡下小镇的她来说，这个第一次见到的由几何图形组合而成的咖啡色物体很是新奇。

“那个……可以给我一个吗？”

她下定决心，怯怯地发问后，男孩子们却丢给她冷淡的目光。

“才不要。这是我们从森林里捡回来的，你要的话就自己去捡啊。”

妈妈一直很严肃地叮咛她不可以进森林里，说里面非常危险。

因为冷言冷语而快哭出来的飞鸟转身离开，男孩子们的声音又传了过来：

“什么啊，你会怕森林哦。东京来的就是胆小鬼。”

飞鸟咬着嘴唇。这半年来，只因为她是从东京搬过来的，就老是被借故取笑，之前她都只是低着头忍了下来，但是，已经到达极限了。

森林根本不可怕，我一定要去捡比男孩子们的松果更大颗的松果，回来向他们炫耀，这样他们应该就不会瞧不起我了。如此下定决心的飞鸟，回到家之后马上向妈妈撒谎说“要去朋友家玩”，然后带着紧张踏进了家附近的森林。

温柔的午后阳光从叶子之间照了进来，小鸟啾啾鸣叫的森林舒服得让人想发呆，马上放松了紧张心情的飞鸟开始拼命寻找松果。在森林里走了数分钟之后，她马上就找到松果了，飞鸟欢呼着捡起了松果，却又很快地垂下嘴角丢掉。

这颗不行，一定要找到会让男孩子们吓一跳的大颗松果才可以。明天，我要展示给他们看，然后跟想要大松果的男孩子们说“要的话就自己去捡啊”。

想象着即将到来的优越感，嘴巴弯成了一道上弧线的飞鸟，为了找到理想的松果不停地前进，往森林的深处，再深处……

“找到了！”

找寻途中，在三叶草丛生的地方，一边寻找着四叶幸运草，一边埋头不停地走在森林里的飞鸟终于找到了那颗理想中的松果。似乎有飞鸟拳头两倍大的松果，远比男孩子们手上拿的那些大，看起来很硬，有着深咖啡的色泽。

这颗就没问题了，这颗的话，男孩子们应该都会很羡慕。洒进森林里的阳光开始转红，飞鸟不禁“哇哈哈”地笑着，将松果收进小包包之后抬起了头。肚子饿了，回家吧。

就在要迈出脚步的瞬间，飞鸟的脸绷了起来，她在开始变得有些昏暗的森林里慌张地来回张望着，四周围绕着参天巨木的风景不管从哪一个角度看起来都长得一样，她不知道自己是从哪里过来的。

……一定是这边，只要从这个方向直直往前走应该就可以到家了，飞鸟这么说给自己听。脚踩在潮湿柔软的泥土上，她小跑着在森林中前进。但是，不管她怎么跑，看到的都是一整片相同的景色——数不清的巨木一棵棵耸立。

即使被像在同一个地方不停打转的恐惧感笼罩，飞鸟依然一个劲儿地不停迈着脚步。然而，别说是回到家了，就连森林都走不出去。

就在红色的残阳消失，只剩微弱的月光照射着森林时，飞鸟再也动不了了。她的双脚因为走了太多路而疼痛难忍，因为视线昏暗而没办法好好走路。更重要的原因是，独自迷失在昏暗森林里的恐惧感束缚了她全身。

小鸟的鸣叫声消失了，取而代之的是不明动物的吼叫声。就算飞鸟想鼓起内心残存的勇气迈出步伐，也敌不过行走在巨木组成的迷宫般森林里的恐惧与迷茫，她不知道该往哪边走才好。空腹和下降的气温，毫不留情地夺走了她的体力，最后，飞鸟只能双手环抱着肩膀，将身体缩成一团。

如果没有进森林就好了，如果好好听妈妈的话就不会发生这种事了。因后悔而低着头的飞鸟忽然仰起脸，好像听到远方有人的声音，夹杂在树木的沙沙声之中，而且还是带着回音的可怕声音。

脑海里浮现出了最近看过的图画书里的故事。故事里，误闯森林的兄妹被巫婆关起来，还差点被吃掉。颤抖因恐惧而越发强烈。

“飞鸟——”

又听到声音了，这次更清楚了。

在叫我的名字？！巫婆要来抓我了，我一定要赶快逃走！但是，该往哪边跑呢？

回荡在森林树木中的那道声音，很难听得清楚究竟是从哪一边传来的。

要是不小心跑往巫婆所在的方向就会被抓。

飞鸟僵在原地。

“飞鸟——”的呼唤声再次响起，而且比刚才更清楚。越来越近了，巫婆越来越接近了。

飞鸟脚下一软，双膝跪倒在地。

“飞鸟——你在吗——”声音又近了。

“不要过来！不要过来啊！”飞鸟两只手抱着头大叫。

“飞鸟——在那里吗？你在那里吗？”声音变大了。

飞鸟瘫坐在地，抱着头蜷缩成一团。

不久后，听到了些微脚踩在落叶上的声响，四周突然变得明亮。眯着眼睛、手挡在眼前的飞鸟察觉到灯光中站着一个人影，恐惧让她喉咙深处迸发出惨叫声。

“别害怕，飞鸟，是我。”

飞鸟听见了一道声音，不是有着可怕回音的声音，而是听惯了的温柔声音，原先直直照射的灯光被稍微移往旁边，因而清楚地看见了站在数公尺外人影的样貌。

“爸爸！”飞鸟坐在地上，大声叫了起来。

飞鸟的父亲羽田将司站在那里，一只手拿着手电筒露出了放心的表情。

“已经没事了，飞鸟。”

将司走近飞鸟，在她的身边双膝着地，轻轻地抱着她，强而有力的手臂传来的体温温暖了飞鸟的身体以及内心。

情绪终于爆发，飞鸟哭了，脸埋在父亲胸前，不停地大声哭着，而将司则是全程温柔地抱着她。

等到飞鸟终于停止哭泣后，将司用披在身上的外套裹住飞鸟，将她抱了起来。

“爸爸很担心你哦，妈妈不是说过不可以进这里来吗？幸好附近的人看见你走进森林，才总算找到了你。”

“……对不起。”飞鸟吸了吸鼻子。

“没关系，你没事就好。”

将司微笑着从裤子口袋中拿出行动电话，和某个人通话。

“我刚刚和妈妈联络，她也放心了。飞鸟，你肚子饿了吧？”

结束电话的将司这么问，飞鸟“嗯”地轻轻点了点头。

“妈妈说她也出来找你，所以没有煮饭，那我们就在外面吃完晚餐再回去吧。”

“晚餐？要去哪里吃？”

“这里的话，走一小段路穿过森林，就可以到爸爸工作的地方，我们去那里吧。”

将司抱着飞鸟，一只手拿着手电筒开始走了起来。

大约走了十分钟以后来到森林外，眼前的景色让飞鸟“哇”地惊叫出声。

在金属围栏的另一侧，无尽的黑暗之中，浮现出一颗一颗色彩缤纷的光球。

“这是跑道。”

“跑道？”飞鸟歪着头。

“就是飞机起飞或是降落的地方。这里有在进行夜间训练，所以会像那样配置指示灯。”

飞鸟无法理解所有内容，不过她明白了父亲在这个美丽的场所工作，因此感到很骄傲。

“好了，我们走吧。”

在将司拉着飞鸟的手往围栏外侧移动的这一段路上，飞鸟只是目不转睛地看着浮在黑暗空间中宛如宝石般的光辉。

“好吃吗？小飞鸟。”

飞鸟一边吸着杯面，一边向看着自己的白发老人点头。

将司在围栏外绕了一大圈，将飞鸟带到这个小小的办公室。自称是父亲同事的老人说着："对不起哦，让你吃这种东西。"请飞鸟吃了杯面。

很少有机会吃到的杯面，味道让人食指大动，但更重要的是能够从内而外温暖冻僵的身体，因此飞鸟拼命将面送入嘴里，并大口喝着汤。

"爸爸，你都在这个房间工作吗？"

"哈……"飞鸟呼出一口带着汤的味道的气息之后这么问。

"是经常会在这里写一些记录之类的，不过主要的工作是教人怎么驾驶飞机哦。"

"驾驶？教人？"

看到飞鸟歪着头，老人温柔地微笑："小飞鸟知道爸爸做什么工作吗？"

"嗯……是飞行员……吧，开飞机的。"

父母曾经告诉过她，所以她拥有这种程度的知识，至于具体的工作内容就不知道了。

"飞行员啊，就是操控飞机飞上天空的人哦，而你爸爸啊，原本是非常优秀的飞行员，一直到去年为止，他会开着大型飞机载很多客人到国外去哦。"

老人用飞鸟也听得懂的方式仔细说明，虽然将司喊着"喂"并蹙起了眉头，但老人回嘴说"有什么关系"，并挥了挥手。

"爸爸不当飞行员了吗？"

面对飞鸟的提问，老人摇摇头："不是这样的，小飞鸟的爸爸呢，现在也还是优秀的飞行员。只不过他现在不载很多人去很远的国外了，而是在这里当教官哦。"

"教官？"

“就是教别人怎么开飞机的人。想要学开飞机的人会到这里来，而你爸爸呢，就会和那些人一起搭上飞机，是教他们怎么操控飞机的老师哦。小飞鸟的幼儿园里也有老师对吧？”

“有，有老师。原来爸爸是老师啊！”

飞鸟的声音高涨。老师是又温柔又厉害的人，对于这么看待老师的飞鸟而言，父亲是名“老师”让她很开心。

“虽然说是老师，不过学生都是一些为了娱乐而买私人飞机的、一副很了不起样子的有钱人呢！”将司这么苦笑道。

老人搞怪地张开双手：“有什么不好？多亏了那些有钱人的乐趣，我们才能赚钱啊。”

“可是为什么爸爸不再开大飞机了？”

“这是因为你爸爸最喜欢你了啊。”

老人的眼角挤出了皱纹，将司好像想说些什么，却被老人挥手制止了。

飞鸟反问道：“因为喜欢我？”老人用力地点了点头。

“没错，小飞鸟，你的爸爸啊，实在是太疼你了。可是如果当个要到遥远国外去的飞行员，就会好几天不能回家，不能常常见到你，所以才选择了可以经常陪你的工作哦。”

听了老人的话，飞鸟搜寻着记忆。这么说起来，在东京的时候很少有机会见到爸爸，虽然爸爸常带给她在遥远国外买的纪念品，但还是有点寂寞，可是搬到这里之后，爸爸变得很早回家。

虽然不知道为什么，但飞鸟内心暖暖的……

将司的视线瞥向嘴角扬了起来的飞鸟之后，一脸不好意思地看向窗外。

“今天有人预约夜间飞行训练吧？你就这样丢着飞机？”

老人苦笑着道："硬是把话题转开啊你。"并大大地耸了耸肩。

"就在刚刚取消了，说是得了流感。真是的，这么晚才联络，我可是都准备好在等他了呢！"

"得流感也没办法啊，再说对方也会付取消费用。"

将司替对方说话，老人却烦躁地摇了摇头。

"不是钱的问题，是飞机太可怜了吧，亏我那么用心保养，让它处在随时都能起飞的状态。"

"太可怜了……吗？"

将司自言自语着，视线四处看了看，之后勾起唇角，双手在胸前"啪"地拍了一下。

"飞鸟！"

被呼唤的音量吓了一跳的飞鸟转身："什……什么事？"

将司眯起眼睛开口说道："去看爸爸工作的地方吧。"

随着机体速度加快，并排在跑道上的光点连接起来，成了一条直线。

"哇啊啊！"

飞鸟感受着从正面而来的一股压力，无意识地欢呼出声。

"要起飞啰。"坐在驾驶座上的将司拉起操纵杆。

飞鸟有一种身体像飞起来的感觉，原本在风挡玻璃另一边的光之直线消失了，取而代之的是满月高挂的夜空在眼前展开。

"你会害怕吗？"

"不会。好棒！好棒啊，爸爸！"

"是吧，很棒对吧。"

将司眯着眼睛操作操纵杆，机体笔直地往夜空飞去。

不久后飘浮感消失，原本姿势像是往后躺的飞鸟，身体也坐直了起来。飞鸟系着安全带探出头，从旁边的窗户向外看去。

不久之前还在眼前的指示灯的灯光，变成了遥远的下方并排的小光点，机场周边四散着橘色的光芒，仿佛萤火虫在黑暗的水池中一闪一闪。

“飞鸟，你看见地面上在发光的东西了吗？”

“看见了！”飞鸟趴在窗边回道。

“那一点一点的光都是一间间房子哦，你看见的是从房子窗户透出来的光。”

“那个是房子？可是只有那么小一点点哎！”飞鸟拔高了声音。

“那是因为我们飞到这么高的位置了啊，很漂亮吧！”

“嗯，很漂亮！里面也有我们家吗？是哪一个？”

“嗯……没办法知道是哪一个呢。”将司发出笑声，“不过飞鸟，你想看更漂亮的东西吗？”

“嗯，我想看！”飞鸟立刻回道。

“好，那我们走吧！”将司将操纵杆向前推，机体虽然往旁倾斜，但飞鸟不仅不害怕，脸颊还因为更加兴奋而热了起来。

原本窗外的橘色光芒越来越少，不久后，飞鸟眼前只剩下一片漆黑的空间。

“就是这里。”

“这里？”将司的这句话，让飞鸟皱起了眉头，“爸爸，什么都没看到啊？”

“错了错了，不是下面，是在上面。”

“上面？”视线往上移动的飞鸟睁大了眼睛——那里有着一整片光之海。

那是布满了无数闪耀着各种色彩的星星的夜空。仿佛被宝石淹没的游泳池般的光景，让飞鸟忘了呼吸。

“这里和都市不一样，没有街道上的灯光，空气也很干净，所以才能看见这么漂亮的星星哦。”

将司的说明进不了双手抓着窗户、深深被星空吸引的飞鸟耳中。

“爸爸，那个！那个是什么？！”飞鸟指着直直横过天际的光带。

“那个是银河吧。里面聚集了很多小星星，看起来就像飘在空中的河流一样呢。”

“银河……”飞鸟如身处梦中地喃喃自语。

遍布空中的景象实在太过美丽，简直像是待在梦的世界里。

“爸爸平常都是在这么漂亮的地方工作吗？”

“不是每次都能看到这么多星星的，因为天空总是会展现出不同的风情。不过，无论什么时候，这里都很漂亮哦。”

飞鸟听着将司的声音，视线却被天空给牢牢吸住。

“这是个一下子是澄澈的蓝，一下子又被夕阳染红闪着余晖的世界，烈焰四射的太阳、连绵不绝直到地平线的纯白云朵、完整的环型七色彩虹全都会出现在这里哦。”

将司的这句话，听在飞鸟的耳里就像童话一般充满了吸引力。

“那么，飞鸟，”将司温柔地向着魔般看着窗外的飞鸟问道，“你这么喜欢天空的话，将来要不要当个飞行员啊？要不要每天都在这片天空下工作？”

“我要！我也要当飞行员在这里工作。我要和爸爸一起工作！”

“是吗？爸爸很期待呢！”将司一脸高兴地这么说，同时拉起了操纵杆，机首往上抬升，机体再次飞得更高，“飞鸟，你看看前面的窗户。”

正因再次袭来的飘浮感和被压在座椅上的感觉而不知所措的飞鸟，依照指示看向前方之后张大了嘴巴，已经连声音都发不出来了。一个充满了缤纷光彩的空间在飞鸟眼前展开，飞机正朝着那个方向飞过去。

飞鸟连眨眼都忘了，任由意识翱翔在无限延伸的星空中。

长大之后我要在这里工作，我要和爸爸一起飞翔在这个梦一样的世界。飞鸟小小的内心里，产生了像星星的光辉一般闪亮的决心。

然而，这个梦想并没有实现。因为将司——飞鸟深爱的父亲舍弃了天空。

10

“下次见，飞鸟。”

在吹着冷风的车站月台上，将司勉强挤出声音。飞鸟没有回答，只是低头撇着嘴。

“飞鸟，和爸爸说再见。”

虽然牵着手的母亲这么催促，飞鸟却只是微微地摇头。

“……飞鸟，”将司在飞鸟眼前膝盖着地，“爸爸一直都最喜欢飞鸟了。”

“那为什么一定要分开？为什么不能住在一起？！”

面对飞鸟的质问，将司只是露出了一丝悲伤的笑容。

从飞鸟即将上小学那阵子开始，原本感情很好的父母变得经常吵架。同时，将司在家里喝酒的次数也增加了。

即使喝醉了，将司依然很温柔。虽然飞鸟有点介意酒臭味，但爸爸还是会轻轻地摸摸她的头，这让飞鸟很开心，可是，将司却不再说有关“天空”的话题了。只要飞鸟缠着要听天空的事，将司就会带着难过的表情陷入沉默，因为不想看见这样的表情，飞鸟也渐渐地不再提起这个话题。

随着时间的流逝，父母争吵和爸爸在家里喝醉的频率都越来越高，在快要升上小学二年级时，飞鸟察觉到将司已经辞去了飞行员的工作。

那个时候，每次抚摩飞鸟的头时，将司的手都在颤抖。发现这件事的飞鸟只要指出“爸爸，你的手……”，将司就会慌忙收回手并低下头，像是找借口般低声道：“……是因为酒的关系。”不知道从什么时候开始，将司不再去工作，飞鸟放学回家时，他经常因为喝醉了睡在客厅里。

“妈妈，为什么爸爸不去工作了？”

每次这么问妈妈，妈妈就会一脸不甘心，然后悲伤地咬着嘴唇回答：“爸爸啊，因为酒的关系辞掉工作了，他生了一种叫酒精成瘾的病。”

“生病的话，只要好了就可以再当飞行员在天空中飞吗？”

“不行，”妈妈缓缓地摇着头，“爸爸的病已经不会好了。因为这个病，爸爸不得不辞掉飞行员的工作……”

说到这里，妈妈就会用手捂着嘴巴，指间流出压抑的哭声。看到妈妈这个样子，即使还是个孩子，飞鸟也明白不可以再问这个问题了。就在飞鸟即将升上三年级前不久，父母决定离婚，飞鸟要搬到妈妈娘家所在的东京。

和朋友分离虽然很难过，但更令她难过的是要和最喜欢的父亲分开。在得知要和将司分开生活时，飞鸟哭着大叫：“我绝对不要！”

连续过了好几天，除了吃饭，她都将自己关在房间里。但是，无论飞鸟怎么反对，父母之间的关系已经出现了无法修补的裂痕。

然后，分离的日子还是来临了。将司来到车站的月台，为搭乘前往东京的电车的飞鸟送行。

“那个，飞鸟……”

将司轻抚吸着鼻子的飞鸟的头，用他如同往常带着些微颤抖的手。

“我们不是再也不会见面了哦，我和妈妈约好了，有时候可以去看看你。”

面对爸爸像是安抚的一番话，飞鸟“嗯、嗯……”地点头。

“这段时间爸爸也会努力找工作，好抬头挺胸去见你。”

“工作？！”飞鸟猛然抬起头，“你会回去当飞行员，在天空工作吗？”

“……说的也是呢，如果可以再飞就好了。”将司一脸落寞地喃喃自语，轻轻地拍了拍飞鸟的头，“飞鸟长大以后不是也要成为飞行员吗？我们再一起飞上天吧。”

“嗯，一起飞。我还要再搭爸爸的飞机，一起到天空去。”

飞鸟的脑海里，浮现翱翔在满天星空中的记忆。

“好，爸爸也会戒酒，努力把病治好，所以你也要加油哦。”

飞鸟点了好几次头之后，妈妈带着点犹豫地插话：“电车快开了……”

“知道了。”将司站起身，“飞鸟，发车的时间快到了，你和妈妈上车吧，爸爸会在外面送你们。”

一边听爸爸这么劝着，飞鸟一边被妈妈拉着手，走进了电车。飞鸟坐上靠窗的位子之后，可以看到窗外的将司，他的双眼充血，紧抿着的唇正细微地颤动。

脚下传来沉重的发动声，电车开始动了起来。

“飞鸟！”隔着窗户可以听见将司的声音。

“爸爸！”飞鸟的双手猛地贴上玻璃窗。

“我们再一起飞吧！再一起去看漂亮的天空！”

将司挥着手，在月台上跑了起来，电车的速度越来越快。

“好，一起去。我很期待和爸爸一起飞上天空！”

飞鸟大叫的瞬间，已经看不见在窗外奔跑的将司的身影了。驶离车站的电车，在辽阔的田园景色中不断前进。

“……爸爸。”飞鸟在轻声呢喃中抬起了头，万里无云的蓝天无边无际地延伸。

即使搬到东京都武藏野市妈妈的娘家居住之后，飞鸟想成为飞行员的梦想依然没有改变。高中毕业以后，为了成为国际线飞行员，飞鸟进入专门培育飞行员的大学就读，从早到晚都忙于训练和读书，为了考取国家飞行员执照。

每个月，她都可以和将司见一次面，她会和将司约在咖啡厅等地方，吃完中饭后一起去看电影或是购物，这是飞鸟最期待的事。

飞鸟期待和父亲见面，但这常常被朋友拿来取笑有恋父情结，不过她并不在乎。只是见面时，将司身上经常有一股酒精的味道，每次看到将司微微颤抖的手，飞鸟的胸口就会传来尖锐的刺痛。

将司平常都只是笑着听飞鸟说话，很少提及自己的事，但是从只字片语中，飞鸟知道了他目前在川崎市担任保安。

如果可以戒掉酒精，爸爸明明能够再次飞翔在那美丽的天空中……每当看到将司颤抖的手，飞鸟就感到一阵内在焦灼的烦躁。

明天是和爸爸见面的日子吗？星期六夜晚，坐在桌前摊开参考书的飞鸟，将全身体重压在椅背上向后伸展，长时间维持同样的姿势，身体都僵硬了。飞鸟看向挂钟，时间已过晚上八点。

已经这么晚了啊，飞鸟转转脖子。见面的前一天，将司总会在大约晚上七点打电话过来，确认见面的地点，但是不知为何今天还没有联络。

工作很忙吗？正这么想着，桌上的手机响起了来电铃声，看见液晶屏幕上显示着“爸爸”，飞鸟迅速地伸出手。

“喂，爸爸。”

“……飞鸟。”

电话里的声音让飞鸟心中涌起一股不安，将司的语气里似乎夹杂了一丝凝重。

“怎么了？你的声音听起来没什么精神，是明天有事不方便见面吗？是的话不用太在意，再重新约时间就好了。”

“不是，我已经把明天的时间空好了，只是……工作有一点累而已。”

“是哦，你也不年轻了，不可以太勉强自己哦。明天约在涩谷的咖啡厅，然后你陪我去买东西可以吗？”

“啊，可以的话我想换见面地点，调布车站前的咖啡厅怎么样？”

“调布？”飞鸟的声音里掺杂了不满。

飞鸟住在东京二十三区以外的住宅街，因此她希望尽可能选在市中心和父亲度过愉快的一天。调布也还称得上是市内，但是应该没有像涩谷那样可以尽情购物的地方吧？再说她已经选定了明天要去逛逛的店家。

“不可以吗？”

“啊，不是，没这回事。知道了，那我们就约在调布吧。”

面对没什么精神的声音，飞鸟反射性地这么回答了，她微微听到将司松了一口气的声音。

“谢谢，那……”

将司告诉她详细的见面地点，飞鸟将地点写在参考书的空白处。

“了解。不过爸爸，为什么要去调布？你有什么特别想做的事吗？”

“那是……明天见面之后再告诉你。我也该回去工作了，那就明天见了。”爸爸迅速地说完，飞鸟一回答“好，明天见”电话就挂断了。

发生什么事了？感觉好像怪怪的……飞鸟盯着手机看。

不过，算了，反正明天就能见到面了，详细情形那时候再问就好。

“好期待啊！”

扬起嘴角的飞鸟将手机放回桌面，视线再次落到了参考书上。

隔天正午过后，飞鸟来到指定的咖啡厅，将司已经坐在窗边的位子上等待。

“飞鸟。”将司开心地高高举起手。

“对不起，你等了一会儿吧。”

“没有，我才刚到而已。”

飞鸟看向放在将司面前的杯子，里面几乎没剩多少咖啡，看来他很早之前就等在这里了。即使比约好的时间稍微早一些到见面地点，将司也一定已经在那里等着了，然后他会贴心地撒谎说“我才刚来而已”。

果然昨天电话里感觉有点不对劲只是因为工作太忙了。飞鸟回以笑容，在桌子对侧的座位坐下。

和平常一样，两人在咖啡厅一边吃着午餐，一边漫无边际地闲聊着，这对飞鸟而言已是无可比拟的幸福时光，疗愈了因拼命读书、大脑中塞入大量成为飞行员必备的知识，以及每天严格训练而疲惫不堪的心灵。

“这么说来，再过一年多一点你就要毕业了呢。之后你有什么打算？”吃完牛肉烩饭之后，将司喝着餐后咖啡这么问道。

飞鸟吞下口中的千层面，开口回答：“可以的话，我想到大型航空公司工作。一开始大概会从国内线开始飞，不过将来我的目标是国际线的机长。”

……就像爸爸一样，飞鸟在心中补充。

“国际线的机长啊，很好啊，这是一份了不起的工作哦。”

“不过竞争激烈，所以还蛮难的，反正就当是个梦想。”

“没这回事，你一定可以做到，所以要带着自信去努力哦。”将司的眼里闪烁着光辉，坚定地说道。

飞鸟觉得有点不好意思，将盘子里剩下的最后一口千层面吃掉，这时她忽然感到有些不对劲，爸爸好像和平常有些不一样，但又无法说清楚是什么。飞鸟皱着眉头，探索涌上心头的感觉的真面目。

“怎么了？”将司一脸惊讶地问，同时将手中的咖啡杯放回盘子上。

瓷器撞击的小小声响震动鼓膜的瞬间，飞鸟睁大了眼睛。

没有颤抖？！飞鸟凝视着将司的手。

将司的手会微微颤抖的症状已经持续十年以上了，所以将茶杯放回盘子上时，总是会发出大声的“铿锵铿锵”的撞击声。然而，今天却几乎没有发出声音。

飞鸟继续盯着将司的手，视线简直要将其穿出孔来，手掌果然没有平常见到的细微痉挛。

将司露出些许尴尬的表情，将手缩到桌子的死角处。

治好了，爸爸终于克服了酒精成瘾！飞鸟为了平复激动的心情喝了一口红茶，却因为喝得太急而呛到了。

“你没事吧？给你，用这个。”

将司急忙递出手帕，但是飞鸟却握住了将司的手，而不是手帕。每次碰到爸爸的手时都会感受到的颤抖，那股震到心坎里、留下细微裂痕的颤抖，今天却没有感受到。

“爸爸，今天要去哪里？”

飞鸟仍旧握着手，这么问之后，将司的脸上掠过紧张的神色。

“……差不多，该走了。”

将司没有回答，而是站起身。飞鸟压抑着兴奋跟在爸爸身后。

走出咖啡厅后，将司带着飞鸟坐上出租车，将写着目的地的字条递给司机。出租车驶离了住宅区，横越多摩川，不久后左、右两旁出现了整片树林。

一路上，飞鸟都没有开口，她没有问要去哪里，她害怕问了之后得到和想象中不一样的答案。

飞鸟瞥向坐在旁边的将司，大概因为紧张而绷着的脸上流露出下定决心的表情。

“客人，差不多快到啰。”

在司机说话的同时，仿佛覆盖着马路左、右两旁生长的树木中断了，眼前出现一片开阔的空间，飞鸟脸上的笑容越来越深。

那里是机场，盖在山间土地上的机场。

“爸爸！”

飞鸟发出高亢的惊叫，将司笑眯了眼，眼角挤出一条条鱼尾纹。

“今天来实现十年前的约定吧！”

引擎的气息隔着座位传了过来，风挡玻璃另一边的跑道笔直延伸，螺旋桨剧烈扰动空气的声音震天响。

大约一个小时前，在机场下了出租车的将司前往柜台，办理事先预约的小型西斯纳飞机的租借手续。

就算是小型款，飞机的租借费仍然相当高昂，以保安的薪水支付这个费用应该很辛苦，但是飞鸟没有将这份担忧说出口。

爸爸正以最棒的方式表达他克服了疾病，那我就不要让他觉得丢脸，而是要为这最棒的礼物开心。内心这么决定之后，飞鸟的心跳便不停加速。第一次搭乘飞机在夜间飞行的记忆、自己下定决心成为飞行员的那段美好回忆，还有闪耀的光辉同时在飞鸟脑海中浮现。

手续完成后，飞鸟和将司一起坐上租用的小型赛斯纳飞机。两人座的小飞机，和那段记忆中的飞机很相像。

将司慎重地将飞机开往跑道之后，让挂在机首的螺旋桨开始加速。

飞鸟偷偷地看着坐在驾驶座上的将司，他的表情僵硬，额头渗出大量汗水。这也难怪，毕竟他已经超过十年没有驾驶飞机了，然而飞鸟却没有感到丝毫的不安。

飞鸟轻轻伸出手，贴在握着操纵杆的将司手上。将司的视线转向飞鸟。

“不用担心，因为爸爸你是一流的飞行员啊。”

将司露出惊讶的表情眨了几次眼之后，僵硬的神情消失了。

“说的也是……啊，没错，我是一流的飞行员。”

将司大大地吐出一口气，用强而有力的眼神看向跑道。

“好，我们走吧！”

飞机随着将司的喊声往前进。画在跑道上的白线逼近的速度越来越快，不久，在那些线看起来连成了一整条时，将司往后拉动操纵杆。

飞机起飞，飘浮感包围着飞鸟的身体。原本在风挡玻璃另一侧的跑道不见了，取而代之的是一整片的澄澈蓝天。

被天空吸走的感觉。明明训练时总是在飞，飞鸟的心中却有不输第一次搭飞机时的感动扩散开来。

“哈哈、哈哈哈哈哈……”

将司似乎充满了幸福的笑声让飞鸟自然地绽开了笑容。

不久后，飞机停止上升改为水平飞行。飞鸟看着无限广阔的天空，有一股漂浮在大海中的感觉。

“天空果然很舒服呢，爸爸。”

“啊……天空真的很舒服呢。”将司像是在细细品味般地回答。

两人之间暂时没有了对话。这段时间是幸福的，无须言语两人也能互相理解的感觉，温暖了飞鸟的内心深处。

原本眺望着窗外辽阔蓝天的飞鸟闭上眼睛，数十年前见到像是散落一地宝石的夜空浮现在眼底。

在记忆中的夜空翱翔了数分钟的飞鸟，缓缓地睁开眼睛开口道：“爸爸，谢谢你遵守了约定，谢谢你战胜病魔，我非常……”

飞鸟转身面向驾驶座上的将司，当场说不出话来。

“爸……爸……”声音变得干涩。

数分钟前，在飞鸟闭上眼睛之前的将司已经不在那里了，原本带着笑的嘴部现在使劲咬紧了牙根，充满幸福地眯起的眼睛则布满血丝失去了焦点，呼吸紊乱，甚至从嘴角流出口水。

“爸爸，你没事吧？！身体不舒服吗？”

飞鸟慌张地询问，将司却没有回答，而是以一种高烧时呓语般的口吻开始自言自语：

“有……声音，来自天空的声音……”

“声音？我没有听到那种东西啊，你怎么了？”

飞鸟小心翼翼地伸出手，指尖碰到将司肩膀的瞬间，将司便猛力挥开她的手。操纵杆一阵摇晃，机体大幅倾斜，飞鸟发出细微的惊叫。

“不要妨碍我！我要到天空去！神就在天空！”

将司咬牙切齿的狂暴态度，吓得飞鸟动弹不得。

“神……你在说什么啊……”

坐在驾驶座上的人已经不是父亲了，而是空有父亲外形的某个陌生人在操纵这台飞机，并掌握着我的性命。飞鸟的腹部深处感到一阵凉意。

“马上降落！求求你了！”

虽然飞鸟大叫，将司却只是瞪着虚空：“神……有神……”将司如此自言自语道。

必须告诉塔台这个异常状况！一直以来在飞行学校针对紧急事件的反复训练，让差点陷入恐慌的心总算有个支柱，飞鸟伸手去够机内无线电发射机，然而就在快要拿到的时候，将司抓住了飞鸟的手腕。骨头仿佛被捏碎的痛苦，让飞鸟的脸都扭曲了。

“求求你，爸爸，放开我，为什么要这么做？”泪水模糊了视线，飞鸟努力挤出声音。

将司的脸上浮现出笑容，一抹令人目不忍睹、悲惨扭曲的笑容。

“当然是为了和你一起飞上天啊，永远在一起……”

下个瞬间，将司往前推倒操纵杆，机首向下俯冲。飞鸟的身体从椅子上飘了起来，因安全带紧紧勒住肩膀的疼痛而露出痛苦表情的同时，她不禁瞪大了眼睛。风挡玻璃另一侧已经可以看见地面了，急速接近的地面——飞机正在下降，不，是坠落。

“拉起操纵杆！往上飞！”

飞鸟虽然大声喊叫，但将司只是着了魔般凝视着急速逼近的地面，机内响起了宣告接近地面的不祥警报声。

飞鸟强忍着从前方压上来的重力探出身体，拼命伸出手去抓操纵杆。地面已经近在咫尺。

碰到操纵杆的同时，飞鸟全力往后拉，机首一下子向上抬升，原本朝着地面坠落的机体速度急降。

然而已经太迟了。飞机虽然恢复到接近水平飞行，但是前方却有覆满繁茂林木的山峦阻挡，不论再怎么拉升机首，机体都已经无法达到能够越过山岭的高度了。

小小的机体笔直地往山壁冲去，飞鸟只能愣愣地看着茂密的树木越来越逼近风挡玻璃。

“飞鸟——！”

将司的叫声回荡在耳边，冲击朝着飞鸟全身席卷而来。

意外发生大约两周后的一天午后，飞鸟用剩下半边的视野看着医院天花板。由于只有单眼能视物，距离感变得模糊不清，她有一种天花板的图样正在迫近的错觉。

意外发生之后，飞鸟伴随着全身剧痛恢复意识已是三天后的事了。她的四肢及肋骨骨折，还有缝了几十针的伤，但总算是捡回一条命。

她被救护车送来这家医院，并已经完成了骨折手术，若按照主治医师所言，她的运动功能方面应该不会留下严重的后遗症。

“能在那么严重的意外中活下来真是奇迹啊。”主治医师笑着对从昏迷中醒来的飞鸟这么说。

“……可是，活着又有什么意义？”

口中吐出的字句，轻轻地飘在空中。

意外发生时，被破裂的风挡玻璃碎片严重割伤的右眼已经呈现几乎失明的状态。失去单边视力，意味着失去成为飞行员的梦想，以及从小憧憬的天空。她依稀记得眼科医生曾向她说明怎么做可能恢复视力，但那些话已经从她左耳进，又从右耳出了。

就算恢复了视力，我也回不去那片天空了，那片幼时见到的灿烂星空。

以往只要闭上眼睛，那充满宝石般光辉的天空总会映在眼帘，然而现在已经做不到了。只要试图回想，下坠的记忆、那个地面步步逼近的记忆就会复苏，只是徒然陷入恐慌罢了。天空已不再是令人憧憬的地方了。

整个人变得好空虚，我现在什么也没有。

意外发生后，飞鸟一直困在轻飘飘的感觉中，好像一个不留神，“自己”就会突然消失得无影无踪的感觉。

“爸爸……”在这么低喃的瞬间，虽然只有一点点，但飞鸟总觉得现实感回来了。

那时候爸爸发生什么事了？为什么要引发那样的意外？

这几天已经反复冒出无数次的疑问又在脑海中浮现。每一天，飞鸟都会询问来探病的妈妈好几次：“被送到同一家医院的爸爸状况怎么样？”但每一次，妈妈都会以一种强忍悲痛的表情说：“你就忘了他吧。”因此她也无法再问出口。

病房的门打开了。转动左眼一看，妈妈的脸探了进来。啊，是探视时间啊。

“飞鸟，感觉怎么样？”

面对小心翼翼询问的母亲，飞鸟随便地回道：“还可以。”

“是吗？太好了。那个……其实有一个人想和你谈谈……”

飞鸟发现有个魁梧的男人，站在一脸不安这么说着的妈妈身后。

“打扰了。”

穿着老旧西装的中年男子以粗厚的声音打着招呼，同时踏进门来，带着压迫感的态度，让飞鸟感到反感以及些微的恐惧。

“您是？”

飞鸟这么问过后，男子从西装口袋里拿出折成两折像是记事本的东西，递到飞鸟面前。

“我是多摩中央警察署的刑警，有点事想要问你。其实我更早之前就想过来了，却被主治医师阻止，今天总算得到许可了。”

对方连珠炮似的说着，飞鸟反应变慢的头脑陷入一片混乱。

“为什么刑警要找我……？”

“当然是因为想知道案件的详细经过，那个小型飞机坠机案。”

朝着树林坠落的情景再次闪现，飞鸟的气息乱了起来。

“那个……我女儿还没从意外的惊吓中恢复……”

妈妈微弱地提出抗议，但刑警一副不耐烦的样子挥了挥手。

“说了我知道啦，所以我会快点结束。”

“案件是什么意思？那不是意外吗……”

飞鸟用没有骨折的左手按着头。

“对，一开始我们以为那是单纯的操作错误或是飞机有问题而导致的意外，但在调查过黑匣子[1]之后，事情并非如此的可能性大增，于是改为按照刑事案件的性质侦办，列为杀人未遂案。”

“杀人？！”飞鸟目眦欲裂地瞪大了左眼。

“对，没错。根据黑匣子的记录，操控飞机的你父亲羽田将司，从坠机前数分钟开始就一直在说些奇怪的话，像是‘听到声音’啦，‘有神’啦，等等。之后他又以明显故意的操作，让飞机坠机。”

说完，刑警摸着冒出胡楂儿的下巴。

“羽田将司大概是想杀了你。”

“爸爸想……杀我……？”

飞鸟无法理解对方说了什么，一看，妈妈在刑警身后咬着嘴唇垂下眼。

“不是！”

想从床上坐起身的飞鸟，因为骨折的肋骨传来一阵疼痛而闷哼了一声。

“不是！爸爸不可能这么做！因为爸爸……”

“爱你吗？”刑警嘲讽般地说道，“也许吧。根据调查，羽田将司似乎对你非常执着，不过呢，想杀你和爱你两者并没有冲突。”

“这是……什么意思？”飞鸟喘着气问道。

1　黑匣子：飞行数据记录仪 (FDR) 的俗名，是一种用以将飞机飞行的情况储存下来的仪器。

“很简单啊，羽田将司并不是想杀了你，而是想和你一起去死，也就是说，这次的案件准确而言是父携女自杀未遂。”

“自杀……未遂……”

短路的脑回路没有办法马上接受这句话的意思。

“对人生感到绝望的羽田将司想和心爱的你一起去死，和独生女像以前一样搭乘飞机飞上天，然后坠机共赴黄泉，这就是他的计划。”

“不，不是……爸爸才不是会做这种事的人……”

“我可以明白你想这么相信的心情，但是从几个月前开始，羽田将司就已经不是你所认识的父亲了。”

“你想说什么？！请把话说清楚！”

飞鸟歇斯底里地大叫，她再也受不了对方故弄玄虚的说话方式了。

“那我就直说了。羽田将司的胰脏癌已经到了末期，几个月前他似乎被宣告生命剩下不到一年的时间。”

太过突然的信息，让飞鸟脑袋一片空白。

“从那之后，他的精神状态就变得相当不稳定，然后被逼到极限，无法再忍受现实压迫的羽田将司决定自杀，但是他害怕自己一个人去死，所以就和最爱的女儿一起……”

“别说了！不要再说了！”飞鸟大叫，用打着石膏的双手抱住头。

最喜欢的爸爸想要杀了我，用他过去经常开的飞机当凶器，然后在那美丽的天空中打算伤害我，我不想相信这种事。

“真是不好意思哦，好像有点太直接了。”刑警以没什么反省意味的语气这么说。

“因此，我们认为这是在精神失常之后所犯下的罪行。这么一来，在飞机坠毁之前，他说的那些奇怪的话也可以得到解释了。”

“……不是。”飞鸟声若蚊蝇地喃喃道。

刑警向前探出身体问：“嗯？你有说话吗？”

飞鸟瞪着他的脸：“你不要随便乱说！爸爸才没有那么脆弱！他才不是那种因为得到癌症就想自杀的人，所以，那是……”

看到刑警轻蔑地用鼻子哼了一声，飞鸟的声音渐渐弱了下去。

“抱歉哦，忘了告诉你一件重要的事——前几天，羽田将司在病房里上吊自杀了。”

思考停止了。飞鸟的大脑拒绝理解这句话的意思。

“床头柜上像是遗书的字条不知道为什么和驾照放在一起，上面以潦草的笔迹写着‘对不起，请原谅我’。”

在失去距离感的视野中，刑警的声音听起来更显得遥远。

正如主治医师所说，飞鸟的身体并没有留下运动功能的后遗症，意外发生后约两个月，飞鸟就出院了。然而，即使飞鸟四肢的伤好了，右眼的视力也无法恢复，远比这些伤得更重的心灵创伤也未能治愈。回到老家的飞鸟几乎不外出，失魂落魄地过着漫兀日的的每一天。

因为讨厌看到自己戴着眼罩的样子，所以飞鸟将房间里的镜子全部收到了柜子里。

眼科医师再次向她说明，只要接受特别的治疗，右眼的视力也许可以恢复，但是飞鸟拒绝了，她不知[redacted]失[redacted]一切，徒留空壳[redacted]现在，就算恢[redacted]视力又有什么意义。

妈妈担心那样[redacted]飞鸟，所以[redacted]治疗。

一开始[redacted]完全[redacted]。

但是[redacted]医生说[redacted]会越[redacted]轻松。

那天▒▒▒所以▒▒▒那个地方。

飞鸟▒▒▒意识▒▒▒消失▒▒▒。

消失▒▒▒全部消失▒▒▒。

11

“呜哇？！”一阵大声惊叫。

“爱衣，你没事吧？怎么了？”

我急忙对着像是还未变声的男孩子的声音摇摇头。兔耳猫在我身边睁着大眼不安地看着我，那对长耳朵因下坠而往上方竖起。

身体的感觉突然回来了——以极快的速度坠落的感觉。

“库……库库鲁？”

我拼命弄清状况，想找回因陷入恐慌而失去的内心的平衡。

既然有无止境坠落的感觉，就代表我回来了，回到了飞鸟小姐创造的梦幻世界。

“什么‘库库鲁？’啊，你突然这么大叫我会吓到的。”

“什么？难道刚才的叫声是我发出来的吗？”

我眨着眼睛，库库鲁一脸受不了的表情。

“你没发现吗？没错，我本来还以为你因为摸了片桐飞鸟的库库鲁而进入冥想状态，结果你突然大叫一声，到底发生什么事了？”

“……我看到飞鸟小姐的记忆了，从小时候一直到最近，全部的回忆。但是正当要看飞鸟小姐发生意外之后的记忆时，怎么说，出现了像噪点的东西，不知道是该说没办法看清楚呢……还是说从记忆的世界里被弹了出来……”

“被弹出来……吗？”库库鲁随着落下而竖起的双耳互相交叉。

“也许那部分的记忆和片桐飞鸟被吸走玛布伊有关。”

“咦？什么意思？”

“所以说，现实世界里片桐飞鸟不是被某个人吸走了玛布伊吗？我想那对她的玛布伊来说是件非常恐怖的事，因为被强迫从自己的身体分离。人类会为了不想起超过自己极限的恐怖记忆，而将之抹去，或是藏到内心深处，这是为了防止自己崩溃，你应该懂吧？”

“……嗯，我懂。”

没错，我明白这种心情。如字面所示，痛彻心扉。

二十三年前发生的那个可怕事件，我几乎没有当时的记忆。

人类会抹去，或是改写记忆，这是为了不让自己的心、玛布伊崩溃。

“噪点覆盖的那部分的记忆，有很大的可能和吸走片桐飞鸟玛布伊的人，或是玛布伊被吸走当时的状况有关。”

“那不就是非常重要的部分吗？只要看了那部分的记忆，不就可以知道是谁吸走飞鸟小姐的玛布伊，是谁害她 ILS 发作吗？”

库库鲁不感兴趣地耸了耸前脚根部：“这个嘛，也许是吧。”

“那就要想办法看清楚那部分的记忆才可以。”

“为什么？”库库鲁一脸不可思议地歪着头。

“什么为什么，那个犯人，是叫萨达康玛利吗？那个人不是只对飞鸟小姐下手，也很有可能吸走了其他三名病患的玛布伊，这样的话就要找出对方……”

“找出来以后你打算怎么做？”库库鲁严肃地问道。

“这个嘛……”我的话卡在了嘴里。

“吸走他们玛布伊的人不一定是有意这么做的，因为吸取他人的玛布伊并不会带来快感或是让人恢复精神，甚至吸走了三人份的玛布伊之后，很有可能因为容量超载而对自己造成很大的负担。”

“原来是这样啊。”

“所以找出那个人不表示一定能够解放被吸走的玛布伊，如果是因为某种机缘让那个人无意识地吸走了玛布伊，对方大概也很难凭借自己的意志解放玛布伊吧。”

“那么，要解放飞鸟小姐他们的玛布伊，让他们醒来的话……”

“没错，只能进行玛布伊谷米了。只有治疗玛布伊所受的伤，让它们自行挣脱的这个方法，为此，就需要知道痛苦的经历，也就是玛布伊为什么会伤得这么重的原因。那你知道片桐飞鸟痛苦的原因了吗？”

“嗯，飞鸟小姐的爸爸是一位飞行员……”

我正打算说明时，库库鲁扭着身体靠近我说：“你可以不用说。”它用长长的耳朵包覆似的抓住我的头，闭上硕大的眼睛。库库鲁的额头与我的额头相碰，碰触的那部分亮起了淡橘色的光芒。

“嗯，原来如此，我大概知道了。”

“这样你就知道了吗？”

我发出惊讶的问句，库库鲁骄傲地哼了哼。

“因为我是你的库库鲁啊，我和你是相连的。不过比我想象的还要严重呢，竟然在天空这个特别的地方，差点被最爱的父亲杀死，这样玛布伊会衰弱也是应该的。那接下来要怎么做呢？”

“如果是一般的玛布伊谷米接下来会怎么做？”

“嗯……很少遇到带有这么严重问题的状况，大部分是交给时间疗伤，或是协助对方拓宽变得狭隘的思考范围，就能够治愈到某种程度。不过反过来说，这种程度的烦恼能让玛布伊衰弱，人类就是这么脆弱的生物呢！”库库鲁嘲讽地勾起胡须垫。

“总觉得很像心理咨询呢。”

我也是接受了袴田医师的心理咨询，才学会应对那个悲惨经历的方法并获得救赎的。

“是这样没错，但有这么悲惨的经历，就不是件容易的事了哦。光是失去深爱的家人就已经是痛苦的经验了，更何况是最喜欢的父亲竟然想要杀了自己。”

库库鲁露出了令人难以想象它是只猫的老练表情。

“……不是这样。”

我觉得好像听到从某个地方传来声音，于是迅速地抬起脸。

“嗯？怎么了吗？”

“我觉得好像听到什么声音……好像直接在我脑海中响起的感觉……”

这时候，脑海中又响起了“……不是这样”的微弱声音。

“你听，又听到了。库库鲁听不见吗？”

“……啊，原来如此。”库库鲁浮现出无所畏惧的笑容。

“你知道是谁的声音了吗？”

“这不是很简单吗？如果不是我的声音，这里还有谁？”

“你说谁……”

我以缓慢的动作转身，那里有一颗浮在半空中，不，正在持续坠落的光之茧，里面合着翅膀的小鸟——飞鸟小姐的库库鲁的左眼微微地睁开了。

“是你在说话吗？你说不是这样是什么意思？可以说得仔细一点吗？！”

我一口气问了几个问题，却只是再度响起微弱的“……不是这样”。

“没办法啦，这只库库鲁现在就像处于假死状态，怎么有办法仔细说明。”

“但是它正拼命地想要说些什么耶！刚刚就拼命地说着‘不是这样’。”

“不是这样……啊。”库库鲁压低声音小声说道，“也许这只库库鲁想告诉我们片桐飞鸟本身没有察觉到的事实。”

“什么？这种事有可能发生吗？”

“这个嘛，库库鲁虽然类似于映照出玛布伊的镜子的存在，但它本身也是拥有意志的，所以那个人物经历的事情，在它眼中看起来也许又是另外一回事。不是说事物会因为看待的角度不同，而产生别的样貌吗？”不知道为什么，库库鲁快速地说着。

有些刻意的说明让我不是百分之百接受，但飞鸟小姐的库库鲁想要说些什么倒是真的。它想传达某件重要的事。

“有没有什么办法可以知道飞鸟小姐的库库鲁想说什么？”

“有啊，”库库鲁干脆地说道，“拥有犹他能力的你，应该可以读取这只库库鲁的想法。你要配合它的波长，感情的波长。”

“感情的波长……”

我反复念着这句话，视线迎向茧里的小鸟微微睁开的左眼。

“那，如果你知道什么事就告诉我吧，我想要帮助飞鸟小姐，我想帮她从束缚着内心的枷锁里解脱，所以拜托你。”

我以温柔的声音说完之后，吹来了一阵风，那是从茧里吹过来的、平稳的风。即使是身处因坠落而从下方涌上来的空气气流之中，不知为何仍能清楚地感受到那阵风。

包覆着小鸟的茧轻轻解开，数根光丝乘着风朝我吹来，丝线在碰到我的瞬间，我的身体大幅向后仰。

脑海中各式各样的景象弹出后又消失，就像在放烟火一样。

包裹着白布的新生儿、风挡玻璃前方无垠的夜空、覆满无数仪表的驾驶舱、红酒瓶、细微颤抖的手、X 光片、放在桌上的十数颗白色药丸、一边扭曲又一边迫近的地面、放在床头柜上的字条与驾照、挂在窗帘轨道上套成一个圈的床单……然后，是笑容。

孩子的、少女的，还有成年女性的飞鸟小姐的笑容，不断地出现又消失。

“刚刚那是……”脑海中的影像消失之后，我愣愣地喃喃自语。

“看来刚刚那个是片桐飞鸟的库库鲁想告诉你的事情。”不知什么时候将头靠在我的太阳穴的库库鲁轻声道。

“但是太抽象了，根本搞不清楚什么是什么……只有那些画面，我什么也不懂呀！”

“这么快就想放弃的话还要怎么继续下去？”库库鲁的眼神锐利了起来。

“刚刚的信息可是衰弱的片桐飞鸟的库库鲁，用尽了残存的力气传达给你的，就是因为它认为你可以拯救片桐飞鸟，所以才做到这个地步。你不是要救片桐飞鸟吗？那就努力思考吧，想想这只库库鲁要告诉你什么。”

库库鲁的视线仿佛射穿了我，我抿紧嘴唇。没错，我是飞鸟小姐的主治医师，为了将她从无止境的昏睡中救出来，才会来到这个世界。

既然如此，那就全力以赴吧。这是为了拯救她，也是为了拯救我自己。

我闭上眼睛，回想飞鸟小姐的库库鲁传送给我的影像。

那些影像中出现了好几次飞鸟小姐的身影，应该是想表示羽田将司这个人是爱着飞鸟小姐的。

因为爱，所以将司先生才想将飞鸟小姐和自己一起杀了吗？癌症末期陷入忧郁状态，虽然试过强迫飞鸟小姐共赴黄泉但失败了，于是因后悔伤害了自己最爱的女儿而上吊。如果只沿着表面探索，一连串的事件看起来像是这样的。

“听见神的声音……吗？”我闭着眼睛喃喃低语。

我很在意即将坠机前，将司先生嘴里说的那句话。

确实有一些精神疾病会引发幻想或是幻觉，但是以抑郁症的症状而言，听到来自神的启示这类的幻听并不常见。

受到其他类型的精神疾病，或是非法药物的影响……

我想起桌上放了好几颗药丸的画面。

如果那是受到非法药物的影响，而陷入精神错乱的状态……

不，不是这样，我摇摇头。就那一眼的感觉，那不是非法药物，而是有正式处方笺的药剂，再说如果吞下了大量的非法药物，在搭飞机之前应该就会呈现精神错乱了。那一类药物在服药之后用不了多久就会出现药效。

那些药丸究竟是什么药？癌症用药？还是抗抑郁药？

不论是哪一种，如果一次大量服用……

一想到这里，我睁大了眼睛，感觉脑细胞烧了起来。

颤抖的手、酒精成瘾、大量药剂，以及……神的声音。

所有的碎片开始复杂地拼凑起来，渐渐浮现出蓝图——一幅无限悲哀的蓝图。

“正好相反……”这句话从我嘴里发出。

“相反？那是什么意思？爱衣，你发现什么了吗？”

虽然库库鲁这么问我，但我没有回答，而是仰头对着上方——那个被漆黑幽暗包覆的空间。

“飞鸟小姐，你听得见吗？羽田将司先生并不想杀了你！他根本没有打算和你一起去死！”我声嘶力竭发出的声音被黑暗吸收，但我持续呐喊着，“如果这是在你的梦中，那么你应该在某处吧？拜托你请听我说！”

我听到微弱的声音，是非常细微的哭声。我看向声音来源处，黑暗中模糊的少女、幼小的飞鸟小姐抱膝蹲坐着，和在昏暗森林中迷路时一样的姿势。

和持续坠落的我及库库鲁相反的是，她的头发及衣服并没有因为下方吹来的风而飘起。我微微拍动收在背后的翅膀，朝她靠近。

“飞鸟小姐。”我伸手触碰她颤抖的肩膀，却穿透了她的身体。

“你没办法碰到她的。”库库鲁说道，“因为片桐飞鸟的玛布伊已经被某个人吸走了，不在这个梦幻世界。你看到的这个人是她的玛布伊在这个世界里创造出来的替身，不过是个幻影。”

“但替身的意思是……飞鸟小姐正在听我说话，对吧？”

“创造出梦幻世界的玛布伊虽然没有清楚的意识，但我想，隐隐约约是能听见的。”

这样就够了。我正准备开口说明时，发现不知何时起周围的黑暗中浮现出无数的大树，我反射性地看向下方——那个持续坠落的方向，但是那里只是无底的深渊。

“……梦幻世界又变了呢。”

库库鲁以意味浓厚的警戒语气这么低声说完的瞬间，“飞鸟——”远方传来回荡着阵阵回音的叫声。那道无法辨别男女的声音，很明显带有想让对方感到恐惧的意图，我全身僵硬。

“飞鸟——你在哪里——快出来啊——”

“这是飞鸟在森林里迷路时的……”

“嗯，是以那个记忆为蓝本创造出来的世界吧。但是那时候来救她的父亲对现在的她而言，只是一个想要杀了她的人物，所以在这个世界发出令人毛骨悚然声音的存在是……真不想去思考啊。”

就像那个著名童话中，要吃了孩子们的巫婆一样，危险的存在正在步步逼近，冷汗滑过我的后背。

“飞鸟小姐，你听我说，将司先生并不想杀了你。”

我快速说完，蹲坐着的飞鸟小姐从双腿膝盖间慢慢地抬起头。

我的身体微微向后倾。那里有三张脸，幼儿园儿童、小学生以及大学生的飞鸟小姐的脸如同全息摄影一般重叠。

“你骗人，爸爸想要杀了我。”

三个人的声音重叠在一起传来，其间让人不寒而栗的“飞鸟——你在哪里——”的叫声依然从某个地方冒出来。

“爸爸喝酒之后就不当飞行员了。”

“比起我，他更喜欢酒。”

“癌症末期的爸爸打算带我一起去死。”

三位飞鸟小姐你一言我一语地诉说烦恼。

“不是的，也许看起来的确是这样，但事实上并不是如此。他会辞去飞行员并不是因为酒，而离婚最大的原因应该也不是因为无法戒酒。更重要的是，他并没有想和你一起去死，你的父亲只是想遵守约定而已，那个和你一起再一次飞上天空的约定。”

我拼命地说着，感觉幼儿园的飞鸟小姐身体一瞬间膨胀，像是从小小的身体分裂出来一样。一道人影在我面前站起身，那是大学的飞鸟小姐。

“那为什么爸爸要故意坠机？”

“因为那时候将司先生被幻觉困住了，所以分不清虚实……”

“所以你的意思是爸爸还是没能戒酒？”

大学的飞鸟小姐一脸难受地蹙起了细眉。

“不是的，将司先生已经戒酒了。产生幻觉的原因不是酒精，而是他生病了。”

“生病？你是指酒精成瘾吧？这样的话他果然……”

“不是酒精成瘾，将司先生身上还有另一种疾病，所以他才必须辞去飞行员的工作。”

蹲坐着的幼儿园飞鸟小姐，身体看起来似乎又稍微膨胀了一些，小学时代的飞鸟小姐从那副身体里分离出来。

“爸爸不是因为喝酒才不当飞行员的吗？”

“没错，飞鸟的爸爸不是因为意志力薄弱所以才戒不了酒，只是因为生病的缘故才不能再当飞行员了。”

我向小学的飞鸟小姐说完，大学的飞鸟小姐一副愤怒的表情探出身来。

“你骗人，爸爸是因为饮酒过量，手开始发抖才不能再担任飞行员的。”

“飞鸟——在那里吗？你在那里吗？”

充满恶意的声音越来越近，声音的主人马上就要现身了，我的内心焦躁了起来。

“飞鸟小姐，其实刚好相反。将司先生不是因为饮酒过量手才发抖，而是因为手发抖了，所以才开始喝酒。他因为生病导致手发抖而不得不舍弃蓝天，因为这股绝望，他才开始喝酒的。”

“生病导致手发抖……”大学的飞鸟小姐以探询的语气喃喃道。

“没错，造成将司先生手发抖的疾病不是酒精成瘾，那个疾病是……”

在这里停下的我，直视着大学飞鸟小姐的眼睛告诉她，那个侵蚀她父亲身体的疾病名称。

“帕金森病。”

帕金森病。因为大脑内部称为黑质的地方神经细胞变性，造成运动功能逐渐产生障碍，是一种难治之症，而帕金森病最具特征的症状为静止时手指震颤，也就是手部会产生细微的颤抖。

“帕金森……病……？”

大学生、小学生还有幼儿园儿童年纪的三位飞鸟小姐同时发出惊讶的声音。

“没错，帕金森病，这是一种手会发抖，难以做出精细动作的神经疾病。你的父亲因为这个病而辞去了飞行员的工作，不得不放弃最喜欢的天空，他的手之所以颤抖不是因为酒精，而是因为生病。”我拼命地一句接一句地说着。

“在那里吗——飞鸟——你在那里吗？”

像是野兽咆哮的声音变得更大，并且可以听见踩着枯叶的脚步声了。“某个东西”就快到了，明显带着恶意的“某个东西”。

“就算是这样那又怎么样？爸爸想杀了我的事实还是没有改变！爸爸害怕一个人死去，所以才会故意坠机要带我一起走！”

大学的飞鸟小姐像是要甩开迷惘般摇着头。

“听我说吧，飞鸟小姐。”我拼命压抑着如热锅上蚂蚁的焦急，继续未完的话，“你的父亲并不是为了和你一起去死才搭上飞机的。”

“那为什么飞机会坠机？！爸爸毫无疑问是故意让飞机坠机的，就是因为这样我才会单眼失明，我想成为飞行员的梦想……我一直很憧憬的天空……”

我轻轻地朝哽咽的飞鸟小姐伸出手，摸到了没有实体的那副身躯。虽然没有触感，但些微的温暖以及她意志存在的感觉从掌心传来。

“在飞机即将坠落前，将司先生的样子并不寻常对吧？”

低着头的飞鸟小姐慢慢抬起头，微微地点了点头。

“那时候你的父亲被困在了幻觉之中，所以才无法做出正常判断。他绝对不是有意要伤害你，全都是因为生病。”

“那也是生病的症状吗？”

“不，”我摇摇头，“那不是疾病本身的症状，而是药物，药物的副作用导致将司先生产生幻觉。”

“副作用？”

“没错，帕金森病是因为大脑的一部分缺乏多巴胺这种神经传导物质而造成的，所以在治疗时会补充多巴胺，但是如果过度服用多巴胺，可能会有产生幻觉或幻想的副作用，比如听见来自神的声音之类的幻听。”

大学时期的飞鸟小姐瞪大了眼睛，那时候，她背后丛生的林木深处，某个东西正在蠕动爬行，某个漆黑巨大的东西。

“爱衣，快一点，就快要……过来了。”一直静静看着整个过程的库库鲁，压低了身体说道。

“等一下！还差一点点！”

在我大叫的同时，带着回音的可怕声音撼动了内脏。

“找到了——飞鸟，我找到你了。”

“你懂了吧，飞鸟小姐！那时候将司先生的症状，是治疗帕金森病的药物的副作用所引起的，你的父亲并没有要杀了你的意思！”

我一边害怕着渐渐逼近的“某个东西”，一边拼命说服她。

“证据……”大学的飞鸟小姐小声问道，“你有证据证明你说的话是真的吗？”

“有！发生意外的那一天，将司先生的手没有颤抖就是证据！”

三位飞鸟小姐身后的树木随着断裂的声音一一倒下，“某个东西”终于现出身形了。那是“幽暗”，巨大人形的“幽暗”，那个吞噬了松果、蹂躏了三叶草地毯的深无止境的“幽暗”，化成人形存在于那里。

我抑制住几乎要冲出口的尖叫，继续说着那天发生了什么事。

“知道自己到了癌症末期命不久矣的将司先生，无论如何都想实现和你再一次飞上天空的约定，但是如果出现帕金森病的症状，就无法驾驶飞机，所以那一天，将司先生服用了比处方药量还要多的帕金森病用药，因为补充了大量的多巴胺，将司先生的症状暂时改善了，但是，在你们飞行途中，过度摄取的多巴胺引发了将司先生严重的幻觉，让他陷入精神错乱，结果……飞机就坠机了。”

人形“幽暗”像在玩弄我们似的缓缓逼近。

“那个意外，是将司先生拼命要实现与你的约定结果造成的意外事故！”

我大声这么说，逐渐逼近的人形“幽暗”出现了些微的裂痕。

“那为什么爸爸要上吊？意外发生之后他马上就自杀，不就代表他从一开始就想死吗？”

“不是的，是因为将司先生想留下一样东西给你，所以他才会亲手了断自己。”

“留下东西给我？”

我看着浮现困惑表情的大学飞鸟小姐，开口说道：“是眼角膜。”

大学的飞鸟小姐身体剧烈地颤抖。

“你因为在意外中眼角膜受伤而失明，不过只要移植眼角膜也许就能恢复视力，也许还能再飞上天空，于是将司先生为了留下自己的眼角膜给你，亲手了断了自己。遗书之所以和驾照放在一起，一定是希望有人看到背后注记的器官捐赠意愿。”

即使自杀了，也不知道眼角膜能不能捐给飞鸟小姐，大概是不能如他所愿吧。但是他已经没有其他办法了，他想不到该如何向因为自己的失败而受到伤害的心爱女儿赎罪。

“飞鸟小姐，你的父亲错了，不惜服用大量的药物也要带你飞上天空，还有为了留下眼角膜而自杀，他犯下了很明显的错误，但是，这些全都是出于爱，因为从心底爱着你，所以才会做出这样的举动。”

逼近的人形“幽暗”挥舞着双手，我瞥了一眼为了保护我们而挡在巨人面前的库库鲁，依序看向三位飞鸟小姐，露出微笑。

“所以飞鸟小姐，你就原谅你父亲吧，然后如他最后所愿地，回到天空去吧——那个你和父亲充满回忆的天空！”

在我大喊的同时，三位飞鸟小姐转身，下一个瞬间，要袭击她们的人形“幽暗”弹飞出去，炫目的光芒照着四周，因为太过刺眼而抬手遮在脸前的我，发现光芒中站立的人影。

“……飞鸟。”无尽温柔、满是慈爱的声音响起。

光芒消失后，人形“幽暗”不见了，取而代之的是一名男性站在那里，是来找寻在森林里迷路的幼儿园飞鸟小姐时的将司先生。

“爸爸！”

三位飞鸟小姐朝着将司先生飞奔而去，她们的身影叠合，不知不觉间只剩下了幼儿园的飞鸟小姐。

将司先生温柔地抱住扑进自己怀里的飞鸟小姐。

“对不起，飞鸟……真的很对不起……”

“你不用道歉，爸爸……我最喜欢你了。”

“嗯，爸爸也最喜欢你了，我永远爱你哦。”

互相拥抱的父女身影逐渐变得透明，不久后余下微弱的光之碎片消失。不知何时起，围绕在四周的树木也不见了。

我和库库鲁再次留在什么也没有的空间里。

“我问你，库库鲁，这样就能够拯救飞鸟小姐了吗？她可以从昏睡中苏醒吗？”

“很快就会知道了。”

就在库库鲁这么说的时候，背后一阵闪光，我慌忙转身，光之茧正在发光。不是刚才那种微弱的光芒，而是明亮得几乎炫目。

那颗茧的尺寸逐渐增长，长到比我还要大上许多，茧的上方打开，像花苞般绽放。

看到局促地爬出来的生物，我不禁怀疑自己的眼睛。

那是一只鸟，有着像鹤一样修长的脖子与小巧的头，头部长有金黄色的冠，长长的尾巴缀有孔雀般色彩鲜艳的眼状斑点，而它的翅膀是由红色、蓝色、紫色、橙色等各色火焰编织而成，那副模样让人想起只存在于人们想象中的生物——凤凰。

那凤凰长啸一声，挥动双翼，原本处在黑暗支配下的空间，渐渐充满了火焰的光亮。

“那就是……飞鸟小姐的库库鲁……”

在茧中蜷缩着身体的小鸟与眼前这只凤凰竟然是相同的存在，叫人一时难以置信。

“嗯，那是它真正的模样。多亏有你，它才能恢复原来的样子。”

库库鲁眯起眼睛。回过神时，我们已经不再坠落，脚下是一片光之地板，我们就站在其上。

飞鸟小姐的库库鲁展翅飞翔，从羽翼上洒落的缤纷火焰变成了光球，开始在四周旋转，现在不论看往哪个方向，黑暗都已不存在，仿佛身处在万花筒中的艳丽世界，我张开了双手。

凤凰——飞鸟小姐的库库鲁越飞越高，没有极限。这时候，响起了如同玻璃碎裂的声音。

“差不多要结束了呢。”库库鲁说道。

“什么东西要结束了？”

“这个梦幻世界啊。库库鲁回到原本的样貌，代表片桐飞鸟的玛布伊恢复了力气，再过不久，她的玛布伊就能回到她的身体里了。完成任务的这个梦幻世界也会崩塌。”

“崩塌之后会怎么样？”

“当然就会醒来啰，不论是你还是片桐飞鸟。”

就在库库鲁这么说的时候，空间出现了裂痕，简直就像被榔头敲到的镜子一样，这个世界从遥远的上方开始碎裂。

那些碎片一边不规则地反射着遍布这个世界的光，一边纷纷洒落下来。我一动不动，并不是因为害怕，而是被那美丽的景象所震慑。

“那就这样啦。爱衣，不久后见。”

我听见库库鲁向我打招呼，同时全身沐浴在光芒照耀中。

回过神时，我正站在病房里——放着病床与床头柜的，煞风景的单人病房。而我在那里，伸手覆住躺在病床上的飞鸟小姐的额头。

我看向挂钟，从我进入这间房间，到现在大约只过了五分钟。

刚刚那是现实吗？还是我在做梦？

不，那个一定是梦。问题是，那只是我个人做的一个白日梦，还是我潜进了飞鸟小姐的梦，她的梦幻世界里？

我轻轻摇着头收回了手，站在那里不动。飞鸟小姐的左眼流出的眼泪，滑过那有如白瓷的脸颊。她的左眼缓缓地睁开，慢得令人心焦，我看着这一幕，连呼吸都忘了。

“这里是？”飞鸟小姐以虚弱且嘶哑的声音小声道。

“这里是……神研医院。”胸口涌上来的灼热情感，让我的声音变得沙哑。

“医院？为什么我会在医院里？”

“片桐飞鸟小姐，这段时间你都处于昏睡状态，在这四十天里，你一直在做梦。”

“梦……”飞鸟小姐一脸不可思议地喃喃自语，擦了擦眼角，“嗯，我觉得我好像一直在做梦，非常恐怖、悲伤，却又……幸福的梦。可是我想不起来是什么样的梦了。”

飞鸟小姐抓着病人服的胸口，双唇微微地蠕动。

“爸爸……”

飞鸟小姐的呼吸逐渐紊乱，她的左眼再次溢出泪水。

梦是无法回想的。这样就好了吧，因为飞鸟小姐一定已经知道了，自己多么受到父亲的疼爱。

飞鸟小姐捂住脸，肩膀开始耸动，我朝她点了点头，转身往出口走去。

来到走廊之后，我背靠在关上的门板。

终于做到了。我终于，可以拯救 ILS 的患者了。

我将温暖的成就感藏在心中，听着背后隐隐约约传来的悲切痛哭。

幕间 I

午后的护理站，杉野华看着电子病历的屏幕，大大地叹了口气，屏幕上显示着她负责的 ILS 病患的病历。

“为什么只有她的病患醒来了？”

前几天，后辈担任主治医师的 ILS 病患片桐飞鸟突然从昏睡中醒来，她现在正为了恢复昏迷四十天以来衰退的体力而进行复健，同时也开始治疗八个月前受伤失明的右眼。听说需要做角膜移植，不过恢复视力的可能性很高。

她能从昏睡中恢复当然很棒，问题在于不知道她是怎么恢复的。

“你做了什么特别的治疗吗？”

前天，当华询问后辈时，对方在胸前挥着双手：“没有，我只做了普通的治疗。”虽然她带点慌张的态度让华有些疑问，但如果她有特别的治疗方式，应该也没什么好隐瞒的。

“我也要想想办法才行。”

华的手指轻轻抚摩电子病历的画面，上面显示着华负责的 ILS 患者的诊疗资料。华看着病患的名字，咬住涂着红色唇膏的嘴唇。

“……我绝对会治好这个人。”

正当她像在说给自己听的低语时，听到有人问：“请问是杉野华医师吗？”华一看，两名穿着西装的男子站在护理站外，其中一人是个身材肥壮，头发有点稀疏的中年男子，另一个则是三十岁左右，不胖不瘦中等身材的男子。

“对，我就是。”

是我的病患的家属吗？但是没有见过他们的印象。

“我们是做这行的。”

华走近之后，中年男子将折成两折像是黑色记事本的东西堵到她面前，只见男子的大头照下方写着“巡查部长 园崎伸久”。

警察？华不由得皱起眉头。

“我是警视厅搜查一课的园崎，后面那个是练马署的三宅，很抱歉在百忙之中打扰您。”

园崎将警察手册收回胸口，用评价般的眼神打量着华。

“哦，找我有什么事吗？”华带着困惑这么问。

园崎用指甲挠着头：“关于您负责的特别病房的患者，有些事情想请教。您这里有一位大约从四十天前就开始陷入昏睡的病患对吧？”

从四十天前开始陷入昏睡，华斜眼瞥向电子病历。

“我必须遵守保密义务，基本上不能透露病患的个人资料……”

“医生，我们也非常明白您有保密的义务，不过这次的案件可不适合说这么悠哉的话。”

“什么悠哉……你的意思是我的病患和某个案件有关系吗？”华对这看似有礼实则无礼的口吻感到烦躁。

被反问后的园崎压低棱角分明的下巴低声道：“是杀人事件哪。您应该也知道吧？东京频繁发生的连续随机杀人案。您的病患可能与该事件有关系……而且是非常深的关系呢。”

第二章 梦幻的法庭

1

我站在单人病房的入口附近，看着放在窗边的病床，没有病患的那张床的床单已经拆下，露出了床垫。

这是不久前，飞鸟小姐住院的病房。从 ILS 中苏醒的飞鸟小姐前几天转到了复健专科医院，听说她打算等恢复这段时间因昏睡而衰退的体力之后，若有捐赠者就接受角膜移植。

她一定能够再次回到天空，充满了和父亲的回忆的天空。

“真是太好了。”

我微微笑着往窗边移动，抬头看向天空，若是万里晴空就再完美不过了，可惜今天天公依然不作美，雨水从厚厚的黑云中一滴一滴落下，下一秒，闪电劈开天空，电光诡异地照亮了外头的景色。震耳欲聋的雷声让我缩起身子，两手压着胸前。

“……但是，飞鸟小姐的父亲为什么要那么乱来？”等到快速跳动的心跳平稳下来之后，我喃喃自语道。飞鸟小姐醒来之后，我内心的角落就一直挂念着这件事。

在自己的生命耗尽之前，要载着心爱的女儿再次飞上天。我深切明白这种心情，但只是因为这样就想到服用大量多巴胺制剂，以暂时改善帕金森病的症状吗？

而且在意外发生之后马上自杀也让人难以接受。

可以理解他因为自己的失误造成女儿受伤，导致她无法成为飞行员而感到绝望，也能够明白他想移植自己的角膜，让女儿恢复视力的这个心愿，但即使如此，会有人因为这样就突然上吊自杀吗？至少也应该先解开自己想和女儿一起去死的误会吧？就是因为误会没有解开，飞鸟小姐的心、玛布伊才会伤得那么重，再不济，遗书里也应该表明自己真正的心意才是。

更何况身为癌症病患的将司先生从一开始就无法成为器官捐赠者，就算不是如此，光是用驾照注记同意捐赠器官，角膜也不一定会移植给飞鸟小姐，器官捐赠者并不能选择要捐给谁。事实上，飞鸟小姐现在等待的也是来自其他捐赠者提供的角膜，而不是她父亲的。这些事情只要稍微查证就知道了，但……

"……再怎么想也没用了。"我看着天空，轻轻摇了摇头。

人类并非总是以理性来判断事情，尤其是在被逼到极限的状况之下。

因为伤害了心爱的女儿而陷入混乱，导致想法变得狭隘，以为只要自己死了，女儿的视力就能恢复，才突然上吊自杀。应该就是这样了吧。

总之，这是帕金森病引起的一连串悲剧，而且更重要的是，知道父亲从心底疼爱自己之后，飞鸟小姐就从昏睡中苏醒了，这样不就够了吗？

"没错，这样就够了……"

我的工作是让 ILS 患者醒来，现在应该优先考虑剩下的其他病患——还在昏睡状态的另外两名 ILS 病患。

玛布伊被某个人吸走是造成ILS的原因，想让他们从昏睡中醒来，就需要拥有犹他能力的我潜入患者创造的"梦幻世界"，进行玛布伊谷米。隐约映照在窗户玻璃的我的脸上，浮现出苦笑。

这种事情，绝对不能告诉其他人。要是不小心说漏了嘴，大概会被认为是压力过大导致精神失常，而解除主治医师的职务吧。

"所以，一切都必须我自己来才可以。"我像是对着倒映在窗玻璃上的自己说话般喃喃低语。

飞鸟小姐醒来已经过了大约两个星期，我却还无法进行下一次的玛布伊谷米。在梦幻世界里徘徊，寻找受伤的病患的库库鲁并加以治愈，这一连串的仪式似乎会消耗身心，那天之后一连数日，我的血液就像换成了水银一样，身体感到很沉重，就连从事日常工作都很辛苦。而且，我需要情报。虽然潜入梦幻世界，触摸到创造出那个世界的人的库库鲁就可以知道过去发生了什么事，但是那个地方绝对称不上安全，可以的话，我希望先在现实世界搜集情报，了解病患发生了什么事，以结果而言，这么做应该也是在梦幻世界里保护自己的方法。

所以我彻底询问了前来探病的病患关系人，也因此对罹患 ILS 的两名患者发生了什么事了解到了一定程度。

然而，那也不过是“一定程度”而已，本人感受到了什么、他怎么想，这种活生生的情感，必须要摸到患者的库库鲁，跟着体验过一次之后才能切身感受。

房间里响起“当”的轻快声响，我看向挂钟，指针指着六点。

“啊，糟糕。”

我连忙走出病房。今天晚上六点开始我要在急诊室值班，必须快点过去。

我在走廊小跑时，忽然有个声音叫住我：“大姐姐。”我回头一看，一名小学生年纪的女孩向我挥手，是住在这楼病房的久内宇琉子。

“大姐姐，不可以在走廊跑步哦。”

不知是不是生病的缘故，宇琉子佝偻地弯着腰向我走来。

“对不起，宇琉子，我现在在赶时间。”

“快迟到了？”

她用让人联想到猫咪的大眼睛仰视着我，我缩起脖子般点了点头。

“嗯，六点要开始工作。”

宇琉子指向旁边的护理站：“六点的话还有一点时间哦，所以陪我说一下话吧。”

我一看，护理站的时钟的确指着五点四十五分，我确认了一下手表，也是同样的时间，看样子是病房的时钟快了。拍拍胸口松了一口气的我，蹲下身配合宇琉子视线的高度。

“看来好像有一点点时间，那宇琉子，你想说什么呢？”

“嗯……也不是这样，只是觉得你好像精神不错，发生什么好事情了吗？”

“精神不错？是这样吗？最近我觉得还蛮累的呢！”

完成玛布伊谷米之后的几天，护理师们还很担心地说我没有干劲。

“对呀，之前脸色很差头发也很干，好像欧巴桑哦。”

孩子特有的不留情面的表达方式刺中了我的内心，我用力撑着脸上的肌肉，拼命保持笑容。宇琉子接着道：“不过啊，大姐姐，你看起来很高兴哦，好像吃到了好吃的食物一样。”

看起来很高兴……吗？我摸着宇琉子的头。

“也许是这样哦！大姐姐的病人啊，出院了，她生了一种很可怕的病，可是已经治好恢复健康了，所以我才很高兴。”

“这样子啊，太好了呢！那大姐姐的病人每一个都好了吗？”

“没有，不是每一个人，还有其他病人，那些人还没有治好。”

“那大家都治好的话，大姐姐就会更有精神了呢！”

大家都治好的话……如果可以拯救剩下的两名病患，我一定能够从过去获得解放，从二十三年前的那个可怕事件中解放。

“嗯，一定可以变得非常有精神。”

“这样啊，那你要加油哦，我一直在帮你加油哦！”

宇琉子留下这句话之后，弯着腰转身跑走了。

“不是才叫我不要跑的吗？”

我苦笑着站起身，双手拍拍脸颊为自己打气，那么可爱的孩子都推我一把了，我一定要加油才行。

首先，就从今天的值班开始吧。

“辛苦了，爱衣。”

我走进急诊部后方的值班医师休息室时，在急诊制服外面披着白袍的华学姐，正打开体育报躺在沙发上。

“咦？华学姐也值班吗？”

“对，一起加油啦，来个热闹的夜晚吧！”

“我才不要热闹的夜晚，值班的那一天我希望可以平平静静。”

华学姐耸耸肩，说着“这倒也是”。

我往她那边走近：“用这个姿势看体育报，看起来就像欧吉桑，完全没有女人味。”

“值班时哪儿有多余的心力提升女人味啊，而且这家医院里的男人都是一些大叔，就算提升女人味也没什么意思啦！不过啊，对于喜欢大叔的你来说也许不是这样的吧。说起来，你之前去见院长了吗？和崇拜的人说话以后平静一点了呢！”

“我都说过不是这样了！那上面有什么有趣的新闻吗？”

因为被拿袴田医师的事来取笑，我刻意地引开话题看向报纸。

“这个是……”

“连续随机杀人案出现新的被害者！”煽情的文字跃然纸上。

“没错，就是那个连续杀人案。”

“……又出现被害者了吗？”

“嗯，上面说今天早上发现遗体，被破坏到认不出原本样貌的遗体。”

“华学姐，你对这个案件有兴趣吗？”

袴田医师也对这个案件莫名地在意。

“当然有啊，这种猎奇杀人案可是很难得在日本看到呢！而且……”华学姐话说到一半停了下来。

“而且什么？”

“……其实之前突然有刑警来找我，说我负责的病患也许和这起连续杀人案有关系。”

“什么？！”我瞪大了眼睛，“和这起案件吗？是因为什么病住院的病患？”

“那个啊，是ILS的病患。”

“学姐负责的ILS病患吗？！”

“声音太大啦！”华学姐的食指立在嘴唇前。

“对不起。”我急忙将双手捂住嘴巴，“可是病患和连续杀人案有关系是怎么一回事？”

“我也一头雾水啊，他们完全不让我问明详细状况。”

我正想继续问耸耸肩膀的华学姐时，门被用力打开，年轻的护理师探头进来。

“杉野医师，识名医师，紧急病患，痉挛发作的病患正在送院的路上。”

“了解。那爱衣，来准备接收病患吧。”

被打断的我点点头说声“知道了”，便和华学姐一起前往急诊治疗室。

“哎呀，一开始就来了个重症病患呢！”

脱掉为了防止感染而穿的一次性手术服之后，华学姐大大地伸了一个懒腰，包覆在制服之下的丰满胸部凸显了出来。

因癫痫重积状态而被送来的病患一直止不住地痉挛，在治疗时耗费了好一番心力，经过数十分钟的处置之后，总算停止发作。为了谨慎起见，现在正躺在病床上进行人工呼吸管理，因为必须住院治疗，不久后会由病房的护士来接手。

“看来真的变成热闹的夜晚了呢！”

“你在说什么啊，爱衣，夜晚现在才正要开始呢！”华学姐眯起了眼镜后方的双眼。

“不要说这么不吉利的话啦，病历我会写好，学姐就去休息室休息一下吧。”

“哦，谢啦。那我去叫晚餐外卖，比萨如何？”

“好，口味就交给你了，帮我随便点。”

“遵命！”华学姐搞怪地敬了个礼，身影消失在休息室。

好了，赶快来写医疗记录吧。坐在电子病历前方的椅子上，手里握着鼠标的我，因为感觉到背后有人的气息而回头。那里站着一名瘦小的男孩，大约上小学低年级的年纪，脸色苍白，低着头，周身一种脆弱易碎的气质。

“咦？你是谁家的孩子？”

男孩一句话也不回答，低着头抬眼看我。

“你是来探病的吗？和妈妈一起来的吗？”

男孩无力地摇了摇头。

“那，难道你迷路了？”

男孩再次摇摇头。不是来探病，也不是迷路？带着困惑，我不知不觉伸出手想摸摸男孩的头，结果男孩“噫”地蜷缩身体，抱着自己的双肩。看见他的脸上浮现出明显的恐惧神色，我有了某种预感。

“不用担心，没什么好怕的哦。”

我站起身，轻轻抚着男孩的后背，虽然他全身散发出警戒气息，却也没有逃走。

“你有没有觉得哪里痛？这里是医院，我可以帮你治疗哦。”

男孩不发一语，向我投来类似依赖的眼神。

“我可以掀开你的衣服吗？我帮你看看有没有受伤。”

确认他微微点了点头，我掀起了他的T恤，在看见他露出来的背部之后，我拼命咬牙以免发出惊叫声。

那瘦得可以看见凸出肋骨的背上覆满了瘀青，每一寸皮肤，在变成黄褐色的旧瘀青上，又有紫色或是浊黑色的新瘀青覆盖其上，皮下出血的痕迹布满了他的整个后背，就连要找出一块正常肤色的地方都相当困难。

这是虐待，而且是非常恶毒的虐待。成为医师之后，我已经看过好几个受虐的儿童，但还是第一次看见被这么疯狂虐待的孩子。

“你坐在这里身体放轻松哦。”

我放下男孩的衣服，让他坐在旁边的病床上。

首先要进行检查确认伤口的状况，之后必须安排他住院接受身体与心灵的治疗才行。啊，还有要通报警方和儿少保护机构……当我在脑内模拟接下来的行动时，与走廊相连的门打开了，病房的护理师探头进来。

“我来接要住院的那名病患。”

“啊，辛苦了。嗯……是这名病患，针对他的癫痫重积状态，我们一开始给予烦静锭，不过痉挛并没有好转，因此……”

我走近离我有一点距离的病床，和护理师说明状况。数十秒后交接手续完成，护理师推着上面躺着病患的担架床离开了急诊部。

“对不起，让你久等了，那……”

我转过身，瞬间说不出话来。原本坐在病床上的男孩不见了，我急忙看向急诊部的每一个角落，但依然没有看见他的身影。

仿佛打从一开始他就不存在一样。

“跑去哪里了呢？”

嘴里喃喃吐出的话语，空虚地震荡着急诊部的空气。

2

“哎呀，还真累啊，几乎没时间眯一会儿，真的是个热闹的夜晚呢！”

早上七点多，走在我旁边的华学姐在口罩下打着呵欠，同时转动脖子，发出“咔啦咔啦”的清脆声响。结束值班的我们，完成交接后离开了急诊部。

“……是啊。”

我心不在焉地回答，华学姐歪着头看向我的脸。

“怎么了？还真没精神，难道是被榨干了没办法好好回答？还是……”华学姐倏地眯起眼镜后方的眼睛，“你还在担心昨晚出现的那个孩子吗？”

被说中心事的我抿紧了嘴巴，华学姐一副“你看吧”的样子叹了一口气。

“你再怎么消沉也没有帮助，既然已经通知警方了，就交给他们去处理吧。”

“但是那名警察根本不想认真听我说……”

男孩消失后，我马上到处去找他，急诊部内、一楼，甚至大楼外的院区都找过了，然而还是没能找到他。我也联络了夜间保安一起去找，结果依然相同，因此通报了警方。可是从附近派出所过来的警察听完事情原委后，只说了句“谢谢你提供消息”就离开了，之后陆续有重症病患被送进来，我还没来得及思考那名男孩的事，就迎来了早晨。

“哎呀，如果那男孩在现场也就算了，但他都不见了，而且也没有人报案，想要开启调查也许很困难吧。”

“但是那孩子绝对是受到虐待了！很严重的虐待！结果……”激昂的情绪让我说不下去。

“爱衣，你冷静一点，感情用事也帮不了那孩子不是吗？”

华学姐轻抚我的背，我小声答道：“是……”

“当然我也很想帮助那孩子，只是能做的事毕竟有限，现在我们能帮他的，顶多就是向相关的机构提供那孩子的信息罢了，懂了吗？”

“……懂了。”我不情不愿地点头。

“还有就是通知少儿保护机构吧，这交给我来联络。”

“不，这样不好意思，还是我来……”

“不行，我不能交给感情用事的人，这种事你就交给姐姐去做吧。”

虽然听起来像开玩笑，但华学姐的语气里隐含着不容反驳的强硬。

“……麻烦你了。”我一边微微鞠躬，一边挤出微弱的声音。

如果那时候我的视线没有离开他的话……后悔灼烧着我的内心。

“别摆出一副快哭的表情嘛，好像我在欺负你一样。”

华学姐挠挠太阳穴，忽然“啊！”了一声。

“这时候去找那个大叔聊聊怎么样？”华学姐指着我的背后。

我一回头，一名穿着西装坐在轮椅上的男士正打算穿过早晨寂静无声的门诊候诊室。他是这家医院的院长，也是我的主治医师：袴田医师。

“院长，早安！可以打扰一下吗？”

华学姐一边大声喊着，一边朝袴田医师走去，我连忙追在她后头。

“等……等一下，华学姐。”

“别害羞了，意志消沉的时候接受崇拜的人一番鼓励是最好的啦。”

“就说了不是那样，到底要说几次……”

就在我们小声对话时，已经走到了袴田医师身旁。

“早安，杉野医师，识名医师，有什么事吗？”

“院长，早安。”华学姐开朗地说，“院长的重要病患又陷入消沉模式了，请主治医师帮她咨询一下！”

“消沉模式？”

袴田医师投来不可思议的视线，光是这样，我就脸颊发烫。

“那，你们慢慢聊，我必须在巡房之前冲个澡化好妆，先走啦。”

华学姐挥了挥手，离开了。

“她还是老样子呢。”

就在袴田医师苦笑时，脚边传来像是往上推挤的震动。

“地震？！”

我下意识地缩起身体，袴田医师也一脸紧张地抓着轮椅的轮子。晃动在十数秒之后停止。

“哎呀，震感还真强啊，最近的地震好像很多呢，希望不是发生大事的前兆。”

大大松了一口气的袴田医师转向我：“那么……

“回到原本的话题吧，你有什么烦恼吗？爱衣医师。”

被用名字称呼，让我脸颊的温度更高了。

“没有，不是什么大事……”

我本来想含糊带过，但在袴田医师温柔的眸光注视下，连话都没办法说完整。

“还有一点时间，你不介意在这里的话我就听你说吧。”

袴田医师带着宽容的言语，让我无意识地开了口。

“其实是……”

一旦开口，话就停不下来，昨晚发生的事一件接着一件从我的口中倾泻而出。

花了数分钟说完的我，一边调整有些紊乱的呼吸，一边看着袴田医师。过程中点了好几次头，从没有打断我的他，轻声低语道：“原来如此。”

“你的烦恼是认为因为自己的视线离开了那男孩，所以才救不了他对吧。”

“……对，是的。”

“我从以前就说过，你很容易陷于自责。”

“对不起……”

“你不需要道歉，因为这是源自你想帮助他人的心，只是一旦过剩了就会将自己逼到极限，从而伤害自己，你懂吗？”

我微微地点头。

“人的能力有限，一个人没有办法拯救所有的人，你要先了解自己的极限在哪儿，并且接受它，然后不因懊悔过去而停滞不前，而是将它当成一次教训，竭尽全力拯救你眼前该救的人。你不是有该拯救的病患吗？只有你才救得了的病患。”

“只有我才救得了的病患……”

现在仍在沉睡中的两名ILS患者……我再次点头，比刚才更坚定。

“既然如此，就先全力拯救那些人吧，那是身为一名医师的你该做的事。然后，如果你又见到昨天没能救得了的那男孩，这次就一定要出手拯救他。”

听见我强而有力地回答“是”之后，袴田医师露出笑容。

“看来已经没事了呢，那今天的工作加油啰。”

“谢谢您！”

我深深鞠躬后往电梯走去，体温渐渐升高。虽然我自己都觉得自己太单纯了，不过袴田医师的话在我的内心深处点起了一把火。我搭电梯往上来到病房，经过护理站却不进去，继续在走廊上走着，打开尽头处单人病房的门。一名老年男性沉睡在大约三坪大小的病房的窗边病床上，嵌在床头侧的名牌上，写着“佃三郎”。这是我负责的ILS病患的其中一个人。

靠近床边的我，看到他合上的眼睑细微地跳动着，可以看出他眼睑下眼球正在急速转动。

他是否也和飞鸟小姐一样，被困在自己创造出来的梦幻世界里了呢？能够救他的人就只有我了。

飞鸟小姐苏醒后的大约两个星期里，我一直在慎重地搜集情报，但是现在仔细一想，也许那只是我有意无意在推迟进行玛布伊谷米罢了。

第一次潜入的梦幻世界——飞鸟小姐的意识创造出来的梦之世界，虽然奇幻又美丽，但同时也是危险又恐怖的地方。即使在库库鲁的帮助下，总算能够完成玛布伊谷米，救出飞鸟小姐，但事后回想起来，那是段令人脊背发凉的经历。所以我认为我是为了减少风险才搜集情报的。然而，或许我只是害怕再次前往那个世界也说不定。

我伸出右手触碰佃先生的额头，粗糙的、深深刻下皱纹的皮肤触感从掌心传来，我一边感受他那度过漫长岁月的皮肤的触感，一边在脑海中反刍之前搜集到的有关佃先生的情报。

佃三郎，七十二岁，律师，与太太已阴阳两隔，膝下无子，父母手足也都已经离世。他是专攻刑事案件的律师，尤其在为冤案辩护时更是精力充沛的一号人物。

虽然他的生活状况接近孑然一身，却不断有访客来探望他，其中有同为律师的友人，不过大部分的访客都是接受过佃先生辩护的人。每一个人都真心为他的病况担心，希望他能够早日恢复健康。

根据访客所述，佃先生虽然年过七十，仍充满活力地在工作，不过这几个月看起来却郁郁寡欢，自称是他朋友的律师访客似乎知道其中缘由，但对方表示“原因事关佃的名誉，所以我不能说。再说律师本来就有保密义务”，完全没有商量的余地。

再花更多时间大概也得不到重要情报了吧，既然如此，就不需要继续往后延了，现在马上进行玛布伊谷米吧。

去救出被困在某个地方的佃先生的玛布伊，让他醒过来。

身体虽因值班而疲累，但多亏有袴田医师的鼓励，我的心在热烈燃烧，趁着这把火还没熄灭前进吧。没问题的，潜入梦幻世界的是属于精神体的玛布伊，就算身体疲惫应该也不会有影响。

我保持手贴在佃先生额头的姿势，慢慢地开口。

“玛布雅、玛布雅，乌提奇弥索利。”

在我轻轻念出玛布伊谷米咒语的同时，从身体内侧散发出明亮的光辉，我感受到那阵光经过我的手流往佃先生的头，并闭上了眼睛。

3

睁开眼，我穿着白袍站在道路的正中央，那是一条没有人烟的街道。宽约十公尺的宽广道路两旁排列着水泥围墙，围墙后方则建有民宅。我望向四周，却不见人影。

我带着警惕从大马路走进小巷，路灯的微弱光芒凄凉地照着宽度勉强能够容纳两台车会车的小巷。这是与寻常住宅区无异的景象。

“这里就是佃先生的梦幻世界？”

“看起来是这样呢。”

突然有人回话，我轻声惊叫了起来。

“嗯？怎么了？难道我吓到你了？”

我按着狂跳不已的胸口，转向声音传出的方向，有着兔耳朵的猫正折手趴坐在旁边的水泥围墙上。

“库库鲁！”

“嗯，是我。好久不见啦，爱衣，大概两个星期没见了吧。”

库库鲁拉长前脚大大地伸了个懒腰，然后从水泥围墙跳到我的肩上。细长的胡须戳在我的脸上感觉很痒。

“你不要突然出声啦，害我被吓到。既然库库鲁你也在，代表这里果然是梦幻世界吧？”

“这不是当然的吗？你在说什么啊？”

库库鲁把我当笨蛋似的鼻子哼了哼，沿着我的身体从肩膀上下来。

“因为怎么看这都像是普通的住宅区啊，我还以为会更……怎么说呢……”

“你在期待非现实的世界吗？像是松果在跳舞，或是每次移开目光，树木的位置就会改变的森林之类的。”

我迟疑地点点头，库库鲁用修长的耳朵挠了挠狭窄的额头。

“那种与现实有一段距离的梦幻世界也很多啦，不过也有像这里这种乍看之下和现实一模一样的梦幻世界。你想想看，梦境有时候毫无真实感，但相反地，有时候又真实到无法区分现实和梦对吧？这和那是一样的。”

这么一说似乎的确如此。我重新观察四周的街道，一间间并排的民宅全都一片漆黑，没有一扇透出光芒的窗户。就算是三更半夜，一般至少也会有一户人家点着灯吧？

“不过这个世界的确造得很像现实世界呢，不愧是从事法律多年的人，大概是个现实主义者吧。”

“库库鲁，你知道佃先生的事吗？”我惊讶地问。

库库鲁一脸受不了地耸了耸前脚根部。

“我不是说过了吗？库库鲁就像映照出玛布伊的镜子，所以你知道的事我也会知道，搞不好我还知道很多你没有察觉的事哦。”

我对着得意扬扬摆动胡须的库库鲁皱起了脸。即使对方是兔耳猫，被它知道自己一切的感觉仍旧令人不是太愉快。

“别说这个了，我们要快点进行玛布伊谷米，和飞鸟小姐那时候一样，只要找出佃先生的库库鲁就可以了吧？”

我强硬地改变话题之后，库库鲁的表情严肃了起来，瞳孔变得细长。

“嗯，是这样没错，不过最好不要太轻举妄动。不论看起来再怎么像现实世界，这里终归是梦幻世界，是个不知道会发生什么事，也不知道依照什么规则在运作的世界，必须保持警戒。”

我想起在飞鸟小姐的梦幻世界里被“幽暗”袭击时的事，因而微微颤抖了起来。

“首先我们必须调查这个世界，就当作难得的夜间散步吧。”

库库鲁将棉球般的尾巴转向我，“噔噔噔”地迈出步伐，我弯着腰跟在它身后。在像是网格般纵横交错的小巷弄中，我们只是不停地往前直走。

会不会有什么东西从左右一整排的水泥围墙后方跳出来？不吉利的想象一直在我脑海中挥之不去，让我忍不住缩着身体。

“那，库库鲁，不会突然有怪物出现吧？”

“你不用这么害怕啦，大部分的敌人我都可以击退他们。”

“击退？你做得到吗？”

“当然，”库库鲁张大了双耳，“我不是说过了吗？我是拥有犹他之力的你的库库鲁，是特别的存在，力量比一般人的库库鲁强大很多，我会用这股力量协助你进行玛布伊谷米。在上一次的梦幻世界里，没什么机会展现我的力量，不过无论发生什么事我都会保护你，你就当作自己吃了定心丸，放宽心吧。”

“……不要是毒药丸就好啰。”

就在我小声嘟囔时，两旁的水泥围墙中断，我们来到一条宽广的大马路。

“这里是……”

这里我有印象，是刚到这个世界时我所在的大马路。

“嗯，看来我们回到一开始的地方了呢。”

“为什么？！我们可是沿着小巷子一直往前进哦，按照常理来说，不可能回到原本的地方……”

“常理？”库库鲁不耐烦地打断我的话，“那是现实世界的常理吧？在这里，那种东西可不管用。”

“说的……也是。”

我甩了甩差点陷入混乱的脑袋，不论看起来再怎么像现实世界，这里都是梦幻世界，没有人知道会发生什么事，我一定要好好把这一点牢记在心里。

“也许这条街有固定的大小，走到底之后就会连成一圈回到原本的地方。”

“那怎么办？我们已经走到底了，也没看到值得注意的东西。”

“接下来我们可以选择不走直线，而是钻进旁边的小巷子看看，不过要调查所有的巷弄，很花时间呢，不如去调查其他地方比较好吧？”

“其他地方？”

听到我的反问，库库鲁“嗯”地用一只耳朵指着旁边面向大马路的民宅大门。

“你想进到里面吗？”我拔高了音量。

“对啊，有什么问题吗？”

“因为随便进入他人家中不是非法入侵……”

在库库鲁水汪汪的眼睛注视下，我的声音越来越小。

“不是呢……毕竟这里是梦幻世界嘛。”

“应该说，潜入梦幻世界这个动作本身更像是非法入侵。”

库库鲁踏着轻快的脚步走近栅栏状的大门，身体化为液体般地滑进栅栏缝隙穿过大门，之后便“你也快点”地催促我。无奈之下，我战战兢兢地推了推大门，大门抗议似的发出嘎吱声慢慢打开，声音之大让我冒了一身冷汗，我穿过狭窄的前庭移动到两层楼高的民宅玄关前。

要不要干脆先按个门铃？正当我犹豫时，脚边的库库鲁攀着我的身体爬到了腰部附近，伸长耳朵灵巧地转动门把手打开门。

“等……等等……”

“门没有锁呢，意思就是可以进去啦。好了，走吧。”

库库鲁不带丝毫罪恶感，滑进了敞开的玄关门里。虽然这里不是现实世界，但我还是对未经同意进入他人家中感到抗拒，不过一个人被留下来又很不安，不得已我只好穿过玄关门，在伸手不见五指的室内摸索着寻找电灯的开关。

“你在干什么？难不成你看不见？”脚边传来库库鲁的声音。

“人类又不像猫，夜间视力没那么好。”

“我说你啊，现在的你是玛布伊状态，其实没有眼睛也没有身体，只是你一直认为自己是人类，所以才会呈现那样的样貌。你要相信自己拥有像猫一样能在黑暗中视物的眼睛，这样一来即使再暗也看得见。”

“像猫一样，就算你这么说……”

“之前你背后不是长出翅膀了吗？和那相比，要变成猫的眼睛简单多了吧。”

这么一说我也觉得好像是这样。我将手指点在额头上，回忆老家养的猫——黄豆粉的眼睛。如果我拥有那双在黑暗中发出妖异光芒的眼睛……

忽然，原本一片漆黑的视野里，隐隐约约浮现出走廊，接着走廊渐渐变得鲜明，最后终于可以清楚地看见整个家。

世界由带着绿色的深浅色阶成像的物体构成，就像电影里经常看到的、隔着夜视镜的视野一样。

“看来你看得见了呢，那我们就到家中找找吧。”

库库鲁以轻快的口吻说道，我微微点了点头，穿着鞋子就走进家中。

“嗯，没有找到值得留意的东西呢。”

面对库库鲁的牢骚，我随口回答“是啊”。我们花了很长一段时间调查这个家的每一个角落，却没有发现令人眼睛为之一亮的东西。饭厅、客厅、厨房、卧室，这是一户没有任何不寻常之处的人家，塞满冰箱的食材，以及塞在洗衣机里没有拿出来的衣服等，虽然充满了生活感，却没看到居住者的身影。

刚踏进这个家时我紧张得脚都在发抖，不过在经过长时间探寻却没有获得任何线索的情况下，不知不觉间也就放松了下来。

“我说，再继续找下去也没有意义了吧？”

我一边看向电视后方，一边这么说，用耳朵摸索着沙发下方的库库鲁抬起头。

“也许吧，不过这下可就头痛了，如果外面和家中都没有任何线索，到底该去哪里找才好？总之……哇！”

库库鲁那像啦啦队使用的彩球般的尾巴忽地整个膨起。

“怎么了？！有什么东西吗？”

“没有，只是你的眼睛在发光吓了我一跳。”

“咦？我的眼睛像猫一样在发光吗？”我摸着眼睛。

“你去厕所里照镜子看看啊，不过黑暗中人类的眼睛在发光还真可怕，很像妖怪呢。”

“什么妖怪，干吗这样说别人？”

我嘟着嘴，朝走廊走去，打开厕所的门。看向洗手台镜子的我不自觉地大叫：“奇怪！”镜子里没有映照出任何东西，我的脸贴近镜子凝神细看，但里面看起来就像镶嵌了一块黑色板子一样看不到其他东西。

“怎么了？”走进厕所的库库鲁一个跳跃坐在我的肩上。

“镜子没有照出任何东西，这是正常的吗？我的夜间视力从来没有这么好过，所以不知道。”

“……不，这不正常。”库库鲁的声音紧绷，“就算在黑暗之中，猫的眼睛应该还是可以清楚地看见映照在镜子里的影像，这……不正常。”

“那，这是某种线索……啰？”

“应该是这样吧。”库库鲁盯着镜子点点头。

狭小的厕所内空气急速紧绷了起来。我吞下一口唾液，喉咙发出轻微的咕嘟声，轻轻地朝镜子伸出手。

“你想摸吗？”

“这面镜子不是线索吗？我知道有危险。”

口中越来越干，仿佛涂满墨汁的黑色镜子令人毛骨悚然。

“但一定要试试看，这是为了进行玛布伊谷米。”

我一边为自己打气，一边谨慎地伸手往前摸，就在指尖即将碰到散发幽微光泽的黑色镜子时，我突然听到震荡在腹部深处“咚”的声响。我的身体颤抖着，反射性地收回手。

“库库鲁，刚刚那个声音是？”

“我也不知道。”

“咚”的低沉声响再次振动空气，库库鲁的耳朵大大地弹了一下。

“咚、咚、咚、咚……”

有规律地回响的重低音很明显是从外面传来的。

“这是太鼓的声音……吧？”

“好像是，这面镜子晚点再说，我们到外面看看。”

虽然对库库鲁的提议感到犹豫，我仍然点头，走出厕所往玄关前进，打开大门。离开民宅前庭，再次站在大马路上的我眨了眨眼睛。沿着大马路直走的遥远前方耸立着一座稍微凸起的小山丘，山丘的山腰附近亮着淡橙色的光。

“刚刚有那座山丘吗？”

我盯着山丘问道，库库鲁摇摇头。

“没有，至少刚才我们没有注意到，不知道单纯是因为太暗了我们没看见，还是……刚才并不存在。”

“咚、咚”的太鼓声再次撼动脏腑，像配合着音乐的节奏。从山腰发光的部分，有两道光线朝着这里一点一点射过来，原本照到山脚的光线，现在仿佛沿着大马路两侧越来越靠近。

“库库鲁，怎么办？”

“没有什么怎么办，只能等了，必须先确认发生了什么事。”

“但是也有可能是危险逼近啊。”

“当然，所以不要放松警戒哦。”库库鲁的双耳笔直地朝天空竖起。

不久后，橙色光芒的真面目终于显现，那是并排在大马路两侧的民宅窗户，从远处依序点起的灯光。很快，我们刚刚入侵的民宅窗户也被点亮，从那里流泻而出的温暖灯光，在马路上落下比路灯更强烈的光芒。

橙色灯光照亮笔直延伸的马路，这幅光景就像铺了一条金木犀地毯直到尽头的山丘。

“这是叫我们到那座山丘去的意思吗？”我舔着干燥的嘴唇。

“的确是这种感觉，不过也许是某种陷阱，要谨慎一点……”

库库鲁的话说到一半，急忙看向左右，两只耳朵细微地抽动。

“怎么了？库库鲁。”

“嘘！你没听见吗？”

听见？我将注意力集中在听觉上。在仍规律地响着的太鼓声中，混杂着些微像是说话声的声音振动着我的鼓膜，我闭上眼睛，想找出声音的来源，但是层层叠叠夹杂了许多声音，因此无法清楚辨明源头。

“……爱衣，你看窗户。”

“窗户？”因库库鲁这么一说我抬起双眼，映入眼帘的民宅窗户让我愕然失语。散发温暖光芒的窗户上，倒映着身影，而且不止一户人家，并排在马路两旁所有的民宅窗户上都浮现了居民的剪影。

“刚才明明还没有任何人的……”

库库鲁站在僵立原地的我的身边，一只耳朵左右挥动着。

“这有什么关系，毕竟这里是梦幻世界啊。”

不久后，从四面八方传来的说话声变大了。从那些声音里感受不到恶意或敌意，而是像家人相聚般愉快的声音。

位于前方的一家民宅门打开了。看着从里面走出来的身影，我不禁怀疑起自己的眼睛。

那是狗。穿着浴衣用后腿直立行走的三只柴犬走到大马路上。

穿着蓝色浴衣的狗，以及穿着红色浴衣的狗，分别站在左、右两边，牵着中间个子娇小的黄色浴衣小狗的两只手，它们的身影看起来完全就是感情很好的一家人。

从山丘传来的太鼓声又变得更大了，两侧并排的民宅以此为信号，大门一一打开，动物家族们来到大马路上。

绵羊、狐狸、山羊、牛、熊、鸡、鳄鱼……最后连狮子都出现了，各种各样的动物穿着浴衣用双足直立行走，从家里走出来的它们全都朝着山丘前进。虽然要读懂动物的表情不容易，但它们的脚步轻盈，传达出快乐的气氛。

正当我因为出乎意料的事态身体僵硬到无法动弹时，旁边的门传来嘎吱声。我全身警戒着向那里看去。从我们刚才进去调查的民宅玄关大门里，走出两只和我身高差不多的黑豹，从它们穿的相同花纹的蓝色与桃红色浴衣来看，也许是一对年轻夫妻。

走到大马路上的黑豹看见我之后停下了脚步，我后退一步，脚边的库库鲁则压低身体，毛发倒立呈现战斗姿势，然而黑豹们眯起眼睛，脸上浮现出像是笑容的表情，无视警戒心高涨的我们，点个头就从身旁走过。

顿时放松下来的我，和一脸不好意思地解除战斗姿势的库库鲁，目送着两只黑豹的背影。

“看来它们没有敌意呢。”

就在库库鲁低声这么说时，仍有穿着浴衣的动物们从民宅及巷弄中涌出，朝着山丘前进。

“大家都往那边走呢，那里有什么吗？”我小声问道。

库库鲁跳上我的肩膀，一只耳朵指着散发淡淡光芒的小丘山腰。

“总之，我们也去看看吧。”

在“咚、咚”声规律地响着的太鼓声中，我缩着脖子一边左右张望一边往前走。我和库库鲁混在穿着浴衣的动物集团中，朝着耸立在前方的山丘前进。

越接近山丘，马路上往那里前进的动物就越多，有的路段甚至已经拥挤到随时可能相互碰撞的程度，而且走在我右手边的还是肌肉发达、牙尖齿利的老虎，虽然它现在表情平稳，正在与牵着手的小老虎说话，但我总觉得它不知何时会扑上来，因而无法冷静。

“别担心啦，真的有个万一，我也会把它们打跑的。”坐在我肩膀上的库库鲁在我耳边悄声说道，但我无法想象兔耳猫和老虎比拼的样子。

我们抵达山丘脚下时才发现，马路两旁连绵的水泥围墙不知何时消失了。

宽敞的石阶贯穿覆满苍翠森林的山丘，两侧以一定的间距排列着石灯笼。我看着灯笼里如梦似幻摇曳着的亮黄色火焰，开始爬上石阶，随着双脚一阶一阶踏上去，太鼓的声音越来越接近，我的情绪随之也越来越高涨。

第一次穿的桃红色浴衣、节奏规律的太鼓声、令人食指大动的酱料香气，还有牵着我的温暖手掌……褐色的记忆从脑海深处逐渐浮上来。

“库库鲁，这该不会是那个吧……”

“嗯，是啊，一定是那个。”

在我们如此你一言我一语时，石阶中断了，左、右两旁铺天盖地延伸的树木枝丫也消失了，眼前豁然开朗，我不禁发出“哇”的惊呼声。

那里是一间神社，因夏日祭典而热闹的神社。无数的灯笼照亮石造鸟居后方开阔的神社境内，正前方一条延伸宽广的参道，两旁是一整排的摊贩，我顺着人潮，不，兽潮推挤般地穿过了鸟居，四周到处都是穿着浴衣来祭典游玩的动物。

“哎呀，好像很好玩呢，我们也去逛逛摊子吧。”

我斜眼看着发出欢快声的库库鲁。

“现在哪儿有去玩的闲工夫啊，必须快点找出佃先生的库库鲁才行。”

“你还真是正经啊，如果不懂得放松肩上的紧绷，人生哪还混得下去啊。”

库库鲁用耳朵帮我揉了揉肩膀。

“你还记得吧？梦幻世界里的库库鲁经常躲在与该人物渊源深厚的地方，看到这里这个样子，对佃先生来说，夏日祭典大概是人生重要事件发生的地点吧，如果真是如此，也许佃三郎的库库鲁就躲在这间神社的某个地方。”

“这样的话我们只要在神社四周绕一绕不就够了？不需要去祭典玩吧？”

“你在说什么啊，爱衣。”

库库鲁“啧、啧”地咂了咂嘴，一只耳朵左摇右晃。

“我不是和你说过，想让躲起来的库库鲁现身，有时候需要某些特定条件吗？我们找到片桐飞鸟库库鲁的时候，是让自己处在持续坠落于虚无空间的状态，也许在这个世界里，享受夏日祭典就是库库鲁现身的条件哦。”

明明就是自己想玩才掰出来的歪理，但也不是完全不可能，所以我很难反驳。

“反正我们有充足的时间，就先去祭典玩一下嘛，如果这样还是找不到佃三郎的库库鲁，之后再想想其他办法不就好了吗？”

库库鲁像是乘胜追击般滔滔不绝地说着，我苦笑着耸了耸肩：“知道了。”

“那我们先从最近的摊子逛起吧。”

库库鲁一从我的肩上跳下，就在动物的脚边穿梭着。

“我说你，小心不要被踩到了。”

当我挤开穿着浴衣的猪及绵羊，跟在库库鲁的身后追上去时，它正抬头看着大排长龙的一间摊贩，从队伍的前方传来烧烤某样食物的“吱吱”声，令人食指大动。

我和库库鲁避开动物的队伍移动，从旁边探向摊贩，在看见眼前的景象时，我不由得张大了嘴巴。那里有只穿着工作服，将布条卷成一卷绑在头上的巨大章鱼，竟然正在烤章鱼烧。

它八只脚的每一只都像拥有自己的意识一样做着复杂的动作，将面糊倒进上面有好几个半球型凹槽的铁板，或是灵巧地拿叉子翻转章鱼烧，或是将做好的章鱼烧装进塑胶容器里，或是将一盒盒章鱼烧递给客人。

仔细一瞧，其中一只脚正拿着菜刀，切下另一只脚的前端当成馅料放进章鱼烧中，每一次被切断的脚前端都会瞬间再生，然后再切再放，不断反复，为章鱼烧供应无限的馅料。

太过超现实的景象让我感到一阵眩晕，我按着太阳穴。

“章鱼竟然在烤章鱼烧，这实在是太幽默了，爱衣，你快去排队吧。”

“我绝对不要。”

“为什么？看起来不是很好吃吗？”库库鲁一脸不可思议地微微歪着头。

“看起来很好吃……可是我根本没带钱过来。”

当我以不想吃那种怪东西的坚定意志回答后，库库鲁指着队伍前头：“你说的钱是指那个吗？”穿着紫色浴衣的小马从章鱼的一只脚中拿了章鱼烧之后，便将硬币大小的蓝白色条纹球体递给它，收下球体的章鱼随脚将之丢进放在旁边的竹篮，篮子里的球体已经堆成了小山。

“那是……糖球？”

“大概在这个世界，糖球就是金钱吧，也就是说没有糖球的话就不能在祭典开心地玩了吗？好啦，该怎么办呢？”

念念有词的库库鲁胡须向上翘起，看见它脸上那种真正的猫不可能出现的恶作剧式笑容越来越深，我的内心充满了不祥的预感。

“等一下，你想干吗？不要做什么奇怪的事哦！”

库库鲁瞄了 眼出言警告的我，说着“安啦安啦，交给我吧”便走回参道去。看着它那轻快跳跃的步伐，我的不安越发膨大。

库库鲁在穿着浴衣的动物们来来往往的参道中心停下脚步，仰天张大了嘴。

“喵呜呜呜——”

难以想象，这么大音量的咆哮从它小小的身躯朝着夜空直冲而上，让我觉得好像有一道音墙从前方迫近，于是我缩起身子。四周的动物身体颤抖，也都停下了动作，视线集中在骄傲地挺起胸膛的兔耳猫身上。

“好啦，看过来，看过来！”

库库鲁爽朗地这么说，接着压低身体用力往上一跳，跳得比照亮参道的灯笼还要高，是现实中不可能发生的跳跃高度。动物们仰着脖子抬头看向库库鲁。

抵达最高点之后库库鲁往左右大大地张开耳朵，眼看那双耳朵越来越长、越来越长，忽然猛力旋转了起来。库库鲁转动像是直升机叶片般伸长的耳朵，轻飘飘地悬浮在空中，我只是哑然无声地盯着它的身影。

库库鲁缓缓落下来，动物们像要避开那猛力旋转的耳朵似的纷纷往后退，当库库鲁宛如树上飘下的落叶轻轻落在石板上之后，原地出现了一个直径大约五米的舞台。

我推开人潮，不，兽潮，移动到最前排，只见库库鲁站在舞台中心，竖起伸长到约三米的耳朵，像在炫耀般摇晃着。

我和库库鲁对上眼，不发出声音，只用口型问它："你在想什么啊？"它回以我一个搞怪的眨眼，我混乱地看着围绕舞台的动物们，它们虽然一脸困惑的表情，眼神里却闪着好奇与期待的光芒。

"好戏要上场啦！"

库库鲁装模作样地说完，便在头上快速地交叉两只耳朵。突然我注意到，它的两只耳朵各"握"着两根粗壮的火把，就像老练的魔术师变魔术一样，火把突然从空间中现身。

当库库鲁炫技般挥舞着握住火把的耳朵时，观众们发出了欢呼声及拍手声，表情越发得意的库库鲁将火把往上一抛，开始用耳朵灵巧地耍起杂技。

看着四根火把在空中不停地旋转，画出复杂的轨迹，我内心充满了怀念。上小学时，有一段时间我曾拜托奶奶教我丢沙包，然后就整天不停练习，当我熟练到一定的程度之后，接着又向爸爸学他学生时代曾经玩过的杂耍。

我想起以前晚饭后我和爸爸两个人经常在客厅里玩着杂耍把戏的事，胃部附近像喝了热红茶一般渐渐暖了起来。

“爱衣。”

听到有人叫我的名字，我回神一看，库库鲁正像招财猫一样前脚向前摆动。

“你要干吗？”

“别管了，快过来。”

库库鲁这么催促着，我战战兢兢地往前踏出一步，瞬间火把朝着我呈抛物线飞来，我几乎是在无意识之下接起火把旋转，之后顺势丢还给库库鲁。

“漂亮！那我要上啰。”

库库鲁歌唱般说出这句话，完全不给我阻止的机会，便一根接一根地丢出火把。

该怎么做才好？大脑虽然有些惊慌，但我的身体却自己做出反应，双手自然地挥动，有节奏地接下飞过来的火把后再抛回去。

随着我和库库鲁的火把杂技速度越来越快，观众传来的欢呼声也越来越大。

“好，现在观众情绪都嗨了，我们就再把场子炒得更热吧。”

库库鲁朝着在空中旋转的火把张口，随着它“呼”地吹气，从小巧的口中吐出了深红色的火焰，向我飞来的火把整根都在燃烧了。

“咦？！等等！”

我发出惊叫声，库库鲁微笑着道：“别担心。”

虽然感到恐惧，但我仍接下了火把。红宝石般的红色火焰缠上了我的手臂，却没有造成烧伤，反而有柔和的温度沿着手臂传过来，我眨着眼睛，将燃烧着的火把丢回给库库鲁。

“看吧，没事吧？”

库库鲁朝着剩下的三根火把依序吐出不同颜色的火焰，观众们的掌声更加热烈。点着蓝色、紫色、黄色以及深红的四色火焰的火把在我们之间来回往复，我挥动着手，沉醉在光的残影描绘而成的景象中。

“好啦，也该进入最后的高潮了。”

库库鲁自言自语着，用耳朵抓住还在燃烧的所有火把之后，再次用前脚招招手，在动物们充满好奇的视线注目下，我瑟缩着走近库库鲁。

“什么最后的高潮？你打算做什么？”我小声问道。

库库鲁没有回答，而是跳到了我的头上。再次开始猛力旋转两耳的库库鲁对我下了指令：“抓住我的后脚。”

“咦？啊，嗯。”

我按照它的指令抓住浮在眼前的后脚之后，库库鲁一口气加快了转动耳朵的速度，我们因此跟着往上飞，我的脚离开了石板，视线里观众们的身影越来越小。

“爱衣，你看上面。”

我在库库鲁的提醒后抬起头，眼前充满神秘的光景让我顿时说不出话来：旋转中的四色火焰轨迹重叠，每一次闪烁颜色就随之改变，从火把溅出的星火飞散到四周，绽放出一大朵火焰之花。

已经听不见观众的欢呼声了，飘浮在半空中的恐惧感也逐渐消失。

我连呼吸都忘了，只是盯着画在夜空中的火焰艺术。

4

身体在下降，鞋底传来地面的触感，我放开抓着库库鲁的手。

库库鲁也发出轻松的“嘿咻”声落地，原本“握”着的火把不知何时不见了，耳朵也恢复到原来的长度。结束一连串技艺演出的我们回到舞台中心，用后脚站立的库库鲁像在谢幕的表演者一样前脚搭在胸口，装模作样地低下头。

“喂喂，别发呆了，爱衣，你也要敬个礼啊。”

我受到催促，慌忙低下头后，四周响起了如雷的掌声。

“爱衣，脱下白袍。”

“咦？为什么要脱白袍？”

“别问了快点。”

催促之下，我带着疑惑脱下白袍，库库鲁用耳朵一把抢走白袍后，摊开铺在地上。

“等一下，这样会脏啦。”

就在我抗议时，有球状的小小物体从四面八方飞来，我拿起打在额头上的物体，那是一颗糖球，观众们丢来了带着条纹的各色糖球。

“街头表演当然就有打赏啦。”

库库鲁两只耳朵将糖球扫到白袍上堆成一座小山，不久后，“糖球雨”停了，围绕在四周的动物们也各自散去。

“哎呀，大丰收啊。”库库鲁满足地用白袍包起糖球山。

“……我倒是希望你别把白袍拿来代替包巾。”

“好啦好啦。”库库鲁左耳进右耳出地听我的抱怨，灵巧地用耳朵把四边打结，将白袍做成袋子状。

“怎么样？包得很好吧？要弄成这样可以稳稳带着走可是相当困

难哦。”

“我知道，小时候我跟奶奶学过怎么用包巾打包。”

我真切地感受到“徒劳无功”这句成语的意思，叹了一口气。

“所以，库库鲁，资金已经到手了，接下来你打算怎么做？”

“就说了去祭典逛一圈啊，总之，先从刚刚的章鱼烧……”

“我绝对不要。”

“真拿你没办法，那就一边看看其他店家，一边往里面走吧。”

库库鲁一只耳朵抓着白袍做成的袋子扛到身上。背着比自己体型大一圈的袋子的兔耳猫，样子实在是很奇怪，但在这个到处都是穿着浴衣直立行走的动物世界里，似乎并不特别引人注目。

“现在真的是做这种事情的时候吗？”

我走在拥挤的参道上自言自语着，库库鲁的耳朵伸进白袍的缝隙拿出糖球。

“别再碎碎念了，就好好享受吧！拿去，你吃颗糖吧。”

我接过糖球拿到眼前，在它带有大理石般光泽的白色基底上，有着波浪状的蓝色花纹。这颗球体上同时存在着美丽与可爱。

“这个可以吃吗？”

“放心，你看。”

库库鲁拿出另一颗糖球丢到空中，小巧的嘴巴接住掉下来的糖球。

“嗯，好吃！我已经试过没有毒了，你也吃吧。好啦，快点，快一点啦。”

“知道了啦，你不要催我。”

我提心吊胆地将糖球含进口中，甜味及清爽的酸味包覆着舌头。好熟悉，我循着记忆，探索这个感觉的真实样貌。

啊啊，我知道了，是弹珠汽水，全家人到海边玩时喝的弹珠汽水的味道。

虽然只是舔着糖球，不知为何，那天海水的气味、阳光的温度、游泳后舒服的疲劳感，以及牵着父母的手漫步的幸福感都鲜活了起来。我停下脚步闭上眼睛，将意识集中在那些感觉上。

当我用舌头转动糖球时，糖球的味道也跟着改变。

露营时吃的咖喱的味道、咬着奶奶家后院甘蔗的味道、从老家院子里摘的西红柿的味道，还有……妈妈做的松饼的味道。每一次各式各样的味道在口中扩散时，久远的记忆便鲜明地复苏，情感的波涛涌向我。

“爱衣。”

我应声睁开眼睛。回过神，脸颊已一片濡湿。

“好吃吗？”转过身来的库库鲁，带着不像猫咪，甚至很成熟的表情向我问道。

我紧闭着嘴巴点头，内心涨得满满的，仿佛一开口就要哭出声似的。

“太好了，那我们去那边的摊子看看吧。”

库库鲁背着白袍包巾，用猫咪特有的那种柔软脚步穿梭在动物们的脚边，我擦了擦脸，追在它的身后。

等我追上它时，发现库库鲁正站在浅底的大型水箱前，金鱼优雅地在里面游动。

水面隐隐约约映照出我的脸，我察觉到瞳孔呈现细长形，不禁微微后仰——现在我好像还是维持着猫眼的样子。

“来到祭典就是要玩捞金鱼。大叔，一次多少钱？”库库鲁出声问道。

坐在水箱另一侧穿着甚平和服的浣熊，用肉垫摸着放在身边格外大张的纸捞网，一边发出“嘎呜、嘎呜”的叫声。

“嗯——看来语言不通呢，不过总会有办法的。”

库库鲁从白袍包巾中拿出两颗糖球递过去，接下糖球的浣熊递回来两个纸捞网。

“成交了。好，爱衣，给你一个。”

“啊，谢谢。”

我看着库库鲁递给我的大约饭匙大小的纸捞网纸张部分，上面画着极为逼真的成熟桃子色龙睛金鱼。

“那、那个，用这个好吗？如果破掉了感觉很可惜。”

在我说话的同时，纸捞网的表面出现了波纹。

是错觉吗？我的脸靠近一看，画在纸捞网上的龙睛金鱼忽然游了起来，鱼鳍每一次拨动，纸捞网的表面便泛起阵阵涟漪。

“这……这个该怎么办？”

我惊慌地问道，浣熊只是百无聊赖地指着水箱。

“看来是叫你把捞网放进水里呢。”

我一边听着库库鲁说道，一边“嗯、嗯”说着并将捞网压进水里。原本在纸面游动的龙睛金鱼脱离捞网，开始在水箱中愉快地游来游去。

“原来如此，真有趣呢。”库库鲁也用耳朵抓着握柄，将捞网浸入水中，桃红色的纤细金鱼从纸面跳进了水中。

“嗯……捞起这条金鱼就好了吧？”

我先试着用捞网去捞游在我眼前的深红色金鱼，虽然捞网越靠越近，但那条金鱼却没有想逃的样子。

抓到了。就在我这么想，正要将金鱼捞起来时，捞网穿过了金鱼。“咦？”我带着疑惑，再次去捞同一条金鱼，得到的只是完全相同的结果，简直像在捞幻影似的，捞网总是会穿过那条金鱼。

“嗯——我这里也不行。”

我一瞧，库库鲁正打算捞一条白色金鱼，但捞网也同样穿透过去。

我暂时将捞网从水里拿出来，转而打量着整个水箱。大部分的金鱼不是深红色就是白色，只有大约一成的金鱼是和原本画在捞网上一样的桃红色，刚刚从我的捞网游出去的龙睛金鱼也在其中。

我“啊”地叫出声——原本悠游水中的桃红色龙睛金鱼散发出淡淡光辉，下个瞬间，便分裂成白色和红色的两条金鱼。

我揉揉眼睛仔细观察，发现整个水箱里的金鱼都在不停地分裂及合体，桃红色的金鱼分裂之后会产生红色及白色的两条金鱼；相反地，红色与白色的金鱼合体之后就会变成一条桃红色的金鱼。

“原来如此，这样的话……”

库库鲁快速挥动耳朵拿着的纸捞网，瞄准了附近的一条桃红色金鱼，那条金鱼拼命地想逃离捞网，最后仍是被逼到了水箱的一角。我看到库库鲁的捞网捞起了金鱼，下个瞬间金鱼却不见了。

“奇怪？金鱼去哪儿了？”

我眨着眼睛，库库鲁举起捞网说：“在这里哦。”桃红色的金鱼正在捞网的纸面来回游动。

“这个捞网好像也可以当作装金鱼的容器。好了，你也试试看吧。”

我“嗯、嗯”地点头，瞄准了在附近悠游的桃红色小金鱼，挥动手臂，捞网在穿过金鱼的同时，金鱼便从水箱移到了纸面上。

在纸面游动的金鱼样子很可爱，让我不禁弯起嘴角。

“爱衣，要不要来比赛？看谁捞到的比较多。”

“好啊，我才不会输给你。”

我和库库鲁以桃红色的金鱼为目标，浑然忘我地不停舀着捞网。捞网只要靠近桃红色的金鱼，它们就会拼命逃走，因此很难捞到，不过我还是靠着将它们逼近水箱角落，或是找出大意的金鱼而成功捞到几条。

我定眼一看，发现之前从我的捞网脱离的红色及白色龙睛金鱼一边在水中游着，一边像磁铁互相吸引般越漂越近，不久后两条金鱼身影重叠，发出淡淡光辉，变回一条桃红色的龙睛金鱼。我转动手腕，朝着龙睛金鱼舀起捞网，它的身影便从水箱消失了。

回到它原本栖身之处的龙睛金鱼，和其他被捞上来的金鱼在拥挤的纸面上游来游去。

正在这时，捞网的纸面出现了像镜子破裂般的裂痕。

“啊——这样就结束了吗？”库库鲁嘟囔道，我一看，它的捞网也一样出现了裂痕。

“爱衣，你抓到几条？”

“这个嘛……”我数着在捞网中游动的金鱼，“五条吧。”

“我是六条。我赢了，耶咿耶咿！”

正当我因为库库鲁跳来跳去，很不成熟地炫耀它的胜利，而感到有些烦躁时，浣熊探出身体抢走了我和库库鲁的捞网。

浣熊在放置于身旁的素色团扇上随意挥动捞网，桃红色的金鱼从捞网上落下，掉进了团扇中。

浣熊一边“嘎呜、嘎呜”地说着什么，一边将团扇递给我们。接下团扇后我发出了小小的惊呼——我捞到的金鱼们正在团扇里优雅地游动，和在水箱时一样，不断重复随着分裂与合体而发出淡淡的光辉。

“还真是神奇的团扇呢。”库库鲁耳朵拿着自己的团扇扇风，“那么爱衣，接下来要去哪一家店？为了找出佃三郎的库库鲁，我们就尽情享受这个夏日祭典吧。”

“嗯！”被不可思议又充满魅力的夏日祭典夺走心神的我，像个孩子一样兴奋地回答。

离开捞金鱼的商摊之后，我们随兴地看着路上的摊子：像雷云一样会生成闪电，只要吃下去舌头就会麻痹的美味棉花糖；如果能够完整地切下人偶，人偶就会跳起激烈的舞蹈庆祝糖果脱模；数不清的动物面具一边变换表情一边唱歌，演出盛大歌剧的面具摊；巨大的北极熊用它镰刀般的爪子削出冰屑，只要含在口中吐气，雪的结晶就会形成钻石冰晶，不规则地反射灯笼的光……

我们一边愉快地游历成排的神秘商摊，一边往参道的尾端前进，一直响个不停的太鼓声音变得越来越大。

“哎呀，真好玩呢，爱衣。”将不停哼着歌的狮子面具挂在头侧边的库库鲁这么说。身为猫科动物的库库鲁，也许对百兽之王怀有憧憬。

“嗯，是很好玩，但我们这样可以吗？”

孩提时代之后，我就再也没有参加过夏日祭典了，而且还是令人着迷得神魂颠倒的祭典。我的心情是飞扬的，但罪恶感却在内心一隅蔓延。

“你是想：明明在工作中却这样玩乐真的好吗？”

库库鲁浮现嘲讽的笑容，被准确说中内心的我身体微微地向后仰。

“干吗？你可以读取我的想法吗？”

“就算没有这种能力我也是知道的哦，因为你很单纯，以前就会把想法写在脸上。”

“不好意思哦，我这么‘单纯’。”我嘟起嘴。

库库鲁左右晃动它拿着金鱼游水团扇的耳朵。

“我并不是在贬低你，只是在说你是个直率又认真的孩子。”

“我已经过了能被人称为孩子的年纪了。”

因为突然受到称赞，为了掩饰害羞的我一脸不好意思地挠着太阳穴。

库库鲁看着这样的我继续说道：“不过，你也有把自己逼得太紧的地方。认真是一项美德，但如果不懂得放轻松，身体会受不了的，你并不是丢下自己的病患不管跑来玩乐，不必怀有罪恶感，连那么一点点都不需要。”

“是吗……嗯，说的也是呢。”

不知为何，库库鲁的话“咻”地渗进了我的内心。

“谢谢，身体好像变得比较轻松了，不过总觉得库库鲁好像爸爸哦，爸爸经常和我说一样的话。”

“爸爸？”库库鲁以一种戏剧般的动作，张开拿着团扇及白袍包巾的耳朵。

“这么可爱的我，到底哪里像中年男子了，你说啊？”

“我不是指外表，而是说话方式和动作之类的。”

我苦笑着，库库鲁耸了耸前脚根部附近。

“算了。对了，爱衣，你爸爸身体还好吗？”

库库鲁看着我，我的身影映在它圆滚滚的眼睛里。

“嗯，前不久我去了很久没回的老家，爸爸和奶奶都很健康。”

“你说很久没回去，有一阵子没见面了吗？”

“对，上次见面是大概十个月前，爸爸到附近出差，所以去医院看我。那时候我向同事及主管介绍他，不过爸爸向大家低头说着‘请大家多多照顾我女儿’。实在是过度保护了，让我觉得有点丢脸。”

“这样啊，不过那个年纪还要出差，你爸爸应该很辛苦吧。”

“是啊，原本预计医院工作结束后一起去吃晚餐，不过他说有点累了就回饭店了，那时候他的脸色不太好，我还有些担心。”

“爱衣真是温柔。那，爱衣，你喜欢爸爸或是奶奶吗？”

太过突然的提问让我眨着眼睛。

“当然喜欢啊。”

爸爸拼命工作养大我，奶奶则一直在照顾我，我当然喜欢他们。

库库鲁说着“这样啊”，勾起了胡须垫。

“啊，说到这个，袴田医师也很常说我把自己逼得太紧了。”

“……袴田？”

“嗯，他是我的主管，也是经常为我做心理咨询的医生，怎么了？”

“……爱衣也喜欢那位医生吗？”

“也没有到喜欢……”

我本想含糊带过，但是架不住库库鲁盯着我看，只好思索适合的言辞回答。

我是真如华学姐经常打趣我的那样喜欢袴田医师吗？

之前我从来没有认真思考过我对他的感觉，我小心注意着不让自己多想。袴田医师是救了我的恩人，身为一名医师我也很尊敬他，会不会我只是把这份感谢与敬意误认为是好感了？

我闭上眼睛，让意识深深地落入自己的内心，袴田医师的笑脸映照在眼睑内。

感谢、敬意以及对他在车祸中受到重伤的怜悯……各种各样的情感在我心中打转，情绪越来越混沌。

我睁开眼睛反复几次深呼吸，也许是想太多了，有一点头痛。

库库鲁一脸担心地问我："你还好吗？"

我勉强挤出了笑容："有点用脑过度了，感觉不太好。"

"这样啊。对不起，问了你敏感的问题。那我们就转换心情继续去祭典玩吧。"

"好啊，不过好像已经没什么店家了……"

不知不觉，我们已经来到参道尾端，左、右两旁一间接着一间的商摊也没了，前方变得昏暗，从那里传来"咚、咚"的太鼓声。

"不是只有商摊才是祭典的好玩之处哦。"库库鲁愉快地说道，然后朝着声音传来的方向跑去。

"啊，等等我啦。"追着库库鲁跑了一小段路的我停下脚步，呆在原地——开阔的广场上一大群动物正在跳着盆舞[1]。

高得必须抬头仰望才看得见的高台顶端，站着一个穿着兜裆布胖得圆滚滚的狸猫，它高举拿着鼓棒的手，每当狸猫手臂往下挥，用鼓棒击打它大大鼓起的腹部，便会响起那响彻市街的"咚、咚"太鼓声。

狸猫缓缓地左右摇晃，同时用鼓棒有节奏地敲打大肚腩太鼓。高台的中间层一排排站着身穿艳丽和服的孔雀，来来回回展开或合上那美丽的尾屏，那景象配合着太鼓的节奏，就像一大朵花盛开。

"我们也去跳舞吧。"库库鲁的耳朵指着跳舞的动物们围成的

1　盆舞：日本民间舞蹈，是一种群众性集体舞，原为在盂兰盆会上表演的佛教仪式性舞蹈。

圆圈。

“咦？可是……”

我还在犹豫，库库鲁转到我的身后说：“没关系，都跟你说要享受了。”并用耳朵推着我，那股与它小小的身躯不相称的力量，将我慢慢推往盆舞的圆圈。

硬是将我推进动物圆圈中的库库鲁，自己也双脚站立，炫耀似的挥动着耳朵“拿”着的团扇。

也许就像库库鲁所说，现在该做的就是好好享受。重新调整心态的我苦笑着，在长着大角的鹿身后高举双手开始跳舞。

“噢噢，感觉不错呢，不过难得跳个盆舞，穿这样还真不风雅啊。”

库库鲁伸长耳朵，将金鱼游水的团扇点在我的胸口，白色衬衫像水面激起了阵阵涟漪般，渐渐地变化成亮丽的水蓝色布料，而后涟漪扩及全身，回过神后，我已经穿着浴衣了。浴衣上画着日本庭园常见的那种用石头镶边的水池，横跨着一座红色小桥的水池里，悠游着和团扇上的金鱼一样色彩缤纷的鲤鱼。

“既然机会难得，那我就不好意思了。”毫无预警地，库库鲁像要把我撞倒一样猛力朝我扑来，我吓得赶紧防卫，却没有意料中的冲击，反而库库鲁的身影如烟般消失了。

“奇怪？库库鲁？跑到哪里去了？”

“我在这里哦。”回应声从我的胸口传来。

我下移视线，库库鲁正在浴衣上描绘的水池小桥上开心地手舞足蹈。

“你看看你，手停下来了哦。一起跳盆舞……”

话说到一半的库库鲁身体一震，朝着正想游过桥下的锦鲤扑动前脚，看来是猫的本能被激活了。锦鲤灵活地躲开了拨着水面的利爪，库库鲁像为了掩饰它失败的尴尬一般，咳了几声后坐正身体。

“失礼了，一起享受盆舞之乐吧。”

“好、好，知道了。”我已经习惯这种异常状况了。

我配合着大肚腩太鼓的节奏挥动双手跳舞，山羊、青蛙、仓鼠、河马……跳着舞的动物们脸上都露出幸福的笑容。

大肚腩太鼓的声音又变得更大了，在高台中间层跳舞的孔雀们的羽毛上掉出了像蛋白石般色彩繁复的眼状斑点，这些斑点在落下的途中化成了蝴蝶，在头顶上翩翩飞舞，闪耀的鳞粉撒落在盆舞的圆圈中。

我沉醉于如梦似幻的景象中，跳着舞的身体渐渐发热，现实感越来越薄弱……我记得这种感觉，那是上幼儿园之前，第一次参加夏日祭典的感觉。

明亮炫目的灯笼的光，吆喝充满气势的摊贩，从未见过这么多的动物身穿浴衣在跳盆舞，眼前所见的一切都太过新奇，仿佛迷失在童话中的感觉。

长大成人后被遗忘已久的兴奋感传遍了全身，那时候的夏日祭典，牵起困惑的我的手，和我一起跳舞的人是……

“好怀念啊，爱衣。”

哀愁之情紧紧揪住我的胸口，那儿附近传来库库鲁的声音。

“嗯，好怀念……非常……怀念。”

当我颤抖着声音回答时，大肚腩太鼓声戛然而止，盆舞圆圈也停止旋转了，前一刻还开心跳着舞的动物们，突然不安地僵立原地，我顺着它们的视线望过去。

神殿正面的拉门不知道什么时候打开了，“人”就站在那里。

虽然他戴着微笑着的猿猴面具，但那的确是“人”。细瘦的身体身着西装，从袖口露出来明显是人的手腕，上头戴着一块手表。一身上班族的打扮与脸上戴着的廉价面具太不搭调，散发出一股让人不寒而栗的气息。

散步般走近盆舞圆圈的那个“人”缓缓挥动手臂，站在他旁边的犀牛的身体随之断成两截，上下分离——不知何时“人”的手上握了一把日本刀。

犀牛的身影变得透明，不久后便如彩霞般消失在空气中。

身穿浴衣的动物们仿佛以此为信号，惊叫着朝四面八方逃窜。

混杂了各种动物的嚎叫声，演奏出不协调音的神社境内，拿着日本刀的“人”漫步其中，一只只屠杀身边的动物。

“那……那是什么？！”

我呆立在四处窜逃的动物中，库库鲁从我的胸口跳出，全身毛发倒竖。

“不知道，不过要小心警戒。”

周围的动物挡住了视线，我无法看清现在“人”在哪里。我喘着气往左右看去，正在此刻，跑经眼前的水豚突然被分成了上、下两半，一左一右飞离的水豚身体逐渐散去，手中拿着日本刀的“人”出现在其后方，猿猴面具下的眼睛直直地盯着我。我只是浑身僵硬地看着他举起日本刀，妖异的刀身反射着灯笼的光，而我什么也做不了。

“爱衣！”

库库鲁大叫着飞身跳进我和“人”之间，大幅甩动一只耳朵，起先像鞭子一样柔软弯折的耳朵，在伸长且锐利化的过程中渐渐散发出金属光泽，化为刀刃的耳朵在空中留下一道眉月幽光，砍过“人”的身体，而“人”还保持着高举日本刀的姿势，烟消云散。

“谢、谢谢……库库鲁，你真的很强呢……”

“看来梦幻世界正在改变，爱衣，你可别太大意了。”库库鲁甩着钢化的耳朵以清理血渍，它硬着声音说道并转过身。

“大意？可是刚刚的‘人’已经……”

随着库库鲁转身，在看见身后景象的一刹那我一句话也说不出来。戴着动物面具的一大群“人”正从鸟居另一头涌上来，他们的手里拿着柴刀、镰刀、锄头、长枪，甚至还有青龙刀等各式各样的刀具，涌向参道的他们一边毫无感情地，甚至机械性地斩杀着身穿浴衣的动物，一边昂首阔步前进。

照亮神社境内的灯笼从后方依序熄灭，身穿浴衣的动物们以及整排的摊贩的身影也随之越来越透明，直至消失不见。在蓝色月光诡异地照耀的昏暗神社内，不知从何时起只剩下我们和无数的“人”。

“这些‘人’是从哪里冒出来的？！”

我尖声叫道，库库鲁将两耳都变成利刃呈战斗姿势。

“比起那个，现在更该想想怎么从这里突破重围。”

“突破重围……”

我感觉到冷汗滑下背部，同时环顾四周，不知不觉间，我们被戴着面具的一大群“人”包围了，他们脸上的可爱动物面具，衬托得手里的凶器看起来更加不祥。

“我们被包围了呢。”

“那个，你不是可以离开这个世界吗？我们暂时先回到现实世界再重新来过吧！”我惊惧于那渐渐缩小的“人”的包围圈，快速说道。

“不行，我不是说过那需要做些准备吗？因为要花一点时间，如果现在开始准备，会被他们趁隙攻击。总之，我们先背对背战斗吧，后面那些家伙就交给你了。”

“这我哪办得到啊？！”

我拔高的声音几近于惊叫，库库鲁不可思议地微微歪着头问：“为什么？

“你可是犹他哦，在这个世界里，你拥有比我更强的力量。”

“就算你这么说……”

“之前我不是也说过了吗？你要相信自己的力量，并释放那股力量。上一次你可是长出翅膀在空中飞哦，相较之下，想象并创造出武器更简单吧？”

“武器……”我盯着手中的金鱼团扇，“人”的包围圈越逼越近。

“没错，就是武器。像我的耳朵一样，你要想象出可以打飞他们的武器！”

库库鲁重新面对“人”墙，发出“吓”的威吓声。

“武器、武器……”我像念咒一样喃喃念着，同时盯着手上的团扇。

可以横扫那些怪物的强力武器。

我一集中精神，团扇里的金鱼就开始激烈地做出反应，反复进行分裂与合体，且每一次发出的光芒都比之前更强烈。不久后，光芒已强烈到人眼无法直视，同时团扇像被高热熔化的玻璃一样逐渐变形。

光芒减弱后，我察觉到自己手上拿了什么，不禁睁大了原本因刺目而眯起的眼睛。

那是一支水枪，有着粉色龙睛金鱼外形的水枪——尾鳍化成握把，窄小的双唇间隙变成了枪口。

失败了。焦急的我想要重新想象出别的武器，但是越靠越近的“人”墙却妨碍了我集中精神。

“快开枪！”

背后传来库库鲁的声音，我转头过去，库库鲁正挥舞双耳，一个接一个斩杀戴着面具逼近的“人”。

“就算开枪，这种水枪……”

“不论外表怎么样，只要你集中心神地想，都能成为强而有力的武器。要相信自己！”

面对霸气外露的声音，我不禁喊道：“是！”然后伸直了脊背，转回正面，将枪口对准挥动菜刀逼近的“人”，食指搭在腹鳍的扳机上。

这是身为犹他的我创造出来的强力武器，一定能够射出猛烈的子弹……我咬紧牙根，做好将有剧烈后坐力的心理准备，扣下金鱼形水枪的腹鳍扳机。

根本没有击出子弹，而且别说是后坐力了，只有微弱的感觉从手上传来，却有比子弹更具威力的东西从金鱼口那端吐出。

那是激光。从金鱼射出的紫色激光束在正面“人”的胸口射穿了一个洞，不仅如此，也笔直地贯穿了站在他身后的那些“人”。

在激光束直线上的“人”一下子全消失了。我惊讶于这强烈的威力，盯着金鱼形水枪，不，激光枪直瞧。龙睛金鱼似乎带着骄傲地双眼直转圈。

“不错嘛，和可爱的外表不搭的凶狠度，这是否展现了爱衣的本性呢？”

库库鲁一边开玩笑，一边以钢化的耳朵斩杀着靠近的“人”。

“不要把人说得那么难听啦！”

我发出抗议的同时回过神，枪口再次瞄向“人”墙，扣动腹鳍。每一次，不同颜色的激光束都会击穿他们，但是戴面具的“人”并不因同伴们接连被打倒而畏惧，依然前仆后继地逼近。

“这根本没完没了啊……”

我像画出彩虹一样胡乱击发激光束，瞄了一眼背后的库库鲁。

“危险！”

库库鲁大叫，朝我挥下刀刃耳朵，擦过我脸颊的耳朵，砍在戴着熊猫面具从死角要用铁锹攻击我的“人”的脸上。

熊猫面具高高地飞了起来，露出底下的面孔。我发出细微的惊叫——那张脸上没有任何东西，只有一张白色的平面贴在脸上而已。

“无脸人……”

在我喃喃说出著名妖怪的名字瞬间，库库鲁的耳朵劈在光滑的面孔上，粉碎了那张脸。

“谢、谢谢，库库鲁……”

“道谢就不用了，集中精神！他们还没完呢，不过数量也太多了。”

不知何时起，库库鲁的语气里没有了从容。

“那怎么办？”

“必须找出这些家伙涌现的地方并破坏掉。”

“但是继续这样下去我们根本动弹不得，如果像刚刚那样飞起来呢？”

“这我也想过，但要是他们一起朝我们丢那些刀具，我们根本撑不住。”

“怎么会这样，那该怎么办……？”

“仔细想想，哪里是他们的源头？只要找出那里应该就会有办法。”

无脸人的源头……我一边发射出像绵绵不绝的梅雨般的激光束，同时回想无脸人出现时的场景：身穿浴衣跳盆舞的动物们突然停下动作，它们看着的方向有……我“啊”地脱口叫道。

“你发现什么了吗？”

“神殿！最早的无脸人出现时，原本应该关着的神殿大门打开了，也许无脸人就是从那里出来的！”

我一边叫着一边瞄向神殿所在的大概方向，在围了好几层的无脸人人墙的后方，隐隐约约可以看见神殿的屋顶。

“知道了，我们就去探查神殿内部吧。”库库鲁一边尽情挥动着耳朵一边说道。

“你说要探查，可是我们要怎么到那里去？”

“集中攻击那边的无脸人，杀开一条路。”

“可是这么做的话，其他的无脸人可能会同时攻上来。”

“就算是这样也要做！再继续下去不知什么时候就会被他们打倒。”

库库鲁可靠的一番话让我点点头：“知……知道了。”

“要走到那里，就必须清开一定宽度的路，我们要蓄积力量，朝神殿的方向一口气集中攻击。”

“蓄养力量……”

我看着龙睛金鱼的激光枪，龙睛金鱼像在回应我似的两只眼睛骨碌碌地转。

“爱衣，准备好了吗？数到三一起上。一、二……三！”

我和库库鲁随着信号，转身朝向神殿所在的方向。库库鲁卷起钢化的双耳扭绞成钻头状，快速转动往无脸人伸去，转动的刀刃打飞无脸人们，让他们瞬间消失于无形。但是无脸人的人墙依然厚不可摧，我们未能打开通往神殿的道路。

“拜托你，请借给我力量。”我向龙睛金鱼说道，扣下了腹鳍的扳机。

龙睛金鱼剧烈地抖了一下胸鳍，张大窄小的嘴巴，细小的激光束像霰弹枪一样从口中呈放射状射出，射线轨道上的所有无脸人一下子全部蒸发，开出了一条通往神殿的路。

“趁现在！”

就在库库鲁大叫的同时，我往地面一蹬，跑了起来。伴随着草鞋发出的踩地声，我一边胡乱发射激光束，一边全力向前跑。

脚边的库库鲁也起飞似的用四足奔跑，同时用耳朵清除围攻上来的无脸人。

即使听见背后传来大量无脸人的脚步声，我们也没有闲工夫回头看。我和库库鲁飞身进入神殿之后，便急忙关门插上门闩。神殿内虽然一片漆黑，但仍然维持着猫眼的我还是可以清楚地看见室内的样子。

我喘着气，视线投向布满灰尘的神殿中央供奉的东西。

“镜子……”

那是一面看起来很有年代感的圆形镜子，直径大约五十厘米，镜子外缘的青铜部分雕刻着精巧的龙形。

“这面镜子就是御神体吗？”

就在走近镜子端详的库库鲁歪着头说“奇怪，上面没有照出任何东西”的瞬间，从镜子里伸出了手腕，戴着手表的那只手上拿着一把很大的剪刀。

库库鲁“喵”地大吼，往后飞跃一大步，全身猫毛倒竖。霎时间，不只手，连头都从镜子里出现了——戴着松鼠面具的头。

“……看来爱衣你的假设是正确的呢，无脸人就是从这里出现的。”

库库鲁用刀刃耳朵砍下了正从镜子里挤着爬出来的无脸人的头。确认无脸人消失之后，我和库库鲁小心谨慎地靠近镜子，提心吊胆地往镜子看去，上面却没有映照出我们的影像。

那仿佛只是镶嵌了一块上过漆的铁板般带有黑色光泽的平板。

"这和民宅的镜子……"

"是啊，和在厕所见到的镜子一样。这么说来，无脸人可能不只从这面镜子，说不定也会从街上所有住家的镜子里爬出来，难怪会无穷无尽地涌现。"

"啪"，像是木头断裂的声音划破了空气，我回头一看，是生鱼片专用刀的刀刃从插上门闩的门后飞了过来。大概是外面的无脸人正在破坏大门，刀具一把接一把地穿过门扉而来。

"……看来是到此为止了。"库库鲁用掺杂着疲惫的声音说道。

"到此为止是什么意思？"

"就算破坏了这面镜子，街上的镜子也会无止境地生出那些怪物。总之，这次的玛布伊谷米失败了，我们暂时离开这个梦幻世界再重新来过吧，在那扇门被破坏之前应该回得去原本的世界。"

"但是……"

"没有时间犹豫了，要是门在我们离开这个世界之前就被攻破，即使是我也保护不了你。我说过吧，在这个世界被消灭，就等于现实世界里的死亡，你要是听懂了，现在就马上离开吧。"

"首先要破坏这面镜子……"库库鲁举起耳朵。

"等等！"

就在敲破镜子的前一秒，库库鲁停下耳朵。

"又怎么了？我不是说没时间了吗？"库库鲁焦躁地挥着耳朵。

"无脸人从这里出来的话，代表也许有什么东西在这面镜子里吧？”

“咦？什么东西是指什么？”

“像是飞鸟小姐那种‘幽暗’里面的世界。”

库库鲁瞪大瞳孔，圆滚滚的眼睛覆上了深黑色。

“也就是说，无脸人是从镜子里的世界过来的？”

“也许是这样。对佃先生来说，镜子一定是个具有某种意义的东西，所以里面还有另一个梦幻世界，而佃先生的库库鲁……”

“一定是躲在那里。”我和库库鲁异口同声。

木板破裂的声音响起。一回头，无脸人的手伸进了刀具凿穿的洞里，正摸索着门闩的位置。门很快就会被打开，那些怪物马上会蜂拥而入吧。

“爱衣，已经没有时间脱逃了！即使如此你还是要试吗？那面镜子里真的有另一个世界吧？”

“嗯！”我毫不犹豫地点头。

在这面镜子的里面，还有另一个梦幻世界。无来由地，我这么坚信着，而我也相信，要拯救佃先生，就必须到那个世界去才行。

“知道了，走吧，我们一起去。”

库库鲁的耳朵渐渐缩短，同时钢铁的光芒消失，恢复成蓬松的毛发。库库鲁伸出覆满柔软细毛的耳朵，我一只手牢牢抓住库库鲁的耳朵，另一只手朝漆黑的镜子伸去。

指尖碰到镜子表面的瞬间，仿佛手伸进浊流里，身体被吸了进去。就在肩膀也沉入镜子时，我脚下一用力，总算是勉强留在地面上。

只要一放松，就会被吸进镜子里。我不知道那里面会是个多么危险的世界，不仅如此，也许在吸进去的瞬间，“我”就会被消灭也说不定。

直到现在，黑暗恐惧才渐渐吞噬我的心。

神殿大门的孔洞变得更大了，从洞里伸出来的数十只手腕到处摸索门闩的位置，很快，其中一只手摸到了门闩，慢慢地拉开。

只能跳进去了，但是……好可怕。从脚部传来的颤抖蔓延到了全身。

“爱衣。”

温柔的声音震动着鼓膜，我抬起眼，库库鲁在眼前微笑着。

“不用怕，既然是身为犹他的你这么感觉，这面镜子里应该就会有另一个梦幻世界，所以你要有自信。再说，不论有什么样的危险我都会保护你。”

染上黑暗恐惧的心亮起了些许光芒，那道光一扫阴影，变得越来越亮。

“……谢谢你，库库鲁。”

一阵巨大的声响——神殿的门开了，无脸人们挥舞着刀具逼近。

我放松身体的力气，双脚从地板上浮了起来。

我抓着库库鲁的耳朵，被吸进了镜子里。

5

旋转……世界在旋转，我自己本身也在旋转。

被吸进漆黑镜子里的我，在巨大的红黑色漩涡中翻搅着，像被丢进洗衣机里的感觉。似乎只要一不留神，身体就会四分五裂。

我咬紧牙根，忍耐着加诸全身的重压看向旁边，库库鲁仿佛被龙卷风卷起的叶片，全身剧烈地翻滚。

“库库鲁，你没事吧？”

我拼命挤出声音，握着库库鲁耳朵的右手加重了力道。

“嗯、嗯，我没事。看来是个不简单的世界呢，你不可以放开我的耳朵哦。”

语气比起我预想的还要从容，这让我的不安稍稍减弱了些。

“这里就是镜中世界吗？”

如果是，现在并不是寻找佃先生的库库鲁的时候。

“不，应该不是，你看看那边。”

库库鲁一边旋转，一边动了动没有被我抓住的另一只耳朵。我仰起脖子看往库库鲁指的方向，遥远的远方正闪烁着微弱的白光。

“大概那里才是另一个世界，这里就像连接两个世界的空间吧。”

“那我们就要想办法到那个发光的地方去。”

“别担心，我们正在自动接近呢，只要像这样把自己交给漩涡，它应该会把我们带到亮光的地方吧？”

这么一说，我们与亮光的距离确实正在慢慢缩短，看来这道漩涡是为了将东西吸往那道亮光而存在的。

“那看来我们可以从这里脱身了呢。”我忍着痛硬挤出声音。

忽然，库库鲁的身体停止旋转，覆盖着淡黄色毛发的那张脸，浮现出严肃的神色。

“千万不能大意，我们可不知道那道光芒的后面有什么样的梦幻世界，如果无脸人是从那里过来的话，那就是个相当危险的地方。”

“知、知道了。”

我们与光之间的距离越来越短，长方形的洞打开，洒进了闪烁的白光。

“要出去了，小心点！”

库库鲁大叫，我用手臂盖着脸，蜷缩着身体被洞穴吸了进去。

背后传来像被棍棒击打的强烈冲击，肺里的空气被强制排出，我紧闭双眼，咬紧牙根，忍着全身粉碎般的痛楚。这时，上方传来“你还好吗”的声音，我微微睁开眼，杏仁状的圆眼睛正看着我的脸。

“还好……才怪……”我挤出声音，对坐在我胸口的库库鲁说道。

“哎呀，你猛地撞到后背了呢，我可是身体转了半圈，用脚着地的。”

库库鲁得意地这么说，用砂纸般粗糙的舌头舔着我的鼻尖。

“好啦，你要躺到什么时候，赶快站起来。现在可没有那个美国时间让你慢慢喊痛。”

“我哪……站得起来……脊椎……可能断了……”

“脊椎？”库库鲁抬起一只脚，“这个世界里根本没有什么‘骨头’，如果你感觉到痛，那只是因为你自己想象受到这么猛力的撞击之后，应该会产生这样的反应罢了。”

“就算你这么说……”

“那你就试着想象自己没有脊椎吧，这样一来就不再有‘断掉的骨头’这件事了。”

没有脊椎？如果变成这种状态……一这么想，我颈部以下忽然像融化了，失去支撑的身体液体般地从浴衣里流出，在地板上蔓延。因惊吓而想用手撑住身体的我，从喉咙里发出细微的尖叫。我的手臂弯曲呈螺旋状，就像蜷成一团的蛇，这副模样实在太诡异了，我感受到一股强烈的抗拒，拒绝接受这是自己身体的一部分。仔细一看，不只是手，连脚也是一样软趴趴，像自己有生命般地蠕动着，我已然像只失去一半触须的章鱼在地上爬行。

“这、这是什么啊？！”

“就是没了脊椎以后的身体啊，不过看来连手和脚的骨头都一起消失了呢。哎呀，虽然这么说是有点那个，不过人类变成软体动物还真是令人不舒服呢。”

“别在那里说风凉话了，想想办法啊！”

“办法？很简单啊，你只要重新想象原本的身体就好了。好啦，集中精神。”

“这种状态怎么可能集中精神！”

库库鲁一边碎碎念着“真是麻烦啊”，一边用单只耳朵摸着波浪状蠕动的我的手臂，我感觉到坚硬的骨头从那个部分开始在体内生长。我四肢的关节恢复了，像史莱姆一样摊在地上的身体重获支撑，渐渐恢复原本的形状。

“真是太可怕了……”从软体动物状态找回脊椎的我轻拍着胸口。

“不过骨头的疼痛消失了对吧？”

“真的……”

当我摸着撞到的腰部时，库库鲁跳上了我的肩膀。

“这次这种伤，是爱衣你自己根据状况想象出来的，所以很轻松就治好了。但是，如果是像上一次的‘幽暗巨人’，或是这一次的‘无脸人’，受到怀有恶意的攻击，可就不是这样了，你要小心一点。那种攻击可以直接对属于精神体的你造成伤害，那样的伤就无法像这次一样可以简单治好。”

“治疗心理的伤需要花费一段时间，而受到一定程度以上伤害的心就会完全崩溃……是这个意思吧。”

没错，在心里划下的伤并没有那么容易治疗，因为我在二十三年前受的伤至今仍未痊愈。胸口到侧腹传来一阵锐利的疼痛，我轻轻撩起衣领望向里面，从胸口到右侧腹横亘着一条刺眼的伤痕。

在现实世界里，我的身体并没有这样一道伤痕，但是，来到这个梦幻世界的我的灵魂上却实实在在地刻着那时候留下的伤，只是……我用指尖轻轻抚触伤痕——像蟹足肿一样凸起的那个部分——平滑的触感伴随着刺痛传来。结痂处微微掀起，从中渗出少量的红色血液。

只是，和在飞鸟小姐的梦幻世界里看到的样子比起来，总觉得伤口小了一些。

我负责的三名 ILS 病患，也许当我成功救出被困在自己梦幻世界里的他们时，这道伤就能够痊愈，也许我就能逃离至今仍在苛责着我的那种感觉。二十三年前，在持续沉睡的她身边体会到的那种撕心裂肺的无力感。

“你在发什么呆啊，爱衣。”

正在反刍着那日记忆的我，因为库库鲁的呼唤声而回过神说道：“啊，对不起。”

“我不是已经叮嘱过你千万不要大意了吗？好啦，首先呢，我们必须确认这里是什么样的世界。”

被库库鲁这么一说，我环顾四周。在铺着瓷砖大约两坪多的空间里，可以看见莲蓬头及洗脸台。

“浴室？”

这是间窄小的浴室，而我正背靠在浴缸边坐着。

“嗯，似乎是呢，不过总觉得阴森森的。”

就像库库鲁所说，这个空间里满是凝滞的空气，天花板的荧光灯忽明忽暗，仿佛随时就要熄灭，地板上有醒目的黄渍。水滴从接在洗脸台下方的排水管连接处滴滴答答地落下，位于角落的排水口塞满了头发。

手因掠过鼻尖的味道而反射性地捂住嘴巴，空气中飘来一股腐臭味，就像盛夏时把鱼放在房间不管的那种气味。那股味道越来越重，我感到一阵恶心，缓缓地站起身。视点变高了以后，这个空间的异常之处就更明显了。

洗脸台的镜子破了，像蜘蛛丝一样细小的裂痕呈放射状。

镜子……我想起神殿里供奉的镜子涂了漆一般发出黑光的模样，我同时往镜子里看，虽然镜面因为裂痕而扭曲，但上面确实映照出了我的容貌。我避开碎裂的部分以免受伤，手指小心翼翼地滑过表面，不过并没有像触摸神殿镜子时那样，被吸入镜子中。

“……浴缸。”肩上的库库鲁压低声音说道。

“什么？”我一转身，“噫？！”发出了像是打嗝般的惊叫声，大步往后跳开，后背撞上了墙壁的瓷砖。布满醒目水垢的白色浴缸里装满了液体——红黑色的黏稠液体。

液体慢慢地旋转着，深浅不一的色调描绘出扭曲的曼陀罗图样，更增添了那股不祥之气。

腐臭味益发强烈，浓得令人犹豫要不要呼吸。

“这、这是什么啊？”

“……不知道，不过看起来不是什么好东西。”

我捂着鼻子一动也不动，液体中慢慢浮现出某个东西，白色的有着圆滑曲线的物体。当我意识到那是什么东西时，捂着嘴巴的手掌下响起了尖叫声。

那是骨头，人类的头盖骨。

在我的眼神对上那带着怨恨朝向这边的空洞眼窝那一瞬间，我转身开门逃出浴室，察觉到短小的走廊前方是玄关之后，便朝那里跑去。

“等一下，爱衣，你要去哪里啊？”

不知道，但我一定要尽可能地拉开与那间浴室的距离，本能这么告诉我。

我打开玄关的门跑出去之后，外头是公寓大楼的外走廊，大门等距地并排着。我跑向位于走廊尽头的紧急逃生梯，就在即将到达逃生梯时，门要挡住我的去路似的打开了。急忙停下脚步的我双眼圆睁，从门里走出来的是身穿西装的无脸人，手里还拿着生锈的链锯。

无脸人转动脖子看向这边，那张脸上明明没有眼睛，我却被充满敌意的视线刺穿而动弹不得。在无脸人高高举起链锯的瞬间，一道银色的轨迹切过他的身体。我只是全身僵立看着无脸人的身影烟消云散。

下一秒，一阵冲击力道，伴随着“振作一点啦”的声音撞到我脸颊上。用钢化的右耳斩杀无脸人，和覆满毛发的柔软左耳拍我脸颊的库库鲁向我投以锐利的视线。

“现在可不是陷入恐慌的时候，要像个犹他一样冷静行动。你不是要找出佃三郎的库库鲁，救出他的玛布伊吗？”

没错，我正是为了这个才到这里来的，因混乱而沸腾的头脑渐渐冷却下来。

“冷静一点了吗？”

“……嗯，谢谢你，库库鲁。”

“现在道谢还太早，这个梦幻世界是个相当危险的地方，在玛布伊谷米完成之前，千万不能大意……”

库库鲁说到这里，背后的玄关大门嘎吱一声打开了。我原地猛地转身，举起右手拿着的金鱼激光枪，确认好手持尖锥从门里出来的无脸人身影之后，扣下了腹鳍的扳机，被紫色激光贯穿腹侧的无脸人身影渐渐消失。

“看来可以安心了。”

库库鲁露出和它那可爱外表不相称的冷笑，用耳朵指着紧急逃生梯。

“那我们重新去找佃三郎的库库鲁吧。”

我“嗯”了一声并用力点头。

双手握着金鱼激光枪举在胸前，我带着警惕在窄小的走廊上前进。

走下紧急逃生梯，离开公寓的我们，走在两旁立着水泥围墙的小巷弄中。手里拿着刀具的无脸人时不时地会从转角处冒出来，因此一刻都不能松懈。

走在我脚边的库库鲁嘴里发出一点紧张感也没有的“嘿咻”声，用刀刃耳朵砍下从水泥墙上露出脸的无脸人的颈项。

“哎呀，这是第几个了？真是没完没了呀。”库库鲁用戏剧化的动作转了转脖子。

“哪，佃先生的库库鲁真的在这个世界的某个地方吧？”

“不是这样吗？”

一点也不可靠的回答让我皱起了眉头。

“不要露出那种表情嘛，毕竟寻找库库鲁原本是身为犹他的爱衣你的工作啊。”

“话是这么说没错啦……”

我嘟着嘴巴，用激光枪击穿了从隔了一段距离的十字路口冒出来的无脸人。

“不过呢，我想在这里的可能性蛮高的哦。我之前也说过，创造出梦幻世界的玛布伊，是受了相当严重的伤而处于衰弱状态。这样的人，他们的库库鲁，也就是映照出玛布伊的镜子，大概也会呈现同样的状态。而在衰弱的状态下被囚禁于梦幻世界里的库库鲁，经常会躲在造成它们受伤的地方。”

“就像飞鸟小姐的库库鲁是在那个无底深渊的幽暗中一样……”

我这么说完，库库鲁摇着耳朵回答：“就是这样。”

“无脸人这么猖狂，应该和佃三郎的玛布伊受到严重创伤的某件事密切相关，所以佃三郎的库库鲁一定在这个噩梦般的世界里的某个地方。”

“不过这里还蛮大的，又因为无脸人的存在我们必须小心前进，该怎么寻找佃先生的库库鲁……”

说到这儿，我忽然抬起头，左、右两排水泥围墙在稍微前面一点的地方中断，我和库库鲁对看一眼，小跑步往前。

走出小巷弄后，眼前是一条大马路。盖在左右成排的水泥围墙内的民宅、照亮马路的路灯、画在地面上的标志，这一切都似曾相识。

“库库鲁，这里是……”

“……啊啊，没错，和镜子外面的大马路一模一样。”

这里和我刚潜入佃先生的梦幻世界时，身处的那条大马路很相像，但又和那时候的大马路气氛明显不同。一半的路灯不见了，剩下的另一半也是忽明忽灭；水泥围墙上覆满了青黑色的苔藓，许多都已经崩塌；画在地面上的标志也因字迹模糊而难以辨识。

我托着金鱼激光枪，眼神扫过左、右两侧并排的民宅，没有任何一家透出灯火，这和一开始看见的大马路一样，那时候感到很不对劲，现在却觉得理所当然，这里的每一间民宅就是这么荒凉。

大门因生锈而倒塌，油漆剥落的外墙爬满了蕨类植物，大多数玻璃窗都破了。

这是一座被弃置多年、长期遭到风吹日晒的“鬼城”，所以四周呈现出这样的样貌。

“感觉……很不舒服……”

正当站在我脚边的库库鲁以夹杂着紧张的语气说话时，远方亮起了灯。我不断地眨眼，灯光浮在半空中实在是个异样的景象。

镜子外面的世界举办祭典的那座山丘所在的位置上，有个披着披风的巨大无脸人站在那里，他高得必须抬头仰望，简直就像耸立着一栋人形高楼大厦，四周飘着鬼火般的蓝色火焰，阴森森地从巨大无脸人的脸部下方往上照。

“爱衣，那里……”

库库鲁用耳朵指着巨大无脸人的脚边，我凝神一看，披风的缝隙被当作一条隧道，拿着刀具的无脸人从那里涌出。

“那就是……无脸人的源头？”

“似乎是这样，那，你打算怎么做？”库库鲁压低身体，保持警戒姿势。

“咦？什么怎么做？”

“我是问要不要进去那个巨大的无脸人里面啦。”

“那里面？！”我拔高了声音。

“佃三郎的心灵创伤一定和无脸人有密切关系，这样的话……”

“……佃先生的库库鲁就在那个巨大无脸人里面。”我咽了口唾沫这么说。

库库鲁晃了晃耳朵说：“就是这样。”

我喘着气，望向巨大的无脸人。我的本能对于要钻进那种毛骨悚然的东西内部感到恐惧，然而，佃先生的库库鲁一定在那里面……

脑海里闪过表情安详地睡着的美丽女性的侧脸。我轻轻甩了甩头，抬眼瞟着巨大的无脸人。

“走吧，否则就治不好佃先生了。”

“很有气势嘛，越来越有犹他的样子啰。”库库鲁开心地说道，一跃跳到我的肩上，“那我们就出发到洞窟探险吧。”

就在我点头准备迈出步伐时，从巨大无脸人的脚边朝我们这儿射来两道带蓝的白光。大马路两边成排废墟般的民宅里，从最远处依序亮起了灯，没多久，我身旁的民宅灯也亮了。与此同时，原本万籁俱寂的鬼城逐渐充满喧嚣。

镜子外面也曾发生过类似的事情，但和那时候不同的是，现在从民宅窗户透出的光是阴森的蓝色，耳边听见的也不是欢快的谈笑声，而是带着浓浓怨恨的哀叹声。

“事情……不妙了。”

我听着库库鲁的喃喃自语，同时视线向民宅二楼的窗户看去。背后传来一阵冷战，那里站着一个无脸人，拿着刀具的无脸人从破掉的窗户，用不存在的眼睛直勾勾地“盯”着这里。

“爱衣，用尽全力快跑！无脸人们很快就会从民宅里涌出来了！”

就在我慌忙想迈开步伐奔跑时，库库鲁大叫：“不是这样！”

“咦？什么意思？”

“用人类的双脚跑会来不及，你要想象速度更快的动物并变身成它。”

速度更快的动物，比任何生物都要快速地奔驰在大地的野兽。理解了库库鲁指令的我，闭上眼拼命发挥想象力，接着，全身出现如波纹般的震荡，金鱼激光枪从手里掉到了地上。

体内响起骨骼变形的嘎吱声，我不觉得痛，反而有类似折响关节时的舒畅感。脊椎弯曲之后我无法再保持直立，我像是往前扑倒一样双手贴着地面，不，那已经不是手了，而是前脚。四肢关节渐渐以明显不同于人类和其他灵长类的角度弯曲，皮肤下的肌肉柔软地一边蠕动一边隆起。

全身皮肤传来起鸡皮疙瘩般的感受，接着长出了金黄色的柔软毛发，在咧嘴露出虎牙延伸形成的锐利牙齿后，我朝着天空大声咆哮。

“噢噢，是猎豹，这样一定来得及，我们走吧。”

听着坐在背上的库库鲁的声音，化为全身包覆金黄毛发的猎豹的我，用充满弹性的肉垫往地面一蹬，四肢肌肉往地面踢蹬的力量，透过像强力弹簧一样柔软又强韧的背骨转换成了加速的动力。

左、右两旁已成废墟的民宅一栋接着一栋的景象，以我未曾经历过的速度在视野里流逝，站在远方的巨大无脸人眼看着越来越近。

无脸人们仍旧继续从前方民宅院内涌出，逼近了大马路中心，这幅景象，就像左、右两边有道墙逐渐迫近，要压扁什么似的。

没问题，在他们攻上来之前可以到达巨大的无脸人那里。就在我这么想时，从巨大无脸人的披风缝隙处——我们即将要飞奔进去的地方，出现了手握日本刀的无脸人，那个无脸人仿佛在等着把我们一刀两断般，将日本刀高举过头。再继续这样跑过去会被砍成两半，可是一旦稍微减速，又会被从两侧逼近的无脸人们攻击。

“就这样冲过去！”库库鲁冲着犹豫不决的我大叫。

“可是……”

“没关系，相信我就对了！”

强而有力的话语消除了我的迷惘，下定决心之后我更用力地蹬向地面加快速度，这时候头上有个熟悉的物体进入我的视线范围，那是库库鲁的耳朵。

长长延伸的两只耳朵缠绕在一起，同时质地产生变化，不久后便成了一支闪着银光的长枪，像是中世纪的骑士拿的巨大圆锥状长枪。

长枪的尖端对准了紧握日本刀的无脸人，明白了其中意图的我，朝着巨大无脸人的披风缝隙一个劲儿地往前冲。左、右两旁并排的民宅中断了，也看不见逼近的无脸人人墙了，巨大的无脸人已近在咫尺。

“冲啊！”

耳边响起库库鲁的声音，我朝着举刀挡在前方的无脸人冲过去，在看见无脸人挥刀而下的动作那一刹那，长枪的尖端刺进了他的胸口，我穿过如彩霞般消散的无脸人身体，朝着隧道状的披风缝隙飞奔而入。

黑暗中，我用肉垫摩擦着地面紧急制停，却没能完全止住往前冲的惯性动力。身体打横着滑出数米后才终于停下来，我快速回头，看向刚刚跑进来的入口，无脸人们并没有追过来。

“看来外面那些家伙进不来呢。”

库库鲁从我的背上跳下来，缠绕成巨大长枪的耳朵“咻”地解开变短，恢复成裹着柔软毛发的原本形状。

“太好了……”

松了一口气的我脚边亮起了淡淡光辉，那道光像茧一样逐渐包覆我的身体。

我闭上眼睛，品味着重新构筑自己身体的感觉，仿佛融化在温暖液体中，很舒服。

光之茧消失时，金黄色的猎豹也消失了，我回到穿着白袍的平日装扮。

“哎呀，你不当猎豹啦？明明是个很有机能性的身体。”不知道是不是对我不再维持同为猫科动物的样貌不满，库库鲁一脸无趣地说道。

“再怎么有机能性，用四足走路感觉还是怪怪的，而且现在不能再抱着参加祭典的心情了，所以我才回到这身打扮。”

“在这里的确是不可以抱持着参加祭典的心情。”

“是啊……”

我感受到黑暗中似乎潜藏着什么东西的气息——某种危险的东西。

我屏住呼吸，脚边的地板亮起了微弱的光芒，是像紧急照明一样淡绿色的光，随着灯光往深处延伸，隐隐约约浮现出隐藏在黑暗深处的东西。

眼前震撼的景象，让我张大了嘴巴僵在原地。

那里排满了一间间牢房，皆是用铁栅栏打造，单边大约两米的正立方体牢房。牢房一层一层堆叠在走道的左、右两侧，形成了一道墙。我抬头向上望，看不清牢房之墙究竟叠了多高，而每一间牢房里，都关着一名无脸人。

库库鲁站在惊愕得说不出话的我的脚边，用耳朵挠了挠额头。

“这里是无脸人的收容所……或者说是监狱或看守所吧？”

“监……狱？”

“佃三郎不是律师吗，所以才会和这种地方有很深的关系吧，我想清楚显现出这个意象的，就是这面牢房之墙了。好了，那我们走吧。”

“什么？还要往里面走吗？”

“这里令人这么不舒服，就代表这个场所应该和给佃三郎的精神造成严重伤害的事件有密切关系，也就是说他的库库鲁躲在这里的可能性很高。”

“虽然也许是这样……”

“好啦，现在没有时间拖拖拉拉了，梦幻世界会随着时间流逝而发生变化，不知道外面的无脸人们什么时候会冲进来，所以我们必须快点。”

库库鲁脚步轻快地走在散发诡异绿光的走道上。这是为了拯救佃先生，我握紧拳头，追在库库鲁身后。

我们走在牢房之墙包夹的走道上，无脸人们从铁栅栏的空隙中伸出手来，因为走道有一定的宽度，那些手碰不到我们，但是走道两侧伸出无数只手的景象实在太惊悚，让我全身立起了鸡皮疙瘩。尽管无脸人没有嘴巴，但他们发出的哀号声演奏出的不协调音，加深了恐怖气氛。

“哎呀，真是让人不舒服的景象，好像大量的毛毛虫或是巨大蜈蚣的脚在蠕动一样。”

“别说了！”

正当我向打趣的库库鲁表示抗议时，数个牢房之外的牢门无预警地打开，从中走出无脸人。

“对不起、对不起。”库库鲁一边道歉，一边将耳朵变成利刃伸长，砍下了逼近的无脸人的头。

“不过现在的确不是吊儿郎当的时候，要是这里的牢房全部一起打开的话，他们就可以同时进攻了。”

恐怖的想象让我脊背一阵发凉。

“我们必须在这种事发生以前，找出佃三郎的库库鲁。爱衣，要快点了。”

我点点头，强压着恐惧跑了起来。我们一个劲儿地在两旁耸立着牢房之墙的走道上跑着，虽然有时候无脸人会从牢房里出来攻击，但在我脚边奔跑的库库鲁会用耳朵劈开他们。

不知道跑了多久，就在我因那永无止境、腐蚀心灵的重复且可怕的景色而开始麻痹时，走道遥远的前方出现了模糊的紫色光芒。

“库库鲁，那里！”

我指着正面加快了速度，不久后，发出诡异光芒的走道和左右连绵不绝的牢房之墙都消失了，我和库库鲁停下脚步。

黑暗中出现了那个散发着淡淡湛蓝琉璃色的正方体牢笼。

笼子比关着无脸人的牢房要小很多，每一边大约只有五十厘米，栅栏不是铁制的，而是半透明的像塑料一样的质地，笼体本身发出微弱的光芒，简直像荧光棒打造的牢笼。

我带着紧张靠近牢笼，从栅栏空隙看进内部，顿时抿紧了双唇。

里面是个年幼的小女孩，抱着膝盖横倒在地。

女孩年纪大概与幼儿园孩童差不多，手脚从像开了洞的麻布袋一样简朴的衣服中伸出，瘦弱得仿佛枯木，稚嫩的脸庞则是不带血色的苍白，四肢都有醒目的擦伤，其中一只脚的脚踝甚至还套着铁制的枷锁。这副令人不忍直视的样子，让我皱起了眉。

“库库鲁，这就是……”

“嗯嗯，她应该就是佃三郎的库库鲁了吧。”

“好惨的模样……简直就像被当成奴隶的孩子……”

“这代表佃三郎的玛布伊也伤得这么重。那么，虽然历尽辛苦，但总算是找到佃三郎的库库鲁了，不过玛布伊谷米可是现在要开始哦，我虽然可以指引你梦幻世界的方向，但接下来就必须你自己一个人完成才行。”

“嗯……我知道。”

我深吸一口气，向牢笼伸出手。

在我双手碰触发出淡淡光芒的栅栏瞬间，记忆的洪流向我涌来。

我闭上眼睛，将意识交给那道洪流。

6

远方传来祭典的囃子[1]乐音。

抬着木桶的佃三郎停下脚步，面朝音乐传来的方向，脸上自然而然地露出微笑。今天是附近的神社举行一年一度夏日祭典的日子，只要做完傍晚的工作，就可以去参加祭典，爸妈已经这么答应了他。

“喂，三郎，你在发什么呆啊？你这样子可没办法去祭典哦。”大三岁的哥哥向他说道。

虽然还只有十四岁，但那双粗壮的手臂却抱着连大人都觉得吃力的大桶子。

“啊，对不起，哥哥。”三郎急忙道歉。

“受不了，没做几件事还休息什么啊。”

哥哥带着讥讽的一番话让三郎咬紧了下唇。三郎有两个哥哥，在同年龄的人之中，他们的体格显得格外壮硕、力大无比，相较之下，三郎则相当瘦小。

“对了，听说你考试又得到高分了是吧？是老妈说的。”

三郎走在哥哥后方，他已经可以想象到之后哥哥会说什么，心情逐渐变得沉重。

1　囃子：用于跳舞伴奏的日本传统乐器。

“既然你有空念书，不如多锻炼锻炼身体吧，毕竟你做不到的事都要叫我们来扛啊。”

“……对不起。”

他一低下头，哥哥就不屑地用鼻子哼了哼。

对于在市郊经营畜牧业的佃家来说，孩子们也是重要的劳动力，其中手无缚鸡之力的三郎总是被拿来与兄长比较，因此总是留下悲惨的回忆。

“脑袋再好也没有意义，结果你这家伙却……”

三郎沉默地听着哥哥的抱怨，攥紧了抓着木桶的手。

才没这回事，接下来是会读书的人的时代，学校老师是这么说的。

我要离开这种乡下地方到东京去，在那里做更重要的事，做哥哥们都做不到的重要的事，而不是照顾牛。

三郎一边走进牛舍，一边像在说给自己听似的不停在心中重复。

“对了，你好像说过总有一天要去东京嘛。”

哥哥像是看穿自己内心所想的一句话让三郎的心猛地跳了一下，他抬起头，看见哥哥在供牛喝水的细长水槽前停下脚步，向他投以冰冷的目光。

“像你这种人，到东京去打算做什么？”

哥哥豪迈地将手上抱着的水桶里的水倒进水槽中，牛儿们一起喝起水来。

“做一些……重要的事……”三郎在哥哥视线的压力之下瑟缩了起来，声音越来越小。

“重要的事？有什么事比帮忙家里的工作更重要？”

“是……”

“干吗？你没想过吗？你只是想逃避家里的工作吧？”

被人说中内心的想法，三郎一言不发地低下头。

“这种人到了东京怎么可能做出什么‘重要的事’，你要是懂了就不要再想东想西，去帮牛刷背，每一头都要。”

“每一头？那哥哥呢？”

“我要去祭典，我已经和女人约好要去逛逛了。啊，还有要喂饲料给狗和猫。”

“我也要去祭典……”抗议的声音在哥哥的瞪视下渐渐微弱。

“说什么要去东京，这是对你想些蠢事的惩罚。反正你努力一点应该赶得上祭典吧。”

三郎目送扛着木桶的哥哥离去，捡起掉在身旁的刷子走进牛群。

脚步就像被套了枷锁一样沉重。

三郎喘着气跑上石阶，随着响亮的太鼓声越来越大，他的心跳也越来越快。拼命帮牛刷完背，喂完猫、狗饲料的三郎，向举办夏日祭典的神社跑去。总算在祭典结束前把工作做完了，应该还有足够的时间可以好好享受祭典。

硬币在裤子口袋里叮当作响，跑上石阶最后一层的三郎肩膀随呼吸剧烈地上下起伏，同时发出“哇”的欢呼声。鸟居的另一端，梦幻的世界在眼前展开。

身着色彩缤纷浴衣的参拜游客、亮晃晃地照着参道的灯笼、左右连绵不绝的商摊，在居住在缺乏刺激的乡下小镇的三郎眼中，这些都是远离俗世的风景。

像受到诱惑一般，三郎飘飘然走在参道上。因为他个子不高，被穿着浴衣的人们挡住了视线，无法清楚地看见商摊，但是这样也很好玩。能够看见这么多人聚在一起，也只有在这一年一次的夏日祭典而已。

三郎挤开人群，探头看向商摊，捞金鱼、面具、糖果脱模、章鱼烧等，各式各样的商摊一家接着一家，三郎从口袋里拿出硬币数着。他为了这一天特别存下了那少得可怜的零用钱。

必须珍惜着用才行。三郎踏着小跳步确认商摊的种类，计划着该吃什么、该玩什么，光是这样，就足以忘记家中工作的辛劳了。

首先是这个。三郎转向位于附近的摊子，买了苹果糖。

“给你，谢谢光临！”

三郎从发出洪亮声音的摊主手上接过苹果糖，张口一咬，门牙穿过柔软的糖果层，咬下充满水分的苹果果肉，发出清脆好听的声响，糖果的甜与苹果的酸在口中渐渐融合。

三郎一边享受着日常生活里未曾体验过的美味，一边往参道深处走去。由于零用钱数量有限，他必须仔细斟酌要挑哪一些店玩。三郎探向挤满身穿浴衣的亲子档的捞金鱼摊，隔着蹲在地上的客人肩膀，可以看见金鱼游来游去的水箱。灯笼的光照着金鱼，就像金鱼自身发出淡淡光泽一样美丽。

有那么一瞬间，三郎想买支捞网来玩，但就在张口之际，他冷静了下来。

就算把金鱼带回家也没有办法养。家里养了几只捉老鼠用的猫，对经常猎食麻雀的那些猫而言，金鱼怎么看都只是点心吧。

离开捞金鱼摊贩的三郎，一边咬着苹果糖，一边逛着摊贩。

在大约参道的中间之处，正当三郎看着面具摊上一排排各式各样的动物面具时，肩膀忽然被猛力撞了一下，吃到一半的苹果糖从手中掉到了地上。

“噢噢，对不起啦，三郎，是你太矮了我才没注意到。”

三郎咬紧牙根仰起脸，那里站着同年级的三名少年，脸上浮现出嘲笑的表情——是平常就喜欢找借口捉弄三郎的同学，领头的少年比三郎高出了一个头。

“太过分了，这是我好不容易才买到的苹果糖……”

三郎鼓起勇气抗议，结果领头的少年忽地眯起眼睛。

“所以我不是说你太矮了，没看到你才撞到肩膀的吗？你有什么不满吗？”

少年靠近三郎，自上而下压迫地瞪着他，三郎在这股威吓之下移开了视线。少年肥厚的双唇露出笑意，充满刻意地吸了吸鼻子。

“好臭啊！是动物的味道，牛大便的味道。”

屈辱与羞耻让体温升高，三郎的双手紧紧握住衣服的下摆。

三郎的生活里经常有动物相伴。平常家中的工作要照顾牛群，也各养了几只猫和狗来驱除害兽；家里后方的山上，常常有狐狸或鹿出没，有时候还可以看到山猪。每天早上，他总是在外头传来的鸟鸣声中睁开眼睛。

三郎喜欢动物，因为它们不会像周遭的人类一样瞧不起他，看它们努力活在每一天的样子也很有趣，只是身处四周都是动物的环境里，皮肤和外衣上的确会沾上特殊的气味，尤其是每日工作之一——处理牛粪。

想到自己是个再悲惨不过的存在，他的视线便开始模糊了起来。

“喂，你在哭什么啊，明明是个男的。”

少年戳了一下三郎的额头，光是这样，瘦小的三郎就往后连退了两三步。不知道是不是看见他这副模样感到满足了，少年们大声笑着离去。

在他们的背影消失后，三郎驼着背走了起来。刚才还灿烂夺目的灯笼，现在看起来也变得暗淡无光。

“砰！”清脆的声响震动了三郎的鼓膜，三郎反射性地往那个方向看过去并停下了脚步。那里有一间射击游戏的摊子，与三郎相同年纪的少年们举着空气枪，用软木塞做的子弹一个个击落小点心盒。架子最上方的奖品吸引了三郎的视线，那是一台模型车，是绝对不会奔驰在这种乡下地方的进口车模型。

以前有钱人家的小孩曾经带类似的东西到学校炫耀，所有的男孩子都围聚在那位同学的桌边，用羡慕的眼光看着模型。刚刚来找碴儿的那三个人也是。

如果可以得到那个模型，就能给那些家伙好看。

三郎一边把手伸进放着硬币的口袋，一边大步走向摊贩。

“噢，小弟弟，你也要玩吗？”店主洪亮的声音向三郎招呼着，三郎缩了缩脖子点点头。

付完钱之后，三郎在店主递给他的空气枪里填入软木塞子弹，双手举起枪。枪身比原先预期的还要重，三郎将因重量而晃动的枪口勉强对准安放在架子最上层的模型盒子，扣下扳机。

随着“砰”的爆裂声，枪口传来的反作用力让枪身向上抬起，软木塞子弹打到天花板的布之后落到了地上。

“不行啦不行啦，要更用力抓稳一点，你太瘦啦。”

店主嘲笑似的说道，那副表情和刚才来找碴儿的少年的嘲笑面孔重叠了。三郎填入下一颗软木塞弹并马上击发，子弹只是笔直地朝着地板飞去。

三郎脸颊发热，重复着填装子弹然后扣下扳机的动作。小盘子里放着的五颗软木塞弹全都打完了，但别说是打下模型了，就连架子边也够不着。

“打完了呢。”

三郎转向想要拿走空气枪的店主，猛地伸出握着硬币的手。

“干吗，小弟弟，你还要继续吗？”

三郎一言不发地伸着手。

“知道啦。”店主收下硬币，将软木塞弹放在盘子上，三郎马上往枪口填入软木塞弹，再次朝着模型击发。经过多次射击之后，子弹渐渐往架子的方向，然后是模型盒子的旁边飞去，感受到自己越来越进步的三郎，每当软木塞弹用尽，便会再掏钱给店主买新的子弹。

三郎沉浸在射击游戏中，不知不觉间，为了这一天存下来的零用钱已经见底了，盘子上只剩最后一颗软木塞弹。三郎拿起那颗子弹，慎重地填入枪口。累积了几十发子弹的射击经验后，大部分的子弹都可以打到模型的盒子旁边了。

最后一发，如果这次也没打中的话，就枉费把之前所有的零用钱全部赌在这里了。

脸颊贴近举起的枪身，闭上一只眼睛，搭在扳机上的食指因紧张而微微颤抖，三郎将枪口笔直地指向模型的盒子，来回几次深呼吸。

没问题，这次一定会中，我可以打下那个模型。

屏住呼吸以后，食指的颤抖止住了，三郎扣下扳机。

三郎使尽力气压制住由枪身传来的反作用力，眼睛眨也不眨地死死盯着软木塞被经过压缩的空气射出，直直地往模型的盒子飞去。

看见软木塞弹撞上画在盒子中央的进口车图案，三郎高举双手，但是已经涌上喉头的欢呼却在口中消散。

打中盒子的软木塞弹像打在墙壁上一样被反弹，软软地往地面落下，三郎举着双手僵在原地，一动不动地看着模型的盒子。

“太可惜了，小弟弟，奖品没有掉下来就不算哦。”

店主毫不费力地扳开三郎的手拿走空气枪，之后递出一小盒糖果。

“不过你很努力，给你特别奖，不要灰心。”

三郎失魂落魄地接下糖果盒，离开射击游戏的摊位，踩着恍惚的脚步往参道后方走去，身体就像背了腌渍用的大石头一样沉重，视野模糊晃动，有如走在云端一样步伐不稳。

为什么会做出这样的蠢事？为了今天而存下来的零用钱全部花光了，结果换来的只有几颗糖果，已经没有办法在祭典上开心地玩了。早知道会这样，不如干脆在家里照顾牛，不要来祭典就好了，这样的话就不会被同学嘲笑，也不会留下这么难过的回忆了。

垂头丧气地拖着脚步走路的三郎，因为振动五脏六腑的太鼓声而抬起头，不知不觉间已经走到了神社境内的深处。神殿前的广场架起了高台，四周有穿着浴衣的人在跳盆舞。看着灯笼映照的人们的笑脸，三郎悲惨的心情益发强烈，在这样的状态下，怎么可能加入开心跳舞的人群之中。

就在三郎想要转身时，有人叫了他一声“佃同学”，仔细一看，旁边站了一位身穿浴衣的少女，是同年级的南方聪子。

“你站在这里做什么？”

聪子穿着搭配金鱼图案的桃红色浴衣，细长的眼睛盯着三郎看。

“没有，那个……”三郎含糊其词。三郎不知道该如何与貌美又个性强悍、想到什么就直率说出口的聪子相处，而且她家开医院，是镇上数一数二的有钱人。从以前开始，只要站在聪子面前，三郎就会涌起自卑感，所以他尽可能地避免和她扯上关系，但是这位同年级的少女却总是找理由向他搭话。

“你想跳盆舞的话还是快一点比较好哦，马上就要结束了。”聪子指着高台。

“没有……我正想着该回家了……”

“咦？你不跳盆舞就要回家了吗？为什么？”

像质问的语气让三郎的心情变得不愉快起来，他摇摇头说声“别管我啦”便逃也似的走掉。离开盆舞人群，背靠在参道旁边树干上的三郎一只手捂着眼眶，好像只要一放松，眼泪就会流出来一样，他虽然想快点离开这里，却连踏上归途的力气都没有。

有人拍了拍失神盯着盆舞的三郎肩膀，他慢慢回过头，刚刚来找碴儿的少年三人组站在那里。

“干……干吗？”

三郎反射性地全身警戒，领头的少年将某个东西推到三郎的胸口上，在看清手里的东西之后，三郎瞪大了眼睛，那是一盒模型——他在射击游戏摊拼命瞄准的进口车模型。

“这给你，因为我弄掉了你的苹果糖。”

少年拍着三郎的肩膀，露出了像是装出来的笑容。

“咦？可是……”三郎正疑惑时，少年们已经跑走了。

三郎一头雾水地茫然不知所措，不知道发生了什么事，不过他梦寐以求的东西现在正抱在手中，这个事实让他心怦怦直跳。

就在三郎急忙想打开盒子时，背后传来重重的脚步声，下一秒，三郎的身体悬在空中，背后撞在了树干上。

“是刚才的小鬼吗？”

就在三郎疼痛呻吟时，怒吼声盖了他满头满脸，因愤怒而表情扭曲的中年男子，抓着三郎的衣领将他压在树干上，男子的脸倏地靠近脑海中一片混乱的三郎。三郎对那张脸有印象，是刚刚在那里花光零用钱的射击游戏摊的店主。

“你竟然敢偷店里的奖品！”

怒气冲天的店主让三郎瑟缩起身体，他马上就明白状况了，同年级的少年偷了这盒模型，却被店主发现了，所以追在他们后头，于是他们就把东西推给三郎。

明白自己背了黑锅的三郎想解释这是个误会，自己并没有偷东西，然而店主咬牙切齿、脸颊整个涨红的模样，就像出现在传说中的红面獠牙鬼怪一样，他因此吓得说不出话来。

“你有心理准备了吧。”店主一只手将三郎压在树干上，另一只手抡起拳头。

“不……不是我偷的……”

三郎舌头打结，难以发出声音，店主的拳头高高举起。

要被揍了！就在三郎绝望地闭上眼睛时，一阵尖锐的声音响起。

“住手！”

三郎战战兢兢地微微睁开眼睛，一名少女站在稍远的地方，那是身穿画着艳丽金鱼图案桃红色浴衣的少女。

“……南方？”

三郎眨着眼，叫出和他同年级的少女的名字，但是南方聪子并没有看向三郎，而是盯着店主一步一步前进。

“请放开这位少年。”来到近旁的聪子以严肃的声音说道。

“少啰唆，没关系的小鬼一边儿去。”

店主虽然轻蔑地丢下这句话，但声音里却夹杂着浓浓的不知所措。聪子完全不惧怕这个体重没准儿是自己三倍的男子，反而往前更进一步。不知是否震慑于不像娇小少女散发出来的气势，店主微微地退了一步。加诸脖子上的力道放松了些，三郎剧烈地咳起来。

“你搞错了。”

鼻尖被人用手指着的店主稍微往后仰：“我搞错什么？”脸上已不见愤怒的表情，甚至还有些不安。

“我看到了整个经过。偷走模型的不是他，是偷走模型的那些男生把模型推给他的，站在那里的才是真正的小偷。”

聪子原本指着店主的食指转向树林里。三郎转头去看，将模型拿给自己的少年们正在一棵大树的后方观察着这里。

他们知道自己被发现了，大喊着：“惨了！”然后连忙逃跑。

“你们！给我站住！”

店主从三郎手中抢走那盒模型，追在少年后头。

“啊，你怀疑了没有关系的人应该道歉！”

聪子对着逐渐消失在树林中的店主背影愤怒大叫，接着只听见微弱的“抱歉啦，小弟弟”回荡在树林间。

得救了……放下心之后，双腿也失去了力气，三郎跪倒在地。

“道歉应该要更有诚意一点吧！”

聪子不满地嘟囔着，三郎跪在地上抬头看她。

“为什么……要帮我？”三郎拼命动着还没恢复灵活的舌头问道。

在学校算是耀眼存在的聪子，竟然帮助像自己这种悲惨的存在，令人无法置信。

“什么为什么，给你带来困扰了吗？不出手帮忙比较好吗？”聪子微微蹙起了形状漂亮的眉毛。

三郎用力摇了摇头：“没这回事，只是为什么要帮我这种人？”

“这和是谁没有关系，你因为自己没做过的事而陷入困境，我只是觉得这种情况我必须出手帮忙罢了。帮助有困难的人不是一件正确的事吗？”

“正确的事……”

三郎重复着这句话，下一秒，原本暗淡无光的周围景色好像瞬间亮了起来。

“话说回来，你应该有话要对我说吧？”

愣住的三郎连忙道谢：“谢……谢谢你。”

“不客气。”

聪子的脸上花朵般绽开的笑靥，让三郎移不开视线，原本因恐惧而丧失血色的脸颊越来越烫，他从来没看过这名同年级的少女露出这么温柔的笑容，不仅如此，他甚至觉得自己从没这么清楚地看过她的脸。

“你要坐到什么时候？站起来啦。”

聪子伸出手，三郎怯怯地抓住那柔软的手站起身，脸上的红晕越来越深。聪子没有放开三郎的手，开始走了起来。

“咦？要去哪里啊？”手被拉着的三郎这么问。

聪子用下巴指了指耸立在盆舞中心的高台：“我们一起跳吧，盆舞。”

“这个，可是我，因为照顾牛所以很臭……”

“很臭？那个味道是因为帮家里干活才沾上去的吧？这很了不起呢，你不需要在意啦。”

聪子的鼻尖靠近三郎的脖子。

“而且我并不讨厌这股味道哦。这是动物的味道，有活着的感觉的味道。”

三郎被聪子害羞的样子深深吸引，一句话也接不下去。

原本以为他们住在两个不同的世界，一直觉得自己被瞧不起所以小心地不接近她，不过也许只是这么认定的自己先筑起了一道墙。

“正确的事……”

三郎嘴里再次咀嚼这句话，和聪子一同加入跳着盆舞的人群中。

开心跳舞的聪子在三郎眼中看起来光彩夺目。

之前那么渴望的模型，现在也从脑海中消失了。在灯笼的照耀下，三郎和聪子一起跳着舞，感觉自己的未来也被照亮了。

7

三郎一边弯腰坐在铁椅上，一边动来动去地调整屁股的位子。单调无趣又狭窄的房间里暖气不是很强，带着一股凉意。坐骨神经痛的老毛病，让屁股到脚掌传来一阵发麻般的刺痛。

又来了吗……三郎看向亚克力板隔开的另一侧，重重地叹了口气。这里是位于东京都葛饰区的东京看守所，三郎一个人被晾在会客室等待。

要来这里，必须在小菅车站下车后再往回走，绕一大圈。年轻时不觉得有什么不适的这段距离，还是会反映在使用了超过七十年、到处都有些毛病的身体上，尤其是在像今天这种冷到骨子里的日子。

“到底要让我等到什么时候啊！”三郎忍不住抱怨。

进入这间房间后已经过了将近十分钟，他觉得有人在找自己麻烦。

不过被找麻烦也是无可奈何的吧，毕竟从这里职员的角度来看，自己就像是他们生意上的竞争对手一样。三郎扬起一侧嘴角，拿出西装内袋里的车票夹，打开折成两折的车票夹，脸上的肌肉便和缓了下来。里面放着一张照片，是和妻子佃聪子并立的照片，数年前夫妻两人一起请人拍的。

五十多年前，三郎从当地的高中毕业后，进入了东京的大学，一边赚取自己的学费，一边努力读书考上了律师，然后和初中时代就开始交往的南方聪子——那一天指引自己走上命定之路的女性——结婚。

因为以刑事案件，特别是冤案的辩护官司为主要工作，所以三郎的收入绝对称不上丰厚，但是夫妻两人互相扶持，也过着简朴但是幸福的日子。

不过，在三年前，妻子因为乳腺癌到另外一个世界去了。

聪子直到临终都很坚强，几乎没有说过什么丧气话，不仅如此，面对哭着恳求“不要留下我一个人离开”的三郎，聪子甚至微笑着说：“我死了之后，你一定要再婚，因为你一个人什么也做不了。”

聪子过世时，三郎深受仿佛失去容身之处的失落感之苦，觉得自己存在于这个世界上的理由好像消失了。聪子的葬礼结束之后，他好几次想了断自己的性命，但是年轻时从聪子那里听见的那句话，让三郎打消了念头。

“帮助有困难的人是一件正确的事……对吧？聪子。”三郎对着照片里的聪子说道。

在妻子的七七法事过后，三郎变得比以往都更活力充沛地投入工作。他从来没想过再婚，因为对他来说，不可能有比聪子更好的女性了。

膝下无子，亲哥哥也亡故的三郎认为自己的生命无论何时走到尽头都无所谓，只是，当在那个世界和心爱的妻子聪子再次见面时，他希望可以挺起胸膛告诉她“我可是鞠躬尽瘁地完成了你所说的‘正确的事’哦”。

所以对现在的三郎而言，工作本身就是活着的理由。燃烧自己的生命，用以拯救受到不当对待的弱者，是他不顾一切地不断坚持着的事情。

脚上传来像是电流蹿过的疼痛感，三郎皱起了脸。

“照这个样子看来，应该很快就可以去你那里了哦，你再等我一下。”

正当三郎苦笑着看着照片时，响起了门被打开的声音。

终于啊！三郎将车票夹收进怀中，看向亚克力板的另一侧。一名身材颀长的男子在职员的陪同下走进房间，虽然年纪是三十五岁，但也许是垂头丧气的关系，看起来像四十多岁，头发杂乱无章，下巴上有显眼的胡楂儿，脸部肌肉无力地垂下。

高个男子在职员的催促下，隔着亚克力板坐在对面的椅子上，盯着三郎看的混浊双眼让人想起陈列在鱼铺里的鱼。

职员离开了房间，嫌犯和律师的会面他们不能在场，接下来交谈的对话，会是仅属于眼前这个男人和自己之间的秘密。三郎微微倾身向前，视线扫过男子全身，绝不放过他的身体传达出来的任何信息，之前臀部到大腿之间那发麻般的刺痛也在不知不觉间消失了。

“你好，久米隆行先生，我是律师佃三郎。”

三郎直勾勾地看着这个高个儿男子——久米隆行的眼睛，隔着亚克力板出示身份证明文件，久米瑟缩地点头：“你好……”

“我想你已经听说了，你的支持者委托我替你辩护，我想先听听你的说法，所以才过来见你。”

“哦，辛苦了，那就麻烦你了。”久米用三流演员死背台词的语气说道。

这种态度三郎已经见惯了，除非是拥有强韧精神的人，否则在长时间的拘禁下心神都会逐渐衰弱，而像眼前男子一样失去情感起伏的案例也不在少数。

还没办法进行判断。三郎盯着久米的脸，舔了舔干燥的嘴唇。

“请不要误会，我没有说已经决定接下你的案子了，我想要先直接和你面对面谈一谈。”

“要谈什么？”

“当然是谈你被起诉的案子。”

三郎看见久米原本呆滞的表情紧张了起来，在脑海中回想从资料上读到的案件梗概。事情发生在大约十个月前，被害人是位于杉并区的光明大学理工学院的研究生佐竹优香，因为连续两天没有出现在打工的地方，打电话也没人接，担心她状况的女性友人便到距离石神井公园站步行约十分钟的优香的公寓找她。

按了门铃之后没有人回应，于是友人试着转动门把手，结果发现门没有锁，她提心吊胆地往室内看，发现玄关散乱地扔着鞋子，短廊尽头房间里的书架倒塌。她断定发生大事了，进屋里一看，马上为自己的决定感到后悔。

大约四坪大的房间就像被龙卷风扫过一样满目疮痍，床罩破裂、窗帘被扯下、化妆用品及书四散在地上，而且镜子摔得粉碎。因为房间里没看到优香，所以她接着打开了浴室的门，就在那一瞬间，一股戳刺着鼻黏膜的刺激臭味，以及令人喘不过气的腐臭味形成一道墙撞上她，她剧烈咳嗽，眼睛泛泪，接着跃入她模糊视线里的，是蓄满红黑色液体的浴缸，以及漂浮其中的白色半球状物体——那是人类的头盖骨。

因那噩梦般的景象而陷入恐慌的她爬出屋外，在外廊上不停尖叫，这引起了附近邻居的注意并报警，警方接获通知后赶到现场，这起事件才曝光。

根据鉴识人员的调查，浴缸里装满了强酸液体，遗体的软组织几乎都已溶解殆尽，骨骼也受到相当严重的腐蚀，经过 DNA 鉴定，确定被害人是住在该房里的佐竹优香没错。虽然遗体严重受损难以判明确切死因，但颈部骨骼上隐约留有利刃造成的伤痕，因此推断为喉咙遭刺后失血过多致死。

从室内的状况来看，佐竹优香是被某个人杀害的可能性极高，因此警视厅在石神井署成立项目小组展开调查，而马上被锁定为犯罪嫌疑人的，就是优香所属研究室的讲师——久米隆行。

依据身边关系人的证词，久米与优香曾经交往过，但在案件发生的大概半年前就分手了。不过优香最近找了好几名研究室的关系人聊天，表示久米一直缠着她复合让她很困扰，加上装设在公寓大楼的监控，拍到遗体被发现的三天前的夜晚，久米曾进入公寓，待了几个小时后才出来的画面，而这段时间刚好也是优香的朋友联络不上她的时候。另外，犯案现场的房间里也采集到久米的指纹及毛发等物。

根据以上证据，项目小组将久米列为最重要的犯罪嫌疑人，多次请至警局协助调查后，最终以杀人罪嫌疑将其逮捕。

一开始，久米否认杀害优香，但被逮捕数日后，他做出自白。

事发当晚，久米为了想办法复合而到优香的公寓，但因一听到优香说“你再缠着我我就去报警”便情绪激动，在揍了她好几拳之后，持刀刺向颈部杀了她。之后，他用事先从研究室带出的多种药剂，在浴缸里制作强酸液体，将遗体浸入液体中销毁证据，可是遗体并不如想象中的那么容易溶解，于是他因为浴室里的恐怖景象以及杀了人的恐惧而陷入恐慌，在证据还未能完全湮灭之前就逃出了公寓。

这就是久米的自白内容。在调查过久米所属的研究室后，确如他证词所说的，可以制作强酸的化学药物被人偷走了。

在东京地方法院审理的裁判员审判中，负责久米案件的公设辩护人的辩护策略，不仅是展现被告的反省之意以求酌情减刑，还主张这不符合故意杀人的条件，应属故意伤害，因为被告不具杀意，而是在盛怒之下殴打被害人时，被害人拿出防身用的小刀，双方为抢夺小刀扭打在一起，结果刀子刺进了被害人的颈部。

从资料里读到该主张的三郎因震惊与愤怒而感到眩晕，不具杀意的人不可能事先带好处理遗体用的药剂。这是对刑事案件没兴趣也没经验的律师，基于义务被选上公设辩护人时，典型交差了事的做法。

当然，伤害致死的主张马上就被驳回了。因为嫌疑人身上带着药剂而被认定为具有高度计划性，溶解遗体湮灭证据的冷酷程度，还有主张伤害致死这种行为丝毫没有展示出反省的态度，这些都严重影响了裁判员的倾向性，最后久米被判处无期徒刑的重罪。

不过如果只是这样的话，三郎并不会对这个案件有兴趣，问题在于宣告判决之后，久米对着审判长大喊的内容——

"佐竹不是我杀的！只是律师说认罪就可以获得缓刑，所以我才照他说的做！"

因大声喊叫而引起了骚动的久米被法警架出庭外，相关报道对他的这番言行展开了严厉的批判，认为他已经承认杀人，却又突然主张自己是冤枉的，行为不自然，也不见反省之意，因此理当获判重刑。不过拥有多年刑事案件经验的三郎知道，在同样的状况下，已经发生了多起冤狱案件。

接着，在一审判决过后大约一个月的某一天，有一件事牵起了这个案件与三郎。那天三郎一如往常来到事务所上班，入口处却站着一名女性，她一看到三郎便跑上前，像抓住救命稻草般说道："我想委托佃律师帮久米隆行辩护！”

三郎将她请进事务所，询问之下，女性自称名叫加纳环，是久米的朋友，在说着“他是无辜的，请您一定要帮帮他”的同时深深地低下头，低到发旋清晰可见。

在环的主张中，案件的相关报道全都是胡乱捏造的，事实上久米并不是被佐竹优香甩掉的那方。相反地，是他提出要分手，所以他没有杀害优香的理由。久米并不擅长社交，因此很容易遭到误会，但他性格温和，绝对做不出伤害他人的事情，他自白的那些内容，只不过是因为受不了严酷的审讯，所以就按照别人告诉他的那样，承认了刑警做的笔录。她神情真挚地诉说着。

当然，三郎不可能这样就相信环所说的话，她的主张和关系人透露的内容有着天壤之别，再说，被身边人认为“温和善良”的人犯下惨不忍睹的残虐罪行的例子，三郎知道的可多了。

只不过看了整个事件经过的报道后，三郎也感到有些不对劲，他有预感，替久米这个男人辩护也许是件“正确的事”。

所以三郎对环表示：“我先去见见久米先生吧。”

“那个……关于那件事，具体方面，我该说些什么才好？”久米带着一副快哭出来的表情问道。

他应该也知道，如果三郎不愿意接受辩护委托，他的未来就没有希望了。收到无期徒刑的判决之后，久米马上通过代理律师提出上诉，却完全不见对方为出席高等法院进行二审做准备的迹象。

按照代理律师的指示去做却依然被判重刑，加上久米在最后突然主张自己是无辜的，导致两人之间的信赖关系出现了裂痕。在这样的情况下，即使高等法院开庭审理，也无法做到良好的辩护。

“今天我只有一件事情想问你。”

三郎倾身向前，脸往亚克力板靠近，也许是不敌三郎的气势，久米微微地缩了缩身体。

“什么事？”

“你有没有杀害佐竹优香小姐？你有没有杀了她，然后将她的遗体浸在强酸中溶解？”

丢出直球般问句的三郎眼睛眨也不眨地凝视着久米的脸，这是为了不放过浮现在他脸上的任何微小变化。

“我……”久米喘着气，松弛的脸部肌肉越来越用力，“我没有杀害佐竹！我没有杀任何人！”

三郎从椅子上半站起身，脸部往前顶，隔着亚克力板，三郎和久米在极近的距离下互相对视。

在一触即发的紧绷沉默中，双方都没有移开视线持续对峙着。

三郎的表情忽地放松，站起身往出口走去，背后响起悲痛的呼唤声：“律师！”

三郎的手搭在门把手上，转身看向双手扒在亚克力板上的久米。

“我打算下次花久一点的时间问你详细经过。”

久米半张的口中发出了“什么”的声音。

“我会接下你的辩护委托。”三郎扬起嘴角。

久米“啊”了一声，然后双手捂着脸，肩膀颤抖了起来。三郎看着他的样子，抿紧了双唇。

久米是无辜的，他没有杀害优香，经过观察之后三郎这么相信。

近四十年来，他的生命都投注在实行“正确的事”上，在这些年的历练下，他已经能够判断出对方是否说实话了。

无论使用什么方法，他都要让久米获判无罪，救出这个受到不合理的现实逼迫的男人，这是为了履行妻子留给他的正义感。

三郎离开回荡着呜咽声的会客室，在心里这么发誓。

8

“可恶！”

嘴里咒骂着的三郎抓着日渐稀薄的头发。在屋龄超过三十年的住商一体大楼中的窄小事务所里，三郎坐在资料堆成小山的办公桌前，拿下老花眼镜揉着鼻梁。他一整天都在阅读检察官提出来的资料，收获却是零。

自久米的二审开庭以来已经过了三个多月，成为代理律师的三郎主张他无罪，持续和检察官全面对决。但是形势却极度不利，所有的证据都指向久米就是杀害佐竹优香的凶手，而且更糟糕的是，一审中已经完全承认杀人事实的久米，却在二审中主张无罪，这对法官的倾向性有着显著的不良影响。

虽然法律规定是采用法定证据主义，审判必须根据客观的证据推断事实，但是法官也是人，三郎明白倾向性会大幅左右判决结果。

如果像一审那样，几乎完全承认基本的起诉事实，只是争论嫌疑人是故意杀人还是伤害致死，辩护人的工作并不多，只需要在同意检察官提出来的大部分证据之下争取减刑即可；但是像这次这样，全面否认起诉事实，且主张无罪的不认罪官司，律师的负担就变得格外沉重：必须仔细斟酌检察官提出的证据，不同意采用可能有些微缺陷的事物当作证据，并详细陈述其原因，不仅如此，辩护人还必须自己寻找能够证明被告无罪的证据提供给法官。

这三个月三郎到处寻找能够证明久米无罪的证据，数次拜访久米和佐竹优香所属的大学研究室，听取关系人的证词，也好几次前往案发现场的公寓；检察官提出的庞杂资料也巨细无遗地看了个遍，持续寻找突破点，然而，现在仍没发现决定性的东西。

在未找到武器的情况下，审判一点一点地朝着对检察官有利的方向进行。

是否该为了避免最糟糕的状况，稍微着力于争取酌情减刑？无论自己再怎么相信被告无罪，也不可能在所有的审判中赢得无罪判决。日本是个一旦起诉，便极为罕见宣告嫌疑人无罪的国家，身为律师，即使不能帮委托人赢得无罪判决，也有义务努力为其争取尽可能有利的判决。

最基本的方式是请情状证人陈述被告的为人，但以久米的情况来说这很困难。久米的父母在他初中时因交通意外去世，之后久米由外婆抚养长大，但是外婆也在他大学考试失败成为复读生时过世。情状证人大部分情况都是请家人担任，但是孑然一身的久米却没办法做到，再加上之前工作的研究室同事，因为被害人同为研究室学生的关系，拒绝出庭担任证人。唯一愿意做证的只有久米的朋友，也就是直接来委托三郎辩护的加纳环。不过她大概也只能拼命陈述久米作为朋友是一位非常温柔的男性，并不足以让法官们的印象改观。

“还有就是这个了吗……”

三郎从办公桌上堆成小山的资料中抽出一个资料夹，那是久米的精神鉴定报告书。由于这是化学试剂处理遗体的脱离常规的案件，因此检察官在起诉前，便为久米做了精神鉴定。接受委托的精神科医师安排久米住进自己工作的医院大约两个月，进行彻底的鉴定，然而结论却是“虽然多少有抑郁倾向，但未达到疾病程度，无法认定被告犯罪时处于精神疾病导致判断能力低下的状态”。结果完全认可了久米的刑事责任能力。

要不要请求二次鉴定？

不，不行。

三郎摇摇头，担任鉴定的医生是三郎也认识的优秀鉴定医师，前几天他也直接去问过医师，对方有条有理地说明了久米的确具有完全的责任能力。这是确实且公平的鉴定，加上是由获得法官们莫大信赖的医师花时间进行的鉴定，法院不可能允许二次鉴定。

“不要想些有的没的，而是要找出证明他无辜的证据。”

三郎再次从小山堆般的资料中抽出资料夹打开，令人眼睛为之一亮的美女照片和事发现场的照片一起夹在里面，那是被害人佐竹优香。

双眼皮大眼睛、挺立于脸部中心的鼻梁、略微丰厚的双唇，她的容貌美得不现实。根据关系人所说，佐竹在校内也是个亮眼的存在，因此当她和久米交往时，很多人都大吃一惊，至于原因，她表示是“因为他热烈追求所以才答应”，但是这和三郎从久米口中听到的完全不一样。

什么才是真的？三郎感到剧烈头痛，同时回想起久米在会面时说的话。

“那么，我已经正式成为你的代理人了，从今天起，我会花时间详细询问你事情的经过。”

和久米第一次见面后的隔周，三郎完成辩护人交接所需的各种手续之后，再次来到东京看守所会见久米。

“拜托您了。”

久米隔着亚克力板低下头，脸色看起来比第一次见面时好了一些。

“那就先从你和被害人佐竹优香小姐的关系开始问起。你们从案件发生的一年以前就开始交往是事实没错吧？我听说是你热烈追求她，死缠烂打她才答应的。”

“嗯，算是吧……”久米的脸上出现了阴影。

“算是吧是什么意思？”

原本低头看着腿上资料的三郎抬眼这么问之后，久米一脸欲言又止的样子。

“这里的对话内容绝对不会泄露出去，所以告诉我你知道的所有一切。如果没有信赖关系，就无法在法庭上战斗，尤其是在这次这种不利的官司上。”

“……我没有对佐竹死缠烂打。她非常漂亮而且又聪明，我当然对她有好感，但是我一直认为她应该不会把我这种无趣的男人看在眼里，因为有很多男人都想追她。”

“那你们是怎么开始交往的？”

“是她来接近我的，像是问我实验的建议，或是找我协助做报告，类似这样的事情不断发生，距离就慢慢缩短了。”

“原来如此……”

三郎交叉双臂。会不会是优香觉得自己主动接近很丢脸，所以才希望别人都认为是久米追她的？这么一想就合理了。

“那么，对于优香小姐为什么会接近你，你有什么头绪吗？”

“一开始我以为是因为我们际遇相似。”

“际遇相似？”三郎歪着头。

“是的，我在外婆过世后就没有亲人了，而佐竹在高中母亲去世后也没有了家人，她说和亲戚几乎没有来往。”

三郎回想资料上记载的佐竹优香的信息。就像久米所说，她出生于福冈县，小时候父母就离婚了，是在母女俩相依为命的环境中长大的，而高中时母亲也因癌症病逝。不过，因为母亲的娘家经济状况很好，她继承了那些资产，所以生活并不愁，但是似乎没有称得上亲近的亲戚。

“也就是说相似的两人因同情而缩短了距离。之后，你们是在什么情况下走到交往那一步的？”

“那是……去年，研究室聚餐的那一天发生的事。”久米带着犹豫开始说了起来，“聚餐结束后我正在回家的路上，佐竹打电话给我，她说她喝醉了没办法动，希望我去找她，就在我急忙赶到她所说的小公园时，她喝得烂醉倒在长椅上，无计可施之下，我只好招了辆出租车送她回她家。”

“就是案发现场的那栋公寓吧？”

“……对。”久米的表情变得僵硬，“我扶她进房间，让她躺在床上以后打算离开时，她突然抱住我，然后……”

“你们就发生关系了。”三郎接下去说道，久米畏畏缩缩地点了点头。

“那成为情侣之后你们的关系怎么样？”

三郎继续提问，久米无力地摇了摇头。

“那种关系根本不算是情侣，完全就是……主从关系。”

“主从关系？”

“对，没错，从那天起，她的态度整个就变了，开始想要完全支配我……就像对待奴隶一样。”

“具体来说有什么样的要求？”“奴隶”这个强烈的用词让三郎挑

起了眉。

“我们没有在一起的时候，她每隔数十分钟就会打电话过来，强迫我报告人在哪里做什么，储存在手机里的女性的联络电话也全部被删除，她不在现场时也禁止我和其他女性交谈；如果她找我，就算是半夜三更我也必须马上赶到她身边，只要稍微违背她的命令，就会被毫不留情地臭骂一顿，有时候甚至会被打。”

“这……还真是激烈呢。你一直对这样的她百依百顺吗？”

“我没办法反抗，到后来我觉得自己如果被她抛弃，就再也没有丝毫价值，所以不论多么不合理的命令我都会拼命做到。现在回想起来，她之所以接近我，是因为我可以让她随心所欲地使唤吧。”

“这样啊。”三郎摸着没刮干净胡须的下巴。身为专门处理刑事案件的律师，已经见过好几次这种扭曲的男女关系了，如同久米所言，具有支配者素质的人，可以迅速找出对自己言听计从的对象。

只不过，之前见过的案例中，绝大多数的加害人都是支配者，这次则是身为支配者的佐竹优香惨遭杀害，溶化在强酸腐液中。

就算在法庭上陈述刚才那番话，情势也不会转为对我方有利吧，三郎在脑海中盘算着。这只会带来久米再也忍受不了优香的支配，于是在采取反击杀她之后还想要溶解遗体以泄恨的印象罢了。

“但是在事件发生的半年前你就和优香小姐分手了，你是怎么成功从她的支配中逃离的？”

“我每天都被佐竹呼来唤去，自己也很明确知道整个人耗尽了心神。我明明有自己的研究，却还接下她研究所全部的报告工作，而且因为不知道她什么时候会找我，导致我紧张得晚上几乎睡不着。这时候许久不见的朋友发现我状况不对，所以听我说了我的烦恼。”

“那是一位女性吗？”

“……是。”久米犹豫了一秒后点头。

三郎的脑海中掠过拼命拜托自己为久米辩护的加纳环的影像。

“你不是被禁止和女性交谈吗？”

“是这样没错，但幸亏那个人硬是要我把话说出来，和她谈完以后，怎么说呢……眼前的阴霾一扫而空，就像原本黯淡的世界一下子亮了起来。”

“黯淡的世界一下子……”

夏日祭典的那一天，受到聪子帮助时的画面在三郎的脑海里鲜明地活了起来。

“律师，怎么了？”

回味着美好记忆的三郎回过神。

“没有，没什么。你在和那个人谈过之后，就下定决心要分手了吧？”

“对，我觉得拖得越久会越害怕，所以马上去了佐竹的公寓，告诉她我想结束我们的关系。”

“她的反应呢？”

“她很干脆就答应了，干脆得让人松了一口气……我想对她来说，不听话的我就像坏掉的玩具一样吧。”

久米的言辞中带着令人心疼的自暴自弃。

“你知道分手后，她向周围的人散布谣言说是她甩了你，但是你却缠着她复合让她很困扰吗？”

“我知道。我想是因为佐竹的自尊心不容许别人知道是我提出分手的，既然我都从她那里逃出来了，也就不在意那一点坏名声。”

“这样啊……不过和你分手之后，优香小姐很明显地变憔悴了吧？”

“对，分手之后我尽可能避免和她接触，但是我们都在同一间研究室，所以还是见得到面，她的确是一天比一天瘦，脸色也越来越差。”

“会是因为和你分手吗？”

“我觉得不是。”久米立刻答道，“对她来说，我应该不是那么重要的人，而且……”

“而且怎么了？”三郎敏锐地询问吞吞吐吐的久米。

“那一天我听她说了，她为什么感到烦恼。”

“……你说那一天，是佐竹优香小姐被杀的那一天吗？”三郎低声问道，久米紧绷着嘴点头。

“那么你差不多该告诉我那一天发生什么事了吧？分手之后一直避免和优香小姐接触的你，为什么会到她的公寓去？”

“……那一天，隔了半年，她突然打电话给我，说有事想告诉我。”久米以沉重的语气说道。

那天晚上佐竹优香的确有打电话找久米过去，这部分警方已经确认过了，根据检方的剧本，优香是为了和一直跟踪她的久米做个了断才找他过去，结果情绪激动的久米却杀了她。

“为什么你要去她家？明明好不容易才从她的支配下逃离。”

“我犹豫了很久才接起电话，结果佐竹在电话那头哭。”

“在哭……”

“对，她断断续续抽噎了几声，求我帮她，拜托我到公寓去听她说。”

“然后禁不住哀求的你就去了她的公寓。”

久米表情僵硬地答道：“……对。”

“优香小姐和你说了什么？”

“她和我商量跟踪狂的事。”

“跟踪狂？”

“不过根据其他人的证词，她似乎对周遭的人说是你在跟踪她。”

“我没有跟踪她，我好不容易才从她身边逃离，为什么还要追着她跑啊？跟踪狂是其他男人。”

三郎凝视着微微摇头的久米，他的态度还有表情带着真实的愤怒以及懊悔。三郎一边挠着太阳穴一边整理思绪。

“优香小姐遭人跟踪并为此精神衰弱大概是真的吧，警方获得的证词中，也有人表示她最近看起来消瘦了不少，不过她却不知道为了什么原因而谎称你在跟踪她，是这样没错吧。”

“可能她觉得我就算受到那样对待也不会有半句怨言吧，对她来说，我果然是个彻头彻尾的工具人。”

“可是她为什么需要隐瞒跟踪狂的真面目？”

双手抱胸苦思的三郎，脑海中出现一个可能性。

“也许跟踪狂是一个名字不能搬上台面的人。”

“名字不能搬上台面？”久米惊讶地反问。

“没错，那个人可能是告发之后会引起一阵骚动的人物，所以她没办法告诉身边的人这件事，会不会是无计可施之下，她只好说出你的名字来混淆视听？”

“引起一阵骚动……您觉得跟踪她的跟踪狂会是谁？”

“就我的经验，大部分是被害人的上司或者是老师。”

久米一脸愕然的表情喃喃自语道：“老师……”

“优香小姐和你所属的研究室里，有符合这种条件的人吗？”

三郎倾身向前这么问之后，久米颤抖的双唇慢慢张开。

“副教授，或是……教授。”

“副教授和教授啊……”

三郎接下委任之后，已经好几次去过大学搜集情报，因此和那两个人都见过面，他回想起两人的样貌。

副教授年约四十五岁，教授则是近六十岁，印象中两人的左手无名指上都戴着戒指。

“事发当日，优香小姐和你说到过跟踪狂的具体状况吗？例如谁是跟踪狂，或是能够成为线索的事情。”

“没有，她没有说太多，只是一边哭一边不停重复怪我‘都是你的错事情才会变成这样’‘你要负起责任’之类的，几乎没有提到跟踪狂是谁，或是她受到什么样的骚扰。”

“你的错？为什么会是你不对？”

“没有什么理由，”久米露出苦笑，“她只要心情不好，就会怪罪我，如果我反驳，她就会更加情绪化，所以我每次都是闭嘴忍耐。”

“那你的意思是，事发当日，你也被前女友连续责骂了好几个小时吗？”

三郎惊讶地问道，久米浮现出令人不忍久睹的笑容。

“对一般人来说很不可思议吧，不论是警方还是检方的人都不愿意听我说，但这是真的，这就是我和佐竹之间的关系。”

“这么说，你和她长达数个小时的谈话是怎么结束的？”

“是她把我赶走的。”久米微微地耸了耸肩，“我一直忍耐着听她骂我祖宗十八代不还嘴，不过最后她打了我好几巴掌，大叫：‘赶快给我滚！’就把我赶走了。”

“她自己找你过去，然后又打你吗？！”

“她就是这样的女人，所以我也乖乖地离开她的公寓回家……没想到在那之后会发生那样的事。”

久米说完后，会客室陷入凝重的沉默。

三郎轻声叹了口气，一方面是久米和优香的关系让他觉得反胃，但更多的是因为想到必须让法官接受两人的关系而感到郁闷。

“你到她房间时，有没有其他让你觉得在意的地方？”

三郎疲惫地这么问，久米在思考了数十秒之后，“啊”地叫了一声。

“有一件很奇怪的事，我因为觉得不对劲，就把话题稍微带到那边，结果佐竹的表情很明显地僵住了，所以我那时认为是跟踪狂做的好事，就没再继续问下去了。”

“异常的地方？是什么事？”

“放在房间角落的那面全身镜破了，看起来像是被某种坚硬的东西敲过好几次一样。”

“镜子……吗？”

三郎从桌子上堆积如山的文件里，抽出一份资料夹打开，里面夹着遗体被发现之后不久，佐竹优香的公寓照片。就像久米所说的，房间里的全身镜碎得很厉害，不仅如此，洗脸台和浴室的镜子也严重碎裂。

“镜子带有什么含义吗？”

他原本以为镜子是在佐竹优香受到袭击时，和其他散落一地的家具同时被打破的，但若真如久米所言，那就会变成在犯案前只有全身镜被打破。会不会洗脸台和浴室的镜子也是事前就遭到凶手破坏了？也许跟踪狂在犯案前也曾潜入优香的房间，在那时候先打破镜子？

如果是这样的话，跟踪狂就是优香的熟人，尤其是身份地位比她高的人物可能性较大，所以优香不能阻止跟踪狂进入房间，也不能去告发对方。

疑问在头盖骨内盘旋，头越来越痛，三郎站起身走向洗手间。

拧开水龙头，用出水口喷出的水洗脸，冰凉的水温多少带走了一些思考时的混沌，三郎拿起了毛球的旧毛巾擦完脸后抬起头，对上了一双老年男子的眼睛。

“你也老了呢。”

这么说完，镜中的自己挖苦般地翘起唇角。镜子中他的头发已经相当稀疏，好像可以一窥头皮，刻下年轮似的布满皱纹的脸上有明显的黑斑，像在画着某种地图一样。

同年龄的友人不约而同地说过不喜欢照镜子，因为会被迫清楚地看见自己的老态，但是三郎当时完全不明白那种感受。

三郎轻轻伸出手，摸着镜子上男人脸颊的黑斑，镜子表面冰冷光滑的触感传到了指尖。这些皱纹、黑斑，是他度过的岁月的证明，是和心爱的女性一同追求“正确之事”的证明，正因如此，对自己来说年老是一件值得骄傲的事。

凶手会不会是无法忍受看见自己的样子，所以才破坏了镜子？这个想法突然浮现在脑海中。即使拥有了地位和家人，还缠着年轻女性不放，他对自己这种没出息的样子感到愤怒，所以才……

如果这就是正确答案，那么大学的副教授，或是教授就非常符合凶手的形象，要不要彻底调查两人，找出他们之中某个人跟踪佐竹优香的证据？

“不，不行。”

思考数秒后，三郎摇了摇头。那两个人之中的其中一个是跟踪狂，说到底只不过是个假设，如果这个假设是错的，那就会白白浪费所剩无几的时间。

要回到基本面，不需要找出杀害佐竹优香的犯人，只需要提出久米也许不是凶手的“合理怀疑”即可。这次的案件并没有决定性的物证，只不过是从数个证据中做出综合判断，从而认定久米是凶手罢了。

检方是费尽心思通过叠加情况证据来举证的，如果可以让其地基部分产生裂痕，失去支撑的理论就会倒塌，进而帮助被告赢得胜利。

双手拍拍脸颊为自己打气后，三郎回到办公桌前。

佐竹优香居住的公寓安全防护比较松散，只有大门口安装了监控，也就是说，有可能是久米离开案发现场的房间之后，某个人翻过后方的围墙，利用紧急逃生梯进入了优香的房间。

然而忽略这种情况，依然定调为久米犯案的原因，正是自白书。因为在警方的讯问中，久米所说的内容与案发现场的状况完全相符。

警方将详细记载犯案过程的笔录推到他面前，执拗地威胁他在上面签名。一开始他拒绝了，但在承受连日的怒骂，精神衰弱之后，他一心只想逃离讯问，就签名了。久米是这么说的，可是这番说辞里有一处不寻常的地方。

笔录上写着，久米自白“溶解遗体所需的药剂是从研究室里拿走的”，几天后，警方以此为据搜索研究室，查明了危险化学药剂如证词所言，是未经许可就被拿走的。也就是说，在讯问当时，知道药剂被带出研究室的人应该只有凶手才是。

向久米问过这部分的矛盾之处后，他却只是无力地说：“不知道，会不会是巧合？”但是笔录上详细记载了保管药剂的地方，实在无法认为只是巧合。

证词中关于药剂的部分，被认为是久米“说出了只有凶手知道的事实”，也就是专业术语中所说的“秘密的暴露”，因此判断自白的可信度极高，再这样下去，即使主张自白是遭受胁迫而为，大概也会被置之不理吧。所剩时间已经不多了，却还是找不到能够推翻这个绝望处境的线索。

有没有什么东西，或是某个能够将他导向无罪的突破点？

这不该是个没有获胜机会的官司才对，这个案件里还有许多尚未明朗的部分。

首先是凶器，三郎的视线落在夹在资料上的案发现场照片，那个拍了大量血液飞散的浴缸图片上。颈动脉被利刃划开而大量出血的优香，应该是在瞬间便失去意识，很快就死亡了。当然凶器上也应该黏附了大量的血液，不过却没有清洗或擦拭过凶器的痕迹。

另外玄关外面、紧急逃生梯、后院等公寓所属范围内的所有地方都经过彻底调查，也没有验出优香的血迹。

因此，可以推断为凶器是包在某个东西里被犯人带走了。可是经过搜索，不论是久米的住处还是其他地方，目前依然都没能发现凶器。

究竟是什么东西割断了优香的脖子？那样东西现在又在哪里？

其他还有一些无法理解的部分。三郎翻开资料，看着贴在上面的照片，胃部感到一阵翻腾。那是由上而下拍摄的遗体溶解的浴缸照片，溶化了大量身体组织的化学试剂中漂浮着白骨的景象实在太过诡异，三郎稍微干呕了一下。

白得几乎从红黑色水面中跳脱出来的半圆球状，是佐竹优香的后脑骨头。

三郎一边平复紊乱的呼吸，一边凝视着垂在头盖骨附近水中的锁链。缠着浴缸止水塞的那条锁链就是问题所在。

根据资料记载，被腐蚀到一半的那条锁链，复杂地缠在遗体左手腕的骨头上。或许是为了不让橡胶制的止水塞被化学试剂溶解而流入下水道中，排水孔用了防腐蚀的特殊材质塞住。

经过鉴识人员调查，固定浴缸和锁链的部分已经快要脱落了，代表锁链曾被用力拉扯，警方主张是优香逃进浴室后，被凶手强拉着离开时拼命抓住锁链反抗导致的，但是三郎却对这个假设有着异样的感觉。

为了溶解遗体而准备了强酸，甚至连让强酸能够留在浴缸里的止水塞都想到了的凶手，会将被害人带出浴室吗？在生活空间处理遗体时，最方便使用的地方就是可用水洗掉血液等痕迹的浴室了。刻意带离逃进浴室里的目标应该没有什么好处才对，而且实际上，优香最终还是在浴室内遭到杀害。

三郎继续翻页，仔细阅读司法检验的结果。由于遗体溶解得厉害，因此上面记载的内容有限，却有一点令人在意：遗体的脸部骨骼上有数个骨折处，这大概是被杀害之前遭受凶手残暴的行为所致。尤其是下颌骨到颧骨处严重受损，并且遭到强烈腐蚀，因此可以推断，这是凶手以那儿附近为主要目标，执拗地不停殴打，使得骨头变得较脆弱的缘故。

佐竹优香是一位美丽的女性，凶手的行动里带着对那副美貌的强烈憎恶。

这个案件背后果然另有隐情，应该不是久米在痴情的纠缠之下杀了前女友这么单纯的事件，不过该怎么做才能证明这一点？

就在思考陷入死胡同里的三郎胡乱搔着头皮时，设在事务所大门上的邮箱发出盖子被打开的声响。踩着沉重步伐来到门口的三郎打开邮箱，里面有一个咖啡色的信封袋，三郎翻到背面看，上面却没有写寄件人姓名。

这是什么？回到办公桌前的三郎打开信封往里瞧，里面放着数十张纸。

有什么预定今天寄达的资料吗？三郎随意抽出一整沓纸张浏览，塞满细小文字的纸张，是用三郎见惯的格式书写的文件。

一行一行浏览文字的三郎眼睛越瞪越大。

丢下信封的三郎双手紧抓着整沓纸，脸渐渐贴了上去。

三郎呼吸紊乱地一页一页翻着纸张，数十分钟后他愣愣地仰头盯着天花板，张开的嘴里无意识地吐出一句话："是突破点……"

为了赢得无罪判决，为了做出"正确之事"的线索现在正握在手中。

虽然不知道是谁基于什么目的送来了这种东西，但现在不是考虑这种事情的时候。在下周开庭的公开审判之前必须先搜集好情报——能够翻转这个绝望境地的重要情报，为此，没有丝毫的犹豫时间。

三郎动作夸张地拿起挂在椅背上的大衣，心猛烈地跳动着，炽热的血液流遍全身。

9

"小宫山先生，你在被告被逮捕之后负责他的讯问对吧？"

身穿高级感西装的检察官询问后，站在应讯台前的男子低声答道："对。"

坐在辩护人席上的三郎微低下头凝视那名肥胖的中年男子。

虽然西装熨得笔挺，但因为全身都是赘肉，所以看起来很紧绷，但从粗壮的眉毛和锐利的眼神可以看出，他是个意志坚定的人。这名叫小宫山浩太的男人，正是让久米吐出自白的警视厅搜查一课的刑警。

三郎听着检察官询问的庭审制式问题，同时看着坐在正前方被告席上的久米，他的背部像老人一样弯曲，肩膀细微地颤抖着，不知道是因为严苛讯问留下的心灵创伤被唤醒了，还是因为对于自己受到不合理对待而感到愤怒。

能不能救下这名青年，取决于今天的公开审判，三郎将紧张掺进呼吸吐出，斜眼看向旁听席。

美女遭杀害后遗体被强酸溶解的悲惨事件，加上在地方法院宣告判决时被告突然否认犯案，难怪受到社会大众的高度关注，旁听席上座无虚席。委托三郎辩护的加纳环也在旁听的人群中，她闭着眼睛，像在祈祷般双手紧握。

检察官的制式诘问结束了，审判长对着三郎说："辩护人进行反诘问。"

好了，该去做"正确的事"了。三郎站起身走向应讯台。

"小宫山先生，为什么你会负责被告的讯问呢？"

这么问之后，小宫山利刃般的尖锐视线射向了三郎。那是充满敌意的视线，他应该也知道自己接下来会受到猛烈的质问吧。

"是长官指名要我去的。"

"那为什么长官要指名你去呢？"

"我怎么会知道长官在想什么。"

小宫山毫不迟疑地回答，从他的态度里看不出紧张的感觉。三郎在脑海中回想事前调查过的小宫山的信息。

小宫山浩太，四十六岁，巡查部部长。高中毕业后，他进入警视厅，由原交通警察一职转任至新宿署刑事课担任刑警，并在那里解决了多起案件，功绩受到长官青睐。三十五岁时被派任到警视厅搜查一课的杀人组，凭借讯问技巧获得不错的评价，在多起案件中让犯人做出自白。

他已经好几次站在大型法庭上的应讯台前，累积了不少经验吧？作为对手无可挑剔。三郎感受到胸中燃起熊熊的竞争心，开口问道："你之前也在各种大型案件中负责讯问，并从犯人嘴里问出自白，会不会是因为有了这些实绩，所以长官也很信任你？"

"嗯，也许是这样吧。"因为突然被吹捧，小宫山的脸上浮现出困惑的表情。

"异议。辩护人的问题和本案无关。"

检察官马上提出抗议。一般而言，他们并不会为了这点小事特地提出抗议，看来检察官也直觉这次的公开审判是场重头戏，因此加强了警戒。

"辩护人请明确表达提问的意图。"审判长裁示。

"不好意思，那么我换个问题：检方提交的被告自白笔录，真的是被告亲口说出来的内容吗？"

"……这是什么意思？"小宫山的声音里掺杂了强烈的警戒意味。

"被告主张自白全都是胡乱编造的，是你写好对己方有利的笔录之后，要求被告在上面签名。"

涨红了脸的小宫山开口正想反驳时，三郎抢在他之前继续说下去："只要被告拒绝，你就用力敲打桌子或墙壁，或是用脚踢被告坐的椅子并口出恶言：'老子知道是你做的！''你以为可以骗过老子的眼睛吗！''快点认罪，你这个杀人凶手！''你再不认罪就会被判死刑！'等等。"

三郎像舞台剧演员一样，挥舞着夸张的手势和肢体动作大声说道。

“异议！”检察官猛地站起来，“辩护人的主张是毫无根据的诽谤与中伤。”

“抗议有理由，辩护人请避免挑衅式的言行举止。”审判长以严肃的表情警告。

“失礼了。”三郎一边道歉，一边浅浅地笑了。

这样就可以拿下审判的主导权了。三郎知道法官并不喜欢刚刚那种戏剧化的行为，但是今天特别有必要夸大演出，因为坐在旁听席的群众，尤其是媒体相关人员最喜欢戏剧性的审判场面了，通过媒体释放出去的信息会传遍整个日本，进而渐渐转变成舆论的波涛。要对付讨厌被指责为背离一般社会常识的法院，舆论可是一大武器。

好啦，大戏已经开幕了，三郎舔舔嘴唇。

“那么我换个问题。小宫山先生，你是否曾经胁迫被告做出自白？”

“……没有。”尽管脸是涨红的，小宫山仍淡定地回答。

“你过去从来没有在讯问时对嫌疑人恶言相向，或是施加暴力吗？”

“没有。”

“你是否曾经先在笔录上写下了对检警有利的事发经过，然后强制嫌疑人签名？”

“没有。”

“被告的笔录上写着他事先从研究室偷出药剂，然后用该药剂在被害人住处的浴缸里制作强酸，所以警方根据这份陈述搜索研究室，并发现药剂的确如证词所述出现短缺。我说的有错吗？”

“……没有错。”

三郎没有漏看小宫山脸颊肌肉的轻微痉挛。

“我再确认一次，你在从被告嘴里听见之前，并不知道制作强酸的药剂是从哪里拿到的对吧？”

重复问题之后，检察官第三次大喊：“异议！问题重复。”

“异议有理由。”审判长说，“辩护人请明确表达提问的意图。”

“我了解了，那么审判长，我方请求准许在屏幕上播放能提供证据的 DVD。”

三郎恭敬地低下头，审判长的脸上浮现疑惑的神色。

“这是必要的内容吗？”

“是，只要看过这份影像之后，刚才提问的意图就会变得很明确。”

“……知道了，准许使用屏幕。”

“谢谢。”三郎低头道谢后，操作放在辩护人席上的笔记本电脑，将 DVD 的影片投放到屏幕上。

旁听席传来窃窃私语，想必他们心中对即将开始的表演充满了期待吧。现场气氛逐渐升温，三郎感受到了效果，在这个空间里的每一个人，都一步一步地被由他撰写剧本的大戏所吸引。

屏幕画面上出现一名男子，是名穿着肮脏白袍、畏畏缩缩游移视线的年轻男子。

“请说出你的姓名和所属单位。”三郎的声音从喇叭中传出。

“我是光明大学理工学院的研究生山田光次。”男子低垂着眼嗫嚅着说出名字。

这是前天三郎用摄影机拍摄的影像，影像信息远比文字或语言更能激发出强烈的情感，在这种剧场式的法庭上是强而有力的武器。

“因为去年发生的杀人案而被起诉的久米，以及被害人佐竹优香，和你属于同一个研究室对吗？”

影像中的山田微微点头。

“你所属的研究室主要从事什么样的研究？”

“我们的专长是无机化学，尤其是我的研究，是组成加入硅元素的新物质，这个只要成功，工业用……”

一改先前紧张不安的语气，山田开始滔滔不绝地说起话来，三郎出声打断他：“我明白了。”

“做研究时会使用到各种不同的药剂吧？其中是不是也有危险药物？”

“对，当然有。强烈的酸性物质或碱性物质一旦接触人体会很危险，而且我们也有像是氰化物这种具有强烈毒性的物质。”

“这些药剂可以轻易偷拿走吗？”

“没这回事，”山田拔高了音调，“这些都放在上锁的柜子里保管。”

“柜子的钥匙在谁那里？”

“研究室的成员每个人都有。”山田耸耸肩。

“也就是说，只要是研究室的成员，无论是谁都可以打开柜子拿走药剂吗？”

“没错，不过危险药物每一次使用都要登记，并且会定期确认使用量和剩余量是否相符。”

“在佐竹小姐的事件发生前后，由谁进行这项确认？”

三郎询问的声音响起之后，屏幕中的山田低下了头。

“……是我。”

旁听席的嘈杂声变得更大了。

“这样子啊，那么我们换一个话题。正式记录中记载，警方搜索过研究室之后，才发现记录和药剂的剩余量不符，这点有错吗？在警方提出来之前，你都没有发现药剂数量比记录上写的还要少吗？”

三郎的声音从喇叭里传出来，山田只是低着头没有回答。

“怎么样呢？你在警方搜索研究室之前，都没有发现药剂被拿走了吗？”

“……我发现了。”

山田的音量细若蚊蝇，旁听席一下子爆发强烈的骚动。审判长大声喊着：“安静！”

“你是什么时候发现药剂数量不足的呢？”三郎的声音淡淡地继续提问。

“……在知道佐竹同学被杀之前大约一个星期。我在进行每周一次的确认时，发现有几项药剂数量不足。”

“这件事你没有向师长报告吗？”

“我那时候想大概是我算错了，不然就是有人用了药剂却忘了登记，所以觉得之后再去确认就好了。”

“但是你并没有去确认。”

三郎迅速接在后头说完，山田无力地点头。

“论文上交期限快到了，我手上有很多事要做，不知不觉间就忘了这件事，然后没过多久知道佐竹同学被杀，研究室陷入一片混乱，所以……”

“之后久米先生遭到逮捕，警方依照他的自白搜索研究室，于是药剂短少这件事就曝光了。那么，接下来我要询问一个重要的问题，请仔细听好了——在警方搜索之前，除了你还有其他人知道药剂短少吗？”

山田的视线在游移。

“有没有？”三郎的声音催促他回答。

"……有。"

旁听席再次出现一阵骚动，法官又一次叫着："安静！"让他们静下来。

"那个人是谁？"

山田做了几次深呼吸之后，才像是下定决心一样开口。

"是警察。案件发生之后来问话的刑警问我'杀人案发生之前有没有出现什么奇怪的事情，任何事都可以'，所以我就说了药剂的事。"

"那时候刑警有什么反应？"

"感觉像是听过就算了，那时候我还不知道佐竹同学的遗体……被强酸溶解了，所以根本没想过药剂减少和杀人案会有关系，没想到竟然是我们研究室的药把佐竹同学……"

山田捂着嘴巴，像是快要吐出来了一样。

"这是最后一个问题了，你还记得听你说到药剂短少的那名刑警的名字吗？"

山田的手离开嘴边，压抑着声音说道。

"嗯，我记得……他的名字叫作小宫山。"

屏幕转暗，旁听席爆发出蜂窝遭到捣毁般的大骚动，审判长大声喊了好几次："安静！请安静！"过了数十秒旁听席终于静下来之后，三郎转向血气尽失、脸色苍白、一动不动的小宫山。

"真是怪了呢。小宫山先生，刚才你的证词不是说被告自白之后，你才知道药剂是从研究室拿走的吗？但是事实上，你却是在搜查刚开始，被告遭到逮捕之前，就听说了药剂短少的事。"

小宫山像是要反驳些什么似的张开嘴，但在那之前检察官便已急忙出声。

“异议，刚才的影片是在什么样的情况下拍摄的，这些细节都不清楚，没有作为证据的价值。”

“不论拍摄情况怎么样，他的主张都很明确。另外，出现在影片里的山田同学已经答应，如果有需要，可以在下一次的审理前来做证，我想，针对他所说的内容向证人提问并无任何不妥。”

受到犀利的反驳之后，检察官绷着脸默然不语。

“异议无理由，辩护人请继续诘问。”

获得审判长许可的三郎扬起唇角，小宫山的表情则越来越僵硬。

“小宫山先生，请你回答，为什么你早早就知道研究室的药剂短少，并察觉该药剂可能被用来溶解被害人的遗体，却一直默不作声呢？”

“……我忘记曾经向影片里的人问过话了。”

小宫山像是将声音从喉咙深处挤出来般回答道。

“忘记了啊！”三郎动作夸张地大大张开双臂，“你说忘记，说明你听他说过药剂短少的这些内容是事实啰？”

自觉失言的小宫山冷酷的脸上出现了动摇。

“的确……好像听过，只是我的记忆已经模糊……”

“小宫山先生，你是一名刑警对吧？而且还是天下第一的警视厅搜查一课的刑警，你会犯下这么低级的错误吗？经验丰富的刑警应该都明白，不知道会从哪个微不足道的情报中发现解决案件的线索，因此才会写下所有侦查的内容，不是这样吗？”

“每个人都有自己的做法……”

三郎的脸凑到含糊其词的小宫山面前，小宫山的身体微微往后缩。

“比起这么辛苦的辩解，真相应该更单纯吧？你从山田同学那里知道药剂的事以后，认为这条情报往后派得上用场，所以没有向项目小组报告。之后你负责讯问遭到逮捕的被告，于是写好内容为‘从研究室里偷走药剂，然后用该药剂溶解遗体’的笔录，并强迫被告在上面签名，这么一来，就可以创造出‘秘密的暴露’，我说的有错吗？”

语带挑衅地问完之后，检察官再次大喊：“异议！辩护人的主张是基于不负责任的推测，没有任何根据。”

“异议有理由，辩护人请注意不要基于臆测做出主张。”

受到审判长警告的三郎浮现出从容的笑脸低下头。

“非常抱歉，我一时太兴奋了。那么，小宫山先生，虽然无法断言你是否记得，不过至少在你讯问被告之前，已经从研究生那里得知药剂短少这件事是事实，这么一来，关于药剂的部分就不再是‘秘密的暴露’了。也就是说，自白的可信度无可避免地会受到怀疑，你明白吧？”

小宫山紧闭着嘴巴，一动也不动。

“无法回答吗？那么我换个问题：你有没有威胁被告，让他在你做的有利于己方的笔录上签名？自白的内容是不是全都是你胡乱捏造的？你过去是不是每次都这么做，强迫嫌疑人自白？”

“不是！我没有这么做！”

“你没有这么做？意思是你从来没有胁迫嫌疑人要求他们做出自白吗？从以前到现在一次都没有过吗？”

“当然没有！我从来没有靠胁迫得到自白！”

在小宫山大叫的同时，三郎扬起唇角微笑。小宫山，以及隔着一小段距离的检察官的脸都绷了起来。

“审判长，还请准许我将下一份证据和刚才一样投放到屏幕上。”

对于三郎的请求，审判长立刻答道：“准许播放。”三郎再次操作电脑，屏幕画面上出现一名坐在沙发上的中年男子。

小宫山从喉咙里发出呻吟般的声音。

“请说出你的姓名和年龄。”

喇叭里传出三郎的声音。男子胆怯地将视线转向正面，用难以听清的音量开始说话。

“山本纯平……四十二岁……”

“那么我们马上进入正题，你还记得刑警小宫山这个人吗？”

一听到三郎的问题，自称山本的男子身体便剧烈地颤抖。

“……是，我还记得，他是十二年前负责讯问我的刑警。”

“你是因为什么而接受讯问？”

“伤害罪，我在便利商店打了其他男人……然后就被逮捕了。”

“你为什么要打那个人？”

“因为我觉得他在说我的坏话，可是我拜托他不要再说了，他却完全不闭嘴，我一直可以听见说我坏话的声音……然后我陷入恐慌，等到我回过神……我已经打了那个人。”

“被逮捕之后，是接受那时候还在新宿署的刑警小宫山的讯问吗？”

山本微微点头。

“讯问你时的小宫山刑警是什么样子？”

“他完全不听我说话，只是一味地认定我在说谎，好几次大吼大叫要我在‘因为心情不爽所以打人，打谁都没关系’的笔录上签名，我如果说不要，他就会敲桌子，或是踢椅子脚，甚至还甩我巴掌。”

“你因为受不了这些对待，就在笔录上签名了，是这样吧？”

“对，没错，那个刑警很过分……真的很过分。”

“谢谢你的协助。”

三郎的声音从喇叭里传出的同时，影像也中断了，法庭上一片寂静，仿佛人潮皆已散去。接着，嘈杂的巨浪瞬间涌上。

审判长拼命喊着：“安静！”这阵骚动却在数十秒之后才平息。

“小宫山先生，你还记得刚才画面中的山本先生吗？他说他受到你的强迫而做出自白，这是怎么回事？”

原本愣愣地盯着转暗的屏幕的小宫山，像关节生锈了一样，动作僵硬地转动脖子看向三郎，嘴里念着：“不是……不是这样的……”

“不是这样？你说什么东西不是这样？”

“山本，那个男人脑袋有问题！他因为这样才获得不起诉处分，所以刚才那些也是，全都是胡言乱语……”

“脑袋有问题？！这句话该不会是指山本先生患有精神疾病吧？你对于受到疾病折磨的人，都是使用这种歧视性的措辞吗？”

三郎发自内心地感到愤怒。在他出言纠正之后，小宫山支支吾吾说道：“不是，我没有这个意……”

“异议！辩护人的问题和本案没有任何关系。”

三郎锐利的眼神射向大喊出声的检察官：“这个问题是为了确认证人的人格，既然嫌疑人的自白有受到胁迫的可能，那么确认负责讯问者的人格就是件合理的事。”

“异议无理由，辩护人请继续诘问。”审判长用蕴含着威严的声音说道。

检察官咬着唇坐回椅子上。

“这个……我并没有瞧不起精神疾病患者的意思……”小宫山缩起满是赘肉的身体，用难以听清的音量嗫嚅着。

“只是，那个男人……山本先生的精神不太稳定，会不会是误会了什么……”

“他在服药过后精神状态很稳定，现在也有工作，还是你想说只要过去曾经罹患精神疾病，即使现在处于这样稳定的状态，他的话也不具证据能力？”

“我不是这个意思……只是就算现在很稳定，如果在我讯问时是错乱的……”

“原来如此，”三郎耸了耸肩，“你的意思是山本先生的证词是妄想对吧，认为只有他一个人的证词不够充分。”

看见小宫山含糊地点头后，三郎的鼻子哼了声。

“长崎大树、家永亮、关顺太郎……”

小宫山的笑容随着三郎念出的名单渐渐僵在脸上。

“你还记得吗？这三个人。”

小宫山张开了颤抖的双唇，却没有任何一句话从唇间发出。

三郎猛地转身，巡视着旁听席。

“我刚刚列举的那三个人，都接受过小宫山刑警的讯问，虽然无法取得他们同意拍摄影片，但是三人都提供了书面文件，证明他们受到小宫山刑警威胁式的讯问，被强迫写下违背本意的自白。”

那么，最后该来个收尾了。三郎重新集中精神，再次转向小宫山。

“四个人，不，加上被告是五个人，有五个人都给出了相同内容的证词，说他们的自白是受你所迫，这样你还要继续主张是误会吗？”

小宫山垂在身侧用力紧握的双拳开始颤抖了起来。

就差最后一击了，这么确信的三郎用手掌拍着应讯台。小宫山的身体大大地抖了一下。

“你就承认吧！如果你不承认，山本先生和其他三个人会出庭做证。已经结束了，你要为自己过去所做的卑劣行为道歉！”

三郎口沫横飞大声怒吼之后，小宫山抬起低垂着的头，他的脸上浮现出宛如般若的表情，用布满血丝的眼睛瞪着三郎，三郎咬紧牙根，承受住来自眼前大汉的压迫。

“卑劣……”小宫山发出如从地底响起的声音，“你说我卑劣？”

“没错，你是个为了自己的功劳，而不断做出身为警察不该有的行为的卑劣之徒。”

三郎余光瞥见检察官慌张站起身，不过已经太迟了。

“开什么玩笑！那些家伙全都是罪犯，他们明明都是犯人，却有可能无法被关进牢里，所以我才会扮黑脸让他们坦承罪行！我可是挺身而出在保护市民！”

让人感到鼓膜疼痛的咆哮声往全身席卷而来的下一秒，三郎扬起满脸笑容微微地握了握拳。小宫山一脸突然回过神的表情，原本涨红的脸瞬间血色尽失。

“没有，不是这样的……我刚刚是不小心口误……”

小宫山求救似的看着检察官，但检察官只是用一只手捂住脸。

“没有其他问题了！”

高声宣告的三郎走回辩护人席，途中与惊讶地张着嘴的久米对上眼神。三郎扬起一边的嘴角之后，久米连忙深深地低下头，低到几乎可以看见头顶的发旋。

带着温暖的满足感回到辩护人席的三郎，从西装内袋里拿出车票夹。

“总算是完成‘正确的事’了呢。”三郎看着与妻子合照的照片，小声说道。

辛苦了。

照片中的妻子似乎微笑着这么说。

10

“宣告判决，笔录员，撤销原判决，被告无罪！”

审判长的声音回荡在法庭中，旁听席一阵哗然，审判长洪亮地宣读判决理由，其内容强烈批判了警方及检方草率的侦查。

审判长的长篇宣告听在位于辩护人席的三郎耳里，仿佛优雅的古典音乐般悦耳动人，他回过神发现，听着判决的久米正看向这里，从他的眼里源源不断地涌出泪水。

三郎用力点头后，久米双手捂着脸，肩膀开始不住地颤动。

抬起沉重的眼睑，布满显眼污渍的天花板映入眼帘，三郎揉着疲惫的眼睛看着挂钟，指针指向超过十点的位置。

“已经这个时间了啊……”

三郎摇摇沉重的头，从放倒椅背的皮革座椅上站起身，也许是以奇怪的姿势躺了三个小时以上，往后伸展僵硬的背部时，脊椎发出了嘎吱响。

眼前办公桌上堆积如山的资料让三郎重重叹了一口气，从傍晚就开始整理资料，但在不知不觉间竟睡着了。

虽然希望好歹雇一名行政职员来整理文件，但因为专门接些不赚钱的刑事案件，所以三郎经济并不宽裕，只好自己整理这些庞大的资料了。

“不过没想到又梦到那时候的事了呢。”

三郎抓着手边的资料露出苦笑。自久米获得无罪判决以来已经过了近三个月，但是听到审判长说“被告无罪”时的快感，回想起来就像是昨天刚发生的事情一样。

让粗暴的刑警和检察官哑口无言，翻转一盘败局，以后大概不会再有这么称心如意的辩护了。每次想起那场官司，三郎心中便洋溢着温暖的满足感。

检察官当然立刻就上诉到最高法院，但是在高等法院已经那样丑态毕露了，上诉毫无疑问地被驳回，确定无罪。高等法院判决后，在舆论的推波助澜下，久米很快就获得释放，只是难以继续待在原来的大学研究室，因此决定另觅新职。

虽然得到无罪判决，但久米并没有因此回到原本的生活。只要没有逮捕到真正杀害佐竹优香的凶手，带有“真的是无罪吗”的怀疑目光就会持续投向久米。

不过那两个人一定可以克服吧。三郎想起久米获释后，带着环郑重地前来道谢，嘴角便绽放出笑容。来到事务所的两人身影就像新婚夫妻一样。三郎为久米打气，说到“接下来可能会很辛苦，不过你要加油哦”的时候，久米看着环，很有自信地回答：“不会有问题的，因为有她在支持着我。”

和佐竹优香交往时，因被当作奴隶般对待而消磨心神的久米，在经过一番迂回曲折后，终于遇见能够共度一生的最佳伴侣了吧。

对我来说，就像亡妻那样的存在……

胸口感到了些许疼痛，三郎再度开始整理资料。让久米无罪释放之后，立刻有辩护委托找上门，其中大部分都是主张冤案的案子。

三郎仔细审视了所有的委托案，并与嫌疑人见面，但是能够确定嫌疑人绝对清白，并且让三郎认定接下辩护是一件“正确之事”的案件却极为稀少。

就这样东忙西忙，每天都过着没有闲暇的日子，资料堆成了一座座小山。三郎想着这样会妨碍工作，于是几个小时前开始清扫事务所，但也许是累积了许多疲劳，本来坐在椅子上想稍微休息一下，可他好像随时就能睡着。

“看来今晚是整理不完了……”

三郎念叨着，将已结案的资料塞进纸箱时，突然停下了动作，手上拿着的一沓纸是将小宫山逼到走投无路的，公开审判前几天匿名人送来的文件。犹豫了一会儿，三郎再次坐到椅子上，小心地移动堆在眼前的资料山以避免崩塌，清出一个空间之后，他将手里的资料放在那里。

那是检方的侦查资料，每一份都是时任新宿署刑警的小宫山在完成讯问移送给检方后，嫌疑人控诉自己遭到威吓才因而被迫做出自白。

当这份绝对不可外流的资料送来时，三郎很确定，这是能够赢得无罪判决唯一的武器。决定攻下小宫山的三郎，首先和资料上记载的所有嫌疑人会面，取得关于违法讯问的证词，在三郎用这种方式拿到小宫山用强迫的手段得到自白的证据之后，便开始彻查他为什么事前就知道研究室的药剂被偷，最后获得研究生山田的证词。

“多亏有了这个才能获胜……”三郎摸着资料。

不知道是谁送来这份资料，不过可以猜想得到，大概是与侦查有关的关系人之一吧。知道小宫山违法手段的那个人，一定是在明知这么做有极大风险的情况下，也要顺从自己的良心送这份资料过来。

胸怀相同“正义”的同伴。三郎对于真面目不明的送件人抱持着这样的想法。

“谢谢你，因为有你才能完成‘正确的事’。”三郎嘴里感谢着连名字都不知道的那位人物，同时慎重地将资料放入纸箱深处。

在只有时钟的指针在咔咔作响的事务所里，三郎不停安静地整理，当办公桌上的资料大约有一半都塞进纸箱之后，三郎搓揉着疼痛的腰际吐出一口气。

是谁杀了佐竹优香？

这个疑问突然掠过三郎的脑海，原本以为教授或副教授这两个人其中之一犯案的可能性较高，但这是正确的吗？不但不知道凶器藏到哪里去了，也不知道遗体的手腕上为什么会缠着锁链。

三郎怔怔地瞪着空中数十秒，轻轻摇摇头不再思考。不可能想出答案的，找出事件的真相是侦查机关的工作，我要集中精神在我的工作上——拯救清白者的美好工作上。

还有很多资料，要是再继续拖拖拉拉可就要熬夜了。正当三郎打算再次动手时，放在办公桌上的电话突然响了起来。

是谁啊？都这个时间了。三郎转动脖子拿起了话筒。

“您好，佃法律事务所。”

“……喂。”

低沉模糊的声音传来，是曾经听过的声音，三郎马上就察觉到对方是谁。

“久米吗？”

“……对，是我。很抱歉，佃律师……在这种时间。”

“没关系，不用介意，有什么事吗？最高法院那边什么都还没决定哦。”

消沉的声音让三郎有不好的预感，于是他努力开朗地说。

“不，不是那件事。其实……有一件事我一定要告诉您。”

“告诉我？究竟是什么事？”

三郎两只手抓着话筒询问，久米微弱的声音像在自言自语般说道：“……杀人了。”

三郎觉得室温似乎急速下降，冰水般的冷汗从全身汗腺渗出来。

“你刚刚……说什么？”他的声音干涩沙哑，上下排牙齿碰撞发出“咔咔咔”的声音。

“我今天，杀人了……对不起。”

“今天？！”三郎怀疑自己的耳朵，“我不懂你的意思，你到底杀了谁？”

“一名中年男子，我想新闻马上就会报了，我要去躲起来，只是在那之前，我觉得必须先向您道歉……之前您那么帮助我，对不起。”

三郎察觉电话即将被挂断，因而焦躁了起来。

“等一下，先不要挂电话，到底发生什么事了你说清楚。”

三郎着急地说，却得不到回复。

“拜托你了，久米，你说话啊，算我求你……”

三郎拼命请求之后，蚊蝇般的声音震动了鼓膜。

“还有最后一件事……杀害佐竹的人……也是我……”

这句话说完，电话就断线了。话筒从三郎手中滑落到地面，响起清脆的撞击声。

视线在旋转，三郎赶快伸手抓住椅背，但椅子却承受不住身体的重量，连人带椅子一起翻倒在地。倒在地上的三郎用失焦的双眼盯着不停旋转的天花板。

久米最后所说的话在三郎耳边反复回荡着——“杀害佐竹的人……也是我……”

“我只是……想要做‘正确的事’……”

三郎用力闭紧眼睛，和浮现在眼帘的妻子说话，但是她却不像往常一样温柔地对三郎微笑。

不久后，心爱的妻子的影像融化般消失在黑暗中。

隔天，如久米所说，新闻报道称发现了被杀害的中年男性遗体，数天后久米以重要嫌疑人的身份遭到通缉。被杀的是名叫[redacted]的五十多岁男性。

现场似乎留有久米杀害该名男性的确切物证。

三郎向警方告知了久米曾经和自己联络的事，那通电话中他承认他杀害了该名男性和佐竹优香，前来制作笔录的刑警们始终以不友善的态度听三郎说话，临走之际还吐出这么一句话来：“就是因为某个人把杀人魔放回社会上，才会有人被杀，他都不觉得自己该负责任吗？”

不用说，三郎当然觉得自己该负责，而且他已经快被沉重的责任压得脊椎几乎要断裂了。

他一直以来贯彻的原则是做“正确的事”，可是如今却因为这件事出现了无辜的牺牲者。

三郎相信久米的清白，看着他的表情还有眼睛，三郎有绝对的自信，相信他是无辜的，但是，他却杀了佐竹优香。

会不会以往他相信对方清白而帮助他们赢得无罪判决的那些委托者，其实也都是犯罪者？自己会不会在解放一些为社会带来危害的存在？

过去稳居人生基本原则的“正确性”，如今已经崩塌，三郎不知道自己该怎么活下去。以往闭上眼睛，总能够回想起心爱的妻子，但是自从接到久米电话的那晚之后，她的身影便不再映于眼帘。

自己的人生毫无意义，不，不仅如此，甚至是个“恶”的存在。这样的想法开始折磨三郎，他变得夜不成眠，做什么都提不起劲，就算阅读工作资料，也只是视线滑过印刷字体，无法读进脑海中，甚至站在车站的月台边时，忽然会出现一种要被铁轨吸过去的感觉。

一个认识的专家看不下去三郎这个样子，帮他做了诊断，结论是强烈压力导致的抑郁症，幸亏这位专家竭尽所能地治疗，三郎总算是放弃了自我了断的念头。

但是自从听完久米的告白后，一直有一层黯淡的薄膜隔在三郎的现实与自我之间，那薄膜紧黏着全身的不愉快感受也不曾消失。

随着案件的侦查进展，三郎心中冒出了更可怕的疑问。

久米是[redacted]年前[redacted]东京引发[redacted]的可能性[redacted]。

游乐园[redacted]震惊社会[redacted]少年[redacted]放出来[redacted]。

该怎么赎罪[redacted]苦恼[redacted]医生[redacted]找了出[redacted]。

所以三郎[redacted]去见[redacted]那里有年轻[redacted]她[redacted]，四人[redacted]。

被吸[redacted]这样就[redacted]可以见面[redacted]。

11

“呀啊啊啊——！”

我发出布匹撕裂般的尖叫，手放开栅栏，像被弹开一样往后踉跄着跌落在地，双手抱着头，身体蜷缩成一团，仿佛不这么做，身体就会支离破碎。体内的细胞在尖叫，不明所以的恐惧像涟漪般来来回回在全身扩散。

“爱衣，你没事吧？！”

库库鲁跑到我身边，但我没有回答的余力。

大喘气呼吸的我不经意看向自己的手，再次发出尖叫。从白袍的袖子里伸出来的双手正在慢慢变色，变成像是溶解佐竹优香小姐遗体的那种强酸的红黑色。

不，不只是手，我用变了色的手摸摸脖子，指间传来湿润的触感。那如同摸着腐败柑橘的触感，让我反射性地收回了手。

我意识到全身开始溶化，再这样下去，就会变成积在那个浴缸里的不祥液体一样。正当绝望侵蚀着我的心时，有个柔软的东西包覆住我溶化到一半的头。

“没事的，”温柔的声音震动着我的鼓膜，“不用怕，有我在身边，你不用担心任何事，因为我一定会保护你。”

库库鲁伸长抱着我头的耳朵，并围绕住我全身，从被库库鲁的耳朵碰到的部分开始，像是薄膜下注满黏质液体的皮肤，渐渐恢复原本的颜色与质感。我闭上眼睛，将自己交给宛如包覆在天鹅绒布料中的舒服感受，侵蚀全身的恐惧渐渐淡去。这时候，忽然袭来一种强烈的既视感，以前也有过相同的经验，但是我却想不起来那是什么时候发生的事。

“看来你平静下来了呢。”

库库鲁收回耳朵，我还有些迷恋那柔软的感觉，战战兢兢地摸着自己的脸颊，有弹性的皮肤回弹着我的指尖。

“嗯，变回原来的样子了，女孩子就是要好好保养肌肤才行。”库库鲁一边以轻快的口吻说着，一边向我眨眼。

“谢谢。”我打从心底向它道谢。

“我可是你的库库鲁，帮助你是理所当然的事。比起这个，刚刚发生什么事了，让你变成那样？你在佃三郎的记忆中遇到什么特别可怕的经历吗？”

“的确很可怕……”

遗体溶解在浴缸里的景象确实很可怕，和在飞鸟小姐的记忆里看到的，她父亲突然说着令人摸不着头绪的话，然后让飞机坠落的景象相比，令人震惊的程度不相上下。

但是这一次，却有远比窥看飞鸟小姐的记忆更加强烈的拒绝反应袭来，那是让我全身几乎要融化了的强烈抗拒反应，究竟是为什么？

我一边探索一边反复咀嚼着佃先生的记忆。最后的部分，在知道久米是杀人凶手以后，佃先生的记忆突然开始出现噪点。与此同时，强烈的痛苦袭来，于是我被弹了出来。没能看清楚的部分，一定有什么重要的情报在里面，想到这里的我，突然抬起头，之前因为混乱差点忘了，佃先生的记忆里有一位我知道的人物登场，一位非常重要的人物。

“加纳环小姐也在里面！”我大声说道。

“什么？”库库鲁惊讶地反问。

“我是说佃先生的记忆里出现了环小姐，佃先生和环小姐彼此认识。”

“什么？等一下哦，我记得加纳环是……”

“没错，是 ILS 的病患。”我兴奋地快速说道。

我负责的另一名 ILS 病患，那个人正是加纳环小姐。

“同时发病的四名 ILS 患者之间果然有关联，飞鸟小姐和佃先生的记忆里出现噪点而看不见的部分，那里一定有线索。”

“等……等一下啦，你突然这么说，我还搞不清楚什么是什么……”

“总之呢，”在我面前晃着双耳的库库鲁说着，便跳上了我的肩膀，“就让我来看看佃三郎的记忆长什么样子。”

库库鲁闭上一双大眼睛，额头贴着我的太阳穴，十几秒后，库库鲁张开眼睛大大地叹了口气。

“原来如此，因佃三郎的辩护而获得无罪判决的男人的友人……应该说是恋人吧，就是加纳环啊。”

“对吧，知道一件不得了的事了吧。”

“这么一来，加纳环的玛布伊衰弱的原因就很清楚了呢。”

“嗯……因为恋人是杀人凶手……”我的声音越来越小。

库库鲁点头：“就是说啊。”

“不过叫久米的那个人，除了佐竹优香小姐还杀了谁呢？”

我喃喃自语着整理思绪。

“好不容易获判无罪，为什么还要杀人……而且我还看见久米似乎也和另外的某个事件有关，但是有噪点干扰，所以看得不是很清楚。”

这时候，我因胸口一阵刺痛发出了“嗯”的一声，连忙拉开衬衫的衣领往里看，从胸口横跨腹侧的伤痕红肿了起来。

为什么伤痕会这样？正当我还在困惑时，库库鲁带着紧张的声音大喊：“看来我们没时间悠哉地想东想西了，爱衣，你看后面。”

“后面？”我按库库鲁所说回过头，发出了惊叫声。

高高叠起的牢房之墙，关在里面的无脸人们开始抓着栅栏摇晃，空间里充斥着金属撞击声。

“再过不久，牢房会被破坏掉，无脸人就会杀过来了吧。”

“怎么会……那该怎么办……？”

“这还用说吗？当然是进行玛布伊谷米啊，你要拯救佃三郎的玛布伊，终结这个梦幻世界。”

“拯救佃三郎的玛布伊，该怎么做？”

这次和飞鸟小姐那时候的情况完全不同，久米在获释后犯下杀人案是铁铮铮的事实，还有杀害佐竹优香小姐也是。是自己的辩护让久米获得自由，才会导致新的杀人案发生，倾尽一生所做的工作完全遭到否定，究竟该怎么做，才能拯救这样的佃先生的玛布伊呢？

“思考该怎么做是犹他的工作，首先你要集中精神，这么一来也许可以发现某些线索。”

“就算你这么说……”

“好了，快集中精神！”

就在库库鲁这么一喝，我挺直了脊背的同时，好像听见了在无脸人摇晃栅栏的金属音里混杂了什么别的声音。

“咦？库库鲁，你说话了吗？”

“嗯？你说什么？”

库库鲁狭窄的眉间挤出了几道褶皱，就在这时，我又听见了微弱的声音。我猛地转身，盯着发出微弱的淇蓝琉璃色光芒的牢笼，躺在里面的女孩——佃先生的库库鲁眼睛微微睁开，正看向这边。

“是你吗？你刚刚说了什么吗？”我拼命对她说话。

飞鸟小姐那时候也是她的库库鲁给了我线索，或许这次也发生了同样的事。

“没……有……”

蚊蝇般的声音再次于耳边响起，远比飞鸟小姐的库库鲁更小、更微弱的声音。我努力集中精神。

“没有……杀害……优香。”

我倒吸了一口气，靠近牢笼。

“没有杀害优香小姐，你是这么说的吗？意思是，杀害优香小姐的人不是久米吗？”

我拼命地询问，但是女孩失焦的眼神只是看着这边，一动也不动。

“拜托你回答我，你知道些什么事吗？！”我拼命问着，却不再听见任何声音。

“就说不能太勉强了，毕竟这个库库鲁衰弱得简直随时会消失，如果已经得到了什么线索，就必须以此为基础由你自己思考。”

被库库鲁这么一开导，我便飞快地动着脑筋。久米真的没有杀害优香小姐吗？这样的话，为什么还要打电话给佃先生，向他自白罪行呢？

不管怎么样，我该思考的是佐竹优香小姐的案件，如果在那个案件里久米不是凶手，佃先生的玛布伊一定可以恢复力量。

我闭上眼睛，全力回想在佃先生的记忆中看到的事发现场。

脑海里浮现出有红黑色的液体漩涡缓慢旋转的浴缸。

久米不是凶手，这真的有可能吗？久米向佃先生说他杀了佐竹优香小姐，而且各种各样的情况证据都显示了久米就是杀害优香小姐的凶手。然而不知道为什么，我却觉得佃先生的库库鲁告诉我的才是真相。在听见佃先生的库库鲁的声音时，不只是言语，还有某种像是感情碎片的东西进入我的体内。

不过就算久米真的不是犯人，为什么佃先生的库库鲁会知道这件事？库库鲁应该是映照出玛布伊，有如镜子一般的存在，那么，佃先生的库库鲁知道他不知道的事情实在是很奇怪……疑问一个一个涌上，我的脑子都快短路了。

感到头部一阵钝痛的我压着额头。大脑处理信息的速度明显变慢，自从被佃先生的记忆弹出后，我的头就像灌满铅液一样沉重。

“你还好吗，爱衣？”

我的视线落在脚边一脸担心地问我的库库鲁身上。

“我问你，你说过库库鲁是映照出玛布伊，像镜子一样的存在对吧？”

“……嗯，是啊。”库库鲁点头，但它的语气里却有种莫名的含糊。

“但是飞鸟小姐的库库鲁却告诉我她自己应该不知道的事，所以我才能顺利拯救她。那，库库鲁真的只是玛布伊的分身这么简单吗？”

我弯下身把脸凑向库库鲁，结果库库鲁微微地移开了视线，看到它这个样子我就确定了——库库鲁隐瞒了某些事情。

“你要是知道什么就告诉我啊，为什么库库鲁们会知道连当事人都不知道的事？你有什么事瞒着我吗？”

我紧张地等待答案。在梦幻世界里，我唯一的同伴就是库库鲁，一直以来它都是我的依靠，如今它的真面目越来越模糊，这让我感到强烈的不安。

库库鲁用长耳朵挠了挠脸颊说道：“如果佃三郎的库库鲁告诉你久米不是凶手，那一定就是真相。”

“为什么你说得这么笃定？回答我的问题，你在隐瞒什么？”

“……现在还太早了。”库库鲁像在自言自语般地说道。

“太早？”我反问它。

“没错，还太早了，等到那个时候真的来临，我会全部告诉你，所以你再稍等一下吧。”

“这根本算不上什么解释！‘那个时候’是什么时候？你究竟是谁？！”

库库鲁扬起单侧嘴角，露出像苦笑的表情。第一次对眼前的兔耳猫感到恐惧的我往后退了一步。

自从潜入梦幻世界之后，我一直都依赖着库库鲁，完全相信它，但是仔细一想，我对库库鲁的事一无所知，只不过是囫囵吞下它的解释，并且深信它是自己的伙伴。

这只兔耳猫，会不会在可爱的面具下有着邪恶的真实面貌呢？我内心的怀疑开始发芽，在吸收了名为恐惧的养分之后，逐渐成长为一棵大树。

库库鲁大大地叹了一口气，像翅膀一样拍动双耳往上浮升到我脸部的高度，那双圆滚滚的眼睛里，映照出我僵硬的脸。

“爱衣，”库库鲁以极尽温柔的声音对我说道，“我的确有些事还没和你说，但是请你至少相信这一点：我是你的伙伴，为了你我可以做任何事，只要为了保护你，我甚至乐意献出自己的生命。因为对我来说，你是胜过世上一切的宝物。”

不知道为什么，恐怖、不安、疑惑……一切的黑色情感一下子消失了，胸口深处越来越温暖。

“再等一下，等你做好接受的准备以后，我就会说出我所知的一切，在那之前，你愿意继续等待吗？”

库库鲁眯起眼睛，我无意识“嗯”了一声并点点头。

“好了，那我们回到原来的话题吧。”

库库鲁合起双耳，因为不再拍动耳朵，身体便往下落。

“久米没有杀害优香，佃三郎的库库鲁是这么说的吧。”

库库鲁的身体着地，受到冲击的肉垫发出“砰”的声音。

“虽然那道声音只是隐隐约约地在脑海中响起……不过也许是我多心了……”

“不，不是你多心了，那毫无疑问是佃三郎的库库鲁传来的信息。不过连那么微弱的声音都听得见，爱衣你作为犹他成长了非常多呢，毕竟比起片桐飞鸟那时候，佃三郎的库库鲁里含有的那个成分可是相当稀少啊。”

“那个成分？”

我歪着头，库库鲁挥着双耳说：“啊，我在自言自语。”便含糊带过去了。

“那，听见那道声音以后，你有什么感觉？”

“什么感觉……总觉得久米……久米先生不是凶手。”

“那久米就不是凶手。”面前的库库鲁豪爽地说。

我皱起眉：“不要随便乱说。”

“我才不是随便乱说，”库库鲁不满地动了动鼻子，“身为犹他的爱衣，接收到来自佃三郎的库库鲁的信息，然后本能地感觉到那是真的，这就代表那是千真万确的真相，你要相信自己。”

“就算你这么说……”

“那你不要相信自己，相信我说的话吧，总之，久米没有杀害优香，你要让佃三郎的玛布伊接受这件事，这样这个诡异的梦幻世界才会崩塌，佃三郎的玛布伊才能获得解救。”

“那杀了优香小姐的真正凶手是谁？为什么久米先生要打电话给佃先生说他杀了人？不只优香小姐，中年男性那个被害人也不是久米先生杀害的吗？”

在我提出一连串的疑问后，震撼内脏的低沉声音回荡在空间中，关在无数牢房里的无脸人，朝着我们扯开喉咙发出嘶吼声。

无脸人们开始配合节奏摇动栅栏，金属互相碰撞，撞击声交织成了一首阴森森的交响曲，不断凌迟人的精神。

库库鲁一脸警戒，它压低身体，棉花般的尾巴蓬了起来。

“没有时间想这想那了。久米没有杀害优香，只要证明这件事就够了，不，不需要完整证明，只要让佃三郎的玛布伊接受自己没有做错就可以了，这么一来，这个梦幻世界一定会崩塌。”

“那该怎么让他接受？”

“所以说思考该怎么做是犹他的工作啊，回想一下你刚才在佃三郎的记忆中看见的画面，还有佃三郎的库库鲁告诉你的事，那里面一定有线索。”库库鲁维持着战斗姿势飞快地说道。

“我……我知道了。”我闭上眼睛，双手按在太阳穴上拼命地转动脑筋。

布满血污的浴室中，注满强酸的浴缸里，漂浮着化为白骨的遗体，令人毛骨悚然的景象闪过脑海，我强忍着翻腾上涌的反胃感不停地思考。

割开优香小姐脖子的凶器到哪里去了？

为什么遗体要用强酸溶解？

为什么遗体的手腕上会缠着锁链？

为什么镜子是碎裂的？

假如久米先生不是凶手，到底是谁？他为了什么原因而杀害优香小姐呢？

凶手究竟是谁？

疑问在脑海里缓缓地、黏稠地形成漩涡，就像来到这个梦幻世界时，在浴缸里旋转的红黑色液体一样。这时候，我感觉到脑内迸出了火花，我愣愣地张开口，全身僵硬。

“凶手……”

嘴里发出的喃喃自语被无脸人们的嘶吼和栅栏的碰撞声掩盖。噪声环绕下，我将在佃先生的记忆中看见的各种事实，在脑海里拼凑起来，最终做出一个假设。这种事真的有可能吗？我问着自己，然而越去思考，越是确信这个假设就是真相。

“你知道什么了吗？”

我向带着隐隐紧张提问的库库鲁点点头，朝着黑暗盘踞的上方大声喊道：

“佃先生，请听我说！你并没有做错，久米先生真的没有杀害优香小姐！”

声音回荡的黑暗中，我细细地吐气等待回应，下一秒，眼前出现一个半圆形的木框，下方装置了细长的棒状木柱。

“应讯台？”

在外国的法庭戏中经常看见的证人做证时站立的地方，不知何时起，我站在了那个地方。摸着位于腰际的木框，我忽地抬起头，关着无脸人的牢房前方，出现了一排高起的座位，那是法官们坐的法官席，而正中间，审判长的位置上，一名老人正低头坐着。

“佃先生！”我大声叫道。

穿着法袍坐在那里的正是佃三郎，他缓缓地抬起头，凹陷的双眼看向这边。比起我在记忆中看到的样貌，他显得更老了，肌肤干燥皲裂，腰部向前弯曲，不知道是不是错觉，总觉得头发也变少了。他的表情呆滞，不见喜怒，但是看向这里时的眼神锐利，目光炯炯有神。

佃先生拿起放在席位上外国法庭中经常看见的木槌，气势恢宏地往下一敲，沉重的巨响震荡着空气。

“现在开庭！”

听见佃先生威武的宣告之后，我终于理解整个状况了。

这是一场审判——梦幻世界里的审判。如果可以在这里说服佃先生，就能够拯救他的玛布伊。

我舔了舔干燥的嘴唇，开口说道：“请听我说，久米先生没有杀害优香小姐，并不是您将杀人魔放回了社会上。”

“这不可能！久米自己说了，他说他就是杀人凶手，他说他杀了佐竹优香。”

佃先生再次敲响木槌，像在呼应他似的，法官席后方耸立的无数牢房里被关押的无脸人们“哐啷哐啷”地摇响栅栏。

在那压迫出现的瞬间，我变得些许胆怯，但马上握紧拳头大叫：“异议！自白并不能成为证据！”

“什么？”佃先生皱起了眉头。

“光靠被告的自白应该不足以判定他有罪，更何况是通过电话说出的自白，并不能得知久米先生是在什么样的情况下说出那些话的，这不能成为久米先生就是杀人凶手的确切证据。”

佃先生握着木槌，沉默地瞪着我，随后，佃先生将木槌放回桌上。

“异议有理由。只靠自白确实无法断定被告就是凶手，不过……”佃先生微低下头，“警方已经找出几项久米就是杀人凶手的确切证据了，我也确认过，那些都是毫无疑问的证据，这该怎么解释？”

“是关于优香小姐的案件吗？”

听到我反问之后，佃先生低声问道：“这是什么意思？”

“我是指，您所说的证据，是久米先生杀害优香小姐的证据吗？”

“……不，不是。”一阵沉默之后，佃先生摇了摇头，“是他在获释后，杀害中年男性的证据。”

“那就和本案无关了。”

“无关？”佃先生惊讶地反问。

"是的，无关。我在这里想证明的，只有久米先生没有杀害优香小姐这件事，获释之后发生的事和现在没有关系。"

说完这句话我紧张地等待佃先生的反应。关于中年男性遭到杀害一事，就算看过佃先生的记忆也几乎没有获得什么信息，因此要在这件事上证明久米先生不是凶手实在是不可能的。

再次拿起木槌的佃先生猛力挥下木槌，巨大的声响震动了我的五脏六腑。

"久米是否杀害了中年男性，是与他的人格息息相关的重要因素，不能抛开这点进行议论！"

面对愤怒大吼的佃先生，我从腹部深处发声，大喊回击："异议！就算久米是杀人犯，为了他没做过的罪行受罚也是不对的！"

"……这是什么意思？"佃先生微微地倾身向前。

"久米先生明明杀了优香小姐，却因为自己的辩护而获判无罪，因为自己做了'错误的事'让他被释放，结果出现了新的牺牲者，您是这么想的对吧？"

"嗯嗯，没错……"佃先生带着迟疑点头。

"那么，我再问一个问题。是否就算杀害优香小姐的人不是久米先生，您也认为法庭应该判他有罪呢？因为即使他是冤枉的，如果久米受到有罪判决，之后的中年男性就不会被杀了。"

佃先生再次一脸厉色，沉默不语，他背后耸立的牢房中关押的无脸人们像在催讨答案一般摇响栅栏。

"……不，我不这么认为。"佃先生的嘴里发出饱含苦恼的声音，"无论被告是多么罪大恶极的人，都不应该因为他没有犯下的罪行而受到制裁。"

"即使那是为了防止他未来犯罪也不可以……对吧？"

我再次确认，佃先生僵硬地点头。

“那么，既然久米先生没有杀害优香小姐，您替他辩护并赢得无罪判决的行为，就是‘正确的事’了吧。”

在我说出“正确的事”的瞬间，佃先生的表情出现了强烈的动摇。

“怎么样呢？佃先生，请回答我！”

我再次询问之后，佃先生慢慢地张开他干裂的双唇。

“嗯嗯，那是‘正确的事’……”

在被关押于牢房的无数无脸人同时发出的抗议般的怪叫声中，我小声说道：“很好！”这样就有胜算了。

“佃先生，在这里接受审判的人是谁？”

“接受审判的人？”佃先生露出困惑的神色。

“是的，这里是法庭，那么就应该有接受审判的人，也就是被告。”

“那是……”

佃先生的视线游移，仿佛在求助一般，我笔直地指向佃先生。

“就是您，佃三郎先生。”

“我？”

“没错，您没有办法原谅让久米先生获判无罪的自己，所以才会责怪自己进而心神衰弱。”

结果就是玛布伊衰弱到会被他人吸走的程度。

“佃先生，这个法庭是您自己创造出来的。”

由衰弱的玛布伊创造出来的梦幻法庭。

“在这里，您身为法官、检察官，同时是被告。”

在我宣言的同时，坐在审判长席位的佃先生忽然消失了踪影，我急忙环顾四周，发现不知道什么时候开始，正面左侧的空间出现了一张桌子，是无人的检察官席。

我继续转动脖子，在看见正面右侧之后，我抿紧了嘴唇。那里放了一张简单的椅子，佃先生驼着背坐在被告席上，身穿早期的外国电影中囚犯穿着的条纹犯人服，仔细一看，他的手脚上还戴着金属制的手铐和脚镣。

佃先生缓慢地抬起头，用虚无的眼神看着我。

“那么，律师是谁……谁会为我进行辩护？”

“是我！”我挺起胸膛回答，“我会证明你做的是‘正确之事’。”

“你吗……”

就在佃先生愣愣地说着时，身体传来一阵紧绷的感觉，我惊讶地低头一看，不知不觉间白袍消失了，我的身体转而被包覆在紧身的西服套装中，这是律师的正式服装吧。

“很适合你哦，很帅气嘛。”

正当我轻轻瞪了一眼在脚边调侃我的库库鲁时，响起了敲击木槌的声音，我回过神抬起头，穿着法袍手拿木槌的佃先生回到了审判长席上，仔细一看，身穿黑色西装的佃先生一脸严肃地坐在检察官席上。

“现在开始重新开庭！”法官的佃先生高声宣告。

由法官、检察官、被告——由三位佃先生担任——以及身为律师的我组成的法庭开始了。

“被告请往前！”

收到法官指令的被告站起身，戴着镣铐的双脚走上前，我稍微移开让出地方之后，被告站在应讯台前抬头看着法官。

“被告佃三郎，你替身为杀人凶手的久米进行辩护，借由诡辩让他得到无罪判决，这个结果造成获释后的久米犯下另一起杀人案，这件事我有说错的地方吗？”

面对法官的责问，被告缩起了身体。

“不知道……我不知道……”

“你怎么会不知道！”原本坐在检察官席上的检察官佃先生激动地喊着，同时走向前来，“你不是亲耳听见久米说了吗？关于他就是凶手的自白。你认为久米是清白的判断是错的，你做了‘错误的事’。”

检察官粗暴地敲着应讯台的木框，看来这个梦幻世界里的审判并不是依照现实世界的规则在进行，对于不具有审判知识的我来说真是万幸。

“异议！”

我大声喊完，检察官皱起眉头：“干吗？”

“还不确定久米先生就是杀人凶手。”

“久米打电话给我，说人是他杀的，他当然就是凶手。”

“自白不能当成证据。”我将刚才说过的话重复了一次，“您并不知道他是在什么样的情况下打的电话，也许在电话的另一头，有人威胁他做出自白也说不定。”

“不，那个语气不是受人逼迫的语气，那是自发性的犯罪告白不会错。”

“那是您的主观判断，无法成为客观证据。”

我和检察官的视线隔着应讯台互相碰撞。

“异议有理由，请检察官基于证据发言。”

法官敲响木槌，检察官轻轻地啧了一声。

“至少关于获释后的杀人案有确切的证据，因为这个男人将久米放回社会，才害得有人被杀这点没有错。”

“确切的证据是什么？”

听到我这么问，检察官只是反复说着：“确切的证据就是确切的证据。”

“异议，检方不说明那是什么样的证据我方无法判断。”

我提出抗议后，法官却大声说出“异议无理由”，意料之外的回答让我怀疑起自己的耳朵。

“那是一项确切的证据，请律师以此为前提进行辩护。”

“看来佃三郎心中似乎非常相信那项证据是正确的证据，针对这点提出异议应该没有用，我们必须从其他地方进攻。”

听了库库鲁的建议，我点点头说了声“知道了”便抬头看着法官。

“那项证据是久米获释后的杀人案的证据对吧，关于优香小姐的案件，应该没有久米先生就是凶手的确切证据。”

“……久米也自白了佐竹优香是他杀的，可以推测两起杀人案都是久米犯下的罪行。”

“仅凭推测无法判定有罪，而且本庭是争论在优香小姐的案件中，让久米先生获判无罪这件事是否正确。也就是说，我们该关注的是优香小姐遭到杀害的案件，和获释后的案件没有关系。”

“有关系！获释后的案件能展现出久米的人格，这是很重要的事！”

检察官口沫横飞地大叫，法官敲了好几下木槌。

“请双方冷静。检察官请将议论重点摆在佐竹优香被害案上。”

“……是。”脸色难看的检察官一边点头一边再次转向应讯台的被告，“你证明了久米的自白是以违法的讯问手段取得，而让那个男人无罪获释，但是情况证据全部指向久米就是杀害佐竹优香的凶手，这点你承认吗？”

“……情况证据的确是如此，不过……没有确切证据证明他就是凶手。”

被告回答的声音小得让人难以听清楚。

“有了那么多的情况证据，一般不是都会认为久米就是凶手吗？难道你不是在明知那个男人就是凶手的情况下，还装作没有发现而替他进行辩护吗？”

“不是！那时候我相信他是清白的。和他谈过之后，我的经验让我确定他是无辜的。”

“经验？确定？”检察官哼了哼，“你的经验可靠吗？会不会你以前也将犯罪者放回了社会上？你现在还相信久米是无辜的吗？”

“这个……”被告为之语塞，垂下了头。

“久米先生是无辜的！”

我插话之后，检察官夸张地耸了耸肩。

“为什么你这么笃定？所有的情况证据可都显示那个男人就是凶手哦。”

“您说的情况证据是什么？具体来说，为什么您可以断定久米先生就是凶手呢？”

“案件发生的那天晚上，久米去了佐竹优香的屋里，并且停留了几个小时；女方曾经对周围的人说久米跟踪她；久米所属的研究室里，用来制作强酸的药剂被拿走了。”

“就这样吗？”

“什么就这样……”检察官的眉间刻下了褶皱。

“那么问题来了，如果久米先生是凶手，为什么不等到最后将遗体全部溶解？为什么在遗体完全消失之前就离开犯案现场了呢？”

“……因为他忍受不了遗体逐渐溶解的恐怖景象吧。”

“他都准备周到地事先带了药剂过去，为什么还会粗心大意到被大门口的监控拍到呢？”

“……因为犯罪者有时候会采取不合理的举动。”

“所有的镜子都碎裂了又是因为什么？不仅是浴室，洗脸台的镜子和房间的全身镜也都碎得很彻底，难道您想说久米先生和优香小姐在那些地方都发生过肢体冲突吗？”

检察官眉间的褶皱越来越深。

“为什么遗体的手腕上会缠着锁链呢？凶器消失到哪里去了？为什么优香小姐的脸部骨骼有好几处骨折？为什么需要这样痛殴她的脸部？”

“啊！少啰唆！”检察官大手一挥，直指我的鼻尖，“你也该够了吧，说了一堆那么琐碎的事！难道你想说你知道凶手是谁了吗？！还有谁比久米更可疑，你倒是说说看啊！”

“检察官请冷静！”

法官的斥责传来，检察官不满地嘟囔了句：“失礼了。”

“辩护人请回答问题，你有确切的证据证明，除久米外的某个人是这起案件的凶手吗？”

法官用凹陷在眼窝里的眼睛牢牢地盯着我。

在反复几次深呼吸之后，我回答：“我没有确切证据，只有一个假设，如果这项假设成立，这起事件里所有无法理解的地方全都可以获得解释。”

三位佃先生眼睛瞪得老大，关押在法官席后方牢房里无脸人们的怪叫声变得更大了。

“那是久米不是凶手的假设吗？”法官以探询的口吻问道。

“是的，没错。引发这起事件的人不是久米先生。”

“那是谁？”被告抓着应讯台的木框探出身体，“究竟是谁杀了佐竹优香？是研究室的教授吗？还是副教授？”

“不，都不是。”

“那凶手到底是谁？！”三名佃先生异口同声道——法官、检察官，还有被告。

我依序迎向三名佃先生的视线之后开口道：“根本没有凶手，优香小姐是自杀的。”

12

“自杀？！”

三名佃先生瞠目结舌，再次异口同声，而无脸人们像是要呼应他们一般，用力地摇晃栅栏。

“你错了！从现场的状况来看不可能是自杀！”

我朝着面露青筋大叫的检察官耸耸肩：“没有这回事。”

“事发当晚，优香小姐打电话叫久米先生去她家，这件事警方也确认过了吧？”

“……电话的确是打了，但是不是叫他去她家就不知道了。”

“她的确是叫他过去，就像久米先生和您说的一样，而且和他商量了几个小时不存在的跟踪狂遭遇之后，就将他赶出去了。”

“为什么需要这么做？”

“很简单呀，因为要让久米先生看起来像是凶手。优香小姐先向周围的人提到被久米先生跟踪，然后事先从研究室里偷走制作强酸的药剂，这一切也都是为了创造出久米先生就是凶手的情况证据。”

我站在说不出话来的佃先生们身边，看着法官席后方耸立的牢房之墙，无脸人们不停摇晃的栅栏看起来已经有些松脱了，我必须快一点。

“为什么……要让久米看起来像是凶手……她有什么恨意？”被告的佃先生呻吟似的说着。

“这还用说吗？当然是因为久米先生抛弃她。”

“可是根据久米的说法，她很快就同意分手了……”

“优香小姐是一位自尊心极强的女性，这样的她拉不下脸请求原本像奴隶一样听她使唤的久米先生不要分手，对优香小姐来说，除了以毫不留恋的态度分手，她别无选择。”

“你的意思是她其实余情未了吗？”

“我想‘余情未了’这个词并不正确。”我摇摇头，“我认为她的内心对久米先生几乎没有任何留恋了，只是完全无法原谅由久米先生提出分手这个事实。因为能够和自己交往，能够服侍自己，对久米先生来说应该是至高无上的喜悦才对。”

“就算是这样，牺牲自己的生命来陷害久米成为杀人犯，这也太不像话了，正常人怎么可能想得出这种事！”

检察官涨红着脸发出怒吼，我瞥向他：“如果不是正常人呢？”

“什么？”检察官皱起眉。

“周围的人不是说过这样的证词吗？和久米先生分手之后她越来越憔悴，那不是演出来的，也不是因为被跟踪，而是因为被久米先生抛弃了，她的内心也跟着失衡。”

“你是指和久米分手是足以让她内心崩溃的冲击吗？”

法官低声问道，我微微点头。

“我想优香小姐的精神原本就不稳定，是通过治疗勉强保持安定，而和久米先生分手这件事，让这个平衡一下子倾斜了。”

“治疗？”检察官皱起眉头，“没有资料显示她接受过治疗啊，周围也没有人提过这件事。”

“这是当然的，因为对她来说，绝对不希望让别人知道她接受过治疗以及生病的事，所以周围的人不可能知道。”

“生病？这不可能。”检察官摇着头，“佐竹优香的健康状况没有问题。我们去大学进行调查时，也问过关于健康检查的情况，对方回复没有异常。”

“那是健康检查没有办法发现的疾病，它极难发现，难以治疗，却会持续折磨病患，是个性质恶劣的疾病。她就是罹患了这种病。”

“为什么你会知道这种事？你又没有见过优香小姐。”

我直勾勾地看着检察官流露出不信任感的眼睛。

“因为我是医生。彻底碎裂的镜子、遭到强酸溶解的遗体、手腕上缠绕的锁链、消失的凶器，以及……美丽的被害人，在身为医师的我的眼里，这一切全都在昭示优香小姐罹患了某种疾病。”

就在检察官面露满是敌意的表情打算反驳时，法官用力地敲响木槌：“安静！”就连牢房中躁动吵嚷的无脸人们，也在瞬间停止动作静了下来。

“你认为她生的是什么病？”

被寂静笼罩的空间里，审判长沉稳地询问。我一字一句说出那个疾病的名称：

“躯体变形障碍，这就是折磨优香小姐的疾病。”

“躯体……变形？”

我向生硬地念着术语的被告点头：“是的，躯体变形障碍，又称为身体畸形恐惧症，被认为是强迫症的一种，病患相信自己的外貌丑陋且困在这个想法中，因而对日常生活产生障碍。”

“丑陋？你在说什么啊，佐竹优香的外表在任何人看来都是漂亮的啊！”

检察官的山根处挤出了皱纹。

“重度的躯体变形障碍和实际上的美丑没有关系，这个疾病的本质是对自己的形象认知产生扭曲，如果是重症，无论外表多漂亮，患者都会深信自己的容貌丑到连自己都无法直视。只是就优香小姐来说，在和久米先生分手之前，她的症状应该比较稳定，这大概是治疗的效果。”

“你的意思是她在吃药吗？”

“躯体变形障碍的治疗一开始确实会采用药物，或是心理咨询等精神方面的治疗方式，不过她一定没有因为这些治疗方式就好起来，所以她接受了更直接的物理治疗。”

“物理治疗？你想说什么？不要再卖关子了，赶快说结论。”

检察官焦躁地挥手。现在的确没有时间可以挥霍了，我盯着再次摇起栅栏的无脸人，同时告诉佃先生们优香小姐的秘密。

“我认为优香小姐接受过整容手术。”

“……整容？”检察官佃先生愣愣地说道，另外两位佃先生也浮现出惊愕的表情。我一看，连脚边的库库鲁都瞪大了眼睛。

“优香小姐是一位五官非常端正的女性，端正到几乎不真实的程度，我说得没错吧？”

被我这么一问，三位佃先生都迟疑地点了点头。

“因为那是整容做出来的。优香小姐一定是因为父母离婚等痛苦的经历，造成精神上的不稳定，导致躯体变形障碍发作，她在上大学之前接受了整容手术，作为克服该疾病的方式。”

“这只不过是你的想象罢了！你这么主张有什么根据吗？”检察官口沫横飞地反驳。

“优香小姐的遗体下巴骨骼受到严重的损伤，这就是根据。我想应该是大规模的整容手术让她的下巴骨骼比一般人的还要细薄和脆弱。”

检察官似乎还想反驳些什么，不过在那之前法官的声音响起。

“你想表达的是，如果优香小姐罹患了那个名为躯体变形障碍的疾病，并且接受过整容手术，就可以合理地解释那起异常的案件吗？”

“是！”

我用腹部发力发出的声音回答之后，法官用眼神催促我说下去。

“优香小姐的躯体变形障碍因为整容手术得到的漂亮外表而稳定了下来，接着她通过让久米这名男性依赖自己，来稳固对自己美貌的自信。”

“可是，久米却和她分手了……”被告佃先生微弱地低声道。

“这就是引发这起悲剧的契机。原本完全受到自己控制的久米先生主动提出分手，让优香小姐对自己美貌的自信被连根拔起，于是她的躯体变形障碍再次发作，而且是重度的躯体变形障碍。”

我一边环顾三位佃先生一边继续说明。

“躯体变形障碍是极度痛苦的疾病，她的精神一点一滴遭到侵蚀而逐渐衰弱，最后甚至被逼到打破家里所有的镜子。”

“你说镜子是她自己打破的？！”法官惊呼。

“是的，没错。在案件发生之前，房间里的镜子早就被全部打破了，被无法忍受镜子里映照出自己身影的优香小姐本人打破。”

趁着佃先生们说不出话来，我一步一步逼近案件的核心。

“不断挣扎的优香小姐，内心涌现了对某个人的愤怒，那个造成躯体变形障碍再次发作的人物——久米先生。随着时间过去，那股愤怒越来越浓烈且计划也越来越成熟，最后她下定决心，要向他复仇，并且从痛苦中解脱。”

“自杀之后，再把罪名嫁祸给久米……”

“没错。”我向哑着声说话的被告点头。

“为了布置成看起来是遭到久米先生杀害的样子，优香小姐很仔细地做了准备，她向周遭的人透露久米先生跟踪她，然后从研究室里偷出制作强酸的药剂，这对和久米先生属于同一个研究室的她来说很容易。最后她终于开始实施计划，她打电话将久米先生叫到家中，先留他数个小时再赶走他，之后将房间彻底翻过一遍弄成好像受到袭击的样子，完成以后，来到浴室的优香小姐刺向自己的脖子了断性命。”

一口气解释完的我，赶紧调整呼吸，同时打量着佃先生们的反应。

只要佃先生能够接受这起悲剧的真相，替久米先生辩护就是一件“正确的事”，如此一来，佃先生的玛布伊便能获得救赎，这个梦幻世界也会崩解。

“异议！”检察官逼上前来，“就算你想用玩笑话蒙混过关，我也不会让你得逞！你忘记犯案现场的样子了吗？遗体被强酸溶解，至今仍未找到凶器，这不可能是自杀，而是久米杀了佐竹优香之后，为了湮灭证据所以将遗体浸在强酸中，并将凶器藏在某个地方！”

“不，不是这样。”

“那凶器在哪里？如果是自杀，刺完自己的脖子之后凶器应该还在浴室里才对啊！”

“是啊，还在那里。”

“什么？”

“所以说，凶器一直都在现场，在装满强酸的浴缸里。”

“开什么玩笑！鉴识人员已经彻底调查过现场了，当然浴缸里也是，并没发现刀子之类的东西！”

“难不成，”法官插话道，“凶器被强酸溶解了？为了让凶器消失并伪装成他杀，所以才必须制作强酸？”

“不，不是的，凶器并没有被溶解，只不过它在那里实在是太自然，没有人想到那就是凶器罢了。”

“所以我才问你那到底是什么啊？”检察官粗声道。

“是镜子。”

“镜……镜子？”检察官张大了嘴巴。

“是的，优香小姐用大片的镜子碎片刺向自己的脖子。破碎的镜子成了锐利的刀子。因为浴室里的镜子被打破了，所以就算在浴缸里发现碎片，也只会被认为是受到打破镜子时的力道冲击才掉进浴缸里的，再加上强酸让划在骨头上的伤痕消失得差不多了，因此即使进行司法解剖，也不会发现那是镜子碎片造成的痕迹。”

“镜子……为什么要用那种东西？”

“优香小姐长年害怕自己倒映在镜子里的样貌，并且为此所苦，对她来说，镜子是个不祥之物，甚至到了将家中所有镜子都打破的地步。但是，整容手术后得到压倒性美貌，躯体变形障碍稳定下来的那段时间，她对自己映照在镜子里的样貌应该是感到幸福的。镜子在优香小姐的人生里扮演了重要角色，我不知道她在想到这个计划时，对镜子怀有什么样的感情，但是她下定了决心，认为镜子正是最适合替自己人生画上句点的凶器。”

话一说完，脚边传来库库鲁僵硬的声音：“爱衣……”

“很抱歉在你说得正精彩的时候打扰你，不过情况看起来不太妙了，快点做个了结吧。”

库库鲁用耳朵指着法官席后方，看向那里的瞬间，我的后背打起了冷战。关押无脸人的那些牢房里，遭到不断摇晃的那些栅栏已经出现了细微的裂痕。

“牢房就快坏了，会有数不清的无脸人冲出来攻击，当然我会保护你，只是他们数量那么多，不知道会发生什么事，所以快点进行玛布伊谷米吧。”

我动了动喉咙，咽了口口水回答“知道了”之后，检察官大声喊道：“就算破掉的镜子是凶器好了，强酸又怎么说？一般来说，即使要自杀也不会用强酸溶解自己的身体不是吗？”

“是的，的确是这样没错。不过……优香小姐并不是处于‘一般’状态。”

检察官的喉咙发出了有东西哽住的声音。

“深受精神疾病所苦的她，没办法再做出‘一般’的判断，也因此，才会出现那么悲惨又可怕的案发现场。”

“那你解释给我听！为什么佐竹优香要用强酸溶解自己的身体？”

“……不是身体，”我静静地答道，“是脸。”

“脸？”

检察官像第一次听到这个词一样生硬地念着。

“没错，对于和久米先生分手，躯体变形障碍发作的优香小姐来说，自己的脸比任何东西都来得更丑陋和令人厌恶，所以她不希望死后还留下那张脸，她想要大肆破坏后抹去它的存在。”

“难道脸部骨折的痕迹是……”法官发出惊愕的声音。

“没错，是优香小姐在自杀之前自己弄的，我想她大概是不停用脸去撞洗脸台或是浴缸，她已经被逼到这种地步，陷入了恐慌状态。”

“那之后她……”

“毁容之后，因为撞击而意识不清的她，右手拿着大片的镜子碎片，站在装满强酸的浴缸中。我想她已经连碎片划破手掌，强酸腐蚀双脚的痛楚都感受不到了吧。然后她左手抓着锁链缠在手腕上，将碎片用力刺进自己的脖子里，在切断颈动脉的同时，左手奋力拉住锁链。”

“锁链？为什么要这么做？”法官的手覆在额头上。

“为了在倒下时让脸部朝下。”

我压抑着声音回答，佃先生们的脸上浮现惊骇的神情。

“对优香小姐来说，溶解自己的脸是绝对必要的事，但如果只是刺穿脖子，有可能会面朝上倒下，这么一来也许只会溶解后方而留下脸部，为了避免这种事发生，她才会在气绝之前用尽最后的力气拉住锁链，这股力量让她的身体从脸部开始浸到强酸液里，之后她就气力用尽了……这就是事件的真相。”

结束说明的我，等待着佃先生们的反应，三位佃先生没有一个人开口。

刚才的说明是否让他们接受了呢？玛布伊谷米成功了吗？

一阵屏息之后，法官沉默地拿着木槌起身，离开座位走向我。被告、检察官、法官的佃先生三人的位置刚好包围住我，法官席仿佛融化般逐渐消失，仔细一看，检察官席、辩护人席以及被告席也在不知不觉间不见了。

“你没有确切证据证明刚才的假设对吧？”检察官问道，他的声音里不再有攻击性。

“是的，没有，但是如果刚才的假设是事实，原本案件里无法理解的一切就都说得通了，因此那就是真相的可能性极高。”

“可是……久米在电话里告诉我，说他杀了佐竹优香。”

“我不知道为什么久米先生要这么说，只不过就像稍早前说明的，他的那番自白应该没有证据，是这样没错吧？”

检察官在瞬间的犹豫之后点头：“没错。”

“既然现在出现了优香小姐是自杀的可能性，那么久米先生是凶手的这件事就有了‘合理的怀疑’，我记得审判有‘无罪推定’的原则，在出现合理怀疑的情况下，应该不能认定久米先生就是杀害优香小姐的凶手而判有罪。”

我焦急地连珠炮似的说完，眼见牢房栅栏的裂痕越来越多了。

“……爱衣，要来了。”

库库鲁在我脚边说完，下一秒，其中一个牢房的栅栏终究还是发出了碎裂的钝响声。从牢里爬出来的无脸人高举着刀向我们跑来，不过早在他攻过来之前，库库鲁一只耳朵已化为长枪，刺穿了无脸人的胸口。

“这些无脸人就交给我，爱衣，你去完成玛布伊谷米！”

库库鲁的声音透出焦躁，在说话的同时，它站到前方。

我点头之后重新转向检察官的佃先生说：“佃先生，你之所以起诉自己，是因为让杀人犯无罪释放，但是听完我的解释之后你应该明白，很难说久米先生是否为杀害优香小姐的凶手。”

牢房一个一个遭到破坏，库库鲁用化为利刃的双耳劈开朝我们逼近的无脸人们。

“但是，如果没有释放那家伙，之后的杀人案也许就不会发生……”

我向无力地说着的检察官靠近一步。

“释放后的事和本案没有关系！现在这场审判是针对让久米先生获得无罪判决究竟是不是‘正确的事’进行议论。您的意思是，就算有了‘合理的怀疑’，优香小姐有很大的可能性是自杀，还是应该以杀人罪判久米先生有罪吗？”

检察官低下头，小声地嘟囔着什么。

“我听不见！请您说清楚！”

我的双手从左、右两侧包夹，强行抬起了检察官的脸。从牢里涌向我们的无脸人大军，已经数不清有多少人了，虽然库库鲁拼命挥动双耳，但是高举着利刃的无脸人人墙与我们之间的距离正一点一点地缩短。

“请回答我！”

我的脸靠近检察官，看进他的眼睛里，他无力地张开干燥粗糙的双唇。

“……就像你说的，既然有合理的怀疑，就适用无罪推定原则[1]。”

“那么，让久米先生获判无罪就是一件‘正确的事’对吧？佃先生，你做了‘正确的事’对吧？”

我大声确认。无脸人的人墙已经逼近到数米之内了，挥动双耳的库库鲁脸上出现忍着疼痛的表情。

其中一名无脸人将手里拿着的野外求生刀往我们的方向丢，笔直

---

1 无罪推定原则：意指未经审判证明有罪确定前，推定被控告者无罪。

射来的刀尖朝着僵立在当场的我飞来。

眼前出现了一个小小身影，库库鲁往上跳到我脸部高度，使出柔软的猫掌拍掉了野外求生刀，以肉垫吸收冲击落地的库库鲁再次超高速地挥动双耳，不断斩杀无脸人们。

库库鲁淡黄色的前脚毛发被染成了红色。

“库库鲁？！你受伤了……”

“刀子好像稍微划过去了，不过我没事。”

“你说没事？”

“这一点伤没什么，你不用担心，紧要关头时我还有特殊绝招，所以你是安全的。”

库库鲁带着焦躁的脸上浮现出笑容。

“特殊……绝招？”不好的预感让我声音颤抖。

“别说这个了，快点进行玛布伊谷米！”

就在我咬着唇点头时，“……没错”一阵细微的声音震动了鼓膜，我一看，检察官无力地微笑。

“就像你说的那样，佃二郎……我是正确的，久米不应该因为优香小姐的杀人案而被判有罪。”

“那么……”

我转头看着检察官，无脸人的人墙已经来到库库鲁面前了。

“宣告判决。”

法官将手上拿着的木槌高举过头，猛力往应讯台挥下，木头撞击木头的声音猛烈地撼动了空气。

“被告无罪！”

在法官高声宣判的同时，三名佃先生消失了，然后，出现一名男性，是穿着老旧西装，看起来很和善的老人，是身为律师的佃先生。

“谢谢你替我辩护。”佃先生向我伸出一只手。

“不用谢，这没什么……”我反射性地握住那青筋浮起的瘦小的手。

“这样玛布伊谷米不是成功了吗？！这些无脸人还不消失？”库库鲁以走投无路的声音说道。

我回过神一看，无脸人已经逼到了眼前，虽然库库鲁拼命地挥刀，但无脸人的数量实在是太多了，它正一步一步后退。

“……看样子只能下定决心了吧？”

就在库库鲁喃喃自语着什么不祥的话语时，背后传来像是玻璃碎裂的声音，我转头一看，不由得屏住呼吸。散发淡淡光辉的半透明牢笼四碎，关在里面的女孩——佃先生的库库鲁正站在那里。

钳制着细瘦双脚的枷锁已经解开，脸部及四肢上的伤也逐渐消失，苍白的肌肤渐渐恢复血色，她原本乏力而呆滞的脸上浮现出令人安心的微笑。

忽然，女孩的背后发出强烈光芒，无脸人们发出高亢的尖叫声，用手捂住没有眼睛、鼻子和嘴巴的脸。

因强光而眯起眼的我，察觉到浮现在光芒中的人影手脚正在伸长。

光芒敛去，缠着碎布的娇小女孩消失了，取而代之的是一名女骑士，她身穿散发出银白色光辉的盔甲，凛然地站在那里。

骑士优雅地挥舞手中的佩剑，剑尖画出的半圆形光芒向外扩散，朝着我们飞来，我下意识地缩起身体，但那道光芒不带一点痛楚或冲击地穿过我的身体，抵达无脸人人墙，下一秒，发出痛苦叫声的无脸人被消灭了，像肥皂泡泡破裂一样，他们一个一个爆裂后消失。

原本数不清的无脸人在呆立当场的我眼前全部消失了，剩下细微的光芒飞舞，柔和地照亮黑暗的空间。

闪烁着银白色的光之粉纷飞落下之际，因放下心来而双脚失去力气的我跪坐在地。

“辛苦你了，爱衣，这样玛布伊谷米就成功了呢！”

库库鲁跳上我的肩膀，舔着我的脸颊，猫咪舌头粗糙的触感使我发痒。

“谢谢你，都是因为有你保护我。对了，你的伤口还好吗？”

“伤口？啊，你说这个吗？”

库库鲁舔着渗血的前脚，开始帮自己理毛，原本被血染红的毛随着它一次次地舔舐，渐渐恢复成原本的淡黄色。

“你看！”就在库库鲁得意地伸出它的前脚时，身穿盔甲的女骑士缓缓走近。她带着满是慈爱的笑容，在佃先生的面前停下脚步。

“辛苦你了，三郎。”

佃先生听到温柔慰劳自己的话语，一脸幸福地眯起了眼。我看着这幅景象，轻轻甩着头，幸福地凝视彼此的两人，不知为何看起来一片模糊。不，说是模糊并不正确，有小小的人影像是叠在佃先生和女骑士的身影上一样逐渐显现。

就在我不停眨着眼时，女骑士与身着西装的老年男性渐渐淡化后消失。相反地，两个娇小的人影越来越清晰。

不知不觉间，那里站着光头少年与身穿桃红色浴衣的少女。我对这两个人有印象，是少年时代的佃先生与之后成为他妻子的少女——南方聪子小姐。

“我们走吧，三郎。”

“嗯。”佃先生用力握住聪子小姐伸出来的手。这时候，从某个远方传来祭典的嗺子乐音，我抬起头，红色灯笼飘在空中排成两列，照得周边一片通红，脚边铺满了石板，远方立着一座跳盆舞用的高台。

佃先生与聪子小姐手牵着手，在铺着石板的参道上往里走去。我一边目送着他们的身影，一边向肩上的库库鲁搭话。

“我问你，那是怎么回事？库库鲁是映照出自己本质的镜子吧？那为什么会变成聪子小姐，你不觉得奇怪吗？”

“这个嘛……哎呀，人家不是说夫妻当久了就会越来越像吗？会不会就是这样啊？总之，有很多种情况啦。”

“很多是什么意思？”

敷衍的说法让我皱起眉，库库鲁用耳朵摸着我的额头。

“真是的，不要皱眉头，可惜了这么可爱的一张脸。”

“你不要转移话题，好好解释清楚！”

“虽然你这么说，不过已经没时间了。”

“没时间？”我反问之后，库库鲁仰起头。

“你看，这个梦幻世界就要消失了，因为玛布伊谷米成功了嘛！”

我一看，并排的灯笼光芒越来越亮，亮到几乎无法保持视野，走在参道上的佃先生与聪子小姐的身影也被光芒掩盖而看不见了。

“等一下，我还有很多事想问……”我迅速地说着。

库库鲁用双耳抱住我的头：“放心吧，那个时候来临时我会全部告诉你的，所以你不要担心，好好休息吧，毕竟玛布伊谷米应该耗费了你许多心神。”

“那个时候是什么时候？”

我感觉梦幻世界即将消失，因此急忙问道，可是库库鲁只是露出似乎带着哀伤的微笑，并没有回答。

眼前逐渐染成一片鲜艳的深红色。

“那么爱衣，下次的梦幻世界见。”库库鲁的声音从远方传来。

我颤抖着身体睁开眼睛，没有情调的病房映入我的视网膜，右掌一阵粗糙的触感，我从躺在病床上的佃先生脸上轻轻收回了手。

啊啊，回到现实世界了吗？我动动四肢确认身体的感觉，同时视线看向挂钟，从开始玛布伊谷米时算起，指针果然只前进了大约五分钟。

玛布伊谷米又成功了，我救了佃先生的玛布伊，但是这次却没有像飞鸟小姐的玛布伊谷米成功时一样的满足感。

全是一些我不明白的谜团，思考着的我将手指压着太阳穴。

优香小姐是自我了断的大概不会有错，只是为什么久米先生要和佃先生联络说是他杀的？还有久米先生坦白的中年男性杀人案，那真的是久米先生犯下的案子吗？

我也不知道为什么优香小姐要做出那种事，就算和久米先生分手造成躯体变形障碍症恶化，这样就能想出那么可怕的计划并且付诸行动吗？难道她在因症状恶化而受苦时，没有找谁倾诉过吗？明明只要接受专业的治疗，就不会发生那样的悲剧了。

另外还有佃先生的库库鲁最后化身成他太太的样子，只要问到这件事，库库鲁就会含糊其词，做出很多令人在意的事。不过，当下最重要的，还是加纳环小姐的事。

环小姐是理解并支持久米先生的人，而且大概也是他的恋人，这样的她说巧不巧正是我负责的第三位 ILS 病患。久米先生的律师佃先生，以及恋人环小姐，ILS 的患者们一定有某些关联。

究竟是什么联结着四位 ILS 患者？还有，他们为什么非得被吸走玛布伊不可？

就在因要思考的事情太多而导致我头痛时，佃先生发出“嗯”的呻吟声。

我暂时将疑问搁在一旁，凝视着佃先生。

看见紧闭了好几个星期的眼睑逐渐抬起，我的内心涌上了温暖的满足感。

幕间 II

“这是第二个人了……吗？”

神研医院的十三楼病房，在正午过后没什么人的护理站里，杉野移动电子病历的游标，屏幕上显示署名为佃三郎的患者的病历。

原本是ILS病患的佃先生，几天前从昏睡中苏醒，目前正在接受复健以回归正常生活。

先是片桐飞鸟，然后是佃三郎，由后辈担任主治医师的ILS患者一个接一个地醒来，对比之下，华负责的病患现在却还是处于昏睡状态。

“为什么我的病患还不醒来呀。”

华翻动画面，看过病历上记录的治疗内容，但是上面并没有标记特别的治疗方式。在听说佃三郎醒来时，华兴奋地问了主治医师：“你是怎么治好的？！”但是和片桐飞鸟那时候一样，对方只是迟疑地回道：“我也不知道。”

“啊——真是的！”华抓乱了烫得微卷的头发。

同时发病的四名ILS患者中有一半都睁开了眼睛，自己的病患却连改善的迹象都没有，这件事让华这几天焦躁不已。

虽然知道一定要冷静，但她还是忍不住烦躁起来。

因为陷入昏睡状态的人不只有单纯的病患，还有自己觉得重要的人。

会好起来的！我绝对会让对方睁开眼睛！下定决心之后，身后传来一阵金属的咿呀声，华回头一看，忍不住嘴角一歪。一名中年男子——这家医院的院长灵巧地操作着轮椅滑进了护理站内。

“哟，杉野医师。”渐渐靠近的院长出声打招呼。

华点点头：“你好。”

华从以前就很不擅长应付他。身为精神科医师的这个男人，有时候会用像要看穿内心深处的目光观察她。

“他的状况怎么样了？”院长以轻松的口吻问道。

“他是指谁呢？”华虽然知道他在问谁，却不禁这么回答。

“这还用问吗？当然是你的病人，一直在特别病房里昏睡的他啊。”

院长指着走廊尽头挡住去路的金属自动门，在这十三楼病房的深处，有着特别的存在——位于那里的三间房间，是定了高价病床费的VIP病房。房间就像高级饭店的豪华套房一样宽敞奢华，在安全防护上也下足了工夫，进入楼层时必须在读卡机上刷员工识别证才能打开自动门。

“还是一样处于昏睡状态，你不是知道吗？”

“我不是指这个。”院长压低了声音，“前阵子不是有刑警来问他的事吗？”

“……为什么你会知道？”

华没有向院长报告刑警的事。

“我从护理师那里听来的，这家医院里的所有消息都会上报到我这里。那你有没有问那些刑警他们来调查什么？”

瞬间的犹豫之后，华摇摇头。

“没有，我什么都不知道，因为刑警们只是问话，完全不告诉我任何信息。”

“这样啊……你要是知道了什么就马上告诉我，毕竟他可是重要人物。”

对你来说重要的是这家医院的评价和自己的地位吧，华的内心嘀咕着，向在原地灵活地回转轮椅的院长答道：“我知道了。”

“还有，”院长背对着华说，“就算他卷入了什么麻烦，也绝对不能透露给外面的人，要是传出奇怪的流言就糟糕了。可以的话，希望他住在这里的事也不要让其他人知道，你明白吧？”

“……是，我明白。”

“那就拜托你啰。”

院长一离开护理站，华就摘下眼镜揉揉眼睛。

院长所说的，前几天刑警们的来访，那也是她压力这么大的原因。

刑警们说他也许和连续杀人案有关，这究竟是怎么一回事？那时候脑袋一片空白，结果就照着刑警们的指示带他们到他的病房去了。刑警们取得了昏睡中的他的指纹，也用棉花棒轻刮他的口腔采集了DNA，之后没有留下一句说明就离开了。

华回想在新闻网站上看到的那起连续杀人案的内容，那是一起不分男女老幼都以相同手法残忍杀害的恐怖案件，他怎么可能和那样的案件有关系。

没错……绝对不可能。华咬着嘴唇。

他是个非常温柔的人，认识他之后，华就一直对他保持着敬意，这样的人不可能和那么恐怖的案件扯上关系。华站起身，离开护理站沿着走廊前进，来到他的个人病房前，几次深呼吸之后打开了门。

靠近窗边的病床上躺着她负责的ILS病患。走近病床的华看向患者的脸，安详的睡脸让她不禁绽开笑容。

“竟敢睡得那么舒服，让我一个人这么辛苦。”

华半开玩笑地说着，指尖点在患者的眼睑上，眼球的急速运动透过薄薄的皮肤传来。究竟在做着什么样的梦呢？是美好的梦吗？还是被困在噩梦当中？

“真是的，后辈负责的ILS患者有两个人都醒来了，为什么这张床上的人还在继续沉睡呢？”

他用轻微的鼾声代替了回答，搔刮着华的鼓膜。

“我说过吗？之前刑警来找我，他说‘你的病患也许是连续杀人事件的关系人’，真是的，到底在说什么啊，真要说的话……”华继续说道。

成为主治医师后，华依然定期来到这间病房，和持续沉睡的病患说着当天发生的事，她觉得这么做，或许有一天对方会醒来回应她。

花了几分钟报告近况的华，在叹了一口气后摸着病患的脸。

“我一定会找出治疗方式，再等我一下哦。”

腰际传来流行乐的铃声，华从白袍口袋里拿出手机。

“喂，我是杉野。”

“这里是综合柜台，有客人说想要和您见面。”

“想和我见面？是病患家属吗？”

“不是……”

柜台小姐像是说悄悄话一般压低了声音道：“是警视厅搜查一课的刑警。”

“抱歉啦医生，多次前来打扰。”

走进房间里的中年刑警，不等华招呼便重重坐上她对面的位子，铁椅子仿佛在抗议肥壮体形的重量似的发出嘎吱声。是前几天来问话的名叫园崎的刑警，另一名叫三宅的年轻刑警也在微微点头后坐在园崎旁边。

“不过这真是个没情调的房间啊，又很小，上面还写着病情说明室。”

园崎饶富兴味地环顾位于病房区角落，只摆了桌子和椅子的两坪多房间。

“就像名称上写的那样，这是在向病患或家属说明病情时使用的房间。”

“原来如此，不过我们既不是患者，也不是他们的家属哦，是柜台小姐叫我们到这里来的，为什么呢？”

“你们不是想问我病患的病情吗？那么，我想在病情说明室谈话最适合了，在这里就可以好好聊聊……而且不会被别人听到。”

华低声说完，园崎露出苦笑，搔着长出胡楂儿的脸。

“我并不打算和您说什么，只是来这里再看一次那名患者的状态，所以要请您让我和那男人见一面。”

“他谢绝会客。”华厉声说道。

半站起身的园崎脸上闪过惊讶的神色：“谢绝会客？那个男人的状况这么糟糕吗？”

“无可奉告，这属于个人资料。”

园崎的眼神锐利了起来，华咬紧牙根忍住那道视线的压迫。

“这是在故意找碴儿吗？医生，就像我之前说过的那样，那个男人有极大的可能性和连续杀人案有关，您打算干扰这部分的侦查吗？”

“我没有这个意思，只是身为主治医师，我有义务保护病患。”

“……医生，我也可以找法院开拘票强行查下去，那个男人和案件之间就是有这么密切的关系。”

“那您不妨这么做吧，不过只要主治医师判断谢绝会客，我想要说服法院应该还蛮麻烦的。”

园崎一脸不愉快的表情大声地啧了一下。

“医生，我们都不是很闲，就不要花时间试探彼此了，你的目的是什么？怎么做你才愿意让我见那个人？”

华舔了舔嘴干燥的嘴唇。

“请告诉我发生什么事了。之前你说他是连续杀人案的关系人之后，我就一直处于混乱中。请你详细解释他和那起案件有什么样的关系，你们又有什么根据这么说？”

“……您的意思是要我泄露侦查情报给非相关人员的您吗？”园崎收着下巴，压低音调。

“我不是非相关人员，我是他的主治医师，也是他的熟人，他对我来说……是非常重要的人。”

“重要的人……啊。”园崎摸着下巴，投来打量的视线。

在数十秒的沉默之后，园崎小声说道：“医生，你的口风紧吗？你可以发誓不会泄露我们在这里说过的话给其他人知道吗？”

“等一下，园崎先生。”三宅出声喊道。

园崎不耐烦地挥挥手：“反正媒体马上就会闻风而来了，只是稍微透露一些给医生不会有问题啦。而且只要我们提供情报，医生一定不光是答应会客，还会说出很多关于那个男人的事，对吧，医生？”

园崎扬起了唇角，华犹豫了一下之后点头道：“只要在不违反保密义务的范围内。”

“很好，成交。原来如此，你一开始就想套出情报，所以才把我们叫到这间说明室来的吧，你也很有两下子嘛！”

“好了，快点告诉我，你说他可能和连续杀人案有关，这是什么意思？”

华倾身向前，园崎像是在吊人胃口般，以悠哉的语调开始说了起来。

“请不要那么激动，就是字面上的意思，那起震惊社会的，许多人被以同样手法残杀的恐怖案件，联结被害者之间的关键，就是你的病患。”

“联结被害者之间的关键？被害者不是彼此互不认识，找不出相关交集吗……”

“没错，我们可是耗费苦心才找出来的，因为每一个被害者都向身边的人隐瞒了和那个男人之间的关系，不过在项目小组彻底侦查之后，发现大多数被害人，我想是所有人，都曾和那个男人，怎么说……深谈过吧。”

“深谈？”不明白这是什么意思的华反问道。

“对，没错，所有被害者都是遭遇过痛苦经验而导致精神不稳定的人，那个男人似乎是以倾听被害者们的烦恼来取得他们的信任。”

“这是指咨询行为吗？”

“我不知道能不能称作咨询，根据曾经实际和他深谈过的人所说，比起咨询，感觉更接近洗脑。”

“洗脑……”这个用词的强烈程度让华感到不解。

“没错，昏暗的室内两个人独处，一边看着蜡烛的火苗一边诉苦，等到所有的苦恼都说完之后，那个男人会反复说着‘没关系’‘不需要担心’，然后内心就会变得非常轻松。”

“……虽然和基本做法有相当大的差异，不过听起来和通过催眠疗法进行咨询蛮像的。”

华这么说完，园崎“哦”的一声将身体向前倾。

“医生们平常就会做这种类似黑魔法的事啊？”

“不，通过催眠进行治疗的方式有是有，但并不会频繁使用，因为受催眠的难易度个体差异很大，只是对于可能产生效果的人，会加入疗程中作为辅助治疗。”

“可能产生效果的人啊……”园崎交叉粗壮的双臂，“也许那个男人是挑选容易被催眠的人下手。总之，比起这个，重要的是连续杀人案的被害者们和那个男人都有交集。那个男人免费进行那种‘咨询’，并禁止他们和其他人透露这件事，不仅如此，他还严格要求使用网络首页的匿名留言板联络。”

“为什么要这么做……”华越听越感到不安，呼吸渐渐变得紊乱。

“不知道，究竟是为了什么呢？也许是想要按自己意思控制的木偶吧。看来那个男人从相当久以前就一直在持续做这种事了，然后到了最近，曾经接受那个男人‘咨询’的人们突然开始惨遭杀害。”

华将手压在胸前调整呼吸。

“警方认为他和这起犯罪有关吗？”

“这个嘛，还不知道，只是那个男人是解决这次连续杀人案的线索不会有错，不，不只是这次的案子……”

华很在意园崎后来像补充般说出的那句话，倾身向前问道：“这是什么意思？”

园崎的视线在空中游移了数秒后，再次开口：“哎呀，既然都说到这个份上了，我就干脆说了吧，只不过绝对不能将情报泄露给任何人，你可以保证吧？”

华用力点点头。

“您知道去年发生的那起年轻女子在自己家中遭到杀害，遗体被强酸溶解的案子吗？”

“知……知道，我在新闻上看过……”

那是一起猎奇的犯罪，因此所有媒体都特别报道过，印象中因杀人罪嫌遭到逮捕的前男友在法院获得无罪判决。

“那名被害者也有接受过那个男人‘咨询’的迹象哦。”

“咦？！这是怎么回事？”华拉高了声音。

“我们也不是很清楚，那起案件和这次的连续杀人案，原本应该毫无关联的两起案子之间有什么样的联结，老实说我们也摸不着头绪。”

在愁眉苦脸的园崎面前，华一句话也说不出来。

“说到不清楚，那种病的病患和案子之间有什么样的关系也让人搞不清楚。”园崎像在自言自语般地说道。

“那种病？”华反问。

“叫什么名字啊？那个会持续昏睡的病。老实说，今天主要的目的不是来见那个男人，而是向名叫佃三郎的男人问话。”

“那个人是上星期刚从 ILS 的昏睡中醒来的病患吧？为什么要向那个人问话？！”

“没错没错，就是罹患 ILS 的佃三郎，还有之前恢复的片桐飞鸟，这两个人都曾经接受过那个男人的‘咨询’，而且在陷入昏睡的前一晚，附近的监控拍到他们去过那个男人进行‘咨询’的地方，不仅如此，同时罹患 ILS 的其他人也在。”

华半张着嘴，一次又一次冲击而来的信息，让她觉得好像有人直接用手翻搅着她的大脑。

“我问了他们两人为什么要到那里去，但他们的记忆似乎已经模糊了，没有给出一个明确的答案，不过，大概是被那个男人叫过去的……”

“等……等一下！”无法继续承受信息如洪水般涌来的华大喊。

园崎歪着头：“什么事？”

“难道您想说 ILS 的发作和那个男人有关吗？”

“被那个男人找去而来到同一个地方的所有人都陷入昏睡状态了，

就连那个男人自己也是，一般来说自然会认为有关吧？”华被这番合理推断堵得说不出话来，园崎淡淡地继续说道，“我们认为被找去的那些人都被下毒了，不过却在某个环节出了差错，导致那个男人也摄取了那款毒物，意识变得朦胧，最后陷入昏睡状态。”

“ILS 不会因为中毒而发病！”

园崎的脸靠近提出反驳的华：“那么ILS会出于什么原因而发病？希望您教教我们这些医学外行人。”

“会因为……”

华再次无言以对，园崎耸了耸壮硕的肩膀。

“不管怎么样，好几起的恐怖事件和令人费解的案件核心中，都有那个男人存在，所以我们希望尽快和那个男人谈谈，也是因为这样，想请教身为主治医师的您，那个男人什么时候才会醒来？”

“这个……我也不知道，不知道他什么时候会醒来，甚至连他会不会醒来都……”

华感受到深深的无力感，挤出这句话后，园崎从椅子上站起来。

“总之，关于那个男人，我们掌握到的情报就是这些，既然提供了这么多情报，就请你答应会客吧。还有，那个男人的病情一旦出现变化，请立刻和我们联络。”

华的手微微颤抖着，接过园崎递来的名片。

“我想你应该明白，我们在这里说的话都是非公开信息，不要说媒体了，也请你注意千万不能泄露给其他人知道。”

怎么可能说得出口，他竟然和这么可怕的案件牵扯上关系，就算撕烂了嘴也……

华无力地点头之后，刑警们便往出口移动，就在手握上门把手时，园崎突然说：“啊，对了。我干脆好人做到底，再告诉您另一项有关那个男人的情报吧，不过这个还只是在有点怀疑的阶段而已。”

“……是什么？”

华忍不住就这么问了。明明已经不想再继续听下去，明明已经想把耳朵捂起来了。

“那个男人啊，搞不好是少年X哦！”

“少年……X……那是……”

从唇间发出的声音，颤抖得连自己都觉得可笑。

“对，没错，就是二十三年前，在杀害了自己的父母之后，又到附近的游乐园随机杀人，一个接一个刺杀了十几个人的那名少年。”

园崎的声音回荡在狭窄室内的墙壁间，不祥地翻搅着空气。

第三章

梦幻的演奏会

1

每动一次大拇指，手机的画面就随之滑动，我盯着画面，同时用汤匙舀起咖喱饭送进嘴里。

“你在看什么？”坐在桌子对侧的爸爸一脸讶异地问我。

“啊，对不起，这样是不是很没有规矩？”我急忙将手机放在一旁。

“不是，因为你的表情看起来很可怕，所以我在想是不是医院那边的消息。如果你必须赶回医院，我可以开车载你到车站。”

“没关系，不是医院的消息。对不起，让你担心了。”

我挤出笑容，将注意力集中在爸爸煮的咖喱上。成功结束佃先生玛布伊谷米后的第二周，我回到了老家。想和爸爸见面是一个原因，但除此之外我还有其他的目的。

原本在饭厅角落里咬着饲料，发出“咔哩咔哩”声的猫咪黄豆粉，也许是吃完饲料后感到无聊，脚步轻快地朝我走来，以我的大腿为中转站，灵巧地飞身跳到桌上，闻着咖喱的香味。

“我跟你说过猫不能吃咖喱啦！”

我用指尖轻抚黄豆粉尾巴根部时，它发出“咕噜咕噜”的声音，一脸幸福的样子，和在梦幻世界中支持着我的库库鲁身影重叠，让我漾开了笑容。

我的库库鲁会长得那么可爱，一定是受到这两个小家伙的影响。我摸着黄豆粉，同时看向一旁在笼子里一心一意啃着白菜的兔子跳跳太。从小就陪伴着我的黄豆粉和跳跳太，于我而言已经不是宠物，而是家中的成员了，它们两个温柔地疗愈了二十三年前我在那个可怕的事件中所受的内心的重伤。

享受完按摩的黄豆粉，优雅地在桌面上移动，它用前脚碰碰我的手机。

“啊！不可以。”当我出声制止时已经太晚了，被粉红色肉垫压住的手机从桌子边缘掉到地板上，不知道是不是被不小的音量吓到，黄豆粉尾巴的毛突然爹起，从桌子跳下地板逃走了。

“啊——真是的！”

我蹲下身捡起手机，幸好屏幕没有裂开，按下电源键，画面正常亮起，我看见上面显示的大约半年前的网络新闻报道，加重了握着手机的力道。

获判无罪的大学讲师是否杀了一名男性？！

这句标题使用了相当大的字号突显在画面上，报道中写着原本因涉嫌杀害前女友，并以强酸溶解遗体的罪行而被逮捕，之后获判无罪释放的男子，因为杀害中年男子的嫌疑而再次遭到通缉。

我维持着蹲姿，往下滑动该则报道，里面详细且耸动地描写了久米先生的成长过程、身边人给予的评价，以及优香小姐死亡的事件。但对于作为关键人物的中年男子被害案的详细内容，报道中却几乎完全没有提到，别说遭到杀害的地点和当时的情况，就连被害人的身份都只能找到“年约五十五岁的上班族”这种最低限度的信息。

并非这篇报道比较特别，完成佃先生的玛布伊谷米之后，我花了许多时间查询久米先生在电话里自白的他杀害了中年男子的案件，但是不论哪一篇报道，都没有写出案件的详细状况及中年男子的姓名。

赢得无罪判决并获释的人物可能就是杀人案的凶手，这么具有高度新闻性的案子，却几乎没有流出多少信息，这是怎么回事？案件的背后，有什么扭曲的黑暗正在蠢蠢欲动，我越是调查这个案子，这股预感就越是强烈。

我按下主页键回到新闻网站的首页，新闻列表的最上方跳出了一个标题：《杉并区出现遗体 是连续杀人吗？！》。我轻轻按下那条新闻的页签，案件的概要显示在屏幕上：

> 今日下午，杉并区某公园内，附近居民发现有人倒在植栽内且已死亡。根据警视厅公布的内容，遗体受到严重损伤，被害人的性别及年龄皆不详。目前，警视厅正仔细搜查本案与东京西部发生的连续杀人案之间的关系。

错不了，是这半年来持续发生的连续杀人案，不仅地点和先前一样是东京西部，而且遗体遭破坏到连性别都无法分辨的案子可不是这么常发生的。

“真是没一刻消停……”凄惨的案件让我情绪低落。

“怎么了？手机坏了吗？”

爸爸出声问道，我回过神，急忙坐回椅子上。

“我确认过了，应该没事。”

“是吗？那就好。”

爸爸向上弯起嘴角，之后往口中送进咖喱，我也学着他的样子。

饭厅里只有汤匙敲在盘子上的“咔锵、咔锵”细微声响回荡着，虽然双方都为了专心吃饭而停止对话，但这阵沉默却令人舒畅。

这么说起来，被杀的男性和爸爸年纪差不多吗？我一边用汤匙搅拌着所剩不多的咖喱酱汁和白饭，一边抬眼瞄了瞄爸爸，和年轻时的他相比，爸爸的白头发变得很显眼，皮肤也越来越缺乏紧致。

爸爸老了呢！温暖的情感和这未经矫饰的感想一同在心中发芽。

因为年轮般刻在爸爸身上的老态，是他一直保护着我的证明。

忽然失去妈妈之后，爸爸为了养育我而倾尽全力，他工作的同时替我做饭，帮我看学校功课，拼命扮演好父亲和母亲这两种角色，所以我才能成为现在这样一个独当一面的医师。

不，不只是爸爸，我一面吞下口中的咖喱，一面看着垂挂在天花板上的吊灯。奶奶、黄豆粉、跳跳太、华学姐、袴田医师……因为有许多人的支持，才有了现在的我。在我这么想时，带着安详表情躺在床上的女性身影掠过脑海中，同时一道刺穿胸口的痛楚传来，我急忙摇着头，将那幅影像消去。

“嗯？怎么了？”爸爸担心地问道。

“没什么，只是咖喱有点辣。”

“我不觉得有煮得那么辣呀……”

我对着一脸困惑的爸爸笑了。

“不会啦，没关系，我比较喜欢吃辣的。”

这时候，脚边传来一阵由下而上的感觉，吊灯像钟摆一样摇晃，放在客厅角落架子上的餐具在跳动，发出很大的“咔锵、咔锵”的声响。

“地震？”

“躲到桌子下！”爸爸对着半站起身的我说道。我按照他的指示避难，紧靠着他蜷缩身体，在笼子里啃着白菜的跳跳太也竖起了双耳，不安地来回左右看。摇晃持续数十秒后，地震终于停了，我和爸爸保持警戒地从桌子底下钻出来。

“好像停了呢！”

“是呀，好大的地震啊。爱衣，你有没有受伤？”

“嗯，我没怎样，不过最近地震还真多啊，不会有事吧……”

我盯着还在摇晃的吊灯瞧。

“别担心，不管发生什么事，爸爸都会保护你！”

爸爸将手放在我的头上，厚实的手掌触感化解了我的不安。

“不过遇到自然灾害的话，就没有办法了吧？”

我开着玩笑掩饰自己的害羞，爸爸揉乱我的头发。

“没这回事，做父母的，只要是为了孩子，什么都做得到哦。别说这个了，爱衣，你要再来一盘咖喱吗？”

“不用了，我已经吃饱了，谢谢爸爸。”

“这样的话我想拜托你一件事，你可以到二楼去看看奶奶的状况吗？应该是没事，只是刚刚晃得蛮厉害的。”

“好，我知道了。”说完，我将碗盘拿到水槽，洗净之后往门口走去。就算爸爸不这么交代，我也打算饭后和奶奶聊聊，因为这才是我这次回老家最首要的目的。

我离开饭厅，踏上陡峭的楼梯，来到二楼以后，走近右手边的和风拉门，我问道：“奶奶，你还醒着吗？”里面传来“还醒着哦”的回答。

我拉开拉门走进房内，奶奶跪坐在小矮桌旁边向我招手，黄豆粉正缩成一团躺在奶奶的腿上，看来它是逃到这里来了。

“小爱，你回来了啊，坐吧坐吧。”

我在坐垫上坐下之后，奶奶在小矮桌的对面，将热水瓶里的热水倒进茶壶中。

“我现在马上泡茶哦。对了，这里有开口笑，拿去吃吧。”

奶奶指着点心盒，里面放着几颗婴儿拳头大的浅褐色球状物。

“奶奶，刚刚的地震你有没有怎么样？”

“那种程度不算什么啦，别说这个了，开口笑看起来很好吃吧？”奶奶将点心盒移到我的面前，“听说你要回来，我特别准备的呢！”

奶奶都这么说了，我也不好拒绝，我从盒子里捏起一颗。小时候我的确很喜欢开口笑，但最近在注意热量摄入，因此总是避免吃这种东西。

半夜三更吃这个感觉会变胖啊……我感觉到脸部僵了僵，牙齿仍轻轻地嗑在冲绳名产的炸甜甜圈上，穿过炸得酥脆的表面之后，偏硬的海绵般的咀嚼感传到了门牙上，充满香气的甜味包覆着舌头，在油脂和砂糖交织而成的罪恶滋味中，一股眷恋之情涌上心头。

既然吃都吃了，那就要好好享受。改变想法的我在短短数十秒内便将手里的开口笑吃下肚，也许是吃得太快了，喉咙似乎有些哽住。

“好吃吗？”

奶奶拿起茶壶，在茶杯里倒入茶水后递给我。接下杯子的我啜饮着里面涩味强烈的茶，残留在舌头上的油脂被茶水带走的感觉很舒服，胸口的郁闷也舒缓了些。

“谢谢你，奶奶，很好吃哦。”

“是吗？还有很多哦，想吃几个都没关系。”

再继续吃下去，可就要担心体重了，于是我回道：“比起这个，我有话想说。”

“是有关玛布伊谷米的事吧，太厉害了，小爱，你救了两个人的玛布伊，已经是个了不起的犹他了呢！”

“咦？为什么你会知道？”我惊讶地反问，但奶奶只是微笑着。看来身为犹他前辈的奶奶已经预知到了一切。

“那个……我对ILS的病患做了奶奶告诉我的事之后，该说是被吸进去吗？总之，有那种感觉……等到我回过神以后，已经在不可思议的世界里了……”

我还没有整理好该怎么表达，因此说得七零八落。

“啊——是梦幻世界吧。”奶奶看向远方。

“奶奶，你果然也知道梦幻世界！你也曾经在里面寻找衰弱的库库鲁，救助过玛布伊吗？”

“当然啦，好怀念呀，以前和库库鲁一起在那个不可思议的世界里冒险。”

“那的确是个不可思议的世界，但也不完全都是有趣的事情而已吧，没想到竟然会那么危险。”

我嘟起嘴之后，奶奶一边露出古灵精怪的微笑一边张开双臂：“一点也不危险呀，不是有库库鲁在保护你吗？”

“话是这么说，但就算是库库鲁，也不可能每一次都保护得了我吧？”

“不会的，没这回事。”

奶奶探出身摸着我的脸颊，那是带有些许粗糙却又温暖的手。

“小爱啊，已经是个独当一面的犹他啰，所以你的库库鲁会拥有特殊的力量。无论是多么危险的梦幻世界，都绝对可以保护你的特殊力量。小爱，你就相信自己的库库鲁吧。”

相信库库鲁……吗？我想起了佃先生的梦幻世界即将崩毁时，我和库库鲁的互动。那时候，库库鲁隐瞒了我某些事，在这样的情况下还要我无条件相信它……

“奶奶，每个人都会有库库鲁对吧？”

“对，没错。”奶奶收回了摸在我脸颊上的手。

“无论是谁，都会在梦中与库库鲁相遇，可是醒来之后就会忘记这件事。不过，因为我是犹他，拥有特殊的力量，所以就算醒来了还是可以记得库库鲁的，是这样没错吧？”

“是这样没错。”奶奶再次点头。

“奶奶，库库鲁究竟是什么？虽然库库鲁本人说过它们像是映照出玛布伊的镜子一样的存在，但我却觉得应该不只是这样而已。”

我丢出了最想问的一个问题。

“之前，当我完成玛布伊谷米以后，那个人的库库鲁变成了死去的他太太的样子，如果库库鲁是映照出玛布伊的镜子，那变成他太太的样子感觉就很奇怪。”

“你问过库库鲁了吗？”

“问过了，但我觉得它在敷衍我……虽然它说等到那个时候来临，它会说出一切……那，奶奶应该知道吧？库库鲁的真实身份。”

“我知道呀，但是不能告诉你。”

“为什么？！”我不自觉地大喊出声。

“既然库库鲁不告诉你，那当然就不能从我口中说出来。库库鲁是比任何人都还要为你着想的存在，所以只要等你准备好了，库库鲁一定会全部说清楚。”

“准备好了是什么意思？全部又是怎么一回事？”

“你很快就会知道了，所以就相信库库鲁，耐心地等待吧。”

我的鼻根隆起了皱纹，奶奶伸出手，轻轻地抚摩那个部分。

“露出这种表情就可惜了这么漂亮的一张脸啦。小爱，相信库库鲁就和相信我是一样的，所以你就再给它一些时间吧。”

奶奶都说到这个份上了，我也无法再继续追问下去。

“知道了。”我大大地吐出一口气之后，说出另一个我很想问的问题，“还有啊，ILS 的病患……弄丢了玛布伊之后再也醒不过来的人之间，彼此有一些关联，我认为那四位病患是被某个人约出去，同时被吸走玛布伊的。”

“嗯，可能吧。”

“这样的话，吸走玛布伊的人，是叫作萨达康玛利吗？我在想，如果找出那个人做点什么，也许就能让昏睡中的所有人一起醒来。”

“可能吧。”

听见奶奶说着同样的回答，我倾身向前。

“奶奶也是这么想的对吧！虽然不知道那个人在哪里，但只要找到约出那四名病患、吸取他们的玛布伊并让他们陷入昏睡的凶手……”

“小爱，我想不是这样的。”

奶奶打断了因兴奋而连珠炮似的说到一半的我。

“咦？不是吗？”

“没错，吸走玛布伊的人，也就是萨达康玛利，但他并不是故意这么做的。那个人一定是受到了极大的打击，或是觉得自己身处危险之中，在这样的情绪下才会突然吸走旁人的玛布伊。”

“为什么你会这么认为？”

“因为吸走他人的玛布伊不会有任何好处，毕竟自己的身体里有好几个玛布伊是很沉重的负担。”

这么说来，库库鲁也说过同样的事。

“那吸走他人玛布伊的人会怎么样？”

“沉睡，”奶奶压低了声音，“会陷入沉睡并不停地做梦。”

“咦？这不是和玛布伊被吸走的人一样吗？！”我不禁从坐垫上抬起身。

“没错，外在看起来完全相同，不同的是内在。”

“内在？”

“吸走玛布伊的人会不断地在自己创造出来的梦幻世界里徘徊。”

“吸走玛布伊的人也会创造出梦幻世界吗？！”

“是呀，不过和一般的梦幻世界不同的是，当事者的玛布伊也会迷失在那个世界里。”

“等……等一下哦。”我拼命地整理着混乱的思绪，“被他人吸走的玛布伊会失去力量陷入沉睡，然后创造出梦幻世界，而犹他潜入那个梦幻世界里，给予受伤并沉睡的库库鲁力量，这么一来，和库库鲁相连的玛布伊就能间接恢复足够的力量回到自己的身体里，是这样没错吧？”

“嗯，没错。”

“那在吸走玛布伊的人，也就是萨达康玛利的梦幻世界里，被吸走的玛布伊会动弹不得，而当事者的玛布伊也会因为不知道发生了什么事所以不停徘徊。”

“基本上是这样，不过偶尔会出现被吸走的玛布伊没有陷入沉睡，而是在萨达康玛利的梦幻世界里徘徊的情况。”

这么说的话……我双手抱头梳理整个状况。

我一直认为一定是有人约出四名 ILS 病患，然后吸走了他们的玛布伊，但是，如果吸走玛布伊的人和被吸走玛布伊的人一样会陷入昏睡，那四名病患之中也许就有吸走另外三个人玛布伊的萨达康玛利。

如果是这样，是谁为了什么目的，将他们约到同一个地方去了呢？那个人自己的玛布伊是否也被吸走了而导致 ILS 发作？还是说那个人自己没有出现在该地点，而逃过了一劫呢？

我想起了飞鸟小姐和佃先生的梦幻世界。在他们两人的梦幻世界里，别说是其他人的玛布伊了，就连他们自己的玛布伊都不存在。在我发现束缚着他们两人的事件真相后，拼命地呼唤之下，也只不过勉强唤出没有实体像是玛布伊残像的东西，至少他们两人是被吸走玛布伊的那一方。

我进一步咀嚼他们两人的记忆。记忆最后的部分，玛布伊被吸走前后的记忆里充满了噪点而看不清楚，但他们两人都毫无疑问地被某个人找了出去，所以约那些患者出去的应该也不是他们两人。

那么我负责的另一名 ILS 病患——环小姐又如何呢？她委托佃先生为久米先生辩护，因此有可能约佃先生出去，但是飞鸟小姐的记忆里并没有出现环小姐。

究竟谁是萨达康玛利，而谁又是约病患们出去的人呢？

在经过几分钟的思考之后，我意识到一件应该先着手调查的事——那就是第四位 ILS 病患。也许华学姐担任主治医师的那名病患正是事件的关键。

“谢谢你，奶奶，我得到了很多参考意见哦。”

我从坐垫上站起身，奶奶布满皱纹的脸上挤出了更多的褶皱。

“因为我是犹他的前辈啊，这不过是小事一桩。小爱，你要加油哦。”

躺在奶奶腿上缩成一团的黄豆粉“喵呜——”地大叫了一声。

2

隔天傍晚，我在神研医院十三楼的护理站操作电子病历。

“为什么不行啊？”

我任由焦躁的情绪支配，不断地敲着桌子，稍远处正在调配点滴的年轻护士也许是感到惊讶，视线转向我这里。“对不起，没什么。”

我缩了缩肩膀蒙混过去，再次点击鼠标，然而依旧只是出现“无法显示本病历”的信息。

今天一大早从老家出发来上班的我，打算获取一些关于华学姐负责的 ILS 病患的信息，可是不管我在门诊电子病历里怎么找，华学姐担任主治医师的患者清单中都找不到 ILS 病患。不知道为什么，我马上就明白了：是特别病房的病患。

在这间神研医院的顶楼，备有三间 VIP 专用的特别病房，入住该病房的患者，他们的隐私受到极严格的保护，只能通过十三楼病房的护理站内的电子病历才看得到诊疗信息。

我记得华学姐曾经念叨过“我手上有一个特别病房的患者，只能在十三楼写病历超麻烦”，我想那个人一定就是 ILS 患者了吧。这么想的我，在完成门诊及巡房等所有的工作之后，于傍晚来到了十三楼病房。然而这个病房的电子病历也一样，别说是诊疗信息了，就连病患的姓名都没有显示，我本来想着会不会是电子病历出故障了，就试着输入其他间特别病房的病患，结果他们的资料都可以正常显示。

我放开鼠标，将身体的重量全部压在椅背上。如果不是故障，就是有意隐藏病患的信息，但是系统的技术层面做得到这样的事吗？说到底，为什么非得做到这种程度不可？第四名 ILS 病患究竟是何方神圣？

我盯着散发出亮白光芒的日光灯，脑海中不停地思考着。

ILS 的病患们，有很大的可能是在玛布伊被吸走前不久被约到某个地方去，如果约他们出去的那个人也在现场，那么他的玛布伊就有可能也被吸走而陷入昏睡。

我想起了前几天值班时，华学姐提到她负责的那名 ILS 病患——“我负责的病患也许和连续杀人案有关”。

当时我还没来得及问清楚详细状况，就有急症病患被送到急诊来，所以我没能得到更多的信息，但是现在我既然知道飞鸟小姐、佃先生，还有环小姐等 ILS 病患被卷入了可怕的案件中，那么该信息的重要性就大幅提高了。

暗地里究竟发生了什么事？不明所以的恐惧让我全身动弹不得。

要不要直接去问华学姐？我这么想着，手伸向内线电话，却在半途停了下来。

现在回想起来，每当我问到关于华学姐负责的 ILS 病患时，总觉得她若无其事地转移了话题。虽然别人没有义务回答我的问题，并且我也想相信华学姐，但是已经发生了这么奇怪的事，还是谨慎一点为好。

我从椅子上起身离开护理站，沿着护士们忙碌地来来去去的走廊往里面走去，隔开普通病房与特别病房的金属制自动门挡住了我的去路。

我将挂在脖子上的员工识别证贴在装设于自动门旁的门禁读卡机上，但是那台样子很像室内对讲机的液晶屏幕上出现了“Error”的字样。

“为什么打不开？！”

我烦躁地反复将识别证贴在门禁读卡机上，然而结果却是一样的——耸立在眼前散发出钝光的厚重门扉纹丝不动。只要使用医师的识别证应该就可以打开这扇门啊，可是为什么……

这时候金属门突然发出轰鸣般的沉重声响，缓缓地往旁边滑开。当我还在眨着眼睛时，一名中年护士推着治疗推车出现在门的对面，看起来是结束对特别病房患者的治疗后，正要回到护理站去。

好机会！我和护士擦肩而过，正打算走进特别病房时，她侧眼朝我投以怀疑的目光，我笑着对她点头，她也急忙向我回礼。

我一边注意自己的脚步不要太急，一边走进了特别病房。背后传来金属门关上的声音，我总算不受质疑地进入了特别病房，眼前是一条往前方延伸出去的长廊。

这是一条和普通病房明显不同的走廊，地上铺着赤红的长纤维地毯，左右两旁的墙壁上挂着几幅人像，甚至还摆放了让人联想到古希腊文物的男女人物石膏像，以及西洋盔甲。许久不曾踏足的特别病房，竟被营造出一种高级饭店的氛围。然而，我却无来由地觉得哪里令人害怕。

一定是接下来我要去见的那个人，和发生在 ILS 病患身上的可怕事件及其背后笼罩的黑暗可能密切相关的缘故。

华学姐负责的 ILS 病患入住的是尽头的那个房间，即使在这个特别病房区中，也是费用最高昂的一间病房。我夹杂着紧张吐出一口气，同时迈出步伐，鞋底陷入了柔软的地毯里，纤细的绒毛尖端搔着我的脚踝，心跳越来越快。

终于来到目标病房前，相对于其他病房的拉门式房门，这间病房的门颜色深黑，且采取往左右两旁打开的样式，门框上甚至还有精细的龙形雕刻。

病房的门做得这么奢华有什么特别的意义吗？我带着疑惑，双手推动那扇门，然而那扇门却纹丝不动。

锁住了？站稳下半身，双手使尽力气的我才察觉到，门边设置了一台与特别病房入口一样的门禁读卡机。

原本推着门的手无力地垂下，我愣愣地盯着那台小巧的机器。虽然说是特别病房，但之前应该没有使用门禁锁住才是啊，我从来没有听过在发生紧急状况时，医疗从业人员必须尽快赶到的病房，门外会装设这种东西。

我将识别证贴在门禁读卡机上，如我所料地，只显示出“Error”的字样。

难道这套设备是为了目前住在特别病房里的病患而装设的？如果是这样，就是倾全院之力在藏匿病患了。

这间病房里究竟住了谁？为什么不惜做到这个地步也要藏起那个人？

我拼命地转动头脑，背后突然传来“你在做什么”的声音。我颤抖着转过身，华学姐绷着脸散发出威严地站在那里，招牌圆眼镜后方的眼角向上瞪着我。

“特别病房里没有你负责的病患吧？”

“没有……我只是想见见ILS病患……也许可以成为治疗上的一些参考……”

“这是在讽刺我吗？你负责的病患已经有两个人醒来了，而我的患者现在还处于昏睡状态。”

我从来不曾听过华学姐这种浑身带刺的语气。

“我不是这个意思，只是想知道另一名病患是什么样的人而已，毕竟ILS的病患们全都是在同一时间发作的，不是吗？所以我在想也许他们之间有某种关联，只要知道这点，治疗方式也……”

“不需要。”华学姐打断我的话，“就算不知道患者之间的关系，你也医好了两名病患，既然如此，就不需要去见我的病人了吧！你要是懂了就快点离开。”

华学姐像在赶走虫子似的挥了挥手。

“……你在隐瞒什么？”我微低下头，抬眼看着华学姐。

“隐瞒？”她的眼神更加锐利。

“没错，为什么要拼命隐瞒关于住在这里的病患的事？不但病历上没有任何资料，还不知道什么时候装了这种机器。”我用手掌拍着门禁读卡机，“里面的人到底是谁？”

“你不需要知道。”华学姐以不带感情、平淡单调的语气说道。

“……难道，和最近发生的连续杀人案有关系吗？”

我压低音量小声说完，华学姐的脸颊微微地抽动了一下。

“你是指什么？”

“你不是说过吗？你负责的 ILS 病患可能和那起连续杀人案有关系。这么说起来，你之前说过病患是年轻女性对吧？真的是这样吗？还是那时候你对我说谎了？”

“我不记得说过这两句话，你会不会是和其他人搞混了？”

“为什么要装傻？学姐，你不是一向很照顾我吗？为什么突然用这么冷淡的……”

我哽咽着再也说不出话来，一只手捂着眼睛低下头。

胸口一阵疼痛，仿佛心被粗麻绳紧紧勒住一般。

“……爱衣。”

听见学姐叫我的名字，我抬起头，她正一脸为难地看着我。

“你不要这么难过。对不起，其实我也很想告诉你，但是现在还不能说。”

“现在不能，那什么时候才可以？！”我咬牙切齿怒声问道。

华学姐轻轻地将手放在我的肩上：“等到那个时候来临，我就会全部告诉你，所以拜托你，再忍耐一下吧。”

真卑鄙，我用力咬着嘴唇。可是多方照顾我的、我尊敬的前辈都这么说了，我怎么可能再继续追问下去。

我咬紧牙根低下头，从华学姐身旁走过，落荒而逃似的离开了特别病房。不安、疑心、愤怒、哀伤，各种情感在我体内横冲直撞，似乎只要一不留神，就会尖叫出声。

我快步走过护理站前来到电梯厅，白袍口袋里的手机振动了起来。我来回几次深呼吸，内心稍微平静之后，按下通话键，将手机拿到脸颊旁边。

“喂，我是识名。”总算是抑制住了声音里的颤抖。

“这里是急诊部，有紧急送院的联络进来。”女性的声音，大概是急诊部的护士吧。

“咦？紧急送院？”

“今天晚上急诊的值班医师是您哦。”

“咦？啊、啊……你这么一说……”

我的大脑被最后一名 ILS 病患给占据，完全忘了急诊值班的事。

“请打起精神来！那么我转接给救护人员，请您判断是否接收。”

“咔嚓”，切换电话线路的声音响起。

“这里是练马救护分队，请求急救支援，伤员大约是小学低年级的男童，十八点二十四分时，附近住户通报有全身是血的儿童在街上走动。”

“全身是血？！”我不禁双手紧握手机，“全身是血是怎么回事？是发生交通意外吗？”

“不是，看起来并不是伤员本人的血。”

“不是本人的血？”

“对，在我们发现该名儿童的地点附近似乎发生了残忍的杀人事件，我们判断他可能是卷入该案件而全身沾满了血。”

残忍的杀人事件……全身会沾满血的杀人事件……我的脑海中浮现出在新闻网站上看过的连续杀人案的内容，几乎要拿不稳手机。

就在我对第四名ILS病患或许与连续杀人案有关的怀疑越来越深的时候，一名被卷入杀人事件的伤员即将送到急诊部来，有可能发生这么凑巧的事吗？

有什么事正在发生，在我不知道的地方，某种异常的事情正……淤泥般的黏稠液体渐渐黏住皮肤的感觉袭来。

“医生？医生？你听得到吗？！”

从手机里传来救护人员的声音，我回过神来，用干哑的声音说道：“对不起，信号好像有点差。”掩饰了过去。

“那么你那边可以接收吗？”

“啊，当然可以，你们大概还有多久会到？”

“大概再过五分钟就到了。”

“我知道了！”我用腹部发力出声回答。一名儿童即将送达急诊部，现在可不是让大脑死机的时候。

仔细一想，连续杀人案主要都发生在这儿附近，而神研医院是这个地区最大的医院，卷入事件当中的人被送到这里来的可能性很高。

没错，这并不是什么特别异常的事，只不过是刚好同时发生了一点巧合罢了。

我这么说服着自己，同时努力搜集伤者的信息。

“请告诉我他的生命体征是否稳定？还有，如果那些血不是他的血，那么应该没有外伤吧？”

“生命体征很稳定，只是……”

“只是什么？！”这种吞吞吐吐的说话方式让我感到很烦躁，我的音量不禁大了起来。

“以躯干为主，全身布满了斑痕……已经确认是皮下出血，这恐怕是……遭到严重虐待所致。”

听完急救人员阴郁的报告，手机从我的手中滑落。

3

救护车警笛声越来越近，我穿着预防感染的手术服，和护士一起往接收急诊病患的大门走去。接受送院要求的几分钟后，我在急诊部完成接收病患的准备并在此待命。

与外部相连的自动门打开了，强风与冷雨一起吹了进来，不知道从什么时候开始，已经变成暴风雨了。我将手臂挡在脸前，抬头看着落下大颗雨滴的天空，明明还只是初夏的傍晚六时许，覆盖着厚厚云层的天空一片灰暗，四周就像深夜一样漆黑。

救护车伴随着尖锐刺耳的警笛声抵达，警示灯照射出来的艳红色刺人眼目。

我走近雨滴不断敲打的救护车，后方车门打开，急救人员走了下来，当我看见躺在急救人员从车内拉出来的担架上，空洞的眼神盯着整片黑暗天空的男孩时，我不禁怀疑起自己的眼睛。

头、四肢、躯干，男孩的全身沾满了红黑色的黏稠液体，简直就像淋了一场血雨，血腥味刺激着鼻腔。

小小的脸蛋也沾染了血污，无法判断躺在担架上的人是不是一个星期前出现在急诊部，然后又在不知不觉间消失的那个男孩。

“生命体征现在还很稳定，但是因为受到惊吓，怎么叫都没反应！”救护人员扯开嗓子大喊，以免声音被雨声盖过，同时拉出担架。

毫不留情倾泻而下的大雨，渐渐冲去黏附在男孩小巧脸蛋上的血液，让他露出了可怕“血妆”下原本的面貌。绝对没错，他就是一星期前我在值班时遇见的那个男孩。

“我马上替他治疗，请送到治疗室。”

我和救护人员一起拉着担架往治疗室走去，担架推到治疗用的手术床旁边之后，我一边向救护人员和护士说“移到台上”，同时手臂伸到男孩的身体下方，血液黏滑的触感透过塑料制的手套传了过来。

“抽血做全血球计数和生化检查，量血压和心电图，用生理盐水接好点滴管线。”

我飞快地指示护士，并用手术剪刀剪开男孩的衣服，随着因吸附了血液而看不出原本颜色的T恤被剪开，剪刀的刀刃也渐渐染上红色。我将剪开脱下的T恤放到一旁，血水滴落地面，发出“啪嗒”的声响溅了一地。

看见那赤裸的上半身之后，我的脸部肌肉不禁抽动，原本动作熟练地进行处理工作的护士们也发出了细微的惊叫，停下手上的工作。男孩肋骨清楚地凸出在纤瘦的胸廓上，包覆着一张与红黑色的T恤形成鲜明对比的紫黑色皮肤，新的瘀血像是要盖过旧的瘀血一样在皮肤上扩散，那是连要找出一寸正常肌肤都很困难的虐待的痕迹。

“……继续手边的工作。”

我硬挤出声音，愣住了的护士们一脸回过神的表情再次动了起来，然而她们的动作却有些不流畅。我摘下口罩，拼命地扯动僵硬的脸颊肌肉挤出笑容，看着男孩的脸。

“已经没事了，你可以放心哦。”

我竭尽所能用最温柔的语气向男孩说话，但他却毫无反应，他的眼睛完全失去焦点，简直就像眼窝里镶嵌着的是弹珠。

护士在男孩的手背上刺入点滴针，尽管尖锐的针头刺穿了皮肤，接着是静脉壁，他的眼睛却眨也不眨一下。他究竟是过着多么痛苦的每一天，而今晚，他又经历了多么可怕的遭遇，那令人心疼的样子让我胸口一紧。

护士小心翼翼地在男孩的胸口贴上心电图的电极贴片，在他枯木般细瘦的手臂上绑好血压计，我确认过屏幕上显示的血压及心电图没有异常之后，用蒸过的热毛巾擦拭男孩的身体，清理黏在上面的血渍。

“会不会太烫？如果痛要告诉我哦。”

我已经做好了他不会回答的心理准备。男孩封闭内心的外壳，不是那么简单就能打破的，首先必须让他知道危险已经过去了，这里是个安全的地方。

我一边用余光看着完成交接的救护人员离去，一边不停地用好几条热毛巾擦拭男孩的身体，完成一连串处理工作的护士们也纷纷加入。花了几分钟，我们终于将血渍擦干净。帮男孩穿上新的病人服之后，我打开电热毯温暖他冻僵的身体。也许是知道他全身状态很稳定，不需要进行紧急处置，原本紧绷的气氛渐渐缓和了下来。

或许他的确是不需要急诊部的治疗，但这个男孩所受的伤并不输给受了濒死外伤的重症病患，严重到恐怕需要相当漫长的岁月来进行治疗。

我脱下防护用的手术服和手套，再次和他说话。

“你是之前来我们医院的那个孩子吧？那个时候我们见过面，你还记得吗？”

如我所想的没有反应。

“我的名字叫爱衣，识名爱衣，可不可以也告诉我你的名字呢？”

男孩依旧盯着天花板一动也不动。

这样就好，必须一点一点慢慢推进。正当我这么想着，同时思考接下来要说什么好时，年轻的护士走近手术床，开口和男孩说话。

“我问你哦，小弟弟，发生什么事了？为什么你会那样全身都是血……”

“不可以！”

我急忙打断护士的话，但是已经太迟了，原本和蜡像一样动也不动的男孩表情肌肉细微地蠕动了起来，纤细的四肢像是癫痫发作般开始抽搐。

“啊啊！啊啊啊啊！哇啊啊啊啊啊！”

男孩激烈地挥动双手，发出尖锐的叫声，眼泪从布满血丝的眼中流下，那个样子简直就像从眼睛里流出来的是血。男孩的身体向后弹起，手术台发出“嘎吱嘎吱”的声音，不知道是不是被那股气势所震慑，护士们纷纷往后退。

我迅速抱住男孩的身体，他挥动的双手打到我的脸颊，指甲抓破我的皮肤，我忍着刺痛，双臂更加用力。男孩那瘦弱的身躯以无法想象的力气狂躁起来。再这样下去太危险了，我看见从他紧闭的嘴巴两端冒出白色的泡沫，于是向一旁脸色发白、呆若木鸡的护士伸出手。

“地西泮！”

护士双眼游移，发出“咦”的声音。

“地西泮，给我镇静剂！”

“啊！好……好。”

终于明白我想法的护士，慌张地从急诊推车里拿出安瓿，用针筒吸取内容物后递给我，我将针筒接上输液套管的加药口之后，维持单手抱着男孩的姿势，另一只手注入里面的药剂。

属于强效镇静剂的镇静溶液，流经塑料制的套管，被送进了男孩的静脉里。我再次用双手环绕男孩的身体，闭上眼睛等待药效发作。

不过数秒便出现了变化，男孩四肢的剧烈动作慢了下来，身体逐渐失去力气，眼睑缓慢覆在充血的眼球上，我小心地将全身肌肉放松的男孩放在床上。

轻微的鼾声出现，若有似无地敲击着鼓膜。

我坐在电子病历前一边敲打键盘，一边瞄着离我数米远的病床——男孩正睡在上面。从他那不像孩子该有的沉重睡脸，看得出他现在正做着不太美好的梦。

男孩送到这里来之后，已经过了一个小时以上，和辖区警察局及少儿保护机构的联络也都完成了，除了社会性支持，他也需要专业的治疗，然而，我并没有信心接下这些任务。

视线回到电子病历的屏幕上，上面显示着我刚打出来的男孩病历，“主治医师”的栏位是空白的。

作为主治医师的医生，在谨慎治疗他有如一碰就碎的玻璃般脆弱内心的同时，还必须妥善判断他需要什么样的支援。如果不是资历丰富的医生便很难做到，而说到可以做到的人物……

正当我一脸凝重地盯着画面时，与走廊相连的门打开了，在看清进入急诊部的那个人之后，我不禁瞪大了眼睛：“袴田医师？”

身为这家医院院长的袴田医师推着轮椅向我靠近，爽朗地举起手。

“哟，识名医师。”

“怎么了吗？都这么晚了。”

“好不容易完成所有文件正打算回家的时候，听见急诊部送来一个状况严峻的孩子，想着身为院长应该过来确认一下，所以就来了。”

袴田医师推着轮椅往男孩躺着的病床靠近，“就是他吗？全身是血被送到这里来的孩子。”

“是的，没错。他在听见我们询问发生什么事之后，出现了恐慌症状，我判断情况危急，所以给他打了镇静剂。”

“原来如此，他应该经历了相当可怕的遭遇吧，想要询问今晚的经过，应该要先给予完善的精神治疗，然后再以小心谨慎的态度进行才是。”

袴田医师轻轻掀开盖在男孩身上的毛毯，从病人服的领口看见变成紫黑色的皮肤后，袴田医师皱起了眉头。

“……这个孩子，就是你上星期说的受虐儿童吗？”

“对，没错。如果那个时候我好好安置他，就不会发生这种事了……”

后悔啃食着我的内心。

“我不是说过了吗？重要的不是懊悔过去，而是尽全力救助眼前的人，你只要在这一次好好帮助这孩子就可以了。”

袴田医师从轮椅探出上半身，温柔地摸着男孩的头。是我的错觉吗？总觉得男孩原本沉重的睡脸似乎和缓了一些，看着这幅景象，我突然开口。

“那个……能不能请您担任他的主治医师？”

“由我担任主治医师？”袴田医师一脸讶异地指着自己的脸。

“是的，没错。我想他的内心一定已经因为虐待和今晚的遭遇而受了很大的伤，而在这家医院的精神科医师中，最有这方面治疗经验的应该就是您了。”

袴田医师至今拯救了数十，不，数百名因为精神创伤而痛苦的人，我也是其中之一，所以我才相信，袴田医师一定可以拯救这名男孩的心。

“但是由院长担任主治医师这件事……”

“我知道要对医院负责的院长并不担任住院病患的主治医师，而且您还要复健，一定非常忙碌，只是，我认为能够拯救这孩子的人只有您了。”我拼命地解释。

袴田医师双手抱胸，一脸为难地陷入沉思。

没办法了吗？我是不是对分身乏术的袴田医师提出了无理的要求？就在我以祈求的心情等待答案时，中年护士一路小跑过来。

“那个，识名医师，”护士在我耳边小声说，“警方的人来了，说想和您谈谈。”

我一转身，两名男性不知何时站在稍远一点的位置，虽然他们都身穿西装，但全身散发出与上班族泾渭分明的危险气息。

“抱歉，打扰了。”

身材肥壮的男人大步走近，将看起来像是黑色票夹的东西堵到我面前，上面写着“巡查部部长 园崎伸久”。

“我是警视厅搜查一课的园崎，他是练马署的三宅。”

“警视厅……”我盯着警察手册看。

大医院的急诊部送来身涉案件的病患并不稀奇，因此经常有机会和警方打交道，只是刑警，而且是警视厅搜查一课的刑警，这是之前从来没见过的。

“我们收到消息，说有一名全身是血的男孩被送到这里来，所以前来询问事情的经过。”园崎刑警看似有礼实则无礼地说道。

“这个……那名男孩刚打了镇静剂，现在正在沉睡……”

“哎呀，是这样吗？看起来他已经醒了啊。”

园崎刑警指着我的后方，我回头一看，男孩的眼睛正半张着，大概是镇静剂的药效减弱了吧。

“不过他现在仍然因镇静剂的影响而昏昏沉沉，没有办法接受问话。”

“不问问怎么知道呢？也许他听到有关案件的问题就清醒了。”

园崎刑警打算从我身旁走过时，男孩不久前恐慌发作的景象在我脑海中复苏，我急忙往园崎刑警面前一站，挡住他的去路。

“……不好意思，可以借过一下吗？医生。”

字面上虽然有礼，但园崎刑警的语气里隐含着要挟的意思，被一个体重似乎超过自己两倍的男人威吓，让我双腿不住地颤抖。就在我忍不住想要让路时，传来白袍被微微拉动的感觉，我转头看向身后，男孩轻轻抓着白袍的衣摆，抬头看着我，脸上浮现出求助的神情。

看见倒映在男孩湿润眼眸中的自己后，我腿上的颤抖止住了。

“不可以！”我从丹田出声说道。

“……‘不可以’是什么意思？”园崎刑警的声音低沉且模糊。

“他今晚受到了强烈的惊吓，现在没有办法接受问话。”

“医生，你觉得我们在调查什么案件？”刑警冷酷的脸忽地凑近我面前，“是连续杀人案哦，超过十人以上的受害者，在这儿附近被分解得支离破碎的猎奇杀人案，而那个孩子可能目击了今晚发生的案件，他也许看见了凶手的样貌，所以我们必须现在就问那个孩子，您要是听懂了，就让条路吧。”

我挥开想抓着我肩膀推开我的园崎刑警的手，他气得龇牙咧嘴，几乎都可以看见牙龈了。那个神情，仿佛是露出獠牙的肉食动物。

“这和你们在调查什么案件没有关系，我现在不能准许你们问这孩子和案件有关的事。”

“需要获得你的准许吗？”

“当然，我是他在急诊部的主治医师，他在这里的治疗我要负起全责。”

“如果不快点问他，也许会因为记忆逐渐淡忘而无法获得重要情报，这样你担得起责任吗？”

“如果现在强行问他那个案件，大脑可能会删除成为压力源的记忆，不仅如此，还可能对他的精神造成致命的伤害。这样的话，你担得起责任吗？”

“嗯……”园崎刑警无法反驳。

我没有放过这个机会，继续试着说服他：“他身上所有的东西我们都留下来了，你们今天就先把东西带回去，之后等他的状况稳定了，再来问今晚发生的事，你觉得呢？”

园崎刑警依然歪着嘴，思考了十几秒之后，挤出声音道：“……我知道了。”

“谢谢您的理解。”瞬间松了一口气的我，有气无力地道谢。

园崎刑警扬起了一侧嘴角：“那么，明天我会来接个男孩，请先做好事前准备。”

“什么？”我眨了好几下眼睛，“来接他是什么意思？”

“就是这个意思，明天我会让他转到警察医院去。”

“不可以！”我反射性地抗议。

园崎刑警倏地眯起眼：“‘不可以’是什么意思？他很可能是杀人案的目击者，为了安全起见，也应该让他转到警察医院，在那边接受治疗不是理所当然的吗？”

合情合理的言论让我一瞬间感到退缩，但我拼命地反驳。

“他需要静养，以他现在的状况，身为主治医师的我无法给予转院许可。”

如果转院到警方辖下的医院去，这个刑警一定会强硬地问话。

“你是急诊的主治医师吧？一旦住院就会有其他人担任主治医师，不是吗？”

“……是。”

这男孩需要的是精神方面的治疗，身为神经内科医师的我无法成为他的主治医师。

“这样的话，我应该不需要你的许可，明天，我会请他的主治医师做判断，看能不能转院。”园崎刑警扬扬得意地这么说。

他很有自信吧，认为他可以用为了解决震惊社会的案件为由，说服男孩的主治医师。

我的脑海中闪过了在这家医院工作的精神科医师的脸，里面没有一个人可以坚持拒绝刑警强硬的要求。我再次回头看向男孩，他抓着我白袍的小小手掌用力得失去血色，指节泛着白。我突然伸手抱住男孩纤弱的身体。

“还是不行！他应该留在我们医院接受治疗！”

“那你说，这是出于谁的判断？”

就在园崎刑警不耐烦地咂嘴时，传来橡胶与地板摩擦的声音。

“是我的判断。”推着轮椅切进我和刑警之间的袴田医师，以洪亮的声音说道。

园崎刑警皱起眉头：“你是？”

“我叫袴田，是这家神研医院的院长，而且……”袴田医师瞄了我一眼，向我眨眨眼，“也是这名男孩的主治医师。”

我深深地屏住了气息。

“你吗？”园崎刑警满是怀疑地问。

“对，没错，我是为了确认自己负责的病患状况怎么样才过来的。”

“……医院院长会亲自担任病患的主治医师吗？”

“我是 PTSD 的专家，对于像他这样因为可怕的遭遇导致心灵受伤的病患，我比任何人都有经验。我想，还是由有经验的医师担任主治医师，才能获得更好的治疗吧。”袴田医师稍微倾身向前，抬眼盯着园崎刑警，“那么，我重新说明我的诊断。这个男孩的内心受到严重创伤，现在正处于惊吓状态，如果在这个状态下强迫他回想让他受伤的遭遇，他的精神恐怕会崩溃。目前的首要之务就是绝对静养，等待他从惊吓状态中恢复，所以身为主治医师，我无法准许问话或转院。”

“……你有什么根据主张这个诊断是对的？”

园崎刑警从紧咬的唇齿间挤出满是怒意的声音。

“我作为精神鉴定医师，接下过许多来自警方或检方的鉴定委托，因为这层关系，我和警方高层都有不错的交情，例如，相当于你主管的警视厅搜查一课课长或是刑事部部长，如果你对我的能力有疑问，就请去问问他们吧。”

袴田医师从下方直勾勾地看着脸色越涨越红的园崎刑警。园崎刑警只是紧握拳头，却不再继续辩驳。

“身为主治医师，我会好好进行治疗，随时确认这名男孩恢复的情况，慢慢询问他今晚看到的事，请放心，这些信息我都会适时地转达给项目小组。”

园崎刑警一脸不悦地点点头：“那就拜托了。”之后便带着年轻的刑警往出口走去。看见他们的身影消失在门的那头之后，我大大地吐了一口气。

“谢谢您，袴田医师。”

我低下头，袴田医师露出若有似无的笑容。

“因为你拼了命地想要帮助这个孩子啊，你看看他的脸。”

袴田医师这么一说，我低头看向抱在怀里的男孩。上星期他出现时，以及刚刚被救护车送来之后，一直弹珠般没有感情的那双眼睛深处，居然闪现出些许的光芒。

“没事了，已经没事了哦。”

我这么对他说，男孩的嘴唇微微地动了一下。

“什么？你想说什么？”我的耳朵靠近他的嘴边。

“莲……人……”

“莲人？难道这是你的名字？”

我看着他的眼睛问道，男孩——莲人轻轻地点了点头。

“这样啊，你好呀，莲人。我是爱衣，识名爱衣，请多指教啰。”

莲人的表情看起来似乎柔和了一些。

4

身体好沉重，血液像是全被换成了水银般，全身懒怠。

结束急诊值班的我，顶着沉重的大脑走进医师办公室，将自己抛进了办公桌的椅子里。目送交给袴田医师负责的莲人从急诊部被推到病房之后，连续好几名重症病患被送过来，就在我因处置紧急情况而忙得团团转，连闭上眼睛眯一下都不得空时，天空悄悄迎来了黎明。我将全身重量压在椅背上，放松全身肌肉瞪着天花板，灵魂仿佛都要从口中飘了出去。

我忽地将视线转向窗外，剧烈的暴雨帘幕几乎遮蔽了景色，看来昨晚的雨似乎仍不减其势。

“……最近真的是，老是在下雨。”

我带着半梦半醒的意识喃喃自语，伸手拿起放在桌上的手机，按下电源键，上面显示着“您有一则新消息”。

是谁发给我的？我打开应用程序，发送方显示着“爸爸”。

爸爸发短信给我？还真稀奇。

我的指尖轻触平滑又带着一点温度的屏幕之后，出现了短信的内容：

“时间差不多了，做好准备吧。”

我一边揉着疲惫的眼睛，一边盯着浮现在画面上的文字。

时间差不多了？这是什么意思？我从通话记录中选取爸爸的电话号码，按下通话键，却只传来“您拨的电话暂时无人接听，如需留言……”的语音转接。

他已经在工作了吗？我将手机放回桌上，斜眼看向挂钟，指针正指着早上八点多，九点一定要开始白天的巡房，可以的话希望能在那之前小睡片刻，可是……

我双手拍了拍脸颊，在小睡之前有一件事想去确认一下。

我离开办公室，搭电梯前往莲人住院的十三楼病房，经过护理站前方朝走廊前进，来到了目标病房门口。

我的手放在胸前，几次深呼吸之后，敲了敲房门。

“莲人，早安，你醒了吗？”我拉开拉门进入病房小声地问道。

这是三坪大小的朴素个人病房，莲人正躺在窗边的病床上，眼睛虽然是睁开的，却没有看向这边。毫无反应，面无表情，那不自然的样子如人偶般躺在床上。

我轻手轻脚地靠近病床，小心不要刺激到莲人。

“你睡了吗？”

我露出微笑，他的眼球微微地移向我的位置。无边无际的深沉幽暗的眼眸，让我有一种被那无底沼泽般的瞳孔吸进去的错觉。

“这里很安全，我们都会保护你哦。”

我轻轻地将手贴在莲人的额头上，掌心传来了人偶不会有的体温。

“那大姐姐先走了，你好好休息，我下午再来看你哦。”

这孩子的心理刚受到极大的创伤，在伤口还不停流血的时候，必须让身心都好好休息，就像那时候的我一样……

我向莲人微微一笑，往出口走去。这时候，我感觉到空气有些许的震动，我回头一看，莲人的嘴唇微弱地蠕动。

“怎么了？你想说什么？”我急忙将耳朵凑向他的唇边。

“爸爸……”带着干哑的声音响起。

“爸爸？你的爸爸怎么了？”我轻抚着莲人的头，同时以缓慢的语调问道。

莲人的身体开始颤抖，仿佛弹簧玩偶般忽然坐起上半身的莲人在床上缩成一团，像在抵御寒冷一样抱着自己的双肩。

“爸爸和妈妈！是爸爸和妈妈做的！”莲人发出夹杂着尖叫的大喊，身体的颤抖越来越剧烈。

“爸爸和妈妈做的”？这是在说他的父母虐待他吗？导致他内心崩溃的狠毒的虐待。

莲人的病人服敞开，露出了烙印着虐待痕迹的皮肤，我一边用双手用力地抱着他的身体，一边不停说着：“不要害怕，已经没事了。”经过数十秒之后，颤抖逐渐减弱，最后平息。我低头看着怀中虚脱的莲人，他的双眼紧闭，像是睡着了一样，我轻轻地将他放回床上，避免吵醒他，观察数分钟之后，确认他已经安稳睡着了，便往门口走去。

他的内心果然比我想象中伤得更深、更脆弱，如果不谨慎治疗，甚至会轻易破碎，但是由袴田医师担任主治医师的话就可以放心了，袴田医师一定会温柔地疗愈并修复莲人那几乎崩溃的心，就像他为我做的那样。

我走出病房，眼前站着一个小女孩，像老太婆一样弯着腰，带着无忧无虑的笑容，有一双满是好奇心、有些斜吊的大眼睛——是在这层楼病房里住院的久内宇琉子。

“早安，爱衣医生。”

宇琉子“唰”地举起一只手，我也跟着她举起了一只手。

“早安，宇琉子，怎么了？怎么站在这里？”

“我听说有新来的孩子住院，所以想和他打声招呼。”

宇琉子走过我身旁，正打算拉开门时，我连忙阻止她：“等一下。”

“为什么？”宇琉子俏皮地微歪着头。

“住在这间病房里的孩子，现在还在睡觉。”

“在睡觉？可是已经早上了耶，要把他叫起来。”

孩子特有的天真回答让我苦笑了起来。

“你说得没错，早上就要起床，但是这间房间里的孩子身体不好，很没精神，所以要再多睡一下，才能恢复精神。”

宇琉子的手抵在嘴边思考了一下，那个姿态仿佛猫咪在舔肉垫似的。

“知道了！”宇琉子开朗地说，“那等他有精神了我再来打招呼，在那之前我就先等一下吧。”

“谢谢你，宇琉子。”

“不会啦，不用在意。那我走了，爱衣医生。”充满朝气地说完便离开的宇琉子，停下脚步转过身，“爱衣医生也差不多该清醒啰！”

看来连小孩子都看出我刚值班完的眼皮有多沉重。我对着再次走远的宇琉子小小的背影说：“不可以在走廊上跑步哦！”之后往电梯厅走去。

正当我要走过护理站前时，有人出声叫我：“哟，识名医师。”我一看，护理站里出现了坐在轮椅上的袴田医师。

“袴田医师？！您怎么了？这么早就到病房来。”

“当然是来为我负责的病患巡房啊。”

“难道您昨晚住在医院里了吗？”

“这不是理所当然的吗？毕竟内心受到重伤的病患，初期治疗可是非常重要的。”

“对不起……让您勉强接下主治医师一职，明明您除了院长的工作，还要忙于复健。”

“你在说什么啊？”袴田医师夸张地打开双手，“我反而还很感谢你呢，不管是文书工作还是斯巴达式的物理治疗师的复健，我都已经受不了了，治疗病患才是医师的本分。而且，那名男孩如果不是我负责，大概无法医治吧。”

“我刚才正好去看过莲人，结果他的恐慌又发作了，但很快就平静下来，并且睡着了。”

“恐慌吗……”袴田医师双手抱胸，“那时候他有没有说什么？”

“有，他说‘是爸爸和妈妈做的’之类的……我想应该是在说他的父母虐待他的事吧。”

“大概是这样吧。”

“如果能够尽早知道他的全名，知道他的身份，或许就可以逮捕虐待他的双亲了……”

“我本来也打算今天问他，不过也许还是再多等几天比较好，经过残忍的虐待，以及昨天的遭遇，他受到的心灵创伤看来比想象中的还要严重，必须谨慎治疗。”

“不过警方会为了早日问话而要求尽早治疗吧。”

“这没什么大不了。”袴田医师扬起嘴角，“医师对病患的治疗拥有优先裁量权，只要我不点头，他们连和患者说话都不可以。我已经习惯和警方、少儿保护机构，还有其他各种政府机关打交道了，就交给我吧。”

心里蔓延的不安逐渐消失，我猛地低下头：“那就拜托您了。”

“不过呢，我也不是不懂警方的感受，已经有超过十个人被害，现在却仍然无法逮捕凶手归案，来自社会舆论的批评应该是超乎想象的吧。如果莲人真的目击了犯罪行为，他们大概想要证言想得都快疯了吧。”

听了袴田医师这番话，我想起昨天的事。

“那个，袴田医师，我有一点事想请教您……您知道住在特别病房最里面那间病房的病人吗？”

“特别病房？不，我不知道，怎么了？”

袴田医师往侧边歪了歪头，这个举动看起来似乎有些刻意。

“没有，华学姐……杉野医师负责的 ILS 病患应该就住在那里，却没有显示在电子病历上。”

我操作着身旁的电子病历，果然没有出现特别病房里的患者姓名。

“会不会是系统出了问题？”

“不，不是的。我本来也是这么想，而打算直接到病房去，结果用我的识别证没办法打开特别病房的自动门。不仅如此，连病房都装上了电子锁，之前明明还没有那种东西。”我一口气说完，袴田医师却不发一言，“之后，杉野医师出现，叫我不要探查特别病房里病患的事。不过，只是一名员工的杉野医师应该没有办法新设电子锁，那一定是与医院高层的人有关，例如……”

“例如我，是吗？”

我以沉默当作对袴田医师这句半开玩笑的话的回答。

“你似乎认为我是这家医院的老大，但根本没这回事，我不过是受人雇用担任院长罢了，在我之上还有作为这家医疗机构法人的理事长及理事们，其他还有……”

“您和这件事完全无关对吧？”我尖锐地打断他。袴田医师露出了带有些许哀伤的微笑。

这样就足以说明了，袴田医师果然也在隐瞒住在特别病房里的第四名 ILS 病患的真实身份。

“住在那间病房里的人是谁？为什么每个人都要隐藏那个人？”

袴田医师没有回答。华学姐，以及袴田医师，我觉得自己被一向很尊敬的两个人背叛了，内心越来越混乱。

“请回答我！袴田医师！”

“爱衣医师。”袴田医师用无尽温柔的声音对我说话，那曾经拯救我于崩溃边缘的温柔声音。

“这个世界上有些事不知道会比较好，所以……你就忘了吧。”

我愕然无言，无法相信袴田医师的口中会说出这样的话。

“……打扰了。”

我咬着唇低头行礼之后，转身离开护理站，直接快步沿着走廊前进。

来到目标的个人病房之后，我没有敲门便拉开了门。房间里的病床上，正躺着第三名 ILS 病患加纳环小姐。

看见环小姐的睡脸，我原本激动的情绪渐渐平稳了下来。我一边反复深呼吸，一边往病床走近，仔细看着她的脸。这是我负责的第三名 ILS 病患。

飞鸟小姐、佃先生，然后是环小姐，我负责的这三名病患在陷入昏睡之前，被人找去同一个地方的可能性很高，而在场的另一个人非常有可能就是住在特别病房里的第四名 ILS 病患。完成玛布伊谷米，看过环小姐的记忆之后，我也许能找出和第四名 ILS 病患的真实身份有关的线索。

去进行环小姐的玛布伊谷米，现在、马上！

经过之前的两次玛布伊谷米，我已经累积了身为犹他的经验，一定可以再次完成玛布伊谷米拯救环小姐。

然后，一定也可以得知在事件背后蠢蠢欲动的黑暗的真面目。

我的手贴在环小姐的额头上，开始念出已经是第三次重复的咒语：

“玛布雅、玛布雅，乌提奇弥索利。”

身体产生从内侧发光的感觉。我感受着“我”经由贴在额头上的手掌渐渐流入环小姐体内的感觉，同时闭上眼睛。

5

“哟，爱衣。”

睁开眼睛，兔耳猫正挥动长长的双耳飘在空中，穿着白袍的我只是小声“嗯……”地回答。

“哎呀，心情很不好呢。发生什么事了吗？”

“库库鲁不是知道我经历过的事情吗？那你应该知道我为什么不高兴吧？”

“嗯，其实我知道哟。”库库鲁干脆地回答，“你对杉野华和袴田隐瞒了某件事感到不满……或者说不安，对吧？”

“没错，第四名 ILS 病患很可能与连续杀人案有关，这么一来，跟那个人一同陷入昏睡的我的病患，也许和那起案件也有关系。背后一定有什么不对劲，绝对是发生了什么可怕的事，可是大家却要隐瞒这件事！”

“不过这也不是需要这么激动的事吧？”

“为什么？！他们可是有事瞒着我！”

“不泄露病患的资料给其他人，从某种意义上来说不是理所当然的事吗？”

被反问了个措手不及，我发出“咦”的呆愣声。

“所以啦，医生不是有保密义务吗？不是不能和其他人说病患的隐私吗？”

“但……但是……我也是医生啊，为了治疗互相交流信息……”

“他们经过判断，认为比起交流信息的好处，走漏消息的坏处更大吧，毕竟那么可怕的连续杀人案的关系人住在医院里，要是媒体都拥到了医院事情可就糟糕了，所以当然会要求谨慎再谨慎。”

“就算是这样，连电子锁都装了……”

“我想，这部分可能是做过头了，只是，如果住在那里的是连续杀人凶手，应该会做到这种地步吧。”

“不可能是凶手，因为在病患陷入昏睡的这两个月内，还是持续有凶案发生。”

“哦，你这么说倒也是。”

库库鲁依然飘在空中，一下一下地抽动胡须。

“不管怎么样，既然杉野华都说了会找个时机告诉你，你就相信她，再等一下吧，我是觉得不需要这么气呼呼的啦。”

这么一说似乎的确如此，为什么我会这么焦躁呢？

是因为值班导致睡眠不足的关系？不，不是。从昨天我想溜进特别病房开始，不，是从更早之前开始，不明所以的焦躁感就一直在逼迫着我，虽然缓慢，但那股感觉确实越来越强烈，让我备感煎熬。

我漏掉了什么。我觉得我忘记了某件很重要的事。

“不要这样皱着眉头嘛，”库库鲁舔着我挤出褶皱的鼻根，“可惜了这么漂亮的一张脸。”

“客套话就免了。”我擦着鼻子。

“这才不是客套话，爱衣是世界上最可爱的女孩子。”

“知道啦。”

过度的赞美让我脖子一阵发痒，却不知为何，我并不反感，本来带刺的情绪渐渐和缓了下来。

“总之，先集中精神在环小姐的玛布伊谷米上吧。看了环小姐的记忆，也许可以找出 ILS 和连续杀人案之间有什么关系的线索。”

“就是要这样。”

库库鲁离开我的眼前坐到我的肩膀上，视野一下子开阔了起来。

“那我们就先从观察这个梦幻世界开始吧，必须好好了解这里是什么样的世界，又是以什么样的规则在运作。”

说得没错，我太过心急，连这么基本的事都忘了。

我轻轻地甩了甩头，看着这个梦幻世界。

我正站在宽约三米、无限延伸的“道路”上。这条以白色为基调，不时点缀有黑色突起物的路，总觉得好像在哪里见过。我大幅地扭头，视线看向周遭。

漆黑的空间里有好几条“道路”存在，像缎带一样柔软地弯曲、扭转，一阵阵波浪似的飘浮在空中，光是在可见范围之内，就有超过十条“道路”，不过它们都飘在遥远的远方，似乎很难跳到那边去。

“总之，沿着这条‘道路’前进应该可以吧？”

“好像是这样。”

库库鲁从我的肩膀上跳下来，肉垫在触碰到“道路”的瞬间，发出了像是拨动绷紧的粗线般悦耳的声音，周围短暂地变得明亮。

“什么？！”

我和库库鲁连忙环顾四周，但这里只是一整片的黑暗空间。

“刚才是不是变亮了？”库库鲁抬头看我。

“对，也许是我的错觉，不过我总觉得我们站在一片草原上。”

“我也这么觉得。”

我们互相看了一会儿之后，我轻轻抬起一只脚，在鞋底落到“道路”上的瞬间，响起了“声音”，原本笼罩在黑暗中的空间充满了光亮，柔和、温暖的光芒照耀着青翠的草原。

“声音”的余韵消失了，广阔的草原也跟着消失，四周再次被黑暗笼罩，恢复成空无一物的空间。

“我好像知道这里的运行机制了。”

库库鲁挺起覆满淡黄色毛发的胸膛，装腔作势地迈出步伐。“声音”第三次响起，四周出现了草原，它的肉垫每一次踏在“道路”上，便随之响起一个接一个的“声音”，于是开始演奏出“乐曲”，那是一首开朗轻快之中蕴含壮阔音色的乐曲，是充满生命光辉的曲调。

“春……”

我沉浸在“道路”响起的美妙旋律之中喃喃自语。

安东尼奥·维瓦尔第创作的《四季》协奏曲的第一首，这是一首颂赞洋溢着新生命的季节的名曲，而这首曲子现在正回响在这个空间、这个世界里。

“真是的，爱衣，你在发什么呆啊，我要丢下你啰。”

被库库鲁这么一说，我急忙追随在它的身后。

春天明艳的阳光洒落在“道路”左右两旁绵延不绝的草原上，远方辽阔的森林树梢上长满青翠的绿叶，徐徐吹来的凉风留下清爽的嫩叶香气。

十几只色彩斑斓的小鸟从染上一片浓绿的森林中飞出，在万里无云的空中自由自在地飞翔，它们在飞过的地方如飞机云般留下与身体颜色相同的淡淡轨迹，在天空画布上描绘出复杂的图案。

流经森林旁的小溪里有无数鱼儿飞跃至半空，仿佛跳舞般扭动着身体，宛如珍珠光泽的鳞片不规则地反射阳光，浮现出一道道立体的彩虹。

“看来只要走在这个‘道路’上，就会响起‘乐曲’，并出现一个与曲子相符的世界呢。”

库库鲁跳着小碎步轻快地摆动四只脚，沉醉在四周广阔壮丽风景中的我忽然看向脚边，发现了刚才感受到的异样感究竟是什么。以白色为基调，不时点缀有黑色凸起物的道路，好像在哪里见过这条道路……

“……琴键。”

库库鲁转头往上看着我：“嗯？你在说话吗？”

“琴键啊，钢琴的琴键。这是由巨大的钢琴琴键所组成的‘道路’。”

“哦，你这么一说的确是，所以才会每次踩下去都能听见声音？也就是说，走在这条‘道路’上，同时是在演奏乐曲吧。”

库库鲁一边配合节奏摇摆身体一边脚下仍持续不停地走着。

随着我们前进的步伐，左右两旁的草原上绽放出艳丽的花朵，逐渐铺成一张色彩浓艳的地毯，几乎令人喘不过气的花香包围我们全身。

林木的枝叶婆娑声、小溪的潺潺流水声、小鸟的婉转鸣叫声，这些声音与脚边奏响的协奏曲交织成一首美妙的音乐，一点一滴滋润了全身。

“感觉好舒服啊，爱衣。”

“是啊，库库鲁。”

我们沉浸在壮丽的梦幻世界中一路沿着“道路”前进。前方有一座带着红光的小水池，我发现水面正在晃动，便凝神细看，这时候一阵强风吹来。与此同时，水池被高高吹起。

不，那不是水池，是一整群几千甚至几万只的蝴蝶。

一大群蝴蝶拍动闪耀着玫瑰色的翅膀，在我们前进的“道路”上搭起了红宝石般绚丽的拱桥。我和库库鲁一边抬头欣赏，一边钻过那晶亮闪耀的拱桥下方。

“不过呢，景色虽然很漂亮，但继续沿着这条路走下去，似乎也找不到加纳环的库库鲁，接下来我们跳到那边的‘道路’去试试吧。”

库库鲁有节奏地走着，忽然抬起了头，上方有另一条弯曲扭转的“道路”从天空延伸而来，和我们现在走的这条“道路”距离近得几乎触手可及。

我对这个优美的世界还有些留恋，但仍然点点头："知道了。"不久，我们来到两条"道路"最接近的地点停下脚步，响彻四方的协奏曲停止了，原本展现在周遭的美景也同时消失，只有几条"道路"浮现于再次充斥着黑暗的空间里。

"可是就算跳过去，那条路是上下颠倒延伸的，根本没办法走嘛。"

我看着头上由琴键铺成的"道路"。

"嗯……也是。看来情况不对的时候，只能像对片桐飞鸟的玛布伊谷米那时候一样，长出翅膀飞了。"

"这么麻烦……"

我一边念着，同时轻轻跳起，想要伸手去摸上方的"道路"，就在这一刹那，道路上的上下翻转了过来，重力的方向逆转，我的身体往头部的方向掉下去。

面对越来越近的琴键，我赶紧用双手保护脸部，手臂感受到撞击后，身体像装饰于寺庙屋檐、虎头鱼身的鯱鉾[1]一样向后弯曲，然后跌落，我的背部重重地摔在琴键"道路"上，发出了沉重的声响。

"啊哈哈，看来这个世界的重力是朝着'道路'的方向呢。你没事吧？爱衣。"

库库鲁在我眼前着地，但是扩散到整个背部的疼痛让我没有余力回答。

"就说啦，这里是梦幻世界，疼痛什么的都只是看你怎么想而已。"

---

1 鯱鉾：传说中一种日本海兽的名字。

库库鲁的双耳轻抚着我的背部，痛楚像是融化般逐渐消失。

“谢谢你，库库鲁，得救了。”

“好啦好啦，你也差不多该停止依赖我，自己一个人想办法了。”库库鲁以母亲对孩子恨铁不成钢的口吻说道。

“别说这个了，看起来这条‘道路’似乎就算发出声音，也不会出现什么景象呢。”

“不，没这回事。”库库鲁摇着一只耳朵。

“可能是因为你用身体后弯的有趣姿势跌倒，所以才没发现，不过在听得到声音的那段时间里，是浮现出了某些东西的哦。”

“有趣姿势”这个用词让我很不舒服，我嘟起了嘴巴：“某些东西是什么？”

“与其用口头说明，不如用眼睛看比较快。好啦，身体不痛了的话就快点站起来吧。”

库库鲁的脸颊在我的脸上蹭了蹭，富有弹性的粗硬胡须挠得我脸发痒。

“知道啦，你不要一直催我。”

我站起身，轻轻地迈开步伐。银铃般清爽的声音有节奏地传来，是庄严但又带着一丝透明感的旋律。

“《动物狂欢节》……”这是夏尔·卡米尔·圣-桑创作的组曲，一共由十四首小品组成。

“你好了解钢琴曲哦，爱衣。”

“嗯，因为我以前练过一段时间钢琴。”

如果是古典乐名曲我还知道个大概，只是我已经超过二十年没碰钢琴，那些知识都生锈了。从那天开始，我就一直有意避开钢琴，因为会想起温柔地教我弹钢琴的那个人。

胸口传来锐利的疼痛，我紧咬牙根，就算不翻开衬衫确认，也知道发生了什么事——是伤痕。在这个梦幻世界里，有一道伤痕从我的胸口划到侧腹，是那道旧伤在疼吧，我看向刚才压在胸口的手掌，上面并没有血迹。

一开始，在飞鸟小姐的梦幻世界里，当我想起那个人的时候，伤口裂开并严重出血；在佃先生的梦幻世界里也是，结痂剥落，渗出血来；不过这次虽仍然感受到痛楚，却没看到流血。

也许是在梦幻世界里四处奔走，几次完成了玛布伊谷米，让那一天的心灵创伤变得轻微了一些，这正是我所期望的。

完成三名病患的玛布伊谷米，克服不断折磨着我的痛苦记忆，这是我的一个目标，但与此同时，我总觉得这也代表了我会完全忘记那个人，因此心情很沉重。

我一边唤醒布满尘埃的记忆，一边轻轻地动动双手的五指，已经二十多年没有碰过琴键的手指，动作僵硬得连自己都觉得好笑。

“哎呀，那里好像有什么东西。”

听见库库鲁说的话，我停下了手指的动作：“咦？在哪里？”

“就在你的正后方啊。”

“后面？”

我转身一看，不禁瞪大了双眼，巨大的狮子正朝我袭来，我预感自己会被镰刀般的利爪给撕裂，因此紧紧闭上眼睛，然而并没有任何疼痛传来。

我不无害怕地稍微睁开眼睛，狮子的身躯穿过了我的身体。

我回头，看着渐渐走远的狮子，仔细一瞧，浮在空中的狮子身体如同全息影像一样半透明，头上戴着似乎是王冠的东西。

“《序曲和狮王进行曲》……”我自然而然地脱口说出《动物狂欢

节》组曲第一首的曲名。

鬃毛威风凛凛地随风飘荡，狮子，不，狮子王悠然地漫步在黑暗的空间中。

“不只是狮子哦，你看。”为了不让曲子中断，在原地不停踏步的库库鲁这么说。

我回过头，“哇”的声音从口中发出。

鸡、驴子、大象、袋鼠……出现在《动物狂欢节》曲名中的动物们，半透明的身影在空中前进，隐隐约约可以看见身体另一侧的动物们，看起来就像赋予了玻璃制作的精巧模型生命一般。

我陶醉在这充满神秘氛围的景象中，再次走了起来，与在空中昂首阔步的动物们一同沿着琴键的“道路”前进，感觉自己也成了游行队伍中的一员。

“这感觉像是要直接走进挪亚方舟的气氛呢。”

就在库库鲁开玩笑地这么说时，旁边游过几条鱼儿，它们的身体通透，可以看见内部的骨头散发出有如翡翠般的祖母绿光芒。起初是一大群沙丁鱼或竹筴鱼等小型鱼类横穿而过，接着是鲔鱼或鲨鱼等巨大鱼类游过来，最后是像鲸鱼一样的巨大生物优雅地通过。

“不要只是盯着上面，也看看下面吧。”

被库库鲁这么一说，我从“道路”轻轻地探出身往下看去，那里有着和鱼群一样发出祖母绿光芒的骨骼正在列队行进，不过它们身上并没有半透明的肉体，而且每一只都巨大得足以和鲸鱼匹敌——是恐龙化石的游行。

暴龙的骨骼在最前方，然后是剑龙、三角龙，最后甚至看见像腕龙的巨大蛇颈龙目恐龙的骨骼。

这时候，远方出现一道闪着纯白光芒的墙壁，那道墙缓缓地向我们靠近。

“那个墙壁是什么啊？”

我一指，库库鲁便竖起一只耳朵左右挥着。

“你看仔细一点，那不是墙壁哦。”

“不是墙壁？”

转身往后看的我顿时一句话也说不出来，那里有一只尺寸超乎想象的天鹅浮在空中，大小几乎要突破天际，简直就像一座耸立的高山。

天鹅用它那散发出光辉的羽翼围成一个圆圈，温柔地环住所有游行中的生物，翅膀形成的峭壁逐渐迫近的景象太过壮观，让我叹为观止。

“虽然是很棒的景象，不过这条‘道路’上似乎也没有加纳环的库库鲁哦。就算有点舍不得，我们还是到下一条路去吧。”

库库鲁指着前方，那个地方有另一条高低起伏的“道路”，并排在《动物狂欢节》“道路”的旁边。我来到两条“道路”的最靠近处，虽然依依不舍，但还是一个小跳步到了旁边的“道路”上。

“好啦，这条‘道路’是什么感觉呢。”

库库鲁和我一踏出步伐，便响起无尽光明带着一点喜剧感的轻快曲子，与之前的“道路”所演奏出的厚重音乐截然不同。

踩到猫儿，踩到猫儿，不小心踩到猫儿……

在我脑海中浮现歌词的同时，四周亮了起来，出现无限延伸的平面，种类五花八门的猫，正在上面跳来跳去。

仔细一看，也有用俗称“鹦鹉螺”的姿势卷成一团舒服地睡觉的猫，但它那蓬松毛发包覆的尾巴马上就凹了一块下去，全身猫毛倒竖地跳了起来，想来是被看不见的什么东西给踩到尾巴了吧。虽然很对不起它们，不过数不清的猫咪富有节奏地弹飞上天，那个样子太过可爱，让我嘴角勾了起来。

“……我不太喜欢这首曲子。”库库鲁一脸不满地左右摆动圆圆的尾巴。

“为什么？这首曲子不是很欢乐、很好听吗？”

我一边走一边弯下腰，用指尖捏了一下库库鲁那摇曳的绒球般的尾巴，库库鲁发出“喵呜”的叫声，同时往上跳了约三十厘米高。

落地后，库库鲁回头，用饱含责难的眼神瞪着我。

“对不起，对不起，不要那么生气嘛，我只是一时起了玩兴。”

“……算了，赶快找出下一条路换到那边去。”

一只三花猫发出叫声，从烦躁地说着话的库库鲁头上飞过。

6

我和库库鲁走过好几条“道路”。

在《女武神》的那条“道路”上，我们和骑在天马上横越天空的九位美丽女武神的队伍并行，以极近的距离欣赏她们与怪物作战的英姿。

在《图画展览会》的那条“道路”上，和我们搭话的是“蒙娜丽莎”及“凡·高的自画像”——不停反复盛开与枯萎的“睡莲”和“向日葵”、发出诡异叫声的“呐喊”、可以听见尖叫声的“格尔尼卡”，以及耶稣基督与弟子们相谈甚欢的“最后的晚餐”，等等。美术馆的走廊上挂着注入了生命的名画，我们在那儿不停地走着。

在旋转阶梯般绵延无止境的《卡农》“道路”上，我们仿佛迷失在视觉的错觉画中，因为搞不清楚自己究竟正在往上走还是往下走而一阵眩晕。

“哎呀，这样的感觉真平静啊。”

库库鲁翘起尾巴，优雅地向前进，我看着前方回答：“是啊。”那里有着一轮现实中不可能出现的巨大蓝色满月浮在半空中。

向着满月笔直延伸的琴键“道路”，涌出德彪西作曲的《月光》那柔和静谧的旋律。“道路”的四周是无限广阔的湖泊，绵延直到远方的地平线，平静无波的水面，反射着深蓝色的月光，仿佛湖泊本身在发光。

我们沉醉在《月光》的旋律中，朝着月亮走了很长一段时间，却始终没看见其他“道路”，不过在呼吸这个空间里清冽的空气后，纷杂的情绪也如同周遭的水面般平静了下来。

我看着琴键“道路”，脑海中不停思考连续杀人案与患者们之间的关系、住在特别病房里身份不明的病患，还有隐匿该名人物的华学姐与袴田医师……

“抱歉，打断你想事情，不过我好像看到什么东西了哦。”

原本低着头的我，因为库库鲁的声音而抬起头。在遥远的远方，满月之下的水平线处，渐渐出现建筑物的影子。

“……城堡？”我不停地眨着眼睛。那是一座西洋风情的巨大城堡。

“看来这条‘道路’是对的呢，说不定加纳环的库库鲁就在那里面。”

我和脚步轻盈的库库鲁一起往前走，从远方看起来很迷你的城堡，慢慢变得越来越大。我们来到静静地矗立在湖水中的白垩岩宫殿前，连接入口大门的阶梯由木琴打造而成，轻轻踏出步伐，原本沉稳流泻的《月光》乐音消失，广阔的湖泊与静静照耀其上的月亮也消失了，取而代之的是木琴阶梯响起了明快活泼的旋律——是柴可夫斯基的《胡桃夹子》。

在阶梯左右，穿着红色制服、戴着深蓝色高帽的可爱人偶卫兵列队出现，手上拿着喇叭高昂地吹奏。

“还真是盛大的欢迎啊。不过，无论是钢琴琴键组成的‘道路’，或是木琴组成的‘阶梯’，都看得出加纳环的人生中充满了音乐呢！”

库库鲁随着喇叭的节奏一边摇摆身体，一边走上了阶梯，跟在它后方的我突然停下脚步，手放在耳边。微微地，虽然只是非常细微地，但我好像听到了某种杂音，一种像是昆虫拍动翅膀的声音。

耳鸣吗？我扭过头去，视线往我觉得听到杂音的方向看去，距离数百米远的漆黑空间中，似乎可以看到一片雾霭，我以为是自己的错觉，揉了好几次眼睛，但是那片黑色雾霭依旧没有消失。

“你在干吗？快点过来啊。”

“嗯、嗯。”我被库库鲁这么一催，脚步动了起来。走到阶梯上层之后，前方耸立着 扇比我的身高还要高上数倍的圆形大门，仔细一看，那是由巨大的铜钹制作而成。

铜钹大门发出洪亮的声响，当我和库库鲁因为那震荡了全身细胞的声音而向后仰时，大门从正中央往两旁打开。

我小心翼翼地走进城堡内，宽敞的大理石走廊绵延向前，宽度至少可以规划三线道的地板，被打磨得几乎光可鉴人，立于左右的廊柱上刻有精巧的雕饰，超过十米高的拱形天花板上则绘有美丽的宗教画。

大门关上，不再能听见《胡桃夹子》的旋律了。

“那些线是什么？”

我指着前方，走廊中由上而下等距拉着数十根半透明的线，我走近如同蕾丝帘幕般柔软的那些线，轻轻伸手摸了摸其中一根，指尖几乎没有什么触感，反而是走廊上荡漾起无限清澈的声音。

“……竖琴？”

还听得见些许余韵的那个声音，绝对是竖琴的音色没错。

随着我身体毫不费力地走过，空间里洋溢着来自竖琴的琴弦帘幕发出的宝石般优美的声响。

“哦！好好玩哦。”

库库鲁说完，往大理石地板上一蹬，随即往前飞奔，那小小的身体每一次穿过琴弦帘幕，就响起一阵音乐。

“等一下啦。”

我急忙跟在库库鲁身后跑了起来，竖琴的悦耳音色开始演奏出一首曲子。与此同时，也若有似无地出现了铜钹大门关上之后就消失的交响乐演出——《花之圆舞曲》。

这是芭蕾舞组曲《胡桃夹子》里最后也最有名的曲子，出现在序幕的竖琴曲调。不论听众愿不愿意，都会被其挑起对接下来恢宏演奏的期待。

在开始听见清晰的旋律时，我们来到了走廊的尽头。

我的手搭在装饰着小提琴雕刻的门上，视线看向脚边的库库鲁。库库鲁挺起胸膛，强而有力地点了点头，我踩稳双脚，手上一用力，沉重的门扉缓缓地被推开，门缝间，流泻出交响乐团壮丽的演奏。

我被门里的景象所震慑，呆立当场。

在目测约有足球场大小的音乐厅里，可爱的人偶们正在跳舞。

身高大概到我腰际的木雕人偶们，各自跳着自己的舞，除了经典的华尔兹，日本舞蹈、乌克兰民族舞蹈哥萨克舞、肚皮舞、骚莎舞[1]、探戈、踢踏舞，甚至有人偶激烈地跳着街舞的地板动作，他们身上穿的服装也是各种各样，从西洋礼服、和服到中国传统服饰，各国的传统服饰包裹着那些小小的身躯。

音乐厅最深处，是一块高起的舞台，人偶组成的交响乐团正激昂地演奏着《花之圆舞曲》。

天花板传来“咔咔咔”的声响，我抬头一看，十几只响板像蝴蝶一样四处飞舞，每一次拍动翅膀就会发出轻快的声音。

仿佛童话世界般的景象让我着了迷，我像被吸入似的走进舞池，脚步因比想象中更有弹性的地面而有些不稳，鞋子下陷后，马上就有一股反弹的力道让身体微微跳动，感觉就像走在跳床上一样，从地面传来“咚”的清脆声响。

“地板似乎是太鼓呢，你看。”

库库鲁灵巧地用四足踩踏，敲出一段节奏。

在洋溢着音乐的空间里，声音的洪水振动了全身的细胞。

“你还呆站在那儿干吗？爱衣也来跳啊。”

“跳什么？跳舞吗？”

“当然啊，在之前的梦幻世界里不是已经学到了吗？必须好好融入现场的情境，才能找出被困在那个世界里的库库鲁。”

“但是我没有跳过舞……”

“差不多就可以了啦，重要的是乐在其中，你看，就像这样。”

库库鲁踩着轻快的步伐。我边看边学，踏着脚步发出声音，忽然

1　骚莎舞：一般指萨尔萨舞 (salsa)，是一种拉丁风格的舞蹈。

身体失去平衡，撞到了旁边正在跳舞的人偶。

“别在意，你要更大胆地做动作，像我这样。”

库库鲁后脚站立，漂亮地转了一圈。

“……很难想象这是猫会做的动作。”

“因为这里不是现实世界，是梦幻世界，只要你愿意想象，就什么都做得到的世界。”

库库鲁朝我眨了眨眼，我也在它前方舞动手脚，摇摆着身体，一开始并不是很顺利，但习惯了以后，身体的摆动也就能配合一波一波传来的节奏了。

“很好，感觉不错呢，那么接着，来点应用篇吧。”

库库鲁停下动作，装腔作势地行了个礼，我也跟着低下头后，库库鲁朝着我伸长了双耳。在跳着华尔兹的人偶一对接着一对经过身旁的律动中，我疑惑地问道：“咦？要做什么？”

“说了要跳舞啊。你抓着我的耳朵，我们一起跳华尔兹吧。”

“华尔兹，这我怎么会跳……”

我正想拒绝，库库鲁柔软的耳朵便轻巧地缠上我的手，当我再回过神时，身体已经在旋转，由右往左飞逝的景象与离心力让我一阵惊慌。

“放轻松啦。”库库鲁露出笑容，长长的胡须在颤动。

“就算你这么说……”

“好啦，你就相信我吧。”听到库库鲁温柔地这么说，我的不安感没来由地消退了，原本紧绷的身体忽地放松了力气，脚步开始有了节奏，库库鲁的耳朵轻柔地引领着我的动作。

虽然生硬但也跳起舞的我，被库库鲁带着进入了人偶们的华尔兹圆圈中。第一次体验难免不知所措，但随着身体的舞动，原本几乎要绊在一起的脚下动作，也变得不那么僵硬了。

我和库库鲁一边跳着，一边在舞池移动，女性人偶身上穿着的各国鲜艳的民族服饰，像走马灯一样划过视野，在经过交响乐团旁边时，高分贝的音量仿佛让细胞都起了鸡皮疙瘩。我全身汗流浃背，情绪越来越高涨，脸部肌肉自然地放松了下来。

和库库鲁无拘无束地跳着舞的我，忽然发现舞池中央摆着一台钢琴。那是一台已有岁月痕迹的钢琴，四处都有涂层脱落，而且积了一层薄薄的灰尘，与华丽的舞会场合不相称的破旧外观，让我的眉间皱起。谱架上放着一本泛黄的旧乐谱。

当我的注意力被老旧的钢琴吸引时，《花之圆舞曲》的旋律里混入了些许的杂音——是进入城堡前听见的，昆虫振翅般的嘈杂声。

又是耳鸣吗？我一只手放在耳边。

“嗯？怎么了吗？”

停止跳舞的库库鲁，回到四足着地的动作，我用一只手按着耳朵，另一只手竖起了食指，放到嘴唇前方。身旁的人偶们还在继续跳着舞。

杂音断断续续，但又确实越来越大声。

“库库鲁，你听见了吗？像是昆虫振动翅膀的声音。”

“振动翅膀的声音？”

库库鲁双耳“咻”地垂直立起，像天线一样慢慢地旋转，它的身体颤抖了一下，绒球般圆形的尾巴“砰”地膨胀了起来。

“听见了，像羽虫在飞的声音。”

“你也听见的话，就不是我在耳鸣了，声音传来的方向是……”

我和库库鲁同时转头，看往同一个方向，刚才我们走过的一扇大门。翅膀的振动声越来越大声，即使在交响乐团的演奏中也可以清楚听闻。

原本愉快地跳着舞的人偶们，动作渐渐停了下来，挂在木制脸上的笑容消失了，他们盯着与走廊相连的大门，那扇“咔嗒、咔嗒”不祥地细微晃动的大门。

纯白的门扉一部分突然变成了黑色。

不，不对，并不是颜色出现了变化，而是那一部分破裂了，是被黑色雾霭般的东西给啃食的。

令人不快的杂音瞬间放大，扰乱了舞池的空气。啃穿门扉后入侵的黑色雾霭飞升到天花板附近，暂时聚集停留后，一口气冲向仍在舞台上演奏的人偶交响乐团，并发动攻击。

演奏停止了，指挥乐团的人偶全身包覆着黑色雾霭，转变成球形的雾霭中传出痛苦的呻吟声，不久后，聚集成团的雾霭膨胀变薄，里面已经不见指挥的身影了。

雾霭接着袭击一位又一位的交响乐团成员，小提琴、大提琴、小号、长号、铜钹……演奏这些乐器的人偶们接连被雾霭啃食后消失。吃完了交响乐团成员的雾霭，再次飞升到天花板，开始以缓慢的动作旋转，简直就像在挑选下一个猎物。

刚才还在跳舞的数百个人偶陷入恐慌，发出惊异的叫声四处逃窜，有十几个人偶为了逃离舞池而拥向门口，然而雾霭却像在等待这一幕似的急速下降到门前，开始了攻击。

我抱头蹲在仿佛炼狱的舞池中，身旁穿着礼服的人偶发出惊声尖叫，下一秒，雾霭缠上了它小小的身体，我只能颤抖着看着人偶摆出挥动四肢拼命抵抗的畸形舞姿，这时候我终于发现了雾霭的真面目——虫子！大量的黑色小羽虫。

一整片虫子正在我的眼前贪婪地啃食人偶，就在我因为那残酷且恶心的景象几乎尖叫出声时，仿佛长绒围巾般柔软的东西捂住了我的嘴巴。

“安静。”库库鲁在我的耳边小声说，“你看，发出声音的人偶都被袭击了。”

库库鲁一只耳朵指着被袭击的人偶群。就像它说的，雾霭，即一整片虫子正在袭击发出尖叫的人偶。

“那些虫子大概是对声音有反应而进行攻击，所以要安静，懂了吗？”

库库鲁从我的嘴边收回耳朵，我微微地点了点头。光是听到库库鲁的声音，恐惧就消散了许多，在屏气凝神的我身旁，人偶们一个接一个地被啃食，然后消失，短短数分钟之内，舞池只剩下我和库库鲁，以及一大群虫子。

几乎吃完所有猎物的虫子们再次聚集到天花板附近，又开始盘旋了起来，回荡着令人不快的振翅声的舞池中，我和库库鲁紧张地互相靠在一起。

不久后，虫子们或许是为了寻找新的猎物，从被啃破的门扉缝隙飞了出去。

我呼出积压在肺部里的空气，尽可能小声地和旁边的库库鲁说话。

“那是什么啊？”

“这个嘛，我也不知道，也许加纳环非常讨厌虫子吧。别说这个了，我们要在它们回来之前快点去找加纳环的库库鲁。”

环小姐的库库鲁……我的视线移向放置在舞池中心的钢琴。

“那个，有件事我有些在意。”

“是那台钢琴吧，对于放在这座宫殿里的东西来说，有点太过破旧了呢。”

我和库库鲁小心地不要让太鼓做成的地板发出声音，抬着脚步移动到舞池的中央，我看向谱架上老旧的乐谱。

“《命运》……”

第五号交响曲，C 小调，作品 67 号，俗称《命运交响曲》，是贝多芬创作的第五首交响曲。

“也许是要我们弹这首曲子哦。”

库库鲁跳上钢琴，肉垫按下琴键，琴槌无力地敲在绷紧的琴弦上，发出“咚”的声音。虽然并不是很大声，但也许是音乐厅的回响效果太好，空气持续震动着。

“库库鲁！”我压抑着声音叫道。

“对不起！”库库鲁用双耳捂住自己的嘴巴。我们如同关节生锈般，动作僵硬地扭头看往大门的方向，几群虫子从啃破的缝隙钻进来，像是在巡视情况。

我们看着大门四周飘浮的黑色雾霭，屏住了气息。琴键上的库库鲁压低了身体，抬起膨开的尾巴，进入完全战斗状态。成群的虫子在大门周边飞了数十秒之后，再次飞出门扉缝隙，我和库库鲁同时大大地呼出一口气。

“看来总算得救了呢。”

“不要讲得一副事不关己的样子啦，很可怕耶。”

我们压低了声音交谈，库库鲁垂下双耳：“对不起。”

“那一点声音都能让虫子飞过来的话，就不可能弹琴了吧？”

我这么说完，库库鲁交叉起垂下的耳朵。

“不过光是躲着情况只会越来越糟。那，对那台钢琴你有什么感觉？”

“那台钢琴……”

我重新看着眼前已带有岁月痕迹的钢琴，那和华美宫殿全不相称的破旧样貌，不知为何散发出几乎要满溢而出的存在感。

“我觉得有什么特别的东西。”

“你觉得如果用这台钢琴弹乐谱上的曲子，会有什么事发生吗？”

我在些许迟疑后，点了点头：“大概吧。”

“那我们就弹弹看吧，身为犹他的你有这种感觉的话，弹了这台钢琴之后一定会发生某些事。”

“你在说什么，这么做的话那一大群的虫……”

“别担心。”库库鲁讨人厌地眨了眨眼，“在你弹钢琴的时候，就由我来保护你。”

“但是……”我看着泛黄的乐谱，画在谱面上的音符浮现在空中，让我产生了它们就要向我袭来的错觉。已经二十多年没弹钢琴了，自从那个人不在了以后，我的手指一次也不曾碰过琴键，而且，一旦坐在钢琴前面，一定会回想起那个人，那个温柔地教导我如何弹钢琴，以及告诉我弹琴乐趣的人。

“一直待在这里也不是个办法，还是你想停止玛布伊谷米？”

“不可以！”我摇着头。

如果不继续环小姐的玛布伊谷米，找出她的库库鲁并看过它的记忆，就什么都解决不了，既不能将环小姐从昏睡中救醒，也无法得知ILS的成因，以及特别病房里的病患的真实身份。

“那你就弹吧，这样的话一定能打开一条路。”

被库库鲁这么一催促，我带着犹豫在钢琴前方的椅子上坐下，将微微颤抖的手放在琴键上。指尖传来坚硬冰冷的触感，再次体会到睽违了二十三年的感觉，让我的心跳加快，同时有关那个人的回忆也在脑海里复苏：轻轻地搭在我手上的掌心的温度与柔软触感、“没错，弹得真好”的耳边细语的温柔声音、用无限柔和看着我的眼神，幸福的记忆让我的体温缓缓上升。

然而下一秒，就像电视切换了频道一样，脑海内的画面突然变了：尖叫着四处逃窜的人们、用力抱紧我的双臂、脸上温暖黏稠的感觉、鲜红的反射阳光的刀子，以及比刺入我体内的刀子还要冰冷锐利的视线。

我想起那天被那个像是巨大爬虫类的、完全不带一丝情感的双眸凝视的经历，感觉仿佛被人从头倒了一盆冷水。

颤抖从身体深处涌现，放在琴键上的手在晃动。一定要抹去，一定要马上将那个记忆从脑海中抹去，我越这么想，那一天发生的事就越鲜明。

胸口传来一阵痛楚，我一看，从衬衫的胸口到侧腹，红黑色的污渍正慢慢地扩散开来。伤口又裂开了吧，和在飞鸟小姐的梦幻世界里发生的一样。

我用力咬着嘴唇，感受到虎牙刺穿皮肤时锐利的疼痛，但我并不理会，手指仍然继续往下施力。

和一开始徘徊在梦幻世界里的那时候不一样了。为了拯救病患，为了克服那一天的记忆，为了战胜夺走我重要东西的那个男人，我完成了玛布伊谷米。

没问题的，我应该已经可以自己一个人做到了。

下定决心的我，抬起双手，接着手指敲在琴键上，但是响起的扭曲音调却与《命运交响曲》庄严的序幕旋律完全不相像。

弹错了吗？！看着乐谱打算重新再弹一次的我僵住了。破破烂烂的老旧乐谱上，音符正在蠕动，那幅仿佛小虫子到处爬来爬去的景象，让我的背后一阵战栗。

我用力甩了甩头，将视线从乐谱移往手边。在放弃钢琴之前，我虽然弹得并不好，但也时常弹经过改编的、儿童版的《命运交响曲》，即使不看乐谱我应该还是弹得出来。

指尖再次敲击琴键，不过响起的却依然只是不成调的杂音。

“来了……”库库鲁在脚边说道。

我抬起头，嘴里发出细微的惊叫。

虫子第三次从门扉的缝隙涌现，看起来像黑色雾霭的一大群飞虫，一边发出响亮的振翅声一边往上飞，聚集在天花板附近，数量明显比刚才啃食人偶时还要多了许多，与其说是雾霭，不如说更像是天花板上笼罩着一片黑色雷云。

虫子马上就要来袭了，它们会覆满我的全身，连内脏都被啃食殆尽。库库鲁以被恐惧束缚得动弹不了的我的大腿为跳台，跳到钢琴顶盖上。

虫子们急速下降，就像从雷云中拉出一条黑色鞭子一样，我倏地用双手保护脸部，坐在钢琴顶盖上的库库鲁仰起头看着天花板，张开了大口：

“喵呜呜呜呜！”

伴随着咆哮声，库库鲁嘴里喷出像花洒水柱般的金黄色光芒，光芒覆盖钢琴形成半圆形，化为长鞭的虫群前端在碰到光芒的瞬间，便发出“滋滋”的声音烧了起来。

长鞭一个大回转拉开距离以后，再次向笼罩着我们的光之障壁冲过来，但是结果仍然相同，碰到光芒的虫子们在燃烧之后消失。

“我已经建立起屏障了，这样可以争取一点时间，趁现在。”库库鲁一脸严肃地瞪着虫群雷云这么说。

这一次，从雷云里伸出了数条长鞭，鞭打着光之障壁，虫子燃烧的声音此起彼落，听起来像是画面出现雪花噪点的电视发出的杂音，蛋白质燃烧发出的令人不快的气味掠过鼻尖。虫鞭攻势停止后，被鞭打过的部分光芒薄弱了少许，库库鲁再次“喵呜呜呜”地咆哮着吐出光芒修补那个部分，不过在所有地方都重新补好之前，黑色长鞭再次鞭打着障壁。

就像库库鲁所说的，这只不过是争取时间罢了。我的呼吸紊乱，双手再次回到琴键上，然而我却无法弹奏。指间失去感觉，我没有办法敲击琴键。

我必须想个办法，必须快点做些什么。越是着急，身体就越是没有感觉，简直就像自己不再是自己一样，意识与身体已经分离了的感觉。

在我的视线不经意地从琴键往上看的瞬间，全身汗毛直竖。不知不觉间，眼前的钢琴变成了完全不同的东西，键盘盖长满了有如刀子般的尖牙，琴框、顶盖及琴脚则长出灰鼠色的硬毛，在我脚边的踏板则化成了巨大的钩爪。

一道视线贯穿了缩成一团的我，那是放在谱架上的乐谱浮现出的锐利大眼射过来的视线。

我对那双不带丝毫感情的眼睛有印象——二十三年前的那一天，砍杀了我重要之人的那个男人的眼睛；手中拿着染成红色的刀子，直勾勾地盯着我看的那双眼睛。

不行了……我因为绝望而濒临崩溃。

我以为可以通过完成玛布伊谷米来战胜那个男人，可以不再受困于那个男人自由地活着，然而这是不可能的。

我这一生，都无法逃离那个男人的阴影了。

我想移开视线身体却动弹不得，灵魂要被浮现在乐谱上的双眼给吸走……然后吞噬。我要被眼前的怪物给吃了……

“爱衣！”

尖锐的声音喊着我的名字，同时兔耳猫跳进了我和乐谱之间，朦胧的意识也恢复了清醒。

“库库鲁……”

“别怕，有我陪着你。”站在谱架上的库库鲁向我露出笑容。

“可是我已经……”

我的舌头在颤抖，无法顺畅说话，库库鲁的耳朵轻轻地搭在我的手上。

“别怕，有我陪着你。”

库库鲁重复着同样的话，羽毛般的触感让我紧绷的身体逐渐放松。

“可是钢琴变成怪物……”

“怪物？哪里有那种东西？”库库鲁以轻松的口吻说完，从谱架上跳起回到了顶盖上。

浮现在乐谱上像是爬虫类的巨大眼睛消失了，键盘盖上的尖牙，以及琴框和琴脚上茂密的毛也不见了，脚边的钩爪也恢复成踏板的样子。

“爱衣身为犹他已经拥有足够的力量了，因此在梦幻世界里，你想象的东西都会对周围产生影响，懂了吗？”

我含糊地点头。意思是如同我通过想象让身体长出了翅膀，或是变身成猎豹那样，是我将钢琴变成了怪物吗？

“所以，不要被恐惧束缚，不要想着自己一个人战斗，不要忘了，我会一直陪在你身边。”库库鲁的话语，一字一句都温暖了我冰冷的身体。没错，我不是一个人。我大大地吐出一口气，库库鲁的耳朵还搭在我的手上，我伸手拍了拍脸颊。

“你没问题吧？可以弹吧？”

我用力点头，手指放在琴键上，我的手已不再颤抖。

“加油哦。”库库鲁说完，便瞪着扩散到几乎要覆盖整个天花板、万头攒动的群虫。受到群虫鞭打的光之障壁一看就知道已经受到损伤了。

不知道它们是不是打算一决胜负，从虫雷云里伸出来的黑鞭缠绕在一起，粗细如一根木头，虫子组成的木头笔直地朝我们延伸。

“喵呜呜——”

随着咆哮声，库库鲁从口中喷出如同激光炮的光线往木头上射去，木头和光线在半空中剧烈撞击，舞池里布满了大量的烟。

我将意识集中在双手上。库库鲁会替我抵挡那些虫子，所以我必须集中精神在演奏上。

我轻轻地、绵长地吐出一口气，原本在耳边嗡嗡作响的振翅声已经听不见了，虫子燃烧产生的恶臭现在也闻不到了。

体会到一种世界逐渐往自己聚合的感觉，我静静地闭上眼。眼里倒映出那个人温柔的笑脸，我睁开眼睛，双手敲击着琴键。

我演奏着《命运交响曲》的开头，无限厚重、震撼人心的旋律响彻整个空间。

我心无旁骛地动着手指，刚开始有些克制，接着力道越来越强，弹奏着贝多芬在苦恼中谱写出的曲子。我摇晃上半身，让手指带着这股动力不断地敲着琴键。

愤怒、哀伤、绝望，然后是希望，从钢琴涌现出来的旋律饱含着各式情感扩散而去。

即使是在每天都在弹琴的那段时间，我也无法演奏出这样的水平，但是现在，钢琴仿佛成了身体的一部分，我可以随心所欲地弹奏。

忽然，我感觉到手指似乎黏在了琴键上，定神一看，发现手指就像受热后的芝士一样融化，流到了琴键上。但感觉并不讨厌，和钢琴融合为一体甚至让我感到舒畅。

下一秒，地板突然破裂。在钢琴顶盖上驱退虫子的库库鲁发出“喵呜”声的同时瞪大了眼睛，身体下坠的感觉让我有一瞬间忘记了演奏。

“继续弹！”库库鲁边攀趴在顶盖边大声说道，“这样就可以了，这样我们也许能到加纳环的库库鲁所在之处，所以你要继续弹下去。”

“嗯！”

我带着气势回答后，不停动着连手肘附近都和钢琴融为一体的手臂，琴槌敲在琴弦上的振动和心的跳动节奏渐趋一致。

《命运交响曲》的庄严旋律成为自己的一部分，自己成为曲子的一部分，我带着这样的感觉持续坠落。

忽然听不见曲子了。闭着眼睛融入音乐中的我突然回过神，不知不觉间我已经站在地板上，应该和我一起坠落的钢琴却不见踪影，库库鲁在我的脚边眨着眼睛。

“这里是……”

我身处于一个天花板低矮、光线昏暗的空间，气温虽低，但空气却相当潮湿地黏在皮肤上，浓烈的霉味让我忍不住想咳嗽。

从天花板滴落的水珠掉落到凹凸不平的石地后四散开。

“看起来像是个地下室呢。”库库鲁跳到我肩上坐着，压低了音调。

“不过感觉不是普通的地下室就是了。”

“咦？什么意思？”

“你仔细看看这里的东西吧。”

借着放在地上的蜡烛微弱的火光，挂在墙上的粗糙斧头及剑浮现了身影。

“武器库？”

“不是那边，是放在另一边的东西。”

库库鲁双耳夹着我的脸，硬是将我转向旁边，看见映入眼帘的东西之后，我以一只手捂住了嘴。

“断头台……”

这是为了砍断人的头颅而发明的工具，用于斩断头部的巨大刀刃反射着蜡烛不祥的火光。

“不只有那个哦。”

听见库库鲁说的话，我环顾四周，从喉头发出喘息般的咻咻声。铁处女、电椅、黄铜牛、绞刑台……各式各样的行刑用具排列在那里。

“看来要将这里称为刑场才对呢！不过大型城堡的地下，有这样的地方也不奇怪吧。”

“你不要说得这么冷静！为什么会有……”

库库鲁用耳朵捂住了在阴森的空间里高声大喊的我，它倏地举起一只爪子，移到嘴巴前。

“不可以发出那么大的声音，你仔细听清楚。

“听……”

我将意识集中在听觉上，全身窜过一阵战栗，从天花板那里可以听见些微的振翅声传来。

“这个声音是……”

“没错，是虫子大军。这里是城堡的地下室，虫子还在上面，所以不要发出太大的声音，可以吗？”

我点头如捣蒜，库库鲁这才收回了捂在我嘴上的耳朵。

“不过梦幻世界里有这么阴森的地方，从这点看来，加纳环应该是受到了相当大的打击。”

“不过只是受到打击，会创造出这样的地方吗？”

这个地方比起先前看过的其他梦幻世界，都还要来得充满瘴疠之气，环小姐究竟遭遇了什么事？

“找出加纳环的库库鲁，看过它的记忆之后，一定可以知道详细状况，那我们就在虫子攻进来之前快点找吧。”

“在这里找吗？！”我差点又惊叫出声，赶紧用双手捂住嘴巴。

“这不是当然的吗？好啦，没时间了，动作快点吧。”

库库鲁从肩上跳下，推着我的小腿。无奈之下，我只好一一确认那些光是想象该怎么使用都觉得恐怖的机器的暗处。缩着身子来回探索数分钟之后，我停下脚步，在墙壁上的大型丨字架底端，有一个大小刚好能双手环抱的立方体盒子，像是被藏在那里似的。那个外面刻有可爱图案的盒子，在这个只由蜡烛微弱火苗照明的地下室里散发出淡淡的光芒。

就是这个！先前的经验让我相当确定环小姐的库库鲁就沉睡在这个盒子里。

“库库鲁。”我招招手，坐在电椅上的库库鲁轻快地走了过来。

“有了吗？”

“嗯，应该是。”当我指着盒子时，手背上停了一只蚊子大小的虫子，那只虫子张开像天牛一样的下颚，用力刺进我的皮肤，尖锐的刺痛感让我脸都歪了。

“爱衣！”

库库鲁迅速挥耳打死了虫子，我皱着脸用白袍衣摆擦去沾在手背上的黏稠体液。同时，上方传来的振翅声的音量很明显地越来越大。

“看来被它们发现了呢。”库库鲁斜眼瞪着天花板这么说。

我急忙跪在盒子旁边，石地板的冷硬触感透过长裤的布料传到膝盖，我慎重地摸着盒子，打开盖子，由微弱的金属音演奏的、富有透明感的旋律洋溢在地下室中。

“八音盒？”

我喃喃自语着看向盒子，八音盒的内部有着像是蓝色激光的东西绕成了一颗小球状，细微摇晃的光线随着音乐隐隐约约地变大变小，如同心脏跳动般。

“是个相当有个性的库库鲁呢。”库库鲁伸长脖子看着八音盒说。

“这就是环小姐的库库鲁吗？”

“应该是吧。看了这个梦幻世界，对加纳环来说，音乐应该是非常重要的东西，所以她的库库鲁也许不是某个物质，而是‘声音’本身具象化之后的东西。不过，现在似乎没有时间慢慢思考这种事了。”

库库鲁抬起头，保持战斗姿势，黑色的雾霭从石造天花板细微的缝隙中，像是液体渗了进来般地涌现。

“爱衣，快点进行玛布伊谷米！”

“知道了！”我回答完，便轻轻地把手伸进八音盒里。

在指尖触碰到鼓动的激光团块的瞬间，记忆的洪流涌进了我的脑海中。

7

抓着音符状的项链，深吸一口气，手指搭在琴键上闭上眼睛，视觉受到阻碍之后，从指尖传来的琴键冷冽的触感更加鲜明了。

屏住呼吸以后，世界就只剩下自己和钢琴了。

钢琴是自己的一部分，自己是钢琴的一部分，这感觉有种无可言喻的舒畅。

睁大眼睛的瞬间，加纳环弯曲双臂，力量传递到指尖，琴槌用力地敲击内嵌在平台钢琴里的琴弦，瞬间振动并逐渐扰乱了演奏室里的空气。

环摇晃着身体，因重心移动而产生的力量从躯干、肩膀、手臂，然后传递到手指，每一根都如拥有自我意识般复杂摆动的十指，将传递过来的力量敲击在琴键上，以转换成声音的艺术。壮阔的旋律使得内脏都受到振动，似乎只要一个不留神，就连“自我”这个存在都会被满溢整个房间的音乐洪水给吞噬。

没问题！这样就可以让所有人俯首称臣了。

当她想要传递更强的力量到指尖，而无意识地从椅子上抬起臀部的瞬间，一句“不是这样吧”的怒吼声震动了鼓膜，环手指的动作乱了套，原本完美和谐演奏的曲子转变成了不协调音。

“要说几次你才懂！”

歇斯底里的呵斥声回荡在演奏室里，环原先热切的心一下子冷了下来。

“速度太快了。你不能自己弹自己的，要更仔细地看着乐谱弹才能得到评审的高分！”母亲加纳淳子涨红着脸怒声说道。

环淡漠地看着她那个样子，有口无心地道歉：“对不起，妈妈。”

“能不能获得推荐，就看下个星期的比赛了，你要认真一点。”

“嗯，我知道。”

环依旧空洞地点头之后，淳子指示道：“那就从头开始。”环照着指令弹奏，音符像是从乐谱上列队跑出来似的，不带灵魂、空虚的旋律从钢琴里吐了出来。环斜眼看着聆听这样的音乐而满意点头的母亲，内心叹了一口气：就是因为只有这种程度，所以妈妈才没有办法成功。

环在懂事之前就开始接触钢琴了，她接受身为前钢琴家的母亲指导。对她来说，弹奏曲子，手指在琴键上跳跃，用音乐描绘艺术是件快乐的事。不论幼儿园、小学，环对于每次参加比赛都能获奖感觉非常愉快，所以她拼命地练习，淳子也竭尽全力指导她。

只是，大概从环升上高中开始，理想的亲子关系逐渐开始扭曲。在各式比赛中得奖的环，开始收到知名音乐大学推荐入学的邀请，从那之后，淳子的指导就变得出奇严格。

“你这样是没有办法成为职业钢琴家的！”

“不能只是自己弹得开心，弹琴时更要注意观众的存在！”

环开始动辄遭到这样的斥责。最初她还感到疑惑不解，但在几次受到情绪性的言辞责骂之后，她渐渐看懂了母亲愤怒之下昭然若揭的真正意图。

妈妈想让我代替她完成她自己的梦想。

淳子和环一样，从小就生活在钢琴围绕的环境中，虽然她在私立音乐大学毕业后成为钢琴家，却没有办法只靠演奏为生，结果在结婚时顺势放弃了钢琴事业。现在的淳子是家庭主妇，每周三天会到附近的超市打工。

妈妈将自己没能实现的成为一流钢琴家的梦想硬塞给我。当环意识到这件事时，对母亲抱持的敬意锐减，也不再听得进她说的话了。不知道是否察觉了女儿这样的变化，最近淳子的指导越来越流于情绪方面的内容。

妈妈已经没有东西能教我了。环机械性地动着手指，内心喃喃自语：就钢琴家这个身份来说，已经是我赢了，我会在下一次的比赛证明这一点。

不知道从什么时候开始，对环来说，“演奏”的意思等同于“战斗”，要用敲击琴键所产生的旋律来打倒对手。

妈妈也被我的演奏给震慑得害怕了吧，因为已经超越她所能理解的范围了，所以才会要求我按照乐谱机械性地弹琴，她想把我往下拉到她自己的水平去。

这样可不行。在下一次的比赛中我要弹出只有我做得到的诠释，让评审员都为我倾倒，然后得到第一志愿的音乐大学推荐入学，这样的话，妈妈就不能再说什么了，到了音乐大学也会在和对手的竞争之中胜出，然后成为世界级的钢琴家持续获胜。对未来的光明想象减轻了环的烦躁，没有感情地动着手指的行为，也变得不再那么痛苦。

环的嘴角微微扬起，忽然她察觉到有些异样，转头往旁边看去，此时淳子正一脸不可思议地眨着眼睛，她没有发出声音，用唇语问道：“怎么了？”

“没什么。”环也只用口型回答，继续弹琴。

花了十几分钟演奏过一遍之后，淳子轻轻地拍了拍手：“感觉很不错啊，这样一定可以在比赛中排入前几名。”

这种不带情感的演奏，怎么能赢过其他的参赛者，而且我对晋级前几名没有兴趣，除了第一名，所有人都是输家。

“谢谢。”环冷淡地回道，同时视线往左右移动。

“怎么了？”

“这个房间里是不是有蚊子？”

“蚊子？”

“对啊，我听到类似蚊子在飞的声音。”

环闭上眼睛，将注意力集中在听觉上，虽然只是隐隐约约地，但可以听到像是拍动翅膀的声音。

“你听，真的有，我听到蚊子在飞的声音。”

“我没有听到啊……”淳子一脸疑惑地看了看整个房间。

妈妈的耳力果然只有这种程度而已吗？环轻轻地哼了声，同时耸耸肩。

“那可能是我的错觉吧。别说这个了，你是不是该去打工了？”

“是啊，我要出门了，你会好好练习吗？比赛之前可不能松懈了。”

“不用担心啦，你真的该出门了。”

环用一种像在赶她走的语气说完，淳子的眉毛皱成八字形，走出了演奏室。

听着门关上的声音，环的嘴角勾了起来，这样终于可以进行“真正的练习”了。

环调整呼吸，面向钢琴，瞬间从椅子上抬起身体，手指敲上了琴键。

听见他人的演奏了，平凡且无趣的演奏。

穿着小礼服在舞台翼幕等待的环，指尖轻触从小学开始就当作护身符戴着的音符项链。前方数十米处，沐浴在舞台聚光灯下，同年龄层的少女正认真严肃地弹着钢琴。这是在都内的某个音乐厅举办的钢琴大赛，参赛者都是高中生，而环是下一位演出者。

为什么水平会这么差啊？差点弄乱了美发师梳好的头发，环急忙停下了手。

以学生为参赛对象的比赛，就算是知名度数一数二的大赛，参赛者的演奏水平也太糟糕了，前面演奏的每一个人都不时偏离音程，会犯下这种初学者错误的人，真不懂为什么可以参加这个比赛。

让人搞不懂的还有观众的反应。即使是水平很低的演奏，当一曲弹毕，演奏者从椅子上起身敬礼时，座无虚席的观众席竟然传来热情的掌声。

是因为对学生来说已经很努力了吗？这种宽容的反应一点也不好，毕竟还有我这种将人生赌在这场演出上的人。

不，他人和我没关系，我要集中精神在自己的演奏中。环来回几次深呼吸，让躁动的情绪平静下来，焦躁很可能会干扰手指的运行。

在琴键上用力敲下“我”，转换成旋律，撞击在评审以及在这音乐厅里的所有人身上，我要让所有人都心服口服地认为我是第一名。

环将手抚在胸口上，耳边掠过了杂音。

虫子？环看往声音传来的方向，却没有看见虫子在飞，这次从另一个方向传来翅膀拍动的声音，环连忙转头，结果还是没看到虫子。

舞台翼幕的照明并不多，有些昏暗，很难找出小小的虫子。

偏偏在这种时候……就在注意力被扰乱的环发出咂嘴的“啧”时，演奏结束了。额头冒汗的少女在舞台上露出满脸笑容，向观众席低下头，瞬间迸发的热烈鼓掌声盖过了翅膀拍动的声音。

明明好几次都偏离了音程，为什么还能露出那么满足的表情？在环惊异之时，少女往对侧翼幕走去。

那么，轮到我了。环微微低下头，瞪视般看着放在舞台上的平台钢琴，心跳越来越强烈。

“加纳环小姐。”司仪念到了名字。环一边小心注意着不要踩到小礼服的裙摆，一边往舞台走去，她抬头挺胸，慢慢地朝钢琴前进，聚光灯和观众们让她涌起了斗志，舒畅的紧张感包覆着全身。

环弯身坐下，抓着项链闭上眼睛，深深地将肺部吸满空气，这是演奏前的例行仪式。

就在即将开始演奏时，环又听见了拍动翅膀的声音，被打断的环睁开眼睛看往发出声音的方向，但是依然没有看见虫子，振翅声还在持续响着。

为什么会在这时候！环有那么一瞬间陷入了慌乱，但是又不能挥手把虫子赶走，就算演奏还没开始，评审已经开始评分了。

区区振翅声没什么关系，只要开始演奏，这么微弱的声音就会被我弹奏出的压倒性旋律给盖过去。定下心来的环拱起身体，双手用力敲在琴键上。

不知道究竟发生了什么事，钢琴响起的重低音，音程有些微的偏离，就和之前那几个人的演奏一样。

即使感到恐慌，已经与钢琴磨合了数千个小时，甚至上万个小时的身体自己动了起来，环继续敲打着琴键，然而从钢琴传出来的旋律，虽然程度轻微，但确实存在音程偏移。

钢琴的调音失败了，所以才会出现这种声音。就在环咬紧了牙根时，曲子听起来忽然又回到了正确的音程上。

修正了？就在这么想的下一秒，音程再次开始偏移，一点一点，但又实实在在地越偏越远。

环终于察觉到发生了什么事，不论是钢琴的调音，或是其他参赛者的演奏都没有什么问题。

有问题的是我的耳朵，我的耳朵没有办法掌握正确的音程了！

氧气似乎瞬间变得稀薄，呼吸开始困难了起来，即使如此，环依旧拼命地动着双手。

音程在我耳里听起来会变得比较低，如果弹琴时考虑到这部分的偏差，也许可以弹出正确的旋律，只是，该做到什么程度的调整才能够补正？

越是思考越是混乱，环感觉仿佛身陷在无底泥淖之中，越是挣扎整个人越是往下沉沦。视线失去了远近距离感，画在乐谱上的音符看起来就像浮在半空中。

救救我！谁来救救我！就在完全不知道自己的演奏听起来如何时，曲子迎来了高潮段落，环的下巴向前抬起，一边喘着气，一边和平常一样将全身的重量灌注在双手上敲向琴键。

回荡在空气中的乐声听在环的耳里，是一阵扭曲的不协调音，简直就像野兽的嘶吼，在环的眼中，面前的这架钢琴看起来就是一只露出獠牙，想要吃掉自己的怪物。

恐惧擅自驱动着身体，环发出“呀”的尖叫，整个人往后退，身体因此失去平衡而倒了下去，下一秒，后脑勺传来一阵剧烈的撞击。

……照明灯从天花板垂吊下来，散发出刺眼光芒的照明灯。

环有一种漂浮在游泳池中的感觉，接着因炫目的光芒而闭上眼睛。

这里是哪里？为什么我会躺着？

地板的冰冷温度透过小礼服传来，让蒙上一层雾霭的思考逐渐变得清明。

环的眼眶几乎要绷裂地瞪大眼睛，上半身弹坐起来，发现观众们正在看着自己——那个舞台上独自在聚光灯的照射下倒下的自己。

几百个人的视线刺向全身，带着疑惑的交头接耳打在回声功能良好的音乐厅墙壁上，形成一道道回音，那些声音听起来，就像无数只虫子在四处爬窜。

“不要！”环蜷缩成一团发出尖叫。

双手捂住耳朵的环，只听见好似羽虫在飞的声音。

耳硬化症，这是侵袭环耳朵的疾病名称。

比赛后为环看诊的耳鼻喉科医生说，病因是耳朵内部一块名为镫骨的小骨头硬化，造成听觉障碍、耳鸣，以及眩晕等症状。

“手术之后，大部分人都可以改善症状，还是可以继续弹钢琴哦。”

环相信主治医师的这句话，接受了双耳的手术，手术后音程高低偏离的症状确实是改善了，然而耳鸣却没有完全消失。日常生活时环并不会特别在意，但如果一个人静静待在房间里，便会隐隐约约听见像是羽虫在飞的声音。然而，更严重的是，环没有办法再次弹琴。

只要坐在钢琴前，手指碰到琴键的瞬间，那场比赛的景象就会在环的脑海里再现。不过一开始，环还会压抑着痛苦及反胃的感觉，努力想敲击琴键，只是肌腱仿佛硬化了一样，手指一动也不动，那跳着僵硬舞蹈的十指，只能让琴键产出不忍听闻的混乱旋律。而在弹琴时，耳鸣声，那个振翅声，便会在耳边响起，音量大得似乎想要盖过琴槌敲在琴弦上的声音。

淳子看不下去女儿连接近演奏室都开始害怕的样子，于是带环到精神科看诊，得到的诊断结果是 PTSD。环拼命询问该怎么做才能治好，精神科医师解释说，除了通过咨询等方式，耐心地治疗，没有其他方法。但无法得知什么时候能治好，某些情况甚至再怎么治疗可能也没办法痊愈。

引发 PTSD 的一个原因，是环太执着于一定要就读知名音乐大学的这个目标。听完说明的淳子，为自己不该将环逼到这个地步而情绪崩溃地向她道歉了好几次。然而淳子的道歉，并没有传到已经情感麻木的环的内心。

于是，环不再弹钢琴了。加纳家接受了精神科医师的建议，认为靠近造成心灵创伤的源头不是一件好事，便在自家的演奏室门上锁上了冷硬的挂锁。不知从何时起，“音乐”从环的身边消失了，总是挂在脖子上的音符项链，也被塞进了抽屉深处。眼不见为净。

原本安排用来练习钢琴的时间空了出来，所以和学校朋友相处的时间增加了，不知不觉间，环下课后的安排变成和同学一起逛街，或是在快餐店闲聊。但是不论多想和朋友一起开心游玩，空虚总是淤泥般沉积在环的内心深处。

环已经不知道自己为什么还活着了。自己的眼睛是为了看谱而存在，自己的脚是为了踩踏板而存在，自己的手是为了在琴键上飞舞而存在……“加纳环”是为了将声音编织成艺术而存在。

弹奏钢琴这件事，才是自己存在的理由，那么，在失去了音乐这项展现自我的方式之后，为什么自己还活在这个世界上？环经常有这样的疑问。

与妈妈之间的关系也有了很大的变化。也许是出于将女儿逼得太紧的罪恶感，淳子开始过度小心翼翼地对待环，就算晚上出门玩到很晚才回家，淳子也不再说什么，而被当成易碎品看待的感觉太痛苦了，因此环也渐渐不愿和妈妈说话。

从此，只有时光在流逝，环和同龄的学生一样参加了入学考试，进入都内的女子大学就读，随波逐流地度过大学生活，参与就业活动，毕业之后在还算有名的企业就职，担任一般员工，搬离老家开始一个人生活，也渐渐习惯了工作。

之后也许就是继续忽视在内心深处蠢蠢欲动的空虚，和某个人结婚、生小孩，年岁渐长，然后结束一生了吧。她是这么相信的。

进入社会后大约第三年的冬天，环收到了高中同学会的邀请，本来觉得麻烦而想拒绝的环，对于在公司里只能和年长者来往已经感到疲惫，转念一想，和许久没见的同学们见个面也不坏，便决定参加。

在大众居酒屋举办的同学会比想象中还要热闹，包含环在内的男女大约十个人打算到下一间续摊，但当时是尾牙[1]旺季，一直找不到还有空位的店家，只能大冷天在户外排队等待。就在这时候，其中一个人单手拿着手机说："我打工的酒吧还有位子，现在刚好没有客人，店长说这个人数可以让我们包场。"

那是名为久米的男子。环的母校是国高中直升的学校，似乎是在初中一二年级时曾经和他同班，只是他好像双亲发生交通意外过世还是其他原因，在升上初三之前就转学了，还有就是因为他以前很安静，不太醒目，所以对他没有留下什么印象，今天会找他来，也是由于担任主办人的男同学在高中时代和他算是比较要好的关系。

待在体感温度零摄氏度以下的室外，没有人有理由反对久米的提议。于是，大家往坐落在闹区外围的酒吧前进，走下通往地下的楼梯，推开在楼梯尽头的沉稳木制大门之后，拥有十来席座位的小巧精

1　尾牙：此处指日本公司的年终会。

致的酒吧映照在间接照明之下。

“欢迎光临。不用拘束，玩得开心一点。”吧台内正在清洗玻璃杯的中年店长亲切地说道。

环跟在同学们身后，踩着因不胜酒力而有些不稳的脚步进入店内，当她瞥见店里的角落时，血液里的酒精仿佛瞬间蒸发了——那里孤零零地放了一台钢琴。

环还在想着要不要离开，可是被后方陆续进来的同学推着推着，竟然就被带进了酒吧内。

环想办法占据离钢琴最远的沙发座，点了杯得其利一饮而尽，她想用朗姆酒的酒精稀释恐惧感，然而不管酒醉的感觉再怎么强烈，都只是更想吐而已，钢琴散发出来的压迫感并没有消失。

“店长，那台钢琴是怎么回事啊？”进入酒吧大约一个小时，坐在吧台的主办男同学指着钢琴，大着舌头说。

一听到这个害怕的话题，环拿在手里的高脚鸡尾酒杯晃了晃，洒出了些在裙子上。

“哦哦，我们有时候会举办爵士乐现场演出。”

“今天没有吗？爵士太有型了，我很想听听啊。”

“谢谢您这么说，不过今天钢琴家不在呢。”店长苦笑着说。

这时坐在环隔壁的女性友人兴奋地举起手：“要钢琴家的话，这里有哦！”

玻璃杯几乎要从手中滑落，环连忙将杯子放回桌上，友人露出纯真的笑容看着环。

“环，你以前弹过钢琴对吧？”

“那是……以前的事了……”环结结巴巴。

“高中的时候你不是还说过‘将来要成为钢琴家’吗？多少可以

弹一些吧？”友人硬是拉着环的手臂站了起来。

“哦！有什么关系？加纳，你就弹嘛，弹点气氛不错的。”主办人以爽朗的声音说着，同时拍起手来。老同学们也配合着主办人，一起拍起了手，有人推着环的背，将她带到了钢琴前面。

心跳强烈得几乎可以感到痛楚，从全身的汗腺里涌出像冰水一样的冷汗，拍手声回荡在头盖骨中。

“好啦，环，坐下吧。”

刚才还坐在旁边的女性友人压着环的双肩，环像跌进椅子般地坐上了放在钢琴前方的座椅。

口中的水分急速丧失，胃部传来一种被勒紧的钝痛，在环的眼中，发出光泽的钢琴，如同一只拥有滑溜皮肤的巨大两栖生物。

“好啦，快点。”

在友人的催促之下，环以缓慢的动作抬起指尖细微颤抖的手，就在手指碰到琴键的瞬间，她听见了那个声音——像是羽虫在飞的耳鸣声。

那股杂音的声量越来越大，甚至盖过了同学们的拍手声，环所在的地方已经不是深夜的爵士酒吧了，而是改变命运的那场比赛的舞台。

那天的记忆闪现，听在耳里的不协调音、仿佛油料用尽而动弹不得的手指、充满困惑与怜悯的视线，以及大量虫子四处飞窜的声音。

就在环用双手捂住嘴几乎要呕出来的瞬间，从旁边伸出来的手放在了琴键上，环侧眼往旁看，久米正站在那里，视线对上他时，他微笑着若有似无地点点头。

“喂，久米，你不要干扰加纳同学啦。”主办人举起倒满拉格啤酒的酒杯。

“我一直瞒着大家，其实我也蛮会弹钢琴的哦。”久米搞笑地说着。

“什么啊，你的意思是你比加纳同学弹得还好吗？”

“当然啦！本来呢，是要请你们付演奏费的，不过看在大家以前同学一场，今天我就免费演出吧。”久米挑衅似的勾起了唇角。

“噢！你都这么说了就去弹啊，我就来听听，可以吧，大家？”

主办人举起酒杯，喝醉而兴奋起来的老同学们发出欢呼声，久米说完“好，看我的”以后，便将手指放上琴键，酒吧里顿时一片寂静。

久米的手指敲在琴键上，与此同时，单调却又无限开朗的旋律充满了整个空间。

“踩到猫儿，踩到猫儿，不小心踩到猫儿被抓了一下。”

久米站着摇晃身躯，嘴里哼着走音的歌曲，同学们全都一脸呆滞地愣在当场，过了好几秒之后，笑声充满了整间酒吧。

“你在弹什么啊，久米，那种东西我也会弹啊！”主办人笑着这么说，一口气喝光了啤酒。

“看来你无法理解我这高级的演奏呢，好啦，那就大家一起合唱吧！踩到猫儿，踩到猫儿……”

在久米的鼓动下，同学们都开始唱起了《踩到猫儿》。音调越来越偏离旋律的合唱，听在环的耳中却格外舒畅。

头好痛……环甩了甩像是有小矮人在头盖骨里跳舞的头之后坐起身，发现自己刚才躺在皮革沙发上。

这里是？

也许是戴着隐形眼镜睡着的关系，视线歪歪扭扭，环眨了好几次眼以后才终于将视线对焦，世界回到直线的模样，眼前是间接照明柔和灯光下的酒吧。

环想起了在同学会转场时来到位于地下室的酒吧，不过却不见那十几个同学，吧台里的男子背对着这个方向，正在擦拭摆满了一整面墙、上面收纳着酒瓶的酒架。

“那个……店长？”

环小心翼翼地出声叫唤，男子转过身。

“哦哦，加纳小姐，你醒了啊。”

男子轻轻举起拿着布巾的手，他不是店长，而是那位存在感微弱的中学同学。

“久米同学？为什么我会……”

无法回忆起发生了什么事的环压着太阳穴，脑袋里还残留着酒精，所以没办法好好思考。

“你还记得哪些？”

“哪些……我们转场来到这家店，然后……”

说到这里时，同学们起哄硬是拉她在钢琴前坐下的记忆跳了出来，一阵激烈的反胃感袭来，环急忙站起身，跑向位在店后方的厕所，门还没来得及关，头就贴近了马桶。

灼烧般热烫的东西从腹腔往喉头直冲而上，一张开嘴，黄色的液体涌出。环反复吐了好几次，胃里已经空空如也，然而就算已经没有东西可以吐了，恶心的感觉还是没有消失，环持续干呕着，脑海里刚才坐在钢琴前的影像，以及造成心灵创伤的比赛记忆被搅拌混合在一起。

忽然，一只温暖的大掌贴在背后。

“还好吗？”

久米轻抚着环的后背，担心地看向她的脸，环用手背擦去沾在嘴边的胃液，同时垂下眼，被没什么交情的男性看见这么不堪的样子实在让人很难为情。

“给你，先用这个漱漱口吧。”

环接下久米递出的装了水的杯子，照他说的，用水将侵袭口腔的苦味及黏腻感渐渐洗去，想吐的感觉也淡了下来。

“不管再怎么会喝酒，喝了那么多杯，也难怪会那样。”

撑着手站起来的环歪了歪头。

“对不起，那个……我，怎么了？”

“我们在唱《踩到猫儿》的时候，你突然直接从椅子上掉下来，所以大家才会把你抬到沙发上。你好像是喝太多，结果失去意识了。”

过度摄入酒精确实也是其中一个原因，不过更大的原因应该是不用弹钢琴而放下心来松了口气。

“其他人呢？”环看了看店内四周。

“喝了一堆酒以后说第三场要去唱卡拉 OK 就走了，还真是有精神呢。”

久米让环坐在吧台席之后，再次擦起了酒架。

“所以你留下来照顾我呀。”

“关门时间到了以后，店长说句‘你带来的客人由你照顾’就回去了，还真是无情的店主啊。”

“咦？现在几点了？”

“已经是首班车发车的时间了，你等酒醒一点再回家好好休息吧，反正今天是星期六，不赶时间吧？”

看了久米指着的挂钟，环吓了一跳，似乎已经在这里睡了将近五个小时。“对不起，给你添麻烦了。”环低下头。

“该道歉的是我，因为是我带你们到这家店来的。虽然大家喝醉了没有发现，不过你讨厌钢琴对吧？大家鼓动你去弹琴的时候，你的表情看起来非常害怕。”

“……所以你才代替我弹啊。”

他为了帮助我，自愿当个丑角。环现在完全明白了这件事。

“抱歉，我弹得很烂。”

“没这回事！你弹得非常棒哦！”环大声说道。

久米睁大了眼睛：“谢……谢谢。”

就技术层面来说的确很笨拙，不过那首曲子在环的耳中，听起来却是前所未闻的畅快。

“那个……我是在高中时变得再也无法弹钢琴的……”环自然地说出了这句话。

至今为止，从来不曾和朋友说过关于造成心灵创伤的那件事，但是现在，她却有一股想要久米听她诉说一切的感觉。

环巨细无遗地说着——她怎么开始弹钢琴、怎么磨炼自己的技术、多么努力以钢琴家为目标，以及受到了多大的挫折。这段时间内，久米一直带着认真的表情聆听着，并时不时给予回应。

花了一个多小时说完来龙去脉的环，深深地吸了一口气。她不知道为什么要和久米说自己悲惨的回忆，也许是酒精还残留在体内的缘故，等到酒醒了之后，她可能会为此感到后悔，不过现在心情却很舒畅，感觉像是终于取出了一直卡在喉咙里的异物。或许是说太多话了，正当环觉得口渴时，久米将装了柳橙汁的杯子放在吧台上。

“谢谢。抱歉，让你听了无聊的话，喝完这个我就走了，多少钱？”

环一口喝尽杯子里的液体，留在舌头上的清爽酸味让她眯起了眼睛。久米则不发一言地走出了吧台。

“久米同学？”

久米走过环的身边，环看到他所去方向上的东西，原本澄净的心情突然开始瘀滞。久米坐在位于店内角落的钢琴前，打开琴盖。

“你要……做什么？”

“耳硬化症。”

听见侵袭自己的病名，环的心大大地跳了一下。

“这个我记得是贝多芬生的病吧？”

“……什么？”

“虽然贝多芬因为这个病而难以听见声音，但他还是持续作曲，还把脸直接贴在钢琴上听琴声之类。我小学听到这个故事的时候，就觉得他喜欢音乐喜欢到愿意做到这个地步啊。”

久米像在自言自语似的一边说着，一边单手有节奏地动着。

“踩到猫儿，踩到猫儿……”

几个小时前听见的活泼旋律振荡了酒吧里的空气。环只能看着生硬地敲着琴键的久米。

“加纳同学，”久米没有停下按动琴键的手，“可以的话，你能不能教我弹钢琴？”

“可是我……”

环挤出干涩的声音之后，久米大大地耸了耸肩。

“这是连我都会弹的歌曲哦，这种程度的话应该没问题吧。好啦，快点，来我旁边啊！”

环在催促之下站起身，摇摇晃晃地走近钢琴，脚步就像踩在云上一样虚浮无力。总算移动到久米身边的环，颤抖着双手伸向琴键，这时候，她听见了那个，有如羽虫在飞的耳鸣声。

“还是不行！”

久米空着的一只手抓住了转身就想逃的环的手臂，环因恐惧而全身僵硬。

“弹得比我还糟？”

久米的眼睛对上环的眼睛，她因为不懂这个问题的意思，发出了“哈”的呆愣声。

“就算不能弹得像以前一样好，至少可以弹得比我好，不是吗？”

环集中精神在久米的弹奏上，节奏忽快忽慢，也常常弹错，完全就是外行人的演奏。

“应该吧……”环迟疑地回答。

“那就好啦。这里不是评审两眼冒出精光的比赛会场，这里只有弹得这么糟糕的外行人，所以你不用弹得很好，就算出了一点小差错我也听不出来。”

环屏住了呼吸。对环而言，钢琴、音乐是用来竞争展示能够弹奏得多么优秀的工具，记忆中，从来没有人这么说过“你可以不用弹得很好”。

不，没这回事……很久很久以前，在她懂事之前，好像有谁也说过同样的话，只是，她没办法唤起早已忘却的遥远记忆。

“好啦，就当作你喝了那么多杯鸡尾酒的费用，拜托你上课啦，加纳老师。”

被久米半开玩笑地这么说，环一边“嗯、嗯”回应，一边内心带着慌乱地坐到了钢琴前方的椅子上。手指碰到了琴键，却不知为何并没有发抖，久米弹奏的不成调的曲子在残留着钝痛的脑海中回荡。

环抓准时机，单手轻轻地敲在琴键上。

“踩到猫儿，踩到猫儿，不小心踩到猫儿被抓了一下。”

手指顺着单调的旋律弹下去，这首曲子的难度对曾经以职业钢琴家为目标的环来说，只是在做手指准备运动的程度，曲子无限开朗的旋律飞进了耳朵里。

没有听见羽虫飞来飞去的声音，每次看到钢琴就会产生的耳鸣消失了。

环的另一只手也放到琴键上，配合着旁边笨拙弹奏的久米，开始用双手弹起了旋律，心跳的速度越来越快，却不是因为不安或恐惧，而是因为兴奋。

原本像是轻抚般小心翼翼按着琴键的十指，力道越来越大，僵硬的指关节运动也变得越来越流畅，氧气灌进了身体深处尚未燃尽的余灰中，烧成熊熊大火，身体变得滚烫。

应和着旋律，身体渐渐摆动了起来，环将配合重心移动而产生的力量，往手指送去，一开始只是弹着制式的音阶，但随着内心的火焰越烧越烈，环加入了和弦，为简单的曲调增添了厚度。

“哦哦，很棒啊，很有爵士风呢。”

环看向这么说的久米，露出了笑容，那是自从那场比赛以来便遗忘了的、打从心底绽放的笑脸。

“这么一说，久米同学你不时弹错，在某种意义上也算是爵士风格呢。”

“什么啊，我不继续弹比较好吧？”

“不要停下来，”环摇摇头，“我想和你一起弹琴。”

久米瞬间眨了眨眼之后，笑着说：“那你要好好配合我哦，老师。”

环即兴发挥融入久米的演奏中，手指不停地在琴键上跳跃，束缚着内心的好几重冷硬的锁，一道一道逐渐解开。

“加纳同学。”

环瞥向出声叫她的久米。

“我啊，中学的时候看过你在校园祭时的演奏。”

“校园祭？”

环探索着记忆。这么说起来，初二校园祭的时候，曾经在体育馆演奏过，校长知道自己在东京主办的钢琴大赛中获得大奖之后，拜托自己一定要上台。

“我对音乐虽然没有兴趣，但朋友约了就到体育馆去了，在那里听到你的演奏，该怎么说呢……很感动，我那时才第一次知道，原来音乐是这么棒的东西啊！”

“那个……谢谢你。”直白的称赞让环感到不好意思，脸颊渐渐热了起来。

“不过呢，音乐虽然很好听，但更让我印象深刻的是你本人，在舞台上演出的你看起来很幸福，你一脸乐在其中地弹着琴。”

“乐在其中……”

“没错，所以听了你刚才说的话我就在想，只要你回想起当时的快乐，一定就可以再次弹钢琴吧。”

身体里响起某种东西裂开的声音，大概是捆缚着内心的锁碎裂的声音。

没错，弹钢琴和音乐原本是快乐的事。

在以一流钢琴家为目标而奔跑的路上，不知不觉间便忘了最重要的事，不知道从何时起，竟将音乐误认为是用来与他人竞争、让他人臣服的武器了。

突然，脑海深处浮现出蒙了尘的记忆，在刚开始练习钢琴不久时，妈妈淳子一边讲解入门知识，一边温柔地这么说的记忆——

“环，没有弹得很好也没关系，比起弹得好不好，快乐地弹琴更重要”。

啊……为什么会想不起这么重要的事呢？打从心底快乐地弹奏，将这份愉悦传达给听着乐曲的人们，明明这样才是属于我的音乐啊。

眼前的钢琴看起来一片模糊，环发出了呜咽声，没办法再继续弹奏下去。

“来，给你。”歪斜的视线中，久米递出了手帕。

“……谢谢。”

环接过手帕擦擦濡湿的眼睛之后，暂时屏住了呼吸，就像以往在开始演奏之前所做的那样。思绪清晰了起来，指出了自己现在应该做的事。

“对不起，久米同学，我有个地方要去。”

“嗯，加油哦。”久米带着不好意思的表情为环打气。

离开酒吧的环，踩响着高跟鞋，穿过偶尔出现喝了酒、步履蹒跚的醉酒者的早晨闹区，往车站走去，转乘电车，花了大约一个小时回到老家的环，猛力打开玄关的门。

“妈妈！”

环大声喊着跑进饭厅，正在用早餐的双亲看见没有事先联络，突然就跑回家的独生女都瞪大了眼睛。

“怎么了，环？怎么突然跑回来？”

环走近不安询问的淳子，在因为从车站跑回来而上气不接下气的喘息空当中，抓起妈妈的手：“来这里。”

“等……等一下，怎么了？你说清楚啊。”

环留下展开报纸愣住的爸爸，离开了客厅，拉着妈妈的手沿着走廊往里走，或许是察觉她们正走向何处，淳子的表情越来越僵硬。

“把锁打开。”拉着淳子来到演奏室前的环，指着锁上挂锁的门。

“但是……”淳子求助般的视线四处飘移。

“拜托你，不会有事的。”环直勾勾地看着妈妈的眼睛，母女俩视线交会，淳子的表情慢慢地，从疑惑转变为带着决心的神情。

“……等我一下。”

小跑离开的淳子，手里拿着一小把钥匙马上又回来了，面带紧张的淳子打开挂锁后推开了门。将近十年没人踏入的房间，中央摆放着的钢琴上蒙上了薄薄一层灰。

一步一步如同细细品味般走近钢琴的环，轻抚着钢琴的顶盖，在灯光下，能够看到飘浮在空气中细微的尘埃。

“对不起……”

环温柔地小声说着，打开了键盘盖，手指轻轻按下琴键，日式庭院竹敲流水般的声响划开了空气，在环听来，这就像是钢琴的回应一样。

她一直在等我，可是我却……

环已经不知道为什么以前会将钢琴看成怪兽了，明明现在放在面前的是一直在身边守候着自己的好朋友。

“已经很久没用了，不先调过音没办法弹吧。”淳子打开顶盖，看向内部这么说着。

环摇了摇头：“不用了，没关系。就算音程有些跑掉也没什么。”

“环……”淳子一脸惊讶地看着环，环轻轻拍去椅子上的灰尘，坐在其中一侧。

“比起那些，我现在更想和妈妈一起弹这台钢琴，一定会很开心。”

环的手指搭上琴键，感觉好像指尖的神经融入键盘，自己的身体成为钢琴的一部分。

环大大地吐出一口气之后，一鼓作气开始弹奏起组曲《动物狂欢节》的第十三首：《天鹅》，壮阔优美的曲调振荡着演奏室的空气。

手指在跳跃，心也是雀跃的，环全身的细胞都在跃动。因为没有经过调音，音程有时候会出现偏离，但是环并不在意这种事，只是陶醉在优美的旋律中。

“妈妈，坐我旁边。”环没有停下手上的演奏，向惊讶得呆在一旁的淳子说道。

理解了她意思的淳子，战战兢兢地坐上环身旁的空位，她的手以缓慢的速度抬了起来。

“一起弹！”在环的呼喊下，淳子的手也开始敲击琴键。起先带着犹豫，但在环的引领下，她的动作也越来越顺滑，母女两人的联弹孕育出强而有力的旋律。

孩提时代两人经常这样一起弹琴，那段时光比任何时候都要幸福。

“很开心呢，妈妈。”环这么说。

淳子紧绷的表情渐渐扭曲了起来：“对不起……环，都是因为我才会发生那种事。”

数年前不曾产生任何涟漪的妈妈的道歉，如今在环的心中回响着。

“不要道歉，那不是妈妈的错，别说那个了，现在好好享受弹琴的乐趣吧。”

环带着哭声说完，淳子吸着鼻子“嗯、嗯……”地点了好几次头。

两人手指的运行，以及内心的情感逐渐同调，已经不再需要言语赘述，满室的音乐温柔地包覆两人，让她们恢复为对彼此充满爱意的一对母女。

环闭上眼睛，将自己交给了乐曲。

从那天起，环不再听见耳鸣声。

8

周末结束之后，环马上就向公司提出了辞呈，对于突然想要离职的环，前辈们都感到很惊讶，嘲讽与揶揄声不绝于耳，但环一点也不在意。

因为她察觉到自己真正想做的事、自己真正应该做的事。

离开公司的环，在一间小小的音乐教室担任钢琴老师，开始教授孩子们钢琴，虽然薪水很少，员工福利和先前的公司比也相当匮乏，但环并不在乎，因为她知道，把音乐的乐趣传达给孩子们，才是自己的天职。

她和久米在那之后也时不时见面，在居酒屋等处一边喝酒一边报告彼此的近况。久米虽然有些俗气，但个性沉稳，和他说话感觉很快乐。环发现，自己对他的感情在不知不觉间变成了爱恋，但是他们已经当了太久的朋友，于是环一直没有说出藏在内心的想法，只有时间兀自流逝。开始新的工作后大约过了五年，环的公司在静冈县的滨松市设立了新的教室，并询问她是否愿意作为主要职员之一加入该教室。

要离开从小生长的东京让环感到抗拒。与母亲和解之后，她开始频繁探望双亲，加上朋友也大都在东京，再说能否适应新环境的不确定让她感到不安，而且不能再和久米见面也让她犹豫不已。然而这对她来说，也是一个机会，只要新教室上了轨道，就可以获得公司的信赖，往将来自己开设教室，向更多孩子传达音乐美妙之处的梦想也就更近了一步。

考虑到最后，环接受了这个机会，决定在滨松开启新的生活。她不只是单纯教授钢琴，也必须以教室负责人之一的身份，处理招生、招募与培训新进人员、收支管理等工作，每天都忙得团团转。刚搬到滨松时，她还频繁地与久米联络，后来次数就渐渐减少了，之后又大约过了两年，某一天环久违地寄了电子邮件给久米，但或许是他换了信箱，信没能寄出，虽然也试过打电话，但久米连电话号码都改了。

无法和久米取得联络，环的内心涌起了深沉的哀伤，但她也不想硬是通过朋友重新联系上他。

不愿告诉自己新的联络方式，代表对久米而言，自己只是这种程度的存在。因为他将自己从音程不正常的世界里救了出来，所以自己对他怀有特别的情感。但是从他的角度来说，他只不过是给了许久不见的同学一点微小的亲切。

幸好没有说出埋藏在心中的情感，如果说了，温柔的他大概会烦恼该如何拒绝吧。这么说服着自己的环，将对久米的淡淡爱恋情愫与感谢之情，一起收进了内心深处的抽屉中。

断了与久米的联络之后，隔年，环再次收到高中同学会的通知。一开始，环并不打算参加，滨松到东京距离很远，而且学生比预期的还要多，钢琴教室忙得不可开交，让环对请假一事感到歉疚。

但是，也许可以见到久米同学。每次回到自己住的大楼，看到放在餐桌上的邀请函时，这份期待都会闪过脑海，她无法阻止似已消失在内心深处的情愫燃起些微的火苗。

经过反复斟酌后，环请了特休前往同学会，从位于滨松市内的住家搭出租车，抵达可以眺望航空自卫队基地以及滨松城的滨松车站，再从那里换搭新干线往东京前进，在这段时间内，环不停地想着久米。

时隔三年或许可以再见到他，这让环感到紧张。

就算久米同学参加了，其实也不一定要和他说话，可以远远地看着他，确认他很好就够了。环一直这么告诉自己。

进入会场的餐酒馆，来到位子上的环四周看了一圈，以为久米没有出席而涌起一股混杂了失望与松了口气的复杂情绪。但是，就在同学会开始，环与朋友聊着过去的回忆正在兴头上时，坐在稍远位子上、低垂着头的男子落入环的视线中，她不禁怀疑起自己的眼睛。

那个人是久米。下巴长满胡楂儿，头发长得几乎及肩，脸色苍白毫无生气，但那是拯救了自己的男子不会有错。

久米舔舐般喝着啤酒，不时露出无力的客套笑容，那个样子悲惨得令人目不忍睹。

同学会结束，大部分的参加者都打算前往第二摊的会场时，久米摇摇晃晃地离开人群，消失在小巷中。环并不打算和他说话，只要能够见到他一眼就很满足了，原本她是这么想的，但是双脚抢在思考之前动了起来。

“久米同学！”在微暗的巷弄中追上久米的环出声叫道。

“咦？”久米发出微弱的声音转过身来，他的双目混浊，感受不到生气。

“是我啊，加纳环，你还记得吗？”

环抓着久米的两肩摇晃，他虚无的眼神渐渐聚焦。

“加纳……同学？”

“没错，加纳。我说，久米同学，接下来我们两个人去喝一杯吧。”环抓着久米的手往前走。

“那、那个……为什么？我和女性单独相处就糟了……而且今天是周末，这个时间没有预约的话几乎所有的店都客满了。”

这的确很有可能，既然如此……在搬到滨松之前都住在这儿附近的环稍微思考了一下以后，便指着附近微高的小山丘。

“那座山丘的神社，我们去那里喝吧。”

位于小丘半山腰的神社，有一部分开放给市民作为瞭望台使用，是赏花及年轻情侣的约会地点。

“但是……”环拉着不情不愿的久米的手，在附近的便利商店买了大量酒精饮料，往神社前进。不能这样放着久米——那个拯救了自己的恩人不管，这样的想法，让环采取了强硬的行动。

环拉着久米的手，踏上通往神社的长阶梯最后一阶，一鞠躬之后穿过鸟居，往瞭望台走去。兴许是微冷的季节，街灯照耀下的瞭望台并没有其他游客，环选了一张可以俯瞰市街夜景的长椅和久米并肩坐下，从超商塑料袋中拿出两罐啤酒，一罐硬是塞给了久米。

“所以，发生什么事了？”

环打开拉环，喝了一口啤酒之后，从包里拿出了本来要带回老家当伴手礼的鳗鱼骨仙贝，打开包装，从里面捏出骨仙贝放入嘴中，没有裹粉油炸的鳗鱼骨用臼齿一咬，就会有一股刚刚好的咸味和鳗鱼鲜味，伴随着“咔滋咔滋”的口感在嘴中扩散。

“就算你问我发生了什么事……”久米低下头，连啤酒罐也不开。

“你和之前见面时根本完全变了一个人，脸色很差，而且还瘦得夸张，看起来很像病人。”

“病人……吗……”久米自暴自弃地说，“也许我真的是病人呢……最近完全没睡觉……身体一直觉得疲倦无力。”

“你去医院做过检查吗？”

该不会是生了什么严重的病吧？不安紧紧揪住了环的胸口。

“去医院也没有用，有问题的不是身体，而且……我也知道原因是什么。”

“原因？！原因是什么？”

对于环的问题，久米只是无力地摇摇头，那副不干脆的态度让环感到烦躁，她在啤酒流入喉咙深处后，粗鲁地用外套袖子擦拭嘴边。

“大约一年前，突然联络不上你也是相同的原因吗？”

久米还是一样什么也不回答，将沉默当成肯定答案的环倾身向前。

“女朋友？是你的对象把你变成这样的吗？”

“为、为什么……”久米像是跳了起来一样身体大幅振动。

“说到断绝和女性联络的原因，大概就只有这个了吧，而且你刚才也说你和女性单独相处就糟了。”

环抬头看向夜空，“呼”地吐出一口气，心里越来越痛。

“我问你，你的女朋友是这么可怕的人吗？如果被她知道我现在和你单独相处，事情就糟了吗？”

环为了掩饰对久米有女朋友一事感到震惊而半开玩笑地这么说，结果他的脸色却瞬间煞白，身体开始“咔嗒咔嗒”地颤抖。

“喂，等等，冷静一点，这里只有我和你而已，不会被其他人发现。”

慌张的环将手贴上久米的后背，颤抖传到了她的掌心上。

“没事的，没事的哦。”环轻抚着久米的后背，同时在他耳边不断地轻声说着，颤抖渐渐停了下来。

“你的女朋友是什么样的人？”看他恢复平静之后，环这么问。

“……很漂亮的人……非常漂亮的人。”

除了女友的外表什么也没提，让环有一种异样的感觉。

“这样子啊，既然那么漂亮，就让我看看照片吧。”

“我才没有什么照片。”久米自暴自弃地说。

“咦？女朋友的照片欸，一张也没有吗？”

“嗯……因为看到就觉得痛苦。”

环怀疑起自己的耳朵，有一瞬间，她以为他是在开玩笑，但是久米忍耐着痛苦的表情告诉她，他是认真的。

“那个，久米同学，”环舔舐干燥的口腔湿润内部，“为什么你不分手？”

“分……手？”久米像无法理解这句话的意思一样，僵硬地问道。

“是啊，如果和她交往这么痛苦的话，分手不就好了？”

虽然怂恿心上人分手让环产生一股罪恶感，但她还是非说不可，因为将她从无止境的苦恼中拯救出来的恩人，现在正在她的眼前受苦。

我不是要抢走他，我只是要拯救他罢了。

就在环的内心为自己找借口时，久米的脸恐怖地扭曲，然后摇了摇头。

“这种事我哪儿做得出来？”

“为什么不行？因为你爱她吗？”

“我才不爱她！”

久米坐挺了起来。这是他今天第一次，言辞里充满了力道，然而随即他就像泄了气的皮球一样，双肩垂下，再次低下头。

“我才……不爱她，可是也没办法分手……她不可能饶过我的。”

环很确定，久米和他的对象之间，拥有的不是恋爱关系，而是接近主从的扭曲关系，久米完全受到女友的控制，简直就像奴隶一样。

从之前的往来中，环知道久米虽然温柔，但也有懦弱的地方，这样的他大概是“容易控制的人”吧，而抓住这个弱点的人，束缚久米并折磨着他。该怎么做才能拯救他呢？环抿紧了嘴唇思考着。

情报，首先要搜集情报。这么决定之后，环笔直地看进久米的眼睛。

“我问你，久米同学，你能不能告诉我有关你和你女朋友之间的事？”

久米的动作里带着几分犹豫，几秒钟之后，他打开啤酒罐的拉环，一口气喝干了。

“……就是像这样。”

久米大大地叹了一口气，将空啤酒罐排在长椅上。花了将近一个小时全盘托出和女友之间故事的久米，或许是吐出了积在内心的郁闷的缘故，脸上浮现出些微满足的表情。相反地，环则因为盘旋在胃部附近的恶心感而皱起了眉头。

环的体质本来对酒精的耐受度很强，平常的话，这种程度的量并不至于喝醉，但是和啤酒一起吞下肚的久米关于女友的一番话，就像劣质烧酒一样引发了宿醉。

“我说，你女朋友会不会太过分了？”

连自己都感到惊讶的带刺声溢了出来，环已经没了斟酌用字的从容，对久米的女友，不，支配者的怒气，在腹部蒸腾翻滚着。

“……对不起。”久米挤出话来。

“为什么是你道歉？不对的人是她吧？”

久米虽然不解地歪着头，但还是再次道了歉：“对不起。”久米会卑微至此，绝对是受到支配者的影响，他一定有很长一段时间，被灌输了自己是个没有价值的人的思想。这已经是可以称为调教或是洗脑的行为了。

环将残留在罐底的少许啤酒倒进嘴里，已经没了气泡且退冰的液体滑下食道，舔去留在唇上的苦涩味之后，环深吸了一大口气。

“久米同学，你还是和她分手吧。”

“……咦？”抬起头的久米发出呆住的声音。

“我叫你马上和女朋友分手，那个人对待你的方式实在是太过分了。”

“可是那是因为……没办法按照她说的话去做，是我不对。”

“没这回事！她要你去做一些不合理的事，是在虐待你。”

没错，就是虐待。久米女友对他的态度，除了是身心虐待，没有其他解释。

“不是，是我做得不好，她是希望我更努力，为我着想……”

久米每一次贬低自己，都让环的内心揪了起来。他平常就是被这么说，被这么虐待的吧，久米的心已经在不知不觉间相信了那就是事实。

环比任何人都更清楚要从这种状态中恢复有多困难，因为她有过为此所苦的经验，不能再弹钢琴的自己是没有价值的存在，这么深信的几年之间，她持续地感到痛苦。

“不要觉得是自己不好！拜托你，和你女朋友分手吧，不分手的话，有一天你会坏掉啊！”

环不知道该怎么办才好而大喊出声之后，久米的嘴角垮了下来，一只手捂着眼睛垂下头的他，肩膀开始不停抖动。

“……我知道啊，我也知道继续这样下去有一天我会坏掉。”

“那就……”环的手搭上久米的肩，他却粗鲁地挥开了。

“但是不可能的！我没办法和她分手啊！”

“为什么？为什么没办法分手？！”环大声喊道。

久米挤出了干哑的声音：“我很害怕……”

“我最害怕的就是被她抛弃，如果不再是她的男友，那我也没什么价值了，这件事让我害怕到不行。”

环惊愕地看着抱头不放的久米。久米受到的洗脑比想象中还要更恶劣且根深蒂固，本来就自信心微弱的久米或许是容易受到他人影响的类型，但是到底该怎么做才能洗脑到从根本改变价值观？环第一次对久米的支配者感到恐惧。

久米的腰际处响起了低沉的电子音乐，一脸惊醒的久米迅速从口袋中拿出手机，看着环微微地摇头。明白他意思的环将放在嘴唇上的手指往横向滑动，做出拉拉链的动作。

“喂……佐竹？”

像是抱着手机般双手将其捧着的久米，以畏怯的声音开口说话。

“嗯，还在同学会……对不起，我本来想第一场结束就回家，但是气氛很热烈所以留到第二场……嗯……没有，不是的，对不起，我没有这个意……”

额上渗出汗珠，久米拼命圆着谎的那副样子让环看了实在难受。

“嗯……知道了，我马上就去……嗯……对不起。”

久米低了好几次头道歉，仿佛对方就在眼前，之后他结束对话。

“对不起，加纳同学，我女友找我，所以我必须马上过去。”

“过去？已经这么晚了耶？”环看着手表，指针显示已经超过晚上十一点。

“和几点没有关系，就算末班电车已过，只要她找我而我没有马上过去，她就会暴怒。那就这样了，加纳同学，好久没见面，今天很开心哦，谢谢你。”

久米缓缓站起身，他无力地笑着的表情，在环的眼里看起来就像在哭一样。

环忽然抓住打算抬脚离去的久米的夹克衣摆。

“不可以！”环大声对愕然无语的久米喊道，“你绝对不能去！”

“可、可是，如果不去的话她……”

“没关系！因为你要和那个人分手！你要从那个人手中解脱！”

环在大叫的同时情绪越来越激动，视野渐渐模糊了起来。

“……加纳同学，”久米双膝着地，对上环的视线，“谢谢你这么担心我。”

久米的脸上浮现出微笑，不是哭泣的笑脸，而是非常自然的微笑，在酒吧拯救了环的笑容。环吸着鼻子说：“那……”

久米哀伤地摇摇头：“但我还是没办法和她分手，因为只有她一个人在乎没有至亲的我，不管她是以什么方式，如果没有她，我就会变成‘消失也没关系的人’，我活着的意义，就只有身为她的恋人这件事。”

久米以没有丝毫迷惘的语气诉说，这样的他让环绝望。他的心已经被支配者五花大绑，深信不疑自己没有价值，就像过去无法再弹钢琴的环一样。

那时候，是他带给我救赎，所以这次换我拯救他了。但是，该怎么做……

环紧咬牙根，拼命地动着头脑，然而却想不出答案。

“再见。”久米说完，再次打算站起身，这时，环的身体抢在思考之前动了起来，她飞扑上前抱住久米的脖子，两人钩着双双倒向冰冷的地面。

环压在久米身上，拼命地挤出声音：“没这回事！绝对不是没有人在乎你，我一直很在乎你，就算我们断了联络，我也一直……”

“加纳同学……”被按倒在地的久米一脸愕然的表情抬头看着环。

“是你拯救了因为无法再弹钢琴而绝望的我，如果没有你，我现在依然只是机械性地在生活，是你让我醒来，是你将我从噩梦之中拯救出来。”环拼命地诉说着，“所以不要说自己没有价值，因为你对我来说……是特别的人。”

从眼中落下的泪珠，滴在久米的鼻尖后弹开。

“我是特别的……”

环从久米的表情看到他的背后灵似乎一点一点地脱离。

“没错，所以你不需要再继续伤害自己了，可以不用再忍受她对你的虐待了，因为你就算不是她的恋人，对我来说也是特别的人。”

从久米身上离开的环擦着被泪水濡湿的脸，绽开满脸的笑意。久米不发一言地盯着环，他的表情浮现出强烈的纠结。

还差一点，再加把劲，纠缠在他全身的诅咒就能解开了，这份期待让环全身发烫。

“那——”久米的嘴唇微微掀动，“对你来说，我是特别的什么人？”

心大大地震动了一下，半张的嘴里吐出“特别的……”之后，便接不下去了。这一句话攸关是否能够拯救久米，这股预感让环起了鸡皮疙瘩。

把我从黑暗中拯救出来的人，而现在需要我拯救的人，对我来说，这个人是什么样的存在？环闭上眼睛思考，万籁俱寂的神社中，只有环与久米的呼吸声互相交织响起，环慢慢地睁开眼睛。

“你是我特别的……朋友哦，不论发生什么事，我都是你的好朋友，陪在你身边。”

这不是她真正期望的关系，但如果想让久米和他的女友，那个控制着他的女性分手，那么就没有其他选项。

“好朋友……吗？”

久米仰头看着满月高挂的天空，“呼”地吐出一口气，仿佛是吐出郁积在心中的毒气一般，在蓝色月光照耀下的他，表情上的紧绷逐渐消退。

“这样啊……就算不再是她的男友，我还是我吗……我不会因此而消失不见吗……为什么如此理所当然的事我之前没有察觉呢？”

手撑着身体站起来的久米，向环伸出手，环握着的那只手，和让她能够再次弹奏钢琴的那个时候有着相同的温度，他用力地拉起环，面向站起身的环，露出温柔的笑脸。

“谢谢你，加纳同学……那我走了。”

环没有问他之后打算做什么，即便不问，只要看到他找回自我的表情也知道答案了。

“……我可以陪你一起到附近吗？”

环说完，久米露出些许惊讶的表情，之后害羞地点头。

离开神社的两人，一言不发地走着，不需要交谈，光是并肩前进，内心就像燃起小小的火焰般温暖。

走了大约三十分钟之后，久米在一栋大楼前停下脚步。

“谢谢你陪我过来，有你陪着让我很安心，不过……接下来必须由我一个人做出了断。”

"是吗……这个你拿着吧。"

环解下戴在脖子上的音符项链递给久米，这是她从久米那里获得救赎之后终于能够再次戴上的东西。只要戴着这个，遇到紧要关头时久米就可以鼓起勇气，环没来由地这么觉得。

"这是？"久米目不转睛地看着接过来的项链。

"类似护身符的东西，只要戴着这个就充满勇气，所以你就放在口袋或是哪里吧。那，已经很晚了，我先回家了。"

环小心地不让不安和留恋显现在脸上，露出微笑拍着久米的肩膀，说："加油哦。"

"谢谢。"他说完转身，便走进了大楼入口，环向进到电梯里的他挥手，之后沿着刚刚走来的路返回。

这样就好了，他一定可以因此获得救赎，总算可以回报数年前他拯救了自己的恩情，然后我们会……成为好朋友。

环再次将对他的淡淡情愫埋藏进内心深处的抽屉中，锁上，不让自己再度打开。

一阵冷风吹在环潮红的脸颊上。

同学会结束，环回到滨松之后，又开始了日常的生活。

只是有一件事改变了，那就是久米开始和环联络。

关于那夜的始末，久米并没有说什么，不过能够再次联络，代表他逃离了支配者的束缚。

环和久米会定期互通电话，交换双方的现状等信息，与他闲聊的琐碎对话有一种幸福的感觉，有时候从久米的言语中似乎隐隐约约带着些微好感，不过环决定装作没发现，虽说是为了救他，但毕竟是自己要他和女朋友分手的，她不能原谅自己上位取代，如此坚持着。

所以即使滨松的教室已经上了轨道，公司问她要不要回到东京，她也拒绝了。如果再和久米见面，再频繁地和他见面，环很笃定内心抽屉的锁就会坏掉，横亘在滨松与东京之间的距离，可以稳定两人的好友关系，环这么想。

然而同学会之后大约过了半年，令人无法置信的新闻跳进了环的眼里，久米因为涉嫌杀害前女友遭到逮捕。环虽然马上请了特休去东京，但是既非家人也非律师的她无法会见久米，只能沮丧地回到滨松。

当环从新闻看到久米承认杀人时，贫血让她差点昏倒，也许是因为自己要他分手，所以事情才会演变至此。环受到罪恶感的苛责，晚上持续着无法成眠。虽然新闻不断播放着已经确定久米就是凶手的内容，但环的脑海一隅还是这么想：久米不可能杀人。

他虽然有懦弱不可靠的地方，却是比任何人都更温柔的人，即使曾经被人伤害，但他无法去伤害别人。环的这个想法，在数个月之后转变为坚信。

在久米的判决下来的那一天，环就在旁听席。之前她也好几次要旁听久米的审判，但都落选了，不过这一天她运气很好抽中了签，于是在旁听席角落，仿佛自己是被告一样，紧张地等待宣判。

审判长斥责久米犯下自私且残忍的罪行之后，宣判他判处无期徒刑。因被判重刑而愣在原地的久米，在法警要带走他时，拼命地陈述自己的清白，他说是律师劝诱他，如果不在法庭上争辩，而是展现出自己反省的态度，就可以获判轻罪，所以他才在不得已之下承认杀人，但实际上他并没有杀人。

现场没有人听进久米说的话，只有一个人除外，那就是环。

相信久米清白的环马上采取行动，她留职停薪回到东京的老家之后，便拼命思考救他的方法。经由认识的人的渠道，以及靠着网络信息搜寻的结果，环得知了佃三郎这名以冤案为主接受委托的律师，并立刻前去拜访，委托他为久米辩护。和久米会见之后，佃接下了委托，通过佃，环也和在看守所的久米取得了联系，告诉他自己绝对会救他，在看到久米充满感谢的回信时，环热泪盈眶，甚至无法再继续读下去。

环自愿协助没有雇用助手的佃，担任他的左膀右臂，尽全力工作，而佃也相信久米无罪，拼命地为他辩护。就在高等法院宣告判决的命运之日，在旁听席双手交握祈祷的环，耳边传来了“被告无罪”的审判长宣读。

在一片哗然的旁听席中，因太过强烈的欢喜而动弹不得的环，与坐在应讯台上回头的久米视线相交。他一脸幸福地微笑，无声地说出“谢谢”，看见这样的他，那一瞬间环内心的抽屉似乎打开了锁。

环与无罪判决后获得释放、成为自由之身的久米自然而然地开始交往，即使有罪恶感，但对他的感情已经膨胀到无法压抑的程度了。

环老家的双亲一开始虽然面有难色，不过在接触到正式至家中拜访的久米、了解他的人品后，便同意两人以结婚为前提交往，只是有附带条件——必须在最高法院的无罪判决确定之后才可以登记。

复职回到东京音乐教室的环，开始与久米在一间小公寓中同居。辞去大学教职的久米，打算在赢得最高法院的无罪判决之后展开求职活动，因此暂时只能打打零工。生活虽然不轻松，却是幸福的时光。

这样的生活持续了大约三个月，某日午后，结束工作的环在车站前的超市买完东西踏上归途。晚上小酌用的无酒精啤酒可能买太多了，环一边对陷进手掌里的塑料袋提把感到无计可施，一边走在路灯照射下的小巷。目前居住的地方租金虽然便宜，但离车站有一段不短

的距离，而且途中还必须经过人烟稀少的巷弄。

可以感受到冬天脚步临近的时节，日照时间越来越短，环每一次走到这附近，内心就会升起些微的恐惧。

不，可怕的不只是道路昏暗，环呼出的气息中带了少许的白雾。从数个星期前开始，身边就不断发生可疑的事，首先是手机出现未知的号码打来的无声电话，一开始环以为是打错电话，但好几次之后她发现是恶意骚扰，于是设定拒接未知号码的来电，结果对方转而频繁地打到她工作的音乐教室，要求转接给环，但她一接起电话对方就马上挂断。更糟糕的是，最近她总有一种被人尾随的感觉，例如走在夜路上突然听见相机快门声，或是紧追在后的脚步声，但是在她受到惊吓而回头确认时，却找不到对方的身影。

这并不是多么值得在意的事，无声电话是常见的骚扰，被人尾随也不过是自己多心了，只是随着最高法院的审理日越来越近，变得神经质罢了。

最高法院的审理中，检方的上诉一定会被驳回然后宣判无罪，佃已经先这么保证了，但即使如此，还是有一丝不安没办法抹去，再加上舆论对久米的无罪判决持否定态度，也在消耗着环的精神。

宣判无罪之后，出现了大量批评警方的言论，但并不是批评警方逮捕了无辜的人且将之起诉，而是怪罪警方杜撰搜查内容，导致无法将久米定罪。虽然法院判决无罪，但并不能笃定久米没有杀害佐竹优香。真正的凶手尚未遭到逮捕，因此大半舆论都是这么认为的。

没关系，只要最高法院的无罪判决下来，警方就会重新调查，那时一定可以抓到真正的凶手，完全证明久米的清白。环一边这么说给自己听一边走着，忽然察觉到背后传来的脚步声。

又是我多心了吗？这么想着回头查看的环，嘴里发出打嗝般的短

促"噫"声——后面十几米处，在路灯与路灯之间，黑暗飘荡的空间里，有一名男子站在那里。

他身穿长外套，头上戴着棒球帽，因为大尺寸的口罩，以及天色昏暗下依然戴着的太阳眼镜，所以看不见那个人的长相。

从太阳眼镜后方射出的视线穿透了环，她转身迈开步伐。虽然打扮怪异，但也不代表他在跟踪我，或许是某个路过的行人。环压抑着恐惧加快步伐的同时竖起耳朵仔细倾听，脚步声跟上来了！完全配合环的步调的脚步声。环喘着气，渐渐加快了速度，从背后传来的走路声也配合着加快了脚步。

不会错的，那个男人在追我！他想对我下毒手！

这么相信的环放开手中提着的塑料袋，三步并作两步跑了起来，同时，身后的脚步声也瞬间加快了速度。

环虽然害怕跑步，但可能被男子抓住的危机感更加强烈。

她在昏暗的巷道内奔跑，被后方的脚步声追赶，拼命不停地跑着。

环跑了数十秒之后，平常缺乏运动的身体马上就发出抗议。侧腹一阵紧绷，肺也越来越痛，肌肉僵硬肿胀的腿绊在一起，环的身体失去了平衡。

眼看离地面越来越近，环一瞬间扭转身体，双臂抱着腹部蜷缩成一团，肩膀撞在柏油路面上而倒地，或许是已经濒临极限，因此奔跑的速度不快，撞击力道并不是太大。环忍着肩膀摩擦在柏油路上的痛楚，带着会被外套男随时袭击的恐惧回头一看，然而，那里一个人也没有。

环愣愣地盯着街灯照射下绵延不断的巷道。

一瞬间，耳边掠过羽虫在飞的声音。

“……我回来了。”

环回到家中走进客厅时，坐在餐桌前看着形似文件的纸张的久米慌张地将纸张塞进裤子口袋里，他露出有些不自然的笑容，“你回来啦”才说到一半，看见环以后便瞪大了眼睛。

“怎么了？”

久米跑向环的身旁，伸手摸她因撞到地面而泛红的太阳穴。

“不小心……跌倒了。”

恐惧还未完全退去，声音在颤抖，久米脸色一变。

“跌倒？没事吧？！”

“嗯，不用担心，只是肩膀和脸撞到而已，身体没事。”

“是吗……”久米微微地呼出一口安心的气息，“不过，你脸色苍白，发生什么事了吗？”

环在久米的支撑下，拖着无力的身体坐到沙发上，犹豫着该不该告诉他刚才发生的事。是否真的有那名男子的存在，又或是因恐惧而产生的幻想，环自己也不知道。也许是感受到环的迟疑，久米握住了她的手，让她原本降到冰点以下的情绪稍微回暖了一些。

“我们很快就是一家人了，不论什么事都希望你告诉我。”

的确如此，不应该对家人有所隐瞒。“知道了。”环点点头，开始说起刚才遇到的事。

花了几分钟解释之后，久米带着一脸严肃的表情双手抱胸。

“跟踪狂……”

“不是啦，没有那么严重，可能只是我多心了。”环在胸前挥动着双手。

久米的脸部肌肉依然紧绷。

“不过最近不是有奇怪的电话打来吗？也许是还在怀疑我是杀人凶手的家伙打来的骚扰电话。”

“可能是这样吧……”

看到久米一脸凝重地陷入沉思，环勉强挤出了笑容。

“我说，现在不要再想了吧，反正又不可能马上得到结论，比起这个，我肚子饿了，我们来吃点东西吧。”

“可是……”久米本想提出反驳，但或许是察觉到环努力要扫去阴暗的气氛，于是点了点头，“确实是这样呢，那就吃完晚饭后再想吧。”

“啊，可是对不起，我把晚餐的食材弄丢了，如果是杯面的话倒还有……”

“吃泡面太没有营养了，我记得冰箱冷冻室里还有之前剩下的一些配菜，我们就热那些来吃吧。”

“嗯。”就在环打算走到厨房时，久米抓着她的双肩，温柔地让她坐在餐桌前的椅子上。

“我来弄就好，你休息吧，不可以勉强自己的身体。”

“但是……”

环觉得过意不去，想要去帮忙而正要站起身时，又转念一想，现在的确必须保重身体，于是再次坐回椅子上。

放空看着久米探头进冰箱的背影，占据内心的恐惧便渐渐淡了下去，再过不久，就可以和他成为真正的家人了，这是非常幸福的一件事。

希望能够永远和他在一起。环一边这么想着一边看向摆在桌上的传单及信件，忽然发现旁边的垃圾桶里随意地插着一个卷成筒状的咖啡色信封，收件人处写着“久米隆行先生”，看来刚才久米藏起的文

件，就是装在这里面寄来的。再仔细一看，用让人产生危机感的红色文字写着“紧急 请速确认”的纸张也被丢在里面，这会是什么呢？

“哪，桌子上的这些，是今天从信箱里拿出来的吗？”

“啊……对啊。”久米的声音里蕴含了些许类似警戒的口吻。

“寄来的信件，全都在桌子上了吗？”

隔了几秒之后，久米没有看向这边，回问道：“对啊，怎么了吗？”

“……没有，没什么。”环摇摇头。再继续追问也许会后悔，本能这么告诉她。

带着混乱的情绪，环将成堆的传单一张张抽出来看，一封长方形的咖啡色信封夹杂在超市特卖传单中，上面没有写收件人，也没有贴邮票，看来是直接投进信箱里的。

难道是社区管理委员会寄来的？环没有多想，打开信封将开口朝下，从里面掉出了便笺纸及数张照片。

环将掉在桌上背面朝上的照片翻正以后，不停地眨着眼睛，她不明白那张照片要表达的意思，上面拍摄的是并肩走路的环与久米。

为什么是我们的照片？环将其他照片统统翻正，全都是环与久米的照片，很明显是从远方偷拍的照片。

“这是……什么……”从腹部深处蹿起一股寒意，环的双手环抱着下腹部。

正用微波炉解冻配菜的久米问道：“怎么了？”

环却没有心力回答。她颤抖的手指伸向折起的便笺纸，脑海中响起了警告声，却无法停止手上的动作。打开折成三折的便笺纸后，像幼儿园儿童的字迹般又大又扭曲的文字跃于眼前。

当难以阅读的文字所代表的意思渗入脑海时，环发出“噫”的惊叫站了起来。椅子向后倾倒，发出了极大的声响。

“怎么了？！”久米跑了过来，环微微痉挛的指尖指着摊开在桌上的便笺纸。

我知道 你就是 杀人凶手

下地狱吧 杀人魔！

血液般的红黑色文字落在便笺纸上。

为什么事情会变成这样？

环躺在床上，盯着天花板自问，然而却没有答案。

发现装在信封里的恐吓信当天，环就回到了老家，到现在已经过去了一个多星期，她仍然没能回与久米同居的房子。

其实她很想将久米接到老家来，但是久米认为和他在一起可能会有危险，于是拒绝了，环的父母也暗示她暂时与久米保持距离比较好。

环和久米每天晚上都会通电话，他现在似乎住在廉价的商务旅馆中，但是不知道为什么，只有昨晚他没有打电话来，就算环打给他，那一端也只传来“您拨的电话没有回应……”的语音转接。

房间里的挂钟听起来格外大声。他还好吗？现在是否平安？秒针每往前推进一格，不安便一点一点地增大。

一个星期前，在夜路中尾随自己的奇怪男子，久米会不会遭到那个男人的毒手了？环想确认他的安危，却苦于没有方法而坐立难安。

她也想过要和警方联络，不过就算久米经高等法院判决无罪获释，他现在仍然是以杀人罪嫌疑被起诉中的身份，而且久米在遭到逮捕时曾被逼供，因此极度厌恶警方，所以也不能报警。

“别担心，很快就能解决一切了。”前天的电话里他这么说，但他的语气传达出一种想勉强自己这么相信的味道。

“真的吗？”当环以怀疑的语气询问时，久米半开玩笑地说：“当然啦，我好好带着护身符呢。”

他将在决定和佐竹优香分手时环给他的那条音符项链放进护身符袋中，现在也随身携带着，他说高等法院宣告判决无罪的那个时候，他也双手紧紧握着项链。

“久米……应该没事吧。”

喃喃声融入房间里的空气，环的双手摸在肚脐下方的位置，掌心传来的温度，让内心稍微平静了下来。

环从床上起身走到房外，一个人烦闷地胡思乱想，感觉身心都要腐朽了，这时候就应该转换心情，思考接下来该怎么做。

抓着扶手小心下楼的环，打开位于走廊深处的房间的门，看到坐镇在那里的平台钢琴，身体似乎轻松了一些。

打开键盘盖的环坐在椅子上，闭上眼睛反复深呼吸，如同演奏前她每一次都会做的事。这时候，全身的毛发似乎倒竖了起来。

振翅声——以前听见的那个耳鸣声又出现了，环睁开眼睛看向四周。

不是，那才不是耳鸣，是真的有羽虫误闯进来了。

然而无论怎么找，都没有发现虫子，令人不快的振翅声还在持续着。

环咬紧牙关，重新面向钢琴，双手搭在琴键上，就算是耳鸣也没有关系，只要开始弹奏应该就会消失了。

悬浮在空中的手指往下敲击琴键，却没有声音响起，手指一动也不动，仿佛不再是自己身体的一部分。

“为什么啊？为什么不动啊！！”环尖叫着，拼命地想在琴键上舞动手指，只是她越用力，手指的肌肉就越紧绷僵硬。

环使劲咬着嘴唇，几乎就要渗出血来，痛楚解开了咒缚，手指用力敲在键盘上，然而想象中的琴键声并没有扩散至整个房间，反而是有如要挖走灵魂的杂音在墙上反弹。

“为什么……”深深垂下头的环额头抵在琴键上，杂音再次响起。

又一次无法弹钢琴了，又一次失去了音乐，绝望渐渐爬上了内心。

敲门声忽地响起，门被打开了，环猛地坐起上半身。妈妈淳子的脸从门缝探了进来。

“环……对不起，你正在弹琴吗？”

“没有，没关系，我刚弹完一首曲子，现在正在休息。”

环拼命想挤出笑容，但脸部肌肉却僵硬得无法顺利做到。

“这样啊，那个……有客人说想要见你……”

淳子吞吞吐吐地说完，突然门被大大地打开，穿着西装、气质粗鄙的男子走进了演奏室里。

“你是加纳环小姐吧。”

无法掌握状况的环以干哑的声音回道：“嗯，对。”

男子从怀中拿出一张文件，推到了环的眼前。

“上面核发了你和久米住宅的搜查令，接下来我们要进去搜查，请身为住户的你一起到场。”

别着“鉴识人员”字样臂章的搜查人员在屋内来回穿梭，一室两厅的房子里站了十几个人，让环觉得很窘迫。

环望向站在身旁的男人——一个小时前将搜查令堵到自己面前的中年男子，说是警视厅搜查一课刑警的那个男人——催促着还处于混乱之中的环坐上警车，一句解释也没有，就将她带到一个星期前她和久米同居的住宅玄关前，已经有鉴识搜查人员以及社区管理员等在那里了。

刑警宣读他们根据法院核发的搜查令并进入住宅中搜索之后，便催促惴惴不安的管理员用万用钥匙打开玄关的门。门被打开了，环只能一脸茫然地看着搜查人员如同走进自家厨房一样侵入自己的生活空间。

搜查进行数十分钟之后，环因为冲击而过度升温的头脑才渐渐冷静下来。

“搜查的目的是什么？”环这么问。

刑警露骨地表现出一脸不耐烦，答道：“目的是解决杀人案。”环原本已经冷静下来的头脑再次气血上涌，逼供造成冤案的警方又为了将久米定罪而强行寻找证据了，这种事绝不可原谅。

“法院不是已经证明久米不是杀人凶手了吗？”

刑警只是轻蔑地哼了声，看到他的态度，环从皮包里拿出手机。

“你想做什么？”

“和律师联络，让他阻止你们这种过分的行径，还是说我不能打电话？”

“怎么会呢，没这回事，虽然这只是白费力气。”

环皱起眉头反问：“白费力气？”刑警转向环，勾起了一边唇角。

“对，没错，因为律师也赞成这次的搜查，或者说，比较像是由他提出搜查要求的。”

环无法理解眼前的男人在说什么。

“佃、佃律师不可能这么做！说到底，久米根本没有杀害佐竹优香！所以你们这么做也没有用。”

“小姐，我们在搜查的可不是佐竹优香案哦，而是今天早上发现的——一名中年男子在公寓房间中惨遭杀害的案子，是新的杀人案。”

“新的……杀人案……”环结结巴巴地重复他的话。

“对，没错。昨晚久米打电话给姓佃的律师，说他杀了一个男人。”

“你……你在说什么？”

环突然感觉脚边地板陷落，仿佛要将自己拽入永无止境的深渊中。

“从今天早上发现的杀人现场找到了多枚久米的指纹，还有作为凶器的刀子。不仅如此，现场附近的监视摄影机也拍到了久米的身影，另外，听说久米向佃承认自己是杀害佐竹优香的真正凶手。警视厅马上就将久米列为重要嫌疑人通缉，不过还没找到他，所以为了调查他在哪里，就来搜查住家……”

刑警滔滔不绝的话语在环耳里听起来，就像完全听不懂的外语一样无法理解。这时候，一名鉴识人员拿着装在透明袋子里的文件过来：“请看一下这个。”

“加纳小姐。”刑警在耳边叫唤之后，环才回过神来。

“你知道这份文件吗？放在上锁的抽屉里。”

刑警将装着皱巴巴的文件的袋子拿到环的眼前，环的脑海里回忆起了一星期前，她被奇怪的男子追赶后回到家时，久米慌张地塞进裤子口袋里的文件。

那是出租仓库的合约，立约人栏位写着环的名字，另外保证人则是久米的名字。

“你和出租仓库签过合约吗？”

环缓慢地摇头，刑警摸着胡子刮掉后呈明显灰黑色的下巴。

“加纳小姐，我们没有关于这间仓库的搜查令，所以不能马上进去搜查。不过如果是签约者你的要求，管理公司一定会让我们看看里面；而如果你允许，我们也可以进那里面去。”

刑警顿了顿，一副猎物就在眼前般地舔了舔厚厚的嘴唇，脸颊凑了上来：“怎么样？就当是省下不必要的手续，你就答应让我们搜查这间仓库吧？”

文件上所写的仓库，位于大田区的湾岸地带，废弃工厂林立的角落一隅。水泥建造的长型建筑上，等距离地排列着铁卷门，每个门都代表了一间出租仓库。

环按照刑警所说的和管理公司联络，或许是家管理相当松散的公司，让人松了一口气，很快就答应让他们看看仓库内部。

刑警和鉴识人员在一旁等待，管理公司的员工开了锁，拉起铁卷门，“哐啷哐啷”的巨大声响敲击着鼓膜。

“请进。”员工说完，环战战兢兢地踏入仓库。飘着尘埃的空气入侵气管，环轻轻咳了起来，时间已经过了晚上八点，仓库里一片黑暗。

员工按下入口旁的开关，从天花板上垂吊下来的裸灯泡亮了起来，环看清楚了廉价橘色灯光照耀下的仓库内部，感到一阵眩晕，脚步踉跄。三坪大小的仓库墙壁上贴满了照片及地图，里面的折叠桌上放着好几样凶器。

没错，那些毫无疑问就是“凶器”：应该有三十厘米长的双面刃、电击枪、手铐、线锯、圆锹，甚至有容器上写着“浓硫酸”的药剂。

这些很明显就是用来伤人、杀人，以及处理尸体的东西。

鉴识人员仿佛围攻猎物的野兽，成群拥向那些“凶器”。在后方双手抱胸的刑警，一张一张仔细地看着墙壁上的照片。

“这张照片上拍的是佐竹优香吧。”

听见刑警说的话，环再次看向照片，的确有将近一半看起来都是从远方偷拍佐竹优香的照片，里面甚至有透过窗户拍摄的穿着内衣裤的优香。被佐竹优香抛弃的久米，执拗地跟踪她，接着在复合被拒之后便杀了她。

法庭上检方的主张在脑海中浮现。

不，不是的，环摇摇头，甩去涌上心头的不祥想象。

久米受到佐竹优香虐待，是我将遭到佐竹奴隶般对待的他给救出来的。没错，应该是这样……一直以来认为的绝对事实，现在不知为何却无法肯定了。

“照片里的另一个人是……”

自言自语的刑警嘴角越来越上扬，环的目光转向刑警盯着瞧的照片，上面拍到的是一名中年男子，不认识的男子。

年纪大概在[redacted]，[redacted]有点多，体形[redacted]。

“加纳小姐，你认识这名男子吗？”

“不，我不认……”

我不认识，环正想这么说时，话忽然哽塞在喉头间。有一张照片是男子穿着外套，戴着口罩躲在电线杆阴暗处的偷拍照，男子的手上拿着太阳眼镜及棒球帽。是一个星期前，在夜路追着她的男人。这名中年男子就是那个跟踪狂吗？

“这、这个人是谁？”环呼吸紊乱地问。

刑警压低音量小声道：“是名叫[redacted]的人，今早被人发现了遗体。”

“遗体……”

“没错，这名男子就是久米承认被自己杀害的那位。”

环再度感到眩晕，远比刚才更加强烈的眩晕，视野在旋转，上、下、左、右的感觉消失，环忽地蹲下，四肢撑在土块裸露的地面上，以免突然倒下。

刑警的声音从不知道是上方还是下方传来：“照片贴在这里的两人都被久米给杀了，也就是说，久米在这个仓库拟订狩猎作战计划……”

刑警说的话渐渐被振翅声盖过，像有几千、几万只羽虫四处飞舞的剧烈振翅声，虫子在皮肤上细细爬动的异样感从四肢往上蹿，无数虫子聚往全身，连内脏都要被啃食殆尽的错觉袭来。

从喉咙迸发的尖叫在振翅声的混杂中听起来微弱无比。

“因为他在保释后失踪，所以警方已经发出通缉令了，另外，预计这几天也会以杀害中年男人的嫌疑签发拘票。”三天后的下午，环在老家的客厅听州警这么说，对方虽然表示是因为环协助搜索仓库，所以才来通知她案件的进度，不过真正的目的很明显，是为了确认久米有没有和她联络。

“环，你还好吗？”坐在旁边的淳子将手放在环的肩上。

“嗯，我没事。”环的嘴里发出塑料般僵硬、没有温度的话语。

自从三天前进入那间仓库之后，环便一直觉得自己不再是自己，仿佛是从稍微高一点的位置俯瞰并操控着自己的身体。

这三天，喜、怒、哀、乐，任何一种情感都几乎不再涌现，或许是因为产生情感的线路已经不堪过度负载而烧坏了。

“那么，关于久米为什么要杀害中年男人，虽然拼图还不完整，但我们已经大致上了解了，所以我就一并说明，如果你想到了什么，还请告诉我们。”

久米才没有杀人。环连说出这句话的力气都没有，甚至没有办法继续坚信他不是凶手。

见环含糊地点了点头，刑警继续说道：“我们发现这次被杀的中年男人其实是某一起案件的被害人。”

“他是被杀的，当然是被害人不是吗？”淳子的眉间隆起了褶皱。

刑警摇摇手：“不是的，加纳太太，我不是指这个。中年男人在二十三年前发生的一起重大案件中受了严重的伤，而他正在追查那个凶手。”

“那起案件的凶手没有被抓到吗？”

淳子问完后，刑警露出了苦笑。

“不，凶手是现行犯当场遭到逮捕，不过他还未成年，只有十六岁，而且精神状态不稳定，所以进入矫正机关没几年就被放出来了，即使他身负了超过十条人命。”

“十条？！”淳子惊叫出声，环也半张着嘴。

“对，没错，之后凶手就销声匿迹了，他大概是整形又改名换姓，混入社会中生活了吧？”

“改名换姓，这种事做得到吗？”

“当然可以呀，加纳太太。没有亲人的孤单之人要多少有多少，只要找出这种人，买下他的户籍，取代他的身份即可，这种事可不少见。”

“取代……那被取代的人会怎么样？”

刑警只是露出了意味深长的笑容，淳子“唰”的一下白了脸。

“总之，这次被杀的中年男人拼命在追查还若无其事地生活的凶手，在他被杀害的房间里，到处都是二十三年前案件的资料。”

环想起了投进信箱里的恐吓信，上面写着“我知道你就是杀人凶手”，她原本以为这一定是指久米是杀害佐竹优香的凶手，不过，或许在夜路上追着她的那名男子，是想告诉她关于二十三年前的那起案件。

“知道中年男子正在逼近自己真面目的久米，于是反过来找出他居住的公寓，然后……”

“请……请等一下！”淳子尖声说道。

被打断的刑警皱着眉问：“什么事？”

“警方认为久米就是二十三年前那起案件的凶手吗？！”

刑警眨了两三次眼，微低下头，以由下往上的视线看过去。

“对，我们在怀疑，久米就是二十三年前犯下震惊社会的随机杀人案，在周末的游乐园用利刃一个接一个地刺杀游客的凶手……”

刑警中途顿了顿，故弄玄虚地缓慢张口说出了一个名字，伴随着有如振翅声的耳鸣传入环的耳中。

“人称‘少年X’。”

9

“不要啊啊啊——！”

几乎震破鼓膜的尖叫声响彻幽暗的地下室，我甚至无法马上察觉那是从我口中迸发出来的声音。

我往后坐倒在地，丢开原本拿在手中、发出淡淡光辉的八音盒，那个装有环小姐库库鲁的盒子。八音盒在石地板上无力地滚动，开口朝着我停了下来，盒子里像心跳般反复膨胀与收缩的球状激光射出了一束光线，擦过我的额头。

“不要！不要！不要……”我双手抱着痛到简直要裂开的头。

“爱衣，你怎么了？”

从嘴里吐出光线抵御渐渐逼近的大量虫子的库库鲁，急忙向我跑来，但是我没有心力回答它。

“少年……X……”

哑着声音说出口的瞬间，我的脑海里闪现了那一天的情景，发出细微的尖叫声，鼠妇一般将身体卷成一团：此起彼伏的哀号与怒吼、陷入恐慌而四处逃窜的人群、流着大量的血倒在柏油路上的人们、被血液染红的巨大刀子、微笑着紧抱住我的那个人的体温，还有睥睨着我的眼睛——像是爬虫类生物般不带丝毫情感的双眼。

这二十三年间，我被数不清的闪现侵袭痛苦折磨，但是那一天的记忆从来没有一次如此真实地复苏，我甚至可以感受到现场满满令人作呕的血腥味。

久米先生也许是少年 X？ ILS 病患和少年 X 有关？有可能发生这种巧合吗？

巧合？这真的是巧合吗？身为那起事件被害人的我，成了三名 ILS 病患的主治医师；病患被卷入的事件与少年 X 之间有关联；最后的 ILS 病患也许就是现在仍然持续发生的连续杀人案的关系人。

从哪里开始是偶然，从哪里开始又是必然？不知道，不知道，不知道……

“爱衣，你到底怎么了？要快点开始玛布伊谷米才是。”库库鲁对我说。

“没办法！”我抓乱了一头发丝，“没办法啊！我做不到！久米先生也许就是少年X啊！”

我像要下跪一般，抱着头趴倒在库库鲁面前。

“救救我……拜托你，救救我……库库鲁……”

我已经不想回忆起那一天的事了，那种恐惧……那种丧失的感觉……

真希望自己可以消失……就在我这么想时，从胸口到侧腹传来一阵撕裂身体的剧痛，痛得我连哀号声都发不出来，一看，白袍的胸口处红黑色的污渍正在扩散。

就像在飞鸟小姐的梦幻世界里一样，那一天，烙印在我玛布伊上的伤痕又裂开了吧，但是痛楚比之前要强烈得多，出血量更是多得无法与之相提并论。

渗出白袍的血液“啪嗒、啪嗒”地滴在石地板上，仿佛肌肉和肌腱被砍断的可怕声响振荡了鼓膜，痛楚越来越强烈，就如字面上所述的，身体被撕裂的剧痛。

身体无法使力，我在原地仰面倒了下来。

再这样下去，就要因为出血过多而死了，不，在那之前，身体会先裂成两半。

与那一天感受到的相同的死亡恐惧，让我的心渐渐腐烂。

“谁来……救救我……”

我在逐渐涣散的意识中喃喃自语，琥珀般的眼眸出现在我面前。

“没事的，爱衣，放心吧。”库库鲁坐在我身上探向我的脸，用安抚婴孩般的温柔声音说道。库库鲁将双耳贴在我胸前的伤口上，同时散发出淡金色的光芒，我的痛苦渐渐融化消失。

我想起小的时候，被那个人抱着睡着的回忆，像春日阳光下包覆在蒲公英棉絮里的触感，让我不禁闭上眼睛。

“你看，已经没事了吧。”

听到库库鲁这么说，我睁开眼睛，伤口的疼痛已经消失了，吸了大量血液而变成红黑色的白袍也恢复了纯白色泽。

“少年 X……”从我身上跳下的库库鲁这么说，那个名字让我的心冻结，“加纳环的记忆里，出现了关于少年 X 的事对吧？”

“嗯……”我微微点头，库库鲁的双耳“咻”地竖起。

“这并不是个不好的征兆，走到这里代表只差一点点了。”

“差一点点？差一点点是什么意思？！”

“我想没时间说明了。”

库库鲁用下巴指了指，我看往那个方向，全身窜过一阵冷战——库库鲁吐出的光之壁外侧的空间已经挤满了大量的虫子。“喵呜！”库库鲁一声大吼，再次吐出光芒，修复眼看就要坏掉的障壁。

“这么做只是在争取时间罢了，所以我们重新来过吧。”

“重新是什么意思？”

库库鲁没有回答我的问题，而是用双耳夹着我的太阳穴。一瞬间，我的视线一阵模糊。

“别担心，不要抗拒。”

库库鲁闭上眼睛，视线再一次模糊，似乎可以看见白色的房间。

揉着眼睛，察觉到光之壁的另一端发生了什么事的我，不禁全身汗毛直竖——挤满了房间的虫子停止攻击光之壁，开始朝同一个地方集中。

原本像蠕动的黑色雾霭的群虫，逐渐合体并变态成一个生命体，它有着如盔甲般散发出黑色光芒的身体、嘴角长出像极了两根镰刀的獠牙、锐利得几乎可以刺穿石地板的八只脚，以及前端附有长枪般粗壮的尖锐毒针的尾巴。那里出现一只装甲车般巨大的蝎子，那只蝎子像鞭子一样柔软有弹性地甩着足足有成人大小的尾巴，前端的毒针刺进光之壁内，整个障壁都出现了裂痕。

“库库鲁，障壁……”

“不会有事，你集中精神。”

眼前又显现出白色墙壁的房间了，我就站在那里，手贴着躺在病床上的环小姐的额头上。

我终于明白库库鲁的意图了，库库鲁正在将我从梦幻世界送回现实世界。

蝎子再次高举尾巴，向光之壁甩了下来，光之壁随着水泥墙碎裂的声音瓦解。消除了障碍物的蝎子，“沙沙沙”地动着八只脚向我们靠近，库库鲁闭着眼睛说：“还差一点。”

已经将我们锁定在攻击范围内的蝎子，大力挥起尾巴，在巨大的毒针高速逼近的瞬间，我感觉到身体轻飘飘地浮起，视线染上一片纯白。

当我回过神时，发现自己正站在病房里，环小姐正睡在眼前的病床上。

啊——这样啊……我的玛布伊谷米失败了。

我从环小姐的额头收回手，站着一动也不动。

先前未曾经历过的倦怠感袭击了全身，我像是站在颠簸的小船上一样脚下不稳，胸口充塞着严重晕船般的强烈呕吐感。

“少年……X……”

从嘴里吐出这个名字的瞬间，视线上方降下一块黑幕般的东西，全身的肌肉越来越无力。我知道这种感觉，是脑贫血的症状，意味着我的血压降低，大脑缺氧。

我立刻按下装在病床护栏上的呼叫铃，同时再也无力继续支撑身体，我就像失去了脊椎一样，猛地跌坐在地上。因为没有心力采取跌倒时的保护姿势，头部侧边撞到了坚硬的地板，发出一声闷响，接着，我什么也看不见了。

从远处传来了听见呼叫铃的护士们沿着走廊跑过来的脚步声。

幕间 III

“真是的，到底要躺到什么时候啊！”

杉野华温柔地轻抚着自己的医师学妹，也是她现在负责的病患——识名爱衣的额头。闭着眼睛，发出微微鼾声的爱衣眉间，隆起了深深的褶皱。

也许她正在做噩梦呢。

“快点起来吧，你不在人手不够，很伤脑筋呀。”

华在爱衣的耳边说完，步出单人病房，往就在旁边的护理站走去。虽然成为失去意识的爱衣的主治医师，不过检查结果并没有发现特别的异常状况，因此只是为她打了点滴，让她好好睡着。

其实是有什么原因才会变成这样的吧。

轻轻叹着气走进护理站的华，坐在电子病历前，开始输入爱衣的诊疗记录，当她专心打着键盘时，从背后传来“嘎吱嘎吱”的金属摩擦声。

又来了……华厌烦地停下手指的动作，连人带椅整个向后转身。

“有什么事吗？”

“我来问问病患的情况。”坐在轮椅上的这家医院院长，双手推着轮子滑了过来，“识名医师状况怎么样？”同时探头看向电子病历。

“没有什么问题，我才刚看完诊回来，她睡得很好。”

“这样啊，检验数值都没有问题吧？不过为什么会发生这种事呢？很令人担心哪！”

华用冷漠的眼神看着一脸凝重的双手抱胸的院长，指着走廊深处的自动门。

“院长担心的是在那扇门后方，呈现昏迷状态的他吧？”

“是呀，当然会担心他啊。”院长的眼神锐利了起来。

“毕竟他是非常重要的人物呀，对你来说也是如此吧？”

紧闭双唇的华，脑海里播放出有关他的记忆，他是位值得尊敬的优秀男性，但是根据刑警们所言，那样的他是……

“那，杉野医师。”华正回忆前几天与名叫园崎的刑警谈话的内容，却在院长的叫唤下回过神来，“最近刑警不是又来看他的状况了吗？警方到底为什么要这么做？你身为主治医师有没有听说什么？”

院长抓着轮子的扶手，身体往前倾。

“……没有，我什么也没有听说。”

华脸上用力绷紧肌肉，不让自己露出犹豫的表情。她已经和刑警说好了，绝对不会向其他人说出在特别病房里昏迷的“他”或许和连续杀人案的关联，不仅如此，更不能说他甚至还有可能是“少年 X”。就算没有约定，这么重要的事她也不打算告诉无法信任的院长。

几秒的对视之后，说：“是吗？”院长坐回原本的姿势，灵巧地将轮椅回转了一百八十度，“你要是知道了什么，就马上来告诉我。”

离开护理站的院长，往识名爱衣住院的病房门口靠近，华皱起了鼻子。

“……你要做什么？那个人的病房在走廊尽头的特别病房里哦。”

“当然是要确认识名医师的状况啦。我不知道你是怎么想的，不过对我来说她可是重要的下属，我担心她，去看看她的状况也是当然的。”

院长惹人厌地眨了眨眼，滑进了爱衣的病房，目送他身影的华粗鲁地抓着烫卷的头发。生理上接受不了那种做作的态度，他也许不是坏人，但每次和他说话都会觉得烦躁。

感到疲倦的华将视线移回到电子病历上，再次输入负责的病患的诊疗记录，在输入完超过半数的病患记录之后，一阵低沉的声音叫着她的名字。

“杉野医师。”

华猛地站起身回头，护理站外站着两名刑警。

小跑靠近他们的华，抓着警视厅搜查一课的刑警园崎的西装衣摆：“来这里。”便将人带进了病房角落的病情说明室。

“又是这间房间吗？怎么了吗？这么慌张。”

门关上了以后，园崎重重地坐上铁椅子。

“你们来医院好几次的事已经传开来了，院长时不时就要找我问话，如果被人看到你们刚刚那样随意叫我的画面，他一定会追根究底地问我你们为什么要调查他。”

“打死不认不就好了？”

“我们院长可是资深的精神科医师，异常善于看穿人心，要是被他盯上会非常麻烦啊。”

“原来如此，为了不引起他人注意，所以才带我们到这里来吗？今天我们只是来稍微看一下那个男人的状况，不过既然都到这间房间了，那就来聊聊吧。”

园崎跷起二郎腿，压低脸颊，视线由下往上看向华，三宅也坐在他旁边的椅子上。

华隔着桌子在对面的位子上坐好，心说正合我意，上一次在这里谈话时，听到他可能是少年X之后，几乎没办法问问题。受到强烈的震撼是其中一个原因，但更多的是缺乏对于少年X的相关知识。不过这几天，看过了各种网络及纪实书刊后，脑海里已经吸收了关于少年X和二十三年前他引发的惨剧的详细信息。

“那么首先，就从我的提问开始吧。那个男人的状况怎么样？有没有从昏迷中醒来的征兆？”

面对园崎的问题，华摇了摇头：“没有，现在还是持续昏迷。什么时候会醒来，还是不会再醒来了，就连身为主治医师的我也不知道。”

与数天前相同的答案，让园崎小声“啧”了一声，趁着这个空当，华反问道：“你说那个人是少年X，这种事真的有可能吗？那个人和少年X的名字一样吗？”

“名字只不过是某种记号，只要冒名顶替他人的户籍，就可以完全用另一个人的身份活下去。”

“做这种事不会被亲人发现吗……”

“所以没有亲人的人，孑然一身的人的户籍就很容易被盯上。我们认为，大约在十九年前，少年X弄到了现在的户籍，在官方记录中，那个男人很早就失去双亲，初中毕业后既没有继续升学也没有就业，一直过着关在家中的生活，监护权属于作为唯一血亲的祖母，但是祖母因为老年痴呆症住在疗养院中。不过，在他二十二岁时，突然参加了大学入学考试，而且以极为优秀的成绩考进大学，并获得了奖学金，那么，这个时间点大概就是他身份被冒名顶替的时候吧。总之，住在疗养院的祖母大约在五年前过世了，就算询问初中时代的同学，也几乎没有人记得那个男人，所以无从确认。”

“没有留下少年X的指纹或是DNA吗？只要和那个人的进行比对，不就可以确认他到底是不是少年X了吗？”

华的提问让园崎脸色变得难看。

“如果犯罪人未成年，基本上在判决之后这些记录就会全数销毁。”

“就算是那么重大的案件？！”华瞪大了眼睛。

园崎烦躁地抓了抓头，说道：“我们当然也努力想保留下来，不过那个男人的代理律师拿到这条情报，当成人权问题泄露给报社，结果记录就被消除了，所以还无法证明那个男人就是少年X。话说回来，杉野医师，你和那个男人似乎蛮亲近的嘛。”

“与其说是亲近……不如说我很尊敬他。”

“这样的话，你记不记得那个男人有没有说过什么关于过去的事？尤其是高中以前的事。”

华的手贴在嘴边，反刍着与他之间的记忆。

“没有，我没听过，他经常说到大学时期的事，但更早之前的事则几乎没有听过的印象。”

两名刑警的笑容越来越深，这时候，华忽然察觉到某件事。

“等一下，如果二十三年前的记录完全没有留下来，为什么警方会认为这次的连续杀人案和少年X有关？”

园崎的脸颊抽动了一下，接近事件核心的反应让华倾身向前。

“请告诉我，我已经答应让你见他，而且也说了我知道的一切了。”

数十秒的沉默之后，园崎吐出一句：“是符号。”

“符号？”

“没错，二十三年前的案件中，少年X在被害人的遗体上刻下了特殊象征的伤痕，就在犯下随机杀人案之前杀害的双亲遗体上。而这次的连续杀人案中，被害人的遗体上也刻有那样的符号，根据鉴定的结果，那是同一个人刻下的痕迹没有错。”

华想起在关于少年X的纪实书籍中读到的案件内容，嘴里发出了轻微的呻吟声。

“看你的表情，似乎知道少年X在他的父母身上做了什么事吧。在游乐园犯下随机杀人案之前，少年X袭击熟睡中的父母，杀了他们之后，又花了一个晚上将两人的遗体肢解成小块，只留下头部，其他部分全都冲到下水道去了。”

园崎平淡的口吻听起来反而更生动，华咕嘟地吞下一口唾沫。

“犯罪现场的寝室里，他父母的头部排列在床上，看起来就像江户时代被枭首示众的罪人一样，脸颊上有刚才说的符号——大大的叉划在上面。媒体揭露了这个信息，开始称呼他为‘少年X’，因为这个名称太深入人心了，所以警方也跟着用这个名字来称呼他。”

园崎眼角瞥了一眼紧绷着嘴巴的华，继续淡淡地说下去。

“差不多中午时，少年X终于完成所有的作业，在浴室冲澡洗去沾在身上的血迹，之后将野外求生刀放在背包里离开家，转乘电车到处移动。他随后来到人潮拥挤的游乐园，突然拿出刀子，不发一言地刺杀周遭的人。直到被其中一名被害人压制之前，少年X已经刺杀了三十人以上，其中有十一人失去性命。”

或许是说累了，园崎大大地吐出一口气，凝重的沉默降临在两坪多的狭窄房间里。

华按着剧烈跳动的胸口，从颤抖的唇间挤出声音：“那个人，绝对不可能是少年X，犯下那么残酷且未经深思熟虑的罪行，那种穷凶极恶的人和那个人的形象差太远了。”

“话可不能说得这么肯定。”园崎倏地眯起眼。

“这是……什么意思？”

“在案发后的精神鉴定中，我们得知少年X有极高的智商。报告指出，他在学校的成绩虽然不是很好，但那只是因为养育状况有问题，只要将他放在合适的环境中，他就能发挥良好的才华。关于他的犯罪行为，鉴定医师也判断那是因为他长年处于极为残酷的生活环境中，对人格的塑造产生了莫大伤害，所以才引发这样的结果，因此是可被治疗的。”

华微微点头。从小受到残酷虐待，导致人格毁坏而犯下残虐行为的例子实在太多了。

“鉴定医师的诊断只对了一半。”园崎以阴郁的声音说道。

“只对了一半？”华歪着头。

“在矫正机关接受治疗之后，少年X的攻击性的确几乎消失了，成绩也马上在同年龄人中遥遥领先。只是，反社会人格无法被矫正，他对伤害他人不仅没有罪恶感，反而还抱有快感，离开矫正机关时的资料上是这么记载的。”

“这种状态之下还让他离开吗？！”

“没办法啊，”园崎按着太阳穴，“已经到少年法庭判决的收容期上限了，而且就算有反社会倾向，他应该也不会实际去犯罪，这似乎是为他看诊的精神科医师的判断。”

“这个判断我不是很懂……”

“就是指犯罪并不划算。就算有伤人的欲望，拥有高智商、擅长分析利弊得失的少年X应该也会打消这个念头。前几天我去问过写下这份报告的医师，他还是主张自己的意见是正确的，他说就是因为这样，所以在离开矫正机关后将近二十年，都没有发生被认为是少年X犯下的案件。不过，在我们看来，这根本是笑话，那个庸医根本完全不了解猎奇杀人犯。”园崎咬牙切齿地说道。

“这是什么意思？”

“意思就是，会把自己的父母肢解冲进下水道的变态，才不会因为分析利弊得失后就停止杀人。该怎么做才能在不被抓的情况下继续杀人，拼命思考这点才符合他们的个性。”

一阵恶寒爬过背后，华全身颤抖。

“少年X也是这样，他在不被任何人发现的情况下持续杀人。”

“在日本这个国家不被任何人发现而持续杀人，这种事怎么可能……”

华勉强挤出一个僵硬的笑容之后，园崎搔了搔鼻头。

“……医生，你知道他为什么要犯下随机杀人案吗？为什么不只是杀了他痛恨的父母，而是连没有关系的人都一个一个杀掉呢？”

华微微地摇摇头。她看过的资料里，关于动机的部分虽然有各种各样的推论，却没有任何一个能让她接受的。

“他说想要拯救那些人。”

“拯救那些人？”华简直怀疑自己的耳朵。

“没错，据他所说，这个世界充满了痛苦，所以他想通过杀人来拯救那些人的灵魂。”

“这怎么可能？”华将声调倏地拔高，“少年X不是对杀人有快感吗？那种说法不过是狡辩！”

“帮助他人的灵魂从苦恼中解脱，这件事本身很舒爽。这就是少年X的理由。”

这种自我的主张让华想吐，她用一只手捂住了嘴巴。

“还有啊，少年X在证词中表示案件里还有另一件事让他拥有强烈快感。”

“……另一件事？”

“对，没错。”园崎用力地点头，“过去被父母掌握了人生的一切、被父母毁了一切的自己，现在能将他人的命运掌握在自己手中，这件事比起任何事都来得让他感到愉悦，少年X是这么说的。”

“太过分了……”

“那一天，少年X用利刃一个一个刺伤、砍杀在游乐园里四处逃窜的人们，忽然他却一动不动，然后其中一名遇刺而受重伤的受害者飞扑过来抓住了他。您知道他为什么停下来了吗？”

“不知道。”华摇头。

“那时候，少年X的眼前有一名幼儿园女童，女童的母亲被少年X砍伤之后，上前抱住女儿保护她，被浑身是血的母亲紧紧抱住的女童没办法逃跑，只能呆站在那里，少年X被那幅景象给迷住了而一动也不能动。”

“被迷住了？”

“没错，要让女童生或是死全凭自己做主，那条稚嫩的生命就在自己手里，他随时都可以毁了她，一想到这一点，他的全身便蹿过一阵射精般的快感，少年X在讯问时这么供称。”

过度令人恶心的感觉让胃紧绷了起来，热乎乎的东西涌上食道，华拼命地压抑着喉头，总算避免了当场呕吐，口腔内散发出一种形似痛楚的苦涩，鼻腔沾染了酸性的恶臭。

该不会那个幼儿园女童是……华的脑海里闪过与自己要好的后辈的脸。

“随心所欲掌握他人的命运，然后将之从现世中解放……”园崎在表情僵硬的华面前，像是自言自语般地说着，这些就是在旁边的特别病房里陷入昏迷的，那个男人所做过的事。”

“你在说什么，那个人怎么会……”

擦了擦嘴唇的华本想反驳，但园崎的双手猛力敲向桌子，巨大的声响让华的身体颤抖了起来。

“……人都死了。”园崎放低音量压抑地说。

华从半张的唇间吐出干涩的声音：“……都死了？”

“前几天我说过吧，那个男人为众多病患进行秘密‘咨询’，在我们调查以往接受过‘咨询’的病患之后，发现他们有极高的比例都自杀了……比例高到不像话。”

园崎瞥了一眼惊愕无语的华，淡淡地继续说道：“我们是这么想的，那个男人挑选出容易操控、被催眠的病患，对他们进行个人‘咨询’，将病患掌握在自己的支配下，然后引导痛苦的病患们认为离开这个世界才是从痛苦中解脱的唯一方法，并让他们实际执行。这些案子全都被当成是自杀处理，侦查的手不曾抓到在暗中操控的那个男人身上，这就是那个男人长年以来编织出的完美犯罪。操控他人的命运，最后杀了他们，这才是那个男人生存的意义。”

“这种事是……真的？”华在紊乱的呼吸之间挤出话来。

“嗯，是真的。例如那个男人的一名病患，男性，前飞行员。他在八个月前曾意图驾驶小飞机带着独生女坠机自杀，结果失败的前飞行员最后在住院的大学医院里上吊了。顺便一提，被带着一起去死的独生女，就是直到不久前都还在这家医院里昏睡的片桐飞鸟小姐。”

“……咦？咦？”混乱的华不停地眨着眼睛。

“就是这样，那个男人利用自己的身份，把父亲逼到自杀之后，竟然还将魔爪伸到他女儿片桐飞鸟身上，差点被父亲杀死打击太大而虚弱的她，接受了那个男人的‘咨询’，然后在陷入昏睡前一晚，她被那个男人找了出去……”

“等一下。”跟不上话题的华抱着一下一下抽痛的头喊道，“现在到底在说什么？你们在追查的是连续杀人案吧？那为什么话题会跑到那个人刻意让他的病患自杀上？！退一万步来说，就算那个人真的这么做了，那也和连续杀人案没有关系吧？杀人案里的被害人不是都被残忍地杀害了吗？那个凶手一定是少年X，和那个人没有关系！”

华一口气连珠炮似的说完，肩膀上下起伏着喘气，园崎轻轻地低下头。

“很抱歉，杉野医师，看来我太急了点，今天就先到这里吧。不过我都说这么多了，就让我和那个男人见一面吧。”

园崎一站起身，华就探出上半身抓住他的西装下摆。

“话还没有说完！请你清楚解释到最后！”

两名刑警对看了一眼，浮现出些微的苦笑后再次坐回位子上。

“知道了，那我就说吧。大约在半年前，都内的公寓里发生了中年男子惨遭杀害的案件，您知道吧？”

华的脸绷了起来点点头：“当然知道。”

“被害人是二十三年前的随机杀人案中，被少年X刺伤，最后压制住他的男子。而在案发现场的公寓里，放了大量有关少年X的资料。”

“……意思是他在追查少年X吗？”

“看起来是这样。二十三年前，少年X在少年法的保护下，没有受到太严厉的惩罚，这让该男子大为不满，然后半年前，该男子发现了改名换姓潜藏在社会中的少年X，打算揭发他的真面目，结果少年X先行下手成功杀了该男子，不过也因为这样封印被解除了，我们是这么认为的。”

“封印被解除了……这是指什么？”不祥的预感让她的声音沙哑了起来。

“少年X已经有很长一段时间没有亲自动手杀人了。在夺取户籍时，考虑到值得冒这个险，所以或许杀了人，但是他可能已经超过十年以上不曾直接弄脏自己的手了，因为他知道如果听任欲望支配去行动，会导致自己毁灭。”

园崎的手肘撑在桌上，双手交握。

“不过另一层面，少年X的本质毫无疑问就是快乐杀人者，他之前只是拼命压抑住用自己的手杀人的欲望，只是杀了察觉到自己真面目的男子之后，他再也压抑不住了，一直栖息在内心的怪物开始狂暴了起来。”

“于是就一个接一个地杀人……”口中干涩粗糙，华的声音出现了分叉。

“对，没错。那个男人认为‘解放’陷入绝望的人是至高无上的快乐，所以他才会将接受自己‘咨询’的病患当成猎物，不过不是像之前一样让他们自杀，而是直接下手。”

“等一下！这个想法跳太快了，就算接受过‘咨询’的人都成了被害人，也不代表那个人就是少年X吧！也有可能是少年X拿到接受过‘咨询’的人的名单，然后想将罪责嫁祸给那个人呀！”

“这个嘛，的确有这种可能性，前几天也出现了一具已经遭到掩埋的遗体，我们认为是少年X所杀害。也许少年X是其他人，现在仍持续在犯案中。”

“就是说！毕竟连续杀人还在不断发生，这样的话，已经昏迷了两个月的他就不可能是凶手了吧！”华趁势说道。

“最近的案子是模仿犯做的可能性似乎很高。真是的，这是什么世道啊！总之呢，我们会考量各种可能性进行搜查，也包含了那个男人是少年X——连续杀人案真正凶手的可能性。那么，这次真的该走了，我们就不客气了。”

站起身的园崎催促着三宅往门口走去，握住门把手的园崎似乎想起了什么转过身来。

“或许差不多该停止继续用‘少年X’这个代称了，那家伙哪里是少年，根本已经是中年了，项目小组里也是用他的本名在叫他。医生，可以的话，请你时不时用少年X的本名称呼那个男人看看，也许他会吓到睁开眼也说不定哦。”

“……我又不知道少年X的名字。”

那是网络还不发达的时代发生的案件，所以凶手的个人资料被覆盖在少年法这条厚重面纱下而无从找起。

“哎呀，是我失礼了，那个杀人魔的名字是……”

园崎说出口的少年X的名字，震动了华的耳鼓膜。

第四章

梦幻的腐蚀

1

黑暗中传来的话语，是听惯了的声音。

“快点起来吧，你不在人手不够，很伤脑筋呀。”

……华学姐？关门的声音响起，我微微睁开眼，依然继续躺着只转动眼睛环顾四周，头侧的墙壁上，呼叫铃的扩音器旁边安装了氧气供应阀和咳痰抽吸用的塑料容器，病床旁边放了一张床头柜，病床栅栏上挂着的名牌写着“神经内科 识名爱衣 主治医师 杉野华”。

华学姐是主治医师，而我是病人？

我一头雾水地坐起了身，从滑落的毛毯中露出的身体，包覆在病人服中，手腕上缠绕着病人用的识别手环，前臂插着点滴针。

我在住院？输液袋吊在从天花板延伸出来的点滴架上，从中流出的透明液体经过塑料制的细小管线流进静脉，我盯着这幅景象，终于理解状况了。

为什么会住院呢？我记得我为了进行玛布伊谷米而到环小姐的病房，在梦幻世界里走过琴键之路……

我的手指抵在额头上，回想着记忆时，从喉咙发出了被东西哽塞般的声音。

“……少年 X。”

在环小姐的记忆中听到那个名字的我动弹不得，被库库鲁送回了现实世界。随着记忆越来越鲜明，房间里的空气似乎也越来越稀薄，觉得呼吸困难的我将手贴在脖子上。

不知道为什么会出现少年 X，那个夺走了我重要之人的男人。

感到头痛欲裂的我闭上眼睛，眼底鲜明地映射出那一天的景象，用蜥蜴般的双眼盯着我的少年，黏质般的恐惧让我全身窜过一股浓稠黏腻的感觉。

好想冲澡。不，只是冲澡没有办法消除这渗进肌肤纹理中的恐惧，好想干脆扒下这层皮肤。

就在我只能蜷缩着身子，等待手足无措的痛苦过去时，耳边响起了开门的声音，在我看向那里的瞬间，痛苦稍微减弱了一些。

“哟，爱衣医师，你醒了呢。”坐在轮椅上的这家医院的院长，袴田医师爽朗地说，“不过脸色看起来还很差呢，还是再躺一下比较好哦。”

袴田医师双手推着轮子往病床靠近，我照他说的躺下，听着袴田医师的声音，痛苦渐渐被稀释。

“你还记得吗？你在加纳环小姐的病房里昏倒了，大概是疲劳性的脑贫血吧。总之，在我的判断下，你先住进这里好好休息，而杉野医师接下了担任你主治医师的工作。”

“对不起，给您添麻烦了。”我缩了缩肩膀。

“该道歉的是我。”袴田医师摇摇头，“让医生工作到累倒，这个责任在身为院长的我身上。”

不是的，虽然我的确身心俱疲，但是昏倒的直接原因却要怪以往不曾经历的太过真实的回忆再现。我犹豫着是否该告诉袴田医师真相。

一直为心灵创伤所苦的我在袴田医师的治疗下得到了救赎，然而再次受困于二十三年前的那一天发生的事，让我觉得好像白费了治疗者的心血，不过如果现在可以在这里和他谈谈，或许袴田医师会指引我应该前进的道路，就像他一直以来所做的那样。

就在我迷惘着不知道该怎么做时，袴田医师伸手摸了摸我的额头。

“如果你有烦恼我会听你说，因为我也是你的主治医师呀。”

从额头传来的温度化解了我的迷惘，我思索着用词开始说了起来。

“我最近做梦了……关于少年 X 的梦。”

“少年 X……”袴田医师的表情微微僵硬了起来，“也就是说，你又开始梦见那起事件，导致精神虚弱。这才是你这次昏倒的原因吗？”

“……对，大概是这样。”

我模棱两可地点头，袴田医师紧抿着唇不发一语。

“对不起……您都帮我做了治疗，我却还让病情恶化了。”

我怯怯地道歉之后，袴田医师摇摇头。

“爱衣医师，这并不是症状恶化，反而是好转。”

“好转……吗？”

“对，没错。我之前也说过了，我只不过是协助你将心灵创伤藏进了内心深处的抽屉，总有一天你需要正面迎击那个创伤，并且克服它。”

“是。”我点点头。

“发生在你身上的症状就是那个。ILS，就是会让你想起创伤的疾病，你成为罹患了这种疾病的病患的主治医师，而且让其中两个人醒了过来。在这个过程里，不论是身为医师还是身为人，你都成长且变得更坚强了，坚强到足以和折磨你的心灵创伤对抗了。”

袴田医师的话语越来越有力道，我的心也跟着开始热了起来。

飞鸟小姐、佃先生，然后是环小姐，我在三个不同的人的梦幻世界里徘徊，体验他们的人生经历，在随着与他们一起痛苦、开心、哀伤的过程中，也许我真的成长了。

甚至成长到能够接受那起悲剧也说不定。

“正面迎击心灵创伤并不容易，特别是像你这样，在幼儿时期就遭遇过无比悲惨经历的人，我想接下来你会非常痛苦。只是，在跨越了痛苦之后，应该就能获得真正的救赎了，你明白吗？”

我用力抓紧床单下定决心，大喊了声：“是！”

“很棒的回答，不过为此，你必须先恢复自己的身心状态。总之，今天就在这间病房休息，明天请两三天假，回到老家休养吧。”

“咦？可是不需要做到这样吧……我明天就可以回去工作了。”

“喂喂，爱衣医师。”袴田医师夸张地张开双手，“就像我刚才说的，你要是工作过度发生了什么事，会是身为院长的我的责任，还是说你想把我拉下院长的位子？虽然我的身体现在必须以轮椅代步，但只要脑袋还正常运作，我就不打算让出院长的宝座。”

“不是，我没有……”

“那你就好好休息吧，身体的疲惫虽然可以在这家医院消除，但要恢复心里的伤，和重要的家人见面还是最好的方法，对吧？”袴田医师有点讨厌地眨了个眼。

确实，回老家见到大家之后，心里的痛苦也会获得疗愈吧，因为是二十三年前发生那起事件时，一起受苦、互相扶持的家人啊。

“那我就恭敬不如从命了。”

“嗯，这样就好。”袴田医师的薄唇上漾起了笑容。

“好啦，我要是在这里待太久，又要被杉野医师骂了，我差不多该走了。”

袴田医师将轮椅转向，我在背后叫住他：“啊，袴田医师，莲人的状况怎么样了？”

“莲人？”袴田医师没有回过身，背对着我问道。

“那个……全身是血被救护车送到急诊的孩子，并且由您担任主治医师……”

“啊——是他啊。没有特别的变化，要打开他的心扉需要花费很长一段时间，不是吗？”

我还在对那有些冷淡的语气感到困惑时，袴田医师已经推着轮椅行进到了门口。

“啊，还有，我有另一件事情想请教。”我慌张地向伸手去握门把手的袴田医师说道。

“什么事？”袴田医师还是没有回头。

“您还是不能告诉我住在特别病房里的ILS病患的事吗？”我带着紧张，小心翼翼地询问。

要完成环小姐的玛布伊谷米，知道她卷入的事件的真相很重要，久米先生真的是杀人凶手吗？他现在究竟在哪里？

特别病房里的ILS病患或许是久米先生，我想到了这样的可能性。

我不知道久米先生是否真的杀了人，但是至少警方将他列为杀人犯追缉中。袴田医师是位受人信赖的精神鉴定医师，也许警方委托他为陷入昏睡状态的通缉犯治疗，这种消息如果外泄，媒体就会蜂拥而上吧，所以才要彻底藏起病患，这么想的话就可以理解了。

如果久米先生是第四位ILS病患，只要潜入他的梦幻世界，看过他的记忆，一切就真相大白了。他是不是真的杀人凶手、现在还在持续发生的连续杀人案的真相，以及他是不是少年X都……

“我在想，特别病房里的病患……会不会叫作久米？”

我轻轻地坐起身，凝视袴田医师的后背，为的是就算他不愿意告诉我，也可以从他身体散发出来的气息判断我的想象是否正确。

“……为什么你想知道？”

仿佛从腹部深处响起的声音振荡着房间里的空气，我没有马上意识到那是袴田医师的声音，那道声音里蕴含了如此危险的音色。

推着轮子，缓慢转过身来的袴田医师，脸上有着从没见过的怒意。

“……不准再问那名患者的事，听见了没有？”

在威胁般这么说的袴田医师面前，我全身僵硬无法回答，就连眼前的男性是否真的是一直以来支持着我的主治医师都无法确定。

“我在问你听到了没！”

怒吼从墙上反射回来，我缩起身子：“是！”

“那就好，我刚说的事你可不要忘了。”

袴田医师睨视着我，接着滑出了病房。门关上之后，我仍然无法动弹，我无法分辨刚才发生的事是不是现实，身体深处涌起了颤抖，视线越来越模糊。

原本总是很温柔的他，竟然会显现出那样的怒气……

我压抑住几乎要发出的哭声，用力地擦了擦眼睛。

虽然被袴田医师以那样的态度对待很难过，但现在没有时间垂头丧气了，我应该思考为什么温柔敦厚的他会有一百八十度的转变。

如果是几个星期之前，在成为犹他开始玛布伊谷米之前的我，大概会因为被尊敬之人怒吼一番而打击到什么也做不了吧，但是我现在已经能够向前看了。

就像袴田医师说的，或许我变坚强了。

我深吸一口气，在脑海中模拟之后要采取的行动，至少，要从袴田医师那里打探到最后一名 ILS 病患的信息是不可能了，他既然出现那么大的反应，就代表那名病患绝对藏有无法公开的秘密。

住在特别病房里的人是久米先生吗？就算是受警方之托而让杀人

犯入住本院，袴田医师也不至于那么暴怒。

那么，如果连警方都被蒙在鼓里呢？假如没有通报警方而是隐藏通缉犯，那就不难理解袴田医师反应会这么大了，一旦被警方知道，整个医院就会被追究责任。如果这个假设是正确的，那么住在特别病房里的人会是谁？

是久米先生的可能性非常低，没有非得冒这么大的风险藏匿他的理由，这样的话……

“医院关系人？”

我的口中发出了自言自语。若住在特别病房里的人是医院关系人，而且是重要人物，那就不难理解袴田医师和华医师的态度了。

涉及大型犯罪的VIP被藏在特别病房里，会不会这就是答案？

“我负责的病患也许和连续杀人案有关。”数星期之前，从华学姐那里听来的信息在脑海中复苏。

该不会，那个可怕的连续杀人案的凶手？……

我轻轻甩甩头。不可能的，那名ILS病患陷入昏睡的这两个月之间，案件依然持续发生，特别病房里的病患不可能是凶手。那么，那名病患究竟做了什么事？

充满谜团的病患，现在仍持续发生的连续杀人案，然后是少年X……

思绪纠结，额头越来越热。不行了，这不是筋疲力尽的头脑想得出答案的问题。首先要让身体休息，就照刚才袴田医师建议的，明天得到出院许可之后，就回老家吃爸爸的咖喱，和黄豆粉以及跳跳太玩，然后和奶奶商量吧。

我伸手拿起放在床头柜上的手机，从通话记录中找出爸爸的电话，按下“拨打”的图示，但是马上就传来“您拨的电话没有回应……”的语音转接。

我歪着头挂断了电话。这么说来，在为环小姐进行玛布伊谷米之前打电话给他时也没有接通，该不会是弄丢或弄坏了手机吧。

“毕竟爸爸也有迷糊的一面啊。”

如果明天电话还是打不通，就只能直接回去了吧，这样的话，爸爸不能先准备晚餐，虽然吃不到咖喱但也没办法了；或是反过来，早一点回去，由我来准备晚餐也不错，偶尔也要孝顺一下。

就这么想着想着，原本占据整个脑海的肃杀之事也都忘了，我一边想着明天的菜单，一边闭上了眼睛，就在睡魔开始温柔地包裹住全身时，突然传来了门打开的巨响，我因惊吓而睁开了眼睛。

“爱衣医生！”

像老人一样佝偻着背的女孩和活泼的声音一起踏进了房间，是住在这家医院里的病童久内宇琉子。

“宇琉子？为什么你会在这里？”

“我听说你住院了，所以来探病啊，身体好了吗？”

宇琉子弯曲着身体，抬起脚跟一蹦一跳地靠近。

“啊，谢谢，不过你不可以偷溜出病房一个人过来哟。”

“我不是一个人哦。”宇琉子摇摇头。

“那是护士带你过来的？”

“不是。”宇琉子说完，转头看向门口。

“你可以进来了哦。”

房门慢慢地打开，看见走进房里的人之后，我的口中发出了惊呼声。

“莲人？”

宇琉子带来的是浑身是血被送到医院来的男孩。

“对，莲人，他说想见爱衣医生所以就一起过来了。”

“不可以这么做，我请护士过来把你们带回病房哦。”

两名住院中的病童不见了的话，病房会乱成一锅粥，再说莲人有可能目击了杀人案，就算不是如此，他也受到了严重的虐待，一旦发现他不在病房里，或许会被误认为遭人绑架而报警。

我一拿起呼叫铃的按钮，宇琉子便拉高了声音叫道：“等一下！”我正要按下按钮的大拇指停了下来。

“你就听一下他想说什么吧，他说有事想和爱衣医生说。”

“有事想和我说？”

我将按钮放在床头柜之后，从病床上下来，虽然脚步有些虚浮，但并没有跌倒，我的膝盖抵在地上，与莲人的视线同高。

“怎么了？莲人，你想说什么呢？”

我尽可能地用和缓的语气询问以避免刺激到他。接着，莲人不安地环顾四周之后，小心翼翼地靠近我。从他小心谨慎的步伐，可以感觉到他精神上遭受的伤，这让我胸口一紧。

莲人在我的面前停下脚步，视线像在逃避般往下看，我轻抚着他的头，柔软的头发触感从掌心传了过来。

“没事的，已经没事了哦，如果有什么烦恼，就跟大姐姐说吧。”

莲人用力抿紧的唇放松了下来，微微张开，从那缝隙间，流泻出如果不仔细听就会听漏的细微声音。

“……是爸爸和妈妈做的。”

胸口的痛楚变得更强烈了。

“嗯，我知道哦，你被爸爸和妈妈虐待对吧？你很难过吧？”

竟然对这么年幼的孩子施加残忍的虐待……莲人一定是受不了虐待而从家里逃走，在一个人四处游荡时遇上了杀人案的吧。

“……不是，”莲人依然低着头，努力挤出声音，“是爸爸和妈妈……杀的。”

我感到全身毛发倒竖，一时之间无法理解他说了什么，在僵立不动的我面前，莲人的身体开始微微地颤抖了起来。

“爸爸和妈妈，杀了一个男生，那个人要逃走，可是爸爸和妈妈抓住他……身体慢慢变成一块一块……他的血流得像下雨一样，湿湿的、黏黏的，很不舒服……”

莲人的颤抖越来越剧烈，和在急诊部陷入恐慌时一样的情况。

我迅速转身，想要抓起放在床头柜上的呼叫铃按钮，结果在那之前，小小的身体就扑进了我的胸口。

我以双臂围住他那一用力仿佛就要折断的瘦弱身躯。

“没事了，没事了哦。”我抱着莲人，在他耳边不停地轻声念道，不久后，他僵硬的身体稍微放松了一些，痉挛也逐渐平息。

我该怎么解读刚才的那番话？

我一边缓慢地上下移动伸到莲人背后的双手，一边不断思考。莲人的父母是已经持续了好几个月的连续杀人案的凶手，这种事有可能吗？

我回想从网络新闻等处搜集来的连续杀人案梗概，被害人都是在杳无人烟的地方遇袭，并惨遭暴力蹂躏至无法辨别遗体原形，然而即使是这么惨绝人寰又混乱的犯案方式，现场却没有留下任何一样足以追踪到凶手的证据，也没有除莲人外的目击者。

没有实体，像怪物般的杀人魔，就是虐待莲人的父母，我无论如何都不这么认为。莲人的躯干上虽然可见虐待的痕迹，但脸上却没有任何伤痕，这是他们为了不让其他人察觉到虐待一事，而避开脸部殴打他的原因吧，我实在不认为这么卑鄙又狡猾的恶人，会犯下如此暴力的罪行，不过，还是应该告诉警方一声吧？

我一边感受着莲人的体温一边思考着，连续杀人案的凶手尚未遭到逮捕，还在继续犯下可怕的罪行，为了不再出现牺牲者，不论多么细枝末节的情报，警方应该都很想要，但是……犹豫了数十秒之后，我得出了结论。

我决定不告诉警方，因为莲人的双亲不可能是连续杀人凶手。莲人大概是因目击了杀人现场的冲击而陷入混乱，引发了记忆混淆吧，在他的脑海中，可怕的杀人魔被代换成了双亲的样子。

对莲人来说，双亲就是怪物本身。

说出这样的信息只会造成搜查的混乱，而且一旦知道莲人可以做证，警方一定会像之前那个叫园崎的刑警一样强硬要求向他问话，莲人的精神状态还没恢复正常，我不可能让他承受这种压力。

“你可以不用再说这些可怕的事了，可以不用再去回想了哦，这里很安全。”

我确定莲人的颤抖完全停止后，小心地放开他，他依旧低垂着头，露出迷途羔羊般的表情。我轻触莲人苍白的脸颊，颧骨的硬度透过指尖传了过来。

“不用担心，我们会保护你的。”

“大姐姐……会帮我吗？”莲人低着头抬眼看向我。

“是呀，我也会帮你，不过最可靠的是院长医生吧。”

刚才看见的袴田医师愤怒的表情闪过我的脑海，但我仍努力保持笑脸。

“所以莲人，你要是有什么烦恼就和院长医生说……”

“不要！”莲人忽然大声叫道，剧烈地左右摇晃脑袋。

“怎么了？莲人，院长医生很温柔哦，他会保护你的。”

“不要！绝对不要！不要不要不要不要……”

看见即将再次陷入恐慌的莲人，我一句话也说不出来。

“怎么了？被院长医生骂了吗？”

莲人只是摇着头，为什么他会对袴田医师出现这样的抗拒反应？

“院长医生是那个坐在轮椅上的人吧？”原本一直沉默不语的宇琉子突然插话。

“是他没错……”我犹疑地说道。

宇琉子以莫名成熟的动作耸了耸肩：“我也讨厌那个人，总觉得很恐怖，感觉很不好。”

“你说感觉很不好……”正当我哑口无言时，宇琉子弯着身体走近莲人，手放在他的肩上，轻轻抱住他的脸，只是这样，原本抱头大叫的莲人便安静了下来，僵硬的表情也逐渐和缓。

太过熟练的手法让我瞪大了眼睛，宇琉子出声叫我：“那，爱衣医生。”

我不禁坐挺了背应道：“是！”

“我不知道你是怎么想的，但是我们都很怕那个人，总觉得他用一种讨厌的眼神在看我们，而且也不知道他在想什么。”

或许是精神科医师的习惯，袴田医师的确有时候会以一种要看穿对方心底想法的眼神看人，对小孩子来说，这或许很可怕。

“所以要莲人喜欢上那个人是不可能的，他相信的人只有爱衣医生而已，所以你就告诉他嘛，说‘不论发生什么事，我都会帮助你’。”

在宇琉子的催促之下我张开了嘴，却一句话也说不出来，我这样的人拯救得了身心都已伤痕累累的莲人吗？迷惘勒住了我的舌头。

我没办法随口答应不断遭到父母以及社会背叛的男孩。莲人以依赖的眼神看着我，在他面前我不禁语塞。

“那，爱衣医生，”宇琉子像在开导我似的说道，“你就答应他吧，爱衣医生一定可以帮助他，应该说，除了爱衣医生，没有人可以帮助他，所以你要对自己有信心。”

对自己有信心……吗？很多人都这么劝告过我。

爸爸、奶奶、华学姐、袴田医师，以及……

“你要对自己更有自信一点，再怎么说，你都已经是个独当一面的犹他了。”脑海里，兔耳猫浮现出与它那可爱的外表不搭的嘲讽笑容。

感觉身体轻盈了许多，我向莲人露出微笑：“不用担心，莲人，我会帮助你的。”

这句话自然地脱口而出，莲人抬起原本低垂的脸，薄唇浮现出些微的，真的是些微的笑容。

“好，我们也该走了。”

宇琉子牵起莲人的手，拉着他往门口走去。

“咦？这样就好了吗？”

“因为不早点回去会被护士骂哦。我们走啰，爱衣医生。”

宇琉子拉开拉门，带着莲人往外走。

“拜拜，爱衣医生，虽然过程会很辛苦，但你要加油哦，我支持你。”

就在门即将关上之际，宇琉子用那猫一般的大眼睛送来一个古灵精怪的眨眼。

“加油？要加什么油？”

我一头雾水地歪着脸，盯着已关上的大门。

2

插在上臂静脉的点滴针头渐渐被拔除，钝痛让我皱起了眉。

“好了，辛苦啦。”拔出点滴针的华学姐以开朗的声音说道。

“谢谢，多亏了学姐我才能恢复精神。”

我低下头之后，华学姐耸了耸肩：“我又没做什么。”

隔天上午，我为了办理出院，接受了华学姐的诊疗。

“比起这个，你虽然恢复了精神，但还是不能工作，要在老家好好休息到后天哦！这可是出院的条件。”

“我知道。”

“那就好。”华学姐拍了拍我的背。

“对了，你打算怎么回家？搭出租车？”

“没有，出租车实在太贵了，我会搭电车。”

“这样好吗？你的病才刚好耶。”华学姐的眉间隆起了褶皱。

“别担心啦，我会订好对号座，确保有位子可坐。”

“这样的话你就搭商务车厢吧，毕竟休养比任何事都重要。”

“好，谢谢你。”我再次低下头。

“真是的，就只会说好。”

华学姐苦笑着正要走出病房时，我出声叫住她：“那个……”

“怎么了？你负责的病人就交给我吧，我会当个代理人好好看诊。”

“不，不是这件事……”

吞吞吐吐的我深吸了一口气之后，下定决心开口。

“住在特别病房里的 ILS 病患是什么样的人，你还是不能告诉我吗？”

看见华学姐的表情越来越僵硬，我缩起了身子，然而却没有传来想象中的怒吼声。

“你还真是纠缠不休呢，为什么你要那么在意那名病患？”

华学姐一副“你看看你”地叹了口气。

“因为……我还是觉得也许可以成为某种治疗的参考……”

我不可能解释在玛布伊谷米，以及那过程中知道的事情，所以一句话说得不得要领。“算了，好吧。”华学姐抓了抓脖子。

“咦？你愿意告诉我是谁了吗？”

“这个不行，现在还不到时候。”

华学姐的双手在胸前画了个叉，我在失望的同时，对于华学姐以出乎意料的轻松口吻回答而感到安心。

“你说还不到时候，那什么时候才可以？”我嘟起嘴。

华学姐双臂抱胸：“这个嘛……”

“你负责的第三名 ILS 病患，我记得是加纳环小姐吧？等她醒来之后我会考虑，因为这代表已经准备好了。”

“真的吗？！”

虽然我不知道准备好是什么意思，但这样也许就能见到第四名 ILS 病患了。

“干吗啊？发出那么大的声音，吓到我了。”华学姐眼镜后方的眼睛瞪得老大。

“因为我本来以为你绝对不会告诉我……而且昨天我问袴田医师，结果他发了好大的脾气。”

“他生气了？啊——真受不了那个大叔。”华学姐烦躁地抓了抓头发后，倏地靠近我的脸，“爱衣，你不用管那家伙。”

“那家伙……”

“我可以理解你因为在治疗中获得救赎而尊敬院长，我也是，虽然抱怨了一堆，但还是尊敬身为医师的院长，只是你要记得，那个男人有着不为人知的一面。”

“不为人知的一面，这是什么意思？”

“就是平常一副圣人样，其实背地里在盘算着见不得人的事。”

“怎么会……”

“哎呀，你别一脸受伤的表情嘛，这只不过是我的意见，也许对你来说他的确是值得尊敬的人。我想说的是，不论什么样的人都有很多面，所以不要太大意了，你也很快就会明白了。”

太过含混不清的建议，让我只能回以模棱两可的“嗯”。

“其实啊，住在特别病房里的病人，也不是真的需要隐藏成那样，毕竟对方是你也认识的人。”

“我认识的人？”突然出现的一大线索，让我拔高了音调。

“嗯，没错，是你很熟的人。”

“那个人是谁？”我激动地问道。

华学姐立起食指往左右摇了摇：“所以这部分我不是要你再等一阵子吗？首先你要忘掉工作，在老家好好休息，只要这么做，很多事就会顺利进行吧。”

“但是……”我还想继续争论，但华学姐一指杵在我的眉间。

“你要是继续反抗，我就取消出院许可。在这个没有情调的病房里多住一晚，和在老家悠闲度过，你选哪一个？”

“……在老家度过。”

我不情不愿地回答之后，华学姐合十敬拜般的双手在胸前一拍。

“好，那就决定了，路上小心。”

“啪”的清脆声响回荡在病房里。

“您拨的电话没有回应……”

听到光是今天就不知道已经听了几遍的语音留言，我挂断了电话。

离开医院，我心一横搭了商务车厢来到离老家最近的车站，撑着塑料伞走在倾盆大雨中，落在柏油路上反弹回来的雨滴渐渐打湿了脚掌，鞋子里蓄积了雨水，每踩一步就发出“啪嚓啪嚓”的声音，令人不快。附近成排的御好烧[1]店家里，飘出了让人食指大动的酱汁香味。

离开医院之后，我也打了好几次爸爸的电话想和他联络，结果还是一次也没能联络上，总之，我先发了一封短信给他，但这样看来，我怀疑他是否有收到。

我确认了一下爸爸有没有传讯息给我，资料夹里有一封他前天发给我的短信，我无意识地打开了那则讯息：

“时间差不多了，做好准备吧。”

收到这封短信之后，就再也没有来自爸爸的联络了。这究竟是什么意思？再次看了看内容，总觉得有种不祥的预感。

“这是指什么的时间？”

我喃喃自语着将手机收进包里，一面在雨中走着，一面回想起在梦幻世界里看到的环小姐的记忆。虽然我想按照华学姐的建议，现在不要思考有关工作以及案件的事，但思绪总是会被拉到那个方向去。

这么说来，虽然我因为久米先生可能是少年X的这个信息带来的冲击而忘得一干二净，但在环小姐的记忆中，贴在仓库里的中年男子

1 御好烧：一种日本的小食。

照片上，全部覆满了噪点，就像在掩盖该名人物的脸一样。

我不知道为什么只有被害人的脸看不见，网络新闻上也几乎没有刊载该名人物的信息。

“为什么呢？”

就在我自言自语的瞬间，眼前亮起一道闪光，我呻吟着按住太阳穴。

“刚刚的……那是什么？”

总觉得一瞬间，脑海里弹出了和记忆闪现的感觉很像的画面，只是那幅画面不是造成我心灵创伤的回忆，而是我从没看过的景象。

随着类似电流蹿过太阳穴的冲击，脑海里再次流入了画面——是缺乏色彩，到处都是噪点的画面。当我集中意识后，发现甚至还伴随着声音。

那感觉就像是古老的黑白电影投影在头盖骨内侧一般，那是坐在餐桌前的人物眼中看出去的视角，从手的质感来看，那个人大概是位男性。

男子的手伸向桌上堆积如山的邮件，拿起了放在最上面的信封，可惜画面上出现了噪点，我没能看见收件人姓名。

我不知道发生了什么事，画面持续进行着，男子犹豫了一会儿，慢慢撕开了信封。纸纤维被撕裂的声音，直接传进了我的脑海里，而不是透过耳朵听见。

里面放着像是合约书的东西，男子由上而下仔细地看着，还翻到背面确认，他疑惑不解的感觉传了过来，这时候，响起了门打开的声音。

男子的手慌乱地动着，首先是将信封丢到旁边的垃圾桶里，接着将拿在手上的文件硬是塞进裤子口袋中，就在这一瞬间，脑海内播放的画面像电力耗尽一般消失了。

回过神时，我发现自己正站在雨中动也不动，原本撑着的塑料伞不知何时掉在了身边，毫不留情落下的雨滴濡湿了头发，脸颊到下巴尖端形成了一条水流。我没办法马上捡起雨伞，我无法理解刚才发生的事代表什么意思，只是任由雨水打在身上。

刚才那是什么？好像是某个人的记忆。

在进行玛布伊谷米时，我也借由触摸被困住的库库鲁而看过他人的记忆，但那时候比较像是俯瞰，相较之下，刚才发生的现象，虽然是类似黑白电影稍微粗糙的画面，却是极为主观地体验到了某个人经历的记忆。

究竟有什么事正在发生？我带着不安，弯腰拿起了伞。既然都已经湿成这样了，现在再撑伞也没什么意义，我拖着伞，脚步沉重地不断走着。塑料伞的前端摩擦柏油路的声音，被掩盖在雨声之中。

像要震动五脏六腑的雷鸣轰响，不禁缩起身体的我忽然停下脚步抬起头。不知不觉间已经来到了老家门口。

我打开门走进住家用地，在玄关前将如冲完澡后吸收了水分的头发扎成束捏了捏，含在头发里的大量雨水从发间被挤了出来，“啪嗒啪嗒”地滴落在玄关前的水泥地上。

湿透的衣服黏在皮肤上感觉很不舒服，雨水带走了体温，身体冷到骨子里。好想赶快冲个热水澡，我按下门铃后，响起了“叮咚”的轻快声音，却没有人回应，我再按了一次门铃，结果却依然相同。

也许爸爸不在家，在公司任职于业务部的爸爸，有时候会需要出差，或许今天就是出差的日子。

不过就算爸爸不在，奶奶也应该在呀，不过她毕竟年纪大了，可能没有注意到电铃声。

没办法，我从包里拿出钥匙包，打开门锁拉开门把手，玄关的门不知为何感觉比平常还要沉重。

“我回来了。”

我将湿的伞立在鞋柜旁，脱掉高跟鞋，吸饱水分的丝袜让我每走一步都在走廊上留下清晰的脚印。

我想脱掉丝袜而停下脚步，却觉得有些异样而环顾了四周。

“黄豆粉？”

以往只要打开老家的玄关门，黄豆粉都会在那里，它以猫咪敏锐的感官察觉到我回来了，早早地就在玄关等待我，只有今天，那团淡黄色的毛球没有前来迎接。

“黄豆粉，你在哪里？我回来了哦。”

我加大了音量，但黄豆粉还是没有现身，会不会是它在奶奶的腿上睡熟了？

“爸爸，我回来了——因为你的电话打不通，所以我没有联络就回来了。”

我对着走廊深处大喊，但没有人回应。爸爸果然不在家，我的视线落向手表，时间已经是晚上七点半了，如果爸爸在，这个时间应该在客厅看电视。

我再次环顾四周，确认没有任何人在之后，迅速脱掉湿透的丝袜，地板的寒气传到了我的赤脚上。

走进走廊深处的我，来到了客厅门前，我打开门时嘴里发出了“哈”的惊愕声。

那里什么东西也没有，餐桌、沙发、电视、跳跳太的笼子、黄豆粉的猫跳台，原本应该在那里的所有东西都消失了，只有空荡荡的空间横在眼前。

我像被吸进去一般摇摇晃晃地走进客厅，所有的家具、生活用品都被撤除的客厅显得特别宽阔、寂寥。

“爸爸……黄豆粉……跳跳太……”

呼喊家人的声音冰冷地反射在墙上。

发生什么事了，为什么没有人在家？现实感越来越微弱，我驱动无力的双脚走出客厅回到走廊，踩着楼梯往上走。

奶奶，只要问在二楼的奶奶或许就能知道些什么。

爬到楼梯最上层，走进右手边拉门的我出声唤道：“奶奶，你醒着吗？”平常总是回说“醒着哟”的声音，今天却没有回应。

我开始感到惶恐不安，猛力地拉开了拉门。

“为什么……”干哑的声音从我嘴里发出。

奶奶不在里面，一年四季都放在房里的暖桌、放着琉球玻璃食盒的架子，以及叠在房间角落的坐垫都不见了，铺着琉球榻榻米的地板被没有温度的木板材盖住，奶奶曾经住在这里的痕迹从这个空间里彻底消失了。

我往后退，离开房间之后，朝着走廊尽头自己的房间走去，带着胆怯打开门，眼前是已经见惯了的景象。朴素的单人床、有岁月痕迹的书桌、被大量参考书混杂着小说及漫画塞满的书柜。

进入自己房间、私人领域的我，四肢着地跪倒在廉价的地毯上，我一面看着从发梢滴落的水珠被逐渐吸入地毯纤维中，一面拼命地想厘清状况。爸爸他们、我的家人们的痕迹都消失了，为什么？

“搬家？”

在业务部工作的爸爸过去经常以数个月为单位调职到分公司，并且是独自一人赴任，会不会是他又被调职了？

不过和以前不同，现在不能放着奶奶一个人独自赴任，所以才会带着奶奶、黄豆粉、跳跳太全部一起离开，这么一想就合理了。

但就算是这样，这么重要的事为什么不告诉我？

“不……也许他曾经和我说过。”我对着地毯喃喃自语道。

接下三名 ILS 病患之后发生了太多事，我经常处在烦恼之中，也许是回到老家一起吃饭的时候，爸爸曾经和我说过调职及搬家的事，但我听过就忘了。

前几天爸爸传来的“时间差不多了，做好准备吧”这则意义不明的短信，也不是不能解释为就快要搬家了，你房间里的东西要怎么处理，事先做好准备吧。

没错，一定是这样，我拼命说服自己，假装没有察觉到在脑海中一隅蓦地膨大的不安。

但是该怎么确认才好呢？已经打了好几次爸爸的手机却没有人接。

“有了！”盯着地毯陷入沉思的我大叫一声，从丢在旁边的包里拿出手机。

爸爸的公司！只要和他工作的地方联络，询问他被调到哪里去就可以了。

我在屏幕上找到通信录，手指快速地滑过电话号码，在找到目标的号码之后，毫不犹豫地按下“拨号”键。

也许是因为还有员工在加班吧，已经这个时间了电话却马上接通。

“您好，这里是业务部。”明快的声音从手机里传来。

“那个，您好，我是贵公司的员工识名的女儿……”

“啊，识名先生的女儿，这个时间了有什么事吗？”

看来对方是爸爸的同事，这样事情就好办了。

“就是那个，爸爸最近好像调职了，能不能请您告诉我他新的工作地点在哪里，如果可以，还有新的住家的电话号码。”

“调职？”

电话的那一头讶异地反问，让我原本压抑着的不安越胀越大。

“对，我想应该是这样的……”

“那个，会不会是您搞错了？识名先生大概在十个月之前，就出于个人原因离职了。”

手机忽然变得沉重，我的手臂无力地垂下，像钟摆般摆荡的手中，传来“喂喂”的声音。

3

热水冲走了残留在皮肤上的雨水带来的黏腻感。

挂断打给爸爸公司的电话之后，我毫不在意手机从手中掉落，从衣柜里拿出替换衣物，往一楼的浴室走去。

为什么会在这种时候冲澡，我自己也不是很明白，只是为了解开这无法理解的状况，我想先清除牢牢附着在身心上的脏污。

我将莲蓬头水量开到最大，坐在浴室的地板上，抱着双膝仰起头，热水洒落在脸上甚至带着轻微疼痛。我闭上眼，双手往左右张开，以全身承接浴室里满室的热气。

混乱的心也稍微平静了下来，开始可以冷静思考了。

爸爸在十个月前辞去工作，然后最近，没有通知我一声就消失到某个地方去了，这是现在所知的事实；目前应该思考的是，为什么爸爸要消失，还有为什么一句话也不告诉我，这两点。

忽然，“跑路”这个词浮现在脑海中。

在我不知道的时候欠下大笔借款，结果无力偿还所以躲起来了，没有告诉我是因为觉得没面子，以及为了不给我造成麻烦，而奶奶他们则是因为离开爸爸无法自力生活，于是一起带着走了。

不，不是这样……我让水花洒在脸上，思考了大约十秒后甩甩头。

跑路基本上只会带着随身物品，不会像这样将所有的生活用品都搬走，这么做太显眼了，只会被讨债公司发现。

只是他卷入某个纷争之中，不想给我造成麻烦的这一点十分有可能。

我拼命地回想最近和爸爸谈话的内容，搜寻里面有没有什么线索，但是无论我怎么绞尽脑汁，都找不出爸爸的话语中有看似纷争起源的东西。

我睁开眼睛慢慢站起身，关掉莲蓬头走出浴室，擦拭着头发及身体，穿上干净内衣裤的我，意识到因热气而模糊的洗脸台镜子里映照出带着脆弱表情的女人。

我双手抓着洗手台，脸靠向镜子：“你这是什么没用的表情！垂头丧气也不会有什么帮助啊！”

没错，垂头丧气不会有任何结果，想要解开这个无法理解的状况，就必须向前迈进。镜子里女人呆滞的表情渐渐坚定了起来。“很好！”我双手拍拍脸颊，换上干净的衬衫及牛仔裤后踏入走廊。

手贴在胸前，我思考着接下来应该采取的行动。

报警请警方搜索吗？不，从家里的状况来看，爸爸他们是出于自己的意愿躲起来的，警方不可能认真搜索，那么，就只能我自己去找了。这个家里还有一些地方我没有确认过，首先就从那里开始找找有没有线索。

厕所、储藏室、厨房，我从想到的地方开始找起，餐具、厨具，甚至厕所卫生纸都不见了，没有发现像是线索的东西，我深深吐出一口气，决定往我有意放到最后的地方去。

回到走廊的我，打开玄关旁边爸爸房间的门。这个房间果然也是空荡荡的，爸爸的床以及衣柜也都不见了。

寝室内部的拉门吸引了我的视线，位于拉门那一边的和室，应该是爸爸作为书房使用的空间，但是我已经有二十年以上不曾看过那里面了。

我咬着唇，压抑着想要转身逃走的冲动，一步一步往前踏出步伐，往拉门靠近。伸长的手在碰到拉门门把手的瞬间，像是摸到烧热的铁一样缩了回来，这让我认知到自己还没有接受失去了那个人的事实。

我吐出细长的气息，平复有如在狂风中翻飞的树叶般纷乱的心绪。从那之后的二十三年间，我在许多人的支持下成长了，成功救治了两名和那个人一样陷入昏睡的病患，现在正是我应该正面面对二十三年前悲剧的时刻。

我咬紧牙根，用力拉开拉门。两坪多的和室，原本摆放的桌子不见了，只是房间里并非空无一物，中央有一佛坛坐镇。

我走近佛坛跪坐之后，轻轻往左右打开门扉，里面没有供着牌位，取而代之的是一张照片，一位三十岁左右，幸福地微笑着的女性照片。

我伸出颤抖的手抓住照片。

“妈妈……”

藏在脑海深处的记忆一下子浮了上来，像大型烟火一般爆开，华丽地扩散。

轻抚着因跌倒而哭泣的我的头、为我在幼儿园画的画像感到非常开心、登山徒步时并坐着吃便当、在我做噩梦时到我被子里抱着我——和那个人，和妈妈的回忆在房间里盛开，包围着我。

视线变得模糊，映在视网膜上的妈妈的笑脸逐渐晕开。

“对不起……真的对不起……”

我将妈妈的照片用力贴在胸前，不停重复着道歉的话语。

二十三年前，一直陪在我身边的人、比任何人都爱我的人不在了，这个事实实在太过痛苦，仿佛“自我”这个存在成为填满哀伤与苦恼的皮囊一般痛苦，于是我将与妈妈之间的回忆沉入了脑海深处无底的沼泽中。

只要遗忘、只要相信打从一开始就不存在，便不会感到痛苦了，感觉就好像可以从身体内侧逐渐腐败黏稠的痛苦中逃离。

明明是妈妈在那个时候救了我，我现在才能在这里。

明明是那个时候我没能救回妈妈，所以才会以医师为目标。

二十三年前，前去与独自一人到东京赴任的爸爸见面的我们，一起到游乐园玩时被卷入了少年X犯下的随机杀人案里，许多人在恐慌之中到处逃窜，在充斥着怒吼与哀号的现场，人潮推挤之下我松开了和妈妈牵着的手。等我回过神时，自己正站在宽阔的道路正中央一动也不动，周围的人都已四散逃逸，少年X正悠哉地走向一个人呆立着的我。

少年X挥手举起沾满鲜血的刀刃，刀身妖异地反射阳光，我现在仍可身历其境地回想起这一幕。

刀刃挥下的瞬间，我和少年X之间飞进了一道人影，等我反应过来时，从胸口到侧腹裂开，白色洋装已被鲜血染红的妈妈正面朝着我跪倒在地。

妈妈露出笑容，和平常安抚哭泣的我时一样的笑容，抱着我说："不要怕，爱衣，我会保护你的。"强而有力的拥抱让人不觉得她身负重伤。

少年 X 没有乘胜追击我们，当他一动不动地站在那里时有人制伏了他，而妈妈则被赶到现场的救护车送到医院，但是……出血过多。

妈妈在救护车上心跳停止了，虽然送到医院后恢复了心跳，但因为长时间处于缺氧状态，脑细胞受到致命伤害，因此陷入昏迷。

在当时还是孩子的我看来，妈妈只不过是在睡觉，所以问了爸爸好几次"妈妈什么时候会醒来"，不过每一次爸爸都会露出强忍悲伤的表情，不久后我也懂了——

妈妈不会再醒来了，她再也不会摸摸我的头，不会温柔地对我微笑，不会在我脸颊上亲吻了。

我能做的只有在医院握着妈妈的手。自己为什么没有办法治好妈妈？无力感以排山倒海之势而来。

接着，事情发生后大约一个月，妈妈去世了。重要的人从我的人生中消失了，幼小的我内心开了一个巨大的洞。

所以我努力想忘记妈妈，我将与妈妈的幸福回忆沉到无底沼泽中，因为我觉得这么做就可以填补内心被刨开的无限幽暗深沉的洞。

以前的我多么愚蠢啊，明明忘记妈妈才是更为痛苦的事，即使以遗忘这个无机质的材料填补了内心，也只是受空虚折磨罢了。

案件的记忆闪现，但是并没有像先前那样伴随着恐惧及厌恶感，挺身保护我的妈妈的笑容，今天我可以清楚回想起她那因为背光而以往看不见的脸。

我没有压抑自己放声大哭，滚烫的泪水从眼睛里溢出，喊叫声反射在狭窄的房间里，从眼睛、鼻子、嘴巴里无尽滴落到榻榻米上的液体，晕成了一片，累积了二十三年的思念在体内爆发。

妈妈，我爱你，真的非常爱你，真的，真的……

我在内心不间断地向妈妈诉说，同时只是不停痛哭着。

不用顾忌任何人地号啕大哭了数十分钟之后，我一边抽噎着一边反复几次深呼吸，也许是哭到让人怀疑体内水分是否流干了的关系，眼睛深处及鼻梁山根处盘踞着重度疼痛，但是身体却很轻盈，仿佛一直郁结在腹部深处的沉积物融入了泪水中，流泻而出。

耗费了二十三年，我终于、终于能够面对内心的创伤了，接下来，只要克服它就行了。想要克服，就一定要先解决目前我周遭发生的令人费解的现象，然后拯救像那一天的妈妈一样的，现在仍持续昏睡的环小姐。

我用手帕擦拭被泪水濡湿的脸庞，发出好大的声响擤了擤鼻子。

爸爸留下妈妈的照片应该有什么用意，我调整紊乱的呼吸，翻过原本贴在胸前的照片，上面有一个小小的黑色斑痕。

是脏污吗？我用泪水沾湿的手指擦了擦那个部分，然而那道斑痕不但没有消失，反而变得更大了。

难道是！我以手掌擦去残留在脸上的泪水，轻轻一摸照片内侧，上面浮现出文字，是一处位于东京都杉并区的公寓住址。

这就是线索，爸爸一定就在这上面写的住址那里。

我不知道爸爸为什么要如此大费周章，但是现在应该采取行动。这么判断的我奔离书房，爬上楼梯回到自己的房间，拿起丢在地毯上的手机和包，往玄关跑去。

抓起雨伞打开门，来到外面后刚好一辆出租车经过家门前的道路，我毫不犹豫地拦下出租车坐进去。

“感谢您的搭乘，要到哪里去？”

我说出写在照片背面的地址之后，司机一脸惊讶地回过头：“小姐，离这里很远哦，你确定吗？要花不少钱哦。”

“没关系，请开车吧。”

我秒答之后，司机回道“知道了”，便开动车子。我系上安全带，闭上眼在脑海中整理思绪。

久米先生犯下的案件、少年 X、最后的 ILS 病患，然后是消失的爸爸他们，该思考的事堆积如山。

总觉得似乎从某处听到了妈妈温柔的声音说“加油哦，爱衣”。

“小姐，马上就要到了。”

闭着眼睛让思绪飞扬的我，听见司机的声音睁开了眼睛，出租车在瀑布般落下的雨中奔驰在安静的住宅街里，看来不知不觉间已经进入杉并区了，或许是一直在动脑的关系，比预料中的要到得早。

“我看看，是这里吧。”

确认完导航的司机，在两层楼高的公寓前停下车。我从皮夹中拿出信用卡付费之后走下出租车，撑开塑料伞的我，抬头仰望眼前的公寓，是栋带有岁月痕迹的公寓，屋龄已经有四十年了吧，大量藤蔓攀爬在带有醒目裂痕的墙上，通往二楼的铁制楼梯布满了铁锈，呈现出昭和时代专门提供给单身人士居住的公寓样貌。

“大家住在这种地方？”

从外观推测，房间应该也相当狭小，两个大人和两只毛孩在这里生活想必很局促。

为什么爸爸要引导我到这里来？这里有什么东西吗？我撑着伞，

走上公寓外的阶梯，照片背面写的住址，是这栋公寓二楼的房间。我踩在每走一步便发出哀鸣般嘎吱声的楼梯上，沿着并排着旧机型洗衣机的外廊道前进，我在最里面的门前停下脚步，那里就是目标房间。

我舔了舔干燥的唇按下门铃，等待有人回应，但门却没有打开。

我轻轻转动门把手试着拉拉看，门没有上锁，几乎不受阻地就打开了，没有开灯的室内荡漾着一片黑暗。

“爸爸，你在吗？”我怯怯地出声唤道，却没有人回应。

该进去吗？我屏住呼吸盯着黑暗陷入犹豫，如果这里不是爸爸住的地方，随便进去可是非法入侵。但是，没有其他线索了，下定决心的我踏上玄关，摸索着按下墙壁上的开关，天花板的日光灯微弱地亮了起来，短廊在也许快坏掉了而不时闪烁的白色灯光中浮现。

脱掉鞋子的我小声说着“打扰了”，便沿着走廊前进，左手边有一个小型的厨房，右手边则是门，从格局来看，那大概是厕所或是浴室吧。

如同外观所见，这里看起来是个单身人士使用的房间，我将视线移往位于左边的厨房，那里整齐排列着少许餐具及调味料，长期独自赴任外派地的爸爸有将厨房卫浴整理干净的习惯。爸爸果然住在这里吗？

我谨慎地往前走，来到尽头的门前。

这里面有什么呢？爸爸在里面吗？或者躲着其他人呢？

心跳越来越快，快得发痛，我猛地打开门，往后退一步摆出防御姿势，没有开灯的房间隐隐约约浮现在闪烁的走廊日光灯下。

那是约有三坪大的房间，因为昏暗所以无法肯定，但是看起来没有人在里面。

我拖着脚步进到房内，拉了一下从电灯上垂吊下来的绳子，有点过亮的灯光在已经习惯黑暗的眼睛中照射出房间的样貌。我因为刺眼而眯起了眼睛观察着房间，那是一间只摆了单人床和桌子的朴素房间。

“这里有什么……”我喃喃自语着回头，屏住了呼吸。

带着醒目污渍的墙壁上贴着大量的照片，照片上是我见过的人——久米先生和环小姐，拍下两人身影的照片几乎覆满了整面墙。

“为什么？”我愕然地自语道。

这里是爸爸住过的房子的可能性很高，但为什么房间里会贴着久米先生和环小姐的照片？他们两人和爸爸之间，究竟有什么样的关联？

我渐渐沉入疑问和混乱之海中，呼吸越来越困难。

覆满大量照片的墙壁产生的压迫感让我一点一点往后退，我的后背撞到了放在拉上窗帘的窗户边的桌子，桌上叠起的书籍标题跃进了回头一看的我眼里。

《少年X心中的黑暗》《为何少年X会拿起刀》

《游乐园随机杀人案其中的深层面》《诞生出少年X的家庭》

这些全都是有关二十三年前发生的随机杀人案，以及凶手少年X的书籍，应该没有任何关联的爸爸和久米先生在我的脑海中有了联系。

环小姐的记忆最后，刑警说久米先生可能就是少年X，如果这项消息外泄了，那么这个情况就有了解释。

二十三年前，没能保护妈妈的爸爸一直为此感到痛苦，且对杀害了妈妈的少年X在少年法的保护之下没有受到太大的惩罚而愤慨。

那起事件之后，我通过遗忘妈妈来拼命维持自我；而爸爸或许与我相反，是将对少年X的恨当作活下去的精神支柱。

不知道从哪里获得久米先生可能是少年X这项消息的爸爸，为了确认这件事的真伪，辞去了工作以这里为根据地开始调查。

我每次回老家爸爸都一定在家，应该是因为我会事先联络之后才回去的关系，爸爸配合我回家的时间回去，隐瞒了他辞去工作调查少年X一事。

“……为什么要做到这种地步啊？”我不自觉地脱口埋怨。

我可以理解他无法原谅少年X的想法，但即使如此，有什么必要非得辞去工作，放着高龄的奶奶，搬到这种房间里追查他呢？

再说找到少年X之后爸爸有什么打算？想要将他的藏身之处泄露给社会，好让他受到责难吗？还是想要亲手……可怕的想象让我起了鸡皮疙瘩。

我自己也没有办法原谅少年X，我不可能原谅他夺走妈妈这件事，但我也没想过要杀了他，这么做只是让自己堕落成和少年X一样的杀人魔，更重要的是……

“更重要的是……这么做妈妈也不会回来了。”干哑的自言自语从我嘴中发出。

今天爸爸不在家，是因为电话不通所以他不知道我要回家吧？

不，不是这样，思考数秒之后，我摇摇头。如果是这样，我不理解连奶奶、黄豆粉、跳跳太都不在，生活用品都消失的原因。从老家的状况可以看出，爸爸不会再回到那里去了的强烈意志。

我从包里拿出手机，打开爸爸最后传来的短信。

“时间差不多了，做好准备吧。”

“这是指什么时间？”我瞪着屏幕喃喃自语，从字面上也可以解成爸爸下定了某种决心。

爸爸在几天前决定采取某个大动作，那恐怕是对少年X复仇。

所以为了安全起见，就将奶奶他们从老家迁走，也发了给我充满想象的短信要我提高警觉，事情会不会是这样？

我咬紧牙根。复仇如果成功了，爸爸就会成为犯罪者；如果失败了，就会反过来被少年X报复。无论哪一种结果，这个家都会支离破碎，爸爸不惜牺牲家人，也想要让少年X毁灭吗？总是将我摆在第一位考虑的爸爸到底跑去哪里了？我的下巴用力，臼齿发出嘎吱的摩擦声。

我再次靠近墙壁，一张一张看着贴在上面的照片。

半年前，外界认为是久米先生杀害的中年男子也和爸爸一样在追查少年X，因此警方推测久米先生可能是少年X，因为自己的真实身份快被对方揭发了，所以就杀了被害人。

久米先生是少年X吗？话说回来，久米先生真的杀了中年男子吗？

为了成功完成玛布伊谷米救出环小姐，以及为了知道爸爸现在在哪里，我需要知道这一点。

在环小姐的记忆中，刑警并没有断定久米先生就是少年X，也就是说少年X的本名并不是“久米”，警方是否怀疑户籍是冒名顶替的？

我回想久米先生的经历：初中时双亲去世，由住在乡下的祖母抚养，就读大学时回到东京，而唯一的亲人祖母已经过世了。

“如果要顶替，是在去乡下之后到回到东京之前的这段时间……”

久米先生在同学会上见过初中时代的朋友，在那里他有可能不被察觉吗？

“有可能……吧。”

稍微思考之后，我下了这样的结论。成人期暂且不提，对成长期的青少年来说，数年的时间无限漫长，甚至能够完全改变外表，而且初中时期的久米先生似乎是个不太起眼的存在，即使是另外一个人来参加同学会，大概也只会被认为是“给人的感觉变了很多呢！”吧。那么，久米先生就是少年X？

我摸着贴在墙上的照片，照片里环小姐与久米先生幸福地互相依偎，就在我不自觉地嘴角扬起时，头盖骨里回荡起声音。

“……不是的。”

我连忙环顾房间，确认是不是有人在，但是在内心的角落我已经发现了，刚才的声音不是具有实体的人类发出来的，而是和在梦幻世界里，我听到因衰弱而受到束缚的库库鲁传出的声音一样，刚才的声音是直接传到我脑海里的。

我想起即将脱离环小姐的梦幻世界之前，从发光的八音盒射出了一道激光擦过我的头部这件事，刚才听到的“声音”，以及在回老家的途中看见的“画面”，这些都是那时候射进我脑中的环小姐的库库鲁碎片所产生的。不知为何，我如此深信。

在这之前，我不曾在现实世界中接收到来自库库鲁的信息，一定是如同之前奶奶所说，身为犹他的我已经成长了，所以即使离开梦幻世界，我也可以接收到环小姐的库库鲁的信息。

这样的话……我的手贴在胸前，集中意识，脑海里投影出黑白电影。

道路右侧并排着成群的老旧仓库，右手拿着的手电筒灯光照在路上。和回老家途中一路上看到的画面一样，是某个男性眼中看到的画面。不久，该名男子来到卷帘门关上的仓库前，这个地方我有印象，是在环小姐的记忆中见过的仓库。

蹲下身的男子用力拉开铁卷门，响起“哐啷哐啷”的刺耳噪声，男子谨慎地走进仓库里，用手电筒照亮内部。

“这是……什么啊……”看着贴在墙壁上的佐竹优香小姐的照片，男子哀号般地说道。

男子发现位于仓库内部的桌上放着一把钥匙，他一面往那里走，一面来回看着贴了优香小姐照片的墙壁以及对侧墙壁。

我记得那里贴有外界认为是久米先生杀害的中年男子的照片，就在我这么想的瞬间，画面变得凌乱而看不见了。

“等一下，搞什么啊？”我用手掌拍拍太阳穴，就像对待坏掉的电器一样，接着，画面恢复了。

男子拿起放在桌上的钥匙，逃跑般离开仓库，放下卷帘门后上锁，气息紊乱的男子从裤子口袋拿出手机，画面在这里就中断了。

我摇了摇有些眩晕的头，离开了房间，拿起立在玄关的伞，来到外廊，踩着阶梯下楼。

我不知道自己要去哪里，只是知道该往哪一边前进。

回到故乡河川的鲑鱼，或是随着季节飞越大陆的候鸟就是这种感觉吗？我只是任由本能引导，走在下着倾盆大雨的夜路中。

画面再次流进脑海中。映在自己眼中的画面，以及直接在脑海里放映的黑白画面，我同时看着两者，双脚继续移动。

黑白画面的人物在狭窄的浴室里，左手被黑色液体濡湿了，我听见他紊乱的呼吸声，此时此刻，我连弥漫在那个空间里的腥臭味都能够感觉得到。

“喂？医生吗？”男子大叫道。虽然不在视线范围里，但他似乎是右手拿着手机，在和某个人通话，电话那头好像传来了回应，但是声音被噪声覆盖，我听不清楚。

“没错！我照你说的，到贴在仓库里的照片上拍到的住家来了！门没有锁我就进来了，结果，结果……”

不知道是不是情绪激动导致舌头打结，声音中断了，左手在敲墙壁，沾在手上的黑色液体四处飞溅。

“有人倒在那里！照片上的中年男子被刺……全身都是血……”

画面上大大映照出被液体濡湿的手，我停下脚步，察觉到黑白画面中看起来是黑色液体的真面目——

是血液！男子的左手沾满了鲜血。

现在流进我脑海里的画面，大概是某个人物半年前目击被杀害的那名中年男子的遗体，因而慌乱地逃进浴室时的影像吧。

男子在向他称为“医生”的人求助，究竟“医生”是指谁？我在本能的促使下再次迈开脚步。

“……是，我知道，放着不管会发生什么事……不，没这回事。”

画面中的人物语气渐渐变得低沉含糊。

“好，我会这么做……对，我想佃律师比较好……好，我会消失，至少到预定日期之前……”

男子以蕴含着强烈决心的声音说完后结束通话，同时黑白画面也消失了。

我忽然抬起头，远方可以看见一座微微高起的小山丘。终于察觉自己目的地的我，在路灯落下的光芒中，快步沿着笔直延伸到山丘的道路前进。

我不停地走上绵延不断的黑暗阶梯。

膝盖很痛，过度使用的下半身肌肉开始发出哀号，但我仍然一级一级地，埋头向上走去。

脑海里又有画面流入，是踩着和我现在脚下一模一样的阶梯往上爬的画面。在这黑暗之中，彩色画面也和黑白画面没两样，让我无法分辨哪一边是我的眼睛实际看到的景象，哪一边又是流进脑海里的影像。

“对，我马上就要到了，再过一下下……”

男子正在用手机通话，对方是“医生”吗？

黑白画面的阶梯中断了，与此同时，我也来到了阶梯最上层，我看见的这两个画面上，都映照出了一个大鸟居，以及位在其后的神殿。我知道这个神社，是久米先生被优香小姐束缚、成为她的禁脔时，环小姐解救了他的神社。

男子结束通话，将手机塞进裤子口袋里，之后一边喊着“医生！医生，你在哪里？”一边走进神社。我也和男子一样，穿过鸟居，走在石板路上。

流进脑海中的画面越来越鲜明，不只是视觉、听觉、嗅觉，男子感官的所有信息，我都在不知不觉间全部感受到了。

男子听见了某个人的声音，虽然其他的感觉都有如实际体验般真实地传达过来，但只有那个声音被仿佛野兽的吼叫声给盖了过去，连是男是女都听不清楚。画面中的人物像是受到声音吸引，绕到了神殿后方，撑着伞的我也如同被某个人操控一般往那里移动。

“医生，这里可以吗？我再不快点躲起来就糟了，请你出来吧。”男子说道。

背后传来踩着枯叶的声音取代了回应。

下一秒，绳子缠上了男子的脖子，瞬间绞紧。已和他的感官同步的我，喉咙也受到强烈的压迫感侵袭，手里拿着的伞掉到了潮湿的泥土上。

我和画面中的男子一样，双手抓着喉头，脚下用力踢蹬，男子的恐惧及绝望渐渐渗入我的体内，喉咙的肌肉碎裂，颈骨逐渐断裂的感觉传了过来，口腔内充满了铁锈味的泡沫，眼球从后方被挤压而出，几乎就要破裂。

要消失了……“自己”这个存在即将消失了。在我感受到从未如此真实体验的“死亡”瞬间，画面消失了，男子的感觉以及情感也在一瞬间消失。

我四肢着地跪在烂泥中，发出打嗝般的声音拼命地吸着氧气。

呼吸逐渐平复的我，用沾了泥巴的手轻轻抚摩喉咙，即使压着刚才痛到几乎要断裂的地方，也不觉得有什么异样感。

画面中男子的下场不言自明。我的思绪飘向在短暂的时间内，与我共享感官的男性，我已经知道他是谁了。

因为我也看到了临死之际，出现在他脑海中的人物。

我依旧四肢着地，仰头望天，从黑暗中落下的大颗雨滴渐渐濡湿了脸颊。这时候，我似乎听见了声音，呼唤我的模糊声音。

“哪里？！在哪里？”

我环顾笼罩于黑暗中的森林内部，在上方天空的雷鸣轰响中，再次听见了微弱的声音。我毫不介意自己会全身烂泥，为了寻找声音的来源，在森林中到处爬行。

不久后，我找到了大树根部那块土表些微隆起的地方。

“……是这里吧……你在这里对吧？”

我用两只手扒开泥泞的地面，即使手指脱皮，细小的树根刺进手里，指甲断裂，我依然不停地动着双手。

究竟持续挖了多久呢？感觉就要麻痹的指尖碰到了坚硬的东西，

我挤出残余的力气挖开土堆。

已经适应黑暗的双眼捕捉到了那个东西，从地面凸出的、化成白骨的手。

我咬着唇，双手覆住那只手。

“你一直……在这里啊……”

在这么说的同时，我发现化成白骨的手上缠绕着什么东西。

那一定是他在最后一刻，瞬间抓住的东西吧。

把脸凑上前的我，察觉到那是什么东西之后眯起了眼。

是以前环小姐给他的东西，音符形状的项链就在那里。

“真的辛苦你了……久米先生。”

我静静地对着虽然短暂，但是共享了感觉、痛苦，以及苦恼的同伴，表达慰劳之意。

4

我穿上浆得笔挺的新白袍，看向装在置物柜门内侧的小镜子，略施薄妆的脸上浮现出带着凛然决心的表情。

“好！”我小声地喊了一声后关上置物柜。

在杂木林里找到久米先生遗体的隔天早上，我正站在神研医院的置物柜室里。

前天深夜，离开埋着久米先生遗体的神社之后，我浑身泥泞地走在夜路上，利用路边看到的公共电话报了警，我告诉警方神社的杂木林里埋了一具尸体，无视对方询问我的名字便将话筒挂了回去，步行回到我居住的大楼。

脱掉脏污的衣服，冲了澡换上睡衣之后我就睡着了，一夜无梦，如烂泥般地沉睡。

隔天近中午时我才醒来，打开电视，上面已经在播报杉并区的神社发现遗体的新闻。只要警方搜查，也许就会察觉我是发现者，但我并不在意，我没办法放任久米先生的遗体在那样冰冷的泥地下不管。

我是久米先生未婚妻环小姐的主治医师，真有个万一，只要说昏睡中的她说了梦话，提到那个地点就好了。

我关掉电视电源，吃完饭后到警察局，将爸爸和奶奶提报为失踪人口。我对于警方是否愿意受理很明显是出于自我意志消失的两人的失踪报案感到忐忑，不过柜台的警察让人松了一口气，很干脆就受理了："有什么不清楚的地方我们会和你联络。"我向这位警察道了谢，离开了警察局。

虽然我不认为警方会认真搜索，但是只要报为失踪，如果有什么消息他们应该会联络我，这样就够了。

回到住家的我再次换上睡衣躺在床上，这是为了让筋疲力尽的身心复原到能够进行玛布伊谷米，能够再一次潜入环小姐的梦幻世界里。

虽然担心爸爸，不过比起随意乱跑，我认为现在应该先休息。首先要进行环小姐的玛布伊谷米，掌握线索，这才是找出爸爸最短的路径。

拜好好摄取营养、休养身体所赐，今天早上体力已经恢复得不错，可以进行玛布伊谷米了，于是这么判断的我，今早就这样出勤了。

离开置物柜室，搭上电梯前往病房，朝着环小姐病房走去的我，在谈话室前停下脚步。在为了住院病患和探病者能够谈话而准备的宽敞房间里，窗边有个矮小的男孩身影。我在些微犹豫之后，踏进了谈话室中。

“莲人。”

我走上前去出声叫唤，穿着病人服的瘦小背影微微颤抖了一下，转过身的男孩——莲人看到我的脸，表情稍微放松了一点。

“你在看什么？”

我蹲下身与莲人并排着看向窗外，莲人指着被雨云覆盖的天空。

“今天天气也很差呢，最近老是在下雨啊。”

阳光被厚厚的黑云遮蔽，虽然是早上，外面却像深夜一样黑暗，不知道是不是气候异常，最近真的经常在下雨。

“爸爸和妈妈在叫我……”

莲人抬头看着天空小声说道，他的脸上渐渐露出恐惧。

“不用担心，爸爸和妈妈没办法进这里来。”我轻抚着他柔软的头发。

“……但是，他们在叫我。”

莲人缩着脖子，蜷缩起身体。或许是长期遭受虐待的恐惧让他产生了幻听，我摸着他的头绷紧了双唇，这时候传来声音：“啊，在这里！”我回过头，双手叉腰的宇琉子正站在谈话室门口。

“你不在病房里害我吓了一跳，我还以为你跑出去了。”

宇琉子还是驼着背，大步走过来牵起了莲人的手。

“好啦，我们回房间去吧。”

莲人轻轻点头，看来宇琉子像姐姐一样在照顾他。

“爱衣医生，谢谢你看着他。”

“没什么，我才要谢谢你，宇琉子，谢谢你这么照顾他。”

“因为啊，这个孩子放着不管太危险了，在爱衣医生能够帮助他之前，我就先帮忙看着吧。”

我帮助他……吗？我搔了搔脸颊。可以的话，我也想帮助莲人，但我不认为没有儿童精神医学临床经验的我，拥有救治他的能力。

“我也想替莲人治疗，但我并不是专家……”

“这和那没有关系，只有爱衣医生能够帮得了他，之前不是已经约定好了吗？”

前几天我的确已经答应帮莲人了，虽然是和孩子之间的约定，不，正因为是和孩子之间的约定所以更必须遵守。

“嗯，知道了，我也会尽我所能来保护莲人，这样可以吗？”

“嗯。”宇琉子眯起了那猫一般的大眼睛。

“那我们回房间去吧，草薙莲人。”

听到宇琉子那句话的我，发出了“咦”的一声。

“怎么了，爱衣医生？”宇琉子可爱地微微歪了歪头。

“宇琉子，你刚刚怎么叫莲人的？”

“草薙莲人啊，这是他的名字嘛。”

“你知道他姓什么吗？！”我拔高了声音问道。

宇琉子点点头：“当然。”

“莲人，你姓草薙吗？你叫草薙莲人吗？”

和我对上视线之后，莲人迟疑地点了点头，看来他只告诉成为好朋友的宇琉子全名。

这是重要信息，只要知道全名，就可以知道他的身份了吧，或许也能够逮捕虐待他的父母。在我这么想时，莲人一个转身，小跑离开了谈话室。“啊，等一下。”宇琉子追在他身后。

一度不见人影的宇琉子从谈话室入口探出头来，留下一句“加油哦，爱衣医生，我支持你”就走了。

她是为了什么事替我加油呢？会不会是今天工作也要加油的意思？我搔着脸颊离开了谈话室。接下来的确需要加油，我踩响高跟鞋沿着走廊前进，重新为自己打气。

关于莲人的全名，应该向袴田医师报告，但在那之前我还有非做不可的事。我打开个人病房的门走进去，走向窗边的病床，看着沉睡在那里的环小姐的脸，一想到接下来必须告诉她的事情，我就感到心痛，但是如果不这么做，她就绝对不会醒来。

我将手贴在环小姐的额头上，第四次念起了咒语：

"玛布雅、玛布雅，乌提奇弥索利。"

"我"渐渐往环小姐体内流去。

"哎呀，爱衣，欢迎回来。"

我睁开眼睛，库库鲁举起了一只耳朵。

"我回来了，库库鲁。"

我的视线迅速扫过四周，这里是摆满了处刑及拷问工具的昏暗地下室，是上一次玛布伊谷米失败的时候，我最后所在的地点。

"原来是从这里开始啊，太好了，我还以为又要从琴键道路开始。"

"毕竟梦幻世界总是在变化嘛。不过这也不全然是好事，既然是接续上一次，就代表危险也和之前一样。"

库库鲁用耳朵指着我的背后，我一回头，无数的虫子攒动，从里面的墙壁缝隙涌出来。或许是打算和上一次一样从口中吐出光线抵御虫子，库库鲁像要保护我一般站到前方。

"没关系，库库鲁。"

我的手迅速往旁一挥，与此同时，成群的虫子和我们之间出现了一道墙壁，那是我想象出来的光之壁。

撞到墙壁的虫子们发出吱吱声后逐渐蒸发。

“怎么样？”

我带点得意地微抬下巴，库库鲁仰头睁大眼睛看着我，眨了数次眼之后，像拍手一样地合起双耳。

“真厉害呀，爱衣，你成长了很多嘛，感觉好像摆脱了迷惘。”

“嗯，我想起妈妈了，我见到妈妈了……时隔了二十三年之久。”

“是吗？太好了呢。”

库库鲁应该知道从上一次的玛布伊谷米到现在的这段时间，我发生了什么事吧，它只是开心地微笑着。

原本只是徒劳无功地撞向光之壁的虫子们开始集结了起来，它们打算像上一次那样变身成蝎子吧，这样的话光之壁就撑不久了。

“库库鲁，接下来我要呼唤环小姐的玛布伊，进行玛布伊谷米，这期间请你想办法挡住虫子。”

“交给我吧！”

库库鲁挺起包覆在柔软毛发下的胸膛，向着因虫子的撞击而变薄的障壁，发出“喵”的咆哮声，从它嘴里射出的光线逐渐修复了闪耀的障壁。我走近靠在墙上的十字架，十字架的阴影处放着八音盒，我朝装在里面的环小姐的库库鲁——心脏般跳动的小颗激光球说话。

“别担心，我会帮助你的重要之人。”

激光的光量似乎增加了。我的脖子后转抬起头看着渗出地下水的天花板，我没有像飞鸟小姐或佃先生那时候一样大喊出声，没有这个必要。

“环小姐，请听我说。”我轻声细语道。眼前出现穿着洋装的环小姐，后方景物隐约可见，我知道她不是实体，只是意识投射而成的影像。

“初次见面，环小姐。”

“……你是？”环小姐以毫无生气的眼神看着我。

“我是识名爱衣，你的主治医师。”

我自我介绍之后，环小姐皱起眉：“主治医师？”

“我是谁并不重要，因为等你醒了之后一定不会记得，更重要的是久米先生的事。”

在我说出久米先生名字的瞬间，环小姐原本呆滞的表情开始复杂地抽动，从她的脸上可以看出对心爱之人的想念，以及对他的怀疑。

“未婚夫久米先生是杀人凶手，而且可能是二十三年前犯下无差别大量杀人案的少年X，这么想的你感到绝望，没错吧？”我对着畏怯点头的环小姐清楚地说道，“久米先生没有杀任何人，当然他也不是少年X。”

环小姐瞪大了眼睛，从微启的唇间发出“但是……”的声音。

“首先，佐竹优香小姐的案子连杀人都不算，她是自杀的。”

轻轻触碰环小姐眉间的我集中意识，将那起事件真相的影像传给她，环小姐的脸上渐渐显露出惊讶的神色。

“但是之后发生的案子可不是自杀！”环小姐拍开我的手后退一步大叫，“警方说他绝对是凶手，他们说有证据，而且在那个人瞒着我租的仓库里，还贴有很多张被杀掉的男子的照片！”

“那个仓库真的是久米先生租的吗？”

我这么说完，环小姐被问了个措手不及地“咦”了一声。

“为什么你会觉得那间仓库是久米先生租的？文件上的租用人写的不是你的名字吗？”

“可是我没有租仓库……而且我回家时，他很慌张地把文件藏了起来。”

“环小姐，你不觉得奇怪吗？那间仓库是用你名字租的吧。那么，为什么文件寄给了久米先生？”

“那是因为……实际签约的人是他吧……再说那是一间可以用别人名字签约，做事随便的公司。”

“那家公司确实管理松散，只要付钱，不用确认是本人也可以签约。不过就算如此，合约书不是寄给立约人的你，而是给保证人久米先生，不觉得奇怪吗？”

“那，这是怎么回事？”环小姐一脸疑惑地说。

“我想那并不是签约公司寄来的，而是第三者寄的，为的就是让久米先生看到那份文件。”

“咦？”环小姐浮现充满疑问的表情。

“请站在久米先生的立场思考，打开了收件人为自己的信封之后，里面装的却是用未婚妻也就是你的名字租的仓库合约书，然后保证人栏位则写着自己的名字，不仅如此，连‘请隐秘并火速确认’的警告都装在一起，看到这些东西你会怎么想？”

“怎么想……”

“应该会认为你瞒着自己签订了仓库租用合约，并且卷入某些纷争中吧，所以久米先生才会在你回家时迅速藏起文件。”

我看着环小姐瞪大了眼睛继续说道：“之后久米先生到那个仓库去查看，结果那里贴着佐竹优香小姐和某个中年男子的照片，与那个曾经尾随过你的人物装扮极为相似的男子的照片。久米先生以那张照片为线索，找出男子潜伏的地点，结果到了那里却发现惨遭杀害的男子遗体。”

我一口气说完，观察着环小姐的反应。她一脸僵硬地抱着头，大概是在拼命地消化如洪水般涌来的信息吧。这时候响起了火药爆炸般的轰隆声。

我回过头，光之壁的对侧有一只大象大小的蝎子举起了尾巴，它的尾巴如鞭子般挥动，前端的毒针刺向光之壁，轰隆声再次响起，库库鲁从口中吐出光线，拼命修复障壁。

“这里交给我，爱衣，你集中精神进行玛布伊谷米。”吐完光线的库库鲁大叫。

蝎子再次举起尾巴，库库鲁低下头，伸长了双耳，钢化的双耳交叉，变成了一把巨大的剪刀，从根部剪掉蝎子的尾巴。

蝎子发出麦克风啸叫般的诡异声开始发狂，长枪般的八只脚刨削着石地板。

像是刮过大脑表面的噪点让我按着太阳穴。大量虫子的振翅声，振动着地下室的空气，从深处墙壁涌出的虫子大军，集中到尾巴的断面，渐渐融入其中，眼看着被剪断的尾巴即将再生，我重新转向环小姐。

“环小姐，以你名字租用的仓库里，贴着优香小姐及中年男子两人的照片，甚至放着大量的凶器。之后，还发现了照片上的中年男子被杀害的遗体，从客观的角度，你会怎么看待这个情况？”

“客观的角度……”环小姐茫然地重复这句话，数秒后，她的脸迅速地绷了起来。

我点点头，慢慢说道：“没错，看起来就像你在调查那两个人……然后，将他们给杀了。”

“怎么会……我没有理由杀他们。”

“不，客观来看的话无法如此断言。你为了让久米先生解脱，于是杀害了虐待他的优香小姐，但是某名男子察觉到了这件事，所以开始调查你，而你认为杀害优香小姐一事快被揭穿了，于是反过来找出该名男子的居住地，杀他灭口。”

“这太奇怪了！优香小姐已经和久米分手了，我根本不需要杀她。”

“即使分手了久米先生也无法忘怀优香小姐，所以你为了将他据为己有便杀了优香小姐。你可能会被这样怀疑，至少，整个状况足以让人这么想。”

我停顿了一会儿，舔了舔嘴唇后说出决定性的一句话：“也因为如此，久米先生为了保护你才会自己顶罪，向佃律师承认自己杀了那两个人。”

细微的哀鸣声从环小姐口中流泻而出。

“为什么，会这样……究竟发生了什么……”环小姐像在说梦话般地呓语着。

“有一个人在背后操纵着这一切。”

“在背后……谁会做出这种事……”

“……是少年 X。”

在我说出这个名字的瞬间，脑海里闪过那双如爬虫类盯着我的眼睛，我的下腹使劲发力，压抑了恐惧。

“少年……X？但是警方说久米就是少年 X……”

“环小姐，请你仔细回想，久米先生不可能是少年 X 的，因为在你重新弹起钢琴的同学会那一晚，久米先生不是这么说过吗？他说以前曾经看过你弹钢琴的样子，你那时候看起来弹得非常开心。”

环小姐的口中发出了“啊”的声音。

“没错，如果久米先生是少年 X 冒名顶替的，那他就不可能在初中时看过你弹琴的样子，久米先生不是少年 X，他只是代罪羔羊罢了。”

“代罪……羔羊？”

“对，那名看上去是久米先生杀害的中年男子，他当时正在追查改名换姓隐身起来的少年X，真实身份快要曝光的少年X收拾了该名男子，并且伪装成久米先生犯下的案子，不仅如此，他还做了让他人认为久米先生才是少年X的计划。”

“这种事该怎么……”

“首先，少年X找出管理松散的仓库公司，以环小姐为租用人，久米先生为保证人租下仓库，因为租金是预先付款，所以公司也没有确认是否为本人，联络应该都是通过邮件吧。而他为了让被害的中年男子看起来像在调查你，还做了一些障眼法，例如穿着与该男子相同的服装，在夜路上尾随你。之后，完成准备的少年X将仓库合约书以及会引发不安情绪的警告一起寄给了久米先生，于是感到不安的久米先生便和少年X商量该怎么办。”

“商量？！久米认识少年X吗？”环小姐瞪大了眼睛。

“何止认识，久米先生已经成为少年X操控的木偶了。少年X现在应该从事心理咨询一类的工作，虽然不知道他们认识的经过，不过他以咨询师的身份……洗脑了久米先生。”

不知道为什么，我很自然地脱口说出“操控的木偶”以及“洗脑”等刺激性的词汇，即便感觉不对劲但我还是继续说道：“环小姐，或许你也见过少年X，在你陷入昏睡之前，有没有什么人和你联络？比如说要告诉你久米先生在哪里，然后把你约出去？”

ILS的病患们在陷入昏睡之前，都被某个人约到同一个地方的可能性很高，而我推测那个把他们约出去的人，就是少年X。

改变了姓名的少年X，对控制他人的人生产生了快感，将许多人纳入自己的支配下，并将他们逼到绝境走上自杀之路，飞鸟小姐和佃先生一定也是受到少年 X 操控的被害人。

想到这里，我的手扶上额头。为什么我连这种事都知道？现在这些信息是从哪里……我再次有种强烈不对劲的感觉。

环小姐在我面前抓乱了头发："我不知道！我想不起来了！"

看来玛布伊被吸走前后的记忆果然会产生混乱，我暂时将探询少年 X 真实身份的事搁置一旁。

"很抱歉造成你的混乱，我们回到原来的话题。知道久米先生成长过程的少年 X，打算拿他当自己危急时的替身。在那之后，因为自己的真实身份已经被受害者中年男子知道了，于是少年 X 就执行了筹备已久的计划。过去每当久米先生被逼得走投无路时，他都会和少年 X 商量，而少年 X 就操控着这样的他，引导他到仓库，以及少年 X 自己下手杀害的男子遗体所在的公寓房间，并这么说——"我明知自己正在做一件残酷的事，依然开口道，"'再这样下去，你的未婚妻会被当成杀害佐竹优香及中年男子的凶手遭到逮捕，要避免这个情况发生，就只能由你来顶罪了'。"

环小姐双手捂着嘴，全身脱力般跪倒在地，寻求浮木似的眼神看向我："他……久米现在在哪里？"

为了传达久米先生的临终样貌，我缓缓伸出手。我明白得知实情之后，环小姐会有多么痛苦，但我无法在不告诉她这件事之下进行玛布伊谷米。

我的指尖碰在环小姐眉间，她的瞳孔慢慢地瞪大，从半张的嘴里发出呻吟声。

环小姐崩溃了，她以跪趴在地的姿势抱着头，身体开始细微颤抖了起来。

“不要……骗人的，告诉我这是骗人的……”

我咬着唇看着令人不忍直视的环小姐的样子时，忽然响起了类似玻璃碎裂的声音，我回头一看，咬紧了牙根。光之壁破裂了，发出黑光的巨大蝎子正在靠近。

我摆好戒备姿势，一道小小的身影挡在了我面前。

“我不是说了？那只蝎子就交给我。”库库鲁一边用化成利刃的双耳与蝎子对战，一边这么说。

因为目标巨大，库库鲁的攻击几乎招招命中，不过蝎子的身体虽然受了伤，却马上有虫子聚集到伤处进行修复。

“但是……”就在我迟疑时，库库鲁扬起了单侧的嘴角。

“你不是还有该做的事吗？只有你才做得到的事。”

只有我才做得到的事……玛布伊谷米。

“你再帮我争取一点时间！”我大声喊道。

库库鲁一脸开心地回答：“遵命！”

我双膝着地，看向跪倒在地的环小姐的脸。

“环小姐，你知道了吧，久米先生并不是什么杀人魔，他所做的一切都是为了保护心爱的人，他是非常温柔的人。”

虽然我拼命说着，环小姐却没有反应。我侧眼确认装在八音盒里的环小姐的库库鲁的状态，激光光线的亮度变得比刚才还要微弱。

就算说出了真相，如果环小姐还是陷在绝望之中，那么玛布伊也无法恢复力量，玛布伊谷米没有完成，这个梦幻世界就不会结束。

久米先生不是杀人凶手，但是他却被人杀了，两人再也无法相见，环小姐现在因为此事而感到绝望。

“听我说，环小姐，久米先生为了救你而赌上了自己的性命，所以你不能继续这样下去，你过得幸福才是他的心愿啊。”

“为什么久米不相信我？”环小姐声若蚊呐地说道。

“咦？什么意思？”

“我怎么可能去杀人，如果他愿意相信我不可能是凶手就好了，这样他就不需要死了。他……不愿意相信我。”

“不是的！不是这样！”我无意识地大喊了起来，环小姐迟钝地抬起头，以失去了情感光芒的眼睛看着我。

为什么我会大叫呢？我发现了什么吗？我闭上眼睛，回想在通往神社的阶梯上，和他同步时的事，他那直接流入我脑海中的情感逐渐复苏。

屏住一大口气的我，睁开眼睛抓住环小姐的双肩。

“环小姐！久米先生相信你，他的确相信你不可能是犯人。”

“你在说什么……那他为什么要承认自己是凶手……”

“他知道你不是凶手，只是从整体状况来看警方不会这么想，再这样下去你会遭到逮捕，因为他这么认为，所以才会将怀疑的目光引到自己身上。”

“我会……被逮捕……”环小姐迷茫地说着。

“没错，他在优香小姐的案件中被逮捕时，了解到警方的讯问有多么难熬，正因为有了这样的经验，所以他不能让现在的你被逮捕，因为你现在处于特殊状态。”

“特殊状态？没这回事，我很一般啊，和平常一样。”

“不，不是这样的。”我摇摇头，“你只是忘记了，回想起来吧，为什么夜路中遭到男人追赶时，你不是直接双手着地，而是肩膀倒地？为什么你和久米先生都很会喝酒，却买了无酒精啤酒？”

视线的角落，装在八音盒里的环小姐的库库鲁大大地跳动了一下。

“我……”

环小姐双膝着地，两只手按着下腹部，从她的手下方溢出了柔和的光芒。

我对着环小姐微笑，轻声告诉她这个事实。

“没错，你怀孕了，有了和久米先生的孩子。”

“孩子……宝宝……我和他的宝宝……”

环小姐颤抖着声音喃喃说道，四周地板散发出光芒，从那里冒出了一颗拳头大弹珠般的蓝色泡泡，泡泡在环小姐脸颊高度破裂的同时，发出了摇动手摇铃般的澄澈声音。

在目瞪口呆的我眼前，红色、绿色、黄色、粉色、橙色……各种颜色的泡泡从地板产生后飘到空中，破裂后发出声响，接着，泡泡破裂的声音谱成了一首优美的曲子——《平安夜》，庆祝救世主诞生，寂静庄严且清新的旋律。

平安夜
圣善夜
万暗中光华射
照着圣母也照着圣婴
多少慈祥也多少天真
静享天赐安眠
静享天赐安眠

环小姐的微笑带着哀伤，她一边轻抚着孕育微弱光芒的下腹部，嘴里一边哼着歌词。我眯起眼看着她的身影，一个小小的影子跳上了我的肩膀。

“很抱歉在气氛这么好的时候打扰，不过你能来帮个忙的话就太感谢了。”坐在我肩上的库库鲁一边拼命挥动刀刃双耳一边说。转头看去的我绷起了脸，不知何时，巨大的蝎子已经逼近到身边了，粗壮如非洲象鼻子的尾巴猛力挥下，我迅速举起两只手去挡，从掌心迸发的光之激流剧烈撞击蝎子的尾巴，一种骨头被碾过的冲击窜过全身。

库库鲁用双耳刀刃一根根切下蝎子的脚，但仍然马上被大量的虫子逐一修复，我脚下使劲身体往前推想逼退蝎子，但蝎子尾巴上的毒针拨开光线，一步一步朝我逼近。

就在毒针即将刺到我的掌心时，类似敲击铜钹的声音传遍地下室，我的视线转往发出声音的方向，那里躺着一个小型的八音盒。

一束红色激光光线从八音盒中射出，贯穿了巨蝎的头部，蝎子黑亮的身体大大地痉挛了一下，随即在原地崩塌，原本近在咫尺的尾巴无力地垂下，施加在手臂上的压力也消失了。

无数的虫子从倒伏的蝎子身体涌出，想要逃窜到墙壁及天花板缝隙中，不过在那之前，从八音盒里飘起的激光球一口气膨胀，仿佛交响乐团在近距离演奏的大音量响彻了整个地下室。

第九号交响曲，第四乐章，是贝多芬最后创作的交响曲的高潮，又称为《欢乐颂》，随着其强而有力壮阔的旋律，激光光线反复地变换色彩，在黑暗的空间里梭巡。

群虫一碰到激光，就一只一只蒸发，仅仅十几秒之间，原本充斥在房间内的大批虫子被驱赶得一只不剩。

四处遍布着每隔几秒就改变颜色的激光，以及有如交响乐团演奏的雄壮乐音，这间地下室已经化身成了前卫的音乐厅。正当我陶醉在奢侈的演奏会之中时，激光光线渐渐聚拢到环小姐面前，不久，变化成了人的形状。

激光的光芒消散时，环小姐的面前站了一名男性——

久米先生，那个爱着环小姐，为了她献出一切的男人。

“……环。”

“……久米。”

环小姐抓着久米先生伸出的手站了起来，依偎着的两人额头碰着额头。

“对不起，让你留下了悲伤的回忆，我真的很想一直陪在你身边，与你共组家庭，一起养大这个孩子。”久米先生爱怜地轻抚着环小姐的腹部。

“不要道歉，”微笑着的环小姐，从眼中落下一行清泪，“是你救了我和……这个孩子。”

久米先生和环小姐的手交叠，放在孕育着两人生命结晶的腹部上。

“哎呀，真是美好的景象呢，这样这次的玛布伊谷米也成功了呢。”

因为与蝎子交战，而随处可见轻微出血的库库鲁在我的肩上说着，我的手贴在库库鲁的伤口上为它治疗。

“哦！你连这种事都做得到了呀，你真的成长了呢，爱衣。”库库鲁开心地竖起了双耳。

“我问你，难道库库鲁这种存在是……”

我想将从截至目前的三次玛布伊谷米经验中想到的假设说出口，但是库库鲁“嘘”了一声，用一只耳朵堵住了我的嘴。

“你看，现在气氛正好，不可以打扰他们哦。”库库鲁用另一只耳朵指着环小姐他们。

“我会好好珍惜这孩子……我一定会让他幸福……”

“嗯，你和这孩子，我会永远为你们两人的幸福祈祷。”

地下室的墙壁、天花板、地板开始散发出淡淡的光辉，这道光逐渐扩散到整个房间。

“环，不要忘了，我一直都在你身边，一直在守护着你。”

两人的身影随着久米先生的话语渐渐融入光芒中，梦幻世界正在消失。

“好了，差不多是暂时说再见的时候了。”

“等一下，库库鲁，我还有事想问你！”我拼命地对着身体逐渐变透明的库库鲁说。

“我知道你想问什么，下次见面时我会告诉你。比起这个，加上这一次，你已经成功完成了三个人的玛布伊谷米，不过真正的挑战现在才开始哦。”

“真正的挑战？这是什么意思？”我急迫地问道。

库库鲁拍动双耳从我的肩上飘了起来：“意思是下一次要为最重要的人进行玛布伊谷米。”

“最重要的人，你是指最后的 ILS 病患吗？住在特别病房里的病患，果然就是吸走了另外三个人玛布伊的人，也就是萨达康玛利吗？”

根据奶奶的说明，萨达康玛利在吸取了他人的玛布伊之后会陷入昏睡，而那个人的玛布伊会持续徘徊在自己创造出来的梦幻世界里。

环小姐的梦幻世界里没有她自己的玛布伊，在玛布伊谷米最后一个阶段出现的环小姐不过是个没有实体的影子般的存在，这样的话，最后的 ILS 病患，被藏在特别病房里的人，一定就是萨达康玛利。

“你说得没错。”飘浮在光芒中的库库鲁很干脆地肯定，“在特别病房里的人，正是吸走了另外三个人玛布伊的所有起源，是萨达康玛利。完成那个人的玛布伊谷米之后，一切都会解决，先前这三个人的玛布伊谷米，全都是为了替该人物进行玛布伊谷米而做的准备。”

“准备？这是什么意思？那个人是谁？”

我和库库鲁的身体变得更透明了，梦幻世界即将崩毁。

库库鲁没有回答我的问题，而是向我说道：“听我说，爱衣。最后的玛布伊谷米会非常残酷，为此你一定会经历非常痛苦的过程，但是我相信现在的你绝对没问题，因为经过这三个人的玛布伊谷米，你已经成长了非常多，应该可以接受一切了。”

“这是怎么回事？我不懂你的意思。”

我正想靠近库库鲁时，它的身影已经消失在光芒中。

“那么爱衣，我们下次见，在最后的梦幻世界里。”

听着库库鲁的声音，我感觉到意识轻飘飘地逐渐往上飞去。

“库库鲁……”

我轻声呢喃，同时抬起眼皮，只见环小姐正躺在眼前的病床上。

我从她的额头轻轻收回手，她的脸上留有眼泪的痕迹。

环小姐发出“嗯、嗯……”的声音，她的双手覆盖在孕育着新生命的下腹部上，纷乱的内心，因为库库鲁留下的话而渐渐充满了成就感。

再过不久，环小姐就会睁开眼睛了吧，我完成了三个人的玛布伊谷米，成功治疗了所有由我负责的 ILS 病患。

我不经意看向挂钟，进入梦幻世界之后已经过了约一个小时。

这一次现实世界的时间过得比平常还要久呢，正当我想着这件事时，挂在脖子上的手机振动了起来，我一看液晶屏幕，是袴田医师打来的。

怎么了？我按下通话钮。

“爱衣医师，大事不好了。”

电话一接通，袴田医师就以非常凝重的声音说道，从来没听过他这样的语气，让我感到一阵不安，我转身背向环小姐的病床，压低声音问道：“发生什么事了？”在我身旁的窗户因风吹而发出“咔嗒咔嗒”的撞击声，敲在窗上的雨滴声嘈杂无比，我将手机紧贴在耳朵之后，传来了袴田医师满是苦恼的声音。

“莲人失踪了，他似乎是跑出医院了。”

窗外闪过的电光，将房间染成了黄色。

5

“很可惜，目前还没找到那男孩。”坐在桌子对侧的园崎刑警这么说。

从完成环小姐玛布伊谷米的那一天，也是莲人失踪的那一天起，已经过了三天。

一确定莲人不在院内之后，包含我和华学姐在内的职员数十人便马上在暴风雨之中搜寻医院周边，却没有发现莲人，我们也和警方联络请他们派人搜索，但目前别说找到人了，就连行踪都没能掌握。

于是在毫无线索之下过了三天，今天园崎刑警和搭档——名为三宅的练马署刑警一起来访，说明目前的情况。

病情说明室里，桌子对侧是园崎和三宅两名刑警，这一侧则坐着我和袴田医师，或许是两坪多的空间里塞进了四个人，感觉呼吸都有些困难。

“连续三天都找不到人，有可能是被卷入了某个犯罪之中。”园崎刑警低声道。

“这该不会是指被连续杀人凶手找到了……”

我的声音在颤抖，莲人也许是现在仍在持续的可怕杀人事件里的唯一目击者，无法排除他被凶手盯上的可能性。三宅刑警冷淡地答道：“我们正在搜查各种可能，其中也包含了这个可能性。”

“不过，真没想到事情会变成这样呢。”园崎刑警以意有所指的语气说道，同时斜眼看着袴田医师，“因为院长医生说转院到警察医院会有危险，我们才打消了念头，结果那个男孩却陷入了更危险的情况里，您打算怎么负起责任呢？”

“等到找回男孩之后再来追究责任也不迟吧？找到活着的他，或是找到变成遗体的他责任不同不是吗？”

袴田医师的回答让我怀疑自己的耳朵，园崎刑警也浮现出惊讶的神色。

“哎呀，看来你对他是生是死没有什么兴趣呢。”园崎刑警像要重新提振精神似的说。

“如果我知道你是这么不负责任的人，就不会将重要的目击者交给你了，真的是太让人火大了，这下子，不但杀人案越来越难解决，搞不好还会有新的牺牲者出现。”

他说得没错。袴田医师可以拯救莲人，我也是因为这么想，才会把莲人交给袴田医师，结果却……我的视线转向坐在旁边的袴田医师，他那如同戴了面具般没有丝毫表情的脸，看起来就像我完全不认识的人。

“我本来以为可以从你们这里获得寻找男孩的信息才来的，看来完全是白跑一趟了，主治医师是这么随便的医生，根本就谈不下去了啊。”

就在园崎刑警站起身时，我想起了前几天和宇琉子的对话，那一天，我答应了宇琉子要由我来帮助莲人，如果袴田医师不可靠，那我就必须做点什么。

“那个……”我站起身。

“有什么事吗？”园崎刑警以讶异的眼神看向我。

“莲人会不会回到他父母身边去了？”

“父母身边？这不可能。”

虽然园崎刑警的态度拒人于千里之外，但我毫不在意继续说道：“但是，在失踪之前，莲人曾看着外面说爸爸妈妈在叫他。”

园崎刑警的眼神锐利了起来，原本起身到一半又坐了回去。

“原来如此，和院长医生比起来，你似乎比较在意那名男孩，我记得问出他全名的人也是你吧。”

“不能算是我，是和莲人成为朋友的孩子告诉我的。”

“细枝末节的事就不谈了。”园崎刑警摇摇头，“如果您知道关于那名男孩的事，不论什么事都好，可以告诉我们吗？”

该连那件事都说吗？那一定只是他在混乱之中无意识脱口而出的罢了。犹豫了几秒之后，我开口道：“莲人还说过……‘是爸爸和妈妈做的’。”

“做的？做了什么？”

“从那时候的对话脉络来看……我想是连续杀人案。”

刑警们瞪大了眼睛，但是袴田医师却仿佛没听见我说的话一般毫无反应。

“那名少年说自己的父母是连续杀人案的凶手吗？”园崎刑警上半身往前倾。

“虽然不是很明确，但他说了类似的话……”

我畏缩地说完，园崎刑警粗鲁地抓乱了头发。

“真是的，已经搞不清楚什么是什么了。”

“我想，大概只是他的脑中将残忍施加虐待的父母和连续杀人凶手的样子给搞混了。”

园崎刑警双手抱胸看着我。

“男孩的双亲当然不是什么连续杀人凶手，不仅如此，他最近也没有遭受来自亲生父母的虐待。”

“……什么？！”这次换我吃惊了，“没有受到虐待？这不可能，莲人身体上的伤，毫无疑问是最近遭到严重虐待所造成的。”

“不过下手的人不会是那名男孩的亲生父母。”

“为什么你可以这么笃定？请你们仔细调查！”

我情绪激动地站起身，园崎刑警冷眼看向我。

“草薙莲人，这是那名男孩的名字对吧，调查显示的确有该名儿童的记录，多亏了你，我们才知道了他的身份，在询问过少儿保护机构后，也有他过去遭到父母虐待的记录。”

“那……”我倾身向前，园崎刑警一只手堵到了我面前。

“请冷静，话虽如此，但他的父母不可能直到最近都还在虐待他，也不可能是连续杀人凶手……因为他们已经不在了。”

“已经不在了？”我无法理解他的意思，皱着眉反问。

“对，草薙莲人的父母在很早以前就已经死了……被某个人杀了。”在一句话也说不出来的我面前，园崎刑警继续阴郁地说道，“自从发现他父母的遗体之后，就再也没有草薙莲人这号人物的记录了，直到前几天被发现之前，他一直是从社会上消失的状态。”

T恤加上牛仔裤，我穿着这样轻松的服装仰躺在床上，持续盯着自己房间的天花板。回到自己的大楼住宅之后，我就维持着同样的姿势沉思。

……草薙莲人的父母在很早以前就已经死了——被某个人杀了。

……自从发现他父母的遗体之后，就再也没有草薙莲人这号人物的记录了。

几个小时前从刑警那里听到的消息不停在我脑海里播放。

父母被某个人杀害，然后莲人一直下落不明，也就是说，犯人绑架了莲人，之后虐待他同时将他抚养长大吗？

若是在还不懂事时就被绑架，会将对自己施虐的大人认作父母也无可厚非，莲人在言谈间透露了自己的父母就是目前在这一带犯下连续杀人案的凶手。如果是这样，杀了莲人父母的凶手不仅绑架他，对他施以严重虐待养大他，到了最近还开始连续杀人吗？然后将莲人带到犯案现场去，让他目击残忍的犯罪行为之后再放了他……

我双手抓乱头发，在刚刚的假设里，凶手的行为太没有一致性了，为什么要绑架莲人养大他？为什么要带他到犯案现场去？更根本的是为什么要不停犯下连续杀人案？一切都无法解释。

有什么东西出错了，如果不换其他方式思考，就没有办法找到莲人。

我全身倦怠地缓慢起身，拿起放在小矮柜上的遥控器打开电视，屏幕上放映着晚间新闻节目。

“……目前仍在搜索下落不明的男孩，警方出动三百人搜查周边，然而还未有任何发现，男孩的安危令人担心。”

刚好在播放有关莲人的新闻。有可能是连续杀人案目击者的男孩失踪，引起了社会高度关心，因此成为一大新闻。

画面里，警方在雨中拿着长竿戳刺茂密的草丛，也有潜水员潜入池子中，我理解到这些景象代表的意义，抓着遥控器的手越来越用力——

警方认为莲人可能已经死亡了，而随着时间流逝，这个推测成为现实的可能性也越来越高。

必须尽早找到他。我虽然着急，但目前警方正在进行大规模搜索，没有我这个普通民众出场的机会，无力感毫不留情地折磨着我的内心。随着主播一句“下一则新闻”，画面也跟着切换，心用力地跳了起来，那是从空中拍摄的我发现久米先生遗体的那个神社。

“前几天在杉并区的神社后方森林里发现的遗体白骨，在警视厅的调查下，已证实是因杀人罪嫌疑遭到通缉，被认为正在逃亡中的犯罪嫌疑人久米隆行。犯罪嫌疑人久米约在两年前，将曾经交往过的佐竹优香小姐……”

我听着主播滔滔不绝地念着稿子的声音，舔了舔干燥的嘴唇。警方终于发现那具遗体是久米先生了。杀人疑犯已经死亡，这下警方会开始认真搜查了吧，也许会注意到发现遗体的人是我，我必须先做好心理准备，即使事情如此发展也不能显现出慌乱。

这时候，电视响起轻快的电子音，画面上方出现“新闻快报”的字样。

是什么呢？我饶有兴味地将身体微微往前倾。

“练马区内发现五具遗体　是现在发生于东京西部的连续杀人案吗？”

不敢相信自己眼睛的我，下床走近电视。

又发生杀人案了，那个可怕的连续杀人案，而且这次竟然有五个人……

我呆若木鸡地反复看着新闻快报的文字，从画面旁边伸出来的手递给主播一份稿子，主播一时瞪大了眼，之后以稍微高亢的声音开始播报："呃，最新消息，练马区内的路边发现了男女五人的遗体，从遗体状况来看，警视厅判定为他杀，现正仔细调查与东京西部发生的连续杀人案之间的关系……"

我按下遥控器按键关掉电视。在笼罩着凝重寂静的房间里，我跪坐着陷入沉思，莲人住院期间没有发生任何杀人案，然而就在他消失以后，事件再次发生，这会是巧合吗？

我看着窗外，想起了莲人说的"爸爸妈妈在叫我"。会不会对凶手来说，莲人具有某种重要的意义？似乎是出于某种原因，只要他不在就没办法杀人……

想到这里，我的思绪陷入了死胡同中，我想不出莲人不在就无法杀人的逻辑，大脑像是被人徒手抓住般疼痛，我按住了头。要思考的事实在太多了，我担心的不只是莲人，还有爸爸现在的状态也让我一直很挂心，只是我对爸爸不像对莲人有那么大的危机感，爸爸在追查的少年X现在在哪里，我已经可以预想得到了，现在的那个男人不可能伤害到爸爸。

我揉着太阳穴，慢慢整理思绪。

半年前，少年X杀害了追查自己真实身份的中年男子，并嫁祸给久米先生之后勒死他。和久米先生同步，共享那一连串经验的我，知道了久米先生将应该是少年X的人物称为"医生"。

少年X现在大概在从事咨询一类的工作吧，然后或许是在受到优香小姐虐待时，又或者是无罪释放之后，我不知道，总之，久米先生以病患的身份和少年X相遇，并深受吸引。少年X就是拥有如此魅力，且咨询技巧极佳吧，所以才能够让病患成为自己的俘虏，随心所欲操控他们。

我在进行玛布伊谷米时看到的ILS病患的记忆中，出现了符合该条件的人物。

相信自己差点被所爱的父亲杀害的飞鸟小姐，苦恼于自己的正义是错误的佃先生，身处于绝望之中的两人因为某个人的照护，内心在即将崩溃之前踩了刹车，而我感觉他们似乎都拥有玛布伊被吸走并陷入昏睡的前一晚，被该名人物约出去的记忆。

两人记忆最后的部分，不知道是不是受到玛布伊紧接着被吸走的影响，蒙上了一层噪点而看不清楚，不过找他们出去的人一定是少年X没错。因绝望而被他趁隙纳入支配下的飞鸟小姐和佃先生，虽然是半夜三更仍答应他的要求出门，然后，环小姐也在那个地方吧，只要说有下落不明的久米先生的消息，就能够轻易诱骗出环小姐。

少年X为什么要骗出三人？是为了直接加害于他们？少年X大概是打算杀了他们三人吧。因为杀害了追查自己真实身份的中年男子，接着再对久米先生下毒手，让他压抑了二十三年的杀人冲动一发不可收拾，再也无法继续控制。

一想到这里，我的手捂住了嘴巴。冷静下来重新检视，这似乎是个有些强词夺理的推论，然而不知为何，我的内心有一股坚定的自信，这个假设就是正确答案。

难道是因为我身为犹他的能力提升了？我在三人的记忆中没能看清楚的部分融入我的潜意识中，引导我找出答案吗？

没错，一定是这样。我强迫自己接受，继续往下思考。

少年X与他们三人齐聚一堂时，发生了某些争执，而最后的结果，就是三个人的玛布伊被少年X吸走，导致ILS发作，所以他们三人才没有受到少年X的伤害，而失去玛布伊的身体循着回巢的本能，

糊里糊涂地回到自己家中。

吸取了他人玛布伊而引发 ILS 的人，会被困在自己创造出来的梦幻世界中，以玛布伊的状态持续徘徊，奶奶是这么说的，但是此前的三个梦幻世界里，并没有看到创造出该世界的本人的玛布伊在徘徊。

也就是说，最后的 ILS 病患正是少年 X，他就是吸走了玛布伊的罪魁祸首、萨达康玛利不会有错，我如此相信。

现在仍处于昏睡状态的少年 X，被袴田医师和华医师藏匿在神研医院的特别病房中。

少年 X 究竟是谁？为什么袴田医师他们不惜做到这个地步也要将他藏起来？

还差一点，还差一点就能抵达真相了，这种预感在背后推着我。

袴田医师和华学姐究竟知不知道住院病患其实是少年 X？我将手抵在嘴边努力思考。

华学姐曾说过最后的 ILS 病患可能和连续杀人案有关。从两个月前就陷入昏睡状态的少年 X，不可能是现在还持续发生的连续杀人案的凶手，只是我觉得少年 X 十分有可能和杀人案牵扯到一些关系。

二十三年前，不带丝毫感情盯着我的双眼，那个男的是怪物，他和遗体被破坏到无法辨识原形的连续杀人案就算有什么关联也不奇怪。

被卷入连续杀人案的莲人，以及在追查少年 X 的爸爸，找寻他们两人的线索都在入住特别病房中陷入昏睡、被认为是少年 X 的人物身上，而我，拥有窥视该人物记忆的能力。

距离上一次玛布伊谷米已经过了三天，体力已经恢复了，我随时都可以进行下一次，也是最后一次的玛布伊谷米，不过，问题是怎么到特别病房去……

就在我想到这里时，房间里响起了“叮咚”的门铃声。

思绪被打断，让我忍不住“啧”一声，这么晚了到底是谁啊。来到玄关的我从猫眼看出去，发出小声的哀号，站在门外的是我见过的两名男性，名为园崎和三宅的刑警。

这么晚了刑警还找上门来，我只想得到一个原因，是久米先生的案子，他们已经知道发现遗体的人是我了吗？

我将紧张掺杂在呼吸中吐出，轻轻地打开门。

“晚安，识名医生，抱歉，这么晚打扰了。”

园崎刑警深深地低下头，但是我却没有漏看他那穿着皮鞋的脚固定住了大门，好让我没办法关起门。

“……有什么事吗？”我带着警戒问道。

园崎刑警往左右看了看：“在这里可能会被其他住户听见，方便的话，能不能让我们进屋里？”

遣词用字很客气，但那口吻却带着不容拒绝的意思。

我转头看着屋内，让两名男性，而且是在这个时间进屋子里令我感到抗拒，但是我也不认为他们会因为我的拒绝而离开。

“请进。”我面露不快地请他们入内，从他们光明正大进到屋里的态度，感受得到他们已经习惯践踏别人的生活空间了。我拿出两块坐垫，让两人坐在屋子中央的矮桌旁，决定先去泡杯咖啡再说。

“请用，虽然是即溶咖啡。”我将三杯咖啡和砂糖包摆在矮桌上。

“谢谢。”园崎刑警直接喝了一口黑咖啡之后，将杯子放回碟子上，陶器撞击的“咔嚓”声振荡了空气。

“那么……”园崎刑警舔了舔沾在唇上的咖啡，“很抱歉突然前来打扰，但有件事无论如何都想直接通知您。”

“你说通知，是什么事？”我的背脊流过冷汗。

“在那之前要先和你确认，前几天您将令尊和令祖母提报为失踪人口，这件事没错吧？”

“对，没错，你们知道爸爸和奶奶目前的所在地了吗？！他们现在在哪里，有新的消息了吗？”

我从坐垫上直起身，园崎刑警和三宅刑警则互相看着对方，他们的脸上浮现出些微的困惑神色。

“呃——识名医生，很抱歉，”园崎刑警清了清嗓子，“我们没有关于他们两人的新消息，而从医院逃走的那名男孩，很可惜也没有特别的进展。”

膨胀的期待迅速泄了气。

“那么，请告诉我你们今日的来意。”已经不可能听到我想听的话题了，我重新端正坐姿。

“该从哪里说起呢，首先，前几天从某个神社后方的杂木林里发现了化为白骨的男性遗体。”

果然是这件事，我咬紧牙根，不让表情显露出慌乱的神色。

“好像有在新闻上看到，这件事怎么了？”

“其实啊，”园崎压低了声音，“根据科学搜查研究所调查的结果，已经确定那具遗体是久米了。”

“久米？”我明知故问。这一定是诱导询问，除了身为佃先生以及环小姐的主治医生，我和久米先生之间没有交集，对他知之甚详会很不自然。

两名刑警再次交换了某种眼神，不知为何他们脸上浮现的困惑看起来越来越深。

“呃——识名医生，您知道久米隆行这个人吧？”

“这个嘛，是谁呢？难道是我曾经负责的病患吗？我诊疗过许多

病患，没办法记住所有人……”

“不，不是的，久米不是你的病患，他是你负责的加纳环的未婚夫，佃三郎律师曾替他辩护过。”

“哦，是环小姐与佃先生的关系人啊。”即使我自己都觉得是睁眼说瞎话，还是继续演下去。

园崎刑警似乎感到头痛地按着太阳穴继续道：“久米在大约两年前，因为杀害前女友并用强酸溶化遗体的嫌疑被逮捕且遭到起诉，但是佃律师的辩护让他在高等法院获得无罪判决并释放，之后他和加纳小姐订下婚约，你想起来了吗？”

“对，我记得有这件事，但印象中他是被冤枉的吧。”

没错，久米先生是被冤枉的，优香小姐是自杀，而之后发生的中年男子被害案，则是少年X所为。

“不，事情没有这么单纯，久米获得释放之后几个月，自己承认他杀了某个中年男子以后就消失了。”

“是这样子吗？！”我瞪大眼睛提高了声音。

“您连这个也不记得了吗？真伤脑筋啊。”园崎刑警按着太阳穴，叹了长长一口气。

不要被骗了，这两名刑警一定是要证明我很了解久米先生，想在他被杀害的案件中，把我当成嫌犯之一。我和久米先生遗体的发现者无关，我一定要如此主张到底，就算警方拥有确切证据证明是我挖出了他的遗体，我也只要表明我不知道那是久米先生的遗体，只是到昏睡中的环小姐呓语过的地方寻找就发现了遗体，结果心生恐惧所以跑了就好。

“这个嘛，我们认为遭到久米杀害的中年男子，是二十三年前少年X犯下的随机杀人案的其中一名受害者，您知道少年X吧？”

“……嗯，当然了，因为我也曾被卷入该案件中，并失去了母亲。”

“这样子啊，关于这件事您还记得，那我就放心了。”

关于这件事？他到底想说什么？

“识名医生，被杀的中年男子原本正在追查少年X，他推测在少年法的保护下，没有受到惩罚的少年X改换了姓名已经融入社会中，所以打算揭露他的真实身份。”

“我不是……不能了解这种心情。”

爸爸也和那名男子一样在追查少年X，二十三年前被卷入那起事件中的人，心中的伤痕至今仍未痊愈，包括我也是……

“这有一点难以启齿……该名中年男子的遗体上，被刻下了和少年X杀害双亲时画下的符号极为相似的图案，所以我们认为久米就是少年X，因为真实身份被发现了，于是杀害该男子，自己隐身起来。不仅如此，虽然这是还没公开的情报，不过我们认为在那之后这儿附近发生的连续杀人案，也是久米，意即少年X一边躲藏一边继续犯下的。”

“什么？”我发出惊愕的声音，现在发生的连续杀人案是少年X做的吗？这应该不可能呀，少年X从两个月前就陷入昏睡，现在应该住在神研医院的特别病房里才对，不可能是今天依旧出现牺牲者的连续杀人案的凶手。

仔细一想，园崎刑警会为了久米先生的案子来问我话本来就很奇怪，这两名刑警应该隶属于连续杀人案的项目小组。以残暴手法让被害人的遗体无法保持完整，这种令人难以相信是人类作为的残忍连续杀人案，与大约半年前外界认为是久米先生犯下的杀害中年男子一案，很明显是不同的案子。

为什么警方会认为这两起案件是同一凶手所为？

针刺般的头痛窜过头部，我呻吟着压住太阳穴。

一瞬间，脑海里跳出了一个画面，是某个令人不愉快的画面。

有什么地方不对劲，我搞错了什么，我拼命探索内心逐渐膨胀的异样感的真面目，园崎刑警斜眼看着这样的我继续说道："但是，这次找到久米的遗体，情况便大幅改变了，根据司法解剖的结果，久米的死亡时间为数个月之前，而且从他喉咙骨头碎裂的状况来看，可以推断他是遭人勒毙。"

和久米先生同步的时候，我曾有从背后被人勒死的感觉，想起绳子陷入皮肤，听见骨头在喉咙深处碎裂的声音，我伸手摸着自己的喉头。

"也就是说，久米是在失踪以后马上就被杀害的，关于杀害前女友及中年男子两案，是受到某个人的威胁而做出虚假自白的可能性也变高了，或许久米不是半年前在公寓里杀害中年男子一案的凶手。"

"是这样子啊，不过为什么要特地告诉作为非关系人的我这件事？"

我暂时停止探索内心挥之不去的异样感的真面目，这么问道。我开始对园崎刑警慢条斯理的说话方式感到烦躁，如果他怀疑发现久米先生遗体的人是我，那就快点这么说啊。

"非关系人？您这么说是认真的吗？"园崎刑警看进我的眼睛。

"那您说这和我有什么关系？"

我的语气稍微强硬了一些，园崎和三宅两名刑警第三次彼此对看。

"呃—— 识名医生，抱歉回到先前的话题，您因为不知道令尊和令祖母目前的所在位置，所以通报了失踪人口对吧？您在寻找他们两人对吧？”

“家人下落不明的话，这不是理所当然的吗？”

为什么不是谈久米先生的遗体一事，而是问我报案失踪人口的事？

“不，他们两人不是下落不明……”

“您知道爸爸和奶奶现在在哪里吗？！但是刚才不是说没有新的消息吗？”

我的手撑在矮桌上，身体往前探。

“不，该怎么说呢……这不是新的消息，是大约十年前的消息了。”园崎刑警的语气听起来格外吞吞吐吐。

“十年前？为什么现在会出现十年前的消息？”

“这个嘛，识名医生……”园崎刑警以解释给儿童听似的缓慢语气说道，“你的祖母，应该在十年前就已经过世了。”

“……哈？”

我无法理解他说了什么，园崎刑警的话好像没有进到我的脑袋里。

“你在说什么……我之前还在老家和奶奶……”

“但是根据死亡证明书，她在大约十年前就因为心肌梗死而过世了，也有举行丧礼入葬的记录。”

“丧礼……”

在我喃喃自语的同时，头痛又出现了，脑海里跳出画面，闭着眼睛一脸祥和的奶奶躺在棺木里，我流着泪看着棺木的画面。

我撑在桌上的双手一推，往后退去，咖啡从杯子里洒了出来。

“你还好吗，识名医生？”

三宅刑警担心地问我，但我没有心力回应他，刚才浮现在脑海里的画面是什么？那看起来简直就像奶奶……

我感到一阵仿佛赤身裸体被丢在冰点以下世界里的恶寒，身体瑟瑟发抖。

“医生，如果吓到您我很抱歉，不过我要继续说下去了。”园崎刑警盯着我看，“我们今天来访，不是为了谈令祖母的事。因为出现了久米是被某个人杀害的可能性，因此令尊的案子情况就有了很大的转变。”

“爸爸的……案子？”

爸爸和久米先生有什么关系？难道警方掌握到爸爸认为久米先生就是少年X而在追查他一事吗？如果是这样的话……我感受到血色正从脸上消失。

“难道你们在怀疑爸爸杀了久米先生吗？！”我的声音因激动的情绪而破音。

园崎刑警眨着眼睛，用力地摇了摇头：“怎么会，我们没有这么想，为什么你会这么说呢？”

“啊……对不起，我的脑袋一片混乱。”

“医生，请稍微冷静一下。发现久米的遗体，让半年前中年男子在公寓里遭到杀害的案子情况有了很大的变化，我们是来告诉你这件事的，只是这样而已。”

这两名刑警不是因为我发现久米先生的遗体而来的？

“为什么你们有需要向我报告半年前的杀人案？我又不是什么关系人。”

“……不，没这回事，识名医生，你是那起案件的关系人……非常重要的关系人。”园崎刑警的语气越来越重。

这名刑警从刚才开始就在说什么啊？不明所以的不安与恐惧在体

内横冲直撞，似乎随时就要冲破皮肤。

“识名医生，请你仔细听好我接下来要说的话，你和半年前发生的杀人案有很大的关系。”

暂时停顿的园崎刑警盯着我好一会儿之后，说出了这句话：“这是因为，在那起案件里遭到杀害的男性，就是你的父亲。”

6

“哈？”唇缝间发出了呆愣的声音，我不知道他在说什么。

“半年前，令尊在租赁的公寓里被某个人杀害，从他的房间里发现了有关少年 X 的资料和久米的照片。”园崎刑警在脑袋短路的我面前继续滔滔不绝地说，“令尊在二十三年前的随机杀人案中失去了妻子，自己也身负重伤，他追着少年 X，并查到久米就是那家伙，发现这件事的久米，在真实身份暴露之前就杀了令尊。从整个情况来看，我们原本是这么想的。但是发现久米的遗体之后，久米是少年 X 代罪羔羊的可能性越来越高，少年 X 在杀害了察觉自己真实身份的令尊之后，将贴在令尊房内的自己的照片换成久米的……”

“等一下！请等一下！”我大声喊道，“请不要再说一些让人听不懂的话了。就在两个星期之前，我才在老家见过爸爸和奶奶。”

两名刑警再次对看，看见他们表情里浓浓的困惑神色，我一阵气血上涌。

“你们突然到别人家里胡说八道什么！竟然说我的家人已经死了，太没礼貌了吧！说到底，如果我爸半年前就卷入案件中，那当时应该有人和我联络才对啊！”我连珠炮似的说完，肩膀上下起伏喘着气。

园崎刑警以冷淡的表情道："已经联络过了。"

"……什么？"

"我说，我们已经联络过了，你接到联络之后去到案发现场，我的同事，也是刑警应该向你做了许多说明才是。"

头痛再度袭来，脑海里跳出画面，有个身穿西装，像是刑警的人，对着眼神空洞呆然站立的我说话，在那后方，是一栋公寓，我有印象的公寓。

"识名医生，你大概是太累了，还是在自己的医院看一下比较……"

"园崎刑警！"我大叫着打断园崎刑警的话，"案发现场在哪里？半年前发生杀人案的公寓在哪里？"

可能是不敌我的气势，园崎刑警身体微微向后，说出了那个地址，我愕然地僵立了几秒后，急忙站起身往玄关走去。我穿上鞋子，无视园崎刑警"识名医生，你要去哪里"的声音，打开门走到外廊，我连搭电梯都没耐心，跑下紧急逃生梯，奔入横向吹打的雨滴无尽落下的夜路中。

我整个人迎着虽是夏天仍冷得像冰的雨，拼命地动着双脚，即使腿部肌肉嘎吱作响，体温流失，氧气不足的体内细胞发出哀号，即使划过闪电，雷鸣声轰然作响，我依然不顾一切地继续跑着，仿佛被困在后方有不知名怪物在追赶着我的幻想中。

厚重的雨之帘幕另一侧，已经可以看见目的地了，老旧的木造公寓，留在老家佛坛里，妈妈照片背面记载的地点，我前几天拜访过的爸爸的隐身之处。

停下脚步的我贪婪地吸着氧气，抬头看向公寓，刚才询问半年前的案发现场是哪里时，园崎刑警毫不犹豫地就说出了这里的地址。

一定是那个刑警搞错了，这里不可能是半年前发生杀人案的案发现场，爸爸更不可能是被害人，因为两个星期之前，我才在老家和爸爸他们见过面。

我拼命地说服自己，想要往公寓走去，然而脚下却动弹不得，仿佛有看不见的障碍挡住了去路，无法走进住宅用地中。

好可怕，纯粹的恐惧，不知道发生了什么事，好想就这样转身离去的冲动驱使着我。

不，不行。我使尽全力双拳紧握，就算逃避也解决不了什么，在这二十三年中，我已经痛切地体会了这件事。

经过三个人的玛布伊谷米之后，我应该已经成长了，所以，向前看吧，正面面对真相吧，这么一来一定可以明白全都是那名刑警搞错了。

自我激励之后，我咬紧牙根，往前一步踏进了住宅用地中。

我走上生锈的阶梯，沿着洗衣机并排的外廊前进，却在目的地的房间前瞪大了眼睛。那里玄关的门大开，入口处拉着警方为了保存现场而使用的黄色封锁线。

上一次来的时候应该没有这样的东西。我咽下口水，钻过上面写着“警视厅 禁止进入”的封锁线来到室内。

“爸爸！”

大声喊着，鞋子也没脱就踩上走廊的我，发现位于右手边的门微微地敞开，上一次我认为反正是厕所，所以就没有打开它，但是今天我却不寻常地在意这扇门，从敞开的缝隙间，似乎飘散出了瘴气。

轻轻抓着门把手打开门的我呆立在当场，嘴里发出“为什么”的干哑声音。我对这个灯泡无力地闪烁，仿佛随时要熄灭的亮光照射下的昏暗空间很有印象，不是从我的眼睛，而是透过数天前曾经同步的久米先生的眼睛看过这个地方，这是手上沾满鲜血的久米先生激动地打电话给“医生”的浴室。

我像被吸过去一样穿过那扇门，走近洗脸台后发出了细微的惊叫，镜子上印着一个清晰的手印，鲜血印出来的手印。

仔细一看不只镜子，因为走廊昏暗所以之前没有发现，水龙头、马桶、浴帘、浴缸，这间浴室里到处都盖上了血手印。

我颤抖着往后退离浴室，背后撞到走廊的墙壁，我抬脚往门上踢去，浴室的门发出好大的声响关上了，擂鼓般的心跳甚至还传到了鼓膜。

半年前，发现遗体而慌乱的久米先生躲进去的浴室，为什么会在这里？

不知道，不知道，不知道……

我抱着头，斜眼看向位在走廊尽头的门，那里面会是一幅什么景象，我怕得不敢确认。然而，我却像被捕虫灯吸引的羽虫一样，摇摇晃晃地往那扇门走去，抓住门把手的我，感觉自己仿佛被某个人操控了一般，慢慢打开了门。

这间房间的样子和我前几日来访时几乎没有什么差别，只除了一个地方。

地板上画了白线，形状是人倒在地上的白线。四周的地毯上晕染着红黑色的痕迹，百分之百还原了刑事剧里经常看见的案发现场的景象。

当我回神时，发现自己已经瘫坐在地上，半张着口，失焦的眼神盯着房间中央的白线。前几天过来时，还没有这种东西，这几天内究竟发生了什么事？

不，也许上一次来时也有？会不会只是我没发现而已？

"识名医生，你大概是太累了。"

不久前园崎刑警说的话在我耳边响起，或许是我没能正确认知现实，爸爸半年前，真的在这里……

不，这不可能，我用力摇头，甩掉脑海中涌出的不祥想法。不可能有这种事，这几个星期里，我好几次回老家和爸爸见面，我还清晰地记得和爸爸之间的日常对话，以及爸爸为我做的咖喱的味道，这一定是某个人为了让我陷入错乱而设下的圈套。

我敲了敲还虚软无力的脚站起身，移动到贴着大量久米先生及环小姐照片的墙壁前面，至少直到最近，爸爸都在这间房子里追查久米先生，并相信他就是少年X，这点应该没错……

"……奇怪？"我无意识地从嘴里发出声音。

警方开始认为久米先生可能是少年X的时间点，是在他失踪以后，也就是大约半年之前，但是爸爸却早在十个月前就辞去工作了……

我原本以为警方先怀疑久米先生是少年X，而爸爸通过某些方式掌握这则情报之后才辞掉工作，但是这么一来，时间序列就对不上了，为什么我先前会连这么理所当然的事都没注意到。

呆立在当场的我忽然发现靠近天花板的壁纸边缘掀了起来。

那是……我搬来放在桌前的椅子，踩上去拉下掀了一角的壁纸，壁纸像是晒伤的皮肤被撕掉一样，发出"唰"的声音渐渐被撕开，我从椅子上下来一边移动一边拉，最后整张壁纸都被撕下来了。

"这是……什么？"看着从壁纸下方显现的墙壁，我浑身冻结地喃喃自语。

上面也贴着大量的照片，但是照片上的人却不是久米先生。

"为什么……那个人的照片会……"

我放开手中拿着的壁纸，一张一张检查着照片，上面拍到的是我认识的人，其中甚至有那个人和我并排着在说话的照片。

我的视线停在一张照片上，只有那张照片里面没有人，而是左右开启式的厚重大门，神研医院的特别病房。

我轻轻摘下那张照片翻到背面，上面写着文字——

你已经准备好了吧，去找出真相吧。

我不知道是谁留下的信息，也想象不出会是谁设下这一切，这也许是某种陷阱，不过我可以确定一件事。

住在特别病房里的最后的 ILS 病患，是吸取了三个人玛布伊的萨达康玛利，恐怕也就是少年 X，那个人正是解开所有谜团的钥匙。

正因为不知道发生了什么事，才更需要去特别病房，确认住在那里的人是谁，潜入那个人的梦幻世界里窥看记忆。这么一来，一定可以掌握在一连串事件背后诡异运作的黑暗的真面目，所有的真相都可以水落石出。

走吧！我将手中的照片塞进牛仔裤的口袋里，往玄关走去，同时拼命将意识从映在余光中，画在地板上的白线上转移。

我从夜间出入口进入院区，认识的警卫瞪大了眼睛。

“识名医生，发生了什么事？你全身都淋湿了。”

“伞在半路上坏掉了。”

我随便找个理由，一边将黏在脸上的头发拨到耳后，一边往里面走。白天病人挤得水泄不通的门诊柜台，现在已关闭灯光没有丝毫人的踪影，我穿越紧急照明灯妖异照射下的无人楼层，搭乘电梯往三楼前进。

我在冲动驱使之下从公寓跑到神研医院来，但该怎么做才能进入特别病房？凭我的识别证，连特别病房的自动门都无法打开。

我走出电梯，打开内科办公室的门。任职于这家医院的所有内科医师的办公桌都在这层楼，虽然亮着日光灯，却没看到其他同事的身影，在这半夜三更，即使是经常值班到深夜的医师也都回家了吧。

我用放在办公室洗脸台上的毛巾擦着淋湿的脸，往自己的办公桌走去，打算先坐下来冷静之后，再思考接下来该采取什么样的行动。

整家医院都在藏匿入住特别病房里的病患，可以进入那间病房的人，只有主治医师华学姐及院长袴田医师等有限的职员。

华学姐或袴田医师，必须说服他们其中一方借我识别证才行。

“要说可能性的话……华学姐吧。”我用毛巾擦拭湿掉的脖子。

前几天向袴田医师询问特别病房的病患时，他前所未有地激动，我实在不觉得他会答应让我见那名病患，而且从他对待莲人的态度来看，最近的他样子也很不寻常，虽然对他抱持这样的想法很过意不去，不过我现在无法打从心底相信他。

相较于袴田医师，华学姐之前说过类似只要我准备好了就让我见那名病患，如果我让我负责的三名ILS病患全部醒来的话。

通过玛布伊谷米，成功将三人从昏睡中拯救出来的现在，可以说是华学姐说的“准备好了”的状态吧。

虽然我不知道究竟是什么样的准备……

我看向挂钟，日期已经换了一天，夜猫子华学姐大概还醒着，不过突然打电话去拜托她，让我见特别病房的病患也太乱来了吧，思考数秒之后，我用双手将擦拭身体的毛巾揉成一团，低声自言自语道。

“……就算乱来也只能这么做了。”

发生在我身边无法理解的状况，我必须尽早解决才行。

……这也是为了确认爸爸是否平安。

我一边加强决心，一边走到自己的办公桌前，因为是仓促从家里跑来的，所以没有带手机，只能用收在办公桌抽屉里的手机联络总机，请他们从外线电话找华学姐接听。

就在我要拉开抽屉时，注意到放在桌上的东西，我停下了动作。那是一张识别证，上面写着“神经内科 杉野华”，还贴了华学姐带着笑容的照片。

“华学姐的识别证？”

为什么这会在我的桌子上？我一头雾水地拿起来看，下面出现了一小张便笺纸。

“加油哦。”

便笺纸上只写了这么一句话。

这一定是来自华学姐的加油打气。虽然她为什么会知道我今天晚上要去见最后的 ILS 病患是个谜，不过华学姐将特别病房的钥匙，也就是自己的识别证交给了我。

我抓着识别证，小跑着离开了办公室，抵达特别病房所在的十三楼后走出电梯，灯光已经关闭的幽暗走廊往前延伸，也许是去夜间巡房了，护理站里并没有看见护士。

我放轻脚步沿着走廊前进，在门禁读卡机上刷一下华学姐的识别证，打开特别病房的自动门，铁制的自动门发出沉重的声响往旁滑开。

进入特别病房的我，听着背后传来自动门关闭的声音，沿着铺了柔软地毯的走廊前进。

墙壁上挂着绘画，甚至还摆饰着西洋盔甲的空间，虽然白天看起来洋溢着奢华的气氛，但浮现在紧急照明微弱灯光下的走廊却显得阴森森的，总觉得盔甲似乎随时都会攻过来一样。

我战战兢兢地前进，终于来到位于尽头的左右开启式的厚重大门前，萨达康玛利……少年X就在这扇门的对面。二十三年前落在我身上如冰的眼神活了起来，胸口一阵疼痛，我的下腹使尽力气，压抑住从体内深处涌上来的颤抖。

我已经不怕了，已经不会再被那个男人的记忆击垮了。

我要拆穿住在这间病房里的人的真实身份，进入他的梦幻世界，解开所有的谜团。到了那时候，我才能从二十三年间，缠绕着我并紧紧束缚全身的荆棘之锁中获得解脱。

呼出一口长气的我，将华学姐的识别证贴在读卡机上。“哔”，清脆的电子音响起，仿佛在吊我胃口一般，门缓慢地打开，我从缝隙间溜了进去。

眼前是一片白色空间，面积约网球场大小，不论地板、墙壁，还是位在遥远高处的天花板都是全然纯白的房间。

“这里就是特别病房？”

我还以为一定是像高级饭店一样的房间，结果却是这种手术室或研究室一般毫无情调的病房……

我一头雾水地看向房间中央，那里孤零零地放着一张病床。

萨达康玛利，即少年X就在那里，一想到这儿，我口中的水分就急速散失。

确认过躺在病床上那个人的真实身份之后就马上进行玛布伊谷米，进入梦幻世界和库库鲁会合，然后探索那个人的记忆，解开这无法理解的状况。

我在脑内模拟着，一步一步往床边靠近，随着距离越来越近，我的心跳也越来越快。来到病床边的我，低下头双手抓着病床的栏杆，我还没办法看向病患的脸。

少年 X 就在那里，夺走妈妈、刺伤爸爸，且在这二十三年间折磨着我的人。

我抓着栅栏的手颤抖了起来，这是因恐惧而颤抖，或是因激动而颤抖，我自己也搞不清楚。

去吧！就是现在，克服内心的创伤吧！自我激励之后，我猛地抬起头，双手用力，身体前倾看向病床上。

病床上闭着眼睛的人物，最后的 ILS 病患的脸映在了我的视网膜上。

思绪冻结，我的眼睛眨也不眨，只是凝视着那个人的脸。

“这是……什么？”

我不知道发生了什么事，我无法理解自己看到了什么。

躺在病床上的是一名年轻女性，我认识的女性。

不，何止认识，我每天都会看见她的脸。

每天，在镜子里。

住在特别病房里最后的 ILS 病患，那就是……我自己。

7

“怎么可能……怎么可能有这种事……”

我一边不停地尖声说着“怎么可能”一边往后退，从与自己长着相同容貌的女性躺着的病床边离开，这时候，背后传来了脚步声。

“爱衣医生。”

“噫！”我发出微微的惊叫，一回头，入口处站着约小学低年级的女孩，娇小的身躯，像要伸出头一样前倾的姿势，猫一般的大瞳孔拉得细长。

“宇琉子？！”

“晚安，爱衣医生。”久内宇琉子以轻快的语调打了个招呼。

“你，你不可以进来这里呀，而且已经是睡觉时间了。”

我一这么说她，宇琉子便抖着肩膀，忍不住笑出声。

“在这种状况之下，还能说出这么有常理的话，也就是说你完全没有发现呢，虽然说你现在很混乱，但也有点太迟钝了吧。”

“你在……说什么……”

“你还不懂吗？不过不用担心，我就是为了说明这个情况才会过来的。”

“说明？！你愿意告诉我为什么和我长得一样的人会躺在那里吗？”我高声喊道。

宇琉子踩着缓慢的步伐走进房内，她轻轻挥了挥两只手，入口的门便关了起来，简直就像她没有直接触碰就合上了门一样。

“那不是和你长得一样的人，躺在那里的就是爱衣医生你本人。”

宇琉子在距离我大约三米处停下脚步，指着躺在病床上的“我”。

“这怎么可能！因为我就站在这里啊！”

“不要那么激动，当然你也是爱衣医生。”

或许是心理作用，我发现宇琉子说话的语气改变了，我抱着头：“我不懂这是什么意思……为什么我会躺在特别病房里，这间房间里，应该躺着最后的 ILS 病患，也就是萨达康玛利、少年 X 才对呀。”

“大致上是没错，”宇琉子耸耸肩，“虽然爱衣医生不是少年 X，却是 ILS 病患及萨达康玛利。”

“你在说什……”说到这里，画面再次伴随着剧烈的头痛出现在脑海中。

我正走在住商混合大楼的楼梯上，不久，我打开楼梯尽头处的铁制大门，走进昏暗的室内。

“晚安，医生，您在吗？”

我走进里面的“诊疗室”内，在放着皮质可调式椅子的房间里，那个人背对着我坐在办公桌前。

“哟，爱衣医师。”

那个人转过身，温柔到不自然地笑着。

“怎么了吗？也不开灯，这么晚了您说有急事，是什么事？”

“嗯，你可以再等一下吗？其他人很快就来了。”

“其他人？还会有谁来吗？”

我这么问完，他的嘴角更加向上扬，视线看向放在桌上的屏幕，上面播放着类似监视摄影机的影像。

“对，刚好其他三个人好像也到了。那么，我本来打算把你放到最后的。总之，先告诉你我是谁吧。”

“你是谁？这是什么意思？”

那个人慢慢地站起身，打从心底愉悦地说道：“爱衣医师，其实我啊，是少年X……”

画面中断，尖叫声响遍整个房间，从我嘴里迸发出来的尖叫。

“……这是什么？！我看了什么？！”

我抱着头，双膝跪地，朝我走来的宇琉子看向我的眼睛。

“看来你想起来了呢，嗯，这是好现象，因为你已经做好接受的准备，所以记忆才恢复了。好啦，没多少时间了，也该和你说明了。”

“宇琉子，你要是知道就告诉我！为什么我身边会发生怪事？！”

“怪事？”宇琉子微微地歪了歪头，“你说的怪事具体来说是什么事？”

“什么事，当然是和我长得一样的人躺在那里这件事啊！”我大叫道。

宇琉子的脸朝我靠近：“只有这样？”

“不只这样，刚才有奇怪的画面闪过我的脑海，还有刑警说爸爸和奶奶都已经死了……我今天去爸爸租的公寓一看，浴室里到处都是血，变成案发现场了……”

我太混乱了，以至于舌头不太灵光，等我不放弃地拼命说完，宇琉子却回以同一句话：“只有这样？”

宇琉子的大眼睛里，倒映着我害怕的表情。

“你说只有这样……是什么意思？”我的声音因不祥的预感而颤抖。

“那，爱衣医生，你仔细想想，还发生了很多其他的怪事啊，这个世界一直是充满了怪事哦。”

宇琉子张开了双手，感到恐怖的我把手从她纤细的肩膀拿开，跌坐在地往后退。

“最近一直在下雨对吧。”宇琉子抬头看着天花板，“那，爱衣医生，这场雨是从什么时候开始下的？”

“从什么时候……”

回溯着记忆的我，听见了血液从脸上退去的声音。

“没错，已经两个月了，这两个月雨不停地下，一天也没有停过，你不觉得奇怪吗？”

除了看着张开双手，继续滔滔不绝地说着的宇琉子，我什么也做不了。

“不只是这样哦，为什么只是个孩子的我和草薙莲人会住在这层病房，并且在医院里到处走来走去？如果是小孩子，应该住在儿童病房，而且受到严格管制无法离开不是吗？还有啊，一个人接收了三名ILS病患也很奇怪，这么罕见的疾病病患，不是应该尽可能让更多医师负责，以累积经验吗？另外，如果是主治医师，应该事前早就知道加纳环怀孕了吧？这种事在办理住院的检查时就会知道了。”

“那一定是因为……儿童病房已经没有床位了才会这么做；而ILS病患是因为我自告奋勇要担任主治医师；环小姐的身孕，大概是检查遗漏了……再说今年气候异常……”

即使我知道这不合理，还是想办法挤出一些原因。

“真拿你没办法，那这个呢？你之前回老家时，看到从小时候就开始养的猫和兔子了对吧？”

为什么宇琉子会知道这件事？我被卷入更深层的混乱之中，加重了语气：“那又怎么了吗？”

“那，爱衣医生。”

宇琉子微笑着，带着无限哀伤。

“猫和兔子的寿命大概有多长？”

我觉得身体好像窜过一阵电流，身体的力气渐渐失去。

“没错，小时候养的猫和兔子现在不可能还活着，因为很可惜的是，它们的寿命比人类要短太多了。”

“没……没这回事，黄豆粉和跳跳太很长寿……”我喘气般地说着。

宇琉子一脸“我就知道”地叹气。

“真是的，该说你固执呢，还是脑袋不知变通呢？好，那我就说个你无法反驳的吧。”宇琉子在面前竖起了食指，“爱衣医生最近经常回老家呢，只要想回去就很随兴地回去了，而且还会在早上从老家出门到医院上班，没错吧？”

我无力地点头，同时害怕着她要说什么。

“那我问你哦，爱衣医生的老家到底在哪里呢？”

“老家……”

视野摇晃了起来。我的老家……配有指定座位车厢及商务车厢的特急电车会停靠的终点站、从那里发车的路面电车、漆成红色的球场加上祈求世界和平的公园，以及到处都看得见的御好烧店家。

我从颤抖的双唇间挤出声音：“广……岛……”

没错，是广岛，搭乘新干线要花四个小时的地方，我却像是去隔壁县市一样随意地就回老家去了。

明明不可能做得到这种事。

“看来你明白了呢。没错，那不是个你想回去马上就能回去的地点，更不用说搭出租车回去，根本不可能。”

“但是我……”

“对，你这两个月并没有察觉身边发生的异常现象，你把这些看成理所当然的事，不过这也很正常。”

宇琉子的身体一点一点地缩小，从病人服露出来的脖子和手臂逐渐长出看起来很柔软的毛发。

“不论是谁，都会很自然地接受奇怪的事……当他身在梦中的话。”

宇琉子的身体更加前倾，双手碰到了地板。不，那已经不是手了，而是前脚、带有粉红色肉垫的前脚。

“梦中……”

在复述这句话的我面前，宇琉子毛发包覆的脸颊上长出了长长的胡须，已经见惯了的生物从轻轻落下的病人服里钻出来——

长着兔耳朵的淡黄色的猫。

“没错，这里是梦中世界，爱衣，你从两个月前开始，就一直徘徊在自己创造出来的梦幻世界里。”

库库鲁像在打招呼一般“咻”地竖起长耳朵。

幕间 IV

“听我说，结果其他三个人全都醒来了哦。”

坐在铁椅上的杉野华对着眼前躺在病床上闭着眼睛的女性说话。

前几天，ILS 病患之一的女性加纳环睁开了眼睛，怀孕中的她健康状况良好，腹中胎儿也顺利成长。从昨天开始，环在妇产科医师的指导之下开始复健，恢复体力为生产做准备。

这么一来，同时陷入昏睡的四名 ILS 病患，就只剩下华负责的她还没醒了。

“真是的，都怪你还不醒来，搞得我看起来好像医术很差，因为其他后辈一个接一个都医好了他们的病人啊。”

其他的 ILS 病患分别由另外三名后辈医师负责，就算问他们如何治疗病患，三个人也只是给出相同的答案：“我并没有特别做什么，是病人自己苏醒的。”

华站起身，轻抚着躺在病床上的女性的脸颊。

“跟你说哦，昨天姓园崎的那个刑警说那个人就是连续杀人凶手不会有错了，而且呀，看来那个人真的是少年 X 呢，没错，就是在你小时候攻击你的少年 X。”

华大大地叹了口气。

“我啊，之前还蛮尊敬那个人的呢，再怎么说毕竟是救了你的恩人嘛，但是那个人竟然就是造成你心灵创伤的罪魁祸首……”

微微的鼾声振动着握紧了拳头的华的鼓膜，华露出苦笑，手指轻轻弹了一下女子的太阳穴。

“你静静听我抱怨我是很开心啦，但还是像以前那样和有点骄傲的你聊天更愉快。”

华只要结束工作就会来到这间病房，巨细靡遗地诉说那一天发生的事，这样的生活已经持续了两个月，总觉得这么做，有一天她似乎就会睁开眼睛，回道：“哦，原来发生了这种事啊，华学姐。”

今天一定……内心怀着这样的期待，华看向她的脸，但是那双眼睛依然只是闭着，眼睑细微地振动，看得出来下方的眼球正在剧烈运动。

“如果是那么可怕的噩梦，就别再做下去了。”

华轻轻摸了一下她的脸颊后，往门口走去。

“明天再见，爱衣，祝你有个好梦。”

华对着自己的后辈，也是好友的识名爱衣轻轻挥挥手后，离开了病房。

好了，接着去看看特别病房的状况后就回家吧。

华正走在病房走廊上时，背后传来轮子的声音。

又来了……华无奈地垂下肩膀转过身，这家医院的院长正坐在轮椅上往这里靠近。

“有什么事吗？马渊医师。”

“我不是说过要叫我院长吗？”

两个月前从这家医院的副院长晋升为院长的马渊大介皱起了眉头。

就是因为你老说这种没出息的话，所以大家才不承认你是院长啦，华傻眼地重新称呼道：“知道啦，院长大人。”

“识名医师的状况怎么样了？”

马渊灵活地将轮子掉头，指着爱衣入住的病房。大学时代，因为在橄榄球社团的比赛中腰椎粉碎性骨折导致半身不遂，从那之后就使用轮椅超过二十年，难怪已经很熟练轮椅的操作方式了。

“还是老样子，是个睡美人。”

你真正想知道的明明就不是她的状况，华在内心碎碎念。

果不其然。“那么，”马渊指着位于走廊尽头通往特别病房的自动门接着说，“他呢？有没有要醒来的迹象？”

“没有，老实说病情不乐观，身体受的伤太严重了。”

这应该也不是这位新院长真正想问的事，华冷声丢下一句：“已经够了吗？”随即转身。

“不，等一下，我的话还没说完。”

连忙喊住华的马渊，神经质地看看四周，压低了声音：“虽然这只是流言，不过我听说他可能和某件大型犯罪有关，你是主治医师，知不知道些什么？”

马渊看进华的眼睛，那双想要看透别人内心的眼睛非常惹人厌。

“……没错，我知道。他对容易接受暗示的病患洗脑，将他们逼上自杀的绝路，而且他或许是前阵子震惊社会的连续杀人案凶手，不仅如此，他甚至可能是二十三年前杀了自己双亲并分尸后，隔天在游乐园杀害超过十人的少年X。这件事如果传出去了，媒体也许会蜂拥到医院来，那时候还请你作为医院的最高负责人采取坚定的应对。”

华一口气连珠炮似的说完，丢下一句“我先走了”，便离开呆若木鸡的马渊。不小心打破和刑警们的约定，说出了他的事，本来以为只要口头上赢了讨厌的院长，心情就会变好，结果只是越来越郁闷。

来到特别区域前方的华，将挂在脖子上的识别证贴在门禁读卡机上，玻璃制的自动门逐渐打开。

华踩着沉重的步伐，沿着特别区域毫无情调的走廊前进。

“既然都收了昂贵的个人房费用，至少在这个区域铺个地毯或摆几张画不是很好吗？”

华嘴里念着，来到了位于尽头处，费用最为高昂的特别病房前，却在抓着拉门握把后停下动作。

大约一个月前开始，这间病房里就一直住着同一个人，是对这家医院，以及对华本身而言都非常重要的人，每一次进病房里探望他，都需要做好心理准备，尤其是从刑警那里听到他做过了什么之后。

“好。”嘴里发出轻轻一声后，华拉开拉门走进病房。

里面是一处如同高级饭店套房的空间，有厕所及浴室、皮革沙发、桃花心木制的办公桌，甚至还附有给探病客人使用的房间。

这间房间比华住的房子还要宽敞数倍，位于窗边的病床四周，摆满了各式各样的医疗仪器。

从吊在天花板上的输液袋，连接到他锁骨下静脉点滴管线的侧管上，装了好几个点滴泵，流入升压剂等维持生命必需的药品；规律地响着电子音的屏幕上，详细地显示出心电图、血压、脉搏和呼吸数；管理他的呼吸，将氧气送往肺部的人工呼吸器以一定的节奏发出泵声。

华拨开像植物藤蔓般垂下的点滴管线，来到病床床侧，看着躺在上面的男性，华用力抿紧了双唇。

他在接受清除硬脑膜下出血手术时剃光的头部，已经长出短短的头发了；右侧脸部受损格外严重，现在仍缠覆着的绷带下，应该有一个从脸颊到眉毛处被挖掉的大面积伤口。某次换绷带时，华刚好在场，她顿时有一种要被失去眼球而成为黑色空洞的眼窝给吸进去的错觉。

右手臂和右小腿骨头粉碎无法重建，因为若放着不管会有感染的风险，所以经手术截肢了。

华轻轻地摸着他的左手，小声说道：“晚安……袴田医师。”

这家医院的前院长没有回应，微微叹了一口气的华，逐一确认屏幕上显示的数值及人工呼吸器的设定。

大约两个月前的深夜，发生了一起交通意外，他摇摇晃晃地冲到车流量大且高速行驶的干线道路上，结果被大型 SUV 撞倒。

行车记录器录下了袴田在没有人行道的地方，踩着虚浮的脚步突然冲到车道上的身影。从他简直是失魂落魄跑到车道上的样子，推测他有可能意图自杀，因此对 SUV 的驾驶采取不起诉处分。

意外发生后，袴田马上被送到大学医院的急救中心，被撞飞将近二十米的袴田全身严重受伤，尤其是内脏受到很大的损伤。

他紧急接受了手术，摘除破裂的脾脏，大范围撕裂的大肠也切除了一半以上，还同时进行了整个胸廓都被撞断的右肺摘除手术，以及硬脑膜下出血的清除手术。

之后另外接受了手臂及小腿的截肢手术，住在 ICU 超过一个月以后，趁着全身状况稳定时转院到这家神研医院，入住特别病房由华担任他的主治医师。

原本他可以继续住在大学医院里，但似乎是袴田发生意外后从副院长晋升为院长的马渊强行让他转院。对拥有人望的前院长展现出诚意，大家会更容易认同自己是新院长，华猜测马渊也许有这样一层算计。

全部确认过一遍的华垂下肩膀，屏幕上显示的数值并不乐观，抽血检查的数值也可以看到各个脏器的功能正在恶化。

从重大意外中奇迹生还的袴田，肉体也逐渐迎来了极限，恐怕不远的将来，他的心脏将停止跳动。

华坐上放在病床边的铁椅。

“为什么你还不睁开眼睛呢？袴田医师。”

和身体比起来，袴田头部受到的损伤可以说是相对轻微，头颅内产生的血块也因为能够在早期阶段就通过手术清除，所以对脑细胞造成的伤害应该没有那么大才对，CT 及 MRI 等影像检查已经证明了这一点，然而意外发生后，袴田并没有恢复意识，而是持续陷入昏迷。

华看着袴田的脸，他的眼睑一颤一颤地跳动，可知在那层薄薄的皮肤下，眼球正在剧烈运动，或许他正在做梦，这样简直……

"简直……就像 ILS 病患一样。"轻声自言自语的华摸着鼻头。

袴田发生意外的隔天，片桐飞鸟、佃三郎、加纳环，以及识名爱衣四个人 ILS 发作，如果相信刑警的话，袴田在意外发生不久之前，将他们四个人叫到了"咨询"用的大楼去。

园崎说袴田或许是在那里用了毒物，引发那四个人的 ILS，而他会不会也因为受到该毒物的影响于是冲到马路上才发生了意外。

袴田是因为意外造成脑部损伤所以陷入昏迷，华本来是这么想的，但也许并不是这样，袴田之所以醒不来，不是因为脑部损伤，搞不好是因为罹患了 ILS，那种像是失去魂魄般持续昏睡的怪病。

华在激动之下从椅子站到半空中，但又马上坐回椅面。就算真是如此，情况也不会有任何改变，ILS 并没有特别的治疗方式，现在能做的，就只有继续采取维持袴田生命的措施，同时祈祷了，祈祷他恢复意识。

"袴田医师，请你醒过来吧，我有很多非问你不可的事。"华降低了音调，"你真的洗脑病患，并将他们逼上自杀绝路吗？你真的犯下了连续杀人的罪行吗？你真的杀了爱衣的爸爸吗？"

说完站起身的华，靠近了袴田的耳边：

"你真的……是少年 X 吗？"

没有回应，但是总觉得袴田的眉宇间微微地皱了起来。

他果然是在做梦吗？如果是，会是什么样的梦？

华的手指抚上袴田的眉间，白袍口袋中的手机振动了起来，屏幕上显示是内线电话，是十三楼病房护理站的号码。

“喂，我是杉野，怎么了？”

接起电话之后，那头传来了年轻护士的声音。

“啊，对不起，杉野医师，有几位客人说想见识名医师。”

“来探病的吗？是没什么关系，为什么要特地联络我？”

一般有访客来探病并不会通知主治医师。

“不，这是因为，三位客人似乎都没有直接见过识名医师，只是他们说一定要现在去见她……我不太明白他们说的话。”

“什么？没有见过面却来探病？话说回来，那些人是谁呀？”

“他们是……”

听见访客名字的华不停地眨着眼。

为什么那些人会？疑问不但没有解开，反而越来越深了。

“那个，请他们稍等一下，我马上过去。”

不知道发生了什么事，不过那些人想见爱衣应该具有某种意图。华将手机放回口袋，看向躺在病床上的男人的脸。

“我会再过来，请好好休息，袴田医师。啊，这似乎不是你真正的名字，也许用另一个名字称呼你会比较好？”

华静静地说出那个名字：“少年 X……草薙莲人先生。”

第五章

尔后，前往梦幻的尽头

1

“我就是最后的ILS病患……我是萨达康玛利……”我茫然若失地喃喃道。

一直到刚才还是宇琉子的样子，现在则端坐在病人服上的库库鲁点头：“就是这样。萨达康玛利的意思是‘天赋异禀之人’，简单来说就是用于指称灵感力高的人，像是……犹他这样的人。”

“犹他……那么，这里真的是……”

“嗯，是梦幻世界哟，你自己创造出来的梦幻世界。”

“这怎么可能！因为这里和之前见到的梦幻世界完全不一样啊！”我喘气般地说道。

库库鲁耸了耸肩膀：“我在佃三郎的梦幻世界里不是说明过了吗？也有和现实世界一模一样的梦幻世界呀。这个世界确实不是片桐飞鸟或加纳环创造的那种幻想型的世界，不过这里也是货真价实的梦幻世界哦。”

“但……但是……”

为了逃避向我袭来的残酷现实，我拼命思考否定的借口。

“对了，如果我这两个月都在梦幻世界，那么有四名ILS病患住进我们医院的事、院长发生交通意外所以需要坐轮椅的事、发现久米先生遗体的事，这些事情我应该都不知道，还是你要说这全都是从我的想象中诞生的？”

“不，你刚才说的大部分都是现实中发生的事。”

我虽然在意“大部分”这个词，但还是倾身向前：“那……”库库鲁像是往前伸出手掌一样举起了一只耳朵。

“关于这个，爱衣，多亏了杉野华。”

“华学姐的……”

“没错，她是你的主治医师，每天工作结束后都会到病房来，将那天发生的事巨细无遗地说给你听，对着没有睁开眼睛的你。这些信息进到你的潜意识中，然后投射在这个世界里，以和实际状况有点不一样的方式。”

库库鲁像节拍器一样左右摇晃着耳朵继续说：“在现实中，你完成了玛布伊谷米的三个人，都有各自的主治医师，而且久米的遗体似乎是在一个多月以前，被附近的人发现的。”

“你骗人！这种事根本没有任何证据！”

“虽然我觉得刚才说的那些事，以及我现在在这里的这件事就足以成为证据了，不过你没办法那么轻易接受吧？那么，这件事怎么样？”库库鲁的眼睛倏地眯了起来，“你刚才说院长需要坐轮椅，那个院长是指谁？”

“还有谁，当然是……”

说到这里，我忽然说不出话来了，脑海中浮现出一名灵活地控制轮椅，身材肥壮、头发稍见稀薄的中年男子身影。

“马渊……副院长……”

“没错，是那个叫马渊的男人在两个月前晋升，现在已经是院长了，但是在你的认知中，‘院长’则是其他男人。现实中发生的事，和你的既有认知融合，一个完全不同的男人，在这个梦幻世界里以‘坐轮椅的院长’登场。”

“那……那，这里真的是梦幻世界……”

“所以我从刚才就一直这么说了不是吗？我知道你受到惊吓，但也差不多该接受了吧。”

库库鲁拍动双耳往上飘到与我的脸同高。

“你那天晚上，和其他三个人一起被他叫到大楼去，那栋你平常接受‘咨询’的大楼，然后他不仅说出自己的真实身份，还打算加害于你。你本来就已经很憔悴了，又遭到比任何人都更受打击的信赖对象的背叛，知道他的真实身份让你的精神达到极限，于是你隐藏的犹他能力就爆发了，吸走身边人的玛布伊，在无法承受那股负荷之下，回到家以后便陷入昏睡。”

“……然后，ILS 就发作了。”我用不带抑扬顿挫的声音接下库库鲁的话。

“就是这样。”库库鲁露出了笑容。

“那我刚才看见的画面，是真实发生的吗？那个人真的是……”我的呼吸变得困难，一句话也说不出来。

库库鲁在按着喉咙的我面前表情变得僵硬，用压抑着的声音说道：“没错，袴田正是少年 X。”

眼前一片黑暗，我瘫坐在地上的身体摇晃着往前倾，库库鲁停止拍动耳朵落地，像要安慰我一样舔了一下我的手背，仿佛被沾湿的砂纸抚过的感觉，虽然只是一点微弱的感觉，不过让我多少恢复了点现实感。

……但这里明明就不是现实。

“少年 X 离开矫正机关后，窃占了袴田聪史这个人的户籍，大概也利用整形手术改变了容貌吧，然后进入医学系成为精神科医师，因为这最能够满足他的欲望。”

“欲望……这是什么意思？”我气若游丝地问。

“根据杉野华从警方那里听到的消息，少年 X 从杀害陷入绝望的人，以及控制他人的人生来获得强烈快感。成为精神科医师的那个家伙，从大量的病患中挑选出容易受到影响的人，对他们进行个人‘咨询’，洗脑之后让他们自杀。控制对方的人生、让对方绝望，然后杀了他，这正是那个家伙想做的事，过去一定有多达数十个人被他逼上自杀绝路。”

“数十个人……”超乎我想象的数字让舌头都变得僵硬。

“那个男人不仅是神研医院的院长，每周还会去一次大学医院看诊，他可以从大量的病患中任意挑选，而且还持续了好几年，牺牲者人数或许达到了三位数。”

“那么飞鸟小姐和佃先生也……”

“不只如此，片桐飞鸟的父亲大概也是，告诉他大量服用帕金森症的药可以止住颤抖这个信息的人也是袴田。片桐飞鸟的父亲就住在离这里不远处，而且又罹患了神经方面的难治之症。”

“他在这家医院接受治疗……”

“应该是吧。因为疾病而失去工作和家人的压力，他可能也在精神科就诊吧，于是被那家伙盯上了，他在意外之后为了留下眼角膜而上吊，大概也是受到那家伙的煽动，遗书内容之所以不是很完整，或许也是那家伙动了什么手脚。”

“但是……为什么连飞鸟小姐都被袴田医师盯上？”

“对于从支配他人的人生中得到快感的那个男人来说，让飞鸟小姐因自己的阴谋而误以为差点被亲生父亲杀害，可以说是最棒的计划了。而且，发生坠机意外的地点，就在他看诊的大学医院附近，会不会是在那里接触了送到急诊之后住院的片桐飞鸟啊？”

“佃先生和久米先生是……”

“你不是看过佃的记忆了吗？久米的精神鉴定，是由具有经验的鉴定医师进行的。”

“那个人是袴田医师……”

袴田医师以专家的身份做过许多精神鉴定，进行鉴定时，基本上会让嫌犯住院将近两个月，有了这段时间，要将容易受到他人影响，甚至曾作为优香小姐禁脔的久米先生纳入自己的控制之中，想必很简单，而佃先生则是在去询问久米先生的鉴定时与袴田医师有了接触，最后被他给骗了。

想到这里我忽然抬起头："难道优香小姐也是？！"

"佐竹优香住在这家医院附近，精神很不稳定，这个可能性蛮高的。现在回想起来，她的行为也太离奇了，不过如果是那家伙在背后操控就说得通了。促使佐竹优香自杀好让久米惹上嫌疑，之后说服检方，自己出面成为遭到逮捕的久米的鉴定医师。完全就是随心所欲地控制他人的人生，对那家伙来说，想必是极大的快感吧。"库库鲁轻蔑地说。

"但是，为什么那个人以前要帮助我？"

袴田医师是我的恩人，如果没有他，我大概已经崩溃了吧。

……但是，我的痛苦根源却也来自他。

"你也知道吧，治好自己弄坏的人再安置在身边，这个行为完全等同于支配那个人人生的一切，而且对那家伙来说你很特别：二十三年前事件发生的时候，那个既可以杀了你，也可以救你的状态，开启了他支配他人的快感。"

"就为了这个而把我……"屈辱感让我的脸颊热了起来。

"这个嘛，或许不只是这样吧。"

库库鲁的自言自语让我反问道："咦？什么意思？"

"没什么，不用在意。"库库鲁摇摇一只耳朵。

"那个……现实世界中那个人，袴田医师现在怎么样了？"我平静地说道。这里不是现实世界，是自己创造出来的梦幻世界，我终于开始理解这件事了。

“昏迷住院中，在现实世界的这间房间，特别病房里。”

“因为被我吸走了玛布伊吗？”

“不是，是因为在意外中受到了濒死的重伤。”

“意外？！”我瞪大了眼睛。

“对，袴田之所以在这个世界发生交通意外，是杉野华告诉你的事情投射在你潜意识里的结果。只是他实际的状况不只是半身不遂，而且手脚截肢，脸部也一团糟。”

库库鲁用一只耳朵盖住了右半边的脸。

“那天晚上，被你吸走玛布伊之后，他精神恍惚地循着回巢本能打算回家，却在半路冲到大马路上，结果被 SUV 撞倒。哎呀，这是他自作自受，只是他现在还陷入昏迷的原因，其实并不是受伤的缘故。”

“是因为被我吸走了玛布伊……ILS 病患有五名。”

“就是这样。”库库鲁甩了甩耳朵。

“我并不是从病患们的身体进入梦幻世界的对吧，在这个世界里我负责的那些病患，正是被我吸走的玛布伊，我是直接触碰玛布伊潜入梦幻世界里。”我抬头看着纯白的天花板，音调不带起伏地说。

“没错，玛布伊谷米成功之后，病患看起来像是出院了，这是因为恢复力气的玛布伊回到了在现实世界里的自己的身体。”

啊，现在回想起来，我并没有见到三人出院；当我发现时，他们已经在不知不觉间从这家医院消失了，如果是主治医师，送别出院的病人应该是一件很平常的事。

“……你从一开始就知道一切了吗？”

“并不是一切，我虽然知道袴田是少年 X，以及 ILS 病患是被你吸走了玛布伊，但是他们的过去是你在进行玛布伊谷米时才第一次知道的。还有，多亏了杉野华，我也某种程度上知道现实世界里发生了什么事。”

“……但是，你却什么都不说。”

“不要用这种责怪我的语气嘛，我一直在你身边保护你、等待你哟。啊，这么说起来，久内宇琉子（Ku Nai U Ru Ko）这个名字是字母重新排列组合而成的，把名字的罗马拼音位置换一下，就会变成‘爱衣的库库鲁（A I No Ku Ku Ru）’啰，很有趣对……”

“你在等我什么啊？！”我的怒吼回荡在寂静的空间里。

“等你做好准备呀，接受现实的准备。”

“接受……现实？”

“对呀，你在现实世界遭受了痛苦的经历，非常痛苦的经历。在精神这么虚弱的情况下，知道一直仰慕的袴田就是少年X，而且还差点被他给杀了，这个痛苦达到了你承受能力的极限，为了避免崩溃，你的犹他能力觉醒，创造出梦幻世界并逃进了那里。之所以牵连到其他人的玛布伊，只不过是副作用罢了。”库库鲁张开双耳，“这个梦幻世界是为了保护你的内心而产生的，是个合乎你心意的世界哦。”

合乎我心意的世界，我所期望的暂时性的世界。

“你想要留在这里，但另外，你又明白不能永远关在这里，所以受到必须帮助那三名ILS病患的意愿驱使，我才会化身为你的库库鲁，教你玛布伊谷米的方法并且从旁协助你。”

教我玛布伊谷米的方法？但那是……库库鲁侧眼看着一脸疑惑的我继续说道：“这间特别病房之所以被严密封锁，也是因为你感到害怕，无法读取的病历、打不开的门、拼命隐藏病患的医师们，这些全都是你对现实恐惧的具体展现。”

“但是……我今天可以进来了。”

“因为你在三次的玛布伊谷米中成长到可以接受一切了，随着你的成长，梦幻世界也改变了，这个世界的袴田渐渐出现奇怪的行为对吧？这就是你开始接受那家伙是杀人魔的证明，我一直在等这个，有时候还会问你关于袴田的印象。”

库库鲁的确不时会问我关于袴田医师的事，我之前曾讶异应该知道我所有一切的库库鲁为什么会问我那样的问题，现在终于说得通了。

“看到这个世界的袴田改变态度，我也下定了决心要引导你到这个房间来，让你看到最后的病患的真实身份就是你自己，让你知道这里是梦幻世界。”结束一连串说明的库库鲁微微歪了歪头，“还有其他想问的事吗？”

“……只有一个。”我僵硬地挤出卡在喉头的话，“只要告诉我一件事，在现实世界里……爸爸怎么了？”

我无法不问出口，虽然我明知答案是什么……

库库鲁一脸寂寞地微笑：“死了，半年前被袴田……少年X杀死了。”

啊……果然是这样吗？我垂下头，已经连支撑头部重量的力气都不剩了，感觉灵魂逐渐腐朽。

半年前在公寓遭到杀害的中年男子，正是爸爸。在这个世界里，不论怎么搜寻都找不到被害人的名字，那是因为我的潜意识无法接受爸爸就是被害人。

“十个月前，你爸爸出差来到东京，并且和你见面，那时经他人介绍认识袴田的他本能察觉到那家伙可能是少年X，毕竟二十三年前抓住少年X的人就是他。”

没错，那一天我们一家三口去了游乐园，一开始爸爸被刺，接着，为了保护我的妈妈被砍伤，然后爸爸侧腹流着血，整个人拼命地扑上去撞倒了盯着我一动不动的少年X，之后少年X被周围的人群给制服。

“他不是要向少年X报仇，而是想保护珍爱的独生女，所以辞掉工作，搬到东京的公寓里仔细调查袴田，为了确认那家伙是否是少年X，但是那家伙察觉到这件事，就对他下手了。”

库库鲁淡淡地诉说的话语逐渐渗透进我的脑海内，这时候我发现垂在两旁的手变成了蓝黑色，简直像要慢慢坏死一样。

“决定杀害他之后，袴田先将身为鉴定医师得到的搜查资料送给佃，让久米获得无罪释放，他大概是计划如果有个万一就让久米做他的代罪羔羊。警方依照那家伙的计划，认为久米就是凶手，甚至是少年X，不过却发生了一件不在计划内的事。”

“不在计划内的事？”我用失焦的眼睛对着库库鲁。

“接连杀害了你爸爸和久米，点燃了那家伙的欲望之火，他毫无疑问是个异常的快乐杀人者，控制他人让他们自杀不过是种代偿行为。回想起实际杀人的快感之后，他便无法再压抑自己，一个接一个地对接受过‘咨询’的病患下手。”

“那么连续杀人案也是……”

“没错，他就是凶手，只是已经无法遏止疯狂欲望的那个男人，犯罪行动越来越没有计划性，最后警方也开始盯上他了。那家伙明白自己已经逃不掉了，两个月前决定犯下最后的案子——他打算一次性杀了自己犯罪的原点，从二十三年前就一直执着到现在的目标，并且那个时候可以马上约出来的所有人。”

“他想……杀了我。”不知不觉间，坏死的部位已经扩张到了手肘附近。

“就是这么回事。附带一提，这个世界里虽然持续发生着杀人案，但在现实中，自从两个月前那个男人因意外昏迷之后就不再出现受害者了，虽然好像有模仿犯引发的案件。”

库库鲁摇着耳朵仿佛在说解释完了，当我看着它时，一阵刀刃刺进脑门的头痛窜过，我连哀号声都发不出来，蜷身蹲在地上，脑海里像鞭炮一样连续跳出好几个画面。

我哭着将闭着眼睛的跳跳太埋在院子里的影像。

我将脸埋在软趴趴躺着的黄豆粉逐渐变冷的脖子上磨蹭的影像。

茫然地站在警察局地下室的灵堂，确认爸爸遗体的影像——脸色苍白、闭着眼睛的爸爸，从太阳穴到脸颊上，被刀划下了像是大型“X”记号的伤口。

不知不觉间，胸口的疼痛变得比头痛还要剧烈，T 恤上渐渐渗出了红黑色的痕迹，胸口的伤痕裂开了。这里是梦幻世界，在这里的是玛布伊，我的灵魂，二十三年前深深受到伤害的灵魂。因为认知到这里是梦幻世界，玛布伊的伤痕也因此烙在了这个世界的我的身体上。

坏死的部位从上手臂急速扩展到躯干，玛布伊正在腐烂，我这个人正逐渐腐烂，我慌张地拉开衬衫领口往内看，坏死部位已经侵蚀到正在渗血的伤痕了，从那里流出散发恶臭的脓。

绿色的脓流过浊黑色皮肤的景象太过诡异，剧烈的恶心感袭来。

我根本还没准备好，无论怎么成长，都不可能接受这么痛苦的现实。

“你还好吗？爱衣。”库库鲁跳上我的肩。

“一点也不好……怎么可能好得了……”我喘着气，断断续续地说着。

不可能好的，因为我失去了所有人。

爸爸、奶奶、黄豆粉、跳跳太，以及……妈妈。

“因为我身边已经没有任何人了……”我随着痛哭吐出这句话之时，因坏死而皮肤开始剥落的脖子上卷上了一个柔软又温暖的东西，就像寒冬中有人帮我围上围巾一样舒服。

“没有这回事哟。”库库鲁像抱住我一般耳朵环绕着我的脖子说道，“有我在呀，无论何时我都在你身边，所以放心吧。”

库库鲁的话渐渐地渗入身体，恶心感慢慢退去。

“但是现实中……”

“就算是现实中，爱衣你也不是一个人哦，你看。”

库库鲁将窄小的额头贴在我的头上，从那个部位流入了影像，是从高处眺望个人病房的影像。

“这是……”

“这是现在发生在现实中的影像。”

我躺着的病床周围站着三个很眼熟的人，华学姐则在病房门口附近以讶异的表情看着他们。

“那些人是……”

“没错，片桐飞鸟、佃三郎、加纳环，是你通过玛布伊谷米帮助的人。”

“为什么他们三人会……现实中我和他们根本没有见过面不是吗？难道他们还记得梦幻世界的事？”

“应该不记得吧，不过也不是完全忘了，一定是醒来之后还留着受到你帮助的感觉，只有模糊的记忆吧。”

我听着库库鲁的声音，继续看着直接流进意识中的影像。

“初次见面……对吧，识名医师。”佃先生向病床上的我说话，“不过不知道为什么，我隐隐约约记得你哦，你救了我，是你守护了我的‘正义’。”

飞鸟小姐接在佃先生后面说道：“我也觉得受到了医生的帮助，感觉好像是你让我知道爸爸为什么要做那种事，以及他有多爱我，所以……谢谢你。”

最后，环小姐从病床边看向我的脸：“识名医生，我醒来之后……得知久米的遗体被人找到了，我非常痛苦，但是因为你，所以我才能走出来，是你告诉我他为了我和这个孩子做了哪些事。”环小姐隔着病人服轻抚着开始有些变大的下腹部，“我们都是因为你而得到了救赎，所以也请你早日醒来。”

“没错，请快点恢复吧。”飞鸟小姐握着我的手。

“我们打从心底希望你能早日康复。”佃先生的眼角皱起纹路，他低下头。

“真的谢谢你。”飞鸟小姐与环小姐也跟着这么做。

影像突然中断，我一句话也说不出来，不知不觉间，胸口的剧痛和全身逐渐腐烂又痒又痛的感觉也消失了，视线模糊，脸颊留下热乎乎的东西。

“你明白了吗？爱衣。”库库鲁用温柔的声音说道，“原本在绝望深渊的那三个人，因为你而获得救赎，你通过玛布伊谷米消除了他们的苦恼。你确实失去了家人，这是非常痛苦的事，但是，这次轮到你来将自己从绝望之中拯救出来了。”

“但是我忘不了！爸爸、奶奶、黄豆粉、跳跳太……妈妈，我怎么可能忘得了大家？”我抽抽噎噎地大喊。

库库鲁温柔地舔着我的脸：“你不需要遗忘，而是在内心珍惜地收藏和大家在一起的回忆然后前进，这么做才是大家的期望，因为大家一直都在守护你。”

原本抑制住的情感溃堤般倾泻而出。

我哭了，如同婴儿般放声大哭，和想起与妈妈之间的回忆时一样。

其间，库库鲁用无比柔软的耳朵一直抱着我。

2

我在库库鲁的怀抱中哭得几乎要流干泪水之后，擦擦眼睛站起身。

“你可以了吗？爱衣。”从我的肩膀跳下地的库库鲁抬头看我。

“嗯！”我用力地点头。

即便心中还刻着深深的悲伤，但是我不再回头，因为这是大家的期望。

我往下看自己的身体，身体坏死的部分不知不觉间恢复成原本的肤色，沾在T恤上的血液与脓液的污渍也不见了。

“表现很好，那我送你一个小礼物吧。”库库鲁摇摇耳朵，我的身体随即被包覆在橘色的光芒中。

光芒消失时，我从T恤加牛仔裤的打扮，变成了穿着笔挺的衬衫与深蓝色的裤子，上面还套着白袍的模样。

“嗯，还是这样穿适合你。好啦，接下来该做什么你知道吧。”

“把我吸走的最后的玛布伊——袴田医师的灵魂从这个世界解放出去对吧。”

“没错，这么一来你吸走的玛布伊就全部解放了，然后这个梦幻世界会崩解，你就会醒过来，这就是你自己的玛布伊谷米。”

“不过方法和之前的玛布伊谷米不一样吧，袴田医师在这个世界并不像其他三个人一样陷入昏睡。”

“这个世界里坐着轮椅的袴田不是玛布伊哦，是从你的想象中创造出来的梦幻世界的一部分，那家伙的玛布伊另有其人。”

“那个玛布伊很平常地到处走动吗？”

“嗯。”库库鲁点头。

“我不是说过，玛布伊够强悍的话，有时候就算被吸走了也不会失去意识……不过嘛，这次的情况中，强悍的不是玛布伊，而是那家伙的库库鲁吧。”

库库鲁自言自语着我听不懂的话之后，像要重新振作般拍合双耳。

“不管怎么说，袴田，也就是少年 X 的玛布伊在这个世界里并没有失去意识，正在到处徘徊。身为犹他的你已经成长了，目前的你，可以本能地知道那是谁吧？”

在这个世界里徘徊的袴田医师的玛布伊……手贴在嘴边沉思的我，瞪大了眼睛，脑海中映出瘦弱男孩的身影。

“莲人？！”

“你说得没错！草薙莲人，这就是少年 X 的本名。”库库鲁举起一只前脚。

“但是年纪完全……而且他还非常孱弱……”

“实际年龄和玛布伊的年龄没有关系。少年 X 因为从小受到严重虐待长大，所以玛布伊才会不是很成熟吧……”

库库鲁说到这里时，周围忽然发生由下而上的晃动，摇晃幅度之大几乎要掀倒“我”躺着的病床了。

“地震？！”

像被丢进洗衣机里似的摇晃让我因无法站稳而蹲下时，从外面传来震耳欲聋的爆炸声，白色的墙壁咔啦咔啦地震动着，声音毫无间断地响了好几次。

摇晃至少持续了一分钟以后终于停止，爆炸声也消失了，我缩着肩膀站起身。

“刚才那个究竟是……”

“看来时间比预想中的还更不足。”库库鲁一脸凝重地说。

“时间不足是什么意思？发生什么事了？”

“没有时间慢慢解释了，马上离开这家医院去找草薙莲人，我在路上解释给你听。”

库库鲁迅速说完便向门口跑去，我一头雾水地追在它身后。

我在门前回头看着躺在病床上的“我”。

“……这次我一定会救你。”

我这么说完飞奔出特别病房，才踏入走廊一步就一句话也说不出来地僵在原地。走廊的样子和进入病房前完全不一样，原本铺着的地毯变成了红黑色，其中的纤维仿佛线虫般令人毛骨悚然地蠕动；挂在墙上的肖像画中人物脸部肌肉腐烂，甚至露出骨头，发出了痛苦的声音。

“这是……什么啊……”

“好啦，不要呆站着，快点走吧。”库库鲁用脸推着我的脚踝。

“不要，这种蠕动扭曲的地毯！”生理上的厌恶感让我拔高了声音。

“啊——真是的，这里可是梦幻世界，而且是你自己的梦幻世界，所以想怎么做都可以啦。”

库库鲁张开嘴，朝着走廊猛烈喷火，我后退一步看着地毯纤维在红艳的烈火中，发出哀鸣到处翻滚。烈焰消失时，地板上只剩下黑色的灰烬。

“这样就可以了吧，快点走吧。”

既然怎么做都可以，难道没有更聪明的方式吗？我内心抱怨着，追在快步前进的库库鲁身后。装饰在左右两旁的肖像画中，形似僵尸的人们发出的尖叫声让我背脊发凉。

正当我想走过西洋盔甲前方时，盔甲突然动了起来高举手中的剑。

“爱衣！”

我耳里听着库库鲁警告的声音，条件反射般地挥动一只手，从我指尖生成的风化身为镰鼬[1]，连着剑将盔甲砍成两段。

“哦，很厉害嘛，就是这样。”

库库鲁以轻快的声音说完，把耳朵变成刀刃，头也不回地将在它背后动了起来的另一具盔甲直劈成两半。

“好，那我们前进吧。”

我将华学姐的识别证贴在门禁读卡机上，打开横亘在一般病房与特别病房之间的铁制自动门，呈现在门后的景象让我说不出话来。

病房已经崩毁了，天花板的日光灯几乎全部碎裂，大量碎片掉在积着灰尘的走廊上，墙壁上有一大片皲裂，从裂缝中渗出混浊的水。

我一边战战兢兢地沿着走廊前进，一边偷看着病房内部，里面露出生锈骨架的病床，或上下翻倒在地，或侧倒在地，当然不见病患的

1　镰鼬：一种日本地方传说中的妖怪。

身影；护理站则是散落了一地用完的针筒及输液袋，电子病历的显示器全部被砸破，屏幕或闪烁，或冒出火花。

“哎呀，真是惨不忍睹呢，这样电梯应该动不了吧，我们从那边的紧急逃生梯走吧。”

“嗯、嗯。”

我打开紧急逃生梯的门，和库库鲁一起走下瓷砖剥落、瓦砾四散的楼梯，穿过和病房一样凄惨的一楼门诊候诊室，从正面玄关来到外面时，我停下了脚步，下个不停的雨的另一头，景象看来完全改变了。

附近的几栋大楼仿佛从中间被咬下一块似的遭到刨开，露出铁架，其中还有拦腰折断倒塌的建筑，周围的住宅几乎半毁，屋顶上开了好几个大洞，像被炮弹洗礼过一番。

医院正前方绵延的柏油大马路上四处出现了如蜘蛛丝般的皲裂，皲裂的中心处则可见到深陷的撞击坑，简直像遭到空袭后整条街道化为废墟的景象，究竟发生了什么事我没有丝毫头绪。

“这真是超乎想象的破坏力呢。”

“这是……怎么一回事？”

“就如同你见到的，梦幻世界正在崩毁。”

“这是……我的缘故吗？是指我在做噩梦吗？”

之前见过的梦幻世界中，如梦似幻的世界也曾在中途变化成噩梦。

“不是，这不是变化而是破坏，是从外部潜入的异物造成的破坏。”

“异物……是指莲人吗？”

“不，身为草薙莲人玛布伊的那个孩子没有这样的力量，那个孩子和外表一样极为弱小，问题在于和那个孩子一起被你吸进来的存在。”

“和莲人一起……”

“啊！”我失声叫道。

“袴田医师的……少年X的库库鲁……”

“答得好，现在正在破坏这个世界的是少年X——草薙莲人的库库鲁。”库库鲁压低声音道。

“被萨达康玛利吸走的玛布伊会在萨达康玛利创造出来的梦幻世界里陷入昏睡，玛布伊本身也会创造出梦幻世界，而库库鲁则会被困在玛布伊创造出来的梦幻世界中。但是，有极少数的玛布伊即使被吸走了也不会失去意识，他们会在萨达康玛利的梦幻世界中徘徊，这次的那名男孩就是这样，这种时候，玛布伊的库库鲁也会同样出现在萨达康玛利的梦幻世界中。”

“所以袴田医师的库库鲁一直在我的梦幻世界里对吧？”

“嗯，没错。那家伙的库库鲁将自己融入这个世界里潜伏着，然后有时候引发地震，有时候又以玛布伊为核，将一部分的自己实体化，反复一点一点地搞破坏，例如杀了人之后把遗体破坏到不成形。”库库鲁合起双耳揉捏般地动着。

“那也是袴田医师的库库鲁做的好事……”

所以在身为“核”的莲人住院期间，杀人案才会停止。

“没错，那家伙在现实世界犯下连续杀人案，而在这个梦幻世界里，那家伙的库库鲁也持续在杀人，那家伙已经不是人类，完全是个怪物了。”

“那，库库鲁，”我凝视着库库鲁，“你也差不多该告诉我了吧，库库鲁这样的存在究竟是什么？你说是映照出玛布伊的镜子，是骗人的吧？因为弱小的莲人和做出这种破坏的袴田医师的库库鲁，性质也差太多了吧。”

“那并不是骗人的，库库鲁在某种意义上，可以说是映照出玛布伊，也就是那个人本质的镜像，只不过确实不准确。”库库鲁吐了一大口气后开始说道，“库库鲁在琉球语[1]中是‘心’的意思，动物总是在向周围付出心之碎片——情感，同时接收情感，尤其在智力发达的人类身上表现更为显著。从他人那里接收到的心之碎片，会聚积在灵魂，也就是玛布伊之中，分离之后便会诞生出库库鲁，也就是说我们库库鲁，是那个人接收到的情感的集合体。”

“情感的集合体……”

“没错，不论是爱情、友情等正向的情感，还是愤怒、憎恨、嫉妒等负面的情感，全都是构成库库鲁的要素。如果将其想象成反映出一个人经年累月接收到的情感，那么可以说是映照出人生的镜子，也就是类似玛布伊的镜子了不是吗？”

这也太强词夺理了，我在内心抱怨着。

库库鲁在我面前跳舞般转了一圈：“我问你，爱衣，你不觉得我非常可爱吗？”

和紧张的场面不搭调的言论，让我“哈”了一声皱起了眉头。

“我是说，客观来看，你会认为我是个非常可爱的库库鲁对吧？这是你一直以来得到了许多爱的灌注的缘故。”

“爱的灌注……”

---

1 琉球语：又名冲绳语，语系未定，主流说法是阿尔泰 - 南岛混合语系下的日语语族。

“没错，”库库鲁咧嘴扬起了胡须，“你沐浴在许多来自爸爸、奶奶、黄豆粉和跳跳太，以及妈妈的爱之中，这些经过累积之后就孕育出了我，所以我不是说过吗？只要有我在，你就不会是一个人。”

一股暖意涌了上来，我伸手捂着嘴，库库鲁伸长了耳朵为我擦去渗出的泪水。

“哎呀，爱衣真的是个爱哭鬼呢，就是因为这样我才会成为这么可爱、个性又好的库库鲁，不过也有库库鲁是在完全相反的环境中诞生的。”

“袴田医师，少年X的库库鲁……”

“没错，草薙莲人从小就遭到残忍的虐待，在长大的过程中，累积了来自双亲的大量负面情感，于是诞生出怪物般的库库鲁，几乎要吞噬掉玛布伊的库库鲁。”

“那么袴田医师……少年X犯下的罪行是库库鲁的错吗？袴田医师没有错啰？！”我激动地问道。

库库鲁双耳环抱：“库库鲁和玛布伊会给彼此带来复杂的影响，这个影响呈现在人类的性格上。那家伙会成为异常快乐杀人者的确是有受到他父母虐待影响的部分，但其他人即使在相同的环境下成长，也不一定会变成罪犯，不仅如此，甚至有许多人成为品格高尚的人。虽然那家伙有值得同情的地方，但不代表他就没有罪。毫无疑问地，是他自己选择要杀了那么多的人。”

“……说的也是。”我摇摇头，甩去浮现在脑海中温柔微笑的袴田医师。

“总之，不论再怎么处于负面的情感中，一般来说库库鲁都不会变成怪物，基本上，我们是从玛布伊诞生，并且陪伴在其身旁的存在。”库库鲁自言自语般地说着。

“什么？”

被我一反问，它就像要含混过去似的摇摇耳朵：“没什么，不用在意，比起这个，我们必须集中精神在接下来该做的事上。”

虽然我有些在意库库鲁的态度，但还是点点头。

“那么库库鲁，你告诉我，接下来我该怎么做才好？该怎么做我才能醒过来？”

“首先要找出那个孩子——那家伙的玛布伊。无论多么强大的库库鲁，都没办法独立于玛布伊之外存在，只是你要小心，那家伙的库库鲁应该也在寻找那个孩子。”

我想起莲人看着窗外说“爸爸和妈妈在叫我”的事。身为玛布伊的他，那个时候是否受到了自己邪恶的库库鲁的呼唤？

“爱衣，你是犹他，你的梦幻世界很强韧，那家伙的库库鲁也无法轻易出手，所以才能将身为玛布伊的那个孩子带到这家医院保护。”

“但是莲人却离开了。”

“那家伙的库库鲁获得了力量，或是说，它恢复了被你吸进来时受到冲击而失去的力量，因此那孩子就从医院消失了。那家伙的库库鲁大概是打算完全吞噬身为玛布伊的那孩子并且实体化，然后将能力发挥到极致夺取这个世界吧。”

“我该做的事，是找出莲人对吧？”

“嗯，没错。”库库鲁点点头，“只要从这个世界里排除那孩子，那家伙的库库鲁也会跟着消失，你就会醒来了。”

“……排除，是什么意思？”不祥的字眼让我的脸绷了起来。

“就看你想要怎么解释啰。”

就在库库鲁说出意有所指的这句话的瞬间，雷鸣轰响，前方十多米的地面被整块刨走，脚边强烈晃动。我抬头看向落下大量雨滴的天空，覆盖住天空的黑云，可以见到闪电划过，现实中不可能出现的，漆黑的闪电。

刚才在病房里听到的，说不定是黑色雷电同时落下破坏街道的声音。

“哎呀，这下是真的不好了呢，看来没时间悠闲聊天了，必须在这个梦幻世界被完全侵蚀，或是遭到破坏之前排除那个孩子。爱衣，走吧。”

“如果梦幻世界被完全夺走或是被破坏会怎么样？”

库库鲁焦躁的样子挑动着我的不安，库库鲁硬着声回答：“你的玛布伊，也就是你，会被囚禁在完全的‘虚无’之中，无法再次于现实世界中醒来。”

可怕的事实让我从喉咙发出了仿佛吹笛般的咻咻声。

“别担心，爱衣，事情不会变成那样的，情况危急时我会想办法。”

“想办法……你有什么方法吗？”

“有是有，但像是最终手段的感觉。无论如何，现在没有多余的时间解释了，必须快点去找那个孩子，爱衣，你要找出那个孩子在哪里。”

“我怎么可能做得到……”

“你可以的，因为这里是你的梦幻世界呀，试着集中精神。”库库鲁强而有力地说。

我不禁点头“嗯、嗯”，照着它说的闭上眼睛集中意识。

莲人……眼睑内侧好像亮起了微弱的光芒，我睁开眼睛，库库鲁问道：“你知道了吗？”

我指向医院前方的大马路：“这前方，我觉得莲人就在从这里一直往前走的地方。”

“现在的你这么感觉的话准没错。”

库库鲁这么说完后便噘起嘴，吹出了如肥皂泡般的透明泡泡，泡泡越来越大，我们被包了进去。

“这样就不会被雨淋湿了，那我们走吧。”

离开神研医院的我们沿着化为废墟的街道前进，周边尽数遭到破坏，不仅没有人烟，连生物的气息都没有。在这样的情况下，却只有这条马路的路灯没有坏掉，散发出黑紫色的妖异光芒。

“要保持警戒，这里不是现实世界，而是被具有恶意的库库鲁改变过的梦幻世界，不知道会有什么样的危险。”

“意思就是跟之前的梦幻世界一样吧。”

“没错，跟之前的梦幻世界一样，而且，这是最后的冒险了。”

最后的冒险，我往下看向在泡泡里一起前进的库库鲁。

从许多人灌注在我身上的爱中诞生的，可爱的兔耳猫，这是最后一次和它一起在幻想世界中四处奔走了……内心涌现出寂寞，我移开了眼睛。

现在没有时间想这种事，而且在现实世界中醒来之后，也可以和库库鲁在梦中相见，身为犹他的我会记得这件事，不用感到寂寞，现在只需要想着如何寻找莲人，找出他，然后……

我们走在充满裂痕的柏油路面，随处可见因大型撞击留下的坑。黑色的闪电从天空伴随着大量的雨滴打下，刨开大地。

好奇怪……我动着脚步，同时加强了警戒。我们已经在大马路上走了超过十五分钟，但我记得这条路在步行五分钟的地方会形成T字路口，可是道路却还在笔直地往前延伸。街道的结构改变了，当我这么察觉时，大马路两旁遭到破坏的住宅街也消失了，变成一片荒芜的空地。

马上就要抵达决战地点了，与正在侵蚀这个世界的少年X的库库鲁决战的地点，这个预感将我的紧张随着血液送到了全身。

“……好像看到什么东西了呢。”库库鲁悄悄说道。

我凝神一看，不断落下的雨的另一侧，隐隐约约可以见到拱状的东西，随着距离越来越近，那个东西的样貌也越来越清晰。

那是一扇门，至少有五层楼建筑高度的大型钢铁门，从门的后方，流淌出与这个肃杀的世界不相称、明亮且华丽的光线，以及活泼的音乐。

“爱衣，那个孩子在这里吗？”

我集中意识数秒之后点头，这扇门的后方传出了莲人的气息。

“那就走吧，最终决战。爱衣，开门吧。”

“知道了。”

我挥动一只手，在内心命令“开门”，看起来有数吨重的巨大门扉发出嘎吱声缓缓地打开。

对已经习惯黑暗的眼睛来说太过刺目的光从缝隙间洒了出来，我用手挡在脸前，眯起眼睛。不久后，眼睛习惯了这个亮度，在捕捉到门后显现的景色时，我的心瞬间被冰冻的手给攫住。

那里是游乐园，在五彩缤纷的灯光照射下的夜之游乐园，入口正面的喷水池投射在七色灯光中，喷起了高得几乎直冲天际的水柱。

这就是二十三年前，游客们遭到少年X攻击的游乐园。

“这里就是……决战之地……”

“看来是这样呢。”库库鲁点点头。

“为什么是这里……只有这里我一点也不想来……”

在我呓语般的瞬间，胸口到侧腹传来一阵锐利的疼痛。

二十三年前，划在我的玛布伊上的伤口疼了起来。

“之前的梦幻世界里，大部分不也是在最能够展现出创造了那个世界的人物心灵创伤的地方进行玛布伊谷米吗？这次也一样呀。刻在你内心的心灵创伤创造出这个游乐园，成为决战的地点，进行玛布伊谷米的地方。”

从脚底产生的颤抖往全身扩散，就像大量的虫子爬到身上一样，胸口的疼痛越来越强烈，伤痕或许又裂开了，我按着胸前，瞪着正前方的喷水池。

“爱衣，你可以吗？”库库鲁一脸担心地问。

我用几乎要发出磨牙声的力道使劲咬合下巴，好抑制住传遍全身的颤抖。

“没问题！”我用腹部深处的力发声回答。

我已经决定克服心灵创伤，也就是关于那起惨剧的记忆了，没有比这里更适合的舞台了。

走吧，与那一天的记忆，以及引发那起惨剧的罪魁祸首对峙，然后获胜。

我紧握拳头，拖着仿佛被套上枷锁的沉重步伐，一步一步地走近耸立在正前方的大门。就在穿过大门的同时，照耀着喷水池的光细微地闪烁，简直像在警告我一样。

“碍事！”

我的手往旁边一挥，原本正往上喷的水柱拦腰弯折，然后崩落。水池停止喷水后，另一头广阔的游乐园便一览无余。

旋转木马、云霄飞车、摩天轮、咖啡杯，各式各样的游乐设施在雨中，浮现于色彩鲜艳饱和的灯光下。莲人在这里的某个地方……

“走吧，库库鲁。”我催促着库库鲁往园内走去。在经过喷水池旁边时，从设在那里的垃圾桶暗处忽然跳出了一道影子。

“欢迎光临！”松鼠造型的布偶向摆出警戒姿势的我说话，它是出事的那座游乐园里的吉祥物，“今天要开开心心玩个够哦！”

我记得那一天和这个吉祥物的布偶开心地拍了纪念照，不过现在它那内心似乎隐藏着算计的虚伪笑容令人不寒而栗。

“你喜欢哪一种游乐设施？云霄飞车？鬼屋？还是……”

我无视对着我说个不停的布偶，环顾了整座游乐园，狮子、犀牛、狗、蜥蜴等，虽然有各种可爱版的动物吉祥物，却没有看见人类的身影。

“喂，可以问你吗？”我向还在自顾自说个不停的布偶问道。

“嗯，怎么了？有什么困扰可以尽管说哟。”

“你有没有在这座游乐园里看到一个小男孩？”

“你在找迷路的孩子吗？这样的话可以去走失儿童服务中心哦。”

“不是，我是在问你有没有看到！”

我拉高声音，布偶保持着虚伪的笑容微微地歪了歪头，之后“啪”地合起了双掌。

“啊——小男孩呀，会不会是在那里？”

布偶指着远方的旋转木马，视线移往那里的我瞪大了眼睛，瘦弱的男孩正低头坐在旋转木马上的南瓜马车里。

我往地面一蹬飞奔而出，后方一句“等一下还有游行，祝你玩得愉快”没有紧张感的声音跟着传了过来。

“爱衣，不要太急了，草薙莲人的库库鲁应该也在附近，要保持警戒。”和我并排跑着的库库鲁说道。

“我知道。”我一边回答，视线同时被远方的莲人给吸引。成功见到他、保护他之后该怎么做，我现在还没有结论，这使得我视野受到限制。

来到旋转木马附近的我，一挥手割开了包覆身体的泡泡，在我淋着雨跳过周围的栅栏时，旋转木马突然开始旋转了起来。薰衣草紫的灯光下，马、骆驼、车子、船、昆虫等各式各样的座位造型都在旋转，它们的速度远远超过现实中的旋转木马，似乎光是碰到就会被弹飞出去。

南瓜马车经过我前方的瞬间，我大叫："莲人！"

莲人抬起脸，好像看往这个方向，他的身影快速流过。

停下来！我在心中命令道，同时向前伸出一只手，类似齿轮卡到异物的声音响起，旋转木马的速度急速下降。

库库鲁往上一跳紧抓着我肩膀的同时，我跳到了旋转木马上。

从我的干扰中脱离的旋转木马一口气加快了旋转速度，因为那股力道而失去平衡的我蹲下身体，似乎只要稍微不留神，就会被离心力给抛飞出去。我在骆驼和快艇之间爬行，穿过它们之后，伸出爪子抓住我白袍的库库鲁用耳朵指向里面："那边。"那个方向可以看见莲人搭乘的南瓜马车。

"莲人！"我再次大喊。

"大姐姐。"莲人的口型看起来微微地动了动。

"你等我，我现在就过去。"

这时候，极近距离处响起了嘶鸣声，旁边的塑料马像是要踏过我一样抬起了两只前蹄。

"危险！"

库库鲁用伸长的双耳扫过马的后腿，原本马蹄对着我的马摔了个倒栽葱之后，踢蹬着腿嚎叫，仿佛在呼应那叫声一般，周围的鸡、独角仙、螳螂等塑料制的生物们一齐向我攻来。

在库库鲁挥着耳朵保护我不被动物们攻击的那段时间，我双手贴地，在心里念道：全都吹走吧！

以我和库库鲁为中心刮起了暴风，将周围的动物们给吹飞了出去，我们跨过翻了个腹肚朝天、挥动着六只脚的锹形虫，往南瓜马车靠近。

“莲人！”我打开马车的门往里看，但瘦弱的男孩已经不在那里了。

“爱衣，那边！”

库库鲁用耳朵指着外面，如跑马灯般流逝的外头的风景中，可以见到莲人踩着沉重的步伐走进如同灯光照射下的棱镜一样散发出彩虹光芒的平房建筑。

我再次将手抵在地上，内心念着：停下来！这次从脚下传来整个齿轮都被破坏的异声，旋转木马的转速慢慢下降，等到速度降到一定程度之后，我和库库鲁从旋转木马上跳下，往莲人走进去的建筑物奔去。

我钻过挂在入口处的布帘进入建筑，正打算沿着昏暗的走道前进时，额头受到猛烈的撞击而往后仰，感觉眼前散落一道星光。

“好像很痛呢，你还好吗？所以我就说不要急啦。”

我听到了库库鲁的声音，按着额头抬起眼，前方正站着“我”。

“镜子？”

“没错，这是镜屋，用镜子打造的迷宫，入口处不就写了吗？”

虽然库库鲁的声音是从后方传来的，但我却在前方看到它的身影。看起来空无一物的空间里却有着镜子，我轻轻伸出手，光滑冰冷的触感从指尖传来。

“莲人在这里面吗？”

“看来是这样呢，不过必须小心前进，不然……”

库库鲁说到这里时，我瞥见了莲人的身影就在里面：“莲人！”我忽地往前冲，结果额头再次用力撞上了镜子。

“……我刚想说会变成这样。”

因为太痛了，我蹲下身按着额头，库库鲁以受不了的口吻边说边走过来。

“可是我看到莲人了……”

“要是在这里慌张地横冲直撞，你的额头会受不了的，要像这样一边确认一边前进。”

库库鲁一边向前伸着双耳一边迈开脚步，我也学它双手放在前方一步一步往前走，在昏暗的镜之迷宫费尽千辛万苦前进后，再度远远地看到了莲人的背影。

“莲人，这边！”

我大声喊完，莲人动作缓慢地转过身：“大姐姐……”

细微的声音在镜之走道上回荡，这次我小心地保持双手在前，慢慢缩短我和莲人之间的距离，中间虽然好几次被镜子墙壁挡住去路，我还是不停地动着脚步，终于来到似乎触手可及莲人的距离了。

我蹲下身伸出双手，他也怯怯地伸出手。

可以抱到他了，就在我这么想时，手碰到了冷硬的东西，莲人的身影也瞬间消失了。

“又是镜子？”

我“啧”了一声，视线看向左右寻找莲人，他应该就在这附近。

右后方出现了莲人逐渐远离的背影，我急忙，但又要小心不要撞到镜子地小跑步往那里过去。

“莲人，等一下。”

虽然我出声喊他，但他并没有回头，转个弯便消失了，我追在他身后踏入他消失的那条走道。瞬间，我全身的皮肤起了鸡皮疙瘩，溃不成声地尖叫倒地——

那里站着少年X，浑身是血拿着刀，那一天的少年X。

事件的记忆鲜明地复苏，我瘫坐在地上往后退。

“不要……不要……”

少年X用不带任何感情的双眼盯着我，就像那天一样。

我直接坐着往后转身，想要爬着逃离，但是那里也站着少年X。

互相映照的镜子中，站着绵延不绝的少年X，这幅景象渐渐侵蚀我的精神。

“爱衣！”追上来的库库鲁靠在我身边，“不要怕，那不是真的少年X，是你内心的恐惧产生的虚像。你不是要克服心灵创伤吗？少年X已经无法伤害你了，因为你变得更坚强了，所以你要赢过他，你要将他抹去！”

我抬起低垂的眼睑，库库鲁的脸就在几乎要碰上我鼻尖的地方。

库库鲁那简直像飘浮在宇宙中的星球一样的大眼睛，包覆着琥珀色的细碎亮光的美丽眼眸，我一对上那双眼，盘踞在胸口的窒息感逐渐消失。

我抬起头看着少年X。

我心中的少年X的形象一直都是巨大如象的蜥蜴，不论是喜怒或哀乐，完全不流露任何感情，只是随着本能捕食猎物的巨大爬虫类。但是现在站在眼前的，却只是个还很年幼且瘦小的男孩而已。

我目不转睛地观察少年X，从袖口伸出来的手臂细若枯枝看得出他营养不良，脸色很糟糕，也许是过瘦的缘故，他眼窝凹陷，从T恤的领口可以微微窥见因皮下出血而变色的皮肤。

“我竟然一直被这么弱小的孩子给困住吗……”

我轻抚库库鲁的头，它似乎很舒服，喉咙发出“咕噜咕噜”的声音。

“是现在才会看起来很弱小，直到不久之前，对你来说少年X毫无疑问就是个怪物，但是你在几次的玛布伊谷米中变得坚强，取回了被少年X夺走的记忆。”

“和妈妈之间的记忆……”

“嗯，没错。”库库鲁的脸颊磨蹭着我的手，“所以你才能不把少年X看成是怪物，而是一名男孩。好了，现在就消除你刻在深层意识中，对那家伙的恐惧吧。”

我直起趴在地上的上半身，用力地点头后，朝前后一个接一个站着的无数少年X伸出手。

消失吧！内心在这么想的瞬间，从我的掌心迸出闪光，破坏了前后的镜子以及映在其中的少年X，直线排列的镜子粉碎四散，闪着像钻石星辰一样的光芒落下。

“……其实我刚指的不是物理性消灭他的意思。”

我对这么说的库库鲁回道：“这种事还是做得夸张一点比较好吧。”然后站起身，我注意到莲人正走在从我打穿的大窟窿看出去的外面。

“库库鲁，那里。”

我小心地防范被镜子碎片割伤，来到了镜屋外，正打算追向远处的莲人时，装饰着大量灯饰，散发出华丽光芒的海盗船随着无限轻快的音乐穿过前方的大马路，被挡住去路的我愕然抬头看向船底装着车轮的海盗船。甲板上，海盗装扮的各种动物布偶正在挥手。

“看来是游行呢。”库库鲁叹着气说道。

接在海盗船后方的是气球、飞机、火车头，甚至是机械制的蜈蚣，在挂满灯饰的各式各样车辆上，布偶们正快乐地跳舞。

“你们挡着路了，快走开啦！”

虽然下着雨，我仍拼命大声喊，可惜布偶们的游行依然进行着。

“啊——受不了。”我粗声说完，钻过飞机和火车头之间，移动到马路的另一边环顾四周，然而莲人已经消失了。

从背后传来的活泼音乐刺激着我的神经。

“为什么会这样啊！”

“你生气也没有用呀，这场游行也是你梦幻世界的一部分，也就是说这是从你的想象中产生的东西。”

就在我因库库鲁的一番正确言论而皱起了眉时，游行队伍在大马路的十字路口转弯，消失在红砖建筑的背面。

莲人去哪里了呢？当我因寻找他而在有云霄飞车的广场四处奔走时，从远方传来了尖叫声，含着恐惧以及痛苦的声音，在雨中听起来重叠了好几层。我和库库鲁对看一眼，同时转向声音传来的方向，是刚才华丽的游行队伍消失的马路。

我们飞奔出去，转过红砖建筑之后，一条由石板铺成、宽度少说有五十米的道路笔直延伸，右边有一座饰满彩灯闪闪发光的摩天轮，而三百米前方的道路尽头，则矗立着一座亮着美丽灯光的西式城堡，但是我的注意力并不在那些建筑上，而是被数十米前方石板地上一整片的东西吸引。

参加游行队伍演出的布偶们的遗体，正散落在那里，与其说是遗体，不如说更接近残骸。任何一只布偶都看不出原形，四肢被砍成小段、脸部遭到重击凹陷、躯干破裂、内脏外溢。

我的脚边掉着一只包覆在栗色毛发之下的手臂，那是刚进游乐园时跑来和我说话的松鼠布偶的手臂。柔软毛发与粉色肉垫营造出的梦幻氛围，与露出被扯断的肌肉和断裂骨头的怪诞肢体断面对比太过强烈，感觉仿佛在看什么前卫的艺术品。

“……在那里。”

听见库库鲁的声音而抬起头的我握紧了拳头。

只见瘦弱的男孩背对着我们，一动也不动地站在遭到破坏的车辆碎片与布偶们的遗体中。

“莲人……”

我呼唤他的名字，他缓缓地转过身，雨水渐渐冲去沾在他身上的血液、脏器与脑浆。

“大姐姐……”莲人用仿佛高烧呓语般的声音喃喃道。

跳上我肩膀的库库鲁悄声说：“千万不要大意了。”

“这是……你做的吗？”为了不论发生什么事都能应对，我蹲低了姿势问道。

莲人低头看着黏附了黏稠血液的自己的双手。

“……我不想做的，我不想做……这种事，可是……爸爸和妈妈……”

莲人仰头看向黑云覆盖下的天空，就在这瞬间，大雨伴着黑色闪电倾盆而下，整个人几乎要被吹走的冲击与鼓膜简直快破裂的爆炸声，让我反射性地闭上眼，一只手挡在脸部前方，脚边传来由下而上的晃动，和特别病房那时一样。

晃动平息之后，我小心翼翼地抬起眼睑，顿时怀疑起自己的眼睛。

游乐园遭到了破坏，摩天轮的钢架焦黑倾颓，位于道路尽头的城堡着火半毁，左侧一整排如同欧洲港街的红砖建筑也崩塌了大半，石板路上出现好几个撞击坑，或许是散乱的布偶遗体烧了起来，周遭充斥着蛋白质燃烧的令人不快的臭味。

“看来破坏街道的，是像刚才那样的闪电雨呢。”

库库鲁全身毛发倒竖，摆出战斗姿势的同时说道。

“刚才那个，是少年X的库库鲁搞的鬼吗？那它在哪里？”

我抬头仰望天空，雷云之中只见黑色闪电划过，并没有发现类似少年X库库鲁的东西。

“……爸爸和妈妈要来了。”

莲人用掺杂着强烈恐惧与绝望的声音这么说的同时，事情发生了，覆盖天空的黑云开始卷起漩涡，眼看着旋转速度越来越快，变成一道漆黑的龙卷风吹到了地面。

黑色龙卷风缠上莲人，吞噬他的身体后逐渐膨胀，而我只能惊慌失措地看着，其他什么也做不了。

化成龙卷风掉落地面的黑色云团，开始变化出可怕的形体。

“这就是……少年X的库库鲁……”我颤抖着声说，抬头看着在数十米前方现身的异形生物。

那是……怪物，除此之外我找不到其他方式形容。

触手般光滑蠕动的无数只脚，支撑着大小如小山丘的龟甲状胴体，且从其中长出十几只脖子，又粗又长仿佛数千年树龄绳文杉树干的脖子前端，则有形如暴龙、长着散发出黑曜石光泽鬃毛的头部。

“龙……”我无意识地说出这个词汇。

“看起来的确像是龙呢，虽然身体长那样感觉不是太好。”

库库鲁虽然嘴里说着玩笑，语气里却充满了紧张感。

十几只脖子交缠之后，云层散开，那些龙头对着晴空万里的夜空张大了长着尖牙的嘴巴，随着震撼大地的咆哮，龙的嘴里迸出黑色闪电，劈开了天空。

“原来一直覆盖着这个世界天空的黑云，就是少年X，草薙莲人的库库鲁啊，它是以那个孩子为核，一部分化为实体之后去杀人的吧。”

库库鲁伸长双耳摆好警戒姿势。

虽然只是一部分，不过那样的怪物就是凶手吗？也难怪遗体会无法辨认原形了。

“那种东西一直在这个世界里吗？少年X一直接收父母这么残暴的情感吗？”

我被非比寻常的怪物给震慑，舌头变得不太灵光。

“起先应该不是这么夸张的存在，大概是这两个月潜藏着侵蚀这个世界，而壮大了自己吧。话虽如此，一般库库鲁是不会变得如此强大又诡异的，那个库库鲁也太超出常理了……这是因为草薙莲人杀了自己的父母。”

十几只龙头逐渐松开交缠的脖子，它们的眼睛看往我们的方向。我拼命地压抑恐惧，挤出声音：“这是什么意思？！”

“构成库库鲁的不只是每天接收到的情感。”

库库鲁对上我的眼睛之后，浮现出些微羞赧的神情。

“人类在肉体灭亡时，也就是丧失生命时，玛布伊的碎片会留在亲近的人身上，连同对那个人的情感一起，而那个玛布伊会成为接收碎片的人的库库鲁的一部分继续存在。”

玛布伊谷米成功时的记忆在我脑海中复苏，梦幻世界即将崩毁之前佃先生的库库鲁变成了他太太的样子，环小姐的库库鲁则变成她的未婚夫久米先生的样子，而从飞鸟小姐的库库鲁身上，则传达出她父亲羽田将司先生有多爱自己的女儿。那些是与那三个人彼此相爱的人，他们的玛布伊、灵魂融入了那三个人的库库鲁之中，所以才引发的现象吗？

“少年X的情况则是……”

“原则上，玛布伊的碎片会融入亲近的人的库库鲁之中，所以不太会有玛布伊的碎片留在讨厌的对象，或是憎恨的对象之中的情况。只不过也有例外，就是被身边的人怀着恶意杀死的时候，在这种情况下，有时候被害人的玛布伊会随着迸发的负面情感一起融进凶手的库库鲁中，简直像诅咒一样。”

库库鲁说完暂停了一下，盯着怪物，伸出舌头舔了舔嘴。

“草薙莲人杀害双亲的时候，被杀的两人的玛布伊随着源源不绝的愤怒、怨恨、憎恶一起融入了那家伙的库库鲁里，然后可怕的怪物在内心筑起了巢，结果那家伙就被怪物逐渐吞噬了。”

听完说明，我察觉到了一件事，“等一下，那么……”我盯着库库鲁。

“看来已经没有时间继续说话了呢。”

库库鲁用下巴指了指，那些龙瞪着我们，开始朝向我们张大嘴巴。

“要来了，做好防御！”库库鲁大叫，同时高速旋转伸长的耳朵创造出一面光之盾牌，我也伸出双手从内侧强化盾牌，与此同时，那些龙射出了黑色闪电。迸发的雷电撞上光之盾，激烈的火花与火焰四散。虽然挡下了正面攻击，但是有如发生车祸一样的冲击力道向全身袭来，我和库库鲁被抛飞到十几米外，撞在了潮湿的石板上。

我因疼痛而呻吟着爬起身后，不禁瞪大了眼睛，一条龙正对着我们张开了大口，我和库库鲁倏地往旁边扑去，紧接着黑色闪电劈在了我们刚才所在的地方，石板像热刀切奶油一样逐渐裂开。

库库鲁从双耳前端射出激光，光芒虽直接打在怪物的胴体上造成些微破坏，但伤口周围马上有黑云涌出修复该部分。

“这样不行，爱衣，总之，我们先逃吧。”

库库鲁迅速转过头，我站起身点头，和库库鲁一起跑了起来，回到镜屋所在的大马路上躲到红砖建筑的暗处。

漆黑的闪电随着咆哮划过，贯穿并破坏建筑物，我张开双手筑起透明障壁，保护身体不被掉落的瓦砾雨打伤。

“这次是真的情况不妙了，我们没办法对付那个怪物。”

我一边听着库库鲁掺杂焦躁的声音，一边从建筑物的暗处偷看怪物的样子，它似乎正朝着我们的方向而来，但也许是身体太庞大的缘故，移动速度很缓慢。

“要不要先暂时逃跑，重整态势再来？”

“这样它会越来越难对付，那个库库鲁已经拥有足够的力量侵蚀这个世界了，所以才能够这样出现在身为这个梦幻世界创世主的你面前。”

“那该怎么办才好？！”我拔高了声音。

库库鲁双耳环抱：“……只有一个办法，就是抢回那个孩子。”

“抢回莲人？”

“没错，怪物是以身为玛布伊的那孩子为核而组成的，如果可以拉出那孩子，怪物应该就无法再维持形体了。”

“意思是会回到天空成为黑云吗？”

“不，应该不会这样，那个怪物完全吞噬玛布伊化为实体，现出它的真面目，它已经没办法再回到原本的黑云状态了。失去核之后，它就只能崩毁，那家伙也被逼到了必须奋力一搏最后一战的局面。”

“但是该怎么做才能拉出莲人？对方那样攻击，我们连靠近它都没办法。”

怪物的脚步声越来越近。

“由我来引开攻击，你趁那个空当进入怪物体内寻找那孩子。”

“进入……那个怪物体内？”恐惧与厌恶让我全身僵硬。

“没错，做得到这件事的，只有拥有犹他之力的爱衣你。”

我再次从建筑物的暗处看向怪物，那个邪恶的库库鲁以少年X的玛布伊为核，实体化之后的怪物。刺伤爸爸，夺走妈妈，杀害以及折磨许多人的“恶意”本身。

现在能够正面对决那股“恶意”并打倒它的人只有我了。

“……只有，这个办法了对吧。”

“嗯，没错，虽然危险，但只有这个办法，你做得到吗？”

库库鲁拍着耳朵飘升到我的脸部高度看进我的眼睛。

“……我做得到。”我握紧拳头说道，“我会把莲人拉出来打倒那个怪物。”

“表情很好，那么我要说作战方式了。等一下我会飞出去，从空中攻击引开怪物的注意力，你趁这个时候跑过去从脚边入侵它的内部，懂了吗？”

我用力点头之后，库库鲁哼笑着伸出一只耳朵，我扬起嘴角，拳头轻轻打在它的耳朵上。

“好，那我们就去进行最后的玛布伊谷米吧。”

库库鲁大力拍动耳朵高高飘起，往怪物飞过去，那些龙随着咆哮射出闪电，不过库库鲁一个翻身迅速地躲开攻击。

就是现在！确认所有的龙头都在看库库鲁之后，我从建筑物暗处跑了出去，在潮湿的石板地上拼命奔跑，往小山般的胴体靠近，就在距离怪物只剩十几米时，几只支撑着胴体的触手向我伸来。

“闪开！”

我集中意识在手上蓄积能量之后在身体前方挥舞，闪光劈过触手的同时，将胴体穿出了一个小洞，我头前脚后地跳进黑云开始聚集进行修复的那个部分。

什么都看不见，我飘浮在充满了黏稠液体的空间中。

这里是怪物体内……我忍着来自四面八方的强力挤压感与黏在全身皮肤上的不快触感，拼命挥动四肢拨开黑暗。

只要一张嘴，液体就会灌进来，所以我也不能发出声音。

莲人，你在哪里？正当我在心中呼喊时，好像听见了从某处传来的声音。

“救救我……”一阵微弱的声音，下一秒，黑白画面流入我的脑海，是年轻的男人正在随意殴打男孩的画面。

“你这小鬼，瞪什么瞪？”

男人的拳头陷进了莲人的腹部，莲人吐着胃液倒下，男人依然执拗地不停踢着他的身体，房间一角，年轻的女人一边在指甲上涂指甲油，一边索然无味地看着莲人遭受暴力的样子。

这就是莲人的日常……悲惨的景象让我说不出话来，脑海里一幕接一幕流入虐待的光景，被点燃的香烟摁在身体上、被浸入装满水的浴缸、寒冬中全裸被丢在阳台上、脸被压到马桶中……各式各样的虐待施加在莲人身上。

我想移开目光，但画面直接映在脑海中所以没办法，只能强忍痛苦，看着莲人被双亲虐待。

不久，画面中断，筋疲力尽的我飘浮在黑暗中时，又听见了声音。

“救救我……拜托，有没有人来救救我……”莲人的声音，微弱地哀求的声音。

全身肌肉放松的我想起来了，与他约好的事——我会保护你，我对他这么说过。

在那起事件发生之前，没有任何人愿意救他，只要有任何一个人向他伸出手，或许就不会发生那样的事，爸爸、妈妈还有我或许就不会受到伤害。

过去已经无法改变，但是……未来可以改变。

我张大了嘴巴，滑溜苦涩的液体从口中入侵食道，甚至气管。我忍耐着溺水、像是身体从内部开始溶解的感觉，将力气集中到腹部深处。

我的身体散发出光芒，那道光芒逐渐侵蚀充斥在周遭的黑暗液体，我感受到入侵体内的黑暗也渐渐消失。

我深深地吸了一口气，大喊出声：“莲人，在这里！我在这里哟！”

我的手伸入黑暗之中，指尖碰到了某个东西，我抓着那个东西不松手，以绝对不会松手的意念用尽全力一拉，从黑暗中拉出了纤瘦的手臂，然后是身体。

“大……姐姐？”莲人一脸不可思议地看着我，虚弱地说。

“是我哟，我按照约定来帮助你了。”

当我抱住他瘦弱的身体时，从某个远方响起了嘶吼声，身体被拉往后方。

一回神，我和莲人一起从怪物的体内被弹飞出去，我胸前抱着莲人，背部撞在了石板上，后背蹿过剧烈的冲击力道，让我喘不过气来。

跌在石板地上之后，我痛得整个人倒在地上，一边呻吟一边确认怀中男孩的情况，或许是昏倒了，莲人眼睛闭着。

“爱衣！”

库库鲁从上方降落，整个身体每一处毛发都沾染了血污，那个样子已经诉说了它与怪物的战斗有多么激烈。

“库库鲁，你平安无事吧？”

“总算是没事，你那边似乎也很顺利呢。”

嘶吼声再次响起，一看，那些龙正痛苦地打转，口中不断朝天空吐出黑色的雷击。

十多条龙各自要朝不同方向移动，脖子随着痛苦的嚎叫往四面八方伸去，龟壳状的胴体承受不住那股力道，开始发出噼里啪啦的声音而裂开，破裂的部分虽然隆起了黑云。但那与其说是在修复伤口，看起来反倒像在不停增生膨胀。

“它因为失去核而开始无法维持样貌了呢，不久之后就会自我崩坏然后消灭，这是只靠负面情感组成的库库鲁最后的结局。”

“但是……我总觉得它好像越来越大了。”

胴体裂开的部分无止境地膨胀，它的体积还在增加。

“嗯，是呀，那只库库鲁已经没有力气占领这个梦幻世界了，它现在能做的，也就只剩让这个世界被自己的崩坏牵连罢了。”

“你说牵连，如果真的变成这样……”

“别担心，剩下的就交给我吧。”

库库鲁笑着眨了眨眼，它的笑容让我感受到一种类似殉教者的觉悟，我的心用力地跳动了一下。

“库库鲁……你想做什么？”

“我之前说过的最终手段，我本来还担心如果是刚才的怪物，效果不知道能不能完全发挥，不过若是现在这个崩坏前的状态，就毫无疑问地可以消灭它了。”

“最终手段是……”

我悬着一颗心问，库库鲁用耳朵挠挠脸颊。

“这个嘛，简单来说……就是自爆攻击吧。”

“自爆……”

库库鲁在哑然失声的我面前耸了耸肩：“这也没办法呀，除此之外，没有其他方式可以从这个世界完全消除那个邪恶的库库鲁了。”

“只要我现在马上让莲人回到现实世界……”

“已经来不及了，放着不管，再过两三分钟，那个怪物就会连同这个世界一起爆炸然后崩坏，所以必须在那之前做点什么。”

“应该有其他办法吧，其他的……”库库鲁一脸难为情地用脸颊磨蹭我伸出去的手。

“只有这个办法了，不用担心，我一定会打倒那个怪物，因为我是你的，是犹他的库库鲁，所以很特别，我会用尽这股特别的能力，所以没问题的，只是很可惜的是，这么做之后你也会失去犹他的力量，因为犹他的力量也和库库鲁有关，所以当你醒来之后，会几乎完全不记得在这个梦幻世界里发生的事，和我一起经历的冒险也一样。”

“我不需要什么犹他的能力！拜托你留在我身边！”我流着泪哀求。

库库鲁缩了缩肩膀：“真是的，不管长多大你都是个爱哭鬼呢。”

库库鲁的声音突然改变了，从类似变声前的男童声音，变成了低沉的男性声音，当我正觉得库库鲁的样子似乎有一瞬间模糊时，突然它的身边就站了一名中年男子，我的眼珠简直要掉出来似的瞪大了眼睛。

“爸爸？！”

站在那里的是爸爸，应该在半年前就被袴田医师杀害的爸爸。

爸爸温柔地微笑着走向我，大手轻抚着我的头：“怎么啦，爱衣，一脸看到鬼的表情。刚才不是说了吗？人就算死后，玛布伊也会留在亲近的人身上，我的灵魂当然也留在了你的身上，爸爸成为库库鲁的一部分活在你心中哟。”

仿佛在呼应爸爸的话似的，库库鲁的样子产生两次模糊之后，出现了毛色淡黄的猫与纯白的兔子。

“黄豆粉！跳跳太！”我大声喊叫，两只毛孩便开心地靠过来。

“动物当然也是一样，”爸爸说，“这两只毛孩子一直陪伴在你心中哟。”

我咬着嘴唇不让呜咽声发出，交互抚摩着它们的头，黄豆粉舔了舔我的手背，令人怀念的粗糙触感，让我的内心逐渐热了起来。

这时候，响起比刚才更大声的嚎叫声，不停膨胀的怪物胴体，已经胀大到几乎要吞噬龙的脖子了。

“哎呀，时间不太够了呢，喂，快点出来说几句话吧。”

爸爸这么一说，库库鲁含着笑点头，它的样子又开始模糊了起来。

“小爱，你很努力呢。”眼前出现了眼角挤出皱纹，一脸开心的奶奶，“你真的变成很厉害的犹他了，奶奶教你那么多东西很值得。”

奶奶用带点粗糙的手摸着我的脸。

“教我那么多东西……”我眨着眼睛。

奶奶淘气地说道：“你在这个世界回家时见到的人，是真正的我哦。”

我吃惊的视线看向爸爸，爸爸弯起了唇角：“咖喱很好吃吧。”黄豆粉发出“喵”的叫声，跳跳太凑了过来。

啊——是这样啊。这两个月里，回到老家的事件是真实的，我真的和家人共度了幸福的时光。在我细细品尝内心来来去去的感动时，爸爸眯起了眼睛。

“那，爱衣，最后还有一个人想要见你。”

“还有一个人？”

我这么说着时，库库鲁忽然消失，从背后伸出了手臂，纤细白皙的手臂轻柔地环住我。

“爱衣。”

我屏住了一大口气，这个声音我记得。

在我还小的时候，总是温柔呼唤我名字的声音，我轻轻地摸着那双温暖的手臂。

“妈妈……”

“你还记得我呢，好高兴呀。”从后方抱着我的妈妈这么说并看着我的脸。

温柔的妈妈，总是陪着我的妈妈，不惜牺牲性命也要保护我的妈妈。

已经无法压抑自己的呜咽声了，我抽抽搭搭地将脸贴在妈妈的手臂上。

“那，爱衣，那起事件之后，你一直握着在医院里沉睡的我的手对吧？我呀，虽然不能动，但是非常开心哟，因为你陪在妈妈身边，所以一点也不可怕。”

“对不起，妈妈，都是因为我……”我哭着挤出一直很想说出口的话。

“不用道歉，你成长为这么棒的人，比任何事都更让妈妈高兴，而且我也可以这样将我的心、我的灵魂留给你。”

妈妈樱花色的唇间绽放出笑容，用手指温柔地拭去我的泪水。

“和无限的爱一起。”

无限的爱，源源不绝倾注的无偿的爱，我一直沐浴在这之中。

“你可能不记得了，不过成为库库鲁一部分的我，一直在梦中陪着你，我看着你的成长，不停地这么想，那一天可以保护你，真的是太好了。”

震耳欲聋的吼叫声振荡了空气，怪物的胴体一个接一个吞噬了龙的脖子，并且还在持续膨胀。

妈妈在我耳边轻声道：“所以，再让我帮你一次吧。”

妈妈随着这句话消失了，爸爸、奶奶、黄豆粉、跳跳太也消失了，取而代之的是包覆在淡黄色毛发之下的兔耳猫，端坐在我面前。

“我很爱你哟，爱衣。”库库鲁露出打从内心里的幸福微笑，“即使你忘了我也没关系，不过不要忘了这一点，大家都很爱你。”

库库鲁又眨了一次眼之后转身，朝着开始吞噬摩天轮，甚至城堡的怪物，袴田医师的、少年 X 的库库鲁悠然自得地走去。

库库鲁的身形逐渐散发出炫目的光辉，它的身体越长越大，四肢隆起了肌肉，淡黄色的蓬松毛发披上了闪耀的金黄色泽，脖子处燃起深红的火焰，化成气宇轩昂的鬃毛，背部左右两侧出现巨大的光之翅膀。

那雄壮却又优美的姿态让我着迷，受到震撼的我站着一动也不动。库库鲁化身为拥有火焰鬃毛与闪耀着神圣光辉翅膀的狮子，它转过头，长着坚硬胡须的嘴角弯成弧形：“再见啦。”

“等一下，库库鲁。”

库库鲁在想要阻止的我面前，对空吼出一大声咆哮，拍动光之双翼飞了起来。化成一座漆黑小山的怪物朝着库库鲁伸出暗黑色的触手，但是那些触手在碰到库库鲁的身体之前，就被它的身体散发出的光芒给消灭了。

飞得又高又远的库库鲁，笔直地往发出临死前嚎叫的怪物飞了过去。

从无限的愤怒与憎恨中诞生的库库鲁，和从无限的爱中诞生的库库鲁身影重合的瞬间，梦幻世界被吞噬在金色的光芒之中。

张开因为刺眼而闭上的眼睛时，我正站在光辉四溢的空间中，像金粉飘落般充满细微光之粒子的空间里，我和男孩面对面站着。

我凝视着站在面前的男孩。

莲人，少年X的，也是……袴田医师的玛布伊。

他抬眼用依赖却又胆怯的眼神看我。

这里也是我创造出来的梦幻世界吧？整个世界一定是因为库库鲁的能量全数释放的关系而充满了光辉。

我轻轻地翻掌向上，粉雪般细致的光之结晶落在了掌心。

这是库库鲁的碎片，为我注入无限之爱的碎片。

深切的哀伤逐渐满溢胸腔。

我深呼吸擦了擦眼角，库库鲁为了帮助我而赌上了一切，我必须回应它的心意。

我对上莲人的视线。将他从这个世界排除，完成玛布伊谷米之后，现实世界的我就会醒来，库库鲁这么说过。

排除……我的视线受到莲人纤细的脖子吸引。我已经没有犹他的能力了，但就算如此，要对眼前瘦弱的男孩下手也很容易吧。

他从我身上夺走了许多东西，只要在这里消灭玛布伊，现实世界里的他就不会再醒来了，我可以用这双手为妈妈和爸爸报仇。

二十三年来，我都恐惧地活在少年X的阴影中，所以现在，我更应该要战胜少年X才是。

为此……我与莲人持续对看着，内心充满纠结，光之粒子不断飞舞在只是彼此对看的我们身旁。

……时间过了多久了呢？

或许只是几分钟，但总觉得已经这样对看了好几天。

下定决心的我向莲人缓缓地伸出手。

我的双手越来越接近他纤细的脖子，然后……从旁穿了过去。

我温柔却又坚定有力地抱住他。

“已经没事了哦，已经，没事了。”嘴唇靠近他的耳边，我轻柔地说道。

莲人怯怯地用细瘦的手臂环绕我的身体。

一脸幸福地闭上眼睛的莲人和我，身体逐渐融化在金色的光芒中。

3

张开异常沉重的眼睑，看见的是天花板。

白色，仿佛整个人要被吸进去的纯白天花板。

“这里是……？”

唇缝间发出的声音，沙哑得简直不像是自己发出来的。口中以及喉咙都无比干燥，有如吞下了荒漠细沙一般。

甩了甩意识蒙眬、无法集中思考的头，想要坐起身时却发现全身的关节像是生锈了一样发出轧轧声，痛楚在体内四窜。

我咬紧牙根，用双手想办法撑起上半身，盖在身上的薄被滑了下来。

当我再次甩动沉重的头时，全身爬过一阵寒战，感觉就像冰水灌进了脊髓。我连忙摸摸自己的胸口，透过披在身上的衣服单薄的质地，感受到了那让我自卑的贫瘠乳房的触感。

“还在……”

这句话随着松了一口气的吐息一同流泻而出。

我觉得胸口好像开了一个大洞，即使已经亲手摸过，确认过那只是错觉，但那种感觉仍未消失。

食道、肺，还有心脏，仿佛这些脏器都被摘走，感觉胸腔内空荡荡的，无法稳定重心，只要稍微一个不留神，马上就会轻飘飘浮在空中似的。

双手继续压在胸前，我闭上了眼，像是抵挡强风一般蜷缩身体。总觉得如果不这么做，身体、心灵、“自我”这个存在就要被吹走了。

突然一阵既视感袭来。以前我也曾有过相同的经历。

但是，是什么时候……

我让意识落入大脑的深处，往沉积了厚厚一层灰尘的记忆底端而去。不久后，褪为褐色的记忆跳了出来，狭窄的房间里，有个鼠妇般蜷缩着身体的孩子，那是二十三年前的我抽抽噎噎哭泣的景象。感受到两颊冰冷触感的我，急忙睁开眼擦拭眼角，手背因为透明的液体而濡湿。我将手往嘴边送，试着舔了一口，淡淡的咸味轻轻地包覆住舌尖。

和那一天相同的味道。

啊——这样啊……我又失去了吗？

非常贵重的东西。

我仰头望着天花板。

日光灯的光线散开，变成七色光芒闪耀着，这一瞬间，一股强烈的冲动贯穿了全身。

我必须去那里，我必须见那个人。我开始急忙拔除点滴管线等接在身上的各式管子，两只手拉出为了补充营养而插入鼻腔的细管，因为那滑溜的触感而皱起脸，当原本深达胃部的那条管子前端经过喉咙深处时，灼烧的胃酸苦味侵略了我的口腔。

我干呕着拔去所有管子，以及贴在胸口的心电图电极贴片之后，从病床上下来，但是双脚却没能支撑住体重因而跌落地面。

我的肌力衰退了？这是当然的，因为我已经卧床不起两个月了。

“两个月？卧床不起？”

无力的声音发出，不知为何，我察觉到自己陷入长期昏睡一事。

脑海里充满了疑问，但比起这个，必须离开这间病房的冲动更加强烈，我拼命爬到门边，双手抓着门把手开门来到走廊，从旁边谈话室走出来的男女注意到我，瞪大了眼睛。

两名年轻女性与年长的男性。看到那三个人，我的大脑深处疼了起来。

我知道这三个人，我见过这些人，却不知道是在哪里。

“识名医师！”三人跑向我，撑住我的身体。

“你醒来了呀，我马上去叫主治医师。”

年长的男性想要带我回病房，我猛力地左右摇动僵硬的脖子。

“请带我去特别病房！就在这条走廊的尽头！”

我拼命这么说完，三人露出困惑的表情彼此对看。

现在不去就太迟了。我不知道是谁住在特别病房里，只是本能告诉我必须立刻去见那个人。

“拜托你们！我非去不可！”

我拼命恳求之后，年长的男性点头："我知道了，只要能够帮上你的忙。"两位女性也以认真的表情点头。我不知道为什么这三个人要帮助我，只是感受到连同我在内的四个人之间，有某种类似强烈羁绊的东西。

年长的男性与将黑发扎成马尾的年轻女性从两侧撑着我，沿着走廊一步一步前进，来到隔开一般病房与特别病房的自动门前时，刚好有护士从另一侧走来，门打开了，我们从因为看到我而一脸惊讶的护士身旁走过，抵达位于尽头的特别病房。似乎怀有身孕，肚子有些醒目的女性帮我打开门，我们走进像是高级饭店套房一样的病房。

"爱衣？！"在里面的病床旁和护士并立的华学姐，看到我之后高声说，"咦？！你醒来了吗？为什么？怎么到这里来了？"

或许是陷入混乱之中，华学姐招牌眼镜后方的眼睛充满了惊讶与困惑，我在两个人的支撑下向她走近。

"让我和那个人说话。"我抓着病床的栏杆整个人靠在上面。

"呃，你想和他说话，可是他的意识……而且他还在插管做人工呼吸，现在已经是病危状态……"

我瞄了一眼视线游移不定的华学姐之后看向病床，那里躺着一名样貌令人不忍直视的男性，脸部变形，头部或许是为了动手术而曾经剃光，头发很短，右侧手脚看来已经被截肢了，即使如此，我仍然立刻就知道他是谁了。

以及，知道他做过什么。

我动着关节嘎吱作响的手臂，手贴在他的——袴田医师的脸颊上。

"医生，请你醒来。"

我一边说着，一边斜眼确认显示在屏幕上的心电图，心跳数已经低于每分钟三十下了，再过不久，他的心就会停止跳动了吧。

“袴田医师，请你醒来，我有话一定要对你说。”我再次对他说完，紧闭着双唇等待回应。

在这间房间所有人的注视下，袴田医师的眼睑缓缓地向上抬了起来。

“不会吧……”华学姐僵立在旁。我靠近袴田医师的耳边，小声说道：

“我……原谅你，原谅所有的一切，所以……请安心睡去吧。”

袴田医师微微地，几乎微不可见地眯起眼之后闭上了眼睛。

屏幕上的心电图变成一条直线，警报声响遍了整个房间。

“心跳停止！对不起，爱衣，你往后退！”

华学姐跳上病床，开始进行心外按压，我因为被轻轻推了一把而摇摇晃晃往后退，年长的男性撑住了我。

我们四个人并排而立，看着正在接受心肺复苏术的袴田医师。

“永别了，袴田医师。永别了……莲人。”无意识地，我的口中喃喃说出这样的话语。

4

“我回来了。”我开门说道。当然，没有回应，我的声音徒劳地回荡在玄关。

从我自 ILS 中醒来，已经过了三个月，这三个月我必须专心在复健上，以恢复昏睡期间衰退的体力，所以还不能回到工作岗位。上个星期，所有的复健疗程终于结束，获得体力已经恢复到原本状态的保证后，我得到主治医师华学姐的许可，从下星期开始复职。

结束每天都去的复健疗程之后，多了许多闲暇时间的我忽然想到，要不要回广岛老家看看。

于是我搭乘新干线前往广岛车站，然后转乘路面电车回到了老家。

这是在附近的殡仪馆为爸爸办完丧礼之后第一次回来。将近一年不管的家，散发出些许废屋的气氛，因为懒得去办手续，所以电力、煤气、自来水等管线现在仍然没有停掉，只是住一个晚上应该还过得去。

我脱掉鞋子踏入家中，以前只要一回家，我养的猫黄豆粉就会等在玄关，飞扑过来爬上我的肩膀，令人怀念的回忆让我笑了起来。

我先走上楼梯，往位于二楼走廊尽头自己的房间走去。在这里住到高中毕业的房间，或许是长久没有人使用的缘故，积了薄薄的一层灰，但是只要简单清扫，看起来就足以住人了。

将行李放在床上之后，我回到走廊，轻轻拉开楼梯旁边的纸拉门，里面是一间铺着老旧琉球榻榻米的房间，房间中央放着小矮桌。这是大约十年前过世的奶奶原本使用的房间。

妈妈在那起事件中过世之后，奶奶一直代替母亲疼我。我想起以前经常坐在那个小矮桌前，塞了满嘴奶奶给我的冲绳点心，听她说从前的故事。

轻轻关上拉门，我走下楼梯来到一楼的客厅，放在那里的客厅桌椅和餐桌，是从很久以前，妈妈还活着的时候就摆在那里的东西。

幼时的记忆复苏，放在客厅角落的笼子里，兔子跳跳太总是抖动着长长的耳朵在吃饲料。

爸爸坐在餐桌前看报纸，我在沙发上看电视，黄豆粉在猫跳台上好像很舒服地舔毛，奶奶跪坐在我旁边的地毯上编织东西，妈妈在厨房里……

幸福的回忆让我的胸口稍微温暖了起来，从 ILS 醒来之后，就一直受到像开了个大洞一样的失落感而苦的胸口。

不，在 ILS 发作之前，我的胸口一定就已经开了一个洞了吧，从二十三年前的那一天，少年 X、袴田医师杀了妈妈的那一天开始。

我只不过是一直假装没有发现这件事罢了。

“袴田医师……”

从我身上夺走许多东西的男性名字自口中发出，他是少年 X，不仅如此，还以精神科医师的身份将许多人逼至自杀绝路，并最后亲自动手杀害了好几名被害人，这件事已经真相大白了。在他死后，以嫌疑犯死亡的方式函送检方，案件就此告一段落。大医院的院长过去是杀害超过十条人命的少年，且直到最近都还在持续剥夺人命，这样冲击性的事件震惊了社会，媒体纷纷拥到神研医院来。

但是，因为凶手已经死亡了，加上人们的好奇心并不长久，大概过了一个月之后，善变的社会大众目光就转移到其他煽动性的事件上了。

那一夜，被逼急了的袴田医师将我、飞鸟小姐、佃先生、环小姐当成最后的猎物找了出去，这一点毋庸置疑，但是之后发生了什么事，导致我们四人 ILS 发作、袴田医师发生交通意外，目前仍是个谜。

脑海里浮现出袴田医师的笑容，不知道为什么，我现在对他完全没有愤怒、憎恨、嫌恶的感受，但他明明就是从我身边夺走了妈妈和爸爸，并且玩弄我内心的人物。

为什么我能够原谅他呢？我感到有些不可思议。

袴田医师真的是只为了自己的欲望而为我治疗吗？最近，这样的疑问会忽然掠过脑中。他通过支配我来获得快感，这毫无疑问，但是想起他有时候露出的爽朗笑容，又让我觉得会不会不只是这样而已。

他会不会抱持着一点点，真的只有一点点，纯粹想要救我的心？在那从幼时即遭受虐待而产生的邪恶人格一隅，曾有如果在爱的环境下长大便会显现的温柔萌芽。这样的想法，难道只是我期望之下的解释方式吗？

我和三位克服ILS的伙伴现在仍在定期联络，飞鸟小姐的眼角膜移植手术成功，视力已经恢复了，下个学年会再回到飞行员学校；佃先生重拾律师工作，他坚定地宣告要为拯救因冤案而受苦的人们鞠躬尽瘁；环小姐肚子里的孩子也在顺利成长，她诉说自己的决心，要努力让自己和被杀的未婚夫孕育的孩子获得幸福。

他们三个人都说觉得自己在昏睡期间和我在梦中见过面，因为我，他们才能从ILS中醒来。

明明不可能有这种事，但不知为何，每次听到这么说，我的脑海中就会浮现出画面。

和耳朵像兔子的淡黄色猫咪一起在危险却又充满魅力的世界里四处奔走的画面。那究竟是什么？是我陷入昏睡时做的梦吗？那神奇的动物每一次浮现在我脑海中，就会涌出一股混合了幸福与哀伤的情感。

我“呼——”地吐了口气，离开客厅朝爸爸的房间走去，穿过现在仍摆放着两张床的房间，打开位于里面、爸爸用来当作书房的和室的门。

两坪多的狭窄和室里放着佛坛。

我走近爸爸生前使用的书桌，拿起放在上面的相框，是在那起事件发生前拍摄的照片，正中间是妈妈抱着年幼的我，两旁则站着爸爸和奶奶，仔细一看，照片一角也拍到了黄豆粉和跳跳太。

爱意浓密得几乎要满溢而出的全家福照片，我将它按在胸口，像要填满空在那里的一个大洞。

紧抱着几分钟之后，我将相框放回桌上，离开书房往自己的房间走去。虽然体力已经恢复了，但花了将近六个小时在交通上还是令人疲劳。

回到自己房间的我仰躺在床上闭上眼睛，面对立刻来袭的睡魔，我毫无抵抗地让意识落入深处。

好重……我感受到胸口的压迫而微微睁开眼，对上了一双大眼睛，一双像是浓缩了星空在里面的美丽琥珀色眼眸。

“……黄豆粉？”

说完，这只淡黄色的猫便用粗糙的舌头舔着我的脸颊。

“等等，很痒啊，别再舔了。”

黄豆粉从我的胸口跳下，移动到门前，似乎在邀请我一般“喵——”了一声。

“干吗？你是在说跟我走吗？”

我一边抱怨一边起身，黄豆粉从门缝像液体一样溜了出去。

甩着有些沉重的头，我追在黄豆粉后面来到了走廊。

奇怪？我本来在做什么？

我带着疑问走下楼梯，等在一楼的黄豆粉跑向客厅的方向，我无奈地追在它身后。令人食指大动的香料香气飘过鼻孔，菜刀敲着砧板的清脆声响传到了走廊。

有谁在吗？我记得这个家里……我甩着仿佛笼罩着一层薄雾的头走进客厅之后，看见了一名坐在沙发上正在看报纸的男性背影。

“爱衣，你醒了吗？”爸爸折着报纸对我说。

“爸爸？！”

我眨着眼睛。为什么爸爸会？因为爸爸已经……

“就快吃晚餐了你却还不下来，所以我请黄豆粉去叫你。”

“啊，嗯，这样啊。”

已经这么晚了呀，那爸爸会在客厅里也是很正常的。我抓了抓太阳穴。

“小爱，有金楚糕你要吃吗？”

跪坐在沙发前地毯上的奶奶招了招手，黄豆粉在她的腿上缩成一团，喉咙里发出呼噜声。

“晚餐之前吃点心会胖哦。”我苦笑着，坐在餐桌旁边的椅子上。

我才想着在客厅角落笼子里睡觉的跳跳太耳朵好像竖了起来，它就转过头来看我。

“跳跳太，你好吗？”我轻轻挥挥手，跳跳太的耳朵像在回应我一般左右摇晃。

这样啊，我是在复职前先回来老家一趟吗？

“复职？”我歪着头。话说回来，我为什么会暂时停职呢？在我觉得好像忘了什么重要的事而焦急时，有人轻轻地拍了拍我的肩膀，我一回头，看见站在那里的女性不禁瞪大了眼睛。

“妈妈？！”

“怎么啦，发出那么大的声音。”穿着围裙的妈妈夸张地用双手捂住耳朵。

“马上就要吃饭了，再等一下，我今天做了你爱吃的咖喱哦。”

妈妈揉了揉我的头发之后回到厨房去了，看着她的背影，我终于察觉到异样感的真面目。

原来是梦啊……

没错，我已经没有家人了，这里是从我的幻想诞生、昙花一现的世界。

我暂时闭上眼睛，等待数秒之后再睁开眼，原本在厨房里的妈妈消失了，爸爸、奶奶、黄豆粉、跳跳太也不见了。啊——果然是……

“果然是，梦啊……果然是我的幻想……”

“虽然是梦，但并不是幻想哟。”

忽然传来的声音，让我猛地抬起了头，餐桌上有一只奇妙的生物，拥有像兔子一样长长的耳朵，毛色浅黄的猫。

“库库……鲁？”

这句话从嘴里说出的瞬间，在脑海深处的记忆如烟花般鲜明绚烂地弹了出来。

和库库鲁一起在梦幻世界里四处奔走的记忆，宝石般光彩夺目的冒险记忆。

我倾身向前，抱住库库鲁小小的身躯：“库库鲁！真的是库库鲁吗？！”

“是啊，真的是我呀。”库库鲁的长耳朵环绕着我的背后，那对绒球般柔软、怀炉般温暖的耳朵。

“为什么？那时候你不是和少年 X 的库库鲁一起消……”高涨的情绪让我无法完整说完一句话。

“对，我耗尽了身为犹他的库库鲁的力量，曾经一度消失，但是呀，身为犹他库库鲁的我虽然灭亡了，爱衣库库鲁的部分却没有消失哟。”

“这是什么意思？”我将脸埋在库库鲁蓬松的毛发中问道。

“意思是就算犹他的能力消失了，比那个还要更强的东西却不会消失。”

“还要更强的东西？”我反问道。

库库鲁古灵精怪地微笑：“就是我的本质，家人留给你的爱……无限的爱哟。”库库鲁骄傲地挺起胸膛，张大了双耳，“我的本质就算粉碎四散了，也会继续存在于你心中，而今天你回到这个家中，回想起家人有多么爱自己，所以粉碎的我便能够再次集结，恢复成这个样子。”

什么理论对我来说都无所谓了，因为现在我的臂弯中，有着重要的存在。

“从那以后我们也能永远在一起对吧。”

“嗯，不过我已经不是犹他的库库鲁了，没有像之前那样的力量，是很弱小的存在，所以你醒了之后，也不会记得我。”

“怎么这样……”我咬着嘴唇。

库库鲁用耳朵温柔地轻抚我的脸颊：“不过不用担心，我们随时都可以在梦中相见，就算你不记得我，也一定会记得一件事，那就是大家都在守护着你，打从心底深爱着你。”

我的手叠在库库鲁的耳朵上，点了好几次头：“嗯……嗯……”

“好了，再说下去，难得的晚饭都要凉了，差不多该开始‘我们’的晚餐时间了。”

库库鲁合十敬拜般合起双耳，随着“啪”的声音消失了。相反地，原本消失的大家又都回来了。

我重要的家人们。

“好啦，晚餐煮好了，来吃吧。”

妈妈端着托盘，上面放着盛好咖喱的盘子，从厨房走过来，摆盘的同时，爸爸和奶奶也坐到了位子上，妈妈脱下围裙挂在椅背，坐在我对面的椅子上，笼子里的跳跳太朝着我们的方向，黄豆粉迅速地跑上猫跳台。

“那么，我们开动吧。”

在爸爸的招呼下，我们四个人合起双手。

“开动了！”

我的声音带着哭腔，回荡在四人与两只毛孩全家齐聚的空间中。

我睁开眼睛，看见了怀念的天花板。

“啊——我是回到老家了吗……”

我揉着眼睛坐起身，本来只是想躺一下，结果似乎是扎扎实实地睡了一觉，大概是因为这样，身体感到很轻盈。

不，不只是身体，心里也……

感觉好像做了什么愉快的梦，内容虽然想不太起来了，不过是个非常幸福的梦。

不知为何视线模糊了起来，有个滚烫的东西滑过脸颊。

我不知道自己为什么哭，只是泪水止不住地涌了出来，不是从昏睡中苏醒时流下的冷如冰的泪水，而是融入了各式各样情感的热泪。

我的手轻轻贴在胸前。

二十三年来，一直大开的洞被填了起来。

猫一般柔软又温暖的感觉，盈满我的胸口。

终幕

“真是累死我了……”我踩着虚浮的脚步从护理站走出来。

昨晚是复职后的首次值班，倒霉的是病房接连发生突发事件，我眼睛都还没来得及眯一下就迎来了早晨。

终于结束最后一位病患的处置，我东倒西歪地踩着僵尸般的步伐走进电梯，往医师办公区所在的三楼前进。早上的巡房开始之前要先在值班室里小睡一个小时，否则身体撑不下去。

我步出电梯正往值班室走去时，穿着白袍的华学姐从前方走过来，看来她正要去巡房。

“哦，爱衣，值班怎么样？”发现我的华学姐举起一只手。

“是战场啊，真的是战场……我连眯都没眯一下……”

“哎呀，才刚回来就上战场，请节哀呀。你眼睛下面出现像眼影一样的黑眼圈了，睡眠不足可是肌肤的大敌哟。”

“我又不是自己喜欢才熬夜的。”

“这倒也是。”华学姐笑着轻轻拍了拍我的背。

“不过啊，爱衣，你的脸色很不错哦。”

“你刚才不是还在说什么黑眼圈的。”我嘟起嘴。

华学姐摇摇手：“我不是这个意思。”

“从你复职之后，该说很充实吗？总觉得你一扫阴霾。”

“一扫阴霾……吗？”

或许真是如此。复职之前，回了老家一趟之后，我便涌起了无论遇到多么痛苦的事，都能撑得下去的自信。

“哎呀，不要想太多了，总之，先去值班室小睡一会儿吧。”

“我正有此意，那就晚点见啦，学姐。”

“嗯，晚点——”华学姐挥着手离去，我拖着沉重的脚步勉强走到值班室，白袍也没脱，如同头下脚上坠落般倒进了床里。

黑色的帘幕马上降临意识中。

睁开眼，我正躺在纯白的沙滩上，柔和的波涛声搔刮着鼓膜。我眨了眨眼坐起身，刚才还重得像铅块一样的身体，现在则轻盈得有如棉絮。

刺眼的光线让我眯着眼睛看向天空，万里无云的晴空闪耀着明亮的柠檬色，简直像太阳融进了天空中遍布于各个角落。

我环顾四周，这是漂浮在海中，直径约十米，由沙子组成的小岛，只有正中央长了一棵椰子树。

“这里是……”

我自言自语着站起身，眺望绵延至水平线的大海，映照在空中洒落的光辉之下的钴蓝色大海，忽然幻化成鲜艳的桃红色。

凝神细看，数不清的小型水母漂在海面近处，圆形的身体轻飘飘地浮在水中的样子又可爱又滑稽，我不禁笑弯了嘴角。

那群水母带着樱花般粉红色泽的半透明身体，柔和地反射来自空中的光，将大海染上了颜色。下一秒，水母的身体同时变成了橘色，这幅景象仿佛向日葵盛开在大海中一般。

我沉醉在随着时间变换色彩的大海，远方的海面突然像爆炸般隆起，卷起了闪耀着鲜艳光泽的水母，从中现身而出的是水晶做成的巨

大珊瑚。

水晶珊瑚散发出耀眼的光辉，反复地舒展着枝丫朝空中攀登而去，就像为天使打造的阶梯往天上延伸。

珊瑚一个接一个地出现在海面，蛋白石、红宝石、蓝宝石、祖母绿以及钻石等宝石组成的珊瑚大树。就在我仰头看着不断向上延展的那些珊瑚时，忽然感受到背后有其他气息。

我条件反射性地转头，一只拥有兔耳朵的淡黄色猫咪正折手趴坐在椰子树的树根处。看到那个样子的瞬间，我马上想起了它是谁。

交织着喜悦及幸福的情感逐渐充满全身细胞。

“哟，爱衣。”站起身的兔耳猫库库鲁先拱起背脊做了个伸展之后，举起一只耳朵打招呼。

“你好呀，库库鲁，这真是个不可思议的梦呢。”

“嗯，就是说啊。”

库库鲁轻轻一跃，跳上了我的肩膀，肉垫隔着衬衫布料传来的柔软触感非常舒服。

“好啦，那么今天也一起冒险，大玩一场吧！”库库鲁咧嘴扬起胡须垫，“喵呜——”地高吼了一声。

图书在版编目（CIP）数据

无限的梦境 /（日）知念实希人著；林佩玟译 . -- 成都：四川文艺出版社，2023.1
ISBN 978-7-5411-6464-4

Ⅰ . ①无… Ⅱ . ①知… ②林… Ⅲ . ①长篇小说—日本—现代 Ⅳ . ① I247.5

中国版本图书馆 CIP 数据核字（2022）第 229540 号

WUXIAN DE MENGJING

无限的梦境

[日]知念实希人 著　林佩玟 译

策划出品　磨铁图书
责任编辑　陈润路　王梓画
责任校对　段　敏

出版发行　四川文艺出版社（成都市锦江区三色路 238 号）
网　　址　www.scwys.com
电　　话　010-82068999（发行部）　028-86361781（编辑部）

印　　刷　河北鹏润印刷有限公司
成品尺寸　145mm × 210mm　　开　　本　32 开
印　　张　19　　字　　数　456 千
版　　次　2023 年 1 月第一版　　印　　次　2023 年 1 月第一次印刷
书　　号　ISBN 978-7-5411-6464-4
定　　价　58.00 元

文治

磨铁图书旗下子品牌

更好的阅读

出 品 人 沈浩波

特约监制 潘 良 于 北

特约编辑 李楚姿

产品经理 韩 帅 胡马丽花

版权支持 冷 婷 郎彤童 李泽芳

封面设计 609工坊

关注我们

官方微博：@文治图书

官方豆瓣：文治图书

联系我们：wenzhibooks@xiron.net.cn